海外华文精品书系

此岸 彼岸

胡玉琦 胡珊 著

中国华侨出版社
·北京·

图书在版编目（CIP）数据

此岸 彼岸 / 胡玉琦，胡珊著. —北京：中国华侨出版社，2020. 2

ISBN 978-7-5113-8133-0

Ⅰ. ①此… Ⅱ. ①胡… ②胡… Ⅲ. ①长篇小说—中国—当代 Ⅳ. ①I217.1

中国版本图书馆CIP数据核字（2020）第 003238 号

● 此岸 彼岸

著　　者 / 胡玉琦　胡　珊
责任编辑 / 王　委
封面设计 / 何洁薇

经　　销 / 新华书店
开　　本 / 710毫米 × 1000 毫米　　1/16　　印张/41.5　　字数/690 千字
印　　刷 / 河北鸿祥信彩印刷有限公司
版　　次 / 2020 年 6 月第 1 版　　2020 年 6 月第 1 次印刷
书　　号 / ISBN 978-7-5113-8133-0
定　　价 / 78.00元

中国华侨出版社　　北京市朝阳区西坝河东里77号楼底商5号　　邮编：100028
法律顾问：陈鹰律师事务所
发行部：（010）64443051　　传　真：（010）64439708
网　　址：www.oveaschin.com　　E-mail：oveaschin@sina.com

如发现印装质量问题，影响阅读，请与印刷厂联系调换。

序

李硕儒

　　这是个焦虑不安的时代，这是个姹紫嫣红的时代。焦虑，是因为日日期盼的彼岸总难到达；不安，是因为忧虑已经占有的此岸倏然坍塌。作者就是从这一社会焦点切入，《此岸 彼岸》这部小说，看似挥洒自如，实则禅心独运。

　　故事展开在中国江南禅城天缘江和美国西部大都会洛杉矶两座城市间，从地域说，两城横跨太平洋，一东一西；从文化说，一个是以好莱坞为基座、血脉中无时不流淌着"白人至上"的美国现代文化之都，一个是绵延两千多年、儒释道文明难分难解的禅城故里。书中人物从青年安逸飞、魏亦、Ruth、本常到他们的长辈安牧良、魏臻、Frank、叶媛媛、华音、叶师母……有人为情所困，有人为利而往，有人为权所诱，有人为色所惑……但不管他们如何哭歌泣血，都渗润着各自血脉中流淌的文化因子，这就将东西文化、跨代文化的比较、碰撞、相因相融写得神形毕肖，微妙处令人忍俊不禁。文化是魂是根，将人物植入根和魂，其艺术形象自然呼之欲出，活生生站在我们面前了。不止于此，他们的神形举止、思索、气息也辐射出今日世界的种种现状。

既然写的是"岸"，作者其心绝不满足于此，她的笔触总在看似不经意间，将读者带入禅境，并以其禅心、禅语为其解惑。何者为惑？欲望也。凡为人者，谁无欲望？这就看你如何修持、如何对待我与他与世界万物了，于是才有度，才有岸。难能可贵的是，这些看似艰深枯燥的禅理、信仰都寓于轻松微妙的故事里、人心中，足见作者学养赡厚，用心良苦，特别是《洞山开悟》和《神拜》这两幅奇妙之画的运用更是传神之笔。

令人惊喜的是，这部看似时有阐理的小说是以80后、90后男女青年为主人公，幽默，灵动，快节奏，跃时空，悬疑重重，意趣横生，有非常强的可读性、故事性。

或许在读过这部小说之后，你还能解除些焦虑，去除些不安，渡过书中人的劫波，到达你或他姹紫嫣红的彼岸，感于此，读后不说不快，是以为序。

目 录

此岸

第一章

彼岸

1

　　快感，源自挑战极限的刺激。魏亦极不习惯失控，心却朝着某个向往的地方放纵、再放纵，直到不能自拔……

　　游轮甲板上的尖叫声，一次又一次，将心志飞入宇宙追赶光速的魏亦，拉回太平洋海面。

　　魏，可怜、可怜我们的心脏，交给 Bell 驾驶吧。

　　游艇从浪尖飞过时，躺在甲板椅子上的洛杉矶 W 公司总裁 Jack，差点被掀了下来。见魏亦没有回应，健美、俊朗，长着一头浓密黑发，平日里谈吐儒雅的 Jack 粗着嗓门吆喝正在一旁整理钓竿的跟班：Bell，Bell——赶紧去把魏换下来。

　　魏亦迈着有些虚空的脚步离开驾驶位走向游轮甲板，犹如从天堂漫游到了人间，他接过金发模特递过来的酒，一口干了说：再来一杯。

　　见魏亦出来，Jack 从躺椅上起身，来到凭栏远眺的魏亦身旁，拍拍他的肩：亲爱的魏，今天约你出来，是想告诉你，财富大门就在你的面前，我已给了你钥匙，有没有勇气打开就看你的了。

　　魏亦耸耸肩，Jack 既是他在美国最好的朋友也是公司合伙人，更是他走出校门第一个人生导师。他原以为 Jack 一年前推荐自己担任 W 公司独立董事，只是想帮助他打入美国精英阶层，没想到，他竟然将一个考验人性的烫山芋抛给了他。

　　难道我们要创立一个虾米吃大鱼的童话？

　　Jack 一口干了杯中的酒，摆出一副"六点零五分"的高傲姿势，涨红着脸：No！No！我不是虾米！我的家族有着荣耀的历史，我只想拿回属于自己的东西，而为你准备的"空手套白狼"计划，这才是一个让人激动的童话。

拿回属于自己的东西？什么东西是你自己的？魏亦看着情不自禁地流漏出白人精英自豪的Jack，没有说出自己的疑虑。

来，干杯！

Jack举杯之后提醒魏亦：别忘了《洞山开悟》，凭你的能力肯定有办法弄到手。

魏亦放下酒杯：为什么非要《洞山开悟》？

Jack重新躺下：人的爱好谁能说得清？有人爱金钱，有人爱美女，我偏偏爱收藏。我相信不管《洞山开悟》的价格多高你都不会在意，可Frank是一个非常固执的人，宁可不要大笔金钱，也一定要将那幅画留给他女儿。

魏亦不知如此值得Jack惦记的《洞山开悟》是怎样的一幅画，他一时也想象不出Jack描绘的童话里是否有大灰狼，但他知道，游离出纸面的画与童话，肯定不是艺术与文学的交汇。

魏亦看着远处的水面，思绪随着浪花一起跳跃……

2

美国是个容易创造奇迹的地方，华尔街更似一个推手，将一个个上市公司推上神坛。

魏亦的车快到W公司办公大楼前时，从后视镜里看到洛杉矶W公司创始人、董事长查理汤的车就在后面。此刻，他非常不情愿单独与他接触，而一旦进了车库，相遇是不可避免的，于是让Bell将车靠边停下，等查理汤的车驶入地下车库后，他下了车。

魏亦下车之后没有马上进大楼，他站在高楼前一步一步后退着。夏日的阳光斜照在大楼的东面墙上，就在这座高楼里，至少诞生了四位让世人仰慕的神，查理汤便是其中一位。或许这些神们绝大部分是白人，因此查理汤的黄皮肤显得格外扎眼，因而遭受白人嫉恨也是可想而知的。尽管如此，还在神坛下徘徊的魏亦，仍然用神往的眼神仰望这座被阳光涂抹成金色的大楼，憧憬着自己登上神坛时的辉煌。

　　如果说，魏亦心中还有什么偶像，那绝不是巴菲特、比尔·盖茨之类，因为他们离得太远，而查理汤却是离他最近的神。大学毕业进 W 香港分公司实习时，就满怀对偶像的崇敬。

　　查理汤早年从香港来美国留学，后来靠纯熟的英语进军销售界，用"奴隶般的服务"取得客户信任而成为硅谷金牌销售员。创立 W 公司之后，先是依赖"美国产品中国制造"起家，后来进军太阳能……

　　其实，被推上神坛的都是凡人。魏亦如是想着，Jack 来电话问他到了哪里，他说，就在楼下，马上就上去。

　　魏亦进入 W 公司会议室时，感觉空调开得很低，比他早到的查理汤却额头冒着汗。

　　即将开始的董事会，无异于一场短兵相接的对决。从种族上来说，三个美籍华人与两个美国白人的董事组合，查理汤应该胜券在握。但从人性角度来看，事情远比预料得复杂得多。

　　洛杉矶 W 公司自从登上神坛之后，查理汤便深切体会到做神要比做人难得多。为总公司获得巨额利润的香港太阳能分公司法人代表韩林，不是 W 公司雇员而是合伙人，他创办太阳能分公司之初，分公司所有员工并没有从总公司领取工资，分公司的全部开销都是来自他们创造的利润。而且，分公司的营运，从来不要总公司负担费用，他们扣除总开支之后，再以 51：49 的比例与总公司分成，总公司拿了大头。尽管如此，以 Jack 为首的白人高管们却愤愤不平，凭什么堂堂白人精英的收入远不如黄皮肤的韩林？在美利坚合众国的领土上，他们身为多民族精英，岂不受到不可容忍的"反向歧视"？于是股权转让便成 Jack 一伙颠覆查理汤政权的导火索。

　　Jack 先是劝查理汤自动辞职，但查理汤深知 Jack 不会对华人开的公司心存爱惜之念，他在 W 公司，只想攫取最大利益。于是对比不为所动。

　　Jack 见查理汤不肯就范，于是给联邦证监会打电话，控告董事长查理汤违规，要求证监会传讯查理汤。接着串通三位独立董事，急召董事会，参会的还有公司花高价请来的三位律师。

　　查理汤扫视三位独立董事一眼，只见他们悠闲地聊着天，闻不出一点儿硝烟的味道。

　　也许，事情不会那么糟糕。查理汤给自己打完气，便开始动情地陈述他创立 W 公司的艰辛历程，他几乎没看稿件，一口气讲完长达三十多年的创业史。

魏亦与另一位华人独立董事鼓起了掌，随后，两位白人独立董事也跟着鼓掌。查理汤感激地看了魏亦一眼，这位与自己几乎没有任何交情的独立董事，于情于理，他都应该站在自己这边，毕竟大家都是华人。

公司二把手、总裁 Jack，一边鼓掌一边说：查理汤先生创建 W 公司，虽说功不可没，但他不经董事会批准，擅自批准转让股权，是重大违规，从性质上看，属于侵占投资者财产，涉嫌刑事罪，如果执迷不悟，是要蹲监狱的。在美国这个法律至上的国家，法律不会给你任何侥幸的机会。

查理汤急忙解释，香港分公司若是得不到总公司曾经承诺过的股权，这不仅是总公司失去信誉的问题，更有可能导致为总公司每年带来巨额利润的香港太阳能分公司脱离总公司另起炉灶。

紧随其后，白人财务长慢条斯理地阐述起自己的观点，不管发生了什么，作为上市公司董事长，都要遵守美国法律。因为无论是股东还是股民，他们谁也不愿看到一位无视国家法律的人掌管自己的资金。

这种争论已经持续了半年多，查理汤知道，旷日持久的舌战已经解决不了问题，但他仍然希望能够说服他们。

在 Jack 授意下，一位律师提议：不争了，不争了，下面开始投票决定罢免董事长职位的提案是否生效。

查理汤与华人董事投了反对提案票，Jack 与财务长自然投了赞成票，如此一来，关键一票落在魏亦手里。

自信得近乎张狂的魏亦一改往日常态，尽量躲闪着偶像查理汤充满信任的眼神，他看了一眼 Jack，见他正用盟军的眼神逼视着自己。

财富大门的钥匙就在眼前，要或不要，就在举手之间……会议室的温度很低，魏亦的手心却不知何时，已是汗津津的。

查理汤用充满期待的声音请魏亦投票，魏亦不敢看他，只是下意识地转动着手中的咖啡杯，在心中为自己开脱：即使今日保住了查理汤，不要多久，他终究还是会被这些白人精英淘汰，这只能怪他的法律意识撑不起自己的财富与野心，这样的结果，也是他葬身白人世界的宿命。

魏，请您行使自己的权利。查理汤第二次催促魏亦投票的声音明显虚了，魏亦却为自己找到投提案赞成票的理由而大嘘了一口长气，尽管如此，投出那张赞成票后还是歉意地看了查理汤一眼。

按照公司章程，提案通过，查理汤必须辞去董事长一职。

神光消失之后，查理汤顿时由神堕为凡人。他声嘶力竭地喊道：强盗，强盗，你们这是在抢我的公司，我一手创立的公司，你们、你们……查理汤手按胸口，一脸煞白。

魏亦仓皇逃出会议室，似乎想甩脱资本积累的原罪，一个跟跄让他放慢了脚步，回头看了一眼这个没有硝烟的战场，惶惑间，欲望与良心的厮杀绞得他周身寒战，宽松的 T 恤湿淋淋地贴在前胸后背上。他不由得打了一个激灵，头也不回地上了电梯。

3

与洛杉矶时差十五小时的禅城天缘江，同样处于酷暑季节。

一大早，天缘江安氏集团董事长夫人沈若兰前来化成寺做义工，她先去大殿拜佛。沈若兰拜佛不像其他人那样祈求菩萨保佑这保佑那，她只是跪在蒲团虔诚膜拜、忏悔。她的心早已随着儿子迷失远方，剩下的一切就像一堆没有标点的文字，如何断读全凭天意。唯有长跪佛主脚下，那堆文字才会自成篇章，描绘出生命中祈盼的绿洲。

拜佛后，沈若兰给住持妙回师父送去新茶。妙回师父对这位俗家弟子一向青睐，当下取出新茶泡了一壶，邀沈若兰一起品茶。

茶间，妙回师父问沈若兰：听说过夏皇后的事吗？

沈若兰点头轻语：师父说的可是南宋时期咱们天缘江夏家坊出的那位皇后？

妙回师父笑着点头，专心布茶。

南宋夏皇后，虽然在位两年多便仙逝了，天缘江人每每提及她却无限自豪。夏皇后小名叫云姑，年幼丧母，入宫后，父亲贫寒得三餐不保，盘龙寺道广禅师收留了她的父亲。因此，立位之后的夏皇后，为报答道广禅师救父之恩，特赐匾盘龙寺为"报亲寺"。

好茶，好茶。妙回师父连声夸完茶后，说：前些日子，道广禅师第
十六代传人虚谷禅师带弟子本常从南洋来到天缘江，本想重建报亲寺，没
料想，虚谷大师壮志未酬便圆寂了，但愿本常能够完成师父遗愿。

沈若兰双手合十：阿弥陀佛。

妙回师父又为沈若兰续了一杯茶：老衲俗家弟子中，就你最虔诚，希
望能鼎力相助本常。

弟子理当出力。

沈若兰端起茶，闻了闻，缓声回答。

4

挂单于化成寺的本常，默默做着佛珠。与其说这是他的一手绝活，不
如说他在以自已的方式修禅。

师父的骤然离世，让他感觉孤船搁浅。师徒二人从福建到南洋云游十
多年，结缘了一批有出资重建报亲寺意向的施主。可是，世事难料……

本常听见脚步声回头一看，见妙回师父进来了，连忙停下手中的活起
身施礼。妙回回礼之后，拿起一颗佛珠，不住赞叹"好手艺"之后告诉本
常，他已请求佛协帮助重建报亲寺，让本常将上报宗教局审核报批"重建
报亲寺"的有关材料备好。

本常谢过之后，妙回师父关心地问：虚谷师兄走得匆忙，重建报亲寺
的善款，可有着落？

本常闻言低头轻语：弟子近日联系那些曾经答应出资的施主，他们得
知师父圆寂，便闭口不提捐款之事。

妙回师父安慰他：谋事在人，成事在天。老衲已与一位俗家弟子说好，
她答应尽力帮你。佛珠做好，我们拿去开光后送与她吧。

本常再次施礼致谢，妙回出去之后，本常继续打磨佛珠，流浪狗一旁
卖力地帮他叼来一块棉布。本常看着它，就像一位亲近的朋友：你跟了师
父和我一路，难道也想修佛？

流浪狗将棉布放在矮凳上，用头蹭蹭本常裤腿，本常蹲了下来，摸着

它的头：好吧，就让我来为你做三皈依——皈依佛、皈依法、皈依僧。

淘气的流浪狗似乎顿然开悟，它摇摆着尾巴，眼睛分外清澈。

本常为它皈依后，拍拍它的头：既然如此有缘，就将我的法名"一想"赠予你做法号吧。反正，师父走了，没有人会叫我法名。

一想眨巴着笑眼，感激地舔着本常的手，本常心头霎时淌过一股暖流。如果说，人与人之间的友谊是善意和爱心搭建的，人与动物之间的友谊何尝不是？

5

洛杉矶最有名的城中城比弗利山庄，已成为全球富豪心中的梦幻之地。她位于洛杉矶西部，坐落于清爽宜人的太平洋西岸的比弗利山脚下。她的出名，更是因为云集了好莱坞影星们的众多豪宅，同样还作为世界影坛和时不时可一睹众星芳容的圣地。

来自中国的艺人飘飘住进比弗利山庄，不是因为她的财力与名气，而是得助于一个偶然的机会。富孀 Hans 太太行动不便，且怕寂寞，因此愿意低价出租一间小房，招徕一位每日陪伴她几小时的房客，飘飘经人介绍住了进来。

又是一个周末黄昏，飘飘心中却无往日的蹉跎与失落，打扮光鲜地凭窗西望。当倏然西坠的夕阳将余晖赏赐给追随它的云朵时，毫不吝啬地挥洒一抹金色的光亮宠幸着身在异乡的飘飘。

花园外，坐在车里等待的安逸飞知道，与女孩约会，激情与耐心一样也不能少。于是顺手拿出一张报纸，倏然间，一个醒目的标题直撞他的眼球：神话的破灭源自华人对同胞的剿杀。冷血杀手竟然是他的同学魏亦！

魏亦，算你狠！安逸飞将扭成麻花状的报纸塞进车里垃圾袋时的狠劲儿，好像要把魏亦捏个粉碎。

十五分钟的等候，飘飘把握着矜持中带着激情的火候款款而出，安逸飞绅士般地下车为她拉开车门。转身上车时，安逸飞瞥见前面花园里一个女人正在修剪玫瑰，他问飘飘：你的邻居好像也是华人。

飘飘点头：是的，她是著名画商 Frank 的太太，我很想去拜访她，只是她深居简出，似乎不太喜欢与人交往。

安逸飞正要答话，手机响了。显然，他极不想接，但铃声比他的坚持更执着。最终，安逸飞还是接了，他看了飘飘一眼，压低声音：你不是杀手吗？有本事举着屠刀杀进我游戏里来，能活过第一关算你命大！

话筒里随即传来回音，安逸飞没再理会，收了手机对飘飘温柔一笑，他可不愿美好时光被人打扰。

安逸飞带着飘飘顺着一条盘山公路一直开到山顶，飘飘下车便被眼前美景吸引，华灯初上，好莱坞山上闪闪发光的巨大标记"HOLLYWOOD"散发着令人遐思万象的魅力。

安逸飞问：喜欢这家餐馆吗？

真会挑地儿。飘飘斜睨安逸飞一眼。

安逸飞为飘飘介绍：Yamashiro 餐厅的优势不在菜肴的美味，而是它的地理位置与建筑风格。

飘飘随着安逸飞进去之后，一脸诧异：咦，怎么像日本庭院？

安逸飞笑了：对，它就是日本宫廷风格，这家餐厅有近百年历史，里面收藏了丰富的亚洲藏品。我已预订了靠窗的位子，一会儿可以边用餐边观赏洛杉矶夜景。

飘飘一脸陶醉，不知是醉于风景还是醉于安逸飞的体贴。

6

洛杉矶的夏日非常舒爽，太阳落山之时，微风吹来，略带几丝凉意。

完败查理汤，魏亦心中非但毫无喜感，反而平添几分焦躁。是良心不安还是手拿钥匙找不到门？魏亦无心幽默自己，他只想找个人聊聊，最好是陪他灌几杯，哪怕大醉一场。

不靠谱的安逸飞，你除了游戏还懂什么？整天龟缩在虚拟世界里，要不要食人间烟火？

魏亦驾着敞篷豪车，漫无目的地在大街上跑着，一金发女郎拦住了他的车，魏亦认出她是游艇上认识的模特。问她要去哪里？她说，你去哪儿我也去哪儿。

魏亦轻声嘟囔了一句：我去天堂。

不知是否听懂，她笑着说：太好了，我追随你！

模特上车后不断地挑逗他，魏亦有些不耐烦，正想靠边让模特下车，后面的车"噌"地超越了他。魏亦瞥见超车的正是安逸飞，顾不得理睬模特，便追了过去。眼看就要追上，无奈遭遇红灯。

魏亦推开黏过来的金发女郎，绿灯刚一闪动，便一脚油门，汽车蹿了出去。女郎见魏亦飙车，顿时兴奋起来，她站起来尖叫着。魏亦仿佛受了刺激，开得更快，女郎俯身狂吻魏亦，魏亦一手开车一手捏住她的下巴。两人闹得正欢，警察强行让他们停车。

魏亦假装听不懂，女郎赶紧为他解围：他是中国人，不懂美国交通规则。

魏亦一向标榜自己是国际人，此情此景，让"中国人"的脸丢在美国的马路上，霎时他的脸真的不知往哪搁？不由得邪火外蹿，狠狠地横了女郎一眼。警察开出罚单，魏亦二话不说，掏出钱包。交完罚款后，魏亦对她挥手：下车。

女郎没听懂，柔情安慰他：亲爱的，没事了，我们可以走了。

魏亦拿出另一副墨镜换上，酷酷地照了照镜子，见女郎瞪着眼睛不明就里地看他，于是下车拉开车门，放低声音：下车。

女郎下车后，魏亦"嘭"的一声关了车门，响声就像东西方思维的碰撞。

生活总是在不经意间重复着古人的箴言，"不是冤家不聚头"又一次被安逸飞与魏亦这对冤家印证。

魏亦并不知道安逸飞来了 Yamashiro 餐厅，他只是特别想找人聊天，可安逸飞这小子偏偏不买他的账，摆脱金发模特后，他驾车来到山上。

不了解魏亦的人，以为他只喜欢刺激，却不知他同时也爱安静。刺激能启动他每个细胞的斗志，而他的每道人生难题都是在安静中寻找到答案。开车上山，正是他拆开思维之墙的一种方式。当一切甩于身后，海拔被车轮一点点碾低，"会当凌绝顶，一览众山小"，足以让他陶醉于被自己神化的感觉之中。

也许，许多人不信，风光无限的魏亦常常会陷于孤独，这大概是因为他被大多数人不理解，同时他也不理解大多数人的缘故吧。他的人生信条是：生当为人杰，死亦为鬼雄。遗憾的是，如此气势磅礴的词句竟出自纤纤女词人之笔，这让他为男儿感到汗颜。

从小到大，他一直把自己定义为成大事者，从不否认自己的做事方式过于肆无忌惮，他把这种方式解读为：成大事者，不拘小节。魏亦从小到大最想征服的人便是从幼儿园一直到大学的同学安逸飞，他的智商高得让魏亦忌妒。可惜，这小子不仅让魏亦鄙夷为胸无大志，还偏偏从小喜欢与自己作对。

魏亦并不想在这儿用餐，这里的食物不合他的胃口，只是来到这儿时，他的肚子竟然"咕咕"地提醒他，中午只简单吃了点意大利面。泊车时，无意中发现了安逸飞的特斯拉。

想追的时候追不上，不追反而就在眼前。

冥冥中，这种偶然出现的情景似乎透出几分禅意。

7

耳畔和风细雨，远处灯火阑珊，酒菜未上，人已微微醉。

因为开了车出来不能喝酒，服务生为他们倒上两杯果汁，安逸飞正要举杯，飘飘将他的手按下，妩媚的双眼电光闪闪：给人家一点表示感谢的机会嘛！来洛杉矶好几个月了，虽然一事无成，因为有了你的陪伴，我真的很知足。

安逸飞不傻，自然能听出飘飘对他款通心曲的意思，面对美艳如斯的飘飘，没动心是假，但若论真情，似乎还差点儿火候。他没有回应飘飘热切的眼神，双手合掌，一脸正经地贫着：万能的上帝啊！感谢您把万民仰慕的女神送到我身边！

除了"富二代"的标签，幽默、真诚是安逸飞对飘飘的最大引力。她咯咯地笑着：对我来说，给了我第一个代言广告的安氏集团才是我的上帝。

安逸飞小口品了品果汁的味道，嘴角一扬：安氏是你的上帝，那我呢？

你是安氏少主，当然是、是我的——

安逸飞的眼睛越眯越小，剩下一条缝时，突然睁大，举杯：是你的什么？快说！

飘飘调皮地做了个鬼脸：上帝之子。暖暖的爱意从飘飘眼中淌出。

安逸飞晃晃头：我才不做耶稣呢，钉在十字架上，一点也不好玩。

飘飘举杯与安逸飞碰了碰：只是你们安氏副总裁华音太厉害了，欺负我名气不大，代言费抠了又抠。

安逸飞的眉头紧蹙了一下，似乎被蜂蜇了一口，飘飘赶紧住口。安逸飞也意识到自己的反应过于强烈，却不想多做解释。豪门看似风光，但风光的背后，又有多少不为人知的故事，这一点，飘飘是懂的，所以也没追问。

安逸飞长叹一声，将视线移向别处，却瞥见魏亦晃了进来。他不动声色地起身，坐到飘飘旁边，满脸嬉皮地说：谁让你不向上帝之子求救？

飘飘心中一阵激动，脸色绯红如霞，她以为安逸飞把持不住了。正想着怎样使自己矜持一些，见一陌生男子一屁股坐到刚才安逸飞的位子上，安逸飞却毫不阻拦。

飘飘已看明白，他们是熟人，只是安逸飞没做介绍，她也不好贸然跟人套近乎，夹在中间，看了这个瞧那个，就像拿到一本没读懂的剧本，眼前的角色不知如何去把握。

两个冤家连寒暄都可以省略，眼神对峙之后，安逸飞对飘飘说：你先吃点小吃，我们一会儿就回来。

说完，他起身下巴微扬，魏亦竟然乖乖跟他出去。两人一前一后走出餐厅大门，安逸飞戛然止步，不无嫌恶地说：魏杀手怎么一个人来庆功？

这是什么话？

听不懂还是装糊涂？知道你的心野得比太平洋还大，我只想提醒你一声，坑谁也别坑自己同胞，当汉奸真的很过瘾吗？

魏亦低头用脚尖在地上画圆圈，画完几个交接的圆圈之后，他迎着安逸飞鄙视的表情，从容说道：飞同学，汉奸这顶帽子你可别乱扣，你可是比我先站在美帝这块土地上。

别偷换概念！出国不等于叛国。

是的，出国不等于叛国，没选择站在同胞一边，也不等于就是汉奸。就算当时我帮查理汤一把，他最终还是难以逃脱被白人排挤出局的命运。

安逸飞本来考取了上海某名牌大学，后来因为比他低了一百多分的魏亦也被这所大学录取，一气之下便来到美国就读，来美十一年了，他能不清楚美国"白人至上"的作风？安逸飞皱了皱眉：我知道你听不进忠言，好自为之吧，千万别走查理汤老路。

魏亦瞪了他一眼，转身往餐厅走去：饿了，你的说教填不饱肚子。

两人回到座位，飘飘见他们谁也不理谁，于是和事佬般地招手让侍者将菜单放魏亦面前。

侍者见魏亦不看菜单，以为他不会点菜，于是打开菜单逐一介绍：先生，您看这例 Truffle Hamachi，作为鰤鱼家族最幼年的一款，口感较为清爽，肉质柔软厚实且具有弹性。

魏亦终于开口：无所谓，加一碟芥末。

啧啧，魏公子吃遍全世界，却不知道人家可是有配料的？安逸飞指着菜单配图：白松露融入日式和风的"柚子酱"中形成独特的香气，与之搭配的是水润的小西红柿和温润的芝麻菜。

魏亦横了他一眼：难道安少的智商只认得店家那些千篇一律的搭配？哥哥可是只按自己的风格行事。

安逸飞让侍者加一套餐具后，这才正儿八经地给飘飘介绍：我们天缘江市长家的公子魏亦。

我们是发小。魏亦欠欠身子补充完，盯着飘飘：哎，这位美女小姐姐咋怎面熟？我们在哪儿见过？

当红影星飘飘，给安氏做过代言。

哦，哦，是飘飘女神呀！特意来美国找安少？

飘飘摇头：好莱坞一导演本来答应给我一个角色，害我守了三个月，却变卦了。

魏亦即刻抱不平：可恶的美国佬！

席间，飘飘偶尔提起 Frank 夫妇，魏亦忙问：你认识他们？

邻居，还不算认识。

正愁找不到理由接近 Frank 的魏亦顿时两眼发直，天意！真是天意呀！

8

一团黑影渐渐逼近了沈若兰，她挣扎着想将黑影推开，可是全身虚虚绵绵，手脚使不出一点劲来，只好任凭黑影像晕开的墨一样黑魆魆地游向她……沈若兰觉得自己的脑袋还清醒着，只是胸口被黑影压住，想喊却出不了声。

挣扎着，挣扎着，黑影终于"啪"的一声掉在沙发下。沈若兰大口地喘着粗气，好一会儿才缓过气来，歪头朝沙发下瞥了一眼，原来掉在地上的是盖在身上的一条薄毯。

沈若兰捡起毯子，喃喃自语：怎么总会做这种噩梦？难道孽障太深？她连忙将妙回大师主持开光的佛珠拿在手里，连声轻念：阿弥陀佛、阿弥陀佛、阿弥陀佛……

念过一阵佛后，沈若兰还是头脑晕晕的，靠着沙发，眼皮重得睁不开，却再无半点睡意。从化成寺回来之后，本常小师父清瘦的面容不时在她眼前晃动。

一切相遇皆为缘分，本常小师父与我究竟有着怎样的缘分？为什么一见他就心口疼痛？

安氏集团董事长安牧良进屋见妻子手持佛珠陷入沉思，他粗着嗓门说：我说你呀，没事多出去走走，找几个伴出去旅游也好，信佛、信佛，信出一身的病。

沈若兰仿佛被他惊醒，低念一声"阿弥陀佛"后站起来，看着丈夫脸上泛着红光，叹息一声：唉，又喝酒了？

安牧良点头：陪物价局李局喝了点小酒，我去眯一会儿，下午还要下工厂。

沈若兰没多说，转身给他去泡茶，安牧良将包扔在沙发上大声嚷嚷：热死了，热死了！大热天不开空调，不怕中暑？

她连忙将热茶换成一杯清热解毒的凉茶，本想跟丈夫商量报亲寺的事，还没进房便听见他打着轰雷般的呼噜。

9

飘飘的房间有如她的心情，一片散乱。

好莱坞，弃之不舍，留之无味。安逸飞，她已经放下矜持，近似表白了，可他还是一副看似有情又无情的样子。他应该不像其他IT男那样木讷、不开窍吧？难道他对自己没动心？不，这绝对不可能！

Piao, Piao！不多一会儿，Hans太太在楼下喊：有人找。

真是白天别念人，晚上别说鬼。除了安逸飞还有谁会找到这儿来？飘飘手忙脚乱地将一堆凌乱的瓶瓶罐罐扔在床上，然后用毯子盖上。

收拾行李，要走？

魏亦的拜访确实出乎飘飘的意料，但回想他昨天的表现似乎又在意料之中。飘飘自以为懂得察言观色，却不知魏亦可不是一般的纨绔子弟，她顾不得揣测魏亦来访的意图，噘着嘴：人家不待见我，还赖这儿干吗？

昨天那顿晚餐的功夫，魏亦基本看懂飘飘，知道她心中的渴望，无非是想在好莱坞这块风水宝地混个脸熟，然后回去便可号称国际影星。

魏亦看了一眼她的床，并未追究她床上的毯子为何高低不平，自己搬了一张凳子坐了下来，一点不拐弯地说：相信我，一定能捧红你。

飘飘相信这话，演艺圈是最能创造神话的地方，她的许多小姐妹都是一夜之间被人捧红。可飘飘却不敢相信这样的运气会落在自己身上。何况这位魏大公子是否是她的上帝……神走心移，她的心思又转到安逸飞身上，钟情安逸飞还真不仅仅因为他是富二代，他身上那种看似玩世不恭却又善解人意的淡定，正是她喜欢的。如果，魏亦有意取代安逸飞，该如何取舍？

恍惚间，飘飘有点语无伦次：逸飞，他，你们是同学？

别紧张，我没有横刀夺爱的意思。我的条件很简单，留下来，与Frank一家搞好关系。

飘飘瞪大满是问号的眼睛：让我当间谍？你看上了他家的人还是画？

我可舍不得你去干冒险活，你只需拿下 Frank 家任何一个人，说服他们把一幅叫《洞山开悟》的画卖给我就 OK 了。

这幅画很名贵？

名贵不名贵，我不管，但它确实很重要，它出自我们的祖国，作为海外赤子，我能让它流失？

飘飘两眼瞪得更大，她做了一个夸张的手势：哇，你想买下捐给国家？

魏亦搔搔头，脸上现出几分不自在：你也别太玄幻……

正在此时，安逸飞打来电话，飘飘拿着手机，眼睛却看着魏亦，魏亦摇指示意让飘飘别告诉他在这儿。

飘飘接完电话，魏亦定定地看着她：看样子，飞同学对你动情了。

飘飘抿嘴一笑：他约我周末去海边玩。

好吧，我愿意舍命陪君子。

飘飘看着他：安逸飞也邀请了你？

魏亦哈哈大笑：真想象不出，安逸飞在怎样的状况下会邀我去海边。

10

Hans 太太正在花园与一位高雅的东方女人聊天。

Frank 太太，非常感谢！您家的每一次派对都亲自来邀请我。

Frank 太太笑着说：我们相邻多年，一直非常友好，您做的草莓馅饼，可是我家 Ruth 的最爱。

从屋里出来的魏亦听到他们的对话，眼里顿时射出了狼一般的绿光，他紧走几步来到 Frank 太太跟前，用中文说：Frank 太太，我叫魏亦，从中国来的。

魏……

魏亦，不亦说乎的亦。

Frank 太太呆呆地看着魏亦，脸上的表情似乎僵住了。一阵慌乱后，她终于回过神来，礼貌地向他点了点头，随即向 Hans 太太告别：Hans 太太，我先告辞了，周末我会让人过来接您。

魏亦有些纳闷：怎么回事？难道她已看出我的企图？为什么她的表情那样怪异？

飘飘机灵地走过去搭讪：Frank 太太，您慢走，我送送您。

送到花园口告别时，飘飘终于等到了 Frank 太太的邀请：届时，请陪 Hans 太太一起过来参加派对。

飘飘内心狂喜，却只是矜持一笑：谢谢。

11

次日，魏亦便给飘飘挑了一件昂贵的旗袍，飘飘试穿了一下，简直就是专门为她量身定做的。国内如今不太时兴穿这么正统的旗袍，可这是美国，飘飘正好趁此机会展示自己的好身材。

Hans 太太说，旗袍是上帝赐给东方女人的礼物，Frank 先生最喜欢看他太太穿旗袍。魏亦听了心中窃喜，飘飘却脸露忧虑：穿旗袍去参加派对，说不定会与 Frank 太太撞衫。

撞衫？民国时代所有女人社交场合都是一身旗袍，有撞衫一说吗？你们不是有句行话"撞衫不可怕，谁丑谁尴尬"，连与比自己大一辈的人撞衫的自信都没有，还敢在人踩人的娱乐圈混？飘飘，我不是教训你，要想出名，就必须推倒各种各样的围墙。在我看来，困扰你的是心墙，你自己围筑的心墙。

飘飘低头无语，魏亦确实说中了她的要害。想出人头地，又想保持一份清高，因此常常纠结郁闷。

魏亦急着要去见 Jack，在飘飘那里待了一会儿便出来了，刚上车，遇上 Frank 夫妇从外面驾车回家，他让 Bell 倒车让道，Frank 点头向他们道谢。

突然，一个念头改变了他的主意，既然相遇，为什么不亲自去拜访他们。

Amy 进屋后，坐下来想喝杯热咖啡，女佣过来说，有位叫魏亦的华人来拜访夫人。

Amy 惊慌地看了丈夫一眼，摇头：我有点累，要去房间休息一会儿。

既然来了，就让他进来吧。

Frank 亲自打开客厅门。

魏亦走进 Frank 家客厅时，看到 Amy 朝里面走去的背影，以为她一会儿就会出来，谁知他与 Frank 聊了半天也没见她出来露个脸。

Frank 倒是热情，津津乐道地讲述着四十年前他去中国的情景以及由此产生的中国情结。

魏亦耐心地听着，见他始终不提画，只好发问：Frank 先生，您是业界受人尊重的画商，想必收藏了很多好画，可以参观一下您的画室吗？

可以，约个时间，我到工作室等你。

哦，不，不，我指的不是您工作室的画，听说，您家画室的藏画都是上品。

Frank 审视了他一眼，问：你想买画？

是的。

喜欢哪种风格的画？

《洞山开悟》。

呵呵，这幅画，不卖，它只属于我女儿。

您不是画商吗？价钱好商量。

画商也有不想卖的画，跟价钱无关。

电话铃响了，是 Frank 女儿 Ruth 打回来的。她告诉父亲，周末要参加一场沙滩排球赛，希望毕业派对推到下个周末。

Frank 说，既然你已与球友约好，那我去跟妈妈商量一下将派对改期吧。Ruth 说，叫妈妈来接电话，我跟她解释一下。

Frank 知道妻子不喜欢与华人同胞打交道，婚后，她几乎没有一个华人朋友。为了回避魏亦，她躲进了自己房间，而女儿此时却坚持要与妈妈通话。

Frank 为难地看了一眼魏亦：魏先生，今天就这样吧。如果您对其他画感兴趣，我们改日再谈，《洞山开悟》肯定不行。

魏亦还想争取，Frank 已做出送客的手势。

　　Frank 夫妇为爱女 Ruth 的大学毕业派对准备了好几天，Ruth 却宣布周末另有安排。Amy 接完电话满脸不高兴：这孩子真是任性，邀请都发出去了，怎么说变就变。

　　Frank 呵呵一笑：让我们的小甜心尽情享受青春吧，客人那边我会打电话——说明原因。

　　Amy 幽幽说道：你总是这样宠着她，让她变得随心所欲。

　　No，No！她不是随心所欲，只是向往我们都喜欢的自由而已。

此岸

第二章

彼岸

1

  网络通信年代，心与心的距离虽然渐行渐远，人与人的距离却拉得很近，近得所有私密信息都可以与人共享。

  安氏副总裁华音的微信，从一早开始，各式各样的生日祝福便接踵而来，这让她想忘记自己的年龄都很难。三十六岁，本命年！因为担心透出里面的红内衣，她今天特意穿了套深色的衣裙，虽然遮住了本命年的秘密，却让自己觉得有些老气。一切还未开始，怎么可以老呢？一个连老的资格都没有的女人，去哪儿可以寻找到一碗无毒的鸡汤？

  以往，她一天要去董事长办公室好几趟，今天，直到中午，她也没去。不是没工作汇报，她只是想借着生日任性一回。中午，她接到安牧良微信语音，问她生日想怎么过？

  还能怎么过？他给她过了九个大同小异的生日，第十个能出什么新招儿？直到下午下班前，她才回了一个信息：有你相伴，生日真的不重要。

  夏日天黑得晚，下午下班时间，太阳还是火辣辣的。保安部员工叶多宝与安家有些渊源，他在电梯间与董事长安牧良相遇，赶紧凑了过去：难得董事长准点下班。

  安牧良皱了皱眉：我办公室还有几个甜瓜，去拿了给你干娘送去。

  十分钟前，多宝见华音下了楼，他本想跟着董事长，看他在这个特殊的日子里出了公司大楼往哪儿走，但董事长下了令，他不得不遵从。于是，眼巴巴地看着董事长上了电梯。

2

安牧良不在家，再热的天，安家都不开空调。

多宝送瓜来了，保姆张婶将电风扇转向他，沈若兰见多宝满头大汗，连忙拧了一条热毛巾让他擦擦汗。

说过多少回了，你爸妈年纪大了，种点东西不容易，别总把家里东西往我这儿搬。

多宝连忙解释，不是从家里带来的，是董事长让他去办公室拿的。沈若兰给多宝倒了一杯凉茶，叮嘱他，以后，董事长办公室有吃不完的东西，拿去分给大伙儿吃，别拿家里来。

多宝凑在沈若兰耳边轻语：干娘，华音今天生日，她出去不久，董事长也出去了。

沈若兰脸色虽变，嘴里却说：随他们去吧，也可能是出去办事。你好好工作，别老让华音逮着撵你的机会。

张婶洗好瓜，递给沈若兰，沈若兰说不想吃，让多宝多吃几块。

多宝在干娘面前从不见外，吃着瓜发着牢骚：他们平时从不准时下班，今天两人前后脚出，说不准就是躲哪儿给华音过生日去了。

张婶是安牧良的远房亲戚，在安家说话做事不像一般保姆那样拘谨，见沈若兰听了多宝的话，脸色不好，便瞪了多宝一眼，低声呵斥他：吃瓜还不能堵住你的嘴，想挑祸呀？

多宝猛咬一口瓜，口齿含糊不清地嘟囔：我就看不得干娘受那女人欺负。

张婶将剩下的两块瓜放进冰箱，催促多宝：太阳下山了，早点回家去。

多宝走后，沈若兰神情恍惚地进了佛堂，盘腿打坐了好一会儿心还是没静下来，于是跪在佛前，喃喃自语：救苦救难的观世音菩萨，弟子罪孽深重，甘愿受罚，请保佑弟子小儿逸翔安康无恙……

3

安逸飞住在洛杉矶的西木区，位于洛杉矶西边地区中北部，中国著名作家张爱玲晚年就一直定居于西木区罗彻斯特大道的公寓。

安逸飞家在比弗利山西边，两层独栋，楼上是生活区，楼下便是他的飞翔游戏公司，五个男孩跟着他没日没夜地摆弄着游戏。一款小游戏测试完毕，已是凌晨四点。

安逸飞伸了一个懒腰，宣布：大家都累了，回去休息吧，这个周末放假。

满头蜂窝卷的小黑哥咧嘴露出炫白的牙齿：头儿，是你想出去约会吧？

安逸飞笑了，就这么点小秘密也被揭穿，人生还有乐趣吗？

小伙伴们走后，安逸飞泡了一个热水澡，把全身的疲劳都赶跑了。突然，他很想念母亲，便往家里拨电话。铃声响了很久，终于通了，电话是张婶接的，她慌慌张张地说：飞飞，不得了呀！你妈胃痛得在床上打滚。

安逸飞问：我爸知道吗？

张婶懦懦答道：没，我还没来得及说呢。

安逸飞叮嘱她：婆婆，守着我妈，我给爸打电话。

安逸飞匆忙挂断家里电话打父亲手机，手机接通后，对方没接，他接着打……

4

枫林酒店是天缘江一家五星级酒店，位于城边，奢华而隐秘。

华音与安牧良一前一后进了房间，两人本想一同沐浴，无奈，安牧良的手机一直不让他闲着。直到华音从浴室出来，安牧良才放下手机，歉意地说：对不起！魏市长电话。

华音嫣然一笑，表示理解，将安牧良推进浴室后，自己倒了一杯红酒站在窗边。

远处，斜阳独倚西楼，屋里，已卷珠帘。华音轻拨窗帘，一抹夕阳余晖随即挤了进来，华音让它落在胸前，她微闭双眼，想用意念将阳光牵引进隐在心底的那个黑洞，可它却固执地停留在浴袍上，怎么也不肯深探一分。

尽管如此，华音还是非常感激，手按左胸轻语：今日除你之外，再无宾客，谢谢!

在说什么呢?

安牧良沐浴之后，连头发都来不及吹，便身着浴袍出来了。他甩了甩湿湿的头发，偎近华音。

华音摸着胸前的阳光：礼物，我的礼物。

呵呵，差点忘了。

安牧良以为华音在催讨生日礼物，华音见他没听懂，不觉哑然失笑。

安牧良从包里取出一个精致的盒子递给华音：抱歉! 不能大张旗鼓为你庆祝生日。一会儿，酒店会送餐到房间来，咱们就在这小天地里享受二人世界吧。

华音没有去接安牧良的礼物盒，指指胸前：金牌护身符，无价。

安牧良开心地笑了：换上浴袍去了商场杀气，还是一个傻姑娘。今天抛开工作，尽情庆祝生日。

华音为安牧良倒上一杯酒：一个三十六岁老姑娘的生日有什么好庆祝。来，尝尝咱们安氏的新产品。

安牧良接过酒：安男人、安女人? 好，咱们今天自己来检验一下它们的功效。

门铃响了，服务生推进一车丰盛的菜肴以及生日蛋糕，为他们摆好桌后就退了出去。

安牧良再次呈上生日礼物，催她拆开。

华音接了礼物却不拆开，她盯着杯中的酒，良久才开口：我知道你每年送的生日礼物都很昂贵。

安牧良急了：可是，最近几年，我送的礼物你都没有拆开过，是不是……

华音轻抿一口酒：不是不喜欢，而是、而是任何礼物也没有你重要……剩下的话似乎被心中那个黑洞吸走，她不由得哽咽抽泣起来。

安牧良将她搂进怀中，他当然知道，从二十六岁起就跟了他的华音，最看重的肯定是他本人。可是，沈若兰于他甚至整个家族而言又岂止是一个妻子？他们当年同样炙热的那份爱情虽然已被岁月消磨，可血肉相连的亲情，哪是轻易割舍得了的？为了生老二，她连热爱的工作也丢了，老二逸翔三岁那年走丢之后，她整个人都崩溃了。直到如今，提起老二便痛不欲生。

安牧良轻拍着华音：委屈你了，我真的开不了口跟她提离婚。

华音从安牧良怀中挣脱出来，一口将杯中的安女人干了，她站了起来，背对着安牧良：你当然不能伤害她，她哪像我这么贱！她丢了儿子可以理直气壮地博取大家同情，而我，一连人流了三个孩子，虽然未曾谋面，那也是我的骨肉！谁给过他们一点点怜惜？我也是个女人！可我连做母亲的资格都没有！

华音又倒了一杯酒干下，安牧良接下她的酒杯，将她拥入怀中：她是我的结发妻子，我两个儿子的母亲，你不仅是我事业上的左膀右臂，更是我的心头肉，我一天也不能没有你。这让我如何选择？

手机响了，安牧良不想接，它便一遍一遍锲而不舍地响着。安牧良烦躁地拿过手机，正要关机，一看号码，无奈地看了一眼华音。

华音认出这是他儿子的号码，于是从安牧良怀中挣脱出来，坐到另一张沙发上：接吧，说不定有什么急事。

安牧良接了电话，手机里传出安逸飞焦急的声音：爸，你在哪儿？妈妈胃痛得不行了，你快点回去送她上医院吧。

安牧良叹息一声，摇了摇头：好、好，我马上回去。

他为难地看着华音，华音虽然没听清电话内容，却知道，所谓的爱情，在亲情面前，永远不堪一击。

华音起身来到窗前，她不想看他一脸的无奈，也不想看他慌乱穿衣的模样，她将窗帘拉得严严实实，遮住了玻璃的反光，也挡住了万家灯火。那些灯火全是别人家的，就连屋里的灯光也不属于自己。华音紧捂胸口，生怕自己被心底那个黑洞吞没。

安牧良穿好衣服，吻了吻她：我知道你很委屈，对不起！

华音挤出一丝笑容："对不起"，算是你给我本命年的礼物吧？笑纳！

安牧良走到门边，见华音始终不肯转身，只好轻轻将门带上。关门的声音虽然不大，却撞得华音泪流满面。

5

若想寻找生命活力与生活品质，便去莫妮卡海滩。除了互为风景的帅哥、美女、名贵跑车，还有许多活泼可爱的小狗。

Frank 与 Amy 夫妇独女 Ruth 参加的沙滩排球赛是网约的，也就是说，十二个参赛女孩大多互不相识，全是由她们的粉丝推荐、约定的，正式比赛是明天，今天只是一场磨合赛。

身高一米七的 Ruth，单独看绝对高挑，可混在队友里却显得分外瘦小。那精致的五官，让人感觉，这姑娘不该来球场，她应该去跳芭蕾。

6

飘飘担心安逸飞责怪她把魏亦引来，没想到，安逸飞见了魏亦并不吃惊，只是皱着眉问：光是用来做什么的？

魏亦知道安逸飞在刁难他，他嘻嘻地把火球抛给飘飘：飘飘女神，你知道飞同学的光是做什么的吗？

飘飘在为难的同时心头涌起窃喜：不就是暗指魏亦是他们的电灯泡吗？难道他对自己动心了？

看着两人的目光都对准自己，飘飘抿嘴笑了，她举手挡着太阳，娇娇地喊着：难道这光只烤我一人，你们不觉得晒？

趁着魏亦去找太阳伞，飘飘故意问安逸飞：你刚才说的光是什么意思？

安逸飞一本正经道：我刚知道光是人类研究宇宙的主要对象，想对你们科普一下。

飘飘翻他一白眼：你就装吧！

安逸飞夸张地做了一个蜘蛛侠动作后，拉飘飘去玩沙，飘飘怕晒，安逸飞说黑一点没关系，还有人特意去美容店用光波把自己烤黑来着。

他指着不远处那群正在拼杀排球的女孩：你看她们，黑得多健康。

飘飘瞟了一眼排球女孩们，心中涌出无限感慨，靠脸吃饭的人能任性地想晒就晒吗？晒出满脸斑来谁还找你拍片？影视界新人如雨后春笋，想红不容易，被淘汰却是稍不留神的事儿。这种危机感岂是安逸飞这种公子哥儿能体会到的？

不一会儿，魏亦过来了，他指挥一个墨西哥胖大叔妥帖地支好太阳伞，并摆放好三张沙滩椅。安逸飞见飘飘不停拍打躺椅上的沙粒，便从包里取出几张报纸给她垫着。

飘飘顺手拿起一张翻阅：你不是游戏公司吗？怎么还办报？哟，还有小说连载。

安逸飞喝着啤酒介绍，公司宣传所需，最近办了一个中、英、西班牙三种语系的报纸。为了吸引华人读者，本想请一位华人作家写专栏，朋友给他推荐了旅美作家李老师。可李老师说，他在美国待不长，他想念北京的油条烧饼豆腐脑。于是将他最近出版的一部长篇历史小说《千古商圣》送他，说合适的话就连载。

安逸飞满脸正色地说：这部小说真是值得一读，我一看就放不下了。

飘飘附和着：真的！画面感特强，适合做电视剧。你们拍吧，我来演侠女慧游。

安逸飞出神地看着远海，飘飘揪着他的胳膊撒娇：拍嘛，我才看这么一小节就知道，慧游这角色，谁演谁红。

安逸飞抱歉一笑：我的游戏公司还没成气候，目前还不能分心去做影视。

一旁的魏亦不屑道：侠女有什么好演，咱们天缘江南宋出了一个夏皇后，要是拍成电视剧，你演皇后能不红？

飘飘一听，眼直了：这，你们可得帮我呀！

魏亦打开一罐啤酒递给飘飘：你只要能帮上我那个忙，我给你投资一个影视公司，让你自己当制片人，看中哪个角色就演哪个角色。

安逸飞一听就知道魏亦想利用飘飘，心中不快，他冲着魏亦：喂、喂，飘飘能帮你什么忙？可别坑她。

我说飞同学，你能不能心里阳光点，帮我一个忙就是坑她？

安逸飞无心跟他舌战，起身朝海面走去，站在水边看着远处的冲浪人有点跃跃欲试，于是向魏亦发起挑战。魏亦未置可否，只是说，想先去趟洗手间，安逸飞嘲笑他肾功能障碍，魏亦将啤酒罐甩向他。

Ruth 的一个队友刚好见到魏亦扔啤酒罐，不满地说：华人太不懂得保护公共环境了。

Ruth 听了，脸上顿时挂不住，她一掌将球拍出去，球在沙滩上空飞旋起来。

安逸飞回头看到了啤酒罐，一脚将它踢得飞了起来。球与啤酒罐在空中相遇，它们相互撞击着落在沙滩。

安逸飞紧跑几步过去捡啤酒罐，球却滚到了脚边，他正要弯腰捡球，Ruth 跑过来没好气地说：不劳驾您捡球，请爱护好公共环境，不要让人感觉华人有钱没素质。

安逸飞恼了：咦，我看你也像华人，有这样糟蹋同胞的吗？

Ruth 捡起球头也不回地说：我不是华人，也不想有你们这种同胞。

安逸飞被她抢白得血往上涌，要不是看她是个女孩，真想拍一啤酒罐过去，看着她抱球扬长而去的背影，他忍不住吼了一声：香蕉人！

7

魏亦坐在办公室转椅上，眼睛紧盯着电脑屏幕上的股市行情与信息。

W 公司股票本属优质股票，自发行以来一直稳定上升。如今受董事长被罢免、内讧、官司等负面消息影响，股价开始下跌。

商战虽无硝烟，W 公司的命运注定只能浴火重生。W 公司之所以遭此劫难，主要原因是 Jack 这个堂堂白人精英，竟然要在一个论家世、论学历都不如他的黄皮肤华人门下讨碗饭吃，心中肯定憋屈，这只是其一。其二便是，连分公司韩林的薪水都比 Jack 高，他能不心生嫉恨？

魏亦的出现，给了 Jack 一束曙光，他发现魏亦眼中不仅有着与他同样的狼的绿光，他们之间还有着一种高度的相似，那便是精英的高傲。Jack 坚信，魏亦将是他最好的合作伙伴，于是巧妙地推荐魏亦当上 W 公司独立董事，并紧盯着查理汤的纰漏。终于，查理汤一个疏忽，便被 Jack 名正言顺地逮住不放。

魏亦大学毕业那年，母亲托人让他进了 W 香港分公司实习，恰逢总裁 Jack 去分公司视察，实习生魏亦负责接待。他的融通能力让 Jack 大为青睐，当下便说服魏亦在他朋友办的投资移民公司办移民。魏亦来到美国后，他们合伙创立了 T 公司，出资人魏亦占股百分之四十九，Jack 占股百分之四十，另一合作伙伴 Lan 负责经营，占股百分之十一。

几年的合作，Jack 完全了解野心有余而耐心不足的魏亦，绝不满足于一个小小的公司，于是精心策划了一条利益链，并慷慨地将链条的一端抛给了魏亦。

其实，除 T 公司之外，魏亦还成立了一家公司，他认真地研究了偶像查理汤的发家路数，"美国产品中国制造"，这条路他肯定不会选择。近年来，中国人工成本在逐年提高，加工行业明显竞争激烈，魏亦盯紧的是利用国内资源赚快钱。

此番，Jack 给魏亦制订的"空手套白狼"计划，便是等 W 公司股票跌无可跌，甚至退市之时，他帮助魏亦收购 W 公司股票，然后里应外合控股 W。

真是一个千载难逢的完美童话！只是当魏亦目睹 Jack 用尽手段对付查理汤之后，他似乎隐约看见了童话里大灰狼摇摆的尾巴。他反复思量：Jack 打败查理汤是图谋董事长位置，既然如此，他为何还要卖力地帮自己？仅仅是为了承诺给他的 T 公司那些股份与一幅画？不，绝对不是！那么他还有什么用意呢？

正当魏亦陷入沉思之时，Jack 打来电话，声音中带着无法掩饰的无耻：看到 W 公司股票了吗？开始跌了，但无论下跌多少，公司的性质不会改变。

魏亦说：Jack，我心中有个疑惑，你现在高居 W 公司董事长之位，应该说个人目的达到了，你为什么还要帮助我收购 W 公司股票？一旦我控股了 W，你这董事长位置不是又坐不稳了？

Jack 在电话那头笑了：魏，难道你不知道我这个董事长之位只是一个职位而已，随时有可能离职。而我也不像你那么有野心，我只想稳住 T 公司那片小天地，至于 W 这座江山，还是留给你吧。

是这样吗？这是残酷抢夺查理汤一手创办的 W 公司的 Jack 吗？

Jack 接着说：魏，你应该知足吧？你们中国有个词语叫"舍得"，相信你比我懂。

魏亦听出来了，Jack 在暗示他做出一种取舍。可是，如今 W 公司现任董事会拿着公司的钱聘请收费昂贵的律师与查理汤打官司，公司不知会被 Jack 糟蹋成什么样，他只在意个人利益，根本不顾公司死活，这样下去，W 公司还有希望吗？

Jack 似乎猜出了他的心事：你低价收购 W 股票控股公司后，只要进行一次重组，股价不愁上不去。魏，有我帮你，你还有什么可担心的？我们已经迈出了关键性的一步，难道你还想退缩？

魏亦咬着嘴唇沉思片刻：好吧，我会让律师将我持有的 T 公司股份一半底价转让给你。如此一来，你占股百分之六十四，绝对控股了 T 公司。

Jack 用明显兴奋的声音说：爽快！你不是喜欢 Bell 吗？这段时间他跟着你也很高兴，既然如此，我只好忍痛割爱，将 Bell 让给你吧。你知道的，Bell 能帮你办到许多你自己无法办成的事，他是一个绝对忠诚的人。

魏亦对此深信不疑，自己身边一直没找到得力助理，Bell 这段时间帮了他很多忙，他几乎不带任何犹豫地接受了 Jack 的好意。

8

报亲寺在叶家村后面的盘龙山上，已经荒芜了几百年。叶多宝开车送沈若兰与本常去看报亲寺遗址，汽车停靠村边。

车停好后，多宝绕过车头扶沈若兰下车，紧接着本常也下车了。沈若兰让多宝回去看爸妈，剩下不通车的一段路，她与本常走过去。

多宝体贴地说：干娘，您身体不好，我可以再开过去一段。

沈若兰对多宝摆摆手：没事儿，走走对身体有好处。

沈若兰指着山边的叶家村对本常说：当年，我和逸飞他爸就下放在那儿。

本常不善言，只是微笑着颔首聆听。眼前这位施主，就像菩萨一样让他觉得可亲可敬。多宝走了，他陪沈若兰一路走着。

一段山路爬得沈若兰气喘吁吁，她指着前方陡坡告诉本常：那一段太陡峭，以后修路估计难度较大。

对修行者来说，有这么一条路，已经很好了。

本常折了一把树枝铺在一块大石上：师兄，坐着歇会儿吧。

其实，本常的佛家辈分比沈若兰高，但出于对沈若兰的尊重，本常坚持称沈若兰为师兄。

沈若兰笑着坐下，本常没有歇，他四处观察着地形。待沈若兰歇了一会儿后，他已将四周几条山路的去向都摸清了。他们沿着山边一条崎岖的山道，一路攀上去，大约走了半个多小时，来到一个四周被山包围的盆地，若不是还有几块字迹模糊的石碑，真看不出这里曾经有过寺庙。佛缘的深浅还真是无处不在，沈若兰看到的荒山，本常却视为福祉，盆地四周的山头，分明就是座座莲花！

本常欣喜地看着山，沈若兰静静地看着本常，瞳仁里稀释出的那种隐隐的疼，牵引着她的思绪跑得很远、很远……

妈妈，喔喔奶糖真好吃，我也给您捶捶背吧。

隔空飘来的声音就在耳畔，她张开双臂却拥抱不到幼小的爱子逸翔。

儿子，你在哪儿？快点回到妈妈身边……

师兄，东北角那一大片茶林是云雾茶吗？

沈若兰挣脱回忆的缰绳，顺着本常指的方向看去，她告诉本常，那是一片喊茶林。

喊茶？真有意思。

是的，从前，每年惊蛰那天，临近乡里的青年男女都会聚集茶林，男击鼓女喊茶，场面十分热烈。

茶林也是叶家村的？

不，茶林原属附近三村共有，因为每年采茶都会发生械斗，现在由政府出面协调，卖给了一家私营茶业。沈若兰对本常说，多宝父亲就是叶家村村长，他们很熟，已与叶村长说好，先买下这块地，至于寺庙如何修建，还得从长计议。

本常双手合十，轻念：阿弥陀佛。

沈若兰看着本常背上已被汗水打湿，心又开始隐隐作痛。二十多年来，失子之痛已将她折磨得神情恍惚，每每见到与逸翔年龄相仿的男孩，总会情不自禁地把他当成丢失已久的儿子。

9

天缘江新的行政中心快要落成了，华音一直在跟进市委、市政府旧址天缘大院的收购工作。

周一公司高层晨会后，华音来到董事长办公室，一屁股坐在安牧良老板台对面的椅子上，安牧良起身暧昧地笑着让她坐沙发。

华音一本正经：我是来向董事长汇报工作的。

安牧良拉着她坐在沙发上，华音甩开他的手：收购工作虽说早就在做铺垫，但是融资还没落实好，银行梁行长那边，我虽与他初步达成协议，心里却总是不踏实。我有一个想法，不知是否妥当。

安牧良用眼神鼓励她：你说。

收购天缘大院就绪后，我们就要等待法院拍卖缘水药厂，所以，必须加固银行与法院的关系。我建议，让你家沈大夫领着行长夫人、院长夫人去台湾旅游一趟，会比其他公关效果好得多。

可是，若兰与那两位夫人不熟呀。

华音白了他一眼：你忘了，原妇产科沈大夫与计划生育办公室的市长夫人汪海莲曾经一同下乡搞计划生育，她们不是老朋友吗？现在，汪海莲刚刚办了退休，待家里应该很是无聊。此时邀请她去旅游，肯定不会拒绝。只要她去，那两位能不去？

安牧良笑了：一箭双雕啊，让她出去走走，也给我们创造点机会！

华音脸色突变：别把我想得那么歹毒，市长夫人的枕边风可是凌厉无比的。

安牧良点头：魏市长是出了名的妻管严，能拿下他老婆当然胜券在握。

只是，安排她们出去旅游，要把握两个原则，一是安全，二是质量。

华音：放心，咱们定制高配置的豪华旅游套餐。

华音说完瞥了安牧良一眼，眼神透露的是工作的自信，还是情感的酸楚，安牧良总是分不清。

10

安家主卧，并排摆着两张床，显得有些故事。

沈若兰服下安眠药后，躺下，她看了看旁边的空床，关了自己的床头灯。

夜的黑填满了空荡的房间，沈若兰合上双眼，盼望着能做个好梦。梦是她最大的奢侈品，在这样的夜晚，属于她的除了梦，还有什么？梦已成为她寻求生命挚爱的攀藤，听从神灵的感召，她徜徉在过去与未来之间，而现在、现在只能机械地数着：一只羊、两只羊、三只羊……数着、数着，羊群跑散了……

哎哟。

安牧良轻手轻脚地走了进来，却撞了床头。

沈若兰明明听见了自己的鼾声，睁开眼却感觉还没睡着，她开了灯：回来了。

安牧良歉意地：把你吵醒了吧，本来想早点回来，有事耽搁了。

沈若兰翻身看了一眼床头手机，嘟囔：今天已经算早了。

安牧良坐在沈若兰床沿：有件事想与你商量。

沈若兰翻转身：商量？咱们还有什么可商量的事，这些年，不是一向都是你说了算吗？

安牧良检讨着：若兰，很多时候是我不够细心、不够体贴，可我要操心的事儿太多了，哪有……

沈若兰没等他说完：明白，什么事儿，说吧。

旅行社送了公司四个台湾八日游的指标，我考虑了一下，觉得你陪几位领导夫人去比较合适。市委、市政府不是要搬去新落成的行政中心上班吗？现在的天缘大院就像唐僧肉一样，大凡有点实力的公司都想争抢。

沈若兰压住冲到嘴边的哈欠：天缘大院这么香？

安牧良坐近了点，伸手扒开妻子的空调被，想趁机上床，沈若兰拉了拉被子：洗了吗？

安牧良即刻缩回手：还没，我说完就去洗。几年前，天缘江来了一位风水高人，他说，天缘江风水最好的地方便是天缘大院。此话一传开，很多人便开始打它的主意。

这跟台湾游有什么关系？

怎么没关系？魏市长谁的账也不买，唯独惧怕老婆，你与汪海莲曾经共过事，这些年关系一向保持得比较好。这回陪她去台湾多下点功夫，让她在魏臻耳边吹吹枕边风，这比任何公关都强。

沈若兰叹口气：她的胃口太大了，我有点怕她。

安牧良隔着被子拍拍妻子：胃口大是好事，这样我们才有机会。

沈若兰坐了起来：她几次在我面前念叨天屿花城的别墅怎样怎样好。

安牧良眼睛放亮：好说，你明天就约她去看房，最好选两栋邻近的，咱们与她家相邻。

我可不想搬家，我们搬走了，万一逸翔回来了，他能找到咱们吗？

哎呀，谁说买了房子一定要搬家？先不说别的，明天约她看房，顺便邀请她去台湾旅游。

我答应了妙回师父，这段时间要帮本常小师父忙碌重建报亲寺的一些杂事。

慈善的事，出点钱了事，不必那么亲力亲为，安氏集团才是关乎咱子孙后代的大事。

沈若兰声调高了：我想得与你不一样，我觉得，慈善，要么不做，要做就得实诚。

安牧良也随着声音加粗：没有安氏做支撑，拿什么去实诚？

话不投机，半句多。沈若兰重新躺下，寻找刚才数丢的羊。

安牧良起身洗澡前，扔下几句话：梁行长夫人与院长夫人，他们才是我们的菩萨，这次去台湾，一定要让她们玩得尽兴。

此岸

第三章

彼岸

1

音乐、笑语、红酒配着美食，Frank 夫妇与女儿 Ruth 分头照顾着宾客。

飘飘推着 Hans 太太到来时，女主人 Amy 迎了过来，两人一打照面，都愣了一下。果真撞衫，社交场合女人最尴尬的相遇。

飘飘虽然比 Amy 年轻差不多两轮，却不得不赞叹这身旗袍穿在微显丰腴的 Amy 身上，一点也不逊色于她。事已至此，她只有硬着头皮扛下去。Amy 礼貌地请她们进去后，随即回屋去换衣服。

屋里屋外周旋的 Frank 见到飘飘，不由得眼前一亮，他不失时机地走近飘飘：女神，从哪个星球降落的？

飘飘指指旁边的房子：邻居。

Frank 给她端来一杯红酒，飘飘笑盈盈地接过，有意无意地说：红酒，养眼，不过我更喜欢喝咖啡。

Frank 哈哈一笑，看了一眼大门，低声说：小姐喜欢喝咖啡？这也是我的所爱。今日不便，如果明晚有空，我可以请小姐品一品人世间最好的美味，Ok？

飘飘眨眨眼，举了举酒杯。

换了衣服出来的 Amy，再一次博得众人赞美，欧美大牌将她衬托得华贵又时尚。Frank 深情地拥抱了她，眉目间洋溢的全是男人的自豪。

一女孩对 Ruth 感叹：太羡慕你了，有那么相爱的爸爸妈妈爱你。不像我，父母整天吵架，想着回家就头大。

Ruth 真诚地邀请她：今晚就住我家吧。

女孩摇头：我明天得去找工作了。你呢？

妈妈在向 Ruth 招手，她向女孩做了个鬼脸：我要随爸爸妈妈去欧洲旅行，回来再找工作。

夫妇俩带着女儿为来宾一一敬酒，一白人男子赞叹：我们还以为 Frank 太太是最美的东方女人，没想到女儿比妈妈更美。

Amy 连忙补充：Ruth 是东西方结合的美。

Frank 听了很高兴，他吻了妻子又吻女儿，派对简直就是一场 Frank 家的恩爱秀。

2

洛杉矶的星光大道，作为旅游景点完全是沾好莱坞的光。其实，它就是一条普通街道，只不过人行道上封印着一路星星和一些明星的脚印。

Frank 走进星光大道一家咖啡厅，选了一个位子坐好后，眼睛盯着大门，服务生连问几声他都没听见。突然，他眼前一亮，一位身穿丝绸旗袍的中国女人，款款走进。

Frank 站起来兴奋地说：Piaopiao，你终于来了。

飘飘矜持地微笑着，用指尖轻抚一下 Frank 肩，算是回应他的热情。坐定之后，她并不言语，只是笑看 Frank 的眼睛浅酌慢饮着 Frank 为她点的咖啡。

Frank 定定地看着飘飘白皙性感的手，他一向觉得东方女人的手简直是件妙不可言的艺术品，初遇 Amy，就是被她那双凝脂无骨的手与身着凹凸有致的旗袍所俘虏，今天，又见到一双同样的艺术品，他怎能不……

飘飘在娱乐圈也没白混，她知道此时若是扭扭捏捏反而会引起他的误解，于是大方地将手伸了过去。

Frank 托着飘飘的手，欣赏了好一会儿，轻轻拍了拍，满足地说：比维纳斯的手多了些温度，让艺术有了真实感。

飘飘没有继续与他讨论有关艺术的话题，微微一笑，问：您是画商？

Frank 点头，飘飘问他，是否可以教她识别真假画。Frank 将指头放在嘴边做个噤声的动作，之后将头伸向飘飘，眨眨眼说：我中了中国女人的魔。

　　飘飘斜睨他一眼后，用小勺专心地搅拌着杯中的咖啡。Frank 呆呆地看着飘飘，就像贪婪地研究一幅画，只觉画面清晰，内涵却扑朔迷离。见飘飘喝着咖啡半天不语，Frank 没话找话：喜欢画，可以去我工作室看看，多看，自然能鉴别出画的优劣真伪。

　　飘飘抿嘴笑了，慵懒地说：还是先带我去参观你家的画室吧，听说，你把好画都收藏起来了。

　　Frank 想了想，点头同意：周日吧，周日上午我太太会带女儿去教堂。

　　飘飘小啜一口咖啡：真香。

3

　　好奇、好玩、好胜、好色，是人类的四大天性。不管男人还是女人，大家都在自觉不自觉地受天性驱使，演绎着各自的版本。

　　Frank 别墅的地下画室，陈列着世界各国不同风格的名画，这些都是他收藏起来舍不得卖的。

　　飘飘不懂画也对画不感兴趣，她一心想找到《洞山开悟》，对其他画更像走马观花。找了一圈，没发现她要找的画，随后，又转一圈，终于在一个角落找到了一幅很不起眼的水墨画。要不是上边写着中国字，她还真的不想多看它一眼。

　　飘飘指着《洞山开悟》，试探着问：这幅画没有其他画好看，应该不贵吧？

　　Frank 摇头：看样子，你真不懂画，这个画室里最养眼的不一定是它，但最具有收藏价值的便是这幅不起眼的画。

　　飘飘指着《洞山开悟》问他：这幅画，你想卖多少钱？

　　多少钱也不卖，要留给我女儿。

　　飘飘撒着娇：画商的女儿还愁没好画，不如卖给我吧。

　　Frank 看着她有点困惑：不懂它的价值，为何要买下？

　　飘飘眼睛闪着电光：我是不懂，可是你刚才教了我，这幅画值钱呀！

　　Frank 搓了搓手：对不起，我不能答应。不过，我可以帮你一个其他忙来弥补这个遗憾。

飘飘歪头看他，Frank 向她走近几步：你说过，你是演员，我可以帮你在好莱坞找一个角色。

飘飘顿时兴奋起来：真的？

Frank 乘机捧起她的手，吻了吻，之后，像安放《圣经》一样轻轻放下。飘飘先是一惊，见他并无过分举动也就镇静下来。

Frank 按着胸口，做了一个深呼吸，看着飘飘的眼睛，一脸认真地说：前提是，以后不要再打这幅画的主意。

我对你那破画一点兴趣都没有。

飘飘说的是真话，Frank 却半信半疑。此刻，恐怕连天性也难诠释他们各自属于什么版本。

4

魏亦打电话给飘飘，说要安抚安抚她被西餐虐待了几个月的胃，飘飘欣然应允。

魏亦派比一米八五的他还高半个头的跟班 Bell 去接飘飘，他直接从公司到 Westfield 购物中心外的火锅店等他们。

魏亦见飘飘一脸喜气地走了进来，以为她大功告成，等她将在画室与 Frank 的谈话描述一遍，魏亦顿时像泄了气的皮球。

魏亦没有了食欲，将一盘牛肉全部倒进锅里，飘飘埋怨他：有这样涮牛肉的吗？不就一幅画吗？

真是燕雀焉知鸿鹄之志哉！Jack 得不到这幅画，他能帮助自己完成收购 W 公司计划？魏亦因为不能跟她说清其中缘由，不由得叹了口气，说：这幅画对我真的很重要。

美国土生土长的 Bell 辣得抓耳挠腮，却停不下来，飘飘可能真的被西餐虐待惨了，与 Bell 两人吃得热火朝天，魏亦却没有一点胃口。

Bell 见魏亦一脸失落，赶紧咽下牛肉，腾出嘴说，让他去试试。

魏亦拍了拍他的肩，连着给他涮了好几块肉。

5

酷暑季节，清凉的山里与蒸笼一般的城里简直成了两个世界。

本常大清早来到盘龙山，他用一根竹竿作标尺，丈量着山路。杂树丛生的山，乱石怪立的路，在本常眼里呈现的是另一番奇妙的景象：佛光映照着山野，荒草树木灵光闪闪……遐思中，本常接到沈若兰电话，约他去盘龙山，本常告诉师兄，自己已经进山。

沈若兰来到山上时，已近午时，还是多宝开车。本常正在修路，他告诉沈若兰，先把这段不通车的山路修平整些，其他的慢慢来。沈若兰看着本常被汗水浸湿的灰袍，心中那种疼痛越发难忍：这孩子不知吃过多少苦，他的父母怎么舍得……一时失神，沈若兰脚下一滑，差点摔了一跤，本常连忙伸手将她扶住。

沈若兰拉着本常的手，心头颤动，不由得打听：本常师父几岁开始出家？

本常擦了一把汗，回忆着：我从小跟着师父长大，虽然未曾剃度受戒，一直都是小沙弥。后来，师父见我渐渐长大，问我是否愿意接受剃度，我愉悦地答应了。因为不知道出生年月，那时大约十四五岁吧。

沈若兰又是心头一震：你父母？

本常憨厚一笑：不太记得了，只听师父说，他是在路边把我捡回去的，当时，我病得奄奄一息。

沈若兰脸色急变：你师父在哪里的路边捡着你的？

福建。

沈若兰似乎有些失落，她眼含泪光，慈母般地用纸巾为本常擦去脸颊的汗珠。本常没有避闪，憨憨地笑着。

多宝举起手机拍了下来，口无遮拦地说：哇，你们好像母子俩哟。

这话说得沈若兰心中忐忑起来，她慈祥地看着本常：论年纪，我确实可以做你母亲，可出家人不……

本常合十：阿弥陀佛。

沈若兰告诉本常，过几日，她要去台湾旅游，等她回来之后再带着他去办其他相关手续。

本常再次合十。

多宝在一棵青翠的毛竹上用指甲刻了一个"禅"字，正在得意间，本常轻声吟出：山竹刻禅俨成佛，只是差强未免乐。

多宝嘿嘿地笑着：小师父出口成章，还真有学问。

6

天使之城洛杉矶，这个位于美国西海岸的移民城市，风情岂止万千？

Frank 拜访完画家朋友，带着一个金发模特拐进一家咖啡厅，一杯拥有高评价的皇室哥本哈根让他如痴如醉，身心似乎彻底得到放松。不知是受艺术的熏陶还是四分之一法国血统的浪漫基因，Frank 喝咖啡不像以豪爽著称的美国人那样作牛饮，有美女相伴，他喜欢慢慢享受品尝咖啡的过程。

先生，我可以坐你边上吗？

傻瓜才愿意呢！Frank 瞥了一眼五大三粗的 Bell，就像浓香的咖啡里倒了一勺酱油。可是，作为一名绅士，不愿意又能怎样？没等 Frank 作出反应，Bell 已一屁股坐在他旁边。

看着 Frank 诡异的眼神，Bell 笑着作了自我介绍：你好，Frank 先生，我叫 Bell。我的老板是古画爱好者，非常想收藏《洞山开悟》，希望您能将此画卖给我老板，至于价钱嘛，好说，好说。

Frank 再一次强调，《洞山开悟》要留给女儿，多高的价也不卖。

Bell 咧嘴一笑：看样子，Frank 先生很看重家庭。或许，在这一方面，我真的能帮您一个大忙。

Frank 被他说烦了，挥挥手：Bell 先生，我不需要你帮任何忙，请别打扰我们。

Bell 站了起来，递给 Frank 一个大信封。Frank 狐疑地看着他，没有伸手接，Bell 抖了抖信封，几张照片滑落桌面。

金发女郎拿起那叠照片，惊呼：哇，Frank 先生，你好有艳福喔！

Frank 接过去一看，全是他与年轻模特幽会的照片。

Bell 将照片放回信封：我相信 Frank 先生一定不想让这类照片落到夫人手里，如果这样的话，我可以帮您阻止这件事情朝着不好的方向发展。

Frank 没有开口索要照片，他知道，既然他们拿这些照片要挟他，肯定不止这一份，他一口喝干小半杯咖啡，就像饮下一杯烈酒，涨红着脸：勒索？

Bell 摇摇信封：No，No，我只是想帮您摆脱一件尴尬的事。好吧，您还有一天时间考虑，我会把联系号码发您手机上。

Frank 怔怔地看着 Bell 离去的背影，脸色变得铁青。

7

Frank 要去巴黎参加一个国际高级画展，按照原定计划，全家随着他一起去欧洲旅行，Ruth 等旅行回来再去找工作。

参展日期渐近，按照往常习惯，Amy 早就带着女佣准备行李了，可这次，母女俩竟然没有一点动静。

Frank 这几天每天守在家里收邮件，他知道那些握着自己把柄的人肯定不会善罢甘休，照片若是被妻子发现，不知她会作出怎样的反应？

Frank 真希望她大闹一场，那说明她还在意他，可是……

爸爸，我不想去欧洲，想去中国。

Ruth 偎近坐在沙发上似乎有些跑神的父亲。

Frank 有些愕然，看着女儿：说说原因。

我长这么大从没去过中国，我想去中国看外婆。

可是，去欧洲的机票和酒店都订好了。

一旁优雅地剪着插花的 Amy 旁人似的看了父女俩一眼，淡淡说道：Ruth 不去欧洲的话，我也不去了。

我的上帝！她到底看没看到那些照片？为什么她的反应如此让人捉摸不透？

Frank 吻了吻女儿的额头，起身走过去又吻了妻子脸颊：我会尊重你们的决定，甜心，爸爸带你去画室看看。

虽说画室就在地下室，Ruth 平日却很少下去。

Frank 看着 Ruth 的目光投向一幅《最后的华尔兹》上，便兴趣盎然地给她介绍：这是维也纳华人女画家刘秀鸣的近作，你看，画面从氛围到色彩到人物模糊的表情间，透出种种喧哗后的寂灭、辉煌盛宴之后的末日……

Ruth 笑笑：有点喜欢。

Frank 摇摇手指，将她带到摆在屋角的那幅看上去破破旧旧的《洞山开悟》前，这是一幅与满屋光鲜油画极不协调的水墨画。

Ruth 皱了皱眉：分明是一筐仙桃里混入一枚风干的枣，爸爸为什么对它情有独钟？

Frank 指着画上的字：你能认出上面的中国字吗？

Ruth 摇头：中国简化字我都认不了多少，更别说繁体字了。

Frank 遗憾地眨眨眼，打开手机照片：妈妈把它们抄写成了简体字，并注上了拼音。

Ruth 就着手机结结巴巴地念：切忌从他觅，迢迢与我疏；我今独自往，处处得逢渠。渠今正是我，我今不是渠；应须恁么会，方得契如如。

什么意思呀？ Ruth 好不容易结结巴巴念完，一脸茫然地看着父亲。

Frank 摇摇头，四十年前，他用十五元人民币从中国一个卖废品的老太太手中将它买来之后，就一直在琢磨它，到现在还没有人能为他解释清楚这画与诗究竟是什么意思。

Frank 说：你妈妈告诉我，这不是一般的诗句，它是禅诗。我明白，禅是这个世界最难悟的东西。其实，爸爸也想去中国，去中国了解一下神秘的禅，可是你妈妈不太愿意回中国。

Ruth 心头一热：爸爸帮我去说服妈妈好吗？我太想去中国了。我都快要忘记中国天缘江外婆的模样，我去中国可以看到外婆，也可以帮爸爸了解中国的禅。

Frank 拥抱了一下女儿：现在全世界都掀起了中国热，你今年二十二了，是应该去中国看看。

Frank 将《洞山开悟》取下，郑重地交给女儿，并再三叮嘱：此画有很多人垂涎，不要轻易让人接近甚至知道它。

它很贵吗？

我不知道它究竟值多少钱，但多少钱我也不愿卖它，我只想留给我的女儿，这是爸爸的一个中国情结，相信我女儿一定能参透其中的禅。

Ruth 接过画，从父亲的眼神中，她明白了此画的价值不在一般意义的画价。

8

耶！

一声欢呼从安逸飞家一楼传出。飞翔游戏公司连续研发出几款小游戏，合作公司将这几款小游戏营销得非常火爆。

小伙伴们精神大振，安逸飞说，这些小游戏虽然维持公司运转绰绰有余，但是要想在同行业站稳脚，一定要研发出一款大型游戏来。

管账的小黑哥为难了：要研发大游戏，我们的经费不够呀。

安逸飞乐观地说：车到山前必有路，资金不用大家操心，你们把心思花在研发游戏上就可以。

小黑哥搔着满头卷发感叹：有个金主老爸真好！

安逸飞按着他的头：有钱是好，但也有其他烦恼。我准备回去一趟，走之前，必须按照合作公司要求，将答应给他们的新游戏研发出来。

几个人正在绞尽脑汁头脑风暴时，飘飘提着一篮水果过来慰劳安逸飞。

安逸飞对小伙伴们说：大伙儿先回去换换脑筋，明天的事情明天来。

小伙伴们每人拿着自己喜欢的水果，挤眉弄眼地走了。

飘飘这次来，是费了功夫打扮的。浅色的连衣裙，让瘦高的她看起来仙仙的。

安逸飞见了她，不由得眼前一亮。飘飘放下包便去厨房洗水果，切水果时，果汁溅她裙子上了，安逸飞找了一套休闲衣裤让她换上。安逸飞个头儿高，飘飘把他的 T 恤当裙子穿，裤子便省了。安逸飞看着她修长的大腿，突然有种想拥抱她的冲动，可是还没动手，脸就红了，因为不敢靠她太近，便坐沙发上玩手机游戏。

飘飘端着切好的水果过来，坐他旁边，见他满脸绯红，便嬉笑着说：咦，你怎么像一只发情的猫？

安逸飞拿了一块水果往嘴里塞：乱说，谁发情了？

飘飘嗤嗤地笑着，拨弄着他的耳朵：当我看不出呀？这里出卖了你。

安逸飞还想狡辩：我的耳朵怎么了？

拍吻戏的时候，老司机个个面不改色心不跳，那些小鲜肉却耳朵通红。所以，发没发情，一看耳朵就知道了。

安逸飞摸了摸自己的耳朵，果然热乎乎的。他知道抵赖不了，干脆一不做二不休，伸手将飘飘揽进怀里，飘飘就势坐他腿上。

安逸飞抱紧飘飘，闻着她头发上发出的香味，醉得迷迷瞪瞪。

飘飘放下水果盘，在他耳边说：投资《夏皇后》的事，跟你爸说了吗？

安逸飞摇头，飘飘噘嘴：这事儿，对你们安氏来说，也可得益，等于为你们打了一个特效广告呀！

这种时候能不能不谈别的？

飘飘嘟着嘴：你不知道我心中有多焦灼，都二十八了，还这么不红不紫的。

安逸飞有点惊讶，他记得飘飘是二十四，飘飘承认自己改了年龄。

可是飘飘，你把心装在肚子里好不好，大多男人都能为心爱的女人去拼命，更何况我这种情圣。

所以……

所以，一切尽在不言中，我准备回去一趟。

飘飘刚要探头吻他，手机响了，是沈若兰打来的，她告诉儿子，过几日要去台湾旅游。安逸飞也告诉妈妈，近日要回去一趟。

安逸飞放下电话，飘飘咬了一块水果喂给他，他不好意思用嘴去接，又怕伤飘飘自尊，便抓着一个苹果，嬉笑着：一块块吃不过瘾，我要吃一整个儿。

飘飘白了他一眼：土豪。

安逸飞吃着苹果，提醒飘飘，魏亦的事，最好少掺和，他是一个不按规矩出牌的人。飘飘可能被水果酸了，表情有些尴尬。

安逸飞初尝爱情，紧张、兴奋、还有点晕，他不知眼前这个女孩是不是他的幸运之星，就像茶几上那盘诱人的草莓，不知哪颗甜哪颗酸一样。

9

魏亦站在高楼办公室窗前，看着下面蚂蚁一般爬行的汽车，真有点上帝在天堂俯视人间的悲悯。正陶醉于这种居高临下的感觉，接到 Bell 电话，他对 Frank 采取了一些措施，但不太见效。据可靠消息，他女儿 Ruth 订了去中国上海的机票。

Ruth 去上海？玩？还是负有使命？画在哪里？

魏亦脑袋闪出了一连串的疑问，他连忙打电话给飘飘，飘飘给了他意想不到的信息：Ruth 的目的地是天缘江。

天缘江，魏亦与安逸飞的故乡！是机缘还是巧合？

魏亦虽对《洞山开悟》不太了解，却迅速作出大胆判断：天缘江是禅宗发祥地，而《洞山开悟》从名字上推测是幅充满禅意的古画，由此推断，Ruth 很有可能将画带在身上。莫非她要去天缘江探究画中的禅？

不管此推断有几分准确，魏亦都觉得事情渐渐落入他的把控之中。

他不由得仰头得意：天助我也！

10

Frank 拖着行李箱，Ruth 背着双肩包、玩着手中的卡通画棒与妈妈跟在父亲后面，一家三口走进洛杉矶机场。

Amy 的表情除了对女儿的不舍，更有一层外人看不懂的情愫。中国，于她而言，无异于宇宙黑洞，强大的吸引力伴随着无以言表的恐惧。尽管如此，她还是像所有母亲一样对女儿左叮咛右嘱咐，Ruth 哼哼唧唧地应付着。

　　Frank 意味深长地看了女儿一眼，Ruth 心领神会地扬扬手中用卡通画包裹的纸棒，Frank 腾出右手拥抱着女儿。

　　Amy 看着女儿手中的卡通画棒，皱着眉：出远门带这么个没用的东西不嫌累赘？

　　Ruth 指着卡通画棒上一个小动物：这是我的护身精灵。

　　一家三口正聊着，人群中，一个镜头对准了 Ruth 的行李箱。

此岸

第四章

彼岸

1

偌大世界，其实就是一个村。有缘分的村民，简直无处不相逢。

安逸飞登机之后，很快安顿好自己的行李，然后礼貌地问旁边女孩，需不需要他帮忙。Ruth 谢了他，自己将双肩包放进机舱行李柜。安逸飞坐下后，仔细看了一眼旁边的漂亮女孩，不由得暗暗发笑：这就叫无巧不成书?

Ruth 一直在美国长大，她与西方人一样，对东方人的面孔有些脸盲。她根本没认出曾经在沙滩上得罪过的华人男孩就在自己邻座，安逸飞却记住了这个不愿做他同胞的香蕉女孩。

飞机起飞后，两人各玩各的平板电脑。漫长的旅程，两人都觉得无聊，安逸飞用中文搭讪：去中国旅游?

Ruth 灿烂一笑：算是吧，去看我的中国天缘江外婆。

安逸飞听了，更觉狭路相逢，他瞪大眼睛问：天缘江? 你外婆在天缘江?

Ruth 点头：听说，那是一个十分美丽的地方。

第一次去?

是的。

机会来了! 安逸飞恶作剧地跟 Ruth 套近乎：知道天缘江首次与人见面怎么打招呼吗?

Ruth 忽闪着大眼：那里的人见面不说"你好"吗?

安逸飞晃着头，心下暗说，美丽的大眼猫，千万别对我放电，要不我可下不了手。他闭上眼，嘴角漾出一圈笑意。

Ruth 追问：怎么说?

安逸飞极力忍着嘴角的笑容，耐心地教导着：你好！这样打招呼太老套了，天缘江人，我是指年轻人哈，他们见面一般都会说，X！六毛。

Ruth 马上拍了拍他的肩膀：X，六毛大叔。

报应！安逸飞脑袋里蹦出这个词是受妈妈影响，她总是教导儿子，善有善报，恶有恶报。

Ruth 虚心地请教他：X！六毛，是什么意思？

还有退路吗？

安逸飞眨眨眼胡诌：X 就是哈喽，天缘江是座有着悠久历史的城市，文化底蕴极深。

Ruth 点头赞同：是的，我妈妈也是这么说。

六六顺，你听过吗？

Ruth 摇头，安逸飞继续解释：这是中国的习俗，大家都认为六是个吉祥的数字，毛呢？它长在每个人的皮肤上，当然是亲切的意思。

Ruth 恍然大悟：哦，我明白，六毛就是吉祥亲切的意思。

安逸飞竖起拇指：小同学，你咋这么聪明？

Ruth 得了赞扬，得意地晃晃脑袋，然后再来一句鹦鹉学舌以示友好：X，六毛大叔。

安逸飞眼一瞪：小屁孩，再调皮，我跟你翻脸了，我老吗？

Ruth 侧头认真地看了他一眼：不是很老。

安逸飞用中文：冤家，不是很老？还不是老吗？

Ruth 没听懂，瞪大眼睛看着他。安逸飞用英语：你很漂亮。

Ruth 笑着道谢。

2

天缘江机场，完全是个地方机场，工作人员可以用方言与乘客交流。

沈若兰领着三位夫人去台湾旅游，她们需要先飞到上海，然后从上海转机去台湾。沈若兰一紧张就不停地想上厕所，来机场不到半小时，已经去了两趟。

华音代表安氏集团前来送几位夫人，她交代护送她们去上海的员工：一定照顾好这几位夫人，不得有任何闪失。董事长夫人身体不好，不要让她太劳累。

我干娘呢？多宝举着两瓶保健品，气喘吁吁地赶来，对着华音大声呼喊。

华音黑着脸警告他：小点声说话！

多宝见沈若兰不在，没了靠山，一时被华音的气势镇住。

市长夫人汪海莲正愁找不到机会泄愤，她拨开多宝，走到华音跟前：我们沈大夫为什么身体不好呢？就是给人气的，如今这世道太黑了，贱人当道，善良的人总是挨欺负。

华音装作听不懂，她继续交代员工一些注意事项。

多宝一眼瞅见沈若兰从洗手间出来，连忙将保健药递给她：干娘，董事长说让您带着这个。

哎，保健药可吃可不吃，出门带多了东西不方便，不拿了。

沈若兰见汪海莲黑着脸找华音的茬，便拉了拉她：我家逸飞回来了，运气好的话，我们可以在上海机场碰个面，你家魏亦知道我们出去玩吗？

汪海莲只要一提起儿子，话就打不住，她顾不上讨伐华音了，眉飞色舞地说：知道，昨天给他打了电话，那小子呀，真不让我省心。

不管汪海莲说什么，其他两位夫人总是一个劲儿地呼应着。

憋着委屈的华音，不由得松了口气，她看得很清楚，行长夫人与院长夫人的盲从不是出于见识，而是出于对权力的崇拜。此次出游计划，华音正是利用她们的盲从作为公关契点。

3

人有多少隐形能量，谁也说不清，但安逸飞相信自己有着强大的气场。接下来的旅程，他给自己布置了一道作业：一定要让香蕉女孩自愿承认他们是同胞。几个小时相处下来，安逸飞觉得 Ruth 其实很单纯，特别是看到她在手机里不亦乐乎地玩着他研发的一款游戏"神秘岛"，更增添了征服她的信心。

"神秘岛"是一个智力探险游戏，每过一个关卡，便能得到一些字母，然后将这些字母集起来，根据自己的理解组成单词，这些单词便是通往神秘岛的路标。

去神秘岛的途中可以独往也可以邀好友一同前去，七七四十九关，Ruth 已闯过二十一关，她来到了美丽的蜗牛沙滩，下一站是渔夫岛。

海水荡涤着白净细腻的沙、阳光洒满沙滩的每一个角落。椰树下，蜗牛婆婆在给孩子们讲述着她童年的故事……

根据单词的提示，她可以消耗精力游泳去渔夫岛，也可以花海币请蜗牛驮她去。可是，她没有了精力，剩下的海币也不够付蜗牛。

哎，玩不成了。还有八个多小时到上海，Ruth 有点沮丧。

安逸飞打开手机，对 Ruth 说：我捎你去渔夫岛吧。

你也玩"神秘岛"？ Ruth 眼中露出惊喜，连忙主动加安逸飞为游戏好友。

安逸飞一身超人装备驾着飞艇来了，Ruth 看了一眼身旁的安逸飞，对着手机：哇，你好棒呀！

好吧，看在同道的份上，送你几件装备。

Ruth 搭乘安逸飞的飞艇毫不费力地到达了渔夫岛，她又得到了一个字母 S，这个字母与以前的字母自由组合，然后甄选出下一个目的地。这款游戏，精力与海币都可以花钱买，唯有组合单词考验的是智商，因为这个单词就是下一站目的地，很多人都会卡在这儿。

或许是高空飞行大脑供氧不足，Ruth 站在渔夫岛，迟迟判断不出哪个单词能帮她通往下一站。因为这一站比以前难度加深，所选单词不仅是下一站目的地，还是交通工具。

安逸飞见她开始烦躁，于是给了她一些提示：什么鱼的字母里带有 S、V 这两个字母？

Silver fish（银鱼）？ 银鱼这么小能当航海工具吗？ Ruth 表示怀疑。

小有什么关系？如果无数银鱼聚拢组成一块舢板，不是超级棒吗？

Ruth 从来没有这么过瘾地玩过游戏，以往，局限于精力、海币与智商，每天只能小玩几把，总是在兴致盎然时被迫打住。今天有高人在旁，不但慷慨地为她补充给养，还能不时指点迷津，让她痛痛快快地闯过了十六关，直逼关键的第三十七关飓风岛。

当空姐告之已到上海，飞机准备降落时，Ruth 说：这么快？

是的，一万多公里的飞程，于两个玩家而言，只不过是几场游戏的距离。

安逸飞告诉Ruth，他还有一款小游戏，比"神秘岛"好玩多了。Ruth双眼放光，问能否加安逸飞微信。安逸飞说，咱们要是同胞的话，当然可以。

Ruth 急忙表白：我有一半华人血统，当然算是同胞。

顺利完成作业了，安逸飞嘴角不由得扬了起来，伸了个懒腰：好吧，从上海转机天缘江中间有好几小时候机，到时我帮你安装。

缘分总是在不经意间来到，而在经意间悄然离去。这两个玩家并不懂什么叫缘分，可缘分却没因此忽视他们。

4

所谓"望眼欲穿"，受煎熬的绝对不是眼，而是心，一颗母亲的心。不是吗？等在接机口的沈若兰，没有接受安氏员工坐咖啡厅等待的安排，视线始终没离开乘客出口处。

阿姨，反正您去台湾也就八天，今天没见着安少，回来见不也一样吗？还是去咖啡厅休息一会儿吧？

今天能见着当然好，快一年了，不知他胖了还是瘦了……

眼看自己的安检时间就要到了，着急间，沈若兰终于看见儿子带着一个漂亮姑娘说说笑笑地推着行李车出来了。

沈若兰心中大喜，小跑过去，一把先抱住姑娘，白了儿子一眼：这孩子，怎么不事先打个招呼。

安逸飞知道妈妈误会了，他瞟了 Ruth 一眼，耍着赖皮：打什么招呼，妈妈喜欢就抱回去呗。

Ruth 冷不防被一陌生女人抱住，有些慌张。妈妈没说有谁来上海接自己呀？这个年纪不可能是外婆吧？

安逸飞放开行李车，将母亲从 Ruth 身边拉开，拥入自己怀中：妈妈，您这是要去台湾吗？真巧呀！

哦，原来是同伴的母亲。Ruth 听不太懂母子俩的对话，她笑着跟沈若兰打招呼：哈喽！阿姨。

好姑娘！安逸飞拍了拍她的肩，大松一口气，如果她来一句"X，六毛"，安逸飞真不知该如何收场。

Ruth 见母子俩有话要说，便拖着箱子先走。还好，机场有英文标识，她按照路标一路寻找国内机场转机处。路经洗手间，Ruth 正想进去，却不小心，把一位穿着高跟鞋的女人撞倒在地。

Ruth 十分抱歉地想扶她起来，她却躺地上打着滚地喊痛。Ruth 懵住了：伤了就上医院吧。

女人就是不肯起来，引得很多人围观。

讹诈，准是讹诈！Ruth 心里本能反应。幸好，机场保安来了。

女人自己坐了起来，左揉揉右捏捏，然后站起来，瘸着脚走了几步，回头通情达理地说：我看你也是急着赶飞机吧？看样子，我这问题不是很大。算了，你去吧，我得过安检了。

Ruth 拖着行李箱朝国内航班行李托运处走去时，真有点为刚才错以为那女人要讹诈自己的想法而惭愧。顺利办完登机牌，托运行李时却发现行李箱有异，打开一看，竟然不是自己的，不由得焦急起来。工作人员问她是否上次航班拿错了行李。

No！No！Ruth 非常坚定地否认。

与工作人员交涉之后，Ruth 突然意识到行李箱很有可能在女人摔倒时被人调包，于是要求看监控录像。奇怪的是，她撞人的地方正好是监控死角。Ruth 记起了父亲的叮嘱，很多人打画的主意，他们可能会不择手段，她不由得庆幸手中的卡通画棒还在。

安逸飞过来了，他见 Ruth 傻傻地站在那儿，调侃着：等我？还想坐我邻座？

Ruth 心中一愣：为什么他会一路跟着我？为什么他们母子说话时他的眼神那么奇怪？难道那个摔跤的女人也是他们一伙儿的？甩开他！Ruth 将

行李箱一扔，转身便走。

安逸飞大喊：喂，你不要行李了？

Ruth 头也不回地走了，安逸飞看着她的背影一头雾水。此时，他感觉自己的智商霎时被自动清零。

Ruth 来到机场咖啡厅，要了一杯咖啡，越想越觉得安逸飞可疑，偏偏这时安逸飞又来了。Ruth 看着他，眼里差点冒出火来。

听工作人员说，你的行李箱拿错了？

Ruth 怒视着他：不是拿错，是调包！

调包？里面有重要东西吗？

Ruth 恶作剧地：有哇，内衣内裤还有卫生巾都在里面。

安逸飞皱着眉：我说小姑娘，你丢了行李冲我发什么邪火？

他一拍脑袋，哦，莫非是怪我没保护好她？他拉开椅子在 Ruth 对面坐下，关切地问：护照什么没丢吧？

Ruth 低头喝咖啡不理他，安逸飞看了一眼桌上的卡通画棒：傻丫头，宁愿丢行李也不丢这小孩玩意儿。

Ruth 见他盯着卡通画棒看，心里一紧张，连忙拿起卡通画棒起身走人。

5

天缘江的摇篮井，是一个地名，因两口相连且相通，形状好似摇篮的古井而得名。古井的年龄没人说得清，附近大多是平房，住户很杂，有老天缘江人，也有从农村出来做小生意的租户。

叶家小院虽然破旧却收拾得很干净，围墙边有棵桂花树，桂花开时，香飘整个摇篮井。这棵桂花树是二十三年前，天缘江一中老校长叶堃种的。那年，在天缘江学院教音乐的女儿公派去了美国，这本是件喜事，可老校长却从女儿眼中读出了另一种味道。女儿带着不愿与父母分享的秘密走了，老校长便种下了这棵桂花树，每当思念女儿时，他便站在桂花树下默默吸烟。外孙女三岁时，老两口去过一次美国，待了不到三个月，老伴儿便吵着回家。从此，再也没去过。两年前，叶堃感觉自己不行了，老伴儿问是否要叫女儿回来，他摇摇头，留下唯一遗言：把我的骨灰葬在桂花树下。

与叶堃唱了一辈子反调的叶师母，力排叶氏要将叶堃入葬叶家村祖坟的阻力，坚持让老伴儿落葬院中桂花树下。老伴儿走后，叶师母一人住着小院嫌孤单，便腾出一半小院给王婶住。王婶老家在农村，两个儿子都在外地打工，留下三个孙儿给她照看，叶师母不要他们的房租，王婶顺便帮叶师母干点力气活。

上午，叶师母从菜场杀了一只鸡回来，刚刚炖上，便来了一位客人，他是叶氏宗族辈分最高的人，村人尊称他为叶长老。

叶长老不爱坐沙发，他觉得只有城里那些懒惰之人才坐这种不正经的凳子。他今天是来谈事情的，所以必须正儿八经地坐饭桌，当然他没忘记，按他的资格应该挑个上座。

我说，老三家的，老三这一走，你也不回去看看，咱们叶氏宗族最近几年添丁不少，新修的祠堂可摆一百多桌酒席。老三也算是给咱们宗族长脸的人，宗族里几个辈分高的人合计了一下，想挑个吉日，把老三的灵牌请进祠堂。叶长老看着忙着张罗茶水的老三媳妇儿自顾说着。

叶师母顿时眼中泪光闪闪，人虽不在，魂能荣归故里也是好事呀！但是，他的灵牌迎回去，将来我的呢？

还没等叶师母开口问，叶长老便接着说：祠堂是修得不错，可是修祠堂的费用还欠着，所以进祠堂还是要定点规矩。

怎么个规矩法？

男丁二百元，娶进女子六百元，出嫁女子一千元。按照老祖宗的规矩，女子是不能进族谱的，特别是嫁出去的女子。不过，现在政府不是提倡男女平等吗，所以咱们还是允许女子进祠堂，只是费用上略微高点。

六叔公，既然男女平等，费用也得平等呀，为什么非要分个男女高低？

比叶师母还小几岁的叶长老，其实只比叶师母大一辈，叶师母叫他叔公是依着天缘江旧习，女人得随儿女辈分叫夫家亲戚。

哎，话虽如此，可实际情况咋样，你还不明白？如果男女真平等，你干吗不去美国女儿家养老？

这话可是戳着叶师母痛处了，她赌气说：反正咱家是个绝户头，我媛媛也不会回天缘江了。我死了就葬桂花树下，竖不竖灵牌无所谓。

　　叶家长老跟着叹息一声：唉，一条支脉若没个男丁还真不好办，辛苦积攒点家业哪能便宜外姓？这院子真要拆迁，不如直接将产权转到老三堂孙叶多宝名下，免得以后过户。

　　正在为叶长老斟茶的叶师母，没等叶长老说完，便将茶壶重重搁在桌上，颠着小脚来到院里，对着桂花树开骂了：我说死老头儿，你闭着眼睛往树下一躺便百事不管，咱媛媛是不是你叶家血脉？那个什么肉丝算不算叶家血脉？你前世作了什么孽，怎么就让咱们家成了绝户头？

　　叶师母正骂得伤心，叶多宝骑着摩托过来，见院门开着，他探头进来邀功似地喊：三婆，下午我去接 Ruth 妹妹。

　　江南的称呼与北方有些不同，北方人的爷爷奶奶，在这里便叫公公婆婆。

　　叶师母瞪了他一眼：接什么接，找得到家门算她造化，找不到就当她与咱叶家无缘。

　　多宝无趣地缩回了头，准备调转车头，受到冷落的叶长老阴着脸出来喊住他：多宝，送六太公回叶家村去。

6

　　天缘江机场接机处，因航班延误，接机的人一边等着，一边用天缘江方言聊着天。

　　三婆虽说不用多宝接机，可多宝怎么也得来接安逸飞，何不顺带多接一个堂妹？

　　下机后，安逸飞要等着取行李，见 Ruth 前面走着，便追着问她知不知道外婆家怎么走？Ruth 横了他一眼，背着双肩包直接出去了。

　　多宝只见过 Ruth 小时候的照片，他紧张地盯着每一个走出来的女孩。没托运行李的人本来不多，多宝见一个身材高挑的姑娘背着双肩包出来，他试探性地走向前，轻轻叫了一声：Ruth 妹妹。

　　Ruth 似乎听见有人在叫自己，她停下脚步四处张望。多宝确定她是

Ruth，于是大声喊着：Ruth妹妹，三婆让我来接你。

Ruth驻足看着他，不知该不该相信。多宝上前解释：我是媛媛姑姑的堂侄多宝。

Ruth看着这个比自己矮了半头的哥哥，勉强叫了一声：哥哥好。

多宝欢天喜地地想接过她的背包，Ruth却不肯松手，为了化解僵持的尴尬，Ruth想起了飞机上安逸飞教的天缘江特有打招呼说法，脱口而出：X，六毛。

多宝惊得像挨了电棒，讪讪地说：Ruth妹妹真美国，咱们在这儿等会儿好吗？飞哥也是乘这趟航班回来。

两人语言交流不是很通畅，只好干等着。好不容易盼来了安逸飞，多宝兴奋地叫着：飞哥！

安逸飞潇洒地朝他挥挥手。Ruth突然冒出一个念头：他们是一伙儿的！

趁着多宝去帮安逸飞推行李，Ruth转身便跑。多宝愣愣地看着Ruth的背影，真的无法理解这个美国妹妹的行为。

7

天缘江机场的出租车不讲规矩，因为离城太近，司机不肯打表，开口便五十、一百地要价。

Ruth甩掉多宝钻进一辆出租车，司机听她说话，就知是外地人：摇篮井呀，一百，少了一百不走。

Ruth连连点头，催他快点开车。

安逸飞已猜到Ruth对他的误会，他对多宝说：是你家亲戚就好办了，走，咱们去你三婆家跟她解释一下。

多宝担心Ruth被出租车司机宰。安逸飞说，她倒是不缺钱，就是……

多宝忙问：她缺什么？

信任。

信任？多宝嘿嘿地笑了，飞哥果然是见过世面的人，一开口便涉及社会问题。

8

　　叶师母从里屋到院子来回几趟，神情显得有些恍惚，她喃喃自语着：真是老得不中用了，进进出出的，就是忘了要拿什么。

　　正在院里收衣服的王婶接话：您这哪是老了，分明是有心事呀！您说，小肉丝一人大老远从美国来，您嘴上生气，心里哪有不惦记呢！

　　她搬过一张竹交椅让叶师母坐下：您呐，就坐着歇会儿吧，要做什么吩咐我就是了。小肉丝是见过世面的人，千里路上都能问出个冇姓人来，更何况摇篮井人谁不知道咱叶家小院？

　　叶师母坐在桂花树下，凝神桂花树自语：老头子呀，不是我不疼咱小肉丝，我实在是气不过那斧榔头。好好的闺女，他要拐到美国去，媛媛这一去呀，就是二十三年，连你走都没回来送送……叶师母越说越伤心，泪水把胸前的衣襟都打湿了。

　　王婶端杯水给她，劝慰：您想开点吧，现在好多人都花钱让孩子出国呢。我看您也不是伤心女儿出国，是怪她没给您生一个叶姓孙子吧？

　　叶师母抹着眼泪：能不伤心吗？没子孙的命，也就认了，就连外孙女姓啥、叫啥都说不清。肉丝、肉丝，美国那么多字母，就找不到一个好听点的名字？

　　王婶附和着：也是，鸟叫似的洋文，叽里呱啦一大堆，谁说得清？

　　两个老太太连说带比画，也难怪 Ruth 被无辜沦落成肉丝。叶师母进厨房守鸡汤时，再三叮嘱王婶看着院门，免得外孙女回来叫不开门。

　　Ruth 下出租车时，天已暗下来了。摇篮井边很多人聚在一起聊天，Ruth 慌慌张张地打听叶家小院。幸好叶师母早就将外孙女从美国回来的消息散播出去了，胖婶一看就知道她是肉丝，于是自告奋勇带她去叶家小院，叶家小院其实就在井边东南角，拐个弯就到了。

　　王婶听见胖婶拍院门，赶紧过来，只等她一开门，Ruth 便喊着外婆扑了进去。王婶抱着 Ruth，抚着她的背：看这孩子，想外婆想成这样，你妈早该带你回来。来，外婆刚进里屋，咱们进屋去。

天黑了，灯光不太明，Ruth 虽然三岁时见过外婆，家里也有外婆照片，一时还是分不清哪个是外婆。叶师母看到 Ruth 一脸惊慌，心疼了，她上前拉着 Ruth 的手：孩子，总算找到家了。

Ruth 终于认出她是外婆，一路的惊吓总算找到了一点安全感，叫了一声外婆后，眼泪便涌了出来。叶师母抱着外孙女，拉长声调哭唱着：宝耶，长这么大才回来看外婆，把外婆的眼都盼瞎了。

王婶一旁看得眼睛发红，她哽咽着说：真是血亲呀，小肉丝从小在美国长大，见了外婆这么亲。

胖婶将 Ruth 送到家，见婆孙俩无暇顾及她，便返身又去井边听新闻。哪知多宝一头撞了进来，胖嫂躲闪不及被撞倒在地。

安逸飞连忙将她扶了起来：对不起！对不起！

借着路灯光，胖嫂看清撞她的是叶师母家的堂孙，不由得纳闷了：美国的外孙女急着见外婆情有可原，可你这小子三天两头地来蹭饭吃，猴急什么呀？

多宝顾不得解释，径直往屋里冲。Ruth 见多宝冲了进来，吓得躲外婆身后。叶师母连忙喝住多宝：丢魂了，看把妹妹吓成这样。

多宝喘着气：三婆，妹妹可能误会我了。

什么？他真的是哥哥？Ruth 搞清多宝果然是哥哥后，心里也就安定多了。

叶师母放开 Ruth：有啥好误会的，吃饭。

站在院里的安逸飞见叶师母出来，礼貌地说：婆婆，我跟 Ruth 一起从美国回来的。

安逸飞是婆婆带大的，所以见了老人分外亲近。叶师母见安逸飞长得高大俊美，关键是嘴巴还甜，心中有了几分欢喜，她热情地说：哦，还有伴儿呀，这孩子急着回家，把伴儿都给丢了。快进屋，一起吃饭。

安逸飞进屋，见多宝正在给 Ruth 解释，Ruth 仍然一脸疑惑。

安逸飞走到 Ruth 跟前：我知道你现在很难相信我，但你在天缘江待上一段时间肯定会搞清楚事情真相。

婆婆丝毫不理会他们在说什么，进进出出地忙着摆饭桌，不一会儿，便摆了一大桌菜。

安逸飞问多宝：车上有酒吗？

好像有一箱没开封的。

快去搬来。

趁多宝搬酒的工夫，安逸飞已与叶师母聊得兴致勃勃，原来，叶师母与安婆婆最早还是街坊。当她知道安逸飞是沈若兰的儿子时，更是一口一个恩人。

难怪歌词里都唱着小城故事多，多宝妈怀着多宝的时候，前面已生了三个女儿，尽管东躲西藏，还是让计划生育办公室的汪海莲找到了，汪海莲毫不留情地拉多宝妈去做结扎。

菩萨心肠的市医院妇产科医生沈若兰曾经下放叶家村，她知道多宝父亲这一脉没男孩，于是冒着风险将引产针打在多宝屁股上，这才保了多宝一条小命。

安逸飞一边给叶师母开酒一边开玩笑地说：Ruth，还怀疑是我偷换了你的箱子？

叶师母充满爱意地白了外孙女一眼：哪能呢，人家腰缠万贯还会稀罕你一个箱子？

安逸飞笑着说：婆婆，吃过饭后，我和多宝带 Ruth 去买点日用品。

叶师母从枕头底下取出一个塑料餐巾纸袋做的钱包，从里面抽出两张百元红票给多宝：你妹妹可能没有中国钱，你拿着看给她买点什么。

安逸飞对多宝使了个眼色，多宝连忙把手缩回：三婆不用，我会看着办的。

此岸

第五章

彼岸

1

　　尽管鱼与熊掌的价格早已拉开很大，中国人还是喜欢将两种不可得兼的欲望，比喻成鱼与熊掌。

　　华音住在城北一个新开发的小区，这里的住户大多来自天缘江市下面县市那些所谓的成功人士，平时人少，周末显得热闹些。华音住在这里两年多，从未与邻里打过交道，不像市中心那些住宅，彼此都是熟人，发生一点什么便家喻户晓。当然，华音要的就是这种效果。要不，安牧良从这儿进进出出，不被人戳穿脊梁骨才怪。

　　沈若兰去旅游了，安牧良早早就与华音打好招呼，今天去她那儿。华音下班先回家，等安牧良过来时，已做好饭菜等他。安牧良看着桌上自己喜欢的水煮鱼，心里暗暗高兴时也有几分心疼华音。华音在公司的压力与工作量并不比他小，回来还要操持家务。做女人实在不易！这是安牧良由衷的感慨。

　　他抽了几张纸巾爱怜地擦去华音额头的汗水：干吗自己做，多累呀！从外面叫几个菜送来不更省事吗？

　　华音盛了一碗汤给安牧良：我不想省事，就想享受这种居家过日子的感觉。

　　两人边吃边聊，分外放松。吃完饭，华音正要收拾碗筷，安牧良拉着她：别忙了，陪我坐会儿。

　　逸飞不是要在上海待几天才回吗？你今天还走？

　　今天不走了，每次见面都急匆匆的，闹得心里特别紧张，想单独与你多待会儿，总担心有事情打扰。安牧良拉着华音的手不肯放。

　　华音瞥了安牧良一眼：原来你也会紧张呀？我以为就我有这种感觉。

华音关了电视，两人依偎在沙发上聊着天。偌大的世界被他们关在了门外，屋里除了温馨便是爱。

洗个澡吧，换上睡衣舒服些。

安牧良正准备去洗澡，电话来了，安逸飞问父亲是否在家，安牧良略一迟疑，说在公司加班。

安逸飞说：好吧，我回天缘江了，想去买点日用品，给我准备一张银行卡，半小时后，我来公司取。

安牧良一脸无可奈何地嘟囔：这小子，还说要在上海待几天，怎么又变卦了？

我就知道，每当这个时候，你家准会有事的。华音扔下睡衣，抓过电视遥控，把声音开得山响。

安牧良抱了抱她，默默起身开门离去。他刚才觉得做女人不易，此时心中却在感叹做男人也不易。如果说，华音是他此生的挚爱，那么儿子便是他生命的一部分，这两者绝非鱼与熊掌的取舍那么容易。

2

荷尔蒙与青春勃发，一般人真有点傻傻分不清，就像 Ruth 辨不出中文很多近义词的用法一样。三个年轻人在叶家小院美食一顿后，多宝开车，带 Ruth 去买生活用品。

去哪个商场？多宝请示安逸飞。

先去安氏大厦，再去城北天虹商厦，那里应该挑选范围广些。

这么晚还去公司办事儿？

去你个头。

安逸飞从副驾驶位回头笑着对 Ruth 说：我出一道汉语考题给你，答对有奖。

Ruth 担心自己汉语水平有限，摇头不肯配合。

多宝安慰她：Ruth 妹妹别怕，哥哥帮你。

安逸飞抱紧双臂：好一个哥哥，说得我鸡皮疙瘩都掉车上了。

Ruth 没听懂他的话，安逸飞拨拨她的脑袋，提高嗓音：听着，我只说一遍。刚才多宝问我，这么晚还去公司办事儿呀？我回答，去你个头。请 Ruth 同学回答，我是不是去公司办事儿？

多宝差点喷出了口水：什么狗屁测试题。

安逸飞伸手按着多宝的头：没你的事儿。

Ruth 用手比画了几下，回答：不是。

太棒了！正确！接下来答第二题，既然我不去，那谁去？

Ruth 得到鼓励，她伸手摸了摸安逸飞与多宝的头，自语：去你个头，你个头，就是多宝哥哥的头，头都去了，人能不去吗？是多宝哥哥要去办事儿。

话未完，多宝与安逸飞笑得连车都震动了。安逸飞竖起拇指：Ruth 同学不愧是美国名牌大学的高才生，智商就是一级棒！好，一会儿去商场挑奖品。

Ruth 问多宝：多宝哥哥，我真的答对了？

安逸飞咳嗽一声，多宝连忙笑着点头。

年轻真好，有荷尔蒙纵容，玩什么都有趣。

3

三十六层高的安氏大厦是天缘江老城区一座地标性建筑物，集商场、酒店与写字楼于一体。

安逸飞让多宝将车停安氏大厦楼下：你们在车里等我一会儿，我上去取点东西就下来。

趁着安逸飞上去拿东西，多宝叮嘱 Ruth：X，六毛，是骂人的话，女孩子千万别说，让三婆听见可糟了。

骂人？亲切吉祥怎么是骂人呢？

多宝耐心解释：六毛就是骂人家流氓。

"六毛"是流氓，那"X"呢？"X"是什么意思？

多宝看了一眼 Ruth，不好意思解释"X"的意思，只说，你只要知道那是一个脏字就好了。

　　Ruth 愤怒了：安逸飞真六毛！他竟然教我说脏话。我们走吧，多宝哥哥带我去买东西，我们不要理那个六毛了。

　　多宝为难了，他极力替安逸飞辩护：飞哥其实人不坏，就是、就是不知道他为什么会教你六毛。

　　我们为什么要跟六毛在一起？走吧。

　　多宝狠狠心，终于在忠诚与亲情之间做出了选择：好，多宝哥哥带你去买。

4

　　安牧良急急来到十九楼办公室时，儿子还没到，他点燃一支烟，习惯性地站在窗边。

　　站在这里，他能看到一盏灯，灯光柔亮柔亮，那盏灯是华音为他亮的。他不在她身边时，她就会为他亮一盏灯，这盏找不到开关的灯，已经亮进了安牧良的心里。

　　空空的走廊，传来一阵急促的脚步声，安牧良熄灭手中的烟，从柜子里取出一盒好茶。

　　安逸飞一进来就说：快把卡给我。

　　安牧良两眼瞪着儿子：怎么？大老远回来，话都不肯多说几句，拿了钱就跑？

　　不跑等着你教训我呀？

　　坏小子，等你有了孩子就会知道什么叫可怜天下父母心。

　　那你就等着调教你孙子来找我报仇吧。

　　安牧良举起桌上的烟灰缸做出一副要砸他的样子，安逸飞一屁股坐在他的老板台上将头伸到他手下。

　　安牧良放下烟灰缸，呼呼地出了几口粗气，瓮声瓮气地问：见着你妈了吗？

　　见着了，我妈没告诉你？

　　她就给我发了个信息，说到了上海。

安逸飞盯着父亲：你真的还在意我妈？

我们结婚将近三十年，一起下放四年，共同养育了你，一起经历过逸翔走丢的失子之痛。你说，我能不在意她吗？

安逸飞白了他一眼：说得好听，敢当着华音的面说吗？

为什么不敢？我经常跟她说起你妈对咱安家的功德，你爸是个坦荡的男人。

安逸飞鼻子重重地哼了一声：我妈可消受不起爸的坦荡，你在这儿等我一小时，一小时之后，我们去温泉泡澡。

傻小子，大热天泡什么温泉。

我们父子也需要坦荡一回呀！等着我。

安牧良乖乖地将银行卡给了儿子，安逸飞接过卡转身就走，留下一串脚步声安抚徘徊于亲情与爱情之间的父亲。

5

陪女人逛商场，除了有耐心更得有实力，多宝带 Ruth 进了安氏商场，他暗暗估算着自己卡上的金额，心里有些发虚。

Ruth 因为不熟悉中国品牌，只是随便挑了两条牛仔裤、T 恤与几件换洗内衣裤。多宝做不了任何参谋，只负责拿东西。

Ruth 试穿衣服的时候，多宝接到安逸飞电话，多宝说，Ruth 等不及，他们就在安氏商场买东西。安逸飞让他们等他，他马上就到。

安逸飞赶到时，Ruth 已经用自己的信用卡付款了。

安逸飞问 Ruth：不是说好去城北天虹商厦吗？干吗不等我？

Ruth 冷冷地：六毛大叔已经挥霍了我的信任。

安逸飞一愣：我又怎么了？

多宝碰了碰他，责怪着：飞哥干吗教 Ruth 妹妹说脏话？

安逸飞沮丧地吐了口气，他当然知道，"信任"这东西一旦失去，要想赢回来可不是那么容易。

那就尽快去兑现我的奖品吧。

Ruth 问：你想奖励什么给我？

安逸飞指着四周的货架：商场里有的都可以。

这商场是你家的？

No，商场不是我家的，但商场里的任何东西我们都可以买回家。

哦，我明白了，你是富二代。

安逸飞一时分不出 Ruth 口中的"富二代"是褒还是贬？他见多宝提着的袋子里只有衣服，于是提议，让她去挑护肤品，Ruth 说她不懂中国牌子。

安逸飞将她拉到品牌柜台，对服务员说：给她挑一套合适的护肤品。

买完东西后，安逸飞问她：我挥霍掉的信任回来了吗？

信任能用钱买到？

安逸飞像回到学生时代被老师抽了一鞭，为了掩饰尴尬，他冲着多宝：听到没？信任不能乱挥霍。

多宝无奈地搔搔头：以前我不一直对飞哥忠心耿耿吗？今天是特殊情况。

6

天缘江的旅游资源确实很丰富，光是一个温汤小镇足以让来自世界各国的游人乐不思蜀，温泉古井万人泡脚更创下了吉尼斯纪录。

几年前，安氏已抢占商机，在古色古香的温汤小镇建了一所疗养院，这些年来，温泉疗养院成了安氏接待客户最好的场所。

安氏父子在温泉池子里一边泡温泉一边不着边际地聊天。安逸飞主动提出帮父亲搓背，安牧良转过身享受儿子难得的孝顺。南方人不时兴搓澡，更难找到搓澡巾，安逸飞便用毛巾帮父亲搓。

使劲，再使大点劲！

没搓时还不觉得，让儿子这么一搓，安牧良觉得背上哪哪都痒。

安逸飞卖力地搓着，仿佛回到了童年。小时候，给父亲捶背，捶一百下，便可得到一元报酬。父亲经常借口捶轻了要补数，每次都要他多捶几十下。这时，妈妈总会出面主持公道，不让父亲剥削他。年幼的弟弟不懂得要报酬，抢着肉肉的拳头，一旁帮着他捶。妈妈为了奖励他们，买了当时正时兴的喔喔奶糖，每次兄弟俩给父亲捶完背，都能得到几颗。

安逸飞不喜欢回忆，这段甜蜜得像喔喔奶糖一样的童年记忆，他早已用糖纸裹了起来。他想忘记被自己弄丢的弟弟，可记忆就像融化了的奶糖，紧紧粘着糖纸，一不小心就会侧漏出来。他发奋读书，他逃离父母，他醉心于游戏的虚拟世界，都因这沾在糖纸上无法抹去的记忆。

安牧良见儿子半天不出声，扭头问：这次回来有什么名堂？不会只是要钱吧？

安逸飞双手掬水朝自己头部猛泼一阵，还是没将自己从回忆中完全清洗过来，他瓮声瓮气地说：当然不是，要钱还用得着亲自回来，一个电话不就搞定了？这次回来主要想与爸爸商量两件事。

安牧良哈哈一笑：商量？你小子什么时候也学会了商量？

这不正商量着吗？安逸飞绕到父亲正面，他必须面对着父亲谈。

第一件事，我们安氏已经发展到一定规模了，再不改变经营方式，就将面临瓶颈。因此，上市是一条很好的途径。

上市就不会遭遇瓶颈？

上市的好处相信你也有所了解。我花了一些时间研究过，国内上市条条框框太多，不如到美国去上市。如今美国最能接受的是高科技与互联网。而我的飞翔公司正好可以作为安氏子公司为安氏上市作桥梁。

安牧良嫌水温太高，一屁股坐到池子边上：你要钱就直说，别绕那么多弯子，说穿了不就是让安氏给你美国公司注资，然后让你合理合法地挥霍吗？

安逸飞恼了：别把你儿子想得这么没出息，我知道你为什么一直不肯上市，你担心公司上市之后会失控，你一向把安氏看得比你儿子还重。

安牧良瞪了儿子一眼：上市的事不再提了。第二件是什么？

安逸飞提出成立影视公司，拍摄《夏皇后》。

未等儿子陈述理由，安牧良便摇头否认，他不同意搞别的产业，他的原则是：宁拜一座庙，不烧十处香。

安逸飞见父亲态度坚决，便站了起来，拍拍赤裸的上身：我们父子这样赤诚相见都谈不成事儿，看样子爸爸真的要把安氏当儿子了。早知如此，不如当年与逸翔一起出走。

混账！逸翔是出走的吗？他是怎么走丢的你难道不清楚？

安逸飞顿时默然，揭开的糖纸就像从他身上撕开皮肤一样，痛感从心底发散到全身每根神经……

7

深情的夜，妩媚的晨，温汤小镇任何一个时刻都让外来游客感觉风情万种。安逸飞却不屑这种风情，他已沉醉于另一个温柔之乡，昨晚与飘飘视频快到天亮。一觉醒来已是下午，连忙打电话让多宝开车过来接他。

多宝开着公司的一辆现代过来，安逸飞见了有点不满：不会找个好点的车？

多宝抱怨：好车都被华婊子霸着了。

说了来接我吗？

说了，我还给司机打电话了，他们在外面一时回不来，怕你着急，逮着一辆车就来了。

两人吃了一顿农家乐后，开始往城里跑，安逸飞突然想起一件重要的事：昨晚你把我爸送哪儿？

董事长让我绕叶家村，我下车回家了，董事长自己开车回去的。

安逸飞眼睛快要喷出火来：猪头，你会不会站队？叫你下车你就下车，不会多长个心眼儿？

多宝一脸哭相：董事长让我下，我能不下？飞哥，你也是，知道干娘不在家，昨晚咋不跟董事长一起回家？

这不是跟他赌气吗？

安逸飞拿出昨晚父亲给的银行卡：难道，我们之间仅剩下这层关系？

能有这层关系也不错呀！安逸飞的悲情感叹瞬间被多宝解读为"身在福中不知福"。

此时恰逢本常下山，安逸飞开着玩笑：小师父傍晚下山莫非是去找花姑娘。

飞哥，快别乱说，本常师父是干娘的佛友。

多宝话音未落，车子一颠，安逸飞的下巴被手中的信用卡划了一道口子。

对佛不敬，必遭惩罚！两人都被惊呆，多宝连忙找个创可贴给安逸飞贴上。

多宝下车向本常合十，问他要不要乘车一同回城。

本常合十，笑着道谢：谢谢施主！小僧习惯走路。

8

夕阳恋恋不舍地从叶家小院西墙退出，晚饭的香味也随之飘了出去。

Ruth 提议到院子里吃，叶师母欣然同意。Ruth 便将屋里的茶几搬出去，然后摆上两把竹交椅。

太美了！

Ruth 敲着饭碗，等外婆过来一起开饭。

冤家，别敲碗，想当乞丐呀？快去再找一条矮婆凳摆上。

矮婆凳？什么是矮婆凳？

叶师母把菜放茶几上，指着王婶那边屋檐下的小板凳。

Ruth 捂嘴大笑。

咱们坐桂花树下吃饭，不给你外公准备个位子，老头子肯定要生气的。

两个人，三套碗筷、三张凳子。

动筷前，叶师母让 Ruth 喊"外公，吃饭"。

Ruth 喊完，后背凉飕飕的瘆得慌，赶紧将竹椅朝外婆身边挪了挪。

叶师母以为外孙女想亲近自己，笑眯着眼给她夹了一块鱼：乖宝，小心刺，别噎着。

叶师母给外孙女做的几样菜都是当年女儿媛媛最喜欢吃的：油煎香椿米粉肉、手撕空心菜梗、红烧扑水鱼、白江豆排骨汤。

Ruth 边吃边夸外婆手艺好。

算你有良心，外婆虽然没带你，心里却是惦记了你二十二年呐。

Ruth 撇撇嘴：外婆骗我，想我干吗不去美国看我？

外婆一边为外孙女挑鱼刺，一边说：外婆都是土掩脖子的人，哪能骗你。

Ruth瞪大眼睛，做着夸张的手势：土掩脖子，外婆出什么事故了吗？

哎，祖宗留下的天缘江话总算让你扔得差不多了。这是一个比方，意思是外婆老得快死了。

Ruth撒着娇：外婆不会死，外婆还要去美国呢。外婆还是我三岁那年与外公一起去的美国，以后就不去了。

快别说了你那美国。亏你妈去了二十多年不回来，我那次去一个月都待不住。想吃点热乎乎的饭菜没有，想找人聊天没有也就罢了，你爸竟然当着我和你外公的面对你妈耍流氓。

外婆的话，Ruth很多都听不太懂，但六毛她听懂了，于是忍不住嘻嘻地坏笑着：外婆也知道说六毛呀。

叶师母看样子是真的对美国有成见，愤愤说道：没吃过猪肉还没看过猪跑？你爸那个斧榔头呀，就是个大流氓。他当着我们的面亲你妈，还跟其他人搂搂抱抱。

Ruth愣了，怎么六毛又跟爸爸扯上关系了，她赶紧解释：外婆，拥抱不是六毛，那是一种礼节。

我知道，你和你妈都护着他。好了，不说他了，说起他，我就来气。后天是中元节，你回来得正值时，叶氏做了一个祠堂，说是要迎你外公的灵位进祠堂，你虽然是外孙女，也算是咱叶家的一滴血脉，外公去世你们没回来送他，明天就给你外公补个孝吧。

外婆是说，为外公补个什么仪式吗？我不懂，外婆怎么说，我怎么做吧。Ruth比划着说。回来之前，妈妈就叮嘱过，天缘江礼节多，去了就得遵守。

9

七月十五，中元节，一个祭奠先人的日子。

一大早，两支唢呐就来到叶家小院，紧接着亲戚们也陆续来到。

叶长老提出让多宝带龙冠，叶师母不肯：我家肉丝特意从美国回来给外公行孝，哪能不带龙冠？

Ruth 不知道什么叫龙冠，多宝指着桌上那顶白纸壳糊的帽子：就是那东西。

多宝哥哥，我不喜欢戴那东西，你戴着吧。

Ruth 妹妹，按照我们天缘江的规矩，龙冠是长子或长孙戴的，谁戴就由谁来继承遗产。

没问题，多宝哥哥戴吧。

Ruth 拿过龙冠递给多宝，正在与叶氏宗族理论的叶师母，慌忙小跑过来，眼疾手快地夺了龙冠，牢牢扣在 Ruth 头上。

叶长老沉着脸，喝了一声：起乐！

一阵哀婉的唢呐声从叶家小院传出，引来不少人围观。Ruth 手捧写着"叶堃"的木牌，多宝手捧三叔公照片，坐上了一辆皮卡车。

一路吹吹打打，不到一小时来到叶氏祠堂，在叶长老指挥下将灵牌与照片在案台上摆放好。

披麻戴孝的 Ruth 由一个称作四叔婆的白发婆婆牵着绕牌位案三圈之后，开始跪拜。

叶师母边哭边唱：老伴儿呀，你就这么扔下伺候你几十年的我，独自去躲清静。老伴儿呀，我苦命的老伴儿，走得连女儿面都没见，孤苦得像张薄纸……

Ruth 对外公的记忆很模糊，看着一张照片让她哭，实在勉强。她完全听不懂外婆在唱些什么，只是机械地跟着多宝一起跪拜。

中午时分，屋里人多闷热，Ruth 一身汗水，她真的受不了了，一把将头上的龙冠掀了。

叶师母大概是哭累了，见 Ruth 掀掉了龙冠，连忙走过来给她重新戴上，并催促她：乖宝，哭几句吧，这么多亲戚看着呢。

Ruth 为难地说：我真的哭不出，再说外公早就去世了，现在哭没有多大意义。

叶师母不高兴了，嘟囔着：到底不姓叶呀！

她默默走到灵位牌前，放声大哭：老头子耶，你忠厚一生，却落得一个无后……

谁都看得出来，叶师母这回是真的在哭。Ruth 慌了，外公去世已成事实，外婆可不能哭出病来。苦于中文有限，想安慰外婆却找不到合适的词，加上天气炎热，她憋得满脸通红，终于"哇"地哭了起来。

叶师母立马擦了眼泪，大声说：乖宝，别伤心，你外公死得不亏，再怎么说也是有嫡后给他披麻戴孝哭丧。

Ruth 却不像外婆那样收放自如，亲戚们七嘴八舌的劝慰，她丝毫也听不懂，只是一个劲儿地哭。亲戚们陪哭一阵后，纷纷擦干眼泪，开始在祠堂摆酒席。Ruth 吃惊于这种场面，妈妈从未告诉过她有这么多亲戚，男女老少足足坐满几十桌。看着一个如此宏大的场面，她不知不觉止住了眼泪。

饭后，过来很多分不清叫什么的亲戚，她们或多或少地拿来一些鸡蛋，说是没招待她们吃饭，让她们带回去吃。

太阳快落山时，多宝送婆孙俩回到叶家小院。Ruth 很想安抚一下自己不知所措的心情，没找到合适的方式，便做了一个面膜。

叶师母从院子里进来，冷不丁地吓了一大跳。她连退几步，拍着胸口：吓死我了，还以为大白天见鬼了。

Ruth 扶外婆在沙发上坐下，外婆说，心跳得厉害，她要去床上躺一会儿。

天渐渐黑了下来，叶师母不想吃饭，挣扎着起来热了点饭菜给 Ruth 吃，自己又躺下了。

王婶熬了热粥要 Ruth 端去给外婆吃，这么烫怎么喝呀？ Ruth 想了想，昨天从超市买了包起司，她连忙从冰箱取出起司放进粥里。叶师母本来不打算吃东西，见外孙女这么体贴，于是坐起来喝了两口粥。

Ruth 见外婆皱着眉，她关心地问：外婆，是不是粥太烫？

不烫，就是有股怪味。

哦，是香味吧？我放了一点起司。

气死……

一句话还未说完，叶师母吐得昏天黑地。

王婶听见动静过来一看，拍着大腿：哎呀，这可不得了了，肯定是那叶氏祠堂阴气重，搞不好是中邪了。

情急之中，Ruth 打了 120，没多久，120 来了，大家七手八脚将叶师母抬出小院。

叶师母却扳着救护车门不肯上去，救护车司机说：老人家上来吧，不坐也要出钱。

叶师母听说不坐也要出钱，只好上去了。到了医院，她怎么也不肯让人抬着，接诊人员只好领她走着去了急症科。Ruth 去挂号时，叶师母问旁边的大夫，急诊室是否要加费，大夫点头。叶师母连忙小跑过去揪住 Ruth：咱们回家，外婆没事。

Ruth 瞪大眼睛看着她：都到医院了，外婆干吗不让大夫看看呢？

叶师母拉着哭腔说：我没本事生儿养老，却用女儿的钱去坐"去了，去了"的车，这一"去了"，人遭罪不说，还去了一把钞票。

什么是"去了"？

救护车不总是"去了、去了"地叫吗？

Ruth 真是晕了，中国的风俗、文字与语言，让她如入迷宫。

此岸

第六章

彼岸

1

朴实中透出奢华的 Mastro's Steakhouse，是美国一家牛排品牌店，比弗利山庄的这家分店，岂止以极致美味的牛排出名！你若想邂逅好莱坞偶像，来到这里十有八九愿望不会落空。

飘飘带着梦想而来，Frank 却带来一个叫 Rang 的男人。

Frank 给飘飘介绍：好莱坞导演 Rang。

恭候有时的飘飘连忙起身伸出了手，大家坐定后侍者送来菜单。飘飘来美国几个月了，对西餐还是不太适应，她看 Frank 和 Rang 点的都是牛排，随之也要了一份。

前菜是一道甜点，口味非常地纯，奶香味很足，吃上去口感香软柔滑，这对从小喜欢甜食的飘飘无疑吸引力很大，遗憾的是得时刻提防发胖，让她吃起来显得小心翼翼。

主菜上来了，五分熟的牛排，飘飘暗暗叫苦，Frank 与 Rang 各自对自己那盘三分熟的牛排吃得非常投入。飘飘象征性地吃了几小口鲜嫩、多汁，并浇盖上这家秘制酱的牛排，胃就开始不舒服。

不合口味吗？

No，我刚才甜点吃多了。

Rang 擦了擦嘴角：这家的牛排真过瘾，不吃太可惜。

飘飘只好一口牛排一口酒，强作美味下咽。Rang 因为晚上有事，吃完就向他们告辞，走前，他说，最近有个角色适合飘飘，问她能不能明天去试戏。飘飘欣然答应，刚才因牛排引起的胃部不适似乎瞬间消失。

Rang 走后，Frank 与飘飘继续坐在 Mastro's Steakhouse 露台聊天，他们吹着晚风眼望好莱坞的璀璨灯光，又点了两杯鸡尾酒。

微醉间，飘飘恍然走入了好莱坞……

2

魏，加油！加油！

二九八、二九九、三百，魏，你真棒！

这家军事训练营里，能做四百个以上俯卧撑的队员有很多，可是，隔了一段时间没锻炼的魏亦做三百个，已经大汗淋漓。教练与队友们都为他的坚韧喝彩，做最好的自己是他们来到这家训练营的共同目标。

Jack 在一旁陪着魏亦做，三百个之后，他拉起躺在地上喘粗气的魏亦，两人坐到草地椅子上喝咖啡。

Jack 举杯祝贺魏亦不断超越自己，魏亦也真诚感谢 Jack 的帮助。闲聊间，两人又说起 W 公司股票，两人一致以为会一路狂跌下去。

查理汤正在拼尽全力请最好的律师团打官司，已放出话来，宁可家财散尽，也要夺回他一手缔造的 W 公司，夺回属于他的董事长宝座。

Jack 笑了，魏亦能读懂他的笑意。这一场没有硝烟的战争。无论输赢，查理汤注定都是输家。就好比，W 公司是查理汤的亲儿子，而 Jack 为首的现任董事会只是一个养父。亲爹与养父争夺儿子，亲爹一手护着儿子，一手还要与养父搏斗，而养父为了自保，完全可以拿儿子当武器对付亲爹。

W 公司目前的情形就是这样，查理汤打官司用的是自己的钱，现任董事会用的是公司的钱，其实也是查理汤多年拼搏赚来的钱。官司打得越久、越激烈，W 公司元气伤得越重。

听说，查理汤老婆受不了 W 易主的变故，身体出了大问题，目前住进了医院，而且他的父亲正病危。我不知道你们华人为何这么贪财？难道财富比亲情还重要？家人都这样了，他还四处忙着打官司。Jack 说这话时，英俊的五官挂满幸灾乐祸的笑容。

魏亦"霍"地起身，铁青着脸："人为财死，鸟为食亡"，出自中国，反映的却是整个世界的自然法则，更何况查理汤打官司争的不仅仅是财富，更主要的是要争一口气。实话告诉你，换作我是查理汤，我也会这么做。

Jack 非常了解魏亦，每当有人攻击华人的弱点，他便会发怒。Jack 站了起来拍了拍魏亦的肩，导师般语重心长地说：商场如战场，对敌人动恻隐之心，就会让自己陷入被动，甚至被敌人干掉。魏，别犹豫了，赶紧去筹集弹药，不出一年，W股票就会跌入深谷。到时，你就杀进来收购，W公司的潜质是非凡的，最大的赢家非你莫属。

魏亦听到Jack说出"敌人"二字，突然心跳加快，在推翻查理汤时，他确实做了Jack的帮凶。但他也只是把查理汤当作竞争对手，那么查理汤是谁的敌人？在这件事上最大的赢家究竟是谁？魏亦一时难以下结论。Jack借自己之手赶走查理汤，真的就是为了帮自己，或是为了自己给他的T公司那一半股份以及那幅《洞山开悟》？不，不！如果是这样想的话，太低估Jack的野心了。魏亦虽然嘴角上扬，却漾不出笑意，以他的智商一时都看不透Jack葫芦里卖的是什么药，这让他心里生出一种隐忧。

Jack见魏亦目光中透出一种难以捉摸的飘忽，以为他信心不足，便给他打气：W公司到了你的手里，复苏是迟早的事。

魏亦再一次问他：为什么要送一个这么大的馅饼给我？

因为我也有所图呀，我已经告诉过你，我在意的是T公司，至于W公司这块大饼，是属于你的。不过，《洞山开悟》你可得抓紧。

Jack越说得轻松，魏亦心中的疑惑越大。尽管如此，他还是再次举杯：《洞山开悟》，我迟早会拿到，请多给我一点时间。

Jack喝干杯中咖啡：尽快吧，你们中国有句古话叫夜长梦多。

魏亦点头。

集合哨响起，两人起身跑步归队。

3

八月，魏亦遭遇了两个太阳，天上一个，心中一个，他被两个太阳炙烤得有些焦虑。

穷人一般是用人去赚钱，而富人则是用钱去生钱。魏亦一向将自己定义为世界精英，当然比一般人懂得钱生钱的窍门。W公司股价在预期中下跌，魏亦却做不到像猎人那样气定神闲地扣着猎枪的扳机静静等待，原因只有一个，那就是子弹不够。因此，如何用最快捷的方式融资，成了魏亦最核心的射击点。

W公司这块馅饼来得太突然，突然得有些猝不及防。这段时间，魏亦每天都忙着与关系网中的每颗棋子周旋。因为最重要的一步棋，也是他一直营造的关系网，能否在关键时刻发挥作用。魏亦在整合资源时，把目光投向了国内。他知道胆小怕事的父亲不但不会帮他，很有可能还会教导他一番，尽管如此，借父亲的势与威并非难事。只是，功课得做到家，否则不但白费功夫，还有可能牵连到父亲。

魏亦提笔写下：北京、香港、天缘江。他久久凝视着白纸上的三个地址，眉头不由得越拧越紧。

喝下一杯冰镇啤酒，脑中酝酿多时的云梯计划再次跃然而出，冲淡了一些心中的焦虑。

4

晚风撩拨着飘飘的长发，她在星光大道中国剧院前看似认真却是无心地寻找着熟悉明星的脚印。

恍惚间，眼前的脚印签的是自己的名字，飘飘凝神龙飞凤舞的签名，"Piaopiao"愈加熠熠发光。

飘飘，中国明星飘飘的脚印在这儿。

魏亦脚踩一双脚印，嘴角扬起一抹似有似无的笑容。

遐思万千的飘飘被他惊醒：你怎么过来了？

以我的智商，能猜不到你喜欢待哪儿？

魏亦将手搭在飘飘肩上，飘飘巧妙避开，魏亦讪笑着：是不是飞同学对你说过，魏亦是个大坏蛋？

你们从小就认识呀？

对，我们从幼儿园起就是同学，他一直是我手下败将。小学、中学，我是班长，他是副班长，尽管他学习好，但他还是无法战胜我。我相信，飞同学此生最大的愿望便是打败我。

他无法超越你，是因为，你爸。

魏亦捏住飘飘下巴：别跟我提这个！

飘飘一甩头：别把我当你那些烂女人，将来某一天，这里会出现我的脚印，不会是神话！

对，你最好是今晚就红起来，我站这儿帮你占着地儿。因为，明日我要去北京。

去北京干吗？

我有分公司在北京。

魏亦手机响了，他看也不看就按了。

哇，你这么多公司。

够不够捧红你的本儿？

有心不在公司多。

好吧，比心的话，我肯定不如飞同学。不过，这个，你拿着，肯定有用得着的时候。

魏亦将一张银行卡放进飘飘手里。

为什么？

魏亦看着飘飘：出于自尊，你现在肯定不愿接受安少的钱，但我们是有交易的，你只管放心拿着，总有用得着的时候。

我们还有什么交易？

搞清楚那幅画是不是被他女儿带回中国了。

就这些？

就这些！

飘飘凝视着魏亦，催眠般地接住了那张卡，自尊在心底灰飞烟灭的瞬间又砰的绽放出绚丽的烟花。

5

夜，朦胧而静寂。

Amy 手端红酒坐于房间阳台，出神地望着天上的一弯明月。明月渐渐模糊，隐约显现出一张东方男人的脸。

　　Amy 举了举手中的酒杯，仿佛在与他碰杯，她抿了一口酒，轻语：二十三年了，你还好吗？

　　月亮上那张模糊的脸渐渐清晰，他凝视着她：……那母夜叉肯定不会放过你，唯一能保护你的办法就是给你一个公费留学的指标，以后的路，全靠你自己走了……

　　一行清泪滑落 Amy 光洁的脸颊，滴入酒杯，Amy 仰头喝下了和着苦涩泪水的酒。

　　外面响起了敲门声，Amy 再次抬头望月，那张让他朝思暮想的脸隐去了，她极不情愿地开了门。虽说夫妻两人都有自己的卧室，就像各自的领地，但 Frank 晚上更愿意留宿妻子床头。

　　Frank 穿着睡衣进来，他接过 Amy 手中的酒杯，温柔地说：亲爱的，少喝点，早点睡。

　　微醉的 Amy 斜睨着他：今天又有什么艳遇？

　　Frank 伸手想拥抱她，想跟她解释清楚。与异性调情，只是对美的欣赏，他真正爱的女人只有她一个，性与爱其实是两回事儿，能满足男人感官需求的，不一定能安抚男人的灵魂。

　　Amy 不着痕迹地闪开了身子，处女座最大的特征便是严重的情感洁癖。但 Frank 是她名正言顺的丈夫，这是不争的事实。不仅如此，他还让她们母女过着无忧无虑的生活。平心而论，她非但不完全排斥他，还经常被爱与感激、愧疚搅动得心神不宁，因为二十多年来，她经常是仅仅给了他身体，却保留着自己的情感……此时，她有什么理由抗拒给了她全部的心，只是偶尔身体出轨的他？

　　Amy 默默铺床，Frank 站在她的背后，静静地看着她将两个枕头并排放在一起时，手在他的枕头上抚了又抚。此刻，Frank 很想看看她脸上的表情，更想知道她心中究竟想着什么？

6

化成寺分建于上下岩，以石级相连，下岩为大雄宝殿，上岩依山而建有水观音亭、卧佛亭、法堂、云水堂等。

千百年来，这里曾经是"僧居罗上下，钟声答晨昏""暮钟何处起，明月满禅关"。化成晚钟因此而成为天缘江八景之一，足见那山间水畔，悠悠而起的薄暮钟声是如何招人遐思、动人玄想。

挂单于化成寺中的本常，每当听到钟声，便会默默想念慈父般的师父。虽然师父不在身边督促，本常还是坚持每天三点起床做早课。

化成山的晨，清凉中带点湿意。本常做完早课，便帮着伙房去寺庙旁边的土地庙前取泉水。一想跟在他后面一趔一趔地跑着，满脸漾出的是想帮师父却不知怎么帮的困惑。一不小心，井水打湿了本常腕上的佛珠，他将佛珠取了下来，搁在井边大石块上晾着。

一想本是跟着本常提水去伙房，跑了一段，回头看了一眼佛珠，似乎很不放心，便折了回去，叼着佛珠正要去追本常。突然，土地庙旁响起一阵鞭炮，一颗鞭炮直冲一想，烧焦了它身上一块毛，一想吓得撒腿就跑。

本常倒完水回到井边，不见了一想也不见了佛珠，急得满山去找。

7

叶师母已经两天没吃东西，也不肯上医院，王婶说，她平时生病很少上医院，躺几天就好了。

王婶从冰箱拿出春天掐的艾叶做成的清香艾粑，叶师母吃了一个，就吃不下了。她让 Ruth 多吃几个，说艾粑不仅是美食还可驱寒。

Ruth 吃完艾粑，觉得家里太闷，又不敢离开外婆出去玩，只好站在院子门前玩手机游戏。突然，一缕微弱的呻吟声从院墙边拐弯处传来，Ruth 循着声音找过去，见满身是血的一想躺在地上奄奄一息，它的头部显然被重物砸伤。

狗狗，你怎么了？谁把你打成这样？Ruth 担心它听不懂英语，又用汉语结结巴巴地说了一遍。

一想警惕地看着她，Ruth 向它伸出了手，一想挣扎着站了起来。可是，一路奔跑，导致失血过多，它几乎站不稳了。

Ruth 抱着它回到小院，她向王婶打听宠物医院。王婶大笑，人病了都可以不上医院，小狗还上医院？她拿了几块孙子的尿布出来。

Ruth 细心地给一想包扎着，一想的智力足矣分辨善恶，它看出了 Ruth 的善意，所以没有咬她。

它肯定饿了，给它吃点什么呢？

王婶将早上吃剩的艾粑端来，Ruth 喂给它吃。一想确实饿了，放下口中的佛珠，吃着艾粑。喂一想吃过艾粑之后，Ruth 想拿佛珠去洗洗，一想连忙咬住，怎么也不肯松口。

狗狗，珠子脏了，我帮你洗洗，不会拿走的。

一想不屑地瞥了 Ruth 一眼，沮丧地耷拉着脑袋：狗狗？我是一般的狗狗吗？我皈依了，师父给我取了法号。

一旁晒黄豆的王婶笑着说：它能听懂人话吗？

Ruth 看着四处乱蹦的黄豆，脑洞大开：叫你狗狗不太好，给你取个名字吧，叫蹦蹦豆好吗？蹦蹦豆，蹦蹦豆，叫你呢！

王婶笑得直不起腰来，她的小孙子也跟着 Ruth 叫：蹦蹦豆，蹦蹦豆。

一想哼哧着抗争：一想，一想，我的法号是一想！

Ruth 与小孩同时欢呼：它答应了，答应了！

一想眨巴着无奈的双眼，发出一声长长的哀鸣：人与狗之间怎么这么难沟通呢？不过，与其让他们叫狗狗，不如当个蹦蹦豆吧。一想是我的法号，这个我自己得牢牢记着。

8

安逸飞以董事身份出席安氏集团高层会议，会议主要讨论参拍缘水药厂有关事项。他因为没有参与公司管理，对参拍提案基本插不上嘴。

安牧良拉着儿子来参加会议，是想让他熟悉一下公司业务。公司迟早要交给他，完全不懂怎么行？前面大家讨论方案时，安逸飞不感兴趣，只顾低头玩手机游戏，安牧良几次对他露出不满的神情。

方案总算讨论完了，安逸飞站了起来，他将几份"成立影视公司的提案"散发给大家，高管们看着安牧良都不吭声。

华音因为安牧良已跟她提起过此事，早就心里有底，于是看过提案之后，第一个发言：我认为可以考虑，企业发展到一定规模涉足文化，是提升企业知名度的一张最亮丽的名片。

安逸飞已经准备好了充足的说辞，他必须说服父亲。没想到，几日之间，安牧良态度大变，竟然爽快答应，并提出要在北京注册，并且要请北京的大家来写《夏皇后》剧本。

华音主动请缨，她说，东北片区的销售需要加大力度，她准备亲自去北京督战，顺便也把影视公司注册好。

激流飞转的情形，让安逸飞喜出望外。散会之后，他以一声欢悦的口哨答谢宿敌华音后，一出会议室就给飘飘打电话。

飘飘抢先告诉他，去好莱坞试戏了，导演对她很满意。

安逸飞调侃着：能有一个多大角色给你呀？最多也不过三句台词，收拾收拾回来吧。

飘飘吃吃地笑了，真的不幸被安逸飞言中，这个角色只有两句台词。尽管如此，飘飘一点也不泄气，万事开头难嘛，很多大明星不都是从跑龙套开始吗？

这边，你先张罗吧，到时，我会抽空回来。

安逸飞再一次提醒飘飘，别瞎掺和魏亦的事。飘飘笑着：该不会是吃醋吧？

我吃醋，顶多酸倒两颗牙，你要是惹上了他，准得出大事儿。

飘飘为了转移话题，逼问安逸飞离开的这几天是否想她。安逸飞说：是不是想你还用问呀？以后不准提这种问题，两个相爱的人隔得再远也能感应出来，难道你感应不到吗？

飘飘没回答，但安逸飞听到了她隔着话筒的飞吻声。

9

中午快下班时，华音进来董事长办公室汇报工作。

收购缘水药厂的前期工作是华音在抓，她要去北京，便把此事安排给了另一位副总。她担心自己走后刘副总工作太多容易出纰漏，于是叮嘱安牧良多督促。

放心，我会盯着。

华音起身想离开，安牧良一把拉住她：急什么？

华音不语，安牧良摸着华音的头发温存地说：一个人出差要当心。

华音斜睨着他：当心色狼呢，还是当心人贩子？

安牧良笑笑：早去早回，我和公司都离不开你，你过去把工作布置给他们就可以，没有必要亲力亲为。

华音长叹一声：我还真想留在北京不回来。

安牧良紧紧抱住她：其实，我心中非常矛盾，既怕误了你终身，又舍不得放你走。

华音眼睛一红，将头埋进安牧良颈窝。正在此时，安逸飞推门进来，两人形色慌张地闪开了。华音连忙告退，从安逸飞身旁经过时，她闻到一股隐忍的火药味。

安牧良板着脸：在美国这么多年，还没学会进门要敲门？

安逸飞攥紧炸药包的引线，一屁股坐在沙发上，将脚搁在茶几上。

安牧良正要训斥他，安逸飞指着父亲脖子上的口红印：父亲大人还是先将脖子上的香印擦干净再来教训儿子吧，这儿可是办公室哟。

安牧良顿时气短，连忙进了套房里的洗手间，从洗手间出来时，他声音柔和了许多：这回你总该满意了吧，华音明日就去北京，一来东北片区销售出了点问题，需要她去处理；二来着手筹备影视公司的事。

我过几日也去北京，在美国认识了一位美籍华人，他写过几部电视剧，还做过很多电视剧的顾问，让他来写《夏皇后》，肯定合适。

安牧良对儿子的安排没提反对意见，说完正事，他问儿子中午想吃什么，他吩咐张婶做。

安逸飞瞥了他一眼：你不用管我中饭，我自己出去找吃的。

安牧良说，你妈去台湾前叮嘱过，不让你出去乱吃东西。

安逸飞极力忍着，手中的火药引线攥得更紧：妈妈还不愿意你与别的女人乱来呢。

安牧良顿时语塞，半天才憋出一句：坏小子，你爸是什么样的人，你妈还不清楚？

清楚？我妈太清楚你了！

安逸飞起身愤愤走了，留下被亲情与爱情的炉火炙烤得有些焦灼的父亲独自在办公室徘徊。

此岸

第七章

彼岸

1

安逸飞昨晚就与多宝约好，今日中午让多宝去接Ruth，三人一起吃中饭。

天缘江湿气较重，本地人大多喜辣。安逸飞点的菜还不算辣，Ruth却吃得眼泪汪汪。

饭后，安逸飞给了Ruth一个手机卡，让她这段时间用天缘江电话卡。安逸飞说，为了信誉，再帮她下载一个飞机上承诺过的游戏，并给她牛哄哄的装备。Ruth只等安逸飞将手机摆弄好，便忍不住玩了起来，有安逸飞在一旁指点，简直没有什么过不去的坎。

两人正玩得高兴，一旁看微信的多宝惊呼一声：我的个妈呀！台湾旅游车又出车祸了。

车祸？

安逸飞赶紧在自己手机上查看新闻，果然，台湾旅游大巴发生车祸。他像被人踩了尾巴似地跳了起来，连忙拨妈妈手机，关机？

糟了，糟了，糟了！

怎么了？ Ruth不明就里地问他。

安逸飞顾不得解释，吩咐多宝送Ruth回家，他要先走了。

Ruth看着安逸飞匆匆远去的背影，问多宝：到底怎么了？

多宝愣愣自语：不会的，我干娘信佛，有菩萨保佑怎么会出车祸呢？

Ruth彻底懵了，王婶说，外婆生病是中了邪气，莫非他俩也中了邪气？邪气究竟是什么？

2

老婆不在家，儿子不回家吃饭，安牧良中午便在公司食堂与高管们随便吃了点午饭。

无论中午有无应酬，安牧良都要睡个午觉，这是多年养成的习惯。不回家便在办公室沙发上躺下，呼噜声刚刚响起，茶几上的手机也跟着响了起来。他翻了一个身，懒得理它。

感觉没睡多久，华音闯了进来，将他推醒，安牧良看着她急白了的脸，惊问：出什么事了？

沈大夫与几位领导家属在台湾出了车祸。

这下，安牧良完全醒过来了，他急忙拿起手机，见法院高院长与银行梁行长分别打了好几个电话过来。

安牧良赶紧一一回话，他说自己也是刚刚得到消息，目前那边情况不明，他会派专人负责处理此事。

安牧良放下电话，对华音说：还是大领导沉得住气，魏市长一个电话也没打过，不行，我得打给他。

好，我现在去旅游公司了解情况。

华音出去之后，安牧良点燃一支烟站在窗前，扪心自问，自己算是一个有良心的人，不像有些男人那样，外面有了人巴不得置原配于死地。华音是个通情达理的人，跟了他十年，从来没逼过他离婚。当然，这也是他爱她的一个重要原因。

他是不会与沈若兰离婚的，这个看似消极，其实内心无比坚韧的女人，一直以她的隐忍包容着他。他们之间确实没有了所谓的爱情，甚至连夫妻之实都鲜有，但那份构筑了三十多年、血肉相连的亲情大殿还在，他怎么也不忍心让这座亲情大殿轻易坍塌。

安牧良熄灭烟的时候，发现自己的手有些微微发抖，他想起刚才给高院长和梁行长打电话的情形，两人几乎一个腔调，既听不出他们对老婆安危的忧虑，也听不出对自己出钱请她们旅游的谢意，却是一样气势汹汹的质问，他的心中开始愤愤不平：你们是在关心老婆的安危吗？不，你们是在炫耀自己的权力！只有我才真心在意她们的安危。

安逸飞从旅游公司打来电话，天缘江旅游公司联络到了台湾对接公司，证实了妈妈她们确实在出事车上，也确实受了伤，但是并无性命之忧。

安牧良大大松了一口气，说华音也去旅游公司交涉去了，他叮嘱儿子早点回家商量对策。

3

天缘江市中心城区大约一百二十平方公里，清澈、秀丽的天缘江将市区划为南北两半。市委与政府大院，相距大约一公里，都在沿江北路。

市长魏臻中午参加完一个招商酒会之后，在办公室小憩了一会儿。起来后，向秦秘书要了一支烟，秦秘书知道市长从不抽烟，今天肯定是担心夫人才如此反常，他安慰一番之后，说：我还是给安牧良打个电话问问情况吧。

魏臻制止了他：他不会比我们多了解什么，沉住气。你先出去，我想一个人待会儿。那边一旦有了新情况，赶紧告诉我。

秦秘书出去之后，魏臻将烟点燃，他不像一般吸烟人那样贪婪，只是在烟火快要熄灭时才轻吸一口。靠在皮椅上，看着袅袅升起的白烟，魏臻长长地舒了一口气。他与汪海莲与其说是夫妻，不如说是一种捆绑。当年出于对公社汪老书记的知遇之恩，娶了他的女儿汪海莲，没想到汪海莲却一直以功臣自居，婚后几十年，几乎都在争吵中度过。如今，他不愿吵了，每遇矛盾能躲就躲，实在躲不开便沉默如铁，以致落个妻管严的名声。汪海莲不在身边的日子，他觉得简直是种解脱。尽管如此，她毕竟是儿子的母亲，如今生死未卜，心中还是有些不安。只是这种不安刚刚升起，便遭到另一种不安的冲击。

魏臻静静地看着手指间冒出的白烟，渐渐地，烟雾中隐约着一个青春勃发的女子，时而眉目中露出灿烂的笑容，时而面现哀怨。

魏臻闭上眼自语：媛媛，你在哪里？二十多年了，为什么不肯给我些许信息？

魏臻的思绪刚刚飞入不可自控的境界，电话来了。尽管铃声调得很低，仍如野蛮的吆喝，将他思念爱人的心搅成乱麻。是安牧良的电话，魏臻很不情愿地接了，听着安牧良的道歉，他没有像其他两位丈夫那样气势汹汹地责问安牧良，两人交换完信息后，还相互安慰了几句。

放下电话，魏臻想继续接上被打断的遐思，却发觉香烟已经熄火，他重重叹息了一声，将烟头沾了点茶水扔进垃圾桶。

4

本以为完美的公关策略，结果横生枝节，华音只好推迟去北京的日程。

她从办公室出来迎面碰上多宝，多宝红着双眼怒视华音，华音昂头想从他身边走过。

多宝拦住她：华婊子，你就这么迫不及待地想当董事长夫人？若是我干娘有什么不测，老子不会放过你！

华音冷笑：干娘？你以为攀上了枝头就是凤凰？我今日就要将你这只自以为是凤凰的乌鸦赶出安氏集团。

多宝双手交叉胸前，摆出一副死猪不怕开水烫的样子：你又不是第一次开老子，爱咋的就咋的！

多宝觉得，崇敬无比的干娘凭什么受这妖精的气？为了捍卫干娘，他就像孙悟空那样，见着妖精就想打。

很多员工围了上来，有些人表面劝架，实则想看热闹。华音脸上有些挂不住，重重哼了一声：咱们走着瞧！

以华音的能力收拾多宝无异于捏死一只嗡嗡作响的蚊子，但投鼠忌器呀！这些年来，华音开了他几次，他便几次凯旋。被疯狗咬了一口，难道也去咬疯狗一口？华音虽然这样开解着自己，走进安牧良办公室时，脸上依然乌云密布。

安牧良并未细心觉察她的脸色，只是急切地问：怎么样？那边有新情况吗？

华音像中了一弹弓，瞬间品味出了正宫娘娘与宠妾的区别，她强作镇静汇报：旅游公司通知，车祸家属可以派代表去台湾探视伤者。

这就好，这就好，家里去了人，她们心里应该更有安全感。安牧良一心想着台湾那边，完全忽略了华音的感受。

话音未落，安逸飞闯了进来，他恼怒地瞪了他们一眼：我妈生死未卜，你们还有心幽会。

安牧良连忙喝住他：别胡说！华音刚得到消息，你妈和其他三位阿姨伤势不太重，我们正商量派谁去探视。

还能是谁？当然是我呀！马上给我订机票。

华音趁机脱身：好的，我这就去安排。

华音走到门口，突然返身：哦，忘记禀报董事长一件小事，叶多宝被我开了。如果董事长觉得我对安氏有过那么一点点贡献，如果董事长还对我有那么一点点尊重，请不要像以前那样让他在安氏进进出出。

凭什么呀？你凭什么开他？安逸飞似乎要炸了，他不看华音，直直地盯着父亲。

华音背过身，冷冷说道：以我目前的职位，完全有权处理员工去留而不必向董事长汇报，只是考虑叶多宝的特殊性，才多此一举。

安牧良夹在情人与儿子之间和着稀泥：这小子又闯什么祸了？别与他一般见识。

华音声音有些颤抖：这一次，安氏有他没我，有我没他！董事长看着办吧。

机票我自己订，我与多宝一起去台湾！安逸飞丢下话后，摔门而去。

安牧良看着还在发出颤声的门，眼神有些黯然，他可以神定自若地指挥麾下三千多员工，却无法化解情人与儿子之间的战火硝烟。

5

才这么几天，一想便适应了"蹦蹦豆"这个名字，但它身上的伤还是让 Ruth 很担心。

Ruth 见它不太吃东西，要拿牛奶喂它，外婆不乐意了，人家王婶的孙子都没牛奶喝，一条狗还喝牛奶。

Ruth 抱着蹦蹦豆躲房里不出来，外婆在外面喊：肉丝，肉丝。

外婆在外面了叫了好几声，Ruth 才嘟着嘴出来：外婆，您别叫我肉丝，蹦蹦豆都有名字，您也给我取个中文名吧。

好呀，中文名得有姓，你姓什么？

当然是跟着外婆姓叶了。

外婆姓黄不姓叶，是你外公姓叶。

外婆兴奋地拍着掌：谁说我叶家是绝户头？我家小肉丝不就续了叶家香火吗？老头子耶，快点给咱孙女取个名吧。

Ruth 纳闷了，外婆不姓叶，为什么那么在意叶家有后？

叶师母在桂花树下转了一圈，主意来了：对了，女孩子要斯斯文文的，就叫斯斯，斯文的斯，不是肉丝的丝！叶斯斯，多好的名字！

叶斯斯，嗯，比肉丝好听多了。Ruth 立刻接受。

以后呀，你别叫我外婆了，要叫婆婆。

Ruth 太好说话了，对她来说，外婆与婆婆有区别吗？不就是个称呼吗？

叶师母的病似乎一下就好了，她颠着那双瘦小的脚从冰箱取出一袋鲜奶，慷慨地递给 Ruth：叶斯斯，给，喂你那祖宗去吧！

Ruth 喂蹦蹦豆吃完牛奶，叶师母已将西瓜切好摆在桂花树下。祖孙俩坐在树下边吃西瓜边聊天，叶师母简直被叶家有后的喜悦冲昏了头脑，指着月亮绘声绘色地给孙女讲嫦娥奔月的故事，Ruth 虽然听不太明白，还是被深深吸引。

夜深了，Ruth 还不肯睡，于是叶师母又给她讲了民间版的夏皇后。

夏皇后进宫前叫云姑，她以前是天上的蜈蚣仙女，因触犯天规，被镇压在云谷山一块大石头下，天神命对面的鸡公神看守。有一回，鸡公神喝醉了，没看住，蜈蚣仙女便逃到夏家坪，投胎成了夏云姑。蜈蚣仙女逃走后，鸡公神满世界地去找也没找着，他哪知道，蜈蚣仙女就躲在鸡公山脚下的夏家坪呢！几年以后，鸡公神终于在皇宫发现了夏皇后，就把她抓了回去，重新压到了大石头底下。

叶师母连比带画讲完故事已哈欠连天，Ruth 虽然只听懂一点点，却望着桂花树上的月亮浮想联翩。

曾经，多彩的希腊神话让她陶醉；如今，神秘的东方传说引她入胜。两个迥然不同的世界，都有着同样让人痴迷的神话，Ruth 真是欲罢不能。

6

流水冲不走历史的痕迹，不老的泸州印月见证了状元洲的盛衰。

位于天缘江城区东北侧，天缘江桥下游江中心呈舟形的泸州，亦名状元洲，因唐代状元卢肇读书于此而得名。此处虽曾沦为荒洲，如今已是歌舞升平，成为天缘江一处消闲场所。清淡的月，璀璨闪烁的灯光，江水哗哗地流着，不时蹿出几朵浪花撩拨着临江而建的酒吧。

凭栏而立的安逸飞，身上落下几许斑驳的月影，他一口干了杯中的酒。

多宝凑近他：飞哥，别尽对着江水发呆，想想怎么对付那妖精吧。

一言可尽千语迷，不如静看水中月。

多宝见安逸飞眯眼念着江边巨石上拓的诗句，拉了拉他的手臂，着急地说：我就咽不下这口气，那妖精凭什么在安氏指手画脚？不帮干娘除掉她，我叶多宝誓不为人！

多宝的豪言壮语，将安逸飞彻底逗笑了，他戳着多宝的脑门：多宝，我的好兄弟，记得你这是第三次被华音开了吧？算不算壮志未酬身先卒？自身难保还想捍卫你干娘呢，要不是每次你干娘出来力挺你，你早就回盘龙山叶家村当高干子弟了。

我咋成了高干子弟？

安逸飞坏笑着：你爸是叶家村的最高长官村长，你不就是叶家村的高干子弟吗？

多宝被他说得像中了奖似的飘了起来，他摇摆着被酒精和新晋升高干子弟刺激的脑袋，口齿不清地说：干娘她老人家真是我的保护神呀！

安逸飞拍拍托着腮帮仿佛在沉思的多宝：好了，别深沉了。

飞哥，你带我去台湾，董事长同意吗？

　　安逸飞再要了一杯酒：管他同不同意，是我带你去，关他什么事？记着，明天开始，你要配合我做好两件事，第一件，抓紧时间把台湾通行证办下来；第二，摸清梁行长、高院长家都有些什么人、一家人特别是孩子的爱好是什么？

　　多宝为难了，第一件事好说，可那两家的爱好怎么摸呀？

　　安逸飞瞪了他一眼：随你，要么好好干活，要么回叶家村啃老去。

　　这回轮着多宝发呆了，对于他来说，父亲的期许很简单，早日娶妻生子延续后代。可多宝的志向有安逸飞作航标，今后的路注定不平坦。

7

　　叶家小院的清晨充满了生活气息，叶师母跟老头子汇报完前一天的生活细节，便开始蒸米包子。

　　北方主食千变不离面，南方主食花样总是围绕着大米。米面、米粉、米包子、糖粑、油货、油灯盏、空心麻团、薯丸这些都是以大米为主要原材料。

　　天缘江的米发糕，不叫发糕，叫米包子。形状像包子，无馅，咬一口，松软 Q 弹，还带点儿酒香味。

　　这几天，叶师母把几种点心轮着做给孙女吃，Ruth 唯独对米包子与油灯盏情有独钟。

　　米包子快蒸好了，叶师母叫醒了孙女，Ruth 惺忪着双眼去刷牙。

　　多宝闻着米包子的香味进来了，他兴奋地叫着：Ruth，Ruth，告诉你一个好消息。

　　叶师母连忙扔下手中的活，拦住他：以后不准再叫肉丝，她叫叶斯斯。

　　叶斯斯？Ruth 多洋气呀！干吗要改名？多宝看着三婆，满脸不惑。

　　叶师母拍了他一蒲扇：肉丝，还鱼丝呢。要洋气，你就别姓叶了，也去改个榔头斧头什么的。

　　多宝眨巴着眼，不知三婆唱的是哪一出。

　　Ruth 嘟着嘴出来：婆婆，不是跟你说过了，爸爸叫弗兰克，不是榔头斧头。

叶师母白了孙女一眼，继续张罗早点。多宝张了张嘴，不知该叫 Ruth 什么。

Ruth 招呼他：多宝哥哥来了，什么事儿这么高兴？

多宝学着电视里的腔调：有两件事儿，一件好事，一件坏事，你想先听哪件？

Ruth 笑了，她觉得这个哥哥真逗：不管好事儿还是坏事儿，一件一件讲吧。

多宝搔搔头：我干娘去台湾旅游出车祸了，飞哥要带我去台湾。

这回轮着 Ruth 不解了：就这两件事儿吗？可是，我没听出哪件是好事。

多宝急了：去台湾呀，我最远就是从盘龙山到天缘江，现在要坐飞机去台湾了，这还不算好事？

Ruth 刚起床，脑袋似乎转不动，她小声嘀咕着：这也算好事儿呀？

叶师母拦下多宝的话：先别去台湾，回一趟叶家村，让修族谱的人来把我家叶媛媛和叶斯斯修进族谱，两千块钱三婆愿出。

多宝两眼愣愣地看着三婆：叶氏宗族不是说好，让我给你们……

叶师母夹了一个热气腾腾的米包子给他，多宝接过米包子，两手倒腾着。

现在计划生育，政府都说男孩女孩一个样，我家叶斯斯就是正宗接班人。

多宝试探着问：要是这院子拆迁，写叶斯斯一个人的名字？

叶师母怒了，脚一跺：我眼睁睁的，棒槌打不死，你们就打这院子的主意？

多宝颓唐地转身朝门口走去，Ruth 刚才没听明白婆婆与多宝之间说些什么，她见多宝刚进来没说几句话就要走，便叫住了他：多宝哥哥。

多宝刚到门口便听到 Ruth 叫他，一想，哎呀，还有事要问呢！

他折了回来：斯斯，问你一件事儿。

什么事儿？

你知道用什么办法去了解一家人的爱好吗？

Ruth 想了想：这跟我的传媒专业有点关系，首先要调查清楚他家的主要人口都是哪些人、特别是孩子。

多宝连忙赞同：对，特别是孩子，飞哥也这么说。

然后找机会观察他们的吃穿住行，或者找他们熟悉的朋友打听。

这也太烦琐了吧，只有两天时间，斯斯，你能帮我吗？

叶师母招呼他们趁热吃米包子，两人边吃边聊，Ruth 答应陪多宝一起去做调查。

时间太紧，我们直接去找他们的孩子。

有 Ruth 助力，多宝信心顿增。

8

天缘江中级人民法院旁边有个律师事务所，Ruth 与多宝进去指名找高律师，年轻的高律师接待了他们。

高律师以为他们要打官司，职业性地做好笔录准备。

Ruth 看着她开心地笑了，高律师被她笑糊涂了：请问，你们是否需要找律师？

Ruth 用不太流畅的汉语夹带着英文单词说：我想跟你交朋友，你真漂亮！

高律师愣了，一脸严肃地说：不好意思，如果你想打官司，或许我能帮你。

Ruth 摇头：我不打官司，我是从美国来的，我是安逸飞的朋友。

请问谁是安逸飞？

多宝连忙补充：安氏集团董事长的儿子。

Ruth 继续连说带比画：你的妈妈与他的妈妈，还有另外两位妈妈，一起去台湾旅游。

高律师好像听明白了些，点点头。

因为车祸，四位妈妈都受了伤，我是来安慰你的。

高律师放松了：谢谢！我本来要去台湾的，可孩子太小，家里人不让我去。

Ruth 惊奇地说：你这么年轻就做了妈妈？真了不起！孩子确实离不开妈妈，没关系，安逸飞与多宝哥哥过两天就会去台湾，他们一定会把事情处理好。方便的话，请把手机号给我们，有什么情况，会及时告诉你。

这段汉语夹带着英语的话有点长，高律师或许没听太懂，她瞪眼看着 Ruth，幸好有多宝作补充，高律师连连称谢。记下高律师电话后，Ruth 便起身告辞。

出门之后，多宝很纳闷：来都来了，干吗不问问她家的爱好？

Ruth 转身盯着他看了几眼，笑了起来：多宝哥哥，你知道我俩最大差异在哪吗？

多宝笑着说：我是男你是女。

Ruth 笑得直不起腰：怪不得安逸飞喜欢带着你。

多宝连忙问：为什么？

Ruth：这个问题你自己去找答案，不过，我可以告诉你，我俩最大的差别不是性别，而是思考问题的方式。比如刚才，我已经得到了想要的信息，你却没有。

多宝回忆着：她说了她家的爱好吗？

我中文不好都听出来了，她家最重要的人物是那个小孩子，那么，有关小孩的一切不都是她家的爱好吗？

这么简单？

Ruth 做个怪脸：只要学会了复杂的问题简单化，任何问题都可、都可，有个词语，我忘了。

多宝摇头：我也不记得。

Ruth 调侃他：不是不记得，是不知道吧？

多宝尴尬地笑了：去找梁行长女儿吧。

不用找了，你说她还在念高中，高中女生最喜欢追星，若能拿到明星签名便欣喜若狂。

我们完成任务了？

当然。

多宝即刻打通安逸飞电话邀功，安逸飞说：你小子是脑洞大开还是得高人指点呀？我怎么看不出你有这能耐！该不会是你那个鹦鹉妹妹帮你逮的鱼吧？告诉她，中午请她吃饭。

多宝崇拜地看着Ruth，第一次后悔自己书读得太少。多宝因为得来金贵，父母把所能给的宠爱都给了他。遗憾的是，他连高中都没能考上，父亲望子成龙心切，愿意出钱买升学指标让他进城读高中，可是他死活不愿意。理由是，那么多没文化的人不同样成了暴发户？如今看来，一个初中生想冲出天缘江真的不容易。

突然间，华音骂他乌鸦的话从脑子里蹦了出来，心头顿时布满乌云。少顷，他握紧拳头，是乌鸦还是凤凰，岂能让那妖精说了算！

9

香港的高尔夫球场大多都是英伦风范。

石澳高尔夫球场虽然依山傍海，风景秀丽，魏亦却觉得此处没有他喜欢的粉岭高尔夫球场大气。

带他进来的龙祥大概看出了他的心思，指着远处丛林中隐约可见的一处处房屋告诉他，那些别墅的主人都是非富即贵。

进到会所之后，魏亦才知道，这是香港最神秘的一家纯私人俱乐部，只有会员才可订场。要加入这个球会，首先需要在石澳指定的位置拥有物业或者担任国际企业的老板。因为门槛太高，在这儿能打上一场球，可见有多尊贵。

龙祥是京城弘少介绍给魏亦的，看样子，在香港黑白通吃的龙祥很买弘少的账，这是魏亦云梯计划非常重要的一步棋，魏亦必须下好。

龙祥想让魏亦先熟悉一下环境，因此，他们早到了些。更衣时，魏亦习惯性地将手机放进球服口袋，龙祥让他将手机放回衣柜，因为这里严禁用手机，哪怕看一条信息都不行。

他们来到球场，龙祥提醒魏亦，这是一个靠海的山地球场，好几个球道发球要跨过海沟，稍不注意小球就会飞入大海。

龙祥指着第十七洞三杆洞说，它目标距离只有一百零八码，但实际要打一百四十码才能攀上悬崖。

魏亦明白龙祥说这些并非卖弄球技，而是真心将绝技传授给他。魏亦虽看出弘少在龙祥心中的分量，也不敢再托大，对龙祥的态度又恭敬了几分。

龙祥将魏亦领到一条坡度较大的球道，从球童手中取了一根杆递给魏亦：试试。

魏亦试了一杆，明显打短了，球滚回四十多码。

自以为球技精湛的魏亦，暗中为自己捏了一把汗，要不是有龙祥悉心指导，今天这场球，他真的没有把握获胜。魏亦此时才明白，韩林为什么会在大热天提出以赛球输赢定是否合作的条件。

W 公司香港分公司总裁韩林准时如约而来，韩林虽说是大陆人，但对龙祥恭敬有加。在他眼里，魏亦就算不是篡夺 W 公司董事长权力的仇人，也是仇人的帮凶，所以脸色有点难看。

韩林带来一位漂亮的混血女孩，她一见龙祥便甜甜地叫着：龙爷，好久不见，想你都想到梦里了，哈哈。

呵呵，凯蒂来了，好，好，来日，我可得好好跟你约一场。今日，我不参赛，只做一手托两家的和事佬。

韩林说，大热天让龙爷陪着受累，心下不安，干脆我也不参赛了，一边陪着龙爷。

凯蒂，你陪魏少玩玩。

魏亦不禁有些光火，他是来玩的吗？他是在搭建一个宏伟的云梯计划，无奈，他的那几个公司没有一个是搞实业的。前几日，他去了一趟北京，搬来弘少请到龙祥出面周旋。他毕竟是 W 公司独立董事，如今只能借 W 公司的招牌用用。W 公司香港分公司总裁虽不买他这个独立董事的账，却不得不给龙爷几分面子，于是提出以一场高尔夫球赛胜负定乾坤。

无论输赢，魏亦都愿意与韩林本人决战一场。如今他推出一个女孩，实在让魏亦感到胜之不武、败之无颜。

龙祥一见凯蒂便明白了韩林的用意，他既要给自己面子，又要羞辱魏亦。

龙祥看着魏亦脸上显出的几分愠怒，便哈哈一笑，拍拍魏亦的肩：魏亦老弟，老哥给你介绍一下，凯蒂，香港高尔夫女神，香港大佬们无不以与她打一场球为荣呀，今日老弟能与凯蒂切磋球艺，龙某脸上也有光了。

魏亦似乎挽回了一点颜面，他心里明白，这场球，他更得努力。

韩林虽然不清楚魏亦的球技，但他推测，以魏亦的年龄与地位，对高尔夫肯定不会陌生，他要赌的是球场环境。上过球场的人都清楚，球场环境对球员来说有多重要。他让凯蒂上场，无论输赢，对龙爷、对查理汤都好交代。

他们进行的是比洞赛，魏亦比凯蒂年纪大，所以先发球。一杆下去，凯蒂为他鼓掌，魏亦报以深沉微笑。待凯蒂一出手，魏亦就知道真的遇上了高手。

前面几洞，输赢不大，其实两人都在试探对方实力，并未使出全力。接下来要冲果岭了，这才是实力的比拼。

哎呀，这石澳要是再扩一点就不用几个洞共享一个球道啦，现在这样，打第二杆时没看清楚往哪个果岭打就麻烦了。这球道上的地标距离，也一定要看清楚是几号球道，不然很容易打错啰。

大家都听出了龙爷的唠叨，其实是在提醒对球场不熟的魏亦。

打到十四洞，魏亦虽然略略领先，十八洞打完能否取胜，魏亦心中仍然没有把握。

看来，老天是要成全魏亦，雷声隆隆，他们只得提前收杆。

第八章

1

沈若兰一行四人，虽然不是伤手便是伤脚，但比起那些重伤以及失去生命的人，已算幸运。车祸后，四人被安排在台北医院同一间病房。

安逸飞与多宝的到来，让沈若兰大大松了一口气。安逸飞见妈妈与其她三位女士只是手脚上缠着绷带，他开玩笑说：还好，只受点皮外伤，还可以得一笔保险赔付，太上算了。

多宝见了沈若兰不知是委屈还是心疼，一句话没说便窸窸窣窣哭了起来。

沈若兰拉过他，调侃着：哎哟，你们看，哪个是我亲儿子呀？

其他三位夫人顾不得评判，抢着问自己家怎么不来人。

安逸飞笑着解释：我做代表，几位阿姨的丈夫逼得我老爸都要跳江了，多亏市长派人守在天缘江岸边，要不我真的要当孤儿了。

沈若兰充满爱意地瞪了儿子一眼：看你没个正经，几位阿姨这回可是跟着妈妈死里逃生过来的。

安逸飞哪能不知道她们所受的惊吓，只是想用一种轻松的方式化解大家的怨气。这时，只要谁出现不满情绪，便会感染其他人，安氏这回算是做了一桩费力不讨好的买卖。他只能用小辈特有的宠去哄她们，他先是一个个地检查她们的伤口，摸摸，吹吹，不时露个心疼的表情，再加几句滚烫的体贴话，三个女人被他哄得心里暖洋洋的。

三个女人里汪海莲最不好对付，但安逸飞能吃定她。他绘声绘色地给她讲魏亦在洛杉矶的房子，并给她看手机里的照片。这些情况，魏亦平时可没耐心告诉她，汪海莲揪着安逸飞终于问了个够。

趁着行长夫人与女儿通话机会，安逸飞接过电话，跟女孩大聊台湾明星，并许诺给她买明星签名唱片，哄得女孩一口一个哥哥地叫。

安逸飞被几个女人缠着脱不了身，便从手机上查好了婴儿用品牌子，让多宝去专卖店买回了一堆婴幼儿用品，院长夫人高兴得合不拢嘴。

2

魏亦是在北京得到妈妈出车祸的消息，处理好香港的事情后，他飞去了台湾。魏亦推门进来，安逸飞正哄得几位夫人笑逐颜开。

魏亦将背包往病床一扔，揪住安逸飞衣领，一副要打人的样子：小子，我妈要是出了事，看我怎么收拾你！

汪海莲最清楚儿子的德行，她口里喊着，冤家，你们从小打到大，还没打够吗？心里却怕儿子吃亏，丝毫不顾手臂受伤，扑过去抱住安逸飞。

多宝一见这架势，握着拳头准备救驾。这可急坏了沈若兰，这一架打下去，儿子不管输赢，安氏必定要受影响。她不顾腿伤，挣扎着下床揪住多宝。其他两位夫人吓得不知劝谁好。

安逸飞心里非常明白，他与魏亦从小到大比拼的并不是自己的实力，财富碰撞权力，"丛林法则"的属性被恣意扩大。

魏亦当然清楚自己打不过安逸飞，可他就想灭一灭安逸飞的傲气。其实，他根本不想老妈帮忙，他知道，有双方母亲在场，这一架无论如何打不起来。

安逸飞任凭他揪着，丝毫没有还手的迹象，两人对视几秒之后，安逸飞用手拨开魏亦的脸：魏同学，我不想与同性玩亲热，你真的关心你妈，应该先去安抚好她，咱们再到外面约上一架。

魏亦见安逸飞神定自若，一心想激怒他，他指着自己的脸：约什么约，有种你朝这儿来一拳。

你看，何阿姨家里还有待嫁千金，我俩都有可能做她的女婿，咱们现在当着未来丈母娘的面打架合适吗？

话音未落，四位妈妈忍俊不禁大笑起来。笑声未落，只听多宝惊慌地喊道：哎呀，出血了，出血了！

大家这才注意到沈若兰与汪海莲因为刚才用力过猛，伤口渗出了鲜红的血。安逸飞连忙甩开魏亦，按响她们床头的铃。

正在此时，一个记者推门进来，问道：请问，这是大陆来的受伤游客吗？

安逸飞反应特快，他用英语回答：我们是从美国来的。

魏亦一手搭安逸飞肩上，一手掏出蓝皮美国护照，也用英语说道：对不起！这几位女士受了惊吓，还未恢复，暂时不接受采访。

安逸飞与魏亦将记者逼出病房，记者扳住门框，问：听说，这几位女士是大陆官员的家属，请问是公费还是私费……

安逸飞截断他的话：我们自家人出来旅游，我和我哥出钱，哪有什么公费私费的说法？

魏亦拍拍安逸飞：飞弟，照顾好妈妈和姨妈，我去送送这位先生，顺便出去买点东西。

好，亦哥注意安全。

几位夫人虽然听不懂两个孩子叽里呱啦说些什么，但看到他们配合默契地把记者打发走了，长长舒了一口气，真有一种劫后余生的感觉。

汪海莲拍拍胸口：天呀，要不是两个孩子在，咱们真不知怎么去应付这些记者。

3

台湾有名的酒吧，原以为很好找，没想到开在一个地下室。

魏亦有些不满，你安逸飞什么年龄，还在追这种少男少女的时髦？

安逸飞也不解释，进门就问哪个位置可以遇上明星。服务小弟一看两人架势知道非一般追星族，便给他们推荐昂贵包厢。

魏亦瞪着眼：安逸飞，你是来喝酒还是来追星？我可是有事要跟你谈。

行，你谈事，我办事，咱们还是坐吧台吧。

魏亦与安逸飞在吧台找了个位子，来得有点早，这里是真正的夜店，晚上十一点开始，要到十二点多场子才能热起来。

两人点了酒，魏亦嫌难喝，想换地方，安逸飞不肯。安逸飞叫来领班，耳语几句后，塞给他两张大陆红票做小费。然后从包里取出五张唱片给他。

你在做什么黑市买卖？

安逸飞笑笑，给魏亦倒上酒：干！

魏亦说：别浪费智商，跟着我做点大事好不好？

什么是大事？

魏亦因为不托底，还不敢将云梯计划告诉安逸飞，于是说，他目前要开启一条财富通道，希望安逸飞与他合作。

安逸飞笑着回应：老鼠与猫的合作模式，目前还没有很好的案例。

魏亦不屑地：我说你没出息，还真不幸言中，我们是谁？我们是世界精英，为什么要套用别人的案例？别说老鼠与猫，就是黄鼠狼与鸡的合作模式，咱们都可以创造出来。飞同学，我们为何不能将追求财富的过程演变成一种艺术创作呢？

安逸飞大笑：艺术？我倒想听听你的大尾巴狼艺术。

魏亦尽管被安逸飞调笑得有些恼羞成怒，还是耐心引导：要成为真正的大企业家，靠自己的小本钱万万不能，必须向社会集资，用股民的钱扩大再生产。

喂，有多大脚穿多大鞋，你可别走查理汤老路哈。

呸！

安逸飞敛起顽皮的笑容，一脸严肃地说：两年前，我以每月九百美元的学费请了一位律师当补习老师，请他给我讲解金融和证券知识，解释证券交易方面的疑问。

魏亦瞪大眼睛看着安逸飞：啧啧，你的飞翔也想上市？这不是扮猪吃老虎吗？

安逸飞横了他一眼：安氏与飞翔加起来不及你那几个皮包公司？

哦，这样呀。

安逸飞又要了一杯酒，说：你可别以为公司上市了，股市便是你的提款机。"Tied Loan"，你懂吗？它叫"约束性贷款"。也就是说，你所借的钱必须用作事先承诺的用途，否则视为违约，但是违约的后果我不是很清楚。

魏亦听愣了，他万没想到一心钻在虚拟世界的安逸飞，竟然对证券了解得比他还透彻。

两人喝了一阵闷酒，魏亦碰碰安逸飞：听说过洞山良价这个人吗？

安逸飞眨眨眼：唐代高僧？

好像是。

他是中国佛教禅宗五大家之一曹洞宗的开山之祖，后来就在咱天缘江修禅，洞山寺你去过吗？

魏亦摇头，安逸飞鄙夷地：家乡的庙都没拜过，还满世界去求佛，我们天缘江的洞山寺就是洞山良价建的。怎么？魏同学不会是看破红尘想剃度修禅吧？

我才不想修什么鸟禅，只是一不留神被禅修了一把。

领班来了，将唱片还给安逸飞，安逸飞翻看了一下，五张唱片有三张签了名。

领班解释：还有两个明星今天没来，要不要留下电话，他们来了，我联络你？

安逸飞摇头：不用了，过两日我们就走了。

魏亦不知安逸飞要明星签名是为了哄梁行长女儿，以为他还在追星，于是冲着安逸飞怒吼：你长点出息好不好？

4

琴声，从 Frank 别墅的门缝挤了出来，和着微风与阳光在别墅前院起舞着。

从欧洲参展回来的 Frank，驻足院中，听得如痴如醉。一曲之后，Frank 轻轻推门进去，站在妻子后面，凝视着她妙不可言的背影，想象着她纤长的十指在琴键上跳跃的柔姿，以及沉醉其中的神态。

上帝，这是一幅多美的画面！

Frank 阅画无数，从来没有哪幅画能如此地打动他。作为一个男人，他为自己二十多年来珍藏着这幅绝美的动感画而自豪。

Frank 忍不住上前从后面拥住了妻子，Amy 似乎还陶醉在自己的琴声中，

此岸 彼岸

没有回应丈夫的热吻。

女佣不合时宜地端来熬好的中药，怪怪的药味逼退了贝多芬《月光曲》的余音，弥漫于整个房间。

Amy 的气色看上去确实不太好，Frank 关切地问：亲爱的，哪儿不舒服？要不要我陪你去看医生？

Amy 摇头，告诉他已经去看了中医，中医说，吃几服药调理调理就可以。

Frank 不明白，看似已经完全西方化了的妻子，为什么会那么固执地迷信中药？

正在此时，飘飘打来电话，约 Frank 出去喝咖啡。Frank 为难地看了妻子一眼，Amy 笑了笑，起身接过药碗回自己房间去了。

Frank 愣愣地站在那儿，妻子那一抹若无其事的笑容刺得他有些发怵：难道她一点也不在意我与别的女人交往？

5

飘飘的戏不多，就安排在这几日，为方便出入，她租了一辆车。收工回家时，意外看见了 Frank 的车，哦，他从欧洲回来了。

飘飘放慢车速犹豫着，安逸飞再三叮嘱她远离魏亦，而魏亦的那张银行卡分明分量很重。

反正也不是什么坏事，顺便帮他打听打听呗，又不会跟他上床。飘飘为自己找到了理由。

Frank 电话里有些支吾，飘飘还没弄清楚他到底是否答应，电话便挂了。飘飘将车停靠路边，想了想，管他出不出来，自己先去放松一下，于是朝星巴克开去。

不知是星巴克太受欢迎，还是游客太多，里面竟然没有空位。既然来了，就先点一杯咖啡解暑吧。

点好咖啡之后，飘飘四处瞄瞄，刚好有人离去，她连忙过去。刚落座，Frank 电话来了，问她在哪里？他马上过来。飘飘让他来星巴克找她。

飘飘喝完一杯咖啡，Frank 到了，不似以前那么热情似火，他看上去有些沮丧和疲惫。

飘飘兜兜转转将话题引到画上，说她回去反复琢磨了《洞山开悟》，觉得很有意思，她肯定买不起，问 Frank 能否带她再去画室看看。

Frank 心不在焉地说：抱歉！画不在画室。

飘飘做了个遗憾的表情，随即说，没关系，她只是随便一提。

两人喝着咖啡，聊些不着边际的话。

6

汪海莲见了儿子便闹着要回家。安逸飞与魏亦见她们四个的伤势都不是很重，便将她们带了回去。

老婆、儿子都回家了，平时难得回家吃一顿晚饭的魏臻也早早下班。

汪海莲回到家，便忘了自己是伤员。右手吊着绷带，还在用左手伺候儿子吃水果。

魏亦皱着眉：妈，是你伤了手不是我伤了手，让我自己来好吗？

汪海莲笑骂：没良心的东西，跟你爸一个德行，伺候你还嫌我烦。

魏臻不想跟她理论，吃完晚饭便起身准备去书房。魏亦喊住他，问他班子里对天缘大院买主是否统一了意见？

魏臻回头质问：难道你也想插一手？

魏亦理直气壮地说：公平竞争，有什么不可以？天缘江那些土财主，谁有我实力大？爸，你不要以为只有你这样才是给天缘江人们造福。你儿子一定会证明给大家看，天缘江未来的救世主是你儿子！

魏臻转身审视儿子：真敢放大话，你不坑他们就烧高香了。

汪海莲急了：咦，你是不是在外头有私生子，怎么总是对咱儿子看不顺眼？

魏臻大声叹气：儿子早晚会毁在你手里。

魏亦正要追着父亲去书房，接到飘飘微信：Frank 说，那幅画不在画室。他的嘴角不由得露出了笑容，父母争执爆出的呛人硝烟瞬间变成了沁入心肺的檀香。

7

沈若兰从台湾回来，负责做饭的张婶因为老家有事回去一段时间，安家便临时请了一个保姆。新保姆做得一手好菜，她特意为沈若兰熬了鱼汤。

沈若兰说：说过好多遍了，我常年吃素，不能为我杀生。

保姆为难地说：董事长特意关照过，今天一定要熬乌鱼汤给您喝。

沈若兰叹息一声：这不更增加了我的罪孽吗？

她用汤勺挑着碗里的葱花叮嘱保姆：咱们家那爷俩都不吃葱，所以买菜时不用买葱。

保姆点头答应后问：沈大夫，那爷儿俩喜欢吃什么您都交代清楚了，可我还不知道您爱吃什么？

沈若兰愣了愣神，是呀，这么多年来，一心伺候着他爷儿俩，除了荤菜，他们爱吃什么，自己便跟着吃什么，时间长了，竟然不知道自己爱吃什么。

安牧良今日也是破例早早回家，进来见鱼汤凉了，便说：若兰，你是大夫，比我懂得多，你说受了伤，不进补点营养，身体能恢复过来吗？

他端起汤碗，正想递给她。

沈若兰轻声问：听说，多宝又给开了？

安牧良一脸不快：这孩子太不懂事，开了就开了吧。

沈若兰有些不快，安氏企业几千员工，就容不下一个多宝？

你没听说过一粒老鼠屎坏了一锅羹？如果每个员工都像他那样，安氏集团还要不要规章制度？

沈若兰叹息一声：有这么严重吗？

沈若兰心里明知是华音容不下多宝，可她从来不说攻击华音的话。多年来，不是不在意安牧良出轨，只是体谅安牧良的难处。做了几十年的夫妻，她太了解丈夫，他是个有担当的男人，一心都在安氏集团上。除了华音，并无其他对不住自己的地方。而她，自从皈依佛门之后，对夫妻之事总是能推便推。安牧良毕竟是个正常男人，因此只要能保住这个家，对华音的存在也就睁只眼闭只眼。

安牧良知道不能再说下去，他心里非常清楚妻子的想法。于是放下鱼汤，对保姆大声嚷嚷：热死了、热死了，赶紧开空调。

8

安逸飞把妈妈接回家便去了北京，他带着多宝住在二环一家酒店，这样出门办事更方便。

多宝这段时间跟着安逸飞可是开足了洋荤，一切都是那么新奇，一切都是那么华丽，难怪飞哥不肯待在天缘江。安逸飞喜欢睡懒觉，从来不吃早餐。多宝一人下楼在餐厅用过早餐后，便在酒店内外游走着。

正巧，华音约了人在酒店咖啡厅谈事，还没坐稳，多宝逛了过来。华音故意装作没看见多宝，多宝却以为她怕了自己，更加神气地走了过去。华音知道他会挑事儿，徐徐喝了一口咖啡，为了避免尴尬，也为了出口恶气，决定先发制人。

她优雅地站了起来，大声说：这位是什么人？你已跟了我一路，到底想干什么？保安！

整个大厅的目光都集中在多宝身上，多宝哪经历过这种场面？顿时，平日里极力内藏的、加上顽固地保留着的怯懦全然暴露出来，还没等他想出脱身招数，保安便将他扭了出去。

华音抱歉地对客人说：这酒店太乱，我们换个地方吧。

安逸飞提着宇宙能源棒追出了三界，巨兽躲哪儿去了？他取出太空望远镜，发现巨兽蜷缩进了云层……

安逸飞正在梦中打怪，一阵急促的电话铃声将他从睡梦中拉了回来。

几点？谁啊？烦人！

酒店保安部要他去一趟，有个叫叶多宝的人涉嫌骚扰他人。

土狗！真不让人省心。

安逸飞从保安将多宝领出，多宝垂头丧气：那恶妇太狠了。

安逸飞教训着他：知道玩不过人家就早点闪人，别丢人现眼。

多宝梗着脖子不服气地：下次别再让我碰上，哼！

安逸飞白了他一眼：下次让你碰上，咬她一口？

说这话时，安逸飞真有想咬华音一口解气的冲动，无奈华音不在身边，只能恨铁不成钢地教训多宝。

9

安逸飞从酒店保安部捞出多宝后，便打车去拜访李老师。

李老师家人在美国，他独自一人住在国子监旁边一套公寓里。

家很简单，最富有的便是书，书房里满满几书架还藏不下，睡房、客厅到处都堆着各种书籍、报纸与刊物。

多宝惊讶得两眼瞪得老大：妈呀，这么多书怎么看得完？

李老师给他找了一本《小说选刊》，多宝没翻几页便躲一边玩手机游戏去了。

安逸飞开门见山提出请李老师写《夏皇后》剧本，他没有答应。他说，自己年纪大了，只想写点短文，练练书法，说着当即提笔，写了一幅字送给安逸飞。安逸飞却打定主意要他写，李老师经不起他软磨硬泡，最终还是同意了。

从李老师家出来，安逸飞用手机约了一辆车，多宝问：飞哥，咱们现在去哪儿？

安逸飞白了他一眼：不是想咬人吗？带你去呀。

安氏北京办事处在朝阳区，安逸飞带多宝过去时，开门的人不认识他。请问你们……

安逸飞不想回答，多宝问：华音在吗？

什么？哦，哦，你们是华总表亲呀。

安逸飞推开他闯了进去：谁跟她亲戚？

办事处很安静，华音出去了，只有东屋摆着一桌麻将，桌上三人不耐烦地催开门人上桌。

多宝憋着劲来咬人，人没咬上，被尿憋得往洗手间跑。

安逸飞板着脸问：你们是办事处员工吗？

几人看着安逸飞不作声，双方对峙了一会儿，麻将桌边站起一人，冲着安逸飞：你想干什么？

想掀麻将桌！工作时间玩麻将，这是谁的规定？华音吗？

那人大概看出了安逸飞的来头，声音有点虚地说：我们办事处不像公司那边，工作时间弹性较大，做完了自己的事可以放松放松。

其实这也是安逸飞的作风，但他今日偏想找点茬，伸手便按下了自动麻将桌的按钮，桌上的牌霎时全乱了。

一个快要和牌的人被他惹急了，顺手抄起脚下的板凳，朝比他高了一头的安逸飞砸去：你小子活得不耐烦了！

安逸飞不想回手，夺过板凳，扔在墙边。

混蛋！你敢骂飞哥！

多宝在隔壁洗手间听见动静大了，提着裤子，从安逸飞背后钻出来挡在他前面。

飞哥？传说中的安氏少主安逸飞？

这下，几人可慌了，一边张罗着茶水，一边七嘴八舌地解释：平日上班时间也不能玩，特别是华总来了，整顿得可严了。今日周末，恰好来了一个客户，大家陪他玩玩。

安逸飞瞥了一眼穿着拖鞋的四双脚：呵呵，哪位是客户？穿着拖鞋来谈生意，真悠闲。

四位被安少搅了局的麻友，一个个溜走了，安逸飞一屁股坐客厅沙发上，吹着口哨玩手机。多宝见墙上挂了一副北京地图，他凑上前左看右看就是看不明白。

没多久，华音回来了，见了安逸飞忙说：逸飞来北京了，你若是觉得住酒店不方便，就搬来办事处住吧，我给你准备好房间。

安逸飞头也不抬：住酒店有什么不方便？再说，安氏的钱，我不使劲儿花，留给谁呀？

多宝见他们已经交上火了，连忙挤了过来。华音看也不看他一眼，转身叮嘱助理小周：让厨师晚上做几个家乡菜给逸飞尝尝。

安逸飞"噌"的站了起来，华音吓了一跳：别老土了，跑北京来吃家乡菜傻不傻呀？我过来是有事交代，编剧李老师那边，我已说定，只等咱们安氏新产品开新闻发布会时，连同筹拍《夏皇后》电视剧事宜一块儿宣布。到时，请他与主创人员一起去天缘江。

华音大大松了口气，连说：真是年轻有为呀，办事这么利落。

安逸飞一直眼睛不看她：李老师那儿，办事处隔三岔五地派人送点水果、特产什么的过去。

华音满口答应，其余的人则没事找着事干，显得大家都很忙碌。多宝眼看他们的事情说得差不多了，他还插不上嘴，有点着急。

华音知道他的德行，根本不给他机会，她对安逸飞说：办事处全是些火烧眉毛的事儿，你还有其他事，我就不张罗晚饭，忙别的去了。

华音说完转身朝她办公室走去，多宝急急跟了过去：骗谁呢？火烧眉毛还有空打麻将？

华音回头对小周说：这儿什么都好，就是狗太多。

安逸飞哈哈笑着：养狗好哇，比养狐好多了！

多宝腰杆一挺，刚要开口，华音"嘭"的一声将他关在门外。

多宝一愣：恶娘们儿，仗谁的势呢？

小周机灵地说：安少，我送你们去酒店？

不用送，不过，车得给我用。多宝，走，带你去逛逛北京城。

安逸飞转身出门，多宝不解恨地朝华音办公室紧闭的门瞪了几眼，伸手夺过小周的车钥匙，屁颠颠地去追安逸飞。

华音在办公室听见安逸飞他们走了，她不想出去，委屈得鼻子发酸。

华音骨子里是个心气很高的女人，论能力，她足以担当安氏总裁重任，正是因为她与安牧良的关系，才不敢那么出风头。

安牧良于她而言，不仅仅是情人，更像兄长与领路人。很多时候，她真的分不清，情与知遇之恩，孰轻孰重？她甚至觉得安氏就是安牧良与她的孩子。与其说，她离不开安牧良，不如说她更离不开安氏。安氏销售全由她统领，安氏的重大决策，她要是不同意，安牧良这个董事长绝不会拍板。虽说只是一个副总裁，可安氏哪一件大事她不操心？

华音不知坐了多久，电话响了，是安牧良：逸飞去北京了，你们见面了？

见了。

安牧良叮嘱她：这小子被他妈惯坏了，要是对你不敬，别理会他。

华音叹了一口气：不管出自什么原因，对逸飞我都会忍让，可多宝这条既非狼狗又非哈巴的犬，凭什么在我面前那样嚣张？

安牧良继续开导她：大人不记小人过，何必对一个小人物在意呢？

小人物？他的靠山可是安氏主母与少主啊！华音的声调高了起来。

呵呵，我相信你的智慧，足够应付两个小毛孩，这边工作咋样？

华音不回话，满腹委屈的情绪却漏进了话筒。

此岸

第九章

彼岸

1

天缘江是个山区，很少有孤立的山，大多都是连绵的山脉，山与山之间无明显分界。

Ruth 清早出门，一路打听着鸡公山。好不容易进了山，却在里面转不出来。山里没有路标，半天也见不着一个人，Ruth 心里有点慌。顺着山道走了很久，似乎快要出山，没想到又进了另一座山。

正着急间，远远看到一个身着土黄衣袍的人，像是在修路。Ruth 远远看着修路人，觉得很奇怪，《洞山开悟》里那个人不就是这副打扮吗？她大着胆子朝他走近。

本常正在用铁锹平整土地，听见声响，抬头见一女孩目不转睛地盯着他看，连忙放下铁锹低头合十：阿弥陀佛。

Ruth 站在他旁边看了很久问：你是穿越过来的吗？

本常用衣袖擦了一把汗：施主是不是迷路了？

我、我想找鸡公山。

这是盘龙山，那边才是鸡公山。

Ruth 顺着本常手指看过去，自己刚才不就是从那边走过来的吗？

Ruth 担心他没听明白，特意强调：我说的是压着夏皇后的鸡公山。

本常早已通读过有关夏皇后的正史和野史，知道她说的是民间版的夏皇后。

他点点头：是的，虽说是这条山脉，可走起来却要大半天。

Ruth 疑惑地看着他：你也知道夏皇后的故事？

本常笑了笑，拿起铁锹准备继续干活。

Ruth 绕到他前面：你住在这山里？

不，太阳落山了小僧便回城里的化成寺挂单。

以 Ruth 的汉语水平，只听懂了"太阳"这个单词，她比画着：你会划竹排吗？

竹排？现在哪来的竹排？

Ruth 有点失望：那你就不是洞山了。

本常看着 Ruth：施主说的是哪个洞山？

洞山开悟。

本常开始惊讶了，这女孩听口音很像外国人，她怎么知道这些？

是洞山良价吧？

Ruth 拍拍脑袋：哦，应该是道广。

本常差点被她绕糊涂了，心里更加觉得奇怪：施主指的是宋朝年间的道广禅师？

Ruth 惊喜地看着本常：你认识他们？难道你是从宋朝穿越过来的？

本常碰上这么个不着调的人真是啼笑皆非，他耐心解释着：小僧不是穿越过来的，小僧是道广禅师第十七代传人。

Ruth 瞪大双眼：真的？那《洞山开悟》里的人都是真的？

本常再一次感到惊奇：什么洞山开悟？

Ruth 比画着，汉语中夹带着几个英语单词：一幅画，非常旧的一幅画。一个叫道广的人画的，撑竹排的人叫洞山良价。

本常随师父在南洋待了十多年，能说一口流利的英语，他已完全听懂了女孩的描述，他迫不及待地问：施主在哪儿见过这幅画？

Ruth 不愿说出实情，不知怎么回答他，便不说话了。

本常脱口吟出：切忌从他觅，迢迢与我疏；我今独自往，处处得逢渠。渠今正是我，我今不是渠；应须恁么会，方得契如如。

对，好像就是这几句。

施主从哪儿来的？

美国。

那画是在美国看到的？

Ruth 点头，本常觉得太不可思议，记得师父曾经说过，道广师祖擅长作画，后世传人却没有谁收藏到了他的画，这成为历代传人的遗憾。可是，这幅画怎么流失到了美国？

眼看太阳偏西了，本常见 Ruth 不太愿意说出实情，也不好勉强，于是说：施主，这里山路盘旋，很容易迷路，小僧带你下山吧。

Ruth 不太甘心：可是，我还想去鸡公山看看。

本常用英语告诉她，鸡公山看似就在对面，可走起来要大半天，今日太晚，最好明天再去。他明天还会来这里，如果愿意，可与他一起来，到时再告诉她鸡公山怎么走。

这回轮到 Ruth 惊奇了，这个穿越的人竟然会讲英语！她趁本常不注意，在他脸上摸了一把，本常连忙躲闪。

Ruth 用英语嘀咕着：脸上热乎乎的，看样子，是真人了。

本常面对这个看似不像轻浪，却又让他哭笑不得的女孩，态度恳切地说：小僧当然是真人。

深山之中，两个年轻人就像来自不同星球的人类，相通却迥然。

2

天缘江有一道菜叫"美女沐浴"，其实就是水煮青蛙，辣得大汗淋漓却很过瘾。

魏臻秘书秦峰知道魏亦喜辣，便带他去东城一家不太起眼的餐馆，据说，这是天缘江水煮青蛙最好吃的一家。果然很合魏亦口味，魏亦边吃边叫好。秦峰比魏亦大十来岁，两人却兄弟相称。

吃完饭，魏亦提出去秦峰办公室坐会儿，魏亦送给他一个苹果手机。秦峰高兴之余又问有没有发票？魏亦问，要发票干吗？秦峰笑笑，哪能让咱大公子掏腰包，我拿发票找个私企老板报销去。魏亦大气地摆摆手，咱们都是做大事的人，不打那小算盘。魏亦开导秦峰，只要与他配合，不愁赚不到钱。如今刚好有个千载难逢的好机会，不仅自己可以赚钱，还可带活整个天缘江百姓，真可谓利国利民。

秦峰听得眼里放光，两人一直谈到深夜。

3

最近几天，Ruth 总是早出晚归。

叶师母在电话里滔滔不绝地给女儿讲孙女怎样怎样厉害，从来没到过的地方，竟然不会跑丢。

Amy 趁着她还未讲完就提醒：妈，您不要每次自己讲完我还没说话就把电话挂掉。

叶师母呵呵地笑着：要吃晚饭了吧？

我这儿正半夜呢，睡醒一觉给您打电话。

正在这时，叶师母听到了蹦蹦豆在欢叫，扔了电话跑出去开门，果然是孙女回来了。

看你这孩子，跑了一整天，不嫌累？

Ruth 看起来很兴奋：婆婆，天缘江的山真是太神奇了，我认识了一位小师父，这几日他带我把附近的山都跑遍了。

Ruth 扔下双肩包找水喝：渴死了，渴死了。

叶师母给孙女端来一大杯水：就知道我的火烧猴爱喝凉开水，婆婆给你凉着呢。

Ruth 喝了一口，不过瘾：婆婆，水一点也不凉，加点冰好吗？

叶师母瞪了她一眼：女孩家家，喝多了冰水将来怀不上孩子咋办？难道指望蹦蹦豆给你养老？

Ruth 一边撒着娇一边冲向冰箱，抓了一块冰丢进杯中。

叶师母追了过来：哎呀，小祖宗耶，你不能这样！

Ruth 一口气将冰水喝了，发现屋里有人说话，走过去一看，原来是妈妈在电话里喊她。

她对着电话：妈妈，我刚从山上回来，脸上好痒痒，先去洗脸，下次再聊啊。

Ruth 出来洗脸时，见婆婆又在桂花树下骂公公。Ruth 笑着说：婆婆，我喝冰水不是公公的错，你别骂我公公了。

婆婆白了她一眼：小白眼狼，婆婆对你掏心掏肺，你竟然护着油盐不管，就知道睡懒觉的公公。

Ruth 冲婆婆做了个鬼脸，蹦蹦豆跳起来兴奋地舔 Ruth 的手，Ruth 抱着它亲了亲：乖豆，记得要给婆婆养老哈。

叶师母一边摆饭桌，一边催她去洗脸。Ruth 洗完脸，坐在矮婆凳上准备吃绿豆稀粥，脸却痒得难受。

叶师母一看，孙女的脸一会儿工夫怎么红肿起来了？她连声说：不好了，老头子耶，不好了，咱孙女肯定是碰了野漆树。

Ruth 没听懂，问：婆婆，我碰了什么？

山上有一种野漆树，有些人一碰，身上就会红肿。

Ruth 慌了：会烂脸吗？

不抓就不会烂。

Ruth 拉着哭腔：好痒嘛！

4

天缘江机场距离市区，不到半小时车程。安逸飞带着多宝着陆时，已是华灯初上。

有人接咱们吗？

要他们接干吗？咱们想上哪儿就去哪儿。

飞机上，安逸飞还说想吃妈妈做的饭，一上出租车，他竟然变卦说想吃火锅。

多宝立即回应，并建议叫上 Ruth 一起去，掏出手机正要打给 Ruth，安逸飞一手推开他，自己拨了 Ruth 手机，铃声响了很久，无人接听。

安逸飞皱着眉：怎么不接？

反正还早，你先回去放行李，让师傅把我放叶家小院，我叫上 Ruth，咱们在火锅店会面。

安逸飞爽快答应：好。

多宝来到叶家小院，进门便听见 Ruth 在院子里鬼哭狼嚎地惨叫，见了他捂着脸往屋里跑。

婆婆告诉他，斯斯野漆树过敏。

多宝跟进里屋去：斯斯妹妹，我带你上医院吧。

叶师母不屑地嘀咕，这么一点事儿就上医院。尽管如此，她还是坐立不安，便在桂花树下兜着圈自语：记得有个土方很灵验，嗨，这脑袋一急给忘了。

转了几圈还没记起那个土方，于是指着桂花树骂道：死老头子，孙女这模样了，你也不给拿个主意。

Ruth 难受得哭了起来，婆婆急了，连忙说：去医院，快去医院，喝外国牛奶长大的孩子，就是经不起事儿。

5

天热容易上火，魏亦离开家乡久了，身体已适应不了辛辣。可是，他偏偏好这口，吃完水煮青蛙牙龈便开始发炎，今天牙痛得实在不行了。魏亦没有惊动妈妈，自己跑来门诊部。

没想到，老护士长认出了他：是汪科长儿子吧？你妈昨天还来我们这儿换药了，她今天好些吗？

魏亦不想多说话，手摸着肿胀的右腮，不停地呻吟。

护士长连忙带他去找医生，给他开了消炎的药水，并亲自给他输液，并叮嘱护士好好照顾。

正好，多宝陪着 Ruth 过来，他见了魏亦，正想拉 Ruth 坐另外位子，Ruth 却顾不得这么多，一屁股坐了下来。

斯斯妹妹，你先忍耐一会儿，护士马上就会过来给你打针。我先给飞哥回个话，他还在等咱们吃火锅呢。

Ruth 拉着哭腔：不要告诉他，他看到我这样子又要使坏。

魏亦痛得正找不到人发泄，听见他们在一旁说话，心中涌出一股邪火，正要赶他们，仔细看了 Ruth 一眼，又听见她一口带着美国腔的普通话，即刻判断她是 Frank 的女儿 Ruth。

他靠了过去：这位可是 Ruth 小姐？

Ruth 点头，魏亦关切地问：你这是怎么了？

过敏。

魏亦安慰她：没事儿，输几天液就好了。

他连忙将护士长招呼过来：护士长，这位妹妹是从美国来的，麻烦你快点帮她上药。

他顾不上自己牙疼，"呼哧、呼哧"地吹着 Ruth 的脸，温柔地问：好受些吗？

Ruth 点头：谢谢！可是我妈妈说了，小病不要输液。

为她输液的护士说，输液好得更快。

安逸飞听了多宝的汇报，马上飞奔过来。Ruth 输液倒没什么着急，而魏亦就坐在她边上，他便急了，至于急什么，他自己也不清楚。

安逸飞赶来时，Ruth 已经挂瓶了，见他过来，低着头，不肯看他。

安逸飞从魏亦身旁挤了过来，蹲在 Ruth 面前，查看着她的脸：鸬鹚小姐，这回是不是被鱼咬了？

Ruth 听不太懂，她摇头小声回答：不是被咬的，是过敏。

安逸飞见她没听懂自己的幽默，笑着说：只要不是被鱼咬了，就不怕，过敏是最好治的病。

Ruth 不知是否该信他：我痒得很难受，请不要骗我。

魏亦跷起大拇指：Ruth，你太聪明了！你怎么知道他是一个骗子？

Ruth 瞪眼看着安逸飞，多宝连忙解释：斯斯妹妹，飞哥不是骗子，他是跟你开玩笑的。

Ruth 点头：哦，我闹不太明白。

安逸飞站了起来：本来晚上想带你去吃火锅，这样子肯定不行。多宝，你去附近买一份汤来。

多宝急着解释：三婆叮嘱过了，不能吃外面的东西，打完针就回去喝绿豆稀粥。

好吧，那我们就等着。

魏亦眼看好事又被安逸飞抢走，他大声喊护士：护士长，这儿太吵了，清一清闲杂人员吧。

护士过来对多宝与安逸飞说：你们谁是病人家属，留下一个，其他的到外面等候吧。

安逸飞对多宝挥挥手，你先去取药，顺便打电话告诉婆婆，这边很顺利，让她不要担心，一会儿打完针，咱们就送斯斯回去喝绿豆粥。

多宝点头出去。

魏亦听完愣了：咋回事？他们怎么成一家人了？

Ruth此时什么也顾不上，她不住地想去抓脸，安逸飞抓住她的手不让她抓，她难受得"哼哧哼哧"地干号起来。

魏亦也急了，他大叫：护士长，大夫没给这位妹妹开外用药吗？

开了，单子在家属那儿，自己取去。

魏亦"霍"的站了起来，无奈针管牵住了他。

安逸飞一把将他推回座位：老实待着打你的针。

不多时，多宝将药取来了，安逸飞小心翼翼地给Ruth涂上，他一边涂药，一边吹着Ruth的脸。魏亦趁他们没注意，用手机拍下了这幅画面。

没过多久，飘飘便打来电话，她在电话里质问安逸飞回家是为《夏皇后》还是另有原因，安逸飞尴尬地解释着。

魏亦趁安逸飞忙着应付飘飘，连忙掏出一张名片塞给Ruth，柔声说道：Ruth，这是我的名片，若是有人欺负你，全天二十四小时都可给我打电话。

Ruth接过名片，还以为回到天缘江外婆家，所有人都是亲戚。

6

Ruth打完针回去，已是晚上九点多了。

叶师母留安逸飞与多宝一起吃绿豆粥，他俩倒是不客气，各自拎条矮婆凳在院子里坐下。安逸飞说，好久没吃上这种粥了，以前婆婆在世时经常熬给他和弟弟吃。说到弟弟，安逸飞不言语了。叶师母也知道小逸翔丢失的事，安婆婆就是因为痛失爱孙忧伤而逝。

叶师母看着大口吃粥的安逸飞越看越喜欢，这孩子要是……叶师母正想得高兴，沈若兰打电话问儿子在哪儿，安逸飞告诉她在叶婆婆家吃绿豆粥，答应吃完粥就回家。

两人走后，Ruth 突然想起明天与本常有约，便给他打电话：师父，非常抱歉，本来说好明天去夏家坊，可是，我脸过敏，不能去了。

本常问：怎么过敏了？

婆婆说是漆树过敏。

本常连忙问：涂了药吗？

上了医院，打了针，也涂了药。

本常说，最好不要轻易打抗生素，他有一个治漆树过敏的药方，不用打针吃药，只要涂上几天就会好。

Ruth 问：脸上会留疤吗？

本常的说法跟婆婆一样，只要不抓破皮就不会留疤。

Ruth 为难地说：我不方便出门，你能把药送给我吗？

本常犹豫片刻答应：好，药方很简单，我一会儿制好就送过来。

Ruth 输过液后，红肿没消，只是没有那么痒了。祖孙俩坐在桂花树下一边乘凉一边等着本常，蹦蹦豆乖乖地躺在 Ruth 脚下。突然，蹦蹦豆跳了起来，站在院门边狂叫起来，叫声高昂又兴奋。

发疯了？

蹦蹦豆不顾叶师母的吆喝，越叫越欢，还用爪子去拍门。

Ruth 站起来：是来人了吧？

打开院门，果然看见本常在外面问路。蹦蹦豆蹿了出去，扑向本常，欢快地摇着尾巴。

本常简直不敢相信：一想？你怎么在这儿？

Ruth 正惊奇他们怎么认识，蹦蹦豆回转身跑回屋里咬出那串佛珠。

本常蹲下来摸着它的头，真有种久别重逢的感觉。蹦蹦豆将佛珠放进本常手里，不停地舔他的手，发出的声音像哭又像笑。

你们怎么认识？

它跟随我与师父从外地来到天缘江，后来不知怎么走丢了。

一想，你怎么跑了呢？本常摸着它，鼻子竟有点酸酸的感觉。

蹦蹦豆蹲在本常身旁，尽情享受着他的爱抚。忽闪的大眼睛，突然一红，涌出大颗眼泪，它伤心地哼哼着：一想真的不愿离开师父，只是因为害怕才跑丢，路上有人想抢佛珠，我不肯，他们便用砖头砸我脑袋……

本常拍拍它：乖，别哭，看样子你在这儿过得不错。

蹦蹦豆摇尾又点头：是的，一想做了蹦蹦豆也很好，豆妈与婆婆都待一想很好。

本常将带来的药交给叶师母，叮嘱她多给 Ruth 擦几次，就告辞了。因为庙里有规定，晚上不能出门，刚才他是请了假出来。

Ruth 蹲下来摸着蹦蹦豆：蹦蹦豆，豆妈好舍不得你喔，可是你豆爸来了，你还是跟他回家吧。

本常听见 Ruth 称呼"豆爸、豆妈"，赶紧低头念佛。

今天就要带它走吗？

本常说：才这么几天，它的皮毛就长得油光发亮，身子也比以前壮实多了。既然你这么喜欢它，就让它暂时留你这儿吧。哪天你要走了，我再带它回去。

本常走时，蹦蹦豆连忙追了出去，但见 Ruth 不出去，它又折了回来。眼看本常走远，蹦蹦豆急得哼哼叫。Ruth 看着好心疼，她第一次单独出远门来中国与父母告别时也没这么难舍。Ruth 抱着蹦蹦豆将本常送到井边，然后遮着它的眼睛，示意本常快走。

朦胧的下弦月影更加增添了离别的愁绪，本常颔首疾行一直没有回头，其实心中也是充满不舍。这种不舍不全是一个生命对另一个生命的眷恋，更多的是本常因儿时与家人失散而留下的悲情。虽说记忆早将那段历史模糊，但蜷缩在心底的伤痛，难免一触即发。

7

魏亦第二天再去医院打针，没看见 Ruth，记得昨天 Ruth 说过要连续输三天，今日应该上午来。

打完针，魏亦便开车来到摇篮井，从摇篮井一路问到了叶家小院。叶师母开了院门，魏亦探头问：婆婆，请问 Ruth 小姐住在这儿吗？

魏亦也算是礼貌周全，只是他无辜地触犯了一个大忌。叶师母刚刚获得叶家有后的幸福快感，冷不防被他射了一水枪，能给他好脸色看？

叶师母看了他几眼，冷冷地：什么肉丝、鱼丝的，要找小姐到鸡窝去找。

魏亦被叶师母抢白得不知所措，正要解释，叶师母"嘭"的将门关上，口中念叨：墨鱼骨头，我孙女是叶斯斯，叶斯斯！

叶师母坐在桂花树下叹息：哎，小姐，多么高贵的称呼，如今被糟蹋成啥样了。

8

女儿远去中国，丈夫经常外出，Amy 一人游走在空荡的屋里，更加容易陷入难以自拔的回忆。

知己一人谁是？已矣。赢得误他生。有情终古似无情，别语悔分明……

谁是那唯一的知己？可惜已经离我而去，只有来世再续前缘。来世？Amy 早已将尘封往事视为前世，今生仅剩回忆，至于来世，她却感觉很渺茫。

记得那时酷爱纳兰词的叶媛媛买了不同版本的《纳兰词》还不尽兴，竟然从中选取一些特别喜欢的词手抄了一本。后来，这事在学院传开了。学院副院长兼文学院书记魏臻听说此事，特意请她吃饭。他们并不陌生，因为魏臻是她父亲的学生。

那天，没有喝酒，但他们都醉了。是醉于文学，更是醉于对彼此的欣赏。那天也是一个夏日，她穿的是一条蓝色小花裙子，他穿着……

Frank 太太。

女佣将隔壁邻居领来了，这种时候 Amy 很不乐意被人打搅，她的心还在回忆的彼岸恋恋地牵着爱人的手，眼前猛然出现两个人。她有点分不清这两人是来自前世、今生、还是来世？

草莓馅饼是 Hans 太太亲手做的。

哦，原来是今生！她带着几分未醒的惺忪勉强朝送馅饼的飘飘点了点头。收下馅饼之后，Amy 终于缓过神来，她优雅地道谢。

此岸彼岸

看样子，飘飘并不想马上告辞，她说，自己要回国了，男朋友安逸飞为她投资了一个电视剧，她要回去参加新闻发布会。她问 Amy 是否有东西要带给女儿，她特意强调，Ruth 跟她男朋友安逸飞也认识，他们现在都在天缘江。

Amy 听飘飘突然提到天缘江，感觉自己的心事被她窥视，她带着几分警惕地看着飘飘。

飘飘怀疑她已忘记了汉语，要不怎么会听不懂她的话呢？别的听不懂没关系，可安逸飞是我飘飘的男朋友，你一定得听懂，并且拜托一定要传达给你女儿 Ruth。

此岸

第十章

彼岸

1

蹦蹦豆，看着豆妈，说实话，不准撒谎！蹦蹦豆仰着头瞪大眼睛认真地看着 Ruth。

Ruth 一边给蹦蹦豆洗澡一边询问着它：你是想当一想还是蹦蹦豆？

汪汪。

什么意思呀？说清楚点，不准耍赖！

洗得香喷喷的蹦蹦豆，才不理会自己是一想还是蹦蹦豆，它觉得这下可以光明正大地坐沙发了，Ruth 刚给它吹干毛，它便蹿上沙发。

下来，给婆婆看到又要连累我挨骂。

蹦蹦豆管不了这么多，此时不在沙发上蹦蹦，更待何时？ Ruth 装模作样地训了几句也就由着它去，她拿出镜子照了照，脸上的红肿全消了，本常的方子果然好使。蹦蹦豆突然不闹了，它冲到院子里叫去。

蹦蹦豆，谁来了？

婆婆，这是几坛药酒。

叶师母以前曾用安婆婆的药酒治好了关节风湿，她坚信安氏药酒是祛风湿的灵丹妙药。安逸飞很会哄老人，他说要留下来陪婆婆喝酒，叶师母喜得连忙下厨房做下酒菜去。

等菜时间，安逸飞与 Ruth 抓紧时间玩游戏，蹦蹦豆看他俩挨着坐，有些生气，哼唧哼唧地挤进两人中间。还好安逸飞也喜欢狗，他让蹦蹦豆坐他腿上，它的头便成了手机搁板。

蹦蹦豆开初觉得好玩，一动不动地待着，时间一长，它受不了，总想动，无奈安逸飞紧紧按住它。

虐待我儿子是吧。Ruth 见它一脸痛苦，赶紧把它抱了过去。

吃饭时，安逸飞见 Ruth 脸上过敏已好，便提出让 Ruth 帮忙。安氏集团要举行一个新闻发布会，请了天缘江学院外籍学生做礼仪生，希望 Ruth 去做他们的领队，负责沟通。

还没等 Ruth 开口，婆婆就代她答应了。

2

安氏大厦位于天缘江老市区中心，平日就很热闹，今天更是人头攒动。

安氏派出好几拨员工出去派发广告传单，特别是安氏大厦附近，基本每隔几步便有人往过往行人手中塞传单。

十几个各种肤色的留学生披着红彩带站在安氏大厦大堂门前迎宾。

Ruth 身着礼服，笑吟吟地站在那里，她问旁边的同学：喜欢天缘江吗？

同学点头：这是一个充满魅力的城市，文化底蕴非常深厚，我们这些留学生暑假都不愿回去，留在这里一边打工一边学习汉语。

Ruth 若有所思：是呀，可是我的假期快结束了，还没了解到想知道的东西，怎么办呢？

贵宾陆续入场后，多宝过来了，他说安逸飞让 Ruth 带伙伴们先上楼休息，等发布会快结束时，再出来欢送贵宾。

3

本常以往都是用过早膳便去盘龙山，今日上午应妙回师父之邀，与化成寺几位师父一起为一位施主做了一场法事，所以十点多才出门。

路经安氏大厦，一人给他传单，他双手合十避开，走几步又有人给他，他还是避开。没想到，旁边一女孩却将传单塞进他布袍怀里，他掏出传单看了一眼，觉得不对劲儿，仔细看下去，他皱起了双眉。

会议室在几楼?

十五楼。发传单的女孩告诉他。

本常手握传单,坐电梯到了十五楼,保安问他:师父,您找谁?

本常理直回答:找你们老板。

保安过来了,现在假和尚太多,他们不得不警惕:我们老板在开会。

本常说去会场找他,保安问他是否有请柬?本常扬了手中的传单:这就是我的请柬。

正好多宝在一旁游荡,见了本常,连忙过来向本常合十问好。

本常说:叶施主,请带小僧进去。

多宝为难了:我现在不是安氏员工了,我也进不去。

本常着急了:麻烦你想办法告诉安氏老板,就说,道广禅师第十七代弟子本常求见。

多宝建议:咱们先去休息室,等他们开完会见也不迟。

迟了,小僧必须赶在新闻发布会没结束时见他。

多宝连忙拨安逸飞手机,打了几遍都没接。他让保安推开门,保安与他熟悉,且知道他与安家的渊源,于是打开一条门缝让他探头张望。本常见状,连忙挤了进去。多宝不敢对本常造次,只好让他进去。

会议室里,主席台坐着省委领导、李老师、飘飘、市委领导、安牧良,大家正在轮番讲话。

本常进去时,里面的人都在听安牧良发言,安牧良激情地讲述着新产品"安男人"与"安女人"的来历。

南宋年间,道广禅师取云谷泉水为孝宗皇帝与夏皇后特制了一种酒,夏皇后喝过之后容颜更加美丽动人,而体弱的孝宗皇帝喝了,身体渐渐变得强健。他便赐给宫中大臣们喝,结果,一年之内,大臣们频传得子喜讯。我们从道广禅师传人手中得到了这个秘方……

本常听到这里,再也听不下去了他挤上前去:阿弥陀佛,小僧就是道广禅师第十七代传人……

一时,会场上所有人都看着他。安逸飞眼疾手快,几步窜到本常身边,他一边架着本常往外走,一边大声说:是的,本常师父真的是道广禅师第十七代传人。师父,您可来了,还是先去见我妈妈吧,她受伤了,不方便出门，非常非常想见您。

本常极力想甩开他，无奈安逸飞一直在练跆拳道，臂力远超常人，他大声说：小僧有几句话想说，说完就去见师兄。

安逸飞不由分说，架着他来到门外，对多宝说：带师父去见你干娘。

安逸飞低声叮嘱保安：绝不能放他进来。

会场出现了骚动，记者开始发问：那位师父是怎么回事？他不是道广禅师的传人吗？为什么不请他参加发布会？

安牧良一时被问住，尴尬地站在那儿。华音见状，马上站出来给安牧良解围：现在假和尚很多，我们也不清楚他是谁。

安逸飞将本常交给保安之后，马上走到父亲身旁，神态自若地笑了笑，说：刚才那位师父不是假和尚，他确实是道广禅师的传人，他与师父虚谷禅师来到天缘江就是为了在盘龙山重建报亲寺。安氏集团为了回报道广禅师，同时也因为我妈妈笃信佛教，是化成寺妙回师父的俗家弟子，与本常禅师极为投缘。因此，由安氏出资买下盘龙山五十亩地，供养报亲寺。在这之前，我妈妈出面邀请过本常师父，但他谢绝了。因为最近我妈妈身体不好，耽搁了买地的事，可能小师父误解了，以为安氏要失信。

在场的领导与记者听了安逸飞的解释都释怀了，华音却一脸尴尬。

安逸飞补充说：平时都是妈妈跟本常师父打交道，我也只是前几天才见过他一回，所以公司很多人，包括高层管理都没听说过他。

华音脸色转好，安牧良用赞许的目光看着儿子，第一次觉得儿子长大了。与儿子并肩站在同一战壕，安牧良感到非常自豪。

4

除了慈善，沈若兰从不参加安氏集团任何活动。安氏集团今天成为天缘江头条新闻，沈若兰却把自己关在佛堂。因为腿伤还痊愈，不能跪拜，她便静静地坐着冥想。多宝带本常来了，沈若兰一见本常心情便舒展开了。

本常着急地对沈若兰说：师兄，安氏做的广告不符合事实，师祖根本就没留什么秘方下来，您得赶紧去阻止他们。

沈若兰亲自为本常沏茶：别急，咱们喝茶，不管他们的事。

他们明目张胆地盗用师祖的名誉，咋能不管呢？

沈若兰笑了笑：我从不干预公司的事，我们当家的决定了的事，谁也劝不通。还是坐下来，咱们好好商量一下盘龙山的事吧。

本常急得一口茶也喝不下：小僧不知道也就算了，既然知道了，不去劝阻，岂不成了作假帮凶？

沈若兰看着多宝：多宝，你这段时间没事儿，就帮着本常师父去把那块地的手续办下来。

多宝爽快地答应了，本常脸上却一点喜色也没有，沈若兰留他吃午饭，他摇头拒绝，站起来，合十而去。

沈若兰看着本常黯然的眼神，心又疼痛起来。只是，自己久不过问安氏的事，即使过问，谁又会听呢？沈若兰望着本常走远的方向，久久回不过神来。

5

新闻发布会结束后，其他人员拿了红包都散了，几个主要领导留下来吃饭，安逸飞也留下了 Ruth。

午宴设在靠近城郊的富豪酒店，大圆桌坐得满满的，大家上了酒桌就开始放松了。

桌上的重点不在领导，而在北京来的飘飘与李老师。飘飘看到安逸飞将 Ruth 带上酒桌，很不高兴。只是大家都热心于与她和李老师合影，让她无暇顾及 Ruth。

说实话，单独看飘飘真的可以用美艳来形容，可 Ruth 往她身边一站，就让人感觉她不是那么新鲜，就好比精雕细琢的绢花遭遇刚刚采摘下来还带着露珠的鲜花。

飘飘在心理上可不会输给 Ruth，毕竟在娱乐圈摸爬滚打了那么多年，应酬一桌宾客还是绰绰有余，再加上主演的荣耀与安氏少奶奶的定位，赋予她半主半客的特权，她更是发挥得淋漓尽致。

Ruth 听不太懂大家的玩笑话，瞪大眼睛萌萌地看着大家。

安逸飞怕冷落她，便坐她身旁不时翻译几句，Ruth 听完笑得前仰后合。

祝酒时，Ruth 由衷赞叹：听说，安氏企业做了很多慈善，真的很棒！

安逸飞解释：这都是我妈妈的功劳，我妈妈信佛，尽管不参与公司活动，但每次做慈善，她都以安氏企业的名义。

你有一个慈悲而伟大的妈妈。

安逸飞趁机逗她：现在愿做我的同胞吗？

Ruth "咯咯" 笑着：我们不仅是同胞还是好朋友呢。

安逸飞伸出小指：拉钩，要不以后翻脸不认账咋办？

Ruth 不懂拉钩，她提议击掌，安逸飞要她入乡随俗，两人便拉起钩来：拉钩盖章，一百年不许变。

一百年？

就是永远的意思。

Ruth 与他重重击掌：耶！

飘飘见他俩竟当着她的面玩得热闹，很不高兴地走了过来：呵呵，你们玩得真欢呀！

Ruth 热情邀她：你也来，咱们一起拉钩。

飘飘不屑：我才不玩这破小孩游戏。

飘飘对静坐一旁看他们玩游戏的魏臻说：市长，您不想与我合个影吗？

魏臻托词自己不上相，怕有损大明星观瞻。飘飘却不放过他：您在领导群里算上品帅哥啦，来，平时是别人拉我合影，今天我请您合个影。

魏臻不得已站了起来，站好之后，他又走到 Ruth 旁边：这位小同学，也跟我们一起合影吧。

魏臻以为她是天缘江学院的留学生，安逸飞给他们作了介绍。不知出于什么原因，安逸飞没有告诉 Ruth，魏臻便是魏亦父亲。

Ruth 看了一眼安逸飞，安逸飞用眼神纵容她，她走过去，很自然地站在魏臻旁边。

照完相后，魏臻叹息着：还是生女儿好呀，你们父亲一定很爱你们吧？

飘飘耸耸肩：我是妈妈带大的，跟我爸不熟。

Ruth 听完安逸飞翻译后说：我很爱我爸爸，我爸爸也非常爱我。

魏臻感叹着：你要是我女儿，我也会把你捧在手心里疼。

安逸飞趁机起哄：看样子，我以后也得生个女儿。

飘飘横了他一眼：这事儿不是你一个人说了算。

李老师开玩笑说：那就由安男人与安女人说了算吧。

大家顿时哄笑起来。

干杯安男人！干杯安女人！

6

午宴结束之后，Ruth 看安逸飞忙前忙后，便提出自己回家。

魏臻说，人生地不熟的，哪能让你自己回家？坐我的车吧，顺路稍你一程。

路上，Ruth 说起她很想了解天缘江深厚的文化底蕴。魏臻倒是非常乐意与她聊这个话题，可 Ruth 没几句能听懂。魏臻只好说，明天让人陪她去博物馆看看。

到了市区，Ruth 说想下去逛逛，魏臻叮嘱了几句便让司机靠边停车。

Ruth 一个人走在大街东瞧西望，觉得很新鲜，下午两点多，正是太阳最毒时，才走一段，Ruth 便口干舌燥。还好路旁到处都有冰柜，Ruth 早将婆婆不让吃冰的叮嘱丢脑后，朝着一个冰柜奔去。

正巧魏亦驾车经过，见她一人瞎晃悠，于是对车里的人说：对不起！我们改日再约，我临时有点事儿。

魏亦随即将车停在街边，车里的人知趣地下车了，魏亦也跟着下了车，他见 Ruth 在马路对面路旁冰柜前挑雪糕，几步跨过去，抢先为她付了钱。

Ruth 认出了魏亦，笑着说：是天缘江人都是亲戚还是中国人大方？我觉得你们都喜欢请客。而在美国，朋友之间交往，更多的是 AA 制。

魏亦何尝不懂美国人情？可是，他也说不清自己为什么要抢着付钱，见 Ruth 拿着雪糕吃得眉开眼笑，魏亦建议：喜欢吃冷饮，我带你去个地方。

魏亦带 Ruth 来到鼓楼冷饮店，Ruth 挑了喜欢的哥本哈根，开心地吃着。她看魏亦光看着她吃，自己却没点，不由得奇怪地问：你不吃?

魏亦摸着腮帮：我从小牙不好，这不刚消完炎吗，吃冷东西难受。

Ruth 同情地说：那你岂不失去了人生一大乐趣?

魏亦笑了：好在人生有许多乐趣，要不我真的很悲催。

我婆婆就剥夺了我这个乐趣，我不知道为什么家长有时候很不体谅孩子。

魏亦深有同感：你婆婆确实够厉害。

Ruth 看着他：你也认识我婆婆?

天缘江有多大呀?

Ruth 笑着点头。

魏亦问她：你准备在天缘江待多久?

总共才二十一天，这就过了一大半了。

魏亦问她还想去什么地方，他给安排。

Ruth 摇头：不用，时间不多了，我想陪陪婆婆，以后我一有假期就来，一定要走遍全中国。

魏亦拍着她的肩：好孩子，真孝顺! 天缘江是禅宗发祥地，既然来了，不想了解一些吗?

怎能不想? 我找到师父了。

魏亦一惊：师父? 你可不能随便相信人，现在扮作僧侣的骗子到处是。

Ruth 急着解释：我师父不是骗子，是个虔诚的佛教徒。

魏亦还想探问一些情况，婆婆打来电话，催 Ruth 早点回去。

Ruth 懂事地说：我得回去了，免得婆婆操心。

没探听到画的下落，魏亦不甘心：我明日带你去泡温泉。

Ruth 摇头：我过敏刚好，不能泡温泉。明天，我有约了。

魏亦一心想知道 Ruth 的行踪，于是试探着问：安逸飞忙着陪女朋友，你还认识谁? 那个师父?

Ruth 笑着摇头：保密。

魏亦这回虽然没探听到什么实质性的东西，却要到了 Ruth 的手机号，并成功地加了她的微信。

7

秦秘书奉命陪 Ruth 参观博物馆真不是件好差事，难度还是来自语言障碍。

博物馆派的讲解员，虽说懂英汉双语，可那英语说得中国人与美国人都听不太懂。好在重要文物都有图片和英文注解，这也就省去很多麻烦。

Ruth 连说带比画，汉语夹带着英文单词，总算让秦秘书连猜带蒙弄明白了，她是想了解天缘江文化底蕴厚重的原因。

秦秘书、馆长都出汗了，这道题能跟她比画清楚吗？

机灵的秦秘书终于想出了办法，他告诉 Ruth，他去找一个资深人士来为她讲解这个问题。

趁着 Ruth 去看别的图片，秦秘书打电话向魏亦求救，本以为他会不屑，没料到他却爽快答应。

没多久，魏亦来了，比他先一步到的还有天缘江地方志主任。

Ruth 惊喜地说：你真是我的超人，关键时候就出现了。早知道你懂天缘江历史，昨天就向你请教了。

魏亦笑笑：今天也不晚呀。

魏亦想搂 Ruth 的肩膀，Ruth 机灵地转了一个身。魏亦为掩饰尴尬，轻轻拍了拍她的肩，对秦秘书说：这是我妹妹，多关照啊。

妹妹？还别说，仔细看，你俩真有点像。

魏亦得意地对秦秘书挤挤眼，轻声问：这叫什么相？

当然是夫妻相啰。秦秘书哪能看不出魏亦的心思？

地方志主任可不是个解风情的人，他一个劲儿地催促：咱们开始讲吧。

哦，原来魏亦是来做翻译工作，主任讲一句，他翻译一句。

天缘江有着二千二百余年的悠久历史，境内有四百八十六处历史文化遗址和五十四处名胜。同时，天缘江的农耕文化也很值得一提，被誉为十七世纪百科全书的《天工开物》是一部中国古代农业科技的百科全书，作者宋应星便是天缘江人，现在明月山下还建了一个天工开物园。另外，天缘江还是禅宗圣地，在中国禅宗史上具有非常突出的地位。市内拥有两大名寺、三大祖庭、十大寺院和上千座佛塔。

尽管有魏亦的翻译，Ruth 仍然没有完全听懂，但就这些过硬的数字也足够震撼她。

最让 Ruth 有感觉的还是禅，她由禅想到了画。她觉得《洞山开悟》挂在这里，比挂在任何画室都要合适。

正在遐思间，魏亦凑近她说晚上请她与飘飘吃饭，安逸飞作陪。如有兴趣，下午还可去爬爬天缘山。

Ruth 爽快答应。

8

连绵不绝的丘陵，突兀之间矗立起十几座海拔千余米的由花岗岩组成的山峰，其中最高峰便是让天缘江人引以为豪的天缘山。

魏亦晚上准备在山顶的梦月山庄宴请大家，通往山顶有两条道，一条可以直接开车上去，另一条便是旅游栈道，可爬山也可坐缆车。

Ruth 是运动型女孩，她首选爬山，安逸飞与魏亦积极响应。飘飘可不干了：大热天爬山，找虐呀？

安逸飞好说歹说，并许诺只要上到第一个瀑布便坐缆车，飘飘这才勉强答应。

其实下午爬山的是五人，安逸飞将李老师也请去了，因为很多景点都与夏皇后的传说有关。夏皇后入宫前叫夏云姑，他们初遇云姑是在明月广场，云姑沐着银月，朝大山方向伸出双臂。凝固的雕塑，让看雕塑的心飞驰八百多年，思绪万千。李老师凝视着石雕，似乎在与她倾心交谈。

云姑，你从天缘山的田埂一路走进皇宫，仅有的法宝就是善良、勤劳、美丽？不！促使孝宗为岳飞平反，更需要正义与胆魄……

李老师，咱们进山吧。

安逸飞将渐进剧情的李老师唤醒，其余三人拍完照已欢呼着进山了。

进了山才知道，天缘山的景观，何止是奇峰兀立、修竹遍野、云杉林立？这里更出名的是华中第一瀑：云谷飞瀑。云谷飞瀑共有五级，分别为云姑瀑、玲珑瀑、鱼鳞瀑、玉龙瀑、飞练瀑，瀑布水源自海拔一千七百多米的太平山脚下流出，云姑瀑为第一级瀑。沿途有两千多级台阶，拾级而上，便可看到五个形态各异的瀑布。

Ruth 毕竟年轻充满朝气，一进山便像猴子似的往上蹿，魏亦当然不服输，紧随其后。安逸飞也想去追他们，无奈飘飘像块肉似的挂在他身上，再加上他还得照顾七十多岁的李老师，因此只得陪着他们慢慢走。

从明月广场到云姑瀑其实不远，大约一个多小时就到了，李老师见到云姑瀑布后诗兴大发，提议连诗，安逸飞与飘飘这下犯怵了。

安逸飞嬉笑着：我们哪会作诗？还是听老师吟一首吧。

李老师清了清嗓子，即兴吟出：飞瀑流云天缘山，清池蘸竹弄青丹。茶语禅境人欲仙，谁道仙崖不可攀？

安逸飞与飘飘听了不由得大声叫好，这边掌声刚落，便听见：上来，我们在这儿呢！

三人顺着声音看过去，只见，Ruth 在悬崖栈道旁边一座小木屋前叫他们。安逸飞领着李老师与飘飘上去时，魏亦正指挥木屋主人从泉水里捞出一个大西瓜，这西瓜，不要说吃，哪怕看看也足以欲仙欲醉。大家吃着西瓜协商好了，李老师与飘飘去坐缆车，安逸飞、魏亦与 Ruth 继续爬山。

安逸飞与魏亦这对冤家，走到一起无论做什么都要暗中较劲。这回，两人都不愿在 Ruth 面前认输，更是各自使出吃奶的力来超越对方。

好在 Ruth 脚健，要换上飘飘早就喊救命了，她看出了那两人在较劲，不愿当他们的筹码，一路铆足劲儿地跑。三人哪顾得上欣赏美景，赶鬼似的朝山顶冲去。

9

啊！拿什么来形容你，梦幻般的月亮湖！

李老师与飘飘坐缆车到达山顶时，没有跟接待人员去酒店，他们流连于山水之间。飘飘只恨自己不是诗人，而诗人李老师此时却不愿用任何诗句来形容月亮湖，只想静静地、静静地看着，用整个身心去体会此情此景。

只见堤坝处，白色的高山雾气从西北方向的山下升腾而至，柔柔的静静的，翩翩涌上月亮湖。大概一盏茶工夫，整个湖面弥漫着白色山雾，湖对面栈道凉亭中的游人霎时隐身于伸手不见五指的白色雾气之中。大约一个小时之后，山雾渐渐褪去，湖面这才恢复清醒时的容颜。镶嵌在两座花岗岩山崖之间的月亮湖，此时看上去清清爽爽。

李老师与飘飘在湖边散步，等待着那三个爬山的人，飘飘趁机问李老师：他们与您签了合同吗？

签了，这么大的事儿能不签合同吗？

要是他们不履行合同，咱们一起找安逸飞算账。

李老师宽慰她：安氏这么大企业，应该不会不讲信用。

从小没得过父爱的飘飘，感觉李老师很慈祥，非要认他做干爸。李老师说，你认我这个没用的干爸，帮不上你什么。

飘飘撒着娇：谁说您没用？像您这么有才、有德的文学大家现在有几个？

两人正说着，Ruth 大汗淋漓地跑过来了，接着安逸飞与魏亦相继跟来。安逸飞掏出纸巾让 Ruth 擦擦汗，魏亦马上吆喝服务员给 Ruth 拿冰镇水。一个矮胖的中年男子应声而出，殷勤地跑前跑后，他自我介绍姓金。魏亦知道他是秦秘书安排的，这个金老板是个私企建筑老板，一看就知道是个暴发户，虽然是东道主，却没让他上桌。

晚餐非常丰盛，以山珍为主，还有各种叫不上名字的鱼与肉。无肉不欢的 Ruth 看着满桌菜肴却不肯下筷，她指指这个问问那个，魏亦答不上，便叫来金老板。

金老板邀功似的介绍着。

魏亦见 Ruth 迟迟不动筷子，夹了一块肉放她碗里，Ruth 愣愣地看着，还是没动。

竹笋不错，来，来，我建议大家都尝尝。李老师不想扫大家的兴，只能以此推辞。

飘飘瞥了 Ruth 一眼：你平时吃的肉与这个肉有区别吗？别矫情。

有！Ruth 肯定地点着头，开始较真了。

安逸飞拍了拍飘飘，轻声说：别闹！

飘飘白了安逸飞一眼，她不是没有环保意识，而是不满安逸飞与魏亦那样宠着 Ruth。明明自己是主客，下午他俩却陪着 Ruth 去爬山，现在吃什么也让 Ruth 来定。她内心极不愿意承认这是吃醋，只是感觉自己正在准备着公主的云裳，突然间被命运宣告要去给公主做丫鬟。这样的憋屈，他们懂吗？

李老师当然懂得年轻人难以逃脱的情劫，他见大家都不说话了，不得不出面化解。他给飘飘与 Ruth 各夹一块竹笋，像是自语：夏皇后出生在这山清水秀的天缘山脚下，她最喜欢吃什么呢？

轻轻一句话，便打破了僵局。心直口快的 Ruth 举着筷子里夹着的竹笋：她肯定也喜欢吃这个。

对呀，她应该还喜欢吃蘑菇，这蘑菇太鲜美了。

飘飘进入剧情之后，饭桌上的气氛重新活跃起来。

李老师说：竹笋与蘑菇绝对是好东西，我在天缘江发现了一个问题。

什么问题？

几个年轻人同时看着他，他也一个个地看他们，十只眼睛都在互相看。

夏皇后能从这深山沟里选进皇宫，美貌肯定是首要条件。这几天，我有一个重大发现，天缘江真是男孩帅女孩靓，莫非这里的水土很特别？

哇，多吃点竹笋蘑菇野菜，长得更靓一些。两个男孩趁机起哄。

此岸

第十一章

彼岸

1

Ruth 受父亲影响，镜头感特强，她的每幅摄影作品都有一个名字，或是围绕一个主题组图。今天的头条是本常坐在一块石头上沉思，她准备取名为：沉思中的修行者。

粗布衣袍虽然破旧，却洗得干干净净，浑身上下散发着一股檀香。Ruth 透过镜头，想象着修长挺拔的本常穿着西装是副什么模样。本常紧锁双眉，清澈明亮的双眸隐含着忧思，安氏假借师祖名义欺骗消费者的事，自己若不去阻止岂不是与他们同流合污？

他坐不住了，刚要起身，便被 Ruth 喊住：别动！别动！还有一个角度没拍到。

几时来的？

刚一会儿，想什么这么出神呢？

本常没有回答 Ruth，他指着树林边的一棵野漆树告诉她：这就是野漆树，只要不去摸它就没事儿。

Ruth 点头：好，以后我见了它绕着走。没剩几天就要回去了，我答应了爸爸，要弄清楚什么是禅。

站亦禅、坐亦禅、走亦禅，吃喝拉撒都是禅……

你能不能说得具体点？

本常指着对面的山问：那是什么？

鸡公山。

本常又指着前面一汪泉水问：那又是什么？

Ruth 得意道：龙蟠泉。

本常知道 Ruth 的汉语水平有限，便用英语说：宋代禅宗大师清原行思说，参禅有三重境界，参禅之初，看山是山，看水是水；禅有悟时，看山不是山，看水不是水；禅中彻悟，看山仍然山，看水仍然水。

Ruth 说：话好像听懂了，但意思没弄明白。

本常安慰她：太正常了，有些人参禅一辈子也弄不明白。

Ruth 一屁股坐在本常旁边，目光一会儿看山一会儿看水，然后呆呆地沉思着。

本常见状起身，用陶罐装了一罐水放在石头垒的简易柴火灶里去烧。Ruth 看够了山水，又目不转睛地看本常添柴烧水。看着、看着，她突然觉得这就是禅。

自从那个月夜送别之后，蹦蹦豆将两个不同宗教信仰的年轻的心拉近了很多。他们坐在树下，喝着山泉泡野茶，探讨着宗教与生命的意义。

2

坐在电脑前就能把控一个跨国公司，这也是大数据时代的一种景观。

魏亦在家时，父亲的书房便成了他的工作室。他将近日获得的一些财经数据传给市场分析师，分析师经过严密测算作出判断：此次以天缘江为点带动全国的融资策划足以撑得起他的云梯计划。

魏亦关了电脑，陷入了沉思，云梯计划虽然有些环节需要冒险，却是目前融资最快的一种方式。如果进行顺利，却不失为给家乡人们造福呀。如果……没有那么多的如果，自古华山一条道，目前还有别的道比它好走吗？

儿子，别发呆了，来吃水果。

汪海莲端来一盘水果，见儿子不动弹，便叉着水果往儿子嘴里塞。

魏亦不想被人打搅，接过水果盘：我自己来，忙你的去吧。

汪海莲继续唠叨着：你最近老与班子成员混，可别给你爸惹事儿，他这棵大树倒了，看你这猢狲还能傍谁？

魏亦笑得差点被噎住：呵呵，你也知道我爸是棵大树呀？知道为什么动不动就闹到他上班的地方去？

汪海莲白了儿子一眼：当你妈真傻呀，我向来只拿一些芝麻小事儿闹闹吓唬他，不闹，你爸能对我这么服帖？

魏亦起身将妈妈推到门外：记着把你这些花招藏好，要让你未来儿媳妇偷学了，你儿子就死定了。

白眼狼，想吃什么，妈妈给你买去。

人称天缘江第一泼妇的汪海莲在儿子面前竟然没有半点脾气。

随便。

魏亦将母亲推出书房，随即将门关上。难怪有人说，这世上，每人都有一个绕不开的债主。

3

北京蓝色港湾，是个充满浪漫气息、洋溢着欧洲风情的购物中心。

安逸飞此次送李老师与飘飘回北京，日程安排较满，其中也包括帮飘飘买单提包。不用看安逸飞手上提着的一串购物袋，光看飘飘脸上的表情就可知道，此次购物大大满足了她的欲望。两人逛累了，来到一家酒吧。

安逸飞让飘飘选酒水，飘飘看也不看单，便调侃安逸飞：一杯安男人，一杯安女人。

服务生笑着解释：对不起！我们这儿没有这两种酒。

安逸飞盯着服务生看了几眼：请你们老板过来一下。

不一会儿，老板过来了，他笑吟吟地：不好意思，两位是否愿意品尝一下别的品种？

安逸飞的聊功时不时地会冒出几分六毛：我们在美国便听说了"安男人"与"安女人"，回到北京，高档点的场所都在议论，听喝过的人说，喝了那酒，才知道什么是男人、什么是女人。

老板半信半疑地：真的吗？

安逸飞掏出一张销售名片：我还要到了一张他们的经销名片呢。

老板接过名片看了看：好，我会与他们联系，让他们先送些过来试试。不过今天来不及了。

安逸飞善解人意地说：没关系，我们会经常来，今天就请你为我们随便点两杯。

老板刚转身，飘飘便踹了安逸飞一脚：本想涮你一把，没想到你还乘机做起销售来了。

安逸飞说，酒老板的儿子不会卖酒，那么多酒都留着自己喝呀？

以前不知道你这么会耍贫。

正在这时，一打扮时尚的姑娘扑了过来：亲爱的，我的国际明星姐呀，想死我了。

燕儿，我正想约你呢。

两人又拥抱又贴脸地亲热了一番，飘飘给安逸飞介绍，燕儿是一同出道的姐妹，也是最好的闺蜜。

安逸飞站起来：方便的话，一起坐吧。

燕儿也不客气：好哇。

飘飘拉了拉安逸飞：人家怎么可能自己来，肯定约了人喔。

还有两位姐妹，你都认识，她们马上就到。

飘飘站起来，亲热地吻了她的脸，轻声说：好妹妹，咱们找个时间再约，一会儿，我要与他摊牌一件事儿。

燕儿知趣地走了，安逸飞看着燕儿远去的背影，有些不惑：不是最好的闺蜜吗？为什么不愿一起坐坐？

飘飘白了他一眼：你不知道这年代，防火防盗还得防闺蜜吗？

安逸飞恍然大悟：哦，原来是怕我被她们抢走！

飘飘眼一瞪：看上谁，我打包送！

安逸飞接过服务生端来的饮料，笑呵呵地递给她。

4

天缘江的暑期，那真是蒸笼般的闷热。

Ruth 不敢睡懒觉了，大清早就跟着婆婆一块儿起床。婆婆见她背上晒出了两道背包印劝她别出去。Ruth 说，不把禅弄清楚，就白回来一趟了。

婆婆听了很不高兴：原来你不是回来看婆婆的。

Ruth 从背后抱住婆婆，撒起了屡试不爽的娇：本来不是特意回来看婆婆，可是见了婆婆就不想走了。

花嘴猫，是哄婆婆给你做好吃的吧？

哈哈，玩点小六毛就被婆婆识破，早餐吃什么？

新米白粥配红薯丸子。

叶师母做的油炸红薯丸子，真可谓天缘江一绝，诀窍在于，红薯多米粉少，外面还沾着一层芝麻，真正的外焦里嫩、香甜可口。

婆婆，炸红薯丸子时捎带帮我炸几个油灯盏呗。

大热天的，老要吃油炸的东西，不怕上火呀？

不怕。

蹦蹦豆热得趴在地上伸出舌头呼哧呼哧地喘息着，Ruth 拍拍它的脑袋：乖乖地守家里，豆妈晚上回来带你去井边洗澡哈。

蹦蹦豆的眼神有些不情愿：总是自己出去，也不带着我。

Ruth 耐心地给它解释：豆妈今天要顺着天缘江往下游跑很远，不能带你，外面很热，你还是待家里跟婆婆玩吧。

蹦蹦豆知道跟脚无望，Ruth 出门时只是叫几声，没有追着不放。

Ruth 今日沿江而下，天缘江两岸风景让她目不暇接。出生在美国的 Ruth，对欧洲也很熟悉，Frank 每年都要去欧洲参展、竞拍，带着妻女出行是他最得意的一件事，巴黎的塞纳河畔令他们流连忘返。

Ruth 至此才明白，为什么爸爸每次对着塞纳河抒发感慨时，妈妈的眼神总是显得特别深远。原来，她故乡的天缘江比塞纳河更美！

Ruth 来到一个河湾，仿佛被魔法定住。她出神地看着河湾，它与《洞山开悟》画面上的河湾太相似了，只是河道比画上窄了许多，难道那画就是在此取景？

河湾处有个人在捞水草，Ruth 上前打听：请问，这是什么地方？

那人告诉她，这里是钓鱼台。

钓鱼台，天缘江八景之一？请问钓鱼的台在哪儿？那人指着岸边芦苇丛中一块大岩石。

相传，这里曾经停有两条船，后来天降两块大岩石于船上，于是便有了这个船型的石台。

　　至于钓鱼台的得名，那是另一种记载。唐开元年间，天缘江有个叫彭构云的人，皇帝命他做官，因见不得官场那些绳营狗苟的污浊之事，他坚辞不就，躲到天高皇帝远的天缘江读书躬耕，过着世外桃源般的清静日子。一日，他来到此处游玩，发现潭水中鱼儿聚集，不觉心动，于是经常来此，边垂钓边读书，日子过得自得其乐。

　　Ruth 虽然不懂这段历史，爬上钓鱼台，却不由自主地想象着古人在此钓鱼的情景。想了一阵，她觉得自己跑题了：我是来寻找《洞山开悟》的画境，不是来钓鱼的。

　　她给本常打电话描述河湾的景观，本常说，钓鱼台是有典故的，有可能先祖游览此处时，想起了洞山良价的那首禅诗，于是触动灵感作下《洞山开悟》这幅画。

　　Ruth 拍下河湾，便去盘龙山找本常。

5

　　不过十来天工夫，本常就将盘龙山口那段路修得平平整整。

　　本常已不寄希望于安氏，他准备自己搭建一座茅屋，哪怕是一个人在此修行，他也要守着那份初心。

　　Ruth 来到时，太阳已上头顶。本常歉意地说：这里没什么充饥的东西，小僧去挖几个野芋烤给你吃吧。

　　Ruth 喜滋滋地从包里拿出婆婆炸的红薯丸子与油灯盏，本常见两样都是油炸的东西，便让 Ruth 等会儿再吃，他从山边田埂拔了一把白茅根，洗净放陶罐里，用柴火煮开。

　　这是什么？

　　凉茶，大热天吃油炸的东西容易上火。

　　凉茶，怎么是热的？

　　呵呵，这个凉不是指温度，是清热解毒的意思。

　　中文太玄幻了，有时候一个字就把我绕得晕头转向。

　　中国历史悠久，中国文化更是博大精深。

Ruth 见本常只吃红薯丸子不吃油灯盏，便将一个焦黄的油灯盏递给他：我觉得油灯盏更香，吃一个试试。

油灯盏也是天缘江的一种特色小吃，做法与北方的葱油饼类似。只是葱油饼主料是面粉，而油灯盏主料是米粉加香葱。形状却比葱油饼秀气，圆圆扁扁的，饭碗口那么大。

本常笑着解释，味道浓重、辛辣的蔬菜，比如姜、葱、蒜等都算荤，佛家禁止食用。

悲催，这也不能那也不能，你的人生还剩多少乐趣？

本常笑了，他告诉 Ruth，自己过得很快乐。

你真的快乐吗？没有家人，也没有朋友，更没有任何物质享受，你的快乐来自哪里？

佛陀说，快乐其实有两个层次。一个层次是暂时的快乐，就是人间天上的快乐；第二个层次的快乐是永恒的快乐，就是涅槃的快乐。

涅槃的快乐？

怎么跟你说呢？涅槃，你可以理解为，断除大脑里那些杂乱的思想、程序、情感，最终达到没有烦恼，超脱生死的境界，也就是无所得，无执着，随缘。

Ruth 瞪大眼睛看着本常，虽然清瘦，双眼却特别有神，任何时候都显得神采奕奕。难道这是因为他获得了涅槃的快乐？Ruth 越是看不懂越是想去探究他的内心。

我不懂你的教义里为什么要断除情感，但我已经把你当成了朋友，一个非常值得珍惜的朋友。

谢谢！修行者的断除情感不是说要排斥亲情与友情。

两人吃完东西，Ruth 将手机里拍下的《洞山开悟》与钓鱼台河湾给本常看。

本常看着《洞山开悟》，遗憾地说：要是这画不流失多好！它一定能成为报亲寺的镇寺之宝。

Ruth 心中一动，按捺住物归原主的冲动，请本常为她讲解画中那首禅诗的意思。

切忌从他觅，迢迢与我疏；我今独自往，处处得逢渠。渠今正是我，我今不是渠；应须恁么会，方得契如如。

禅，是个只可意会不可言传的东西，禅诗更是千人有千解，也就是说，小僧的心境与你的心境不同，所以我们对诗意的理解也有差别。小僧还是先把良价禅师做这首禅诗的故事讲给你听，你再自己去琢磨诗的意思吧。

良价禅师早年在嵩山受戒后便游方各地，一次偶然过河，在水中看到自己的倒影，猛然大悟，作悟道偈一首，也就是画上这首禅诗。从我身和影子的关系上体悟到了理与事；体与用；佛与众生的关系。

本常讲得如痴如醉，Ruth 听得云里雾里。她想起了爸爸的话，爸爸说得对，禅是世间最难懂的一种东西，要想弄明白，真得花时间去悟。

Ruth 此刻最想懂的并不是禅，而是本常禅师。这个深沉的修行者，该有多少信仰的力量才能让他独守深山修行？难道他就不想走另外一条道？

两人一同下山时，Ruth 问本常是否有意去美国留学，如果愿意的话，她可以请父母帮忙。本常说，他如今最大的心愿便是完成师父遗愿重建报亲寺。

Ruth 没有坚持，她知道一个人的信仰是很难改变的。

6

天缘江学院，是原来师专、医专、农专、艺专合为一体升级为本科的院校。近年来打出了一点影响，招收了不少东南亚的留学生。

被天缘江深深吸引的 Ruth 假期时间到了，她真的不想走。要想继续留下，最好的办法就是申请留学。Ruth 打车去学院咨询，学院招生办答复：留学需要提前申请。

沮丧的 Ruth 恰逢接到魏亦电话，想约她一起吃饭，她说在学院咨询留学的事。

魏亦诧异地问：什么，你想在天缘江留学？

是的，可惜来不及了。

魏亦笑着说，只要你想去，什么时候也不晚。

Ruth 以为魏亦在逗她，没想到，下午便接到学院招生办电话，说是她被录取，但需要及时补交材料。Ruth 简直不敢相信这逆转的消息，兴致勃勃地打电话告诉妈妈，却遭到妈妈坚决反对。

Ruth 的留学热情并未被妈妈浇灭，在院子里转悠几圈后，她终于找到了一个强大的理由，击中了妈妈的痛点：婆婆年纪大了，需要人照顾。

7

魏亦就在马路边的车里等着，Ruth 说今晚她请客，要好好地谢他。

魏亦也不推辞，他估计 Ruth 吃了这么久的中国菜，肯定想吃西餐了，就将她带到西美西餐厅。两人点的都是牛排，Ruth 果真吃得很满足。魏亦急着套出画的下落，说话总是围着禅转。听得出，Ruth 几乎对禅着迷了，可聊了半天，她却矢口不提那幅画。

是 Ruth 戒心太重，还是她入禅太深？

魏亦不想兜圈子了，索性直说：听飘飘说，她在你家画室见到一幅叫《洞山开悟》的画。

Ruth 笑了笑：那可是爸爸的宝贝。

你爸爸说，那幅画要送给你。

Ruth 轻描淡写：我不懂，拿着也没用。

魏亦拍拍她的脑袋：傻妹妹，那幅画可以卖很多钱呀！

Ruth 嘻嘻地笑着：我要那么多钱干吗？

魏亦也觉得自己太笨：对，对，你怎么会缺钱呢？

魏亦切了一小块牛肉叉到 Ruth 嘴边，Ruth 端盘子接住。

魏亦深情地看着她：如果让你挑选男朋友，你会挑美国人还是中国人？

Ruth 不傻，她怎能听不出魏亦的话外之音？

魏亦遗传着父母的优点，就算扎进白人堆里，外形也算佼佼者，更何况他的财力与各种综合能力更让他自信满满。在他的字典里，从来没出现过追女孩的词语，因为他拥有强大的选择权利。面对 Ruth，魏亦真的不知自己是假戏还是真做？

魏亦发现，Ruth 一恢复到英语环境，整个人体程序都像被启动，机灵而俏皮，与说着结结巴巴汉语的那个懵懂少女，简直判若两人。

Ruth 喝了一口红酒，将嘴中的牛肉咽下：找男朋友的事应该是顺其自然，但一定要选的话，我还是愿意找美国人。

魏亦听得心里拔凉，在他的情史上，哦，严格来说，只能算艳史，几乎从未有过挫折，他很不甘心地列举了中国男人的诸多优势。

Ruth 舞着刀叉大笑：这个问题以后再讨论吧，我目前还不想找。

正在这时，多宝打电话来证实 Ruth 留天缘江不走的事，得知 Ruth 与魏亦在一起，他火急火燎地骑着摩托赶过来，硬是将 Ruth 拽走。

以魏亦以往的做法，多宝岂能轻易带走 Ruth？可是这回，他没有阻拦，他自己也不知道为什么在这个女孩面前，会显得没有一点个性。

见魏亦没有跟来，多宝责怪 Ruth：你怎么跟他在一起？这个人坏着呢，上次飞哥在台湾差点跟他打起来。

Ruth 笑了：安逸飞跟他打架，你就说他坏，你干吗不说安逸飞坏呢？他最起码没像安逸飞那样捉弄我。

多宝急了：不光是打架的事，反正他这个人就是不好，他妈是个母夜叉。

Ruth 嘟囔着：干吗扯上人家妈妈。

Ruth 突然想起一件事来：多宝哥哥，能不能帮个忙？

多宝身子一挺：当然，你说。

找几个人去盘龙山帮本常师父搭个茅屋吧。

多宝爽快答应：好说，我回叶家村招呼一声，多的是劳力。

多宝答应此事的底气，真的一点也不输高干子弟的霸气。

8

一叶小舟在清水河面顺流而下，Ruth 学着本常打坐的样子盘腿坐在舟尾。漂呀，漂呀，起风了，船快要飞起来了。Ruth 吓得哼哼叫，本常却依然端坐船头。

终于开启了悟禅之道，就在 Ruth 快要开悟之时，脸上感觉热乎乎的，一掌拍了过去，却听见蹦蹦豆恼怒地叫了起来。

人家叫你起床呢，还挨打。好想师父啊！蹦蹦豆的叫声充满着冤情。

Ruth 很不乐意被蹦蹦豆吵醒，她赖在床上回想着刚才的梦境，不知不觉又睡过去了。

小舟独自漂着、漂着……

这回是爸爸的电话把 Ruth 叫醒，Frank 要女儿说出一个能够说服他同意留学的理由。

Ruth 伸了个懒腰：天缘江是座充满禅意的城市，它有一种无法抗拒的魔力，我想在这里学习一年汉语，同时也悟一悟禅。

悟禅？你现在知道了什么叫禅吗？

不是很清楚，只知道禅是一种生活的智慧。

好，爸爸支持你留学一年，也会去说服妈妈。

从小到大，爸爸给过她无数的支持，让 Ruth 时常感觉有这么一位开明的父亲，实在是太幸运。

爸爸还记得《洞山开悟》的作者吗？

当然记得，道广。

是的，他是中国宋代的一位禅师，他的第十七代弟子本常是我的朋友。本常师父是位虔诚的修行者，我想将《洞山开悟》送给他。

Frank 沉默半晌说：亲爱的，你想清楚再决定好吗？

《洞山开悟》若回到报亲寺算是物归原主，那是它最好的归属。

画，已经送给你了，怎样处理，爸爸尊重你的选择。

谢谢爸爸！

Ruth 从床上蹦了下来，抱着蹦蹦豆猛亲几口，蹦蹦豆哀怨的表情顿时变得柔和起来。

9

多宝在叶家村的号召力，一点也不亚于魏亦在天缘江的法力。如他所说，一吆喝，二十多个劳力自带工具上山帮本常筑土屋，这远远超出本常搭间茅屋的预想。

山上没锅没灶，自然招待不了大伙儿，本常想烧点水给大家喝，可一个小陶罐哪能满足二十多人的需求？

这回领队的不是村长，而是叶长老。叶长老说，本常师父别忙乎，大伙儿饿了有自带干粮，渴了有山泉。在我们叶家村地界上修庙，那是我们子孙最大的福报，大伙儿发自内心的愿意。安氏的老板娘说要补贴大伙儿工钱，大伙都不接受呢！

中午时分，太阳太大，本常招呼大伙儿歇歇。大伙儿正要取出自己的干粮，多宝与 Ruth 来了，他们带来了西瓜、炒粉、馒头。

Ruth 边放东西边说：别谢我，这是沈阿姨的安排。

本常还能说什么？他对着食物双手合十，口中念念有词。大家虽然不知道他在念什么，可都相信，吃了经过师父加持的食物肯定消灾增福。

这群劳作了大半天、饥肠辘辘的人，要是往常早就开抢了。可这次，大伙儿规规矩矩地接受 Ruth 与多宝的分配，一点也不敢造次。这让 Ruth 感觉，她这些叶氏亲戚们真的非同一般的农民。

叶长老为她介绍这些亲戚的称呼，Ruth 瞪大眼睛问：为什么年纪大的叫侄子，年纪小的还要叫叔叔？

辈分，辈分你懂吗？

叶长老卷着纸烟，慢条斯理地解释：辈分就是争不来大，却生得大。

Ruth 摇头之后又点头，亲戚们对她的表情有如她对辈分一样迷茫。

Ruth 即使打着手势也解释不了，她摇头是因为根本搞不清辈分的复杂，而点头表示她尊重辈分的安排。

10

人多力量大果然是句真理。

四五天工夫，盘龙山那栋土屋便建得像模像样。以土屋的标准来衡量，算是质量上乘，这绝对是叶家村的村民虔诚而为。

本常将一尊不大的观音佛像请进了土屋，安置在一个木板搭成的台子上，台子上方挂着一幅观音画像，他恭恭敬敬地供上了香火。从此，告别挂单月余的化成寺，独守着这座孤庙。

多宝带着 Ruth 给本常送来了粮油，多宝说：干娘说了，等她的腿好利索了，她就会来看你，我负责定期送生活用品过来。

Ruth 前屋后院地看了一遍：新寺落成，我该送点什么表示祝贺呢？

本常笑了：小施主不必随俗，虔诚地上一炷香也是一份心意。

Ruth 摇头：我们一家都信基督，我如果给菩萨上香，是不是表示我背叛基督？不能，我是作为朋友来祝贺的。礼物呢，明天再送过来。对了，明日我把蹦蹦豆也送来给你做伴吧。反正，开学之后，我得去学院住，肯定不能带它的。

既然小施主不方便带，就让它跟着小僧吧。

Ruth 绕到本常面前，一本正经地说：你以后能不能别叫我小施主，不愿叫我名字就叫我豆妈吧。

本常双手合十，连声念佛。

因为厨房灶台未垒好，中午他们就在土屋前，用石头垒灶烧火做饭。

本常指着土屋旁的空地说：再过一阵，就可吃上小僧种的蔬菜。

Ruth 拍手：我太喜欢这地方了，真生态。

第十二章

1

北京竹园宾馆坐落于北鼓楼西侧的一条幽静的小巷里，是一座中国庭园式建筑。

安逸飞此次来北京就住在这里，飘飘有些不高兴，既然已经给她租了一处公寓，而且布置得那么温馨，为什么不搬过去一起住呢？难道你还真的要装一个什么圣男？

安逸飞没有解释，心里转着自己的小九九，他才不想做什么圣男呢！前年中学同学聚会时，已婚同学谆谆告诫未婚同学，千万别去沾女人的便宜，一旦沾上就等于上了她的贼船，最终将落个身不由己的下场，他岂能轻易葬送美好自由时光？

安逸飞当然不会将这个秘密泄露给飘飘，他只是六毛地说：买不起北京四合院，难道不可换个方式享受一下？咱竹园虽然没有那些五星酒店气派，底蕴却深厚得多。

安逸飞说得一点没错，看看这张老照片，它是清朝末年邮政大臣盛宣怀的家照，这里原来是他的私邸，也有传说，这里曾是大太监李莲英的花园。

午饭前，安逸飞拉着飘飘在园子里游览了一遍。进门处园子并不大，穿过右边走廊，便见楼阁相续，长廊曲折，竹林荫翳，假山喷泉，幽静清雅。时值夏末彩灯垂檐，翠竹摇风。

你是不是想躲这儿幽会什么人呀？

对呀！好不容易来一趟北京，能不好好约几次会？

大胆！飘飘想揪安逸飞耳朵，无奈他身高，头一侧便躲开了。

明天要回去了，今天晚上剩下最后一拨，都是游戏界的朋友，你若愿意也可参加，不过绝不是拿你去公关。

飘飘眼睛转了几圈，主意来了，既然你安家有钱花不完，那就别怪我出招了：燕儿男朋友准备给她买房了，听说她相中了好几处，正在挑呢。

安逸飞想也不想地说：北京房价太高，不合算。

飘飘噘嘴不高兴了，安逸飞拿出一张银行卡给她：你在北京尽管租住喜欢的房子，但买房实在没必要。我在洛杉矶那房你不是说很喜欢吗？两层带花园，折合人民币才五百多万。等我们结了婚，再换个大点的房，让孩子们满花园跑。我才不愿我的孩子在北京吃雾霾。

飘飘收了卡，也收了阴霾，脸上重绽花容 。

2

Ruth 从小喜欢小动物，可惜妈妈对动物毛发过敏，因此一直未能如愿。自从有了蹦蹦豆，总算圆了她一个梦。

从盘龙山回来，Ruth 对蹦蹦豆又亲又抱。

叶师母在一旁唠叨：我的祖宗耶，你真把它当儿子呀，还亲它。天快黑了，赶紧洗手吃饭。

Ruth 伤感：明天它就要回豆爸家了，我舍不得。

叶师母纳闷了，这孩子怎么了？舍不得婆婆还说得过去，连一条狗也舍不得，太过分了吧？

她一屁股坐在桂花树下开骂了：死老头呀，也不劝劝孙女，你看她多伤心！

正好魏亦来了，他说：刘德华来天缘江开演唱会了，咱们先去吃饭，吃了饭就去看演出。

叶师母心里藏着小心思，她一直拿安逸飞与魏亦做着比较，虽然两个小伙子都长得帅，但魏亦眼中有股桀气。相比之下，安逸飞的眼睛弯弯的，总像在笑。

叶师母相信自己的眼力，显然，安逸飞更讨她喜欢，于是魏亦不受待见就理所当然了。按往常，她肯定要把魏亦轰出去，可是她见不得孙女伤心。为了将孙女注意力引开，眼下也只有魏亦了。

Ruth 根本不知道天王刘德华是谁，他难道比我的蹦蹦豆更亲？她摇头表示不想去看什么演出，无奈婆婆一旁使劲催她，再加上魏亦的劝说，Ruth 总算答应了。

Ruth 进去洗脸时，魏亦刚要坐下来等，哪知蹦蹦豆将矮婆凳一嘴掀倒，害魏亦一屁股坐地上，魏亦恼羞成怒，站起来踢了它一脚。蹦蹦豆恼了，没完没了地冲着魏亦叫。

叶师母低声嘀咕：狗都不待见的人，看样子不是什么好东西，人家逸飞来了跟蹦蹦豆玩得多欢。

Ruth 洗了脸出来，见婆婆嘀咕着：婆婆，你说什么？

叶师母大声说：我说蹦蹦豆咋总叫呢，肯定是有人欺负了它呗。

Ruth 见魏亦一脸尴尬，心中有数，她走过去安慰蹦蹦豆：豆，别叫了，乖乖陪婆婆在家，豆妈看完演出就回来。

Ruth，喜欢狗，我给你买一个博美宠物犬吧，雪白的毛，挺可爱的。

Ruth 摇头：不用了，我就喜欢咱家蹦蹦豆。

若是遇上其他女孩拒绝他的好意，魏亦早已吼出一句"不识好歹"。可是面对 Ruth，他只是遗憾没能走进她心里。

Ruth 出门后，叶师母一边念叨一边帮孙女收拾房间。

唉，这孩子，每天不叠被子，这要是嫁到婆家，肯定要说咱们家没教好。到时，你婆婆要跟着你挨骂啰。

尽管天快黑了，叶师母还是将被子叠整齐来。被子一掀开，只见里面还藏着一根棒。

这孩子，什么都往被子里放。

叶师母将孙女珍藏的卡通画棒与几件脏衣服一同拿出来扔院子里洗衣机旁的竹椅上。

王婶家五岁的孙子，见了卡通画棒连忙拿过去玩。刚好外面有小朋友叫他，他提着卡通画棒就出去了。

3

天缘江剧场是天缘江文化艺术中心，经常承接一些大型演出活动。

音乐真是一门人类的通用语言，Ruth 尽管听不懂刘德华唱些什么，却随着音符的跳跃兴奋地挥动着手中的荧光棒，越嗨越兴奋。

魏亦年少时喜欢过打击乐，音乐素养颇高，可他今天无心听歌，一门心思在 Ruth 身上。他知道外表开朗随和的 Ruth，其实不是那种随便的女孩，因此不敢太造次。

他的云梯计划基本策划完毕，下一步将落实一些细节。天缘江的基础工作也初步敲定，得尽快去北京了，有些关系必须从上层捋顺来。只是《洞山开悟》毫无着落，魏亦心中总觉得不踏实。

演出高潮时，很多人疯狂尖叫，观众席上出现骚乱。魏亦被吵得有些心烦，便在椅子扶手上打着节拍。

咦，乐感这么强！

魏亦得到鼓励，一时忘形，将手搭在 Ruth 肩上，Ruth "啪" 地给他一荧光棒，魏亦霎时被打愣了。

不痛，不痛的。

萌萌的汉语带着几分娇蛮，嬉笑中满满都是可爱。

魏亦捂着胸口：这儿疼呢。

好，哪痛打哪，包治百痛。流畅而洒脱的英语随棒而下，魏亦被她打得无处可躲，干脆低头挨打。

突然他想起了一件事：你的签证是多久？

三个月。

续签的话，要去北京出入境管理局。

等拿到入学通知再去。

好，到时我陪你去北京办签证。

4

Ruth 看完演出，回到家已十一点多了，她仿佛浑身血液被音乐点燃，洗澡都颠着舞步轻轻地哼着歌。

真是乐极生悲，睡觉时 Ruth 发现卡通画棒不见了，惊慌地去问婆婆。

婆婆在她刚进门时还跟她说了话，这时已鼾声响起，她睡意蒙眬地说：睡觉，宝，明天早上婆婆给你做米包子。

婆婆，我的卡通画棒不见了。

大半夜的，要那棒干吗？放在院子里的凳子上。

Ruth 找遍了院子里的每张凳子也没见着卡通画棒，急了，摇醒婆婆：婆婆，那根卡通画棒真的很重要，快告诉我它在哪儿？

婆婆生气了：你婆婆还比不上那根脏棒子，这么晚吵吵闹闹，不见就不见了呗。

Ruth 急得哭了，叶师母这才慌了，连忙起床帮她找。可是，祖孙俩将院子找遍了也不见那根棒。

Ruth 不肯睡觉，婆婆拿她没辙，只好叫醒王婶，问她是否看见一根棒。王婶说好像看到孙子拿着玩了，于是又叫醒孙子来问。孙子睡得迷迷糊糊，说扔外面了。这下 Ruth 更急了，婆婆说明天再找，Ruth 不肯，婆婆生气不理她自己睡觉去了。

Ruth 打开手机电筒带着蹦蹦豆一起出去寻找。

5

Amy 坐在床边折叠几件女儿的衣服，可她的心思并不在衣服上。

谁都认为，Amy 比 Frank 对女儿要求严格，Ruth 可谓中西教育结合的典范，学前就报了很多兴趣班，中学开始自己赚零花钱，不到二十二岁大学毕业，在美国真的不多见。

只有 Frank 才清楚，妻子疼女儿是疼在心里，二十多年来，她几乎可以说是为女儿而活着。

Frank 轻轻推开门，吻了吻妻子的额头：想女儿了吧?

这孩子，根本体会不到父母心。

孩子长大了，让她自己去飞吧。你要不放心，我们就去一趟中国，帮她把行李送过去。

Amy 沉默了，回家的念头在她心中萦回过多少次，恐怕连她自己也记不清了。几年前，接到父亲去世的噩耗，她哭得死去活来也下不了回去的决心。

母亲年纪大了，她能不牵挂吗? Amy 每次想起母亲，心中都有一个梗，母亲一直哀怨自己没为叶家生个儿子，动口就说女儿是别人家的人。劝她来美国，她以不能让女儿养老送终为理由，坚决拒绝，这让 Amy 很伤自尊。

其实，这并不是她不回去的理由，那么又是什么让她关闭了回中国的门? Amy 用手捂着心口，心疼还未消除，她怎能回去?

二十多年了，你也该回去看看。

不，我真的不想回去。

好吧，反正现在中国物资丰富，Ruth 需要的东西都可以在那里买到。

6

魏亦看完演出回到家也没消停，每天都有很多邮件需要亲自处理。

魏亦打开电脑，Jack 发来了邮件，催问他《洞山开悟》什么时候能到手?

魏亦回他：还需要一点时间。

魏臻推开儿子的房门：你最近在忙些什么? 我很久都没过问你的事了。

魏亦合上笔记本电脑：爸，我能忙什么? 还不是为公司的事四处奔波。

魏臻坐到儿子身旁：从没听说过你的公司经营什么。

我不说是因为现在还不是很成功，等你儿子真正成功了，你和我妈就安心养老，什么都不用操心了。

魏亦呀，我和你妈的退休工资足够我们养老，你不管经营什么，都要遵纪守法，千万别干那些歪门邪道的事儿。

您都教导我快三十年了，能不受教吗？

我就是不放心你。

汪海莲在外面喊：这么晚了还不睡觉？

魏臻连忙起身出去，魏亦将父亲送到书房门口，看着父亲进卧室的神态好像进号子一般不情不愿，突然同情起他来。

一个想法冒了出来，他跟着父亲进了卧室，对妈妈说，明天是周末，他要带一个姑娘回家吃饭。

汪海莲问谁家的姑娘，他说美国来的朋友。

是不是女朋友呀？

担心你儿子打光棍呀？

才不会呢！我儿子要财有财，要貌有貌，是个真正的贵族。

妈，欧洲社会学家已经考证过了，一个贵族需要三代人的改良。严格地讲，我只能算是农三代。

什么农三代呀？你明明是官三代！

对，对！差点忘了还有一位当过公社书记的外公。

汪海莲一脸骄傲地显摆开了：别看不起你那公社书记外公，他老人家要不是吃了没文化的亏，做个市委书记绰绰有余。要不是他，你爸能有今天？当年我可是通过你外公的关系把你爸的年龄足足改小了五岁。

从卧室卫生间出来的魏臻，听到了汪海莲这话，脸上挂不住了，这是一根针呀，足足扎了他几十年，如今这根针恐怕已在体内生锈了。他叹息着：没有这五岁，我可能活得更自在。

汪海莲眼一瞪：是呀，要不是一直有个官衔压着你，怕是早跟人去美国逍遥啰。

浓浓的火药味弥漫开了，魏亦从小便在这种硝烟中长大，他知道再不撤退，战线便会拉长。没有了观众，只要父亲保持沉默，妈妈一个人想闹也闹不起来。

7

叶家小院这一夜太不平静。

Ruth 找了一大圈也没找到卡通画棒，她睡不着，抱着蹦蹦豆轻声倾诉：豆，那根卡通画棒真的不能丢，那里面藏着一个很重要的东西。

蹦蹦豆像听明白了一样哼哼地附和着，不时用鼻子嗅着周围的东西。

Ruth 一遍一遍对蹦蹦豆说：卡通画棒上有豆妈的体味，你一定要帮豆妈找到那根卡通画棒。

闹了大半宿，Ruth 不知什么时候睡着了。叶师母起床见孙女歪在床上睡了，没叫她，自己端个碗出去买水豆腐。

南方的水豆腐，北方人叫豆腐脑。每天早上有人用水桶挑着走街串巷地叫卖。买回来的水豆腐热乎乎的，放点白糖就着早点吃，美味还败火。

蹦蹦豆只等叶师母一开院门便挤出去了，叶师母在后面骂着：你给我回来，跑丢了，那祖宗又要闹死闹活的。

蹦蹦豆才不听，摇晃着尾巴跑远了。

叶师母买水豆腐回来时，蹦蹦豆还没回来。

鬼东西，跑哪儿去了？

叶师母正准备蒸米包子，潘鸡蛋扯着一个哭哭啼啼的孩子拍门进来。果然是蹦蹦豆闯祸了，它把卖鸡蛋的小贩，人称潘鸡蛋家的孩子咬伤了。叶师母连忙给母子俩道歉，并留他们一起吃米包子。

潘鸡蛋一家是从乡下出来躲计划生育租住摇篮井的，平时也喜欢跟叶师母套个近乎，这回儿子成了受害者，这份邻里之间的薄面哪能遮住伤情？

Ruth 睡得迷迷糊糊被人吵醒，她擦着眼睛出来，婆婆正好有气没处出，便数落着她：看看你养的祖宗，这回闯祸了吧。

Ruth 查看那孩子的伤口，还好只有牙印没出血。

她问孩子：我家蹦蹦豆为什么咬你？

孩子说：它抢我东西。

抢你什么？

一根棒。

Ruth 连忙问：那棒呢？

被它抢走了。

潘鸡蛋不耐烦了：你这是什么态度？不问我家孩子伤得怎样，反倒盘问孩子追查一根什么棒来着。

Ruth 顾不得问了，她冲出院门，跑出去找蹦蹦豆。远远的，Ruth 便听见了蹦蹦豆的声音，孩子父亲正拿一根棍子追着蹦蹦豆打，蹦蹦豆口里咬着卡通画棒东躲西藏，被打得浑身是血也不松口，孩子父亲紧追不舍。

Ruth 大喊：别打它！

蹦蹦豆见了 Ruth，连忙朝她跑来，被孩子父亲狠狠地抽了几棒。Ruth 一把抱起蹦蹦豆，心疼得眼泪直流。

孩子父亲还不解恨，口里不停地骂着：畜生，我罚款、逃难生下的儿子，自己都舍不得动一指头，你还敢咬他。

已经咬了，打它也没用。

Ruth 抱着瑟瑟发抖的蹦蹦豆回到院里，孩子母亲还在闹。

Ruth 对潘鸡蛋说：我家蹦蹦豆咬了你儿子，孩子父亲将它打成这样，还不够吗？

潘鸡蛋跳了起来：狗能跟人比吗？

叶师母气得坐桂花树下直喘气，瞪眼看着 Ruth 结结巴巴、中文不够英语凑地跟潘鸡蛋讲道理：现在已经是这样了，你说怎么办？

我家儿子要是出了事，你说怎么办？

出了血就要赶紧去打预防针，可是他并没出血。我出点钱给孩子买个玩具吧。Ruth 一急，便说成英语了，接着又比画着说出几个汉语单词。

潘鸡蛋倒是听懂了，她也打着手势：我儿子不缺玩具。

Ruth 急得全身冒汗，也来气了：我不是说你家缺玩具，只是想表达我的歉意。我还得带蹦蹦豆去治伤呢，医药费你们出？

叶师母实在看不下去，挺身而出了：咱们邻里邻舍的，你们狗也打了，气也出了，还要怎么了？

Ruth 见婆婆前来助阵，她抱着蹦蹦豆连忙进了里屋，打开卡通画棒，见画完好地卷在里面，大大松了一口气。

一个胖孩子跟着进来了，她顺手将昨晚看演出的广告画卷起来给他，胖孩拿着画卷欢天喜地走了。

Ruth 藏好卡通画棒，拿出钱包，潘鸡蛋还在说：没王法了，我儿子还不如你家一条狗。

叶师母平时口才很好，这回好像也找不到合适的词，只好软一句硬一句地说：我说，潘鸡蛋，确实是我家蹦蹦豆不对，它不该咬人，可是它是畜生呀，人能跟畜生一般见识吗？要不，带孩子去医院看看。

潘鸡蛋重重地跺了几下脚，哭腔里带着蛋黄般的浑，她质问叶师母，狂犬病是一时半会儿能看出的吗？

Ruth 给了她两百美元，潘鸡蛋接了钱，左右翻看好几回还不放心，疑惑地问：这是真钱吗？怎么跟冥钱一样？

放心，这是美元，两百折合人民币一千多。

王婶及时补充，一千多，足够买你两大箩筐鸡蛋。这下，潘鸡蛋不闹了。

Ruth 对婆婆说：我带蹦蹦豆去医院治伤了。

叶师母的脸拉得更长了，指着蹦蹦豆说：真养了一个祖宗，一早上去了一千多。人家王婶三个孙子，一月才用一千。带它去医院还不知要花去多少冤枉钱，干脆把它扔了。

Ruth 紧紧地抱着蹦蹦豆：不，我一定要保护好它。

8

安牧良每天不管多晚睡觉，早上六点前都会起床。很多重要文件，他都是放在早上看。

安逸飞说他把公司看得比儿子还重有些冤枉他，是的，他确实把公司看得很重，可他又何尝不把家也看得很重？

妻子沈若兰医专毕业，一个堂堂妇产科大夫，不顾整个家族反对下嫁给他这个退伍军人，他能不珍惜？为了实现一定要让她过得比周围女人幸福的承诺,他拼死拼活地创下了安氏酒业。

只是后来,逸翔丢了,沈若兰一心向佛,才出现了华音。唉,真是家家都有一本难念的经!要怪,只能怪幸福之道岔路太多。

沈若兰皈依佛门之后,一切看淡,连家里的财政大权也放弃了,如今有心帮本常重建报亲寺,无奈还得求安牧良出钱。

早餐时,沈若兰催安牧良早点将买报亲寺那块地的余款付给叶家村。

安牧良爽快答应:好的,这两日我就让财务把钱打过去。不过,建一座寺庙不是一点点钱,本常能募集到吗?

沈若兰叹了一口气:真难为这孩子。

本常上次搅和新闻发布会让安牧良想着就不爽,因此提起他就生气:给他造了一栋土屋就不错了,他就是一不识时务的呆子,那天要不是逸飞机灵,差点让他坏了事儿。

沈若兰倒是体谅本常:出家人本性纯良,自然见不得虚假。

安牧良看了她一眼:安氏在你眼里不会无足轻重吧?

沈若兰转身出去,她挨个儿给佛友打电话,邀她们去化成寺。突然,她记起汪海莲在台湾时说过,想跟她一起去寺庙烧炷香,她给汪海莲打电话邀她时,汪海莲却说不去,儿子要带朋友回家吃饭。

此岸

第十三章

彼岸

1

快十点了，Ruth 带蹦蹦豆去动物医院还没回来。

叶师母怔怔地坐在桂花树下，似乎还没从早上那一出闹剧中醒来。

年纪大了不中用了。

她反复地念叨着这句话，王婶见了也没去惊扰她。自言自语是叶师母的常态，老伴儿走后，很多的心思她都是通过这种方式表达。

屋里的手机不停地响着，叶师母进去拿起手机，对着手机说：斯斯出去了，不在家，她忘了带手机。说完，她关了手机。

铃声又继续地响起，叶师母不耐烦了，大声说：不是说了斯斯不在家吗？

您没接，电话里的人听不见。

王婶一旁提醒她后，叶师母一个键一个键地按了一遍：喂，你是谁呀？

有人在扣院门，王婶赶紧开门去了。

魏亦一脚踏进院门，见叶师母拿着 Ruth 的手机不停地"喂……"，他不由得笑了起来：婆婆，您把手机拿反了。

这东西好是好，就是太折腾人。

婆婆，Ruth 呢？

带儿子上医院了。

儿子？谁的儿子？

还有谁？叶斯斯的儿子呗。

什么情况？魏亦一头雾水。

正在此时，Ruth 带蹦蹦豆回来了。魏亦见她抱着小狗，心中霍然释怀。

魏亦指着蹦蹦豆笑问：这是你儿子？它怎么了？

婆婆关不住话匣子，噼里啪啦地把昨晚到今天上午发生的事全抖了出来。

魏亦敏感地注意到了婆婆说的卡通画棒，他对 Ruth 说：什么卡通画棒这么宝贝，拿给哥哥看看，哥哥去给你买新的。

Ruth 本来想阻止婆婆说出卡通画棒的事，可婆婆说起话来哪是想打断就打断得了？

见魏亦对卡通画棒感兴趣，Ruth 故意绕开话题：我哪是介意卡通画棒？我是心疼蹦蹦豆，你看，它伤得多可怜。

魏亦见套不出话来，更断定卡通画棒有猫腻，干脆直问：那个惹事儿的卡通画棒呢？

Ruth 正想着怎么说，心直口快的婆婆早出口了：藏被窝里呢。

魏亦皱皱眉：哎，又是狗又是人的弄来弄去该多脏呀，快拿出来消消毒。

婆婆连忙往屋里跑，Ruth 急了，她眨眨眼，想起了送画卷的胖男孩：婆婆，我刚才把卡通画棒给一个小男孩了。

婆婆瞪大眼睛看着她：什么？费老大劲找回来又送人了？

魏亦也觉得不对劲，两人一起盯着 Ruth 看，王婶一旁作证：是呀，我看见胖嫂孙子拿着那个什么棒走时也纳闷着，这是咋回事呢？

Ruth 撒着娇，拉着哭腔：我不喜欢它了，它让我的蹦蹦豆伤成这样。

蹦蹦豆躺在 Ruth 脚下，轻声地呻吟着，Ruth 伤心得大哭起来。

魏亦连忙安慰她：没事儿，狗的自愈能力很强，过几日就会好的。走，我爸爸妈妈邀请你去我家做客。

Ruth 摇头：我今天哪儿也不想去，只想一个人待会儿。

魏亦劝说了很久，Ruth 都不肯答应，他不好再勉强，悻悻地走了。魏亦走后，Ruth 越想越觉得画不安全，得尽快送给本常，可是蹦蹦豆受了伤，自己抱着它上山确实太费劲，于是打了多宝电话。

多宝正在机场等待接安逸飞，他说：我在机场接飞哥，本来上午九点半到，可是航班延误了，现在不知等到几点。

Ruth 只好再打本常电话，电话里并没告诉他画的事，只让他来接蹦蹦豆，本常答应马上下山。

2

魏亦走出叶家小院时有些恍惚，一向自信的他对自己有些不满意了。

连个小女孩都搞不定，还妄谈什么世界精英。难道自己恋爱了？这不是瞎胡闹吗？他脑子里不断回想着几次与Ruth接触说过的话，Ruth怎么看也不像城府很深的人，怎么就套不出一点线索，难道她对自己已起戒心？

车被太阳晒得太热，他打开空调，自己站车外树荫下等待。蟋蟀就在他的头顶铆足了劲地叫，以前，他以为蟋蟀是因为热才叫，直到前不久看到有篇文章介绍，蟋蟀其实是因为五种原因而叫。魏亦只记住了其中两种，一种是为了向同性宣示主权，另一种是为了吸引雌蟋蟀。魏亦有点羡慕蟋蟀了，只要练好鸣叫就可以解决那么多的问题。

一个骑单车的少年经过他的车旁，放慢车速若无其事地掏出兜里的钥匙。蟋——这鸣叫声不是蟋蟀发出的，少年慌张地看着人行道树下鸣叫的人。

想划车是不是？

少年知道行为被识破，想赶紧溜走，没想到一辆警车"嘎"地横在他前面。车上下来两个人，与魏亦打招呼：怎么了？兄弟。

魏亦笑笑：陈大局长，去哪破大案了？

陈局长笑着说：和平年代，哪来大案？这小子是不是撞了你的车？

别吓孩子了，他只是划车未遂。

少年见被公安抓了个现行，脸都吓白了。

魏亦将手搭在他肩上：小兄弟，你只要能回答出两个问题，我就放你走。

真的？

当然真的，不过你得如实回答。

好。

听好了，第一个，我刚才要是不出声制止你，你是不是要用钥匙划我的车?

少年溜了一眼陈局长,有些犹豫,但一碰到魏亦锐利的目光,他诚实地点了点头:是。

好,算你诚实,第一关过了。第二个问题,我刚才那一声蟋蟀的叫声属于哪种意思?

这什么问题?陈局长一旁笑了起来。

少年抬头看了一眼树梢:宣示主权。

太棒了!你可以走了。

这不就是少年时的自己吗?记得那时,天缘江为数不多的轿车几乎都被他划过,其中安逸飞家的车被他划得最多。为了这个,安逸飞与他恶战了好几场,好像安逸飞学跆拳道就是那之后的事儿。

陈局长抓着少年的自行车把手,狠狠地教训了几句才放他走。

少年走后,陈局长邀魏亦去喝酒。魏亦拍拍他的肩:早点回家陪老婆吧,我得回家陪老妈了。

咱们那事儿什么时候动手?

急事缓做,一件一件来。

魏亦坐进车里,不停地学着蟋蟀的叫声,他自己也分不清这叫声属于五种之中哪一种。

3

叶师母虽然不是虔诚的佛教徒,却对寺庙及和尚有一种敬意。看见本常来了,毕恭毕敬地迎接、泡茶。

Ruth 不想让婆婆知道她的秘密便用英语与本常交谈,她告诉本常,请他来除了接蹦蹦豆,另外还将《洞山开悟》送给他。

看得出本常很感动,但他没有说感激的话,只是双手合十连念:阿弥陀佛、阿弥陀佛……

Ruth 告诉他,很多人在打画的主意,她在机场行李箱被人调包,很有可能就是因为这幅画。

本常点头说：这画回到报亲寺，暂时不能挂出去。

蹦蹦豆见本常与 Ruth 只管说话，没去安抚它，委屈得哼哼着。本常连忙蹲下来，摸摸它的头。

叶师母恭敬地对本常说：师父，我做了几样素菜，留下来一起吃个斋饭吧。

本常说，看样子蹦蹦豆伤得很重，他想早些带蹦蹦豆上山找药去。

本常正要起身告辞，多宝与安逸飞来了。安逸飞见到本常有些尴尬，本常也没料到在此处遇上安家公子。不过，出家人是不记仇的。

安逸飞对本常说：本常师父也来了，你们都去盘龙山？好哇，我送你们。

Ruth 说：我不去了，你们送送豆爸吧。

安逸飞皱着眉：豆爸？那谁是豆妈？

我呀，这难理解吗？

Ruth 指着自己的鼻子。

安逸飞抓着头发：哎，我真的不太理解，你说，你是豆妈我能接受，可本常师父是豆爸，不好理解。

本常低头：阿弥陀佛，小施主开玩笑呢。

安逸飞笑得蹲在地下，发现正与他示好的蹦蹦豆浑身是伤，他大喊着：谁把你伤成这样？

Ruth 生怕婆婆又抖出卡通画棒的事，便说：它咬了人家的孩子，孩子父亲生气打的。

安逸飞义愤填膺地要去找潘鸡蛋家说理，婆婆劝他：飞飞，算了，邻里邻居的，低头不见抬头见，伤了和气大家日后见面尴尬。

大家正要离开，Ruth 进屋拿了一只充电宝给本常：山上没通电，拿着这个充电宝应应急。

安逸飞接过充电宝看了一眼：这么小的容量，能用多久，我包里有两个大容量的，已充满了电准备玩游戏，回头全留给师父。

Ruth 与蹦蹦豆告别时，眼泪汪汪。安逸飞将蹦蹦豆抱出了门，它见 Ruth 不跟着出去，硬是挣脱安逸飞跑回去找 Ruth，在场的人都为它的灵性而感慨。

本常不忍心：要不，还是让它留你这儿，我明天送药过来。

Ruth坚决摇头：不，你一人在山上太孤单，让它给你做个伴吧。

本常从小出家，除了师父从没体会过别人的关心，今日见此情景，眼睛竟然有些潮湿，他轻声说：修行人不怕孤单。

Ruth将蹦蹦豆送进车里，叮嘱本常抱紧。

4

魏臻平时回家最喜欢待在书房，如今书房被儿子霸占了，真有种偌大一个家竟然找不到立足之地的感觉。于是，找尽不回家的理由。

魏亦回家在电脑里翻看了Ruth出境前与入境后的视频与照片，发现她一直手拿卡通画棒，再加上回想叶师母的话，于是断定画就藏在卡通画棒里。尽管Ruth对卡通画棒有了交代，可他还是相信自己的判断。利益链该发挥作用了，这些天选拔出来的人揣着他画的大饼，早就跃跃欲试。

他马上打电话给公安局陈局长：找个可靠的人去摇篮井叶家小院附近监视Ruth。

如今，他已分不清是因画而靠近Ruth，还是自己真的已经喜欢上了那个不好对付的小姑娘？这种模糊有如他分不清自己时不时发出一两声蟋蟀的叫声属于哪种原因一样。

汪海莲为了接待儿子的女朋友从早上买菜开始忙碌，上午十一点多，见儿子还在书房鼓捣，她有些着急了。你爸还没回家？你不是去接人吗？人呢？大菜都准备好了，只等客人一到，就开始炒几个菜。

魏亦一拍脑门：哎呀，忘了告诉你，计划改了，下次再请。

汪海莲急了：这不是在折腾你老妈吗？

正挨着数落，魏亦接到报告：Ruth没出门，安逸飞接和尚走了。

安逸飞？这小子凭什么跟Ruth关系这么近？但是，回头一想，安逸飞未必知道画的事，那个和尚很有可能就是Ruth口中的"师父"，Ruth会将画的事告诉和尚吗？

不管这种推测是否准确，魏亦觉得都应该重视。他没有犹豫，马上通知陈局长：派人跟上，看清楚那个和尚是哪个庙的。

5

本常一行刚要拐进叶家村山道时，后面跟着一辆无牌车。

安逸飞最先发现，因为他对画的事情不知情，所以只是发发议论：咱们天缘江真是一个神奇的地方，这年代了无牌车还到处乱窜。

多宝义愤最大：车主肯定非警即匪。

安逸飞大笑：行呀，多宝，你判断力见长呀。

本常回头仔细观察了那车，那是一辆本田越野，车上只有一个人，司机戴着墨镜，看不清他的脸。听了安逸飞他们的议论，本常心中不由得警觉起来。

山路不太好走，前后车都开得很慢，到了山口，后面那车还跟着。前面那段山路不通车了，本常下车后，见后面跟来的车也停住了，但司机没有下车。

安逸飞从本常手中接过蹦蹦豆，将它放在地上，看着它走路一瘸一拐，担心地说：还有一段路，它能走吗？

本常想观察车里人的动静，便说：看样子是不能走了，万一把伤口崩开就不好办了。

多宝说：我回去拿个篓子来背着它。

本常连忙说：小施主想得真周到。

多宝开车去叶家村了，安逸飞温柔地安抚着蹦蹦豆，本常坐在路边观察车里的人，待了一会儿，本田司机终于将车掉头开走了。

剩下本常与安逸飞，安逸飞带着歉意地说：本常师父，上次不好意思，主要是新闻发布会上来的人比较杂，我没时间跟你解释。其实，安氏酒畅销大半个中国，肯定有它内在的原因，而借用某些历史人物，只不过是一种营销手段，不存在欺诈行为。

本常看着安逸飞，说心里话，他真的不讨厌这个比自己年长不了几岁的富家公子，但安氏的做法，他实在不敢苟同。本常温和地说，安氏是个大企业，大张旗鼓地宣传子虚乌有的事，难道不是在欺骗消费者吗？

哪有本常师父说得那么严重？

本常正要论证，却听到蹦蹦豆痛苦的呻吟声，他连忙抱着它放进草丛中。

狗会吃草吗？它伤得这么重，我还是带它回城去宠物医院治吧。

在你眼里这些都是草，可在它眼里，杂草中，肯定有能治伤的药。

果然，蹦蹦豆在草丛中东闻西闻，挑着一些草吃了起来。

两人没有完结的争论霎时转换为对另一条生命的关心。

6

天缘江北岸有家咖啡厅，叫听雨轩，周边风景特别好，里面布置得也很温馨。可是，因为场地不大且消费高，最主要的还是不能打牌，所以去的人少。老板娘是位在外打拼多年，然后厌倦尘世喧嚣的女人，小资且有几分姿色。

来一杯蓝山。

老板娘亲自端来蓝山咖啡，浅笑着说：看来，这位先生是真懂咖啡。

何以见得？

不懂咖啡的人，通常会说，来一杯咖啡。

魏亦笑了，这正是他喜欢的地方，不是冲着那女人，而是坐在这儿可以安安静静地盘算点心事。

此刻，他非常理解能不回家便不回家的父亲，哪怕躲在书房，也避免不了遭受冷不防就破门而入的干扰。父母的婚姻不管如何，作为儿子是不便去干涉的。妈妈纵有千般不是，毕竟是这世上最关心自己的人。魏亦不愿去想这些，可是每次回到天缘江，父母之间的纠葛便会将他卷进去。

他站在包房的窗前，窗外香樟树的浓荫给他心里带来了几许清凉。他记得这棵香樟树，小时候就见过它。它旁边原来还有一棵更大的树，树上有很多鸟窝。魏亦觉得很奇怪，他的记忆总是绕不开安逸飞。是的，他们之间的故事实在太多。

记得八岁那年的暑假，两人都想上那棵大树掏鸟窝，但他们约定俗成的规则是，一人上了，另一人必须无条件退出。于是两人商定，以潜水时间长短决定上树权。

两个小子短裤背心一扒便跳进旁边的天缘江，潜了很久很久，反正早就突破了魏亦的极限，魏亦从水中冒出了头。他抹去脸上的水，睁眼去找安逸飞，只见他在离自己一丈多远的地方挣扎着。

天缘江每年暑期都要溺死几个孩子，住在江边的人，一见孩子下水便会赶来警示。岸上一个拄着拐杖散步的老人在喊：谁家孩子呀，那里有个漩涡，别去，会旋走人的！

魏亦这下懵了，他顾不得想太多，飞快地向安逸飞游去。终于靠近了，可是两人都是一丝不挂，全身光溜溜的，谁也抓不住谁。

糟了，再靠近，自己也要被吸进漩涡去。

老人趴在岸上，将手中的木拐杖伸向魏亦，魏亦游过去抓住木拐杖：公公快放手，我要用拐杖去救他。

你自己都很危险，还救他，快点抓着拐杖上来，能救一个是一个。

魏亦急了大喊：放手，再不放手他就没了。

老人见他真的急了，只好放手了，魏亦接过木拐伸向安逸飞：抓住拐杖，安逸飞，快抓住拐杖！

安逸飞已经呛了好几口水，离漩涡越来越近了，他脑袋里一片懵懂，幸好魏亦及时伸来了木杖，他一把抓住木杖，却怎么也挣脱不了漩涡的引力。

岸上的老人使劲叫喊着：救人呀，两个孩子落水了！

没多久，岸上聚集了密密麻麻的人，几个男人跳下河将他俩拉了出来，岸上的人赶紧接住两个肚子被江水灌得圆溜溜的小子。

魏亦记得，那天回去被爸爸结结实实揍了一顿，妈妈破天荒与爸爸站在同一战壕。

祖宗，你知道闯了一个多大的祸吗？

闯祸？谁闯祸了？我明明是救人！

还救人呢，不去玩水用得着救人吗？逸飞弟弟刚丢，他婆婆、妈妈都病倒了，逸飞要有个三长两短，你去他家做儿子呀！

闻着香樟的魏亦突然笑了起来，去安家做儿子是不可能的，即使我愿意，老妈你舍得吗？可是，当年要是把安逸飞玩没了，他真没朋友了。

正想着，手机响了，对方告诉他，估计那和尚就是传得满城风雨的报亲寺本常。听说安氏给了他五十亩地，他在上面盖了一个土庙。

本常？报亲寺？

本常是报亲寺道广禅师第十七代弟子。

作《洞山开悟》的不正是这位道广禅师吗？这绝不可能是巧合！魏亦脑中突然跳出一个想法：难道Ruth将画送给了本常？这怎么可能？

魏亦越想越觉得可能，拒绝高价出卖，宁愿物归原主，像Ruth这种女孩完全做得出这样的事来。

7

母爱的无私与自私在沈若兰身上经常表现得淋漓尽致。

她跪在蒲团上祈求菩萨的谅解，儿子回来了，他最喜欢的一道菜是水煮青蛙。为儿子而杀生，实属不得已而为之。请菩萨不要降罪儿子，一切罪孽由自己承担。

刚从老家回来的张婶探头进来说，水煮青蛙的材料都准备好了。沈若兰对着菩萨磕了三个头，起身亲自为儿子下厨去。

安逸飞从盘龙山回家时，父亲也回来了。安牧良拍拍儿子的肩：好小子，这次去北京收获好大哟，听说你帮着北京销售部开辟出了一大片江山。哈哈，虎父无犬子呀！

安逸飞并没趁机在父亲面前表功，而是催着父亲早点将李老师写剧本的定金打过去。

安牧良说，急什么呀？等北京影视公司注册好了再打也不迟呀。目前经济不景气，赚钱不易，稍不谨慎，便亏出一个天大的窟窿来。

投资一个电视剧资金几个亿，这点定金算什么呀？

是呀，投资一个电视剧需要几亿资金，谁都知道，如今影视行业很难赢利。

既然如此，你为什么还同意成立影视公司？

傻小子，听说过醉翁之意不在酒吗？《夏皇后》对安氏的意义就在于新闻炒作，如今这个目的达到了，所以后面的事不急。

这下，安逸飞可急眼了，他冲着父亲喊：你这不是在耍我吗？

我耍什么不好要耍儿子？我说过不拍了吗？只是说不急，不急！

吃饭啰，吃饭啰。飞飞，妈妈给你做了水煮青蛙，阿弥陀佛。

安逸飞看了一眼父亲，嘟囔着：说不定哪天为了安氏也把你儿子水煮了。

8

清晨三点，连爱鼓噪的青蛙都睡去了，本常习惯性地睁开眼，然后起身打坐。

突然他感觉房间有异，明明放在案上的衣袍却被扔在地上。他马上点亮油灯，发现房间被翻得乱七八糟。

本常举灯来到佛堂，只见佛像倒在案台，还好佛前的观音画像还在。

他觉得很奇怪，平时他睡觉一向警觉，昨晚怎么会睡得那么沉？还有，如果来了人，睡在厨房的蹦蹦豆能不叫？

一念至此，他暗叫不好，脱口叫出：一想。

转念想到它可能更习惯蹦蹦豆这个名字，于是大喊：蹦蹦豆，蹦蹦豆！

连喊几声都没听见回音，本常知道坏事了。他放下灯，抄了一根棍子，屋前屋后地转了一圈，没有发现人影。然后，加快脚步来到厨房，脚下踩到一个软绵绵的东西，以为是蹦蹦豆，蹲下打开手机一照，原来是一只死山鼠。

再看蹦蹦豆躺在窝里一动不动，本常摸了摸它，身子虽热乎乎的，气息却很微弱。本常不知道蹦蹦豆受了什么劫难，可他知道狗是土命，他赶紧在院里刨一个坑将蹦蹦豆放进去。

本常觉得自己也不对劲儿，平常早上起床神清气爽，今日脑袋却很沉重，有点像没睡醒的状态。莫非真的给人下了迷药？再想到那只死得蹊跷的山鼠，心里突然透亮起来。对，昨晚肯定有人先下药毒蹦蹦豆，重伤的蹦蹦豆不太吃东西，所以更多的被山鼠吃了。

顾不得推理，本常转身走回土坑，将蹦蹦豆放在地上，用手不停地去推它的腹部。推了一阵之后，蹦蹦豆嘴角开始流出一些白涎，他继续推，直到蹦蹦豆嘴里再也流不出东西。

此时，天已微亮，本常就着手机的光亮从山边拔了几棵野草，剁烂塞进蹦蹦豆口里。蹦蹦豆吃下药草之后，又呕吐出一些白涎。

本常继续将蹦蹦豆放回土坑，拍拍它：别怕，睡一觉便没事了。

蹦蹦豆仿佛听懂了，它眨眨眼，无力地耷拉着脑袋，连哼也不哼一声。本常安置好了蹦蹦豆，再将山鼠埋在门前的树下，想想它也很无辜，于是给它念经超度。做完这些，天已大亮。

本常再次屋里屋外地巡视，发现屋顶有个大洞，白天放在地上的梯子斜架在土墙边，上去一看，明显有人将瓦片掀开了。

他心中暗暗庆幸：刚才好得没急着去藏画的地方查看，要不，狡猾的小偷就等着他这一招。

上午十点左右，蹦蹦豆动了动，本常再塞了点草药到它嘴里。本常估计小偷已经走了，四周查看了一遍，关上门，取下佛像，见《洞山开悟》还在佛像背面，大大松了一口气。

9

还是听雨轩，没有雨声，只有断断续续的几声呼噜。

魏亦看着躺包房沙发上的陈局长：这种地方也睡得着，真是。

陈局长翻了个身，嘟囔着：唉，昨晚没睡好。

应付两个女人够辛苦吧？我说兄弟，多给她们钞票，少用身子硬挺。

你早点行动呀，兄弟不是有求必应吗？

你昨天跟派去的人怎么交代的？

我说上面吩咐的政治保密任务，那幅画是走私品。可是，侦查员说，土屋里什么也没找到，那和尚起床后一直忙着救狗，别的什么也没做。

难道判断错了？魏亦站在窗前沉思着。

不多时，秦秘书来了，他交给魏亦几个本本：能办的都办齐了，你哪来的这门穷亲戚，连社保、医保都没有？我咋不知道？

魏亦收起本子：这只能说明你太官僚呗，一共交了多少钱？我手机转账给你。

秦秘书大气地一挥手：没你的事儿，这几万块钱，我找一个私人企业给报了。

这点小钱报什么报，冤得一个腐败的名声。

几万还是小钱呀？

魏亦虽说心里很看不起这些蛀虫，但是没有这些贪利的人，谁替他办事？

10

汪、汪、汪，奄奄一息的蹦蹦豆突然兴奋起来，它想爬出土坑，无奈力不从心。

本常估计是 Ruth 快到了，他放下手头的活，走出山口迎接 Ruth。果然，拐个弯，就见 Ruth 气喘吁吁地赶来了。两人就像多年的老朋友，没有任何寒暄，只是一个眼神便意会了。

Ruth 到了土屋前，见蹦蹦豆无精打采地躺在一个土坑里，她心疼地摸着巴巴看着自己的蹦蹦豆：豆，对不起，是豆妈害了你。

蹦蹦豆鼻子哼了哼，算是回应。

Ruth 害怕了：它不会死吧？

现在看来应该不会。

本常指着屋檐下一根毛竹对 Ruth 眨了眨眼，Ruth 明白，画就藏在那里面。两人坐在蹦蹦豆前，低声商量着。

本常说：《洞山开悟》虽是师祖遗物，也是国家文物，他现在还没能力保护它，如果再次流失，真的要成千古罪人。

Ruth 说：爸爸说得没错，真的有很多人打它的主意。

　　Ruth 想起上次参观博物时，曾经闪过一个念头，若是将《洞山开悟》挂在博物馆，那也是另一种意义的物归原主。

　　她没有把这个想法说出来，她需要一点时间考虑。

此岸

第十四章

彼岸

1

天缘江虽说文化底蕴深厚，博物馆却没什么镇馆之作。因为博物馆是"文革"后建的，多数展品都是红色题材。

Ruth 与本常携画而来，馆长认识 Ruth，见他们捐展一幅宋代的水墨画，自然欢喜，哪怕只给两年的捐展时间，对博物馆来说，也是意义非凡。馆长收下画后，说要先请示领导，才能给他们证书。

Ruth 说，与其说是捐展，不如说是请你们保护好这幅画，所以发不发证书就无所谓了。馆长请他们放一万个心，他们对文物有严密的保护措施。

Ruth 与本常将画交接完毕，走出博物馆，Ruth 接到魏亦电话约她去吃冷饮。此时的 Ruth 又热又渴，却不想去赴约。

本常说：你去吧，我去化成寺看看妙回师父。

Ruth 摇头，她要本常陪她走走。两人便沿着天缘江北岸的林荫道慢慢走着，都不想说话，就这么默默地走着。此时无声胜有声，他们是在用心交流。

Ruth，谢谢你！谢谢你全力保护师祖墨宝，更谢谢你将它送回家。

《洞山开悟》挂在任何画室都只是一幅画而已，只有回到报亲寺，才是真正物归原主。

本常……

Ruth……

两人同时发声又同时止语，不由得相视一笑。

哈哈，快来看花和尚谈恋爱呀！

平静被打破，Ruth 一时惊慌起来，她不知道自己会给本常带来多坏的影响。本常似乎没有听到旁边的喧嚣，依然神定自若地走在 Ruth 旁边，一点也没有畏缩的样子。

一人凑上前来问：你是个假和尚还是花和尚？

本常朗声回答：小僧释迦本常，是盘龙山报亲寺道广禅师第十七代弟子。

有人问：师父莫非要还俗了？

阿弥陀佛，小僧身旁有尊菩萨何来还俗一说？

菩萨？她不是你女朋友吗？

在世俗的眼里，她是女性，而在小僧眼里她是尊菩萨。

围观的人越来越多，Ruth 步伐乱了，有些跟不上本常。本常放缓脚步，始终与她同步。与本常相处的日子，Ruth 听熟了一些佛教用语，她听明白了本常说她是他的菩萨。

我才不想做你的菩萨！我们是朋友，永远的朋友！Ruth 正要抗议，又有一人问：师父，请问什么是佛？

佛就是觉悟了的人，人便是未觉悟的佛。

看热闹的人一时被本常威严的佛气所震慑，取笑的声音渐渐低落。

人群慢慢围拢，有人问：师父，拜佛能发财吗？

本常停下脚步，双手合十，问众人：诸位施主，大家是否都想知道刚才那位施主所问，拜佛能否发财？

是呀，快点告诉我们。

好，小僧来与大家讲讲财富的因缘。一般来说，佛是因缘果报规律的发现者，并不是缔造者。因此，不修行光拜佛是求不来财的。求财的过程就好比种植，先得耕耘播种，接下来便是施肥浇水，最后才能收获。

道理都懂，但不知道怎么做？

这个不难，小僧可以告诉大家方法，不管是想升官、发财、还是想要别的，这个方法都十分灵验。

是吗？

霎时，人群将本常与 Ruth 围紧，刚才取笑他们的人不由得变得虔诚起来，好多人都自觉地双手合十。Ruth 听不太懂大家的话，但她明白本常肯定在布道，于是安静地站在一旁。

本常清清嗓子，低沉的嗓音带着一种震撼力：布施是解决一切烦恼的灵丹妙药。

啊，这样呀？

众人似乎大为失望，本常点头：对，以慈悲之心施于人，便会得到福报，也就是佛给了你种植善根的种子。

穷人拿什么去布施？

有什么便布施什么。

一人叹息着：我一无所有，是个彻底的无产阶级。

本常慈悲地看着他：那就布施你的善良吧。与人为善，给人关心与帮助，这难道不是一种很好的布施吗？

如今这种世道，谁敢随便帮人呀？比如有老人摔倒，你好心去扶他，他反过来赖上你怎么办？

Ruth 发现，本常的目光比平时更加炯炯有神，俊朗的五官格外柔和。本常看似与世隔绝，其实无时不在关心社会动态，他何尝不了解当下时风？

是的，行善难免遭人诬陷，如果你懂得了因果相报，就不会在意那些恶意，坚守初心方得始终。

众人带着似懂非懂的表情渐渐散去，本常陪着 Ruth 继续漫步江边。

夕阳照在江中，真是"半江瑟瑟半江红"，Ruth 觉得走在本常身旁，心中清净且凉爽。

2

这个夏天，魏亦真是饱受煎熬。

一边急着去北京，一边《洞山开悟》却扑朔迷离。魏亦决定再一次约出 Ruth，跟她好好聊聊，却不知 Ruth 在忙什么，没有应约。魏亦实在憋不住了，投其所好买了冷饮送到叶家小院去。

Ruth 出去了，那个讨厌的蹦蹦豆也不在。叶师母开的门，打过几次交道了，今天总算给了个好脸色，她告诉魏亦，斯斯出去了，一整天没回家。

魏亦试探着问：她没再把脏东西藏被子里吧？

叶师母笑了：脏棒子送人了，哪有这么多宝贝要藏？

Ruth 不在，魏亦也不愿久留，于是将冷饮交给叶师母。

叶师母脸色突变：你想害我斯斯呀？我每天提防着不让她喝凉东西，你还送上门来。

魏亦从没受过如此数落，按照往常脾气早就爆发了，如今冲着 Ruth 面子只好强忍着。出了院门，他想将冷饮送给两个树荫下玩耍的孩子，孩子正要伸手，旁边一女人高声说：随便吃陌生人东西，不怕被人拐呀？

孩子舔着嘴唇，缩回了手。盒中的冷饮开始融化，有如人与人之间的信用危机，眼见它黯然滴答却无以挽回。

魏亦不想回家，他藏不住满脸的失意，于是开车沿着天缘江北路走着。不知是天太热还是心太急，他将车里的空调开到最低还是觉得热。

正走着，突然看到一个熟悉的身影，真是"踏破铁鞋无觅处，得来全不费功夫"，她身边那个和尚就是本常？他俩怎么会如此悠闲地在江边散步？

魏亦正在找地方泊车，秦秘书打来电话：终于有了画的消息，那个美国女孩与和尚将《洞山开悟》捐博物馆了。

什么？捐了。

魏亦的灵魂顿时徘徊于现实与梦想之间，就在界限变得模糊的那一刻，秦秘书的声音大了：还在听吗？

在。梦醒了，灵魂被欲望牢牢抓住，魏亦的声音显得有些虚。

余馆长说，画还不知是真是假，需要拿去鉴定之后才能决定。

魏亦打断他：这事儿就交给我来办，我在北京认识一个顶尖级的鉴定专家。我先去北京开道，随后让博物馆派人拿着画过去。

秦秘书答应马上给余馆长电话，魏亦看着 Ruth 与本常越走越远，他们的背影逐渐消失在他的视线里。遗憾悄然爬上他的嘴角，他咬紧嘴唇，盯着电话。

不多一会儿，秦秘书又来电话：余馆长说，省博物馆就有专业鉴定人员，不用去北京。我告诉他，《洞山开悟》年代久远，一般的专家鉴定难以服众，由北京专家鉴定后，它将成为天缘江博物馆的镇馆之作。

啰唆，他答应没有？

我说服他了。

好。记你一功。

3

安逸飞从微信中看到 Ruth 晒出的天缘江学院录取通知，觉得很意外，便约她晚上打保龄球。

安逸飞见面便问：我说，Ruth 同学，你怎么想着到天缘江学院留学呢？

我喜欢天缘江。

真是不可思议！美国名牌大学毕业，竟然选择一所名不见经传的学校留学。

Ruth 喜欢玩大球，她没有理会安逸飞，一来便选了个最大的女球，并且开局来了个满贯。

安逸飞拍拍她：小姑娘，对哥哥有多少大的仇恨让你如此痛下杀手？

你也下个杀手给我看看。

姑娘家家，别这么咄咄逼人好吗？

多宝来了，安逸飞让他先上，多宝铆足劲扔下球，结果球跑偏了，成了臭球。

安逸飞连连鼓掌：不错，给我垫了个底。

多宝一脸不服气：明明瞄准了，怎么会跑偏呢？

Ruth 帮他总结经验：我刚才看到，多宝哥哥球出手时，手是弯的。打这种球手不能弯，也不要太用力，要让球顺着手臂的力道滚出去而不是扔出去。

Ruth 连说带比画，多宝还是不得要领。

安逸飞选了一个球，说：看好，飞哥给你做个示范。

话音刚落，球已出手，看似随意，其实暗中铆足了劲。

八个、九个……

就在安逸飞脸上露出一点不自在神情时，第十个球瓶被扫瓶器横杆反弹回来击倒。虽说没有 Ruth 那么圆满，总算没丢面子。

三人连着玩了几圈，多宝猛然醒悟，原来打球不是凭力气而是个技术活。休息时，他问：飞哥，你真的要回美国了？

老留这儿有什么意思？我还是回美国摆弄我的游戏去。

安逸飞给了多宝一万块钱：你也别去找什么工作了，帮我照顾点家里这些人，我爸答应安氏会按月开工资给你。

哇，这么多钱，可以买一个苹果手机了。

苹果手机你就别买了，下次回来带一个给你。

安逸飞看着专心打球的 Ruth：Ruth 同学，我要走了，你也不说几句挽留的话。

Ruth 大笑：不想走就留下，想走就订机票，这不很简单的事吗？干吗要人挽留？

安逸飞站起来，抓了一个球：好，不挽留我是吧，不再让你了！

咕嘟咕嘟，球顺着跑道越滚越欢，最后冲刺出一个大满贯。

4

Ruth 今日去北京办签证，刚进机场就接到魏亦电话，

说他前两天有急事先走了，他问 Ruth 哪天去北京，他去机场接她。

Ruth 没有正面回答，她说，不用麻烦，我办完事就得赶回学院报到。

前来送机的安逸飞夸她有智慧，是个聪明的女孩。他当场给飘飘打电话，要她一定接待好 Ruth。

Ruth 瞪了他一眼：你为什么要做与魏亦同等性质的事儿？我不需要他安排，难道就需要你来安排吗？别忘了，我已是成年人。

安逸飞虽然挨了数落，却非常欣赏 Ruth 的独立性，看着这个倔强的小姑娘，故意绷着脸说：长大了？小心一下飞机就让人拐走。

Ruth 敲了一下他的太阳镜，洒脱地挥手：再见！

5

华音心事重重地走出天缘江第一医院，不想让人碰见偏就碰上沈若兰。

两人在楼梯口相遇，华音似乎很受惊，她愣愣地看着沈若兰，眼神惊慌且暗淡。沈若兰看似平静，内心却起波澜。

真是狭路相逢！

沈若兰微微点头，华音慌忙报以微笑。没有寒暄，一个进一个出，各走自己的路。

华音近段时间总感觉身体不得劲儿，再加上例假迟迟没来，便来医院做个检查。得知自己怀孕之后，她简直快要崩溃。把孩子生下来是不可能的，可是，医生已经明确告诉她，如果再做流产，以后就不能生孩子了。

一时，她处于两难之地。与沈若兰的偶然相遇，更让她心神不宁。按一般情况来说，沈若兰应该是华音的情敌，可华音面对沈若兰更多是愧意。这个善良而宽容的女人，十年来从没找过自己的麻烦，自己当然不能昧着良心去排挤她。

安牧良从来就没欺骗过自己，他有家，一个牢不可破的家，他不会寻找任何理由与妻子离婚。她知道这些，还是跟了他。因为当她意识到两人的关系时，已深陷安牧良父兄般的爱中难以自拔。

她不知道自己是安牧良的劫，还是安牧良是自己的劫。一切都是那么难以理解地开了头，接着便顺理成章地发展到今日。

华音纵使可以无视一切世俗，可是爱情这座独木桥，能让她安然度过吗？

莫非，这就是天意？

沈若兰去外科换药，本来不会走到妇产科这边来，偏偏今日带来几瓶安氏药酒送以前同事。凭着女人的敏感与妇产科大夫的经验，她已看出华音的身体有了变化。怀孕了，除了安牧良还有谁会造这个孽！

阿姨，车在这边呢。司机见沈若兰神情恍惚地走出医院，连忙将她叫住：这酒怎么提回来了？

哦，张大夫不在。

司机尽管疑惑，却不敢多问。沈若兰经常送安氏药酒给同事，以往若是没碰上，她会送给其他人，今天情形好像不对。

回家了，沈若兰还是心神不定，在家都找不到安全感的她习惯走进佛堂。平日心烦，只要念几段经文心情自然变得平和，今日连念经都压不住心头的杂念，沈若兰索性由着思绪乱飞。

十年了，为了保住这个家，她以最大的宽容接受了安牧良的婚外情。不吵、不闹，甚至不提，难道这样还不够？沈若兰什么都可以不要，只想保住这个家，这个家盛满了一家人的回忆。

以他们目前的经济状况，完全可以住更好的房子，可是他们只是将安牧良的平房祖屋改建成一栋三层小楼。平房也好，小楼也罢，家还是那个家，只是幸福似乎还留在祖屋的那个平房里，迟迟不肯上楼。昔日同心同德的夫妻，也就守住祖屋原址这一点达到高度统一，他们不能搬离这个守候了二十多年的家，他们始终不懈地等待着逸翔归来。他会回来的，他一定会回来的！三岁走丢的逸翔一定还记得祖屋这个地方，特别是祖屋旁的泉水井。二十多年来，逸翔的衣服、玩具以及他用过的一切都完好地保存在家里，他的音容笑貌时常在家人心中出现。

儿子，快回来吧，妈妈快要撑不住了……

张婶做好了午饭，沈若兰没有胃口，她说累了，想去睡一会儿。

血，到处都是血。

这是怎么了？沈若兰问同事。

一个孩子被杀了。

天啊！谁杀了我的逸翔？

华音冷冷说道：不是你的逸翔，是我的孩子，我的孩子！是我那可怜的孩子！

不！别杀孩子，求求你们别杀孩子……

华音一脸惨白地指着她：看看你的双手，沾满了我孩子的鲜血，是你杀了我的孩子！

不，不……

你怎么了？午睡都做噩梦？回来吃饭的安牧良推醒了她，她捂着怦怦乱跳的胸口，还在哽咽。

安牧良从床头柜的纸巾盒抽出几张纸给她擦去额头的汗与满脸的泪水：做什么梦了？是不是又梦见了逸翔？别多想了，起来吃饭吧。

逸翔的丢失是这个家庭共同的痛，而此刻，沈若兰却不想与他分享这个有关孩子的梦境。有些痛，只能独自承受。

6

沈若兰病了，夜夜噩梦缠得她不敢闭眼，却又睁不开眼。

安牧良检讨，是自己开大了空调。他叮嘱儿子，怕热躲自己屋里，别开客厅空调。

安逸飞坐在妈妈床头，沈若兰拉着儿子的手欲言又止。

安逸飞着急地说：妈妈是医生，病了为什么不去医院？

沈若兰巴巴地看着儿子：行李收拾好了吗？如果习惯了美国，就在那儿待下去吧，不要跑来跑去。

妈妈，我带您去美国好吗？或许，换个环境，您的身体会好些。

沈若兰摇摇头：妈妈不能走，妈妈要在这儿等你弟弟回家。

那我就将机票延后些，等妈妈病好了再走。

这一次，沈若兰没有像往常一样想着法子挽留儿子，而是一个劲地催他走。安逸飞以为妈妈身体出了大故障，更加不肯走了，他当即拿出手机改签了机票。

7

天缘江行政中心即将落成，天缘江市委、市政府将搬迁过去，原址天缘大院成了一块香饽饽。

安氏早在两三年前就做了很多铺垫工作，安牧良对收购天缘大院志在必得。而此时，华音却提出要去北京，安牧良一口否定：关键时刻，你怎么能走？北京的事固然重要，但收购天缘大院刻不容缓。

华音虽然担心怀孕之事泄露，却也无奈安牧良的固执，只好答应天缘大院收购一有眉目便走。

安牧良见华音欲言又止，便问：还有什么问题吗？

华音吞吞吐吐：有件事儿，我得告诉你。

安牧良看着她，用眼神鼓励她说。

前几日，魏亦派人去北京办事处要五十箱安男人，办事处打我电话，我说给他。哪知，给了五十箱安男人之后，来人说安男人必须配安女人，又要走了五十箱安女人。

这小子胃口也太大了。

华音点头赞同：我担心，有了这次，以后他就没完没了。

安牧良说：这次给了就给了，以后看情况再说。这事儿叮嘱办事处的人口风紧点，别让逸飞知道，那俩小子从小就不对付。

8

安逸飞这几天一直陪着妈妈，妈妈这次病得有些蹊跷。

沈若兰死活不肯上医院，安牧良请来老中医为她把脉。老中医说，她是心病，别让她再受刺激了。要不是信佛，心中有信仰，她早就疯了。

沈若兰听见他们在说自己，只是懒得搭话，没想到，大夫还没走，她便发出一声轻鼾。鼾声将她惊醒，她对着这位为她医治了多年的老中医点头致谢。

妈妈醒了？起来吃点东西吧。

沈若兰没有回答儿子的问候，她起了几个念头想翻转身子，却始终直躺着没动弹。好累啊！整天躺床上，竟然累得连翻身的力气都没有。

安氏父子送大夫出去了，安若兰刚闭上眼又做了一个噩梦。没睡着呀，这梦从哪来的？

依然是血，模糊的血肉。

沈若兰以前见这东西多了，做了那么多年的妇产科大夫，亲手接生了无数婴儿，同时也扼杀过无数胎中成形未成形的胎儿。难道是他们讨债来了？

父子俩好像在吵架，声音尽管不高，沈若兰还是听出他们各自的愤怒。儿子不能再留下去了，得赶紧催他回美国。

飞飞，飞飞你进来一下。

安逸飞听见妈妈在喊他，他强压怒火，瞪了父亲一眼：你们要是不做，当初就别答应，干吗要忽悠人呢？

我说了不做吗？只是现在没这个精力。

安逸飞站在妈妈卧室门口，做了一个深呼吸，换了一副嬉皮笑脸的样子进去：妈妈想吃什么？我亲自下厨给妈妈做好吗？

沈若兰疼爱地看着儿子：飞飞，你还是早点走吧，妈妈是老毛病，不打紧的。

安逸飞的眼睛不由得红了，正在这时，飘飘打来电话。安逸飞看了一眼妈妈，退了出去，他走进自己房间关上门。

9

飘飘本与一经纪公司签了约，可是公司这几年正在捧另外几个花旦，就连女二、女三号也轮不上她，眼看出头无望，且签约时间已到，她想另投他门，便给安逸飞打电话，想问问《夏皇后》进行得怎样。哪知他接了电话半天不说话，话筒里只传出他粗粗的喘息声。

飘飘火了：搞什么鬼？平常也没个电话，接了电话半天不出声，你主动打个电话给我会累死呀？

安逸飞刚进自己房间，正要说话，被飘飘没头没脑地骂一通，自然烦躁：不是天天通微信吗？干吗非要打电话？

我怎么越来越觉得你像个贫二代呢？人家燕儿男朋友，一天到晚电话不停地嘘寒问暖……

打住！最烦拿我跟别人比，你要觉得燕儿男朋友好，给他当女人去！

　　飘飘被安逸飞气得口吐粗气，喘了几口大气后，问：《夏皇后》筹备得怎样了？

　　没钱，拍不起，不做了。

　　飘飘将手机往床上一甩：没用的东西！

　　正生着气，魏亦来电话，请飘飘为他公司做代言，外景选在夏威夷，飘飘一时觉得魏亦比安逸飞强多了，她的精神顿时振作起来，眼前仿佛出现一条星光大道。

此岸

第十五章

彼岸

1

这个世界总有一片蓝会让你心悸，难道说的就是夏威夷？纯净的沙、透明的海水、风姿摇曳的棕榈树，还有郁郁葱葱的热带植物，每一处都似明信片上定格的风景。

毛伊岛上的卡珀鲁亚沙滩，飘飘身着七彩纱衣迎着海浪张开双臂。海风撩起了她的长发，浪花飞溅着她的纱裙，她深吸一口海风，热热的，带点咸味。

突然，她想起了天缘山前的云姑雕像，只是她展开双臂面对的是大山。自己与夏皇后之间究竟有着怎么样的机缘？飘飘还没想透，摄影师便喊"过"了。

夕阳西下，海水与天相接，海天之间色彩缤纷如梦如幻。

收工了，辛苦几天的摄制组成员却不愿离去，他们或站或躺，沉浸在心灵与美景的交融之中。

飘飘赤脚伫立沙滩水边，真正体会到了，什么叫心如潮水。安逸飞，该死的安逸飞！我只拉黑你的手机，你为什么不用别的电话打给我？

魏亦来了，他带来了香槟，大伙儿顿时活跃起来，有人提出拍摄提前完成，要在沙滩庆祝。魏亦同意了，当下派人买来啤酒。

美丽的景色，激情飞扬的游客，加上酒精催情，一群年轻人在沙滩上载歌载舞。

飘飘醉了，醉在失意与得意之中。她拿着酒瓶起舞着，欲仙欲魔：谁跟我干了这一瓶，我就嫁给谁！

小伙子们纷纷举瓶，飘飘睁着醉眼，这么多人呀，选谁呢？

魏亦也醉了，宇宙终于打开了天窗，他欲伸手去握天边那抹红云。一个趔趄，差点摔倒，他揪住了飘飘。

魏亦拉着飘飘跳起了带着醉意的伦巴，每一步都酒气冲天。

游客们以为他们在举办婚礼，纷纷前来祝福。

魏亦问飘飘：谁是我美丽的新娘？

我呀！酒鬼。

好吧，酒鬼就酒鬼，我的仙女在那儿。魏亦指着天边的红云。

大伙儿起哄：在一起，在一起，前面就有教堂。

魏亦在荷尔蒙的纵容下，一把横抱飘飘跟跟跄跄地朝教堂走去。

走啰，参加婚礼去。

这是真的还是拍电影呀？

一群不明真相的游客，喜气洋洋地跟在他们后面看热闹。

2

一条小路，几棵棕榈，守护着一个小小的教堂。

神父听见外面喧哗，出来一看，一大群人簇拥着一对男女走进教堂。群情鼎沸，神父被众人的激情感染，答应为他们主持婚礼。

当神父问飘飘：你愿意嫁给他吗？

飘飘极力睁开沉重的眼皮：干吗要嫁给他？

神父不懂中文，同样不懂中文的热心游客一旁翻译：她说愿意。

神父又问魏亦：你愿意娶她为妻吗？

魏亦脚下不稳，他将手臂搭在摄影师肩上，醉意中冒出一句：愿意就愿意，谁怕谁呀？

神父迟疑着问：你们确定今天要举办婚礼？

确定！

魏亦不知哪来的力气，用英语大声回答。

好吧，祝福你们。现在可以交换戒指。

戒指，哪有戒指呀？

魏亦嘟囔着。

有。一个手巧的游客，给他们送上一对自己编织的草环戒指。

魏亦接过草戒却怎么也对不准飘飘的手指，飘飘一把夺过戒指：笨蛋，我自己来。

魏亦定了定神，伸出自己的拇指：也帮我戴上吧。

错了，是无名指。

没错，我要当指环王！

飘飘将草戒还给了魏亦，她皱着眉，找不到那个戴戒指的手指，这戒指还有用吗？

众人看着两人戴戒指的滑稽相不由得哄堂大笑，神父看看新娘又看看新郎，再次说：祝福你们。

您太客气了，只是这草戒戴起来确实麻烦。

魏亦对摄影师说：我们找不到戴戒指的手指，还是回酒店吧，很多东西都不见了，得慢慢找。

魏亦一觉醒来，已是第二日中午，他见飘飘躺在旁边，愣了神：怎么回事儿？

飘飘听见响动睁开眼，嘴巴张开却发不出声音，她拉紧被单缩在里面不敢出来：你怎么在我房间？

魏亦皱着眉：我不也在纳闷吗？

两人慢慢回忆，终于凑齐了昨天的场景：沙滩、狂欢、教堂、戒指……

飘飘抓着自己的头发将脸埋进被单，带着哭腔问：这不会是真的结婚了吧？

魏亦捡起扔在地下的 T 恤：你说真的就是真的，你说假的就是假的。

飘飘躲在被单里半晌不语。魏亦打开手机，好几个网站赫然刊出昨天教堂婚礼照片与他们结婚的消息。他将飘飘的头从被单里扒拉出来，飘飘看了一眼，裹着被单跳了起来。

她冲出房间，来到同伴房门前把门拍得山响。这是一间标准间，里面住着两个人，其中一人打开门后继续倒床上昏睡过去，飘飘大喊：谁手欠，把昨天的照片捅了出去？

摄影师擦着有些浮肿的眼泡：大喜事啊，干吗不与大伙儿分享？

飘飘一屁股坐在地上，哭了，她耸着鼻子：你们这是合伙谋杀我呀。

3

安逸飞被飘飘拉黑确实郁闷，半夜三更躺床上玩手机游戏是最好的排解方式。

玩着，玩着，他莫名地兴奋起来，脑中反复跳跃着一个游戏元素，搅得他跃跃欲试，干脆起床打开电脑。

安牧良半夜起来解手，见书房还有动静，推开门见儿子在电脑上玩得眉飞色舞，不由得皱了皱眉。

四点了，还不睡？

我起床了，以后进来请记得敲门。

臭小子！安牧良无趣地退了出去。

安逸飞这一摆弄就到了上午十点多，吃了点东西刚睡下，被多宝电话吵醒。

吵死，大清早的。

都十一点了，还大清早呢。飞哥，三婆要我给斯斯送点吃的过去，你去吗？

安逸飞打了一个哈欠，说，下次去。去字还没说完，又昏睡过去。不知睡了多久，反正太阳落山了，安逸飞被张婶敲东西的声音吵醒。

他起床去了妈妈房间，见妈妈正在似睡非睡间。于是退出来，躺客厅沙发看手机，什么鬼？飘飘与魏亦结婚？

他觉得不可思议，便用家里座机给飘飘打了个电话：抽什么疯呀，搞出一条那样的新闻。

飘飘不说话，安逸飞急了：到底真的假的？

飘飘的声音听起来有点沙：你觉得是真就是真，觉得是假便是假。

这么说，还真不是无风起浪。

安逸飞挂了电话，整个人都变僵了。

4

天缘江的酒吧，大多在歌厅。

安逸飞喝酒唱歌，自娱自乐了几个小时。

其间，他一直在想一个问题：自己到底爱不爱飘飘？说爱吧，平时没见着也不会思念。说不爱，听到她结婚的消息，简直要爆炸了。他为自己点了一首《你到底爱不爱我》，唱完才发现，自己并未像歌词说的那么伤感。对，不是伤感是愤怒，他终于找到了自己的情绪标签。

多宝来时，他已将一首《你的眼睛背叛了你的心》唱得满是酒味。

多宝问：飞哥，飘飘与魏亦结婚是真的吗？

我、才不管他们结不结婚。一个饱嗝涌了上来，话也不利索了。

他们怎么这样呢？魏亦这个王八蛋太坏了，他一边去撩斯斯妹妹，一边又去勾搭飘飘。

什么？他敢去撩斯斯，信不信老子揍死他！那个戏子，她愿跟谁就让她跟谁去。

既然这样，你还糟践自己？

我喝酒唱歌，怎么就糟践自己了？快活，懂不懂？人生就是要快活！

好了，这么晚了，咱们回家吧。

不想回家，家里太热，想出去吹吹风。

多宝问：去哪儿吹风？

安逸飞从沙发上爬起来：咱们去天缘山下吸点仙气。

飞哥，你脑袋进酒了吧，那条山路白天开车都容易出车事儿，晚上还敢去？我和你可都是家里的独苗呀。

放屁！你有姐姐我有弟弟怎么是独苗？怕什么怕？老天要收你，躲也躲不过。

5

天缘山附近群山连绵，山边大小瀑布随处可见，其中云谷飞瀑为天缘江的主要旅游景点，而四周的小瀑布虽未列入旅游景点，也是一道道非常奇特的景观。不管天气多么炎热，天缘山下都透出清凉清凉的仙气。

安逸飞与多宝开车至天缘山下一条清澈的小河边，一棵古老的樟树忠实地守护着这条从天缘山上流淌下来的清泉。河水不深，最多没过膝盖，河中几块光溜溜的大石显得憨厚敦实。

安逸飞脱鞋走进河中，坐在大石上。多宝体贴地坐在他旁边，安慰他：飞哥，不要难过，像飞哥这种高富帅找什么样的女朋友没有呀。

安逸飞双脚拍打着水反问：难过，我有那么多情吗？

多宝不明白了，那你烦啥呀？

经泉水一泡，安逸飞的酒醒了几分，他问多宝：多宝，如果我抢了你喜欢的女孩，你会怎样？

多宝笑了：这可能吗？我喜欢的女孩，飞哥能看上吗？除非，是我斯斯妹妹，要是飞哥喜欢上了斯斯妹妹，我乐意！

安逸飞被多宝说得一愣：我喜欢斯斯？这话咋讲？

多宝嘻嘻地笑着：反正，我觉得斯斯比你那个影星好多了。

是吗？如果魏亦喜欢斯斯，你乐意吗？

多宝的头摇得拨浪鼓似的：不乐意！坚决不乐意！严重不乐意！

安逸飞拍拍多宝的肩：好兄弟，没白疼你。

两人东一茬西一茬地聊了一会儿，一阵凉风吹来，多宝不由得打了个寒战，他碰了碰安逸飞：飞哥，咱们回去吧，这水太凉了。

安逸飞也感觉凉了，站起来，脚下一滑，一头栽进水中。多宝连忙去拉他，哪知越拉越站不稳，最后两人都跌进水里。好不容易挣扎着连滚带爬上了岸，浑身湿透，山风一吹，连打寒战。

安逸飞与多宝干脆脱了上衣，光着膀子开车回城。

路经叶家村时，多宝想回家换身干净衣服，顺便让他妈煮锅姜茶喝。

安逸飞不同意：半夜三更水鬼似的跑你家去，还不把你妈吓坏了。可是，我真的不想回家，要不，咱们去盘龙山找本常师父？

多宝瞥了他一眼：盘龙山有一大段山路不通车，咱们黑灯瞎火的爬山，不怕摔死？

这么一点险都不敢冒，那不只有坐吃等死？走，找一条最近的路。

幸亏多宝路熟，他们驾车到了离盘龙山报亲寺最近的一个路口。安逸飞让多宝从车后拿出两瓶酒，借着手机的光亮，两人磕磕碰碰地爬上了盘龙山。

6

万籁俱静，只有昆虫偶尔呢浓几声。

本常一般三点便会醒来，然后就在床上打坐。蹦蹦豆突然叫了起来，他心头不由一惊：莫非又来小偷了？

本常轻手轻脚穿好衣服，没有点灯，顺手摸了根棍子。

蹦蹦豆，别叫，你舅来了。

藏在门后的本常听出了安逸飞与多宝的声音，连忙点灯开门，看到两个人赤裸着上身，虽然有些吃惊，神情却依然镇定。

本常也没多问，抱了把木柴，燃起一堆篝火。

安逸飞将酒递给本常：这是我家的传家宝，麻烦师父帮我们热一热驱寒。

本常趁着他们烤衣服的工夫，将酒热了。他闻着散发的酒香，心中涌出一股莫名的激动，连忙默念：阿弥陀佛。

安逸飞在土屋里转悠一圈，屋里唯一的家具就是那张床，连把椅子都找不到，便说：你这庙也太空了吧，还需要些什么，列个单给我。

本常将热好的酒递给安逸飞，轻轻问：小施主怎么没带行李来？

安逸飞笑了：师父以为我是来出家吗？我只是一个过客，带什么行李？

本常微微一笑：小僧也是过客，无须太多东西。

多宝插话：师父不是庙主吗？怎么成了过客？

阿弥陀佛，庙主也是过客。

多宝不知是否听懂本常的话，嘿嘿地笑着。安逸飞仔细体会本常的话，豁然开悟：是呀，谁不是人生过客呢？原来，本常师父是在开示他们。

安逸飞与多宝一直折腾到天大亮，多宝建议：飞哥，咱们回去吧。

安逸飞无精打采地说：我浑身没劲儿，觉得好冷，想睡一觉。

多宝穿上烤干的衣服：好吧，你睡一觉，等会儿我回家一趟。

本常端来刚刚熬好的稀粥，安逸飞说不想吃，他倒在本常的木板床上眯糊起来。

多宝喝了一碗粥正要出门，安逸飞手机响了，多宝拿起一看是飘飘，他看了看手机快没电了，便将电话按了：别怪我，是飞哥手机没电了。

多宝走后，本常见安逸飞不想吃东西，知道他昨晚肯定着凉了，便从药箱中找出几味中药用陶罐熬了。

安逸飞不知自己睡了多久，感觉全身酸疼无力，多宝从家里打了个转回到山上，将他推醒，让他喝本常熬的草药，安逸飞嫌药味难闻不肯喝。

本常说：施主发烧了，再不吃药可能会出大问题。

安逸飞被多宝与本常两人逼着喝下一碗药汤，又倒头睡了。

到了下午，多宝与本常生拉硬拽地将安逸飞架到了停车的地方，多宝赶紧开车把安逸飞送回家。

7

人真是一种奇怪的动物，特别是女人。

连日来茶饭不思、卧床不起的沈若兰，见儿子病了，不仅能起床，还在厨房里为儿子做这做那。安逸飞虽然不忍心劳累妈妈，但见她起床了，自然高兴，不管妈妈做什么，他都说好吃。

可是，退烧之后，全身总觉得不得劲，究竟哪儿出了问题呢？安逸飞自恃年轻、身体底子好，也没把它当回事儿。

沈若兰给儿子做了凉粉，这种凉粉不是超市卖的那种，它是多宝妈从山里采来的凉粉仔，想吃时，用泉水洗出它的汁液后，放置冰箱一两个小时便沉淀成胶状，放上糖醋姜既解暑又解馋。这只有农村或年岁大的天缘江人才会做，安婆婆在世时，每年暑假都会做给两个宝贝孙子吃。一转眼，婆婆便走了二十多年，莫非她是赶去另一世界庇护她的爱孙？

沈若兰见儿子低头吃凉粉不作声，轻声问：想婆婆了吧？婆婆做的凉粉比妈妈做的好吃多了。

安逸飞懂事地安慰妈妈：妈妈做的也好吃。

沈若兰此时并未听清儿子的话，她舀起一勺凉粉，手在微微颤抖，安逸飞以为母亲身体虚弱，没有气力，连忙将自己的碗伸了过去。好一会儿，沈若兰那勺凉粉仍然悬在空中，她的目光渐渐迷离，嘴里喃喃自语着：逸翔，你在哪儿？还记得家里凉粉的味道吗？

安逸飞知道母亲又在想念逸翔，是的，她的思绪已经游离远方……

那年的暑假是安家的一个劫，二十多年了，沈若兰怎么也绕不开这个劫。那天，她去丈夫开的安氏门店坐诊，将两个儿子留在家里让婆婆帮着看护。等她回家后，婆婆说，中午只打个盹儿，俩小子就溜出去玩了，她前街后巷地找了一圈也不见人影。

婆媳俩估计，三岁的老二跟着八岁的老大出去玩，应该一会儿就该回家了。谁知，天黑时，老大一个人回家了，他说，没带弟弟一起去玩。从此，老二逸翔便一直下落不明。

你说，他一双那么小的脚，能走多远呢？

安逸飞接过妈妈的凉粉勺，心中充满愧疚：妈妈对不起！都是我不好，把弟弟弄丢了。

不怪你，是妈妈没带好你们。唉，早知荣华富贵不过如此，当初何必不顾一切地去争取？

沈若兰重重叹息一声，但愿华音怀孕之事别让儿子知道，否则，父子之间又将发生一场地震。

8

时间对于身居深山的本常来说毫无意义，但时间留下的味道让他梦萦魂牵。

安逸飞他们走后，本常打坐时总是分神，他拿起安逸飞留下的酒瓶闻了闻，仿佛这种味道曾经出现在一个遥远的梦中。这种遥远又熟悉的味道，就像陈年的时间发酵出来的。

本常走出土屋，坐在山前那块大石头上打坐。刚刚安下心来，蹦蹦豆叫了，听叫声，像是 Ruth 来了。果然，Ruth 不久便到了。

今天怎么得空上山？

你在山里成仙了吧？忘了今天是周末？

哦，呵呵，我真是把日子都给过糊涂了。

Ruth 看着本常乐呵呵地为她煮茶、还拿出一些山上采摘的野果出来让她尝。

难道他从来不想家吗？他真的不怕孤独？他的心都被信仰填满？

Ruth 看着忙前忙后的本常，满脑子的问题都想端出来。

果子是野生的，茶是我自己采摘、自己炒的。

两人熟了，本常不知不觉将"小僧"改成了"我"。

蹦蹦豆蹲在他们中间，谁说话便看着谁。

Ruth 说，来中国时间长了，有点想家，想爸爸妈妈了。

本常没有答话，他将一把茶叶放进碗里，然后倒满清泉，端给 Ruth：喝喝，看味道如何？

Ruth 对本常非常信任，她坚信他不会像安逸飞那样捉弄她，于是毫不犹豫地喝了一口。"噗"她将茶水吐了出来，瞪着眼怪叫着：哇，哇，你也学坏了，凉水泡茶能喝吗？

本常笑了，倒掉那碗凉水茶，给她换了一碗刚泡好的香茶。

Ruth 轻饮一口：我是喜欢吃冷饮，但茶还是热的好。

是呀，沸水煮茶，茶叶屡经沉浮，才能将蕴含的天地灵气舒展开来，慢慢散发出香味。

Ruth 为本常倒了一碗茶：谢谢你，我明白了，你是通过茶叶的沉浮告诉我，人只有经历磨炼才能成长。而远离父母留学对我来说，也是一种人生的磨炼。

你太有悟性了。

本常看着 Ruth，这个女孩虽然不懂禅，可她的灵气与悟性真是非一般人能比。

此岸

第十六章

彼岸

1

私人会所流行的年代，可见权力与财富的分配是高度集中，经常出入的人自然大多非富即贵。

一间比住房大，比厅堂更私密的屋子里，四五个男人围桌喝茶聊天。

一人问魏亦：哥们儿，你在美国做什么生意？

魏亦耸耸肩：兄弟面前不打妄语，我目前没有拿得出手的项目，今后还靠各位提携。

一人说：这有何难？在美国股市，不乏单凭"概念股"炒作就跻身主板的奇迹，比如那些研制新药、开发最新医疗科技的小公司，虽然入市时业绩为零，但手头有一两个即将被联邦药监局通过的治癌新药，发展的潜力难以限量，就受到股民追捧，从而有实现"火箭式升值"的可能。

魏亦闻言真如醍醐灌顶，他顿时兴奋起来，让助理搬来几箱安男人：哥们儿，喝了这个酒之后，谁要还不男人，找我！

魏亦助理打开一瓶酒，先递给一个花白头发的人，花白头发一手推开。

助理不明就里：这里边您最大，请您先喝吧。

东边沙发上的人，鼻子"哼"了一声：咱们这儿不讲年龄，谁家老头儿官最大谁就是老大。

助理这下为难了，他怎么辨得清谁家老头儿官大？

魏亦指着坐正中的一位四十上下的男人：懂点规矩，先给弘少。

魏亦见助理出了洋相，为了挽回面子，冲助理大吼：让 Bell 进来露一手。

Bell 进来后顺手拿起茶几上一个保温杯，上下左右晃了几下，然后一拧，保温杯竟然歪了脖子。

弘少不由得站了起来：真他妈劲儿大，我这杯子是不锈钢的，拿榔头砸也不变形。

Bell 绕着他转了一圈，举起右手，弘少惊讶地：咦，我的手机怎么在你手里？

他连忙伸手摸兜，结果掏出了刚才那个变形的钢杯。其他几人都站了起来，纷纷要求 Bell 继续表演。

魏亦哈哈一笑：各位大哥，喝酒、喝酒，来日有用得着 Bell 的地方，尽管招呼。

弘少接过 Bell 递来的酒喝了一口：不难喝。

男人又怎样？没有女人白男人。众人哄笑。

魏亦掏出手机，好说，小弟我总是喜欢送佛送到西天。

他打通了飘飘电话，飘飘说刚从洛杉矶飞到北京，还在倒时差，不想出来。

你要是想红就别怕累，带上你的好姐妹过来，惊喜等着你，机会要不要自己决定。

飘飘打着哈欠答应了，她约了几个平日与自己较好的小明星来到会所时，魏亦与他的朋友们正喝着酒。这些人平日里没少见过美女，甚至是大红明星，可酒兴正浓时，几个打扮光鲜的小明星来了，哪有不兴奋的？

一个男人趁着酒兴将手放到飘飘腿上，飘飘不悦，"噌"地起身来到魏亦跟前，本想向他求救，没想到魏亦却大笑着：安男人不赖吧？

飘飘一屁股坐魏亦旁边，掐着他的胳膊轻声说：别忘了，咱们可是进过教堂的！

魏亦斜着眼，压低声音：进过教堂怎么了？你不会要我教你什么叫逢场作戏吧？

飘飘脸一沉：真不是个男人，若是安逸飞……

安逸飞最烦拿他跟别人比，魏亦更是如此，他恼怒地拍开飘飘的手：安逸飞怎么了？安氏有的是钱，干吗不让他养着你？

一阵笑声盖过了他们的话，飘飘回头一看，几个姐妹正与公子哥们喝得热闹。

飘飘拿起包：累了，先走。

魏亦眼都不抬：好走，不送。

秋风咋起，寒气袭来。

飘飘独自走出会所，路灯下，脸上的泪痕清晰可见。她朝左右看了一眼，此处不好打车，于是想用手机叫车，没想到，走得匆忙，手机竟然落在会所。怎么办？如今这世道，丢了手机就像被世界抛弃。

飘飘抬头望天，天空灰蒙蒙，她不由得激愤起来：老天，你长了眼吗？你看到了人世间的邪恶吗？

飘飘正在沮丧间，一辆豪车戛然停在她身旁，Bell按下车窗：飘，魏董让我把手机送给你，顺便送你回去。

飘飘坐上车，连谢也不想说。Bell瞄了她几眼，见她微闭双目，一脸倦容，也就没有搭话。

飘飘回到家，在镜子里见脸色不好，赶紧找出一个面膜做上。

正敷着，接到燕儿电话，她接了个电视剧女二，如今还有个女三角色未定，她向导演推荐了飘飘，问飘飘接不接？

飘飘一把扯了面膜说：接呀，反正最近没片约，闲着也是闲着。

飘飘即刻提出明日一块儿吃饭，然后一起去见导演，燕儿爽快答应。

2

如果问安逸飞，什么是他的最爱，他肯定毫不犹豫地回答：游戏。

平时他玩游戏时，屋顶被掀都不会在意。可今天怎么了？竟然连游戏也玩不好。

游戏团队的其他伙伴不时发话骂他，就连一向温和的聪聪也忍不住问：飞哥，怎么了？我快顶不住了，加油！

聪聪是西雅图亚马逊的软件工程师，安逸飞与他在美国电脑峰会相识。聪聪虽然不在游戏行业，游戏玩得可溜呢，安逸飞与他搭档玩团队游戏，简直是所向披靡。

你是不是飞哥本人？西雅图的小章鱼连发几个恼火的表情。

安逸飞没有回话，玩完一局便退了出来。脑袋有点发胀，他躺地毯上一边迷糊一边责问自己：有这么爱飘飘吗？为什么这么容易被她击倒？为什么？为什么……

嘿嘿、嘿嘿，飞起来了，飞起来了！咦，我怎么变成了一只蝴蝶？是哪个程序搞错了吗？不，我不当蝴蝶，我要重编程序把自己编成飞碟。

安逸飞四处寻找程序，编码不见了，却看见两朵花，一朵五彩斑斓，一朵玫瑰红。安逸飞玩性一起，他也想把这两朵花编进程序，杂色的花问他：你可不可以把我编成牡丹？

安逸飞定睛一看：飘飘？你想当牡丹？

玫瑰红大叫：六毛大叔，别编我，我就要做原本的自己。

安逸飞惊喜地飞向 Ruth，却被敲门声吵醒。

父亲敲门进来，板着脸：晚上不睡，白天不起，我说你怎么就不能务点正业？做点正经生意好吗？

安逸飞坐起来回击父亲：我怎么就不务正业了？我的游戏公司虽小，不也养活了七八个人吗？这才开始呢，今后的趋势会让你看不懂。我倒是为你们这些传统产业担忧，别看现在做得像模像样，说不定什么时候说倒就倒了。

呸！呸！乌鸦嘴！晚上请魏市长吃饭，你也去。

安逸飞重新躺下：逼生病的儿子去陪酒，你是我亲爹吗？

安牧良一脸恨铁不成钢，兔崽子，安氏迟早败在你手里。

安逸飞本来就心烦，被父亲数落几句更烦，干脆将被子拉着连头带尾把自己裹起来。安牧良望着躲被子里的儿子，真想一把将他揪出来，拳头攥了攥，终于忍下，喘出几口粗气后，转身离去。

父亲出去后，安逸飞仔细回味刚才的梦境，觉得那两朵花的颜色还真的非常像飘飘与 Ruth，飘飘确实美艳，但 Ruth 的清纯似乎更让人赏心悦目。

3

天缘江来了一位来头不小的港商，据省里一位领导说，龙哈里先生与北京一位红二代有着极深的渊源。

魏亦也给父亲以及几位平时与他走得近的领导分别介绍了龙哈里的背景。魏臻自己没出面，让副市长接待了这位款爷。

龙哈里没具体说明来天缘江的目的，只说，看中了这块风水宝地，有几个项目想投在天缘江，他盛情邀请领导前去香港考察他的公司。

地方领导最欢迎的便是外商投资，听说要去考察，更是高兴。于是由招商局出面，组织一批考察干部前往香港。

4

部队打仗之前，最先了解敌情的是侦察兵，而安氏对外部情况掌握最全面的便是华音。安牧良刚进办公室不久，华音便急匆匆进来了。

安牧良看着华音，关心地说：你的脸色不太好，是不是太累？你可不能生病啊，家里老的少的都病倒了，真让人头疼。

华音绕过他的话题：市委、市政府班子成员都已打点好了。

安牧良起身给她泡了一杯碧螺春：好，你做事总是未雨绸缪。

华音没有像往常那样坐下来喝茶，她依然站着说：听说，市招商局组织了一批干部去香港考察，不知是否与天缘大院有关。

无论如何，咱们得盯紧点儿。

安牧良走到她身边，想搂搂她，华音斜身避开，说还有很多事情急着处理。

安牧良将华音送到门口，看着她的背影有些心疼：你为安氏真是操碎了心。

5

温汤小镇安氏疗养院，安牧良与华音恭候魏臻一行人的到来。

大概下午六点左右，魏臻与一位副市长的车先后到达。

菜是几个家常菜，酒却是没有标签的酒。大家都知道，安氏这些没贴标签的酒，不是一般人能喝到的。

安牧良给每人满上一杯后，指指瓶子：新研发的，在安男人基础上提升了其他养生功能。

大家哄笑起来，魏臻苦笑着：我知道这是好东西，可我喝了英雄无用武之地，岂不徒增烦恼？

华音知道他们每当此时总喜欢讲些荤话，于是借口去洗手间回避。其实，她并未上洗手间，而是出去指挥司机，将几大箱酒分别放在每辆车的后备厢里。

华音进来时，大家正谈得热闹，无非是哪个干部新娶了小媳妇之类的闲话。华音举杯一个个地敬领导，轮完一圈，华音趁着酒意开玩笑：你们要想喝到好酒呀，赶紧给我们董事长一点甜头，他可馋着天缘大院呢。

顿时，场面静了，大家都不说话。华音单敬魏臻：魏市长，您就发个话呗，省得我们董事长老惦记着这事儿。

魏臻回敬安牧良：老安呀，这事儿我一人可做不得主，需要班子研究通过。

安牧良举杯化解尴尬：我安氏每年交了多少税，想必各位领导都清楚。好，今日不谈别的，喝酒这事儿，我们自己能做主。

魏臻干完杯中的酒问他，那个《夏皇后》筹备得怎样？

安牧良没回话，他忙着给其他领导敬酒，华音连忙挪到安牧良的座位，靠近魏臻说：我正要跟领导汇报呢，我们这边正在注册影视公司，北京的李老师已经着手写剧本了。

好，好，这个片子一播出，肯定能提升我们天缘江的知名度，并能带动天缘江的旅游。

来，为《夏皇后》干杯！

6

安氏集团主要部门领导晨会今天结束得很晚，安牧良急着下厂家，便提前回办公室了。

华音跟了进来，安牧良知道她有事儿要说。果然，华音又收集到了新情况：天缘江去香港考察的干部回来说，龙哈里的公司实力强大，总公司在美国，旗下有八个大公司，他的公司只是其中之一，光是办公楼就价值十多个亿。他们想买下天缘大院作为天缘江投资据点，目前市领导有很多倾向他。

安牧良感叹着：中国历来是外来和尚好念经呀。

华音沮丧地坐在沙发上，安牧良看了她几眼：你最近穿衣好像没原先那么讲究了。

华音掩饰着，现在时尚休闲服，宽大点舒服。

安牧良松了一口气：哦，这样呀，不是身体出了毛病就好。

收购天缘大院，我们该做的工作都做了，还能怎样？天屿花城装修好了，汪海莲已拿到钥匙，她去看了，很满意，说是择日就要搬进去住。要是我们拿不到天缘大院，不白撒一把米吗？

安牧良踱着步：咱们的眼光要放长远些。

7

安氏在天屿花城买的别墅，环境特别好，并且带精装修，如今安氏又请装修公司改装一番，更显出一种低调的奢华。华音看着就喜欢，要不是汪海莲看上了，她自己都想留一套。可汪海莲住在那儿，她可没胆量与她做邻居。

汪海莲虽有泼妇之称，也不是做什么都毫无顾忌。拿到别墅钥匙之后，她对魏臻谎称是儿子与安逸飞商量着一起买的。

魏臻说，你可不能接受安家的贿赂，商人做事肯定是有利可图，他们打的是天缘大院的主意。

汪海莲白了他一眼：他们想要就卖给他呗，卖给谁不是卖？何况安氏在咱天缘江也算大财主。

魏臻摇着头，问题是咱家小祖宗也盯上了它。

汪海莲一听说儿子也要买天缘大院，立场马上变了。她试探着说：你们不是想卖给一个港商吗？怎么又是儿子插手了呢？

魏臻叹息一声：什么港商？还不是魏亦玩的花招，光是这小子，我才懒得理他，可他搞定了省领导，不看僧面也得看佛面呀！这年代，基层领导太难做了。

8

没良心的小东西，我病这么久才来看我。

安逸飞一边埋怨一边给 Ruth 抽纸巾擦汗，Ruth 嘻嘻地笑着，强调学院不好请假。真是三日不见当刮目相看，Ruth 才上一个来月的学，汉语说得顺溜多了。

安逸飞逗她：我给你五百块钱，你拿去跟多宝一人一半分了好吗？

Ruth "啪"地朝他背上给了一掌：二百五？骂我么气呢。

天缘江人管傻子叫么气，有时候，么气也会当成一种爱称。

哈哈哈，你太牛了，竟然知道二百五是么气。

沈若兰在隔壁房间听到了儿子的笑声，从生病以来，他第一次笑得这么开心，猜想他肯定喜欢上这姑娘了，于是挣扎着起床挽留 Ruth 吃饭。Ruth 一点也不客气，爽快地答应着，沈若兰越看越喜欢这个心直口快的姑娘。

沈若兰问她爱吃什么，安逸飞代她回答了：她喜欢吃肉，妈妈给她做水煮青蛙吧。

沈若兰听得心头一哆嗦，为难地说：孩子，咱不吃青蛙好吗？上回吃了青蛙你就生病，莫不是结了孽缘吧。

安逸飞打断妈妈：妈妈，别信这些。我今天有胃口，想吃水煮青蛙了嘛。

沈若兰只好口念"阿弥陀佛"，去厨房吩咐张婶买青蛙去。

安逸飞从抽屉翻出一本幼儿速成汉字《中华字经》给 Ruth，说是姑姑的孙子在幼儿园学这个，他托姑姑多买了一本。

这本字经，共四千字，每四字一句，基本囊括了汉语常用字，Ruth 如获珍宝。

安逸飞自告奋勇给她当课外辅导老师，一字一字地教她读。本来只想逗她玩，没想到 Ruth 很认真地跟着他读，一点也不顽皮。安逸飞见此，也就正经地教起来。

9

天气逐渐转凉，安逸飞身体完全恢复了正常。只是，他发觉自己失去了生气。往常，一日之间，总会有几次生理冲动，如今连早上都没反应了。难道真的如妈妈所说结了孽缘，怎么可能呢？

他心中有些慌，也不好意思告诉父母。想去医院看看，又担心天缘江医院母亲熟人太多，到时肯定会传出不少流言蜚语。想来想去，还是想到上海大医院去做个检查。

安逸飞与多宝是周四到的上海，就医很顺利，只是检查结果让人很扫兴：性功能障碍。

安逸飞得到这个诊断如霜打的茄苗，整个人都蔫了。

多宝哭丧着脸说：飞哥，是不是我们那天晚上上山撞了邪气呀？咱们回去找本常师父驱驱邪吧。

你才邪气呢，回去别乱说。

10

沈若兰早已习惯了儿子的晚起，所以将午餐推迟了。

没想到，安牧良见儿子在家推掉应酬赶回来吃午饭，他可等不了，粗声大气地把儿子叫醒。

安逸飞醒了，却赖着不肯起床。本来不起也没事，安牧良早就让儿子整得没脾气了，自己吃完饭准备睡午觉。

偏偏多宝来了，沈若兰问他：多宝，你跟飞飞去上海办什么事呀？

多宝听干娘这一问，眼睛便红了。沈若兰觉得不对头：我说你这孩子怎么了？是不是飞哥又欺负你了？

干娘，我飞哥病了。

病了？什么病？

这回轮着安牧良紧张了，没出大事儿子能这样吗？

多宝看着安家二老说不出话来，沈若兰颤声催问：快点告诉干娘，你飞哥得什么病了？

大夫说飞哥、飞哥有性功能障碍。你们别说是我说的，飞哥不让我说出去。

狗屁！

安牧良大大松了一口气：我安牧良儿子能得这病吗？

多宝看了一眼安董事长：我说也不可能呢，可是诊断书上是这么写的。

沈若兰站不住了，一屁股坐在沙发上，眼前一片黑。良久，沈若兰问多宝：你飞哥发烧那天，你们去了哪儿？

多宝一五一十地将那天的事讲了一遍。

安牧良气得直跺脚：跟一个戏子这么较真儿，还有点出息吗？老子不拍了，让她嘚瑟去。飘，飘，你就使劲儿飘吧。

安牧良当下给华音打电话，指示她影视公司注册停办，以后谁也不准提拍《夏皇后》的事。

11

天缘江真是多水，除了一条横跨南北城的江，还有无数眼泉水井。

安氏是做酒起家的，好酒自然离不开好水，安家老屋前那口叫"泉井头"的老井，正是安氏酒的源头。

本常记挂着安逸飞，挖了一些野生山药、黄精，下山来看望他。路经泉井头时，他觉得心跳加快了许多。记得第一次来安家，也有这种感觉，

为什么会这样？佛教是相信轮回的，莫非前生来过此地？本常默念几句
"阿弥陀佛"，加快了脚步。

安牧良得知儿子病情之后，心情很沉重，为儿子也为安氏。小儿子丢
失了，安家就安逸飞这么一根独苗，他要是不争气，安家岂不绝后？呸！
怎么可能呢？

安氏补肾药酒那可是祖传的，只是，一旦儿子性功能障碍的事传了出
去，安氏药酒还有谁信？这不是在打安氏的脸吗？

安牧良正烦恼着，本常来了。安牧良不太理睬他，多宝没事找事地说：
多谢本常师父那天给飞哥熬草药。

什么？你给他喝了什么？

安牧良一肚子气正没处撒，一听说儿子喝了本常的草药汤，即刻暴跳
如雷，责怪本常自作主张给安逸飞乱吃药，他甚至怀疑是他的药致使安逸
飞如此。

本常连忙解释，那些草药只是驱寒不会坏事。

沈若兰虽然心疼儿子，但看着本常受委屈，同样心下不忍，于是一旁
劝阻安牧良，安牧良横了本常一眼，呼呼地吐出几口粗气，要求在场人员
保守安逸飞生病的秘密。

/ 此岸 /

第十七章

/ 彼岸 /

1

儿子的病，天缘大院花落港商龙哈里，两件事加起来，给了安牧良重重一击。心情不好时，他总是喜欢站在办公室窗前吸烟。

传统企业越来越难做了，得不到政府支持，简直是举步艰难。公司这一摊已经够让他头疼了，偏偏儿子还来给他添乱。这小子怎么了？真的是因为那个飘飘？这也太没出息了吧？

安牧良将烟掐了，拨通华音电话：早点下班，我去你那儿吃晚饭。

本以为她会欢天喜地答应，没想到她竟然吞吞吐吐地说，外地同学回来了，他们约了一起晚餐。

外地同学？华音自从跟了他，很少与同学来往，今天这是怎么了？

安牧良自己也承认，近些年，他被两个女人惯坏了。不管几点打电话回家吃饭，沈若兰都会给他加菜。华音更是，从来都是有求必应。

今天，他真的不想回家，不想面对两个病号，他想找一处清静，让自己放松一下，没想到华音却让他吃了个闭门羹。正在犹豫回不回家，华音给他发来微信，说是准备下周去北京。

什么，这个时候你要去北京？我现在正是需要你的时候，你怎么就急着要走呢？看样子，华音去意已决，这让安牧良更是心生烦躁。

他再次点燃一支烟，烟圈飘向远方，模糊了他心中希望亮起的那盏灯光。

2

父子俩都不在家时，安家显得格外空寂。

安逸飞下午三点吃的早饭，然后便出去了。安牧良也打电话回来，今天有应酬不回来吃饭。

沈若兰只有两个地方好待，卧室与佛堂。躺了一天，腰都躺痛了，她想起来去佛堂坐坐，头却晕得看地板都不平。

汪海莲提着一兜水果来了，进门便高声说：若兰呀，你怎么病成这样？你可得争气呀！要不，大好日子给别人享受，太不划算了。

沈若兰苦笑着摇头：哎呀，你手还没好利索呢，提这么多东西。别可怜我了，我这是人争气命不争气。不说这些，你什么时候搬家？

汪海莲亲热地拉着她的手：难啊，现在做什么都难，咱们家老魏，看似一市之长，但凡有点油水的事，上面的人就插手。你看，天缘大院，老魏从头至尾就主张卖给你们安氏，可官大一级压死人呀，班子其他成员一致倒向那个神通广大的港商，我家老魏真是孤掌难鸣啊！

沈若兰笑笑，天屿花城的别墅与天缘大院没有关系，天屿花城是咱们姐妹之间的事，说不定哪天我也搬过去，咱们不就成了邻居吗？房子已经装修好了，赶紧的，择一个吉日搬了吧。

汪海莲听得心花怒放，临走时，她叮嘱沈若兰：若是那妖精再欺负你，别忘了叫我，看我怎样收拾她！

3

一间土屋、一盏油灯，还有一条忠实的小狗，陪伴着本常从夏日来到了秋季。

万籁俱寂，油灯的火苗突然跳跃了几下。

汪、汪、汪，守护本常夜读的蹦蹦豆大声发出警告。

别怕，除了山风什么也没有。

哼哼哼。

蹦蹦豆眨巴着眼睛表示不同意。

呵呵，对，还有鸟儿和山鼠，它们是我们的朋友，这么晚了，大家都睡了，不会来打搅我们。

本常拍拍蹦蹦豆的头：睡吧，我把这点看完，今晚一定要弄清楚，麻黄、桂枝、桔梗、紫苏、干姜这几样草药是不是对豆舅有妨碍。

蹦蹦豆不肯回自己的窝，它喜欢蜷缩在师父的脚下，安全且温暖。

这几日，本常翻阅了大量药书，确信自己给安逸飞熬的那几样草药不至于让他阳痿。可他因何得病呢？看样子得问清楚来龙去脉。

本常再次路经泉井头，驻足四望，四周都被开发商拆建成楼房了，只有安家这个楼房像自己建的。常年冒着泉水的古井就在林立着的楼房中间，没有了与之相衬的环境，古井就像遗老似的，孤傲中带有几分不合时宜的落寞。本常无视旁边高大建筑，唯独这眼孤井，就像他乡遇故人般的令他心情激动。莫非江南水井多，所以才会对它有一种熟悉的感觉？

本常到安家时，安逸飞还没起床。他想问清安逸飞生病原因。可是，沈若兰怎么叫，安逸飞也不肯起床。

沈若兰歉意地对本常说：逸飞爸想自己给他调养，小师父就别操心了。报亲寺拖了这么久，也该规划规划。这样吧，你先出个图纸，估一估预算，我这边也会及时跟进。

师兄家中有事，报亲寺这边的事就缓缓再说吧。

我就是为了替儿子消孽才急着帮你建庙，小师父不要再客气了。

本常说，那就有劳师兄劳神，小僧这就去准备。

临走前，本常指着带来的一筐野山药说：我查了药书，山药既能补益肺气，又能补脾胃，久食强身固体。

我知道这是好东西。沈若兰连忙让张婶收起来。

沈若兰目送着本常走远，眼里满是爱怜。

4

安牧良心中总是亮着一盏不息的灯，那便是华音的小窝。华音走了，那盏灯暗淡了许多。

一连几晚，安牧良都在外喝酒，以前他总是让助理代酒，这几日，他总是为助理挡酒。几点回家不重要，重要的是快到家了他却不想进屋。他让司机将车停在泉井头，他坐在井边青石墩上抽烟，一支完了，再接一支。

当年，母亲就是用这口井的泉水做酒，撑起了一个家。退伍回来分配在工厂，却娶了个妇产科大夫，地位之悬殊，让他下决心舍弃所谓的铁饭碗，租了一间门面，重操母亲旧业做起了酒倌。虽有祖传酿酒秘方，可是时代不同了，起早贪黑也赚不来儿子的奶粉钱。

幸得有文化又有医学知识的妻子提醒：妈妈当年生意好，是因为有懂中医的爸爸相助，买酒人多半是冲着免费看病而去。

安牧良从此遍访民间药方，加上妻子节假日义务坐诊，药酒生意终于有了起色。逸飞四岁那年，妻子意外怀上老二，按照当时的计划生育政策，沈若兰只得接受劝退。随后，老二出生了，白白胖胖，一副菩萨像。安婆婆带着两个孙子，犹如守着两座金山，成天"大宝""小宝"地挂在口上。

安牧良夫妻俩没日没夜地经营着酒业，日子富足而安详。可惜好景不长，老二逸翔三岁那年意外走失。从此，安家便失去了笑声，老母与妻子相继病倒。

失去了爱孙的安婆婆一病不起，最后带着无限遗憾走了。沈若兰则一心向佛，从此再不过问生意。

董事长，井边寒气重，咱们回家吧，您看，阿姨还在家等着您呢。

安牧良抬头看了一眼安家小楼，司机没有骗他，家里确实亮着灯。除了夜猫子儿子房间，还有客厅也亮堂着。

安牧良的心里腾地升起了丝丝温暖，驱走了井边的寒意。他站起来，用脚踩灭烟头。我安牧良何德何能，让两位女人为自己经常彻夜亮灯？

他让司机回家，自己摇摇晃晃地进了家门。

没有唠叨，也没有责怪，沈若兰闻声起床给他调了一杯解酒的酸梅汤。

安牧良歉意地说：把你吵醒了。

哎，我反正白天黑夜地睡，醒了也就醒了。

安牧良看沈若兰似乎有话要讲，便说：是不是有话要说？

沈若兰见他满身酒气，叹口气说：明天再说吧，看你也困了。

说吧，我还没醉到听不清话的地步。

于是，沈若兰便与他提起建造报亲寺之事，没想到安牧良竟然咆哮起来：我现在什么也不信，你求神拜佛二十多年，菩萨给了你什么好处？逸翔杳无音讯，逸飞竟然、竟然得了一个打我安氏脸的病，你说，若是逸飞性功能障碍的消息传出去，我安氏保健酒还有谁信？

好了，别乱说话，我自己想办法吧。

看着安牧良进了卫生间，沈若兰闭目低念：阿弥陀佛，罪过罪过！

虽然已过半夜，安牧良知道儿子还没睡，他亲自去厨房温了一杯酒端给儿子。安逸飞完全沉浸在游戏里，对父亲爱理不理。

安牧良忍着性子：飞飞，趁热喝了，一定要相信咱们安氏的酒肯定能救你。当年你公公用这个酒治好了很多人，如今这酒优化了配方，好多坚持喝的人都说效果明显。儿子呀，你的身体不光是自己的，他更是咱安氏集团的门面。

安逸飞指指茶几：放这儿，我一会儿喝。

安牧良还想说点什么，安逸飞头也不抬地说：没事儿你早点休息，我正忙着呢。

正在此时，飘飘来了电话，安逸飞看了一眼父亲，将手机甩得远远的。

安牧良强压心头之火，放下酒，忍声而出。

5

北京的秋季很短，也很美。

一片金黄的银杏叶飘落下来，魏亦弯腰捡了起来，递给梁行长。

香山的红叶确实美，可那条路经常堵得水泄不通。咱们还是在这个王府好好享受黄叶之美吧。

梁行长点头同意：魏亦兄弟选的地方还有错？

是的，这座昔日的王府宫廷处处透出雄伟慑人的尊贵气派，大堂古色古香，雕梁画栋显得五彩缤纷，庭院充满皇家园林气息，跨时空的装修语言充分展示于餐厅，让古典与时尚的元素交相辉映，和谐地传递着奢华与卓越，尽显非凡品位。

梁行长表示，只要让总行领导吃得开心，不必计较花多少钱，拿出咱天缘江人的大气来。

今天请的这位总行处长，官不大却手握重权。

梁行长拍了拍魏亦的肩：兄弟你出面肯定不会让我路远迢迢来见一个闲人。

魏亦直视梁行长：我只能在中间搭个桥，至于今后的事情，就看老兄你的了。

梁行长大笑：俗话说"朝中有人好做官"，结交京官，其实无须他们做什么特别的事，只要让人知道我京城有靠山，今后办事胆气就壮了。放心，天缘大院抵押贷款的事，我回去就开会传达。

传达？

梁行长向魏亦眨眨眼：总行领导布置的任务，谁敢反对？

哈哈，哈哈哈……

两人不由得会心大笑。

处长来了，陪酒的是飘飘的几位姐妹，飘飘没来，燕儿在场。席间，安男人、安女人是主要话题。大伙儿喝酒谈男人论女人，场面非常热闹。

酒到兴头，梁行长出手大方，给桌上每人一个红包。还剩几个红包，梁行长给了魏亦：听说，还有几位没来，代我问个好吧。

一定。

燕儿问魏亦：飘飘怎么不来？

她跟钱过不去，我也没办法。

旁边一姐们儿插话：人家傍上了富二代才不缺钱呢。

魏亦鼻孔连哼几声。

燕儿乘机卖乖：我可不是冲钱来的哦，完全是给咱魏哥一面子。

魏亦一把搂过燕儿：燕儿真懂事，来，走一个。

魏亦悄悄将那几个红包推到燕儿手边，两人亲热地喝起了交杯酒。

席间，魏亦成功地撮合了梁行长与处长的关系，并轻松谈妥天缘大院抵押贷款的事。

6

飘飘历经一番选角波折，终于力战众美成功地去拍摄组报到了。

中午，飘飘为答谢燕儿推举之功请她吃饭。两人正吃得高兴，魏亦给燕儿发来微信语音，飘飘一眼瞄见桌上手机显示魏亦的名字，有些奇怪地问：你怎么有魏亦微信？

燕儿柳眉一挑：他加了我呗。

他主动加你？

燕儿不悦：你不是想霸占天下所有男人吧？

我没那么大胃口，只是……

燕儿挖苦着：还在提进教堂那一茬？魏亦说，那是喝多了酒瞎胡闹。

好好的一顿饭，姐妹俩为魏亦闹得不欢而散。

7

天缘江学院的学生课余都喜欢去英语角，所谓英语角，确切地说，应该是英汉双语角。大家在那儿相互交流，英汉都说。

Ruth 不用去那儿，她有的是汉语陪练。这些天，她经常一头扎进图书馆，真的是废寝忘食。Ruth 抱着一堆宋朝历史书不放，只是太遗憾，很多地方她看不明白。于是，一条一条做下记录。实在想知道的部分，不时给本常打电话咨询，本常总是耐心地给他讲解，中文听不明白便用英文。

Ruth 开着玩笑：我以后不叫你师父，叫你老师好吗？

本常憨笑：你就叫我法号吧。

Ruth 调皮道：本常——

本常小声地答应着：嗯，还有事吗？

好想与你一起读这本书啊！

你先读，不懂的地方做好记号。

Ruth 伸着懒腰：好麻烦呀，你那个土屋里什么时候可以通电、通网络？

本常宽心地说：会有的，一切都会有的。

8

Frank 对好画的嗅觉，绝不亚于猎物出现时猎人的感觉。

巴黎一家拍卖公司金牌拍卖师 Ansel 是他的老朋友，一早给他电话：Frank，如果你本周六能到巴黎来请我喝一杯咖啡的话，我一定会给你一个惊喜。

Frank 知道，Ansel 手中又有好画了，这是他们多年的默契。这次，Frank 没有带妻子 Amy，只身去了巴黎。

如果说，曾经收藏已久的《洞山开悟》带给他的是神秘，或者说，是一种中国情结。那么，《神拜》对他的震撼是无以言表的。

Ansel 告诉他，这是一位流浪画家的遗作，取景于喜马拉雅山南侧。雪山之上，阳光斜照，一个雪人神圣膜拜的影子，映刻在冰清玉洁的雪壁上。

这是怎样的一种光与影的吻合？空灵而简洁的画面，让人感觉连呼吸都显得多余。等等！请不要用语言去描绘，这不是能用语言表达的艺术。

Frank 带它回家时，远胜于抱得美人归的喜悦。

此岸

第十八章

彼岸

1

四季还在，只是花开有时，昨日不再。

华音站在窗前，出神地看着楼下小花园的花草树木。几天前，小路边的银杏还满树金叶，几场秋风之后，杏叶已将落尽，树下的小草也枯黄了，花园尽显萧瑟。

华音想，人其实不如小草，小草看似纤弱，经不起秋风的肆虐。可是，枯萎之后，一场春雨就能将它们唤醒。而人呢？逝去的青春，能再找回吗？

怀孕之身，已经难掩众目，她决定不再隐瞒下去，准备在办事处公开此事，只是要求大家对外一定保密。

正要出门，来了一个人，正是魏亦公司上次派来取酒的那人。他说，魏董想大力推广安氏药酒，派他来再要五十箱。

华音一语戳破画皮：推广就不必了，请回去转告你们魏董，最近安氏酒销售火爆，供不应求，公司几乎没有存货。办事处的酒都送出去了，我们招待客人还从外面买呢。

来人自不好多说，回去跟魏亦一汇报，魏亦气得暴跳如雷，狠狠地说：华音，你即使为安氏省下金山银山，那也不属于你，你只不过是安氏一条看家狗！

2

真是家家有本难念的经呀！

汪海莲想，再难念也得念呀，家庭琐事不就得女人张罗吗？这回搬家可由不得魏臻，他是天缘江政府的一把手，在这个家，老娘都只是二把手，他能居我之上？

汪科长，电话。保姆小心翼翼地将分机话筒递给她。

原来是魏家一把手电话：妈，北京一位领导问我要安氏酒。

汪海莲想也没想地说：赶紧给人家送去呀！

一把手提高了声调：你儿子会做酒吗？

汪海莲呵呵一笑：怂小子，这点事儿也能难倒你？不会去安氏北京办事处要？

魏亦瓮声瓮气地说：去了，华音不给。

什么？不给？华音这女人，欺负你沈阿姨那么久，我早就想收拾她！这回轮到二把手发飙了。

魏亦嘻嘻地笑着：哪知道你还没收拾人家，人家就先收拾你儿子了。

汪海莲连哼几声：收拾我儿子的人还没出生，说，你要多少，我找你沈阿姨去。

五十箱。

好。

魏亦叮嘱：记着，是五十箱安男人配搭五十箱安女人，别搞错。

汪海莲吸了一口气：啊？一百箱？要这么多呀？

一百多吗？那一千还有一万什么的，这些数字不白造了？

汪海莲拉长声调：冤家耶，你妈在你面前从来就没赢过，我这张老脸迟早会让你给撕破。

一把手面对彪悍的二把手，向来理直：要快啊！我这儿耽误不得。

汪海莲口里骂着儿子，手上却一刻没停地拨打沈若兰电话。

3

噩梦，还是噩梦。

沈若兰躺在床上云里雾里地做着噩梦，她想挣扎着起来，却力不从心。

张婶听见动静进来问：沈大夫，我刚熬好了汤，喝点吧。

沈若兰摇摇头：几点了？

快三点。

飞飞起来了吗？

起了，在洗脸呢。

沈若兰叹息一声：这孩子，日夜颠倒了。张婶，我这没事儿，快去招呼飞飞吃饭吧，让他多喝点汤。

张婶刚出去，汪海莲来电话了，她先骂华音，再说要酒。

沈若兰虽说语气客气，却没有爽快答应，只说会转告安牧良。

汪海莲听后表示不会放过华音，一定要为她出气。

沈若兰听见背后有动静，翻身见儿子站在床前，连忙挂了电话。

安逸飞问：汪阿姨要酒？

是，是魏亦要。

安逸飞帮妈妈掖好被角：妈，这事儿你别管，我找爸去。

公司的事虽千头万绪，有各部门的人分管着，儿子的事，安牧良不敢懈怠，得上紧。

约好了一位老中医，安牧良刚拿起手包要出去会他，华音电话来了，告诉他魏亦要酒的事。

安牧良听华音气呼呼讲完，也很生气：每年不知有多少企业被这些硕鼠吞噬。

华音说：一百箱酒对我们安氏来说确实不算多，但这是一条喂不饱的狗，迟早要得罪。

安牧良同意她的说法：只是，魏市长那儿倒好说，就是那个悍妇咱得罪不起。

两人嘀咕半日也没想出一个好的法子来，安牧良本想问问华音近况，她那边却已挂了电话。他点起一支烟，走到窗前吸起来。一支烟还未吸完，响起了敲门声。

安牧良以为是司机催他出门，没好气地说：急什么？

安逸飞象征性地敲了两下便推门进去了。安牧良见是儿子，连忙灭了烟，将窗户开到最大。

　　安逸飞没像往常那样进门便往沙发上躺，他个儿高，一屁股坐在父亲办公桌上。安牧良看着他，不知这小子又想出什么招来为难他。

　　安逸飞单刀直入：魏亦要了多少酒？

　　安牧良一惊：你知道了。

　　安逸飞眼盯着父亲：不管他以前要了多少，这事儿以后交给我。

　　安牧良苦笑一声：交给你？俩小子不打得昏天黑地？

　　放心，你儿子只这么点智商还能出国混？魏亦觉得他拿安氏的酒就像我用你的钱一样顺理成章。你给，是应该；不给，才不合理。照这个逻辑演绎下去，我们安氏就成了他的社交仓库。这种情况，你们任何一个人出面都会得罪他。唯有交给我，才能摆平。

　　安牧良试探着问：你怎么对付他？

　　我们俩斗了二十几年，已经磨合出了一种游戏规则。虽然大家都会不按规矩出牌，但只要对方划道，就一定会接招。

　　安牧良正要问儿子想出什么招儿，安逸飞已拨通魏亦电话：魏同学，听说你爱上了安氏的酒。哈，哈哈，安氏酒业有你代言，真是荣幸之至呀！

　　魏亦语调阴沉：我本来是想帮老同学在高层推广推广，谁知你小妈不给面子。

　　安逸飞脸色一沉：你有多少妈多少爸我不管，反正我只有一个妈！你小子以后再敢跟我胡说，小心哥哥揍扁你！

　　哥哥也就这么顺口一说，急什么？

　　安牧良虽然心中带气，却被两个小子的对话逗乐了，两人都自称哥哥，无非是想争个高低。

　　安逸飞语调升高了：你也太没眼力见了，要酒不会找我？去找华音那抠娘们儿，自取其辱！

　　那边，魏亦听安逸飞这么一说，虽说挨了骂，但飘飘的事毕竟有些对不住他，于是说：我说，飞同学，我与飘飘……

　　安逸飞没让他说完：一个戏子你也这么较真呀？咱说酒，不说女人。

　　魏亦正愁不好交代，听他这么一说，爽了。

　　安逸飞继续说：我觉得你如今正是事业腾达之时，但愿我们安氏的酒能够助你一臂之力。

魏亦心头大悦：还是老同学理解我呀！

安逸飞顿了顿：我安氏若总是无偿提供酒，那也太伤你自尊了，不如这样吧，我们还是按老规矩来。让你体面地拿酒还不亏欠我安氏。这样，华音也没理由追到你梦里来讨债。

什么规矩？

一会儿，我发个游戏到你手机，三天之内通关，我让华音送一百箱酒给你。记着，这是我输给你的，不是你要的。若是三天之内没通，晚一天，扣二十箱。

魏亦想了想，这法子好是好，可安逸飞这小子，他太了解了，他能让自己顺利通关吗？

安逸飞见电话那头的魏亦半天不说话，便说：放心，龟兔赛是我刚编的小游戏，凭你的智商，只要认真玩，三天内肯定能通关。

好吧，你发过来。

安牧良在一旁听着儿子电话，见他说完，忍不住问：你让他通关了，还不得给他酒吗？

安逸飞笑着说：你现在每天抽一盒烟，我让你从明天开始一支都不抽，不管理由多堂皇，你不得揍我？如果我让你几支几支地减，慢慢地，你自己就会有一种戒烟意识，虽然对我不满，还不至于揍我吧？

安牧良笑了：你长到快三十了，我也没揍你几次。

安逸飞瞪眼看着他：扳着手指数数，我从小到大，你带过我几回？揍了几次也够可以了。

父子俩这么一斗嘴，把往日的积怨扫除了不少。

安牧良并不十分清楚儿子与飘飘的关系，他问：你说的戏子是飘飘？她真的跟魏亦结婚了？

娱乐圈这种游戏司空见惯。

安牧良又问：这几日如何？有点改善吗？

安逸飞苦笑：是不是拿错了酒，让我喝了假酒？

安牧良皱着眉：怎么会呢？我安氏的酒难道就治不好我安氏后人？

4

岁月如歌，今天的你我，是敌人还是兄弟？

逸飞，我从来没放弃过战胜你，但我从来也没有把你当成敌人。相信你也如此，战胜对方是我们从小积下的习惯。你划道了，我当然得接招。

魏亦放下电话，没多久便接到安逸飞发来的游戏和注册账号。

他哪有心思玩游戏？看也没看就对助理说：赶紧去找一个游戏高手，尽快通关。

5

行到水穷处，坐看云起时。

本常与沈若兰奔波多日也只为报亲寺募集到两千多元善款。

图纸出来了，堂堂报亲寺仅有一个三十平米的大堂。本常口中不说，沈若兰也看出了他心中的为难。

不是还有我吗？

本常看着庄重如佛、慈祥如母的沈若兰，除了感动还是感动。

沈若兰将一张银行卡递给了本常，密码是0715。沈若兰轻叹一气说：这是我小儿子的生日。

生有此母，夫复何求？

本常不由得想起了自己的身世，不知故乡在哪里？一点也想不起父母的音容。

沈若兰看着本常，低低地说了一声：我一向不管家，这卡还是儿子的名字，三十多万你尽着用，不够，我再想办法。

本常双手合十：谢谢师兄！庙不在大，有心修行便可。

小师父可以屈尊，但是，咱们既然做了，就不能愧对师祖。

在沈若兰的坚持下，佛堂扩大了一倍，佛堂左右两边各有一小间，一间会客，一间坐禅。寝室、厨房、茅房都在佛堂后面。

报亲寺动工之日，又收到一笔善款。那是 Ruth 捐来的，她说，这五千美金是她大学几年勤工俭学赚来的。

本常拿着那叠美金，犹如托着她那颗热情的心，滚烫得让他直想落泪。

终于可以告慰师父了，报亲寺虽小，却足以满足本常的心愿。

6

小路弯弯，傍山而延。

报亲寺施工正在进行，本常也没歇着，天一亮便去修路，那段不通车的路，虽然不宽，却让他修得平平整整。又是一个秋高气爽的日子，本常的汗水洒在石头上，落下斑驳的水印。

本常用铁锹往石头缝里填了点土，蹲下身子，将突出的石头拍平。蹦蹦豆跟在他身后，帮不上忙，还时不时地给师父使个绊子。

别捣乱，快去看看豆妈来了吗？

汪汪汪，蹦蹦豆一路欢歌，摇着尾巴朝前跑去。本常笑了，露出两排洁白的牙齿，俊美的五官和善又祥和，深眸中流淌着温馨。

汪、汪、汪，蹦蹦豆的叫声突然变得热烈而急切。

难道真的是 Ruth 来了？对，今天是周六。

本常心跳突然加快，脸莫名地发起烧来。他放下铁锹，盘腿坐在路边一块大石上。

这一段山路不能通车是因为极为陡峭，本常虽然修了，走起来还是不太方便。Ruth 如果告诉了本常要来，本常每次都会在这儿等她，这次她没提前说。走到这里时，又累又怕，于是放开嗓子念起了最近刚从婆婆那学来的童谣，这是一首天缘江人代代相传的童谣。

矮婆凳，放屋檐，客来了，坐里边……

婆婆是用地道天缘江话教的，Ruth 念出来却混合着普通话与英语的腔调，听起来怪怪的。

蹦蹦豆来接她了，它站在一块岩石上，咧嘴大笑，不时还高叫着附和几声。奇怪，本常怎么没来？

本常来天缘江时间比 Ruth 长点，他基本能听懂天缘江话，只是不太会说。他在石头上打坐时，听到 Ruth 念的童谣忍不住发笑了。

糟了，打坐也不能静心，干脆跳下石头站在路边等候 Ruth。不一会儿，本常的视线里蹦出一个洛神一般美的女子，她娇嗔地瞪了他一眼：干吗不接我？

我派蹦蹦豆来接了。

本常也学会了开玩笑。Ruth 带着《宋代通史》与笔记本来了，她一心想读懂宋代这段历史，只是难度太大。

本常对这段历史已经烂熟，他用通俗的语言将宋孝宗时代一些重要人物讲给 Ruth 听。

中午，本常知道全素食 Ruth 吃不太饱，做饭时，便将两个红薯埋进柴火灶的柴灰里。饭菜做好了，红薯也发出了香味，Ruth 不肯吃米饭，把两个烤红薯都吃了。Ruth 吃着红薯，想起了吃红薯长大的夏皇后，突然萌发出想写一个有关夏娘娘的神话故事。

本常画了一张图表，各种人物关系都标了出来，这正是 Ruth 最弄不明白的地方。

不知不觉，天边已翻涌着催人离别的晚霞，就像时间这把无情的剪刀，咔咔地剪去世间一切的舍与不舍。

本常看了一眼天色，对 Ruth 说：我送你下山吧。

7

安逸飞约定的是三天，而魏亦请来的游戏高手，两天多就过关了。

魏亦给安逸飞打电话，安逸飞：呵呵，龟赢了，好，是龟赢了！放心，我会让华音送一百箱酒给你。

魏亦放下电话，哼了一声：阿 Q，明明自己当了龟，还想摆哥哥一道。

助理一旁嘀咕：酒是没花钱，可请人玩游戏花了两千元呀。

魏亦瞪了他一眼：你懂个屁！我跟安逸飞之间的较量，能用钱来衡量吗？游戏高手用两天，我三天应该也能过关，说明安逸飞没骗我。

8

不是每一个人的偶遇都充满惊喜，飘飘与华音偶遇在北京五道营的藏红花就没有惊喜，只有客套。

五道营是北京近年来兴起的休闲场所，白天很冷清，周末或者晚上人气较旺。藏红花在网上口碑超好，所以很多人慕名而来。

北京片区销售额大增，华音犒劳大家，有人点名要去五道营的藏红花吃西班牙海鲜焗饭。预订晚了，只有楼上的位置，铁艺楼梯有些陡，还好有棵硕大的枣树护着，树枝伸展，荫庇着一个小小露台，为西班牙海鲜焗饭增添不少情趣。

刚点好单，又涌上一拨男女，华音的目光正好与飘飘相碰，华音坐着不起身点头与飘飘打招呼。飘飘知道安逸飞与华音之间有过节，愣了愣，还是过去坐华音旁边问长问短。

华音从安牧良那大致知道了飘飘与安逸飞目前的关系，飘飘也无意向她隐瞒，一个劲儿地打听安逸飞在天缘江忙些什么。

华音估计她还不知道安逸飞阳痿的事，于是敷衍：哪有什么事，好不容易回家一趟，多花点时间陪妈妈呗。

飘飘做了不屑的表情：他有这么孝顺吗？

正在这时，安牧良打来电话，让华音派人送一百箱酒给魏亦。

华音气得眼冒金花：他派人来取我都没给，现在让我派人送过去？

安牧良耐心解释：你照我的话去做，以后的事逸飞会摆平。

华音情绪激动地喊道：他这是摆平魏亦吗？分明是在摆平我！

飘飘见此，连忙起身挥手告别，他们的位子定在露台旁边的房间。

9

很多时候，女人之间的关系非常地微妙。

飘飘与燕儿本来是对好闺蜜，结果为了一个犯不着的魏亦闹得相互有了隔膜。飘飘请大家吃西班牙海鲜焗饭，本来就是想弥合两人关系，可是燕儿偏偏不买账。

飘飘心里有些犯嘀咕，因为马上就有场戏要挨燕儿几耳光，飘飘担心燕儿借戏整自己，于是要求摄制组找一个替身。副导演说，除了男女一号，谁都不能上替身。

飘飘不是不懂这种规定，只是仗着自己多少有点名气，或许可以任性一回。既然摄制组不给找，我自己掏钱找总可以吧。

第二天，飘飘托朋友找来了替身，下午副导演通知她明天拍一场出车祸的戏就杀青。

飘飘霎时蒙了圈，四十二集的电视剧，她有三十二集的戏，这才六集，怎么就杀青了呢？

副导演说，我们用不起耍大牌的腕儿。

飘飘顿然开悟，原来，不听导演话就是这下场。有人提醒她，副导演的话只不过是警告，如果愿意放低身段，或许事情还有转机。飘飘咬咬牙，断然拒绝。与魏亦闹的那出教堂婚礼还没跟安逸飞解释清楚，再来个别的，让安逸飞知道真的没有一丝挽回余地了。

10

天缘山风水宝地天缘大院，如今归属环球投资天缘江分公司。领导们将龙哈里当神一样供着，不仅是财神，有些官迷见他与上面领导关系好，甚至把他当成通天神梯。

所谓投资公司，其实就是融资公司，以高利息高回报吸引客户。公司高薪聘请业务员，吸引了不少人。

多宝在公司门前转了半天，终于鼓足勇气进去了。多宝本来是想重操旧业应聘保安，可是保安部满员了。一位招聘经理问他是否愿意当业务员，有底薪还给提成，挣得更多。

多宝想了想，业务员就业务员呗。一个初中生能进外企，还有什么好挑剔的？正在庆幸间，忽见魏亦走进公司，神一般的龙哈里弯腰恭候着。

妈呀！这是咋回事呢？人与神原来离得这么近！

魏亦不管有多尊贵，有多不可一世，在多宝眼里，他还是一个世人。如今世人却被神伺候着，多宝确实难以理解。难道环球投资真正的老板是魏亦？

如果说，多宝分不清人与神可以原谅自己，可进了魏亦的公司，不等于背叛了飞哥吗？这可是个原则问题。

整个下午，多宝都纠结在生存与信义之间。

此岸

第十九章

彼岸

1

又是一个周末，Ruth 想睡个懒觉，却被天天睡懒觉的安逸飞吵醒。

懒蛋，起来，带你去吃天缘江一绝——米面，有重要的事找你商量。动作要快，过了中午十二点就吃不上了。

米面摊在沙子巷，每天早上六点开摊，十二点前收摊。设施很简陋，几张矮桌配几条矮凳。但吃的人很多，走了一拨又来一拨，大多还是年轻人。

么么哥哥。

么么哥哥。

Ruth 看着那个与安逸飞互称么么哥哥的人，长得有些奇怪。头大，身子短，胡子拉碴，却满脸童真，见了安逸飞很兴奋。尽管如此，安逸飞却一点也不嫌弃他。

逸飞来了。

老板娘看上去很苍老，伛偻着腰，衣衫破旧却很干净，她不问安逸飞吃什么，只问 Ruth：姑娘，想吃米面还是炒粉？

师母，给她来钵煮米面，少放辣。

你不吃？ Ruth 奇怪地问。

我不用点，师母知道我爱吃什么。

好，你们自己坐，不招呼了。

师母，你忙去，不用招呼我们。

么么哥哥却不肯走，站在安逸飞旁边，眼睛却看着 Ruth。

安逸飞逗他：么么哥哥，是不是见这位么么姐姐好看就不想干活了？

么么哥哥不好意思了，搔着头，嘿嘿地笑着走开了。

Ruth 不好意思发问，用手捅了捅安逸飞。

觉得奇怪吧？

Ruth 点头。

这是我小学班主任老师的儿子，在师母肚子里受了惊吓，生下来就是一个么气。

Ruth 知道，天缘江人管傻子叫么气，可么么哥哥分明也叫安逸飞么么哥哥。

安逸飞似乎看出了她心中的疑虑，笑了：他比我们足足大了十几岁，小时候，我们经常叫他么么哥哥，他也叫我们么么哥哥。

你老师呢？

去世很多年了，如今就剩师母带着么么哥哥。师母担心自己死后么么哥哥无人收留，便辛苦赚钱好为儿子将来找个寄身之处。

么么哥哥端来两砂钵煮米面，一钵放辣不放葱，一钵放葱少辣。

没等安逸飞开口，么么哥哥又端来一罐雪菜：自己放，自己放。

不，就要么么哥哥放。安逸飞乐此不疲地逗着他。

么么哥哥一边给他们加雪菜，一边害羞地看着 Ruth。Ruth 问他是否吃过早餐，他却不答，放下雪菜罐走了。

两人正低头吃着，又听见么么哥哥欢快地喊着：么么哥哥，么么哥哥，加辣啰，多加辣啰。

哇，原来你们都知道这儿米面好吃。

Ruth 抬头见是魏亦来了。

什么时候回来的？

昨晚。

魏亦也不跟安逸飞打招呼，自己拎条板凳坐他们旁边，只对着 Ruth 笑着点头：在学院读书累吗？

很有意思，就嫌自己学得太慢。

Ruth 见安逸飞闷头吃面，便问他：不是说有重要的事与我商量吗？

安逸飞拍拍她的脑袋：傻蛋，有些话怎能当着外人面说？

魏亦瞪了他一眼，对 Ruth 说：别理他！晚上哥哥带你去吃好吃的。

Ruth 调皮地笑着说：我学会了一个词。

她改用汉语说：你们俩把我当吃货了。

安逸飞与魏亦被她逗得哈哈大笑。正在这时，飘飘给魏亦打电话，魏亦将手机递给安逸飞，安逸飞见是飘飘电话故作轻松地说：你女人电话，干吗要我接？

得了吧兄弟，我跟她只是闹着玩的。

飘飘在话筒另一头听出了安逸飞的声音，连忙挂了魏亦电话打给安逸飞，安逸飞接了：飘飘，你还好吗？我和 Ruth 正跟你男人一起吃米面呢。

飘飘正准备向他解释教堂婚礼的事，安逸飞没等她说完，就打断她：别，别哭，有委屈跟你男人说，他肯定会帮你摆平。今天周末，我一会儿还要带 Ruth 去玩呢。

Ruth 看着安逸飞，没太听明白他的话：去哪儿玩？咱们还是去盘龙山吧，看报亲寺建得怎样了。

魏亦看出安逸飞不想让他靠近 Ruth，本以为自己是因为那幅画才对 Ruth 感兴趣，没想到，如今《洞山开悟》已经尘埃落定，一听说安逸飞要将她带走，心里竟然不安起来。

米面不像小麦面那么劲道，Ruth 因为筷子拿不好，总是没等面送嘴里便断了，她急得用手去托又烫了手，一钵面吃得手忙脚乱。魏亦给她要了一把勺子，她便左右开弓起来。

Ruth 豪爽丝毫不做作的吃法，显得分外纯真。魏亦心中不禁想：难怪安逸飞肯放弃飘飘而窝在天缘江守护 Ruth，她确实比其他女孩更可爱。

魏亦眨了眨眼对 Ruth 说：换个时间去找本常吧，你不是对夏皇后很感兴趣吗？我约地方志主任出来，让他详细给你讲讲夏皇后的故事。

Ruth 看着他俩，不知该跟谁走。以前，身边带着画时，谁对她好便怀疑是冲着画来的，如今画已捐出，他们依然对她好，她觉得他们应该是真正的朋友。

Ruth 见他俩都没有放弃的意思，毕竟安逸飞有约在先，于是对魏亦说：等我读懂了宋朝那段历史再去找他吧，今天我想先去找本常。

安逸飞最先吃完，他起身将一张百元红票塞给么么哥哥：不用找，存着下次来吃。

师母赶紧过来找钱给安逸飞：你们难得来一次，按理不该收钱。再说，谁知我这摊能摆多久呢?

安逸飞说,他没有钱夹,带着这么多零钞没地方放。

师母拿着,别客气。

魏亦总算有帮着安逸飞说话的时候,他接过钱塞进师母围裙口袋,准备跟安逸飞他们一起走。

安逸飞怒瞪着他:我只付我俩的钱,你别在这儿吃霸王餐。

我真的没带钞票。

师母连忙好言相劝:别,别,一钵米面不值几个钱。

师母,别惯着他。

魏亦居然笑得出来,他就喜欢看安逸飞着急、生气的样子,他拍着安逸飞的肩:飞同学,不就十块钱吗?至于跟哥哥急?好,等哥哥哪天口袋里带了钞票还你。

安逸飞拍开他的手,一把抓住他,两人正要动手。

师母赶紧在围裙上擦干净手,拉着安逸飞:逸飞,魏亦不是贪小便宜的人,前些年,他帮你么么哥哥办了低保,前不久又给我们母子俩都办了社保与医保。听说办这些保险要好几万块钱呢,可他一分也不肯收咱们的。别说吃钵米面,就是一桌酒席也是应该的。

安逸飞的脸霎时白了,满以为自己多给钱干得漂亮,没想到魏亦比他高明多了。还有什么比解决师母的后顾之忧更重要?

Ruth 朝魏亦挥挥手,跟着安逸飞走了,魏亦看着他俩的背影,刚从安逸飞那儿赢回来的快感霎时消失。

谁是人生最后赢家?这事儿,真说不清!

2

安逸飞与 Ruth 在街上晃荡荡走了一段,Ruth 见安逸飞无精打采,便说:身体还没恢复好吧?要不我们改日再去盘龙山。

安逸飞提议:那去我家玩游戏。

Ruth 摇头,她想给婆婆换个电视,她那个电视太老了。

好，我陪你去。

两人逛进了商场，Ruth问他：你在电话里说有事跟我商量，为什么不说？

没事了。

不是没事，而是安逸飞觉得没意思了。昨天，他听妈妈说起报亲寺捐款的事，妈妈说，这些年来，她对金钱从未有过想法，所以手头只有他名下的那张卡，她把卡给了本常，不知建报亲寺够不够。

安逸飞当时心中一动，自己也算与本常有缘，为什么不捐一点呢？虽然妈妈给本常的卡是自己的名字，但毕竟不是自己的钱，于是他准备好了五万人民币，准备捐给本常。

昨晚，他在小学同学微信圈里看到一个同学发的照片，年迈的师母带着么么哥哥在秋风中摆摊。安逸飞于是想，与其将钱捐去建庙，不如拿钱为师母解决点实际困难。但是，按照妈妈的说法，建庙是为众生。谁都明白，帮助大众比帮助小众功德更大。

大众与小众搅得安逸飞有些迷茫，他想征求Ruth的意见，便打电话约她去么么哥哥那儿吃米面。可是，听说了魏亦做的事，他觉得自己跟在他后面做什么都没有意义了。

安逸飞带着Ruth进了电器店，两人都不太懂国内电视品牌，于是听从导购的引导，买了一台创维电视。

3

多宝自从进了环球投资，便躲着不去见安逸飞。

这几日，公司正在选拔销售员去香港参加业务骨干培训。听说，这个培训可了不得，经过培训的人都可成为顶尖的销售员。销售部的人个个都想去，只是名额有限，条件较高。

大伙儿正议论着，安逸飞打来电话，多宝盯着手机，有点紧张。安逸飞说，叶家小院屋顶漏水，他请人去修理，要多宝去监工。多宝转到墙角，压低声音跟安逸飞说话。

安逸飞说：你在干吗呢？说话鬼鬼祟祟的。

多宝腰一挺：谁鬼鬼祟祟？我要去香港参加培训，监不了工。

众人一阵哄笑，多宝转身看见大伙儿正在拿他取笑，连忙挂了电话。

叶多宝，见风便是雨了吧？通知上不都说明白了吗？参加骨干培训班的必须是大专学历，你什么学历呀？

多宝正沮丧着，魏亦与龙哈里进来了，多宝见了魏亦，赶紧溜走。

没想到魏亦却叫住他，主管在一旁说：他高中没毕业就想参加骨干培训，总共才七个名额，哪轮得上他？

魏亦将手搭在多宝肩上：我相信叶多宝能够超越那些大学生。

多宝听了欢天喜地，连忙谢魏亦。魏亦将他叫到办公室：下午陪我去学院。

多宝一愣，魏亦没等他回答又说：你先回去准备行李，下午我会给你电话。

多宝很不想带他去找妹妹，但又担心丢掉培训机会，心情纠结地走出公司。午后的阳光在多宝的头顶结了一个光环，温暖而沉重。

多宝突然灵机一动，为什么不给斯斯打个电话报信？一切由她自己决定，不就没自己的事儿了吗？电话通了，斯斯告诉他，下午课后有活动，晚上要上自习。

多宝如释重负，赶紧折回去告诉魏亦，魏亦咧嘴一笑：我们只是去看看她，给小馋猫送点吃的，不会占用她太多时间。

多宝看着魏亦，越看觉得他越神，自己怎么就跳不出他的手掌心。

4

留学生的课外生活总是丰富多彩的，学校为他们组织了各种各样的活动。今天是留学生与大二女子排球比赛，魏亦带着多宝经过球场时，比赛已接近尾声。

魏亦看了看表，五点半，说不定 Ruth 就在球场。心念一动，他便往球场走去，果然，Ruth 穿着 5 号球服正在场上拼杀，两人不由得站在场外当起了她的啦啦队。

最后一个球大二得分，两队球员握手拥抱散场。Ruth 并没看到魏亦与多宝，一位中东男生给她递上毛巾，魏亦心中不由得咯噔一跳，竟然生出几分妒意。

多宝抢先发声：斯斯，斯斯你真棒！

Ruth 听见喊声撇下同学朝他们走来：可是，我们输了，她们真的很棒。

魏亦没有说话，看着这张满是热汗的红扑扑的脸，心想，如今这种女孩太稀缺了，最起码他认识的那些女孩无一例外都是精心化妆出来的。

他递给 Ruth 一包纸巾，Ruth 摇头：让它流吧，我一会儿去洗澡。

魏亦靠近她时，顿时感觉 Ruth 身上的青春热浪将他冲得有点晕了。魏亦从多宝手里接过一个食品纸袋递给 Ruth，她打开一看是冰淇淋面包，又饥又渴的 Ruth 就像老鼠见了大米，美美地吃了起来。

中东同学 Lutfi 追了过来，魏亦侧身挡住他，笑着给 Ruth 擦去沾在嘴角的冰淇淋。

Lutfi 硬是挤了进来，Ruth 大方地将面包送到他嘴边：给你吃一口，太好吃了，是我两个哥哥送来的。

Lutfi 毫不客气地咬了一口面包，警惕地看着 Ruth 两个哥哥。

魏亦不理睬他，对 Ruth 说：给你买了些水果，走，帮你搬到寝室去。

Ruth 挥手向同学们告别，喜气洋洋地带着两个哥哥朝寝室走去。

5

北京的秋季，总是让人仓促得来不及挤上香山观红叶，便悄然而过。

飘飘在剧中车祸之后便杀青了，百无聊赖地买了几件秋装，却因气温骤然下降而失去了展示的机会。

我是不是在安逸飞心中也像落叶一般飘过？人生果真如戏！但剧情不是常常有逆转吗？

飘飘打电话约华音见面，华音借口太忙推脱了。逆转剧情需要飓风般的行动，飘飘竟然跑到办事处去找华音。那天在藏红花吃海鲜焗饭，因为光线暗，也因为华音一直坐着，没看清她的身体变化，今天一见她肚子已经显露出来，飘飘不由得大吃一惊。

华音因为酒的事对安氏父子的气还没消，所以飘飘提起安逸飞，她一脸寒霜。飘飘也知道华音不可能做她的同盟军，可是，目前离安逸飞最近的人，除了华音，她还能找到谁？

飘飘从华音口里什么也没套到，加上华音对自己不是很热情，于是没聊几句就走了。一走出办事处，她便给安逸飞发了一条微信。这回，她就不信，安逸飞不会追着她打破砂锅问到底。

6

安逸飞大凡中午十二点以前起床就算起得早。

昨晚，又收获了一个小游戏，合作公司二话没说便买了过去。尽管只睡四五个小时，安逸飞起床后还是精神抖擞。妈妈闻声起床伺候他吃饭，安逸飞边吃饭边看微信。

突然，他像噎住了，是的，他真的被噎了，不是口里的饭菜，而是飘飘发来的微信。难怪妈妈会突然得一场莫名其妙的病，难怪妈妈的心事一日胜似一日重，难怪妈妈经常对着他欲言又止……安逸飞终于找到了原因。

华音呀，华音，我虽然一直不喜欢你，但念你为安氏立下汗马功劳，有时还会高看你，现在看来，你与那些风尘女子有什么区别？以怀孕要挟我爸，你想干吗？要我爸离婚，做梦去吧！

安逸飞将碗里剩下的饭扒进嘴里，推开碗，就要出去。

沈若兰问：吃饱了？

安逸飞不想让妈妈看出自己的情绪，转身说了句"出去有点事儿"拔腿就走。

7

开了一上午的会，安牧良真的有些累。

十二点多了，不想回去吃饭，助理给他叫了一份外卖。吃完外卖，正想午休一会儿，安逸飞气急败坏地冲了进来。

安牧良见儿子像头斗牛似的，便板着脸：又在抽什么风？

安逸飞双手撑着父亲的办公台，红着眼：你是不是觉得我没用了，不能为你传宗接代了？

安牧良赶紧起身把门关紧：胡说什么！儿子，千万不要丧气，相信咱安家的秘方一定能治好你的病。

安逸飞眼里喷出了火：那你为什么让华音怀孕？

安牧良听傻了：什么，华音怀孕了？

安逸飞看他的表情不像在装，便嘲讽地说：你真是一个好父亲！

这回轮到安牧良着急了：你听谁胡说的？

安逸飞拿起桌上电话：听谁说都不打紧，你还是听听华音是怎么说的。

安牧良接过话筒却没拨电话，他想起华音急着要走且穿衣风格的改变，心里已有几分相信。

他放下话筒：我会问清楚，这件事千万别让你妈妈知道。

别忘了，妈妈曾是妇产科大夫。

安牧良脸色开始转白，他在办公室踱着步，脚步比平常沉重得多。

安逸飞一点也不怜惜他，乘机敲诈：我需要一笔资金，把我名下的股份卖给你马上就要出生的小儿子吧。

安牧良感觉被儿子重重击了一掌，他的呼吸变得急促起来：要钱也用不着卖股份嘛，说吧，需要多少？

安逸飞本来只准备要五百万，这下可要加价了，一千万，没商量！出口时，竟然又加了一倍：两千万。

安牧良拿起桌上电话，让财务主管过来一下。对方回答，财务主管去吃饭了。

安牧良额露青筋：让他放下饭碗，马上过来。

8

家里安安安静静，张婶也去午休了。

安逸飞轻手轻脚走进母亲房间，见妈妈又处在一种迷糊状态，他坐在母亲床头，低首无语。

沈若兰从噩梦中惊醒，见了儿子，心中无限宽慰。但是，心头的阴影却让她不得不将儿子打发走：妈妈这身体不是说好就能好的，你有事就先回美国去吧，别耽搁在这儿什么也做不成。

安逸飞什么也说不出，他只想哭。他已记不清最后一次在母亲面前流泪是几岁的事，反正现在只想哭。他伏在母亲床边抽泣起来，沈若兰抚摸着儿子起伏的背，眼泪也止不住往下流。

安逸飞极力控制自己的情绪，帮母亲擦去眼泪：妈妈，我走了，您一定要保重！等身体好一点，我接您去美国。

9

傍晚，中东同学 Lutfi 约 Ruth 出去。

Ruth 说：一会儿，有个哥哥要来看我。

那天来送水果的？

Ruth 摇头：另一个。

Lutfi 有些疑惑：你有多少哥哥？

Ruth 笑了：这是我妈妈的故乡，当然有很多哥哥。

Lutfi 有些不放心：你不会爱上那些哥哥吧？

Ruth 笑得更加灿烂：你会爱上你妹妹吗？

Lutfi 笑了，他真诚地说：我只爱你，你爱我吗？

Ruth 愣愣地看着他：爱呀，我不一直像爱同学那样爱你吗？

Ruth 说完转身就走了，Lutfi 看着 Ruth 背影，不说话了。

Ruth 低头走路，看见地上有个长长的身影，抬头一看，原来是安逸飞正挡在她前面。

嗨，六毛大叔。

安逸飞欲在她额头弹一指，Ruth 歪头躲开。安逸飞告诉她，明天回美国。

安逸飞本来还想提醒她不要和魏亦走得太近，但他知道像 Ruth 这种年龄的女孩，提醒了她，说不定心里还会逆反。他相信 Ruth 不像飘飘那样对人有企图，所以才会飞蛾扑火。

看着 Ruth 单纯的眼神，安逸飞满肚子话竟然说不出来。自己有心把她当成妹妹一样守护，却因不得已的原因要远离。今天来学院，只为向她告个别。

斜阳将两人的影子拉得很长很长，Ruth 见安逸飞萎靡不振，便说：干吗不等身体恢复好了再走？

安逸飞没有回答，将脚下一颗石子踢得飞了起来。

Ruth 解下包上拴着的一个玉米公仔送给安逸飞：就当护身符吧，它会守护你。

10

宝贝，今天外面霾重，咱们躲屋里不出去。

华音只要有机会就会与腹中的胎儿交流，她相信孩子一定能感受到她的爱。

销售部的作用，不亚于部队作战时的尖刀连，真可谓产品不息，销售不止。今年全年的销售任务早就完成，华音还是有干不完的活。

安牧良突然出现在华音面前，让华音吃惊不小。她下意识用手护着肚子，仿佛在告诉腹中的孩子：孩子，别怕，妈妈会保护你！

安牧良一见华音什么都明白了，他没有责怪她。放下手中的包，将她紧紧拥进怀中。华音大大松了一口气，紧接着，不争气的眼泪涌了出来，似乎纷纷诉说着情为何物。

保险公司离办事处不远，安牧良让华音带他过来办点事儿。进了大厅，安牧良问前台：我们想买保险……

一语未完，旁边几个业务员蜂拥而上，安牧良说：我要见你们主管经理。

华音拉了拉他：给谁买保险？

给你买呀。

主管经理来了，将他们请进了他的办公室，并为他们介绍了销售火爆的保险产品，安牧良不假思索地定了一个百万级的。

华音看着安牧良：我怎么觉得情况不对呀。

安牧良伸手搂过华音：尽管公司给了你不少股份，但我还是想让你后半生过得安稳些，万一公司或我有什么不测……

华音一手捂住他的嘴，心中却纳闷着：这是给孩子的礼物还是……她开始慌张起来：你不会逼我打胎吧？

安牧良附在她耳边轻语：若兰一直对我们很宽容，她目前情况很不好，再加上逸飞情况也不乐观，假若孩子的事让他们知道，恐怕要闹出大事儿来。

华音坐不住了，她霍的站了起来，顾不得他人在场：所以，为了保住安家安宁就得牺牲我的孩子。

安牧良连忙起身扶着她：现在不是有很多夫妻结了婚都不生孩子吗？只要我们感情好，要不要孩子无所谓的，再说，即使安氏以后交给逸飞经营，我也能保证你财务自由。

华音脸色变得煞白：不，不！如果没怀上，我能接受你的提议，可这孩子已经五个多月了，我不能杀死他。

安牧良无奈地摊开双手：我不可能离婚，我不想让我的孩子没名没分，我更不想让我的孩子以后认他人为父。

华音顿时对安牧良生出一种深深的失望，摔门而出时她愤怒喊道：造他的时候你为什么不想着这些？

安牧良一时语塞，跟在华音后面束手无策。

此时的华音，犹如一头愤怒的母狮，她张开所有的利爪来保护她的幼狮：谁敢杀我孩子，我跟他拼命！

此岸

第二十章

彼岸

1

安氏集团平日里所有棘手的事几乎都是华音出面解决，而当华音让安牧良感到棘手时，安牧良注定一筹莫展。

母亲是个美好的字眼，同时也带着无限的不可思议。安牧良此次进京，除了证实华音怀孕，什么问题也没解决。坐在返航机舱中的安牧良，心情比来时更加复杂。逸飞阳痿，逸翔失踪，他能不希望再添一子吗？可孩子真的生了下来，他这个家会闹成什么样，真的不敢想象。

他相信与他患难与共的妻子一心向佛倒不至于制裁他，可是那个从来就没归顺过自己的儿子能不闹事？安牧良虽然对儿子咋咋呼呼，可心里最能牵制他的还是这个儿子，更何况他目前是那样一种情况。逸飞肯定是容纳不下这孩子，逸翔刚生下来时，年长五岁的逸飞哭闹不止，经常扬言要将小弟弟扔进井里，吓得婆婆从不敢让他们单独相处。慢慢地，逸飞倒是接受了弟弟，也会带着弟弟一起玩。只是有一次，小弟弟跟着哥哥出去玩便再也没有回来。二十多年来，他们一直没有责怪逸飞，是不想让他心里留有阴影。

逸飞与华音一向不和，光听她怀孕就反应如此激烈，孩子若是生下来，他肯定不会善罢甘休。

安牧良觉得自己能给华音的，早就毫不吝啬地给了。只是离婚，这是万万不可能的。不光是当初对沈若兰的誓言，其中还有很多的牵扯。他与沈若兰若是普通夫妻，或许早就离婚。他们之间除了两个儿子，还有安氏集团。两个儿子与沈若兰持有的安氏股份加起来比安牧良还多，一旦离婚，安氏还能完好地保住吗？

安牧良越想越头疼，晚上回家时，听张婶说沈若兰一天没起床，他心里更慌。

2

心里若是长了草，不拔去，肯定坐卧难安。但长草容易拔草难呀！要不哪来斩草除根一说？

汪海莲心里真的长草了，她俨然一副天缘江第一夫人自居，开口闭口抱怨她没得到应有的待遇。自从拿到天屿花城别墅钥匙之后，她心里的那蓬草更是疯长着。她不住别墅，谁配？虽然是日思夜想着要搬过去住，无奈魏臻板着脸不肯，三把手动了真格，二把手还真奈何不了他。如今一把手回来了，三把手又去下面的县市巡视去了。此时不搬更待何时？

汪海莲毕竟当过科长，做事还是很讲究策略。她先给儿子看房本，告诉儿子：儿子呀，妈妈瞒着你爸把家里所有积蓄拿出来买了这房，我对你爸说，买房的钱是你出的，你可不能说漏嘴哟。

魏亦皱着眉：不就买个房么？干吗偷偷摸摸的。况且，那房虽说是别墅，也说不上多高档。凭你儿子的能力，更好的房子也买得起。

汪海莲叹息一声：你爸不是胆小怕事吗？

魏亦在屋子里走了一遭：这房是该换了，好吧，既然买了，不如早点搬过去。

此话正合汪海莲之意，这回总算母子同心了。

搬家这天，很多人过来帮忙，汪海莲很技巧地哭着穷：唉，我们家老魏呀，白白革命一辈子，买个房子还要儿子出钱。

来帮忙的干部们自然能听懂这话，自觉地将早已预备好的红包一个个塞给她。

汪海莲搬家搬出一本让她怀有切齿之恨的诗集来，这是一本手抄《纳兰词》。诗集主人叶媛媛早已飞越重洋，远去美国，可二十多年来，他们当年的浓情就像刺一样深插进了汪海莲的心中。

记得那年，她缴获了魏臻视之为珍宝的诗集，并扬言要手撕叶媛媛，魏臻竟然绝情提出离婚。后来，他们的婚姻还是得救于组织部的适时谈话，处于即将提拔的节骨眼上，魏臻终于投降了。尽管没有离婚，夫妻却始终同床异梦。

汪海莲拿着这本已经泛黄的诗集，头上直冒青烟。丢，小心翼翼藏了二十多年不甘心；留，见一次扎一回心。正在犹豫间，听见有人进来，脚步有些沉重，汪海莲探头一看，是魏臻回来了。

魏臻进屋没有看清老婆的模样，却看到了她手里那本诗集，脸色顿时变得难看了。

汪海莲扬了扬手中的诗集：这本诗集，可以还给你，但你必须藏好，别再让我看见，否则我会让它死无葬身之地。

魏臻接过诗集，虽已时过境迁，心中还是泛起粼粼波澜。藏起来，往哪儿藏？这个家还有她汪海莲找不到的东西？他决定铤而走险。

魏臻将诗集随手放进书架，转身对汪海莲说：家里其他地方我不管，这书房，你别乱动。

看样子，诗集的威力还是很大，魏臻竟然连搬家都不追究了。汪海莲正要扑过去与他理论，魏亦从楼上下来。

妈，晚上多做几个菜，我请朋友来家里吃饭。

汪海莲接到儿子指示，看看时间，快四点了，顾不上找魏臻算账，马上吩咐保姆，赶紧去菜场买些新鲜菜回来。

3

这回魏亦没有爽约，下午五点半准时将 Ruth 接回家。

汪海莲跟 Ruth 打了个招呼就进厨房了，魏臻从书房出来，见 Ruth 有些面熟，却想不起在哪见过，Ruth 却认出了他，热情地跟他打招呼：魏市长好。

魏臻见儿子忙着接电话，就与 Ruth 聊了起来。当心无设防的 Ruth 说出妈妈的中文名字是叶媛媛时，魏臻的眼皮连跳数下。

他紧张地看了一眼厨房，叮嘱 Ruth：不要对魏臻和他妈妈提你妈妈的中文名。

为什么？

我担心他们太八卦。

魏臻定睛看着 Ruth 问：我知道不应该问女孩子年龄，但作为长辈，我还是想冒昧问一句，你今年多大了？

没关系，我二十一岁零六个月了。

魏臻闻言看着 Ruth 半晌不语，魏亦进来见他们都不说话以为是有语言障碍，他调侃着：Ruth，我教你说几句天缘江话，以后来我家就能跟我爸妈聊天了。

Ruth 说：你不会教我骂人吧？

魏亦不解地看着她，Ruth 解释：第一次在飞机上遇见安逸飞他就教我骂人的脏话。

魏亦笑了：是吗？那小子教你怎么骂人？

Ruth 看了一眼魏臻，脸红了，她不好意思学说。

魏亦见状大笑：好，不说了，那小子能教你什么好东西。

汪海莲不到一小时便做出一大桌菜，魏亦指着桌上的菜，一个一个菜名说给 Ruth 听。

汪海莲见了，脸色不太好，臭小子，你妈辛苦半天，一声慰劳都没有，就知道讨好姑娘，把你妈当老妈子呢！

魏臻看出了她的情绪，连忙打圆场：来，来，大家都上桌，魏亦难得带朋友回家吃饭。

魏亦上桌便给 Ruth 夹菜，他埋怨父母：你们为什么不给我生个妹妹？

汪海莲脸还沉着：你妈是没这福气，你爸给你生了多少个弟弟妹妹，我就不知道了。

魏臻将一盘啤酒鸭换到 Ruth 面前：这鸭子是你阿姨的拿手菜，多吃点。

汪海莲看着父子俩都呵护着 Ruth，她恨不得从厨房拎壶醋出来将桌上的饭菜全给浇了。

4

Ruth 走后，魏臻呆坐在书房，尘封不住的往事一幕一幕浮现眼前。

他心算了一遍 Ruth 的年龄，又用笔推算了一遍，叶媛媛去美国二十二年零两月，而 Ruth 却二十一岁零六个月，说明她去美国前就怀孕了。而且从 Ruth 身上也看不出混血儿的痕迹，难道？

魏臻心慌得不敢再想象下去，他后悔没从 Ruth 嘴里套出叶媛媛的联系方式。不过，今天有此收获已经足够。下次可不能让 Ruth 上家里来，万一被汪海莲识破就糟了。

魏亦这小子是不是爱上了 Ruth？这可万万不能！但是，如何劝说他呢？

魏臻一抬头，看见诗集还在书架，正要伸手去取，传来汪海莲的脚步声，连忙缩回了手。直到脚步远去，才做贼似地将诗集藏入公文包。魏臻坐不住了，给司机打了一个电话。

出门时，汪海莲狐疑地看着他，他心虚地解释：下面县里有突发情况，必须赶去办公室处理。

5

魏臻回到办公室时，秦秘书随即赶来。魏臻让他与学院联系一下，查查 Ruth 的资料。

秦秘书出去后，魏臻从公文包掏出那本诗集，娟秀的字迹虽已微微变色，却句句击中他的心坎。

点滴芭蕉心欲碎，声声催忆当初。欲眠还展旧时书。鸳鸯小字，犹记手生疏。倦眼乍低薄帙乱，重看一半模糊。幽窗冷雨一灯孤。料应情尽，还道有情无？

不可思议，真是不可思议！三百多年前的纳兰词，竟与此情此景如此吻合。魏臻激动得站了起来，偌大一个办公室竟让他感到禁锢得有些心慌，于是伸手推窗，寒风扑面而来。

魏臻仰头望天，喃喃自语：媛媛，夜空中的那颗最亮的星星是你吗？是的，我知道，那一定是你！二十多年来，你总是在我思念的远方渺渺茫茫，而我，在你走过的雨巷，再也闻不到桂花的芬芳……

市长，学院那边将 Ruth 同学的资料传过来了。

站在窗前迷离又惆怅的魏臻一惊，似乎心事被人撞破，他打开电脑，让秦秘书先回家，他说自己还要待一会儿。

秦秘书走后，魏臻即刻查看 Ruth 资料，还好，资料上没填叶媛媛的中文名。

Ruth 家里的电话号码在魏臻眼前跳跃着，魏臻呆呆地看着这组数字，很想打电话给叶媛媛问清 Ruth 的身世，又担心遭她拒绝。

二十二年了，时间就是一把无情的刀，她若对自己还有留恋，怎么会不留一点音讯？

魏臻几经犹豫还是没拨电话，但他已将这个号码熟记于心。

6

游戏业的兴起绝非偶然，有了安逸飞这种痴迷游戏的人，这个行业哪能寂寞？

回到洛杉矶的安逸飞正琢磨着游戏，收到北京的李老师发来微信，他告诉安逸飞，《夏皇后》剧本大纲出来了。

安逸飞一时羞愧难当，本来说好的《夏皇后》如今横生是非，他更没想到，老人家做事如此诚信，没收定金就开始动笔。

安逸飞给李老师回微信：我已回美国，您先不急着写剧本。

李老师信息马上回过来：好不容易把资料吃透，若不趁热打铁，有些东西就会忘记。

安逸飞看了更觉得对不起老人家，他想对李老师寻找一些补偿，于是与小伙伴们商量，《千古商圣》是否适合做游戏？他将大概剧情讲给他们听，这些小伙伴从没去过中国，对中国了解极少，连故事都听不太懂，更谈不上寻找游戏元素。安逸飞自己也感觉到，书中只有一些片段适合做游戏。

接连几天，安逸飞将自己关在游戏室没日没夜地在电脑上摆弄着，希望能找到突破口。

飘飘打不通他的中国号码，猜测他回了美国，于是拨通了他的美国手机。安逸飞看了一眼，戴上耳机，飘飘锲而不舍地打着。

安逸飞终于忍不住接了，没等飘飘埋怨他，他便先发制人：喂，有事给你男人电话，别烦我。

飘飘知道他的气还没消，便给他发微信，解释夏威夷教堂婚礼的事。安逸飞看完微信，无心再琢磨游戏，他感觉自己被魏亦和飘飘玩坏了。

关机！

这个世界太过难以捉摸，只有在游戏世界里，才可亦魔亦幻亦仙亦怪，任其逍遥。

7

北京的冬天有两个忠实的伙伴，寒风与雾霾，总有一个会伴你左右。

飘飘心中憋屈得快要发疯了，她推开窗，狂喊着：下场雪有这么难吗？

声音飘出窗外，没有一点回音，寒风灌了进来，飘飘赶紧关窗。她以为安逸飞看了她的解释会马上给她电话，没想到，半天也没动静，她忍不住再打过去，对方已关机。

关机？这分明是不想理自己！为什么？为什么自己总是被人耍？老天，你太不公正了！

必须自救，刻不容缓，娱乐圈淘汰人是分分钟的事，没有过硬的背景，没有助力的团队，如何炒作自己？记得一个朋友曾经说过，要想炒作正面新闻，慈善是最快捷的一种方式。慈善？我有能力做慈善还会落到如此困窘的地步？

飘飘站在被命运关闭的门边，苦思冥想了两天，终于找到了一扇上帝留给她的窗。

《夏皇后》没拍成，可与安氏签订的《夏皇后》合同还在。一时，她头脑发起热来，毫不犹豫地将《夏皇后》片酬，这张空头支票捐给了一个慈善机构。

慈善机构负责人问她，为什么要将片酬全部捐出，飘飘说，她只是想为灾区做点什么，没有其他想法。

机构负责人要求与安氏负责人对话，飘飘将华音手机号给了他们。他们当场拨通华音电话，查问合同是否属实。

华音说，安氏想拍《夏皇后》确实属实，但合同上已写明，片酬一定要等电视剧开拍了才能兑现合同条款。

他们再追问，《夏皇后》什么时候开拍？

等着吧，我也不清楚。

华音撂下这句话，便挂了电话。

慈善机构负责人回复飘飘，合同没兑现，捐款难以落实。飘飘说，兑现合同只是时间问题，你们若凉了我的一片善心，那就不是时间能解决的。

8

不管穷人还是富人，都有各自难念的经，客观地说，富人的烦恼远胜于穷人的苦恼。

中午下班后，安牧良坐在办公室沙发上不想回家。儿子回美国之后，沈若兰不吃不喝，并且拒绝治疗。安牧良对她这种伤害自己的反抗方式很头疼，宁愿她大闹一场，可她从来不闹，也不埋怨他，这种反抗比抽他几耳光还难受。

华音走了，公司上下没有谁关心他几点下班、是否吃饭。尽管肚子咕咕叫，安牧良还是不愿走出办公室。因为无法面对孩子的去留问题，回来之后，一直没给华音打电话，她也没打过来。这在他们的交往史上从未有过，对于他来说，比不吃不喝更饥渴，盯着办公桌的电话犹豫了一阵，还是没有打电话的勇气，干脆在沙发上躺了下来。

正迷糊着，电话铃响了，是华音电话。说不清是惊喜还是紧张，安牧良的手有些颤抖。

华音的声音很平静，她告诉安牧良，飘飘将《夏皇后》片酬捐给了一家慈善机构，网站记者与那个慈善机构去了办事处，催问他们《夏皇后》什么时候开拍？网站记者说，他们会跟踪报道此事。

安牧良像被人砸了一棒，很久才回过神来。安氏曾经开给飘飘的空头支票，如今却由慈善机构来讨债了。不管儿子与飘飘如今有无瓜葛，这事儿都得提醒他一声，这种女人最好别碰。

见鬼，臭小子居然关机。安牧良连拨几次儿子手机，里面都是提示关机。

9

本常是快乐的，他的快乐来自天地万物。

报亲寺终于完工，庙不大，却足以盛下本常那颗虔诚之心。除了事佛，他还喜欢扛把小锄头、带把砍刀，满山寻药并寻找适合做佛珠的杂木。今天的收获真是百年难遇，竟然挖出一个菜碗大的何首乌，这需要怎样的一种缘分？

欣喜需要与人分享，本常掏出手机，想打给Ruth，整个山谷没有一点信号，来这里好几次了，每次都没有信号。回报亲寺的路上，他想到了安逸飞，对，就送给他吧。

趁着太阳还未下山，本常带着何首乌去了安家。哪知一进门便碰上了安牧良，安牧良一肚子邪火正没处发，见了本常恨不得将他扔出门外，他把妻儿的病全算在本常头上。本常没有辩驳，只是提出想看望一下沈若兰。

安牧良眼一瞪：回你的盘龙山去，以后别来我家招人烦。

修行之人哪怕受到天大委屈也不会产生怨恨之心的。本常低头退出安家后，打电话给Ruth，说将何首乌放婆婆家，托她带给安逸飞。

Ruth告诉他，安逸飞去美国了。

天缘江多雨，又湿又冷的冬季，街上少了许多行人。本常提着何首乌的手冻得有些麻木，他将袋子换到另一手中，一个女孩朝他扑了过来。

本常躲闪不及，何首乌摔在地上，他连忙蹲下身捡起来。

这是什么？

Ruth。

魏亦担心Ruth摔跤，伸手拉住了她，Ruth抽回了手，告诉本常，刚才魏亦带她去看地方志，地方志主任详细给她讲了天缘江的历史还有夏皇后的故事。

呵呵，这回弄清楚了吗？本常拍了拍袋子，将它揣在胸前。

魏亦盯着本常手中的袋子问：什么东西这么宝贝？

Ruth接过本常手中的袋子，抖开：这就是那个什么乌？

本常点头，像是自语：好不容易挖个这么大的何首乌，他却走了。

魏亦接过何首乌左看右看：这么大的何首乌要长多少年呀？

本常挖出这个何首乌后便在估测它的年龄：起码五十年以上。

魏亦眼睛发亮了：干吗要给安逸飞，我们煮了吃不是很好吗！

本常拿回何首乌：它能治病。

魏亦一惊：逸飞得病了？

本常连忙摇头：小僧说的不是这个意思。

那不得了，走，去我家，让我妈给我们煮。

Ruth接过何首乌咬了一口，差点牙都硌坏了，她紧皱眉头：这么难吃的东西你们也当宝？

魏亦被她逗笑了，拍了拍她的头：傻丫头，这是补品，要炖着吃。

本常连忙说：盘龙山附近还有很多，改天我给你们挖一些，不过，不一定能挖到这么大的。

魏亦拿着何首乌不肯放：再挖是以后的事，我明天就要走了，今天先吃这个吧。

本常看了一眼Ruth，Ruth明白本常的意思便说：我不想吃这个黑乎乎的家伙，我要看婆婆去。

魏亦还是不肯撒手，本常说：这么大的何首乌一定是个通灵的东西，有缘之人吃了才有作用。

魏亦接话：是呀，你看多巧，咱们就是有缘。

本常看他不开窍，只好说：施主，万事不可强求缘分。

我们不吃它，这不是暴殄天物吗？

Ruth 侧头看着魏亦，这就是我认识的那个温文尔雅的哥哥吗？她伸手抢回何首乌交给本常。

本常拿着何首乌告退：天色不早了，小僧将它带回盘龙山，等待有缘人。

10

天缘江这座山城，却更像一泓池水，极易起涟漪。

多宝与参加培训的几位业务骨干被香港培训师鼓动得热血沸腾，他们回到天缘江后个个都想在自己水杯中掀起一股强劲的台风。

多宝似乎换了一个人，每天西装领带，激情飞扬，他的第一个客户群体便是叶家村。

叶家村本来是个贫困村，近年来托温泉开发区的福卖了很多土地，再加上村里年轻人大都出外打工，因此村民们家家都有存款。

多宝首先做父母工作，将他们存银行的利息与存他们公司的利息一做对比，父母再没文化也算得出存他公司合算。唯一担心的是，这家公司可靠吗？

这一点多宝大可以项上人头作担保了：W 公司总部在美国，香港分公司实力相当强大，我们公司就是 W 公司与另一家颇有背景的公司联合创立的投资公司，能不可靠？

多宝父母实在理不清这些公司的关系，但他们相信，儿子进了一家大公司，这是不争的事实。尽管如此，多宝妈还是有些担忧，她反复叮嘱多宝：这可是我们攒着给你造房子娶媳妇的钱，你可别看丢了。

多宝翻着白眼：我能拿着自己的老婆本儿开玩笑？

多宝终于说服了父母，他知道，说服了父母就等于说服了全村。果然，身为村长的多宝爸，为村里人的利益着想，将多宝公司大大宣传了一番。不到一周功夫，叶家村的村民们接二连三地将钱从银行取出来存进了环球投资公司。

／此岸／

第二十一章

／彼岸／

1

飘飘最近的运气真是背透了，唯一让她宽慰的是，短信通知，卡上进了三百万，这是魏亦公司的代言费，她毫不犹豫地先给外婆和妈妈买了一百多万的保险。

捐款门在网上足炒了一阵，参与讨论的网友自动分为几大阵营。飘飘被炒热的同时，也差点被网友扒个底儿掉。

有的网友直击她的痛点，毫不留情地质问：你这是诚心做慈善吗？分明是在借机炒作自己。

是的，除了炒作自己，我还能做什么？每天盯着评论的飘飘知道不能作任何申辩，越描越黑的后果她承担不起。

捐片酬的事已将安逸飞得罪得片甲不留，无奈之中，她打魏亦电话，向他倾诉自己的困境。飘飘始终没搞清楚，安逸飞与魏亦是兄弟还是对头？安逸飞经常警告她远离魏亦，而魏亦提起安逸飞总是满脸不屑。但这次，魏亦不但没幸灾乐祸反而对飘飘的行为很恼火。

谁给你出的馊主意？简直是损人不利己，真为你的情商感到着急。唉，飞同学现在不知气成什么鸟样了。

飘飘不敢告诉魏亦，安逸飞完全不睬她了，她担心魏亦知道后会更瞧不起她。

魏亦才懒得揣摩她的心思，继续教训着她：不管你吧，飞同学那儿交不了账。管你，你从不听劝告。我说飘飘，你给我听好，做人，要么清高到底，穷死也不露一丝媚笑。要么随波逐流，别装。

飘飘的喉头似乎成了烟囱，满腹的委屈直往外冒，她连喘几口粗气也没能将情绪平复，魏亦的鸡汤越灌越毒，飘飘眉目之间渐渐拧出一个"滚"

字，她打断魏亦的说教：我不缺人生导师，只需要能帮我解决实际困难的人。

别太实际，女人太实际让人感到害怕。

魏亦话是这么说，最后还是答应帮她。

2

魏亦从来没将自己放入他为飘飘划分的两个人群里，他从小就将自己定义为精英。所以，他喜欢做些一般人做不到的事。

他把飘飘的事托付给一哥们儿，哥们儿问他：飘飘是你女人？

不是。魏亦回答得很干脆。

不是你女人，费这心干吗？

她是我兄弟的女朋友。

那就让你兄弟去管她。

得，兄弟的事就是我的事，再说，飘飘是我公司的代言人，她红了，我的广告效应不也起来了吗？

呵呵，直接说这茬不就完了，干吗拉个兄弟垫背？魏亦没料到哥们儿说话如此"哥们儿"，只好"嘿嘿"两声敷衍。

哥们儿答应帮忙，但是提出要五十箱安氏酒。魏亦虽然明白安氏酒不是那么好拿，还是爽快答应。

魏亦要酒是为了帮飘飘，虽然他不知道安逸飞与飘飘目前关系如何，他还是没在安逸飞面前表功。帮飘飘是他自愿的，与安逸飞没有关系，这便是魏亦的逻辑。

魏亦给安逸飞发了一个微信，要一百箱安男人。

3

飘飘以为安逸飞会拉黑她，实在是太不了解安少了。他才不屑做这种事，但在大脑中屏蔽她，这是务必的。

化愤怒为力量，这句话肯定不出自安逸飞，却被他演绎得活灵活现，他将一肚子邪火发在游戏上，接连几个游戏都很火爆。

开酒，开酒！

小黑哥乐坏了，他将啤酒递给安逸飞，崇拜地说：头儿，你是人还是神呀？

我是神派往人间的使者，我的使命便是让人过得像神一样快乐。

为快乐干杯！

小伙伴们兴奋得快要将酒杯碰碎。

飞翔公司正在狂欢，安逸飞接到魏亦要酒的微信。

不就一百箱酒吗？好吧，有本事你就拿去。安逸飞想也没多想，便给魏亦发去一个游戏。

4

玩游戏是件多么快乐的事，上班时间，老板让你去玩游戏，何乐而不为？

魏亦从会议室出来，见小眼镜一边玩着游戏一边还在擦汗，于是和蔼地说：这儿暖气太足，你可到休息区去，只要待得舒服，愿待哪儿就待哪儿。

政策这么宽松，小眼镜却紧张地看了魏亦一眼：魏董，我会尽力。

魏亦问：游戏很难？

小眼镜摇头：也不是很难，只是时间太紧。

呵呵，好，抓紧吧。

这回的枪手是魏亦北京公司的一个小伙子，好看的笑眼藏在厚厚的镜片里，小眼镜平时游戏玩得很溜的，这会儿手心却总冒汗。

一周约定期限已到，魏亦能不急吗？可是他越催，小眼镜越出错。此时的魏亦，太懂欲速则不达了。

5

飘飘不是不怕雾霾，而是出门太急。

这些天睡眠不好，眼袋起来了。出门前精心化了一个妆，记得戴墨镜，却忘了戴口罩。赶到节目组，像别人那样报上名号，人家却要身份证验证身份，怎么没看到前面那几人拿身份证呢？

她瞄了几眼，大多是生面孔，魏亦哥们儿不是说参加这个节目的都是影视界的腕儿吗？飘飘终于认出一个腕儿的助理，听他与其他人寒暄，哦，原来腕儿们都是派助理来办理这些杂事。

参加慈善活动，光有几张照片和报道没用呀，得有捐款收据什么的。

飘飘傻眼了，还要捐款收据呀？

魏亦哥们儿告诉过她，这是央视组织的，影视明星通过才艺表演获得赞助，然后自选帮扶对象的综艺节目，参加此节目的不乏当红明星，进节目组的前提是做过慈善。

飘飘拿不出过硬的慈善凭证，人家连登记都不给，情急之中，她说，缺的材料，后面会补上。

好说歹说，总算登记完毕，飘飘急忙给魏亦打电话，称呼变了，语气也柔了：魏哥，人家要捐款收据呢，我哪有呀。

魏亦半晌才说：那就碰碰运气呗。

飘飘兴冲冲地去，悬着一颗心而归。她肯定不知道，此时魏亦脸上的霾指数看上去比室外还高。

游戏终于过关了，可超出约定时间三天，这就意味着一百箱酒只剩四十箱了。可哥们儿要的是五十箱，买十箱与买五十箱有区别吗？对魏亦来说，区别不在数量与价钱，只在于酒的来源，这关乎自己的尊严。

安家小子，看哥哥怎么治你！

哥们儿来电话了，魏亦抢先说：兄弟，发个地址，让人给你送酒去。

哈哈，真义气，你就知道我能给你办成事儿？

兄弟开了口，哪怕不给我做一毛钱事儿，也得给。

好！算我没白交你这个朋友，通知那个飘飘去节目组报到吧，发票那事儿我已搞定。

魏亦推开一点窗，风来了，吹走了一些霾。

6

一个生命的孕育过程，在外人眼里是漫长的，而华音却感觉太短暂，短暂到连一份辞职报告都没写结尾。

肚子越来越大，华音已明显感觉到腹中胎儿在催促母亲做迎接他的准备。

安牧良最近时常会有问候，却始终没给她一个明确态度。辞职在所难免，她将工作一步一步移交给带了很久的助理小周，自己只想找个安静的地方把孩子生下来。

房子找好了，顾不上其他，只图它远离喧嚣。

正在与房东交涉时，接到大学同学徐辉电话，他们约定明日上午长城饭店见。

7

大学毕业十一年，同学们各自褪去青涩尽显成熟。

北京长城饭店咖啡厅，徐辉初见心中女神孕味十足，有些吃惊，他感叹着：大学同学，差不多都已成家，如今就剩我一个光棍。

华音尴尬一笑：不还有我做伴吗？

徐辉看了一眼华音的肚子：不，你虽单身贵族，却不是孤家寡人。

华音搅动咖啡，脸露阴霾。

徐辉拉动椅子，靠近华音：听我一句劝，母亲的义务不仅仅是抚养孩子，更得为孩子的成长负责。

华音神经质地说：别说了，孩子快七个月了，我除了好好保护他，什么也不会做。

徐辉也很激动：你能不能听我把话说完？

华音喝了一口咖啡，渐渐平静下来。

如果，你希望孩子有一个父亲，如果你愿意有人与你共同承担抚育孩子的重任，我愿意守护你与孩子一生。

华音显然很感动，她低头抚摸着肚子就像轻抚孩子的头：谢谢，你一直对我很关照，可我目前这种情况怎么能连累别人呢？

有钱难买愿意呀！

在没有孩子之前，选谁做他的父亲由我说了算。可是，既然他来了，还是由他来决定吧。

徐辉深情地看着华音，不由心生遗憾：华音呀，华音，执着是你的强项也是你致命的弱点。好了，咱们先不谈孩子，谈谈今后的打算吧，你还准备在安氏待下去？

华音摇头：已在办交接。

徐辉点头：这是明智之举，咱们自己干吧，凭我的能力，加上你在业内的知名度，咱们一定能成功。

华音瞪大眼睛看着徐辉：你想干什么？

安氏的酒卖得那么火爆，这说明市场需要这种东西。

安氏做这行三十年了，其间陆续收集了许多民间秘方。

徐辉白了她一眼：你傻呀，你要安氏酒业的秘方还会成问题？有了秘方，你又掌握了销售市场，挤垮安氏不是分分钟的事儿？

华音冷笑：原来，你打的是这主意！

徐辉连忙否认：不，不，这只是随口一聊。其实，你若离开安氏，不愿自己创业的话，别的公司肯定也愿意要你。当然，若带安氏秘方过去，很有可能少不了你的股份。

华音将咖啡勺扔进杯中：你小学数学是体育老师教的？我在安氏的股份好好的不要，却要背着叛徒的十字架去讨别的公司赏封？

徐辉晃着咖啡勺打断她：安氏是个家族企业，制度一点也不健全，账本在他们手里，爱怎么做就怎么做，万一安氏少主接班，你有股份又怎样？

华音喘着粗气：他要负我，我确实不能怎样，但我明白，离职与叛逃是两回事，这关乎一个人的职业操守。

徐辉讪讪地：看样子，你还真是卖身安氏了。

两人一时僵住，良久，华音打破沉默说：上次借你账号过账的事，再次谢啦！

那魏亦是谁呀？你从我账上过账给他？

甭管他是谁，反正是我私人账号给你打的钱，不会让你担风险。

华音当然不能透露，上次借徐辉账号打钱到魏亦账上买天屿花城别墅送汪海莲，目的就是不想让安氏担行贿的责任，这事儿要让他知道，不更得骂自己是安氏的走狗？

华音不想跟徐辉继续打嘴仗，借口身体不舒服，正要起身告辞，没想到"说曹操曹操到"，魏亦撞了进来。

他一见华音大着肚子，不由大吃一惊：哈，逸飞这小子要当哥哥了。

华音见躲不过，于是冷着脸：别羡慕逸飞当哥哥，说不定你早就当腻了。

魏亦嬉笑着：我可没逸飞那福气，他家不是有祖传的壮阳酒吗？当然方便造人啰。

华音的嘴也不饶人：你从安氏拿去的酒也够造几车皮人了吧？别忘派人去办事处再拿四十箱喔。

安氏做事越来越小家子气了，那四十箱酒先存你们那儿，下回一起拿。

华音边走边说：这事儿，你找逸飞说去。

出了酒店门华音气还没消，这会儿她是在生自己的气，她觉得自己真的很贱，安牧良如此待她，她还处处为安氏挡枪。其实，她真的不想当安氏的烈士，可每当安氏有难时，却不由自主地扑了过去。唉，造化！还有汪海莲母子，太仗势欺人了。

8

南方冬天不供暖，室内比室外还冷。

周末，公司为节约能源把中央空调给关了，安牧良坐在冰冷的办公室，看着华音的辞职报告百感交集。

这不是把他架在火上烤吗？不，他绝对不想失去华音，但留住她，无疑像留住一颗随时都会引爆的炸弹。正焦虑着，张婶打来电话，沈若兰晕倒在卫生间。安牧良放下电话，觉得自己也要晕倒了。

儿子回美国之后，沈若兰便拒绝就医，一心向死。安牧良对她已经束手无策，他甚至想请那个曾经被他拒之门外的呆和尚去劝她，可是一想到那个呆子，他就来气，似乎安家的风水就是被他搞坏了。

9

听说，很多突然、一些偶然、再加上几许必然，组成命运纠缠的丝线，叫缘分。

本常相信前世一定与沈若兰有着化不开的缘，他们今生才有如此相敬相惜的分。他心里惦记着沈若兰，却不敢贸然前去探望，于是打电话邀Ruth一起去。Ruth因为曾经答应过安逸飞要时常去看沈阿姨，自然欣然答应。

安牧良刚回家不久，听出是本常与Ruth来了，连忙躲进书房。

沈若兰躺在床上，已进入半昏迷状态。张婶告诉他们，沈大夫不肯上医院。本常默默地站在床前为她诵经，Ruth则拉着沈若兰的手轻声呼唤她：沈阿姨，沈阿姨，我们看您来了。

沈若兰极力睁开眼，见是两个她喜欢的孩子，她想笑一笑，却努力几次都没力气牵动嘴角的肌肉。

Ruth劝她：沈阿姨，还是上医院吧，别让飞哥担心。

沈若兰没开口便累得直喘气：孩子，答应我，别告诉逸飞。

Ruth摇头：沈阿姨，我不能答应您，要不飞哥会跟我决裂的。

本常一旁插话：师兄还在担心小施主，说明还未放下执念，如此怎能超脱凡尘？我们修行之人虽不看重生死，但也不可践踏生命。

Ruth趁本常说话之机，拿出手机拨通安逸飞视频，安逸飞正在游戏室熬夜。

Ruth 说：飞哥，沈阿姨病成这样，你还有心玩游戏？

安逸飞看到了病床上的母亲，他焦急地喊：妈妈，你怎么了？前几天爸爸在电话里不是说好多了吗？

快回来吧，沈阿姨不肯上医院。

安逸飞急得大喊：你们赶紧送我妈妈上医院，我马上回来。

安牧良听见这边动静大了才过来，他不看本常，只对 Ruth 点点头：司机开车过来了，我们这就去医院。

沈若兰闭上眼：不，让我死在家里吧，做鬼我也要在这个家等待逸翔回来。

这话说得安牧良心里酸酸的，他对本常说：你去让司机倒好车，我们这就下去。

Ruth 虽然听不全懂沈若兰的话，却知道她还是不肯就医，她着急地说：沈阿姨，您别吓飞哥了。

沈若兰费力地拉着 Ruth：孩子，你喜欢逸飞吗？

Ruth 连连点头：喜欢，喜欢！我们是很好、很好的朋友。

沈若兰从枕头下摸出一个白玉手镯想给 Ruth 戴上，却没有这份力气，她声若游丝地说：叫我沈妈妈好吗？以后你一定要帮沈妈妈管住他。

Ruth 对称呼一向洒脱，外婆让她改口叫婆婆，她立马答应。如今沈阿姨这种状况，要她改口叫沈妈妈，难吗？只是，她确实弄不明白"管住"的意思，她看了一眼安牧良，安牧良示意她答应，她虽连连点头，却不知手镯的意义。

安牧良见 Ruth 单纯、直率、没有其他姑娘那么多心思，也很喜欢她，于是一旁催促：孩子，快戴上。

Ruth 拿起手镯：我戴上这个手镯，沈妈妈就肯上医院？

安牧良代沈若兰回答：是的，你快戴上。

Ruth 顾不得多想便将手镯套上，沈若兰长吁一口气后，因连续多日断食，如今一激动便晕了过去。安牧良想抱她起来，或许是太过紧张，使了几次劲都没抱起。

本常正好进来，见此情景，低念一声佛号，对安牧良说：施主，请让小僧来吧。

安牧良这时也顾不得跟他计较，连忙侧身让开。本常毕竟年轻，轻轻松松就将沈若兰抱下楼，然后小心翼翼地放她躺车子后排。

10

熟悉的消毒水味道，熟悉的白色，却唤不醒沈若兰的求生欲望。连梦都没有了颜色，活着还有什么意义？

病房里很多水果她都说不想吃，偏要打发张婶出去买黄瓜。张婶走出病房还是不放心，倒回去请旁边病房的看护帮忙照应一下。

张婶走后，沈若兰将针管拔下，让针管进了许多空气后正想插回软管，却因力气不济接不上去。受托看护正好探头进来一看，见沈若兰的针管拔出来了，连忙跑去喊护士。

护士进来一看，吃惊地说：你拔针管干吗？这样很危险的。

正在此时，安逸飞火急火燎地闯了进来。他听护士一说，知道妈妈还是想不开。

沈若兰见儿子带着行李箱，知道他是从机场直接赶来医院的，她虚弱地说：飞飞，大老远的跑来跑去，累了吧？先回去睡一觉，倒倒时差。

安逸飞坐到妈妈病床上：家里没有妈妈，回去干吗？我哪儿也不去，就在医院陪着妈妈。

沈若兰听了，泪如雨下：孩子，你长大了，没有妈妈也可以展翅高飞。

安逸飞将头埋在妈妈胸前：不，我什么都可以没有，唯独不能没有妈妈。

此岸

第二十二章

彼岸

1

　　生命的活力是没有年龄之别的，年近七十的 Frank 一直像只叫春的猫。

　　可是，最近一段时间，他总觉得眼睛有些模糊，去医院检查，说是白内障。大夫告诉他，年纪大了，很多人都有这毛病。

　　Frank 回到家，一见妻子便问：亲爱的，我老了吗？

　　Amy 用奇怪的眼神看了他一眼，答非所问地说：你的心态永远都是年轻的。

　　Frank 很想与她聊聊，Amy 却转身走出了屋子。电话铃响了，Frank 走过去接了却没声音：为什么这两天总有人打电话却不说话？

　　他走出房间见 Amy 雕塑似地站在花园眺望东方，Frank 非常纳闷：为什么你总是喜欢望着东方发呆？是想念祖国吗？可你为什么不肯回国？唉，中国女人实在太难懂了。

　　Frank 突然很想找人聊天，他重新拿起包走了出去，拥抱了一下他的东方女神，并叮嘱她：我要出去一下，不要让陌生人进来。

　　Amy 像看陌生人一样看着他，没有说话，只有分不清今生与来世的眼神。

2

　　魏臻自从那日见了 Ruth 之后，心里便一直惦记着她。想再见见她，却找不到合适机会。

　　他越发不想回家了，每天都磨蹭到深夜才离开办公室。没事的时候，便盯着电话发呆，他不明白，为什么几次电话都是那个洋男人接的，媛媛干吗不接电话?

正在烦恼间,秦秘书进来:市长,很晚了,汪阿姨打了好几次电话催您回家。

魏臻点头却不动身:那个 Ruth 小同学将那么珍贵的画捐了出来,我们得有所表示呀。

秦秘书恭敬地说:请市长指示。

魏臻恼火了:这种事还要我费神?

秦秘书连忙点头:是,我明日与相关部门协调。

3

自信是最好的外衣,这话像为多宝创造的。

每天西装领带的多宝,因为业绩超群被提升为业务主管,公司还奖励了他一部车,不管这车属于什么档次,反正让多宝晋升为有车一族了。

沈若兰不肯在医院多住,打了几天营养液,再加上儿子的陪伴,她逐渐回升了一些神光。多宝神气地开着车,说是来接干娘回家。可一遇上安逸飞的眼神,他笑容里焕发出的灿烂阳光霎时躲进了云层。

其实,安逸飞见多宝出息了,也很高兴。他倒不是很介意多宝进了魏亦公司,他觉得只要能得到锻炼,进哪家公司都不重要。但是,听完多宝介绍公司情况后,还是提醒他做事多带脑,别让人当枪使。

去过台湾、香港、北京的多宝,认为自己见过如此大的世面,能不明事理?他拍着胸对安逸飞说:飞哥,你放心,如今的叶多宝已脱胎换骨了。

多宝将从超市买的一盒营养品递给干娘,沈若兰心疼地说:别乱花钱,攒着娶媳妇吧。

干娘,如今的女孩可势利了,她们看不上小钱。等我干出点名堂来,不愁没女孩跟我。反正我还年轻,最紧要的是把工作做好。我不能像村里那些人一样,把结婚生子造房,当成人生的终极目标。

看样子多宝真的走出叶家村了。安逸飞对多宝说话总是没个正经。

我不早进城了吗?

安逸飞拍拍他的脑袋:进没进城要看这个,观念没改变,哪怕进城一辈子还是农民。

4

安家让本常挂念的不仅仅是师兄沈若兰,还有那口古老的泉水井。

本常每次去安家都会在井边徘徊良久,总会情不自禁地想象着古井周围没拆建时的模样,他也不清楚自己为什么对这口井如此着迷。

本常进了安家,见逸飞回来了,心中莫名地兴奋起来,他告诉逸飞,他挖到一个罕见的何首乌。

逸飞瞪大眼睛作出一个夸张的表情:八仙过海里的张果老,不是吃了百年以上的何首乌,便成仙了吗? 好,我们这就去拿,还可让妈妈补一补。

本常被安逸飞逗笑了,他说:师兄久病未愈,不能大补。你还是找时间去盘龙山,我炖给你吃吧,炖何首乌很有讲究的。

沈若兰斜靠沙发,看着两个孩子谈得高兴,心情也好了起来,只是心中的阴影总是挥之不去。华音的肚子越来越大,逼她打胎等于造孽,让她生下那孩子……也是造孽……

不,不能再造孽了! 恍惚间,她挣扎起身去了卫生间,反复地搓洗着那双曾经沾过无数胎儿鲜血的双手。逸翔,你究竟在哪儿? 你还活在这个人世吗?

重重扣着的心结始终像魔咒一样,让沈若兰无法释怀。她一边洗手,一边喃喃自语着,泪水不知不觉流淌下来。

5

转眼元旦已至,学院放假三天,留学部因很多同学提出要出去旅游,因此学院安排他们休息五天。

　　Ruth 急着想将夏皇后写成神话故事，可是还有很多地方，没弄不明白，于是打电话给本常，想在盘龙山待几天。

　　本常知道劝阻不住她，只说等会儿答复，他即刻打电话给安逸飞，让他也来山里小住几日，这样可以一边调养身体一边陪伴 Ruth。

　　沈若兰在一旁听了，也让安逸飞去。安逸飞见妈妈虽然身体还很虚弱，总算不像以前那样拒绝进食，又听说 Ruth 也会去，便欣然接受本常邀请。

　　安逸飞接了本常电话后，马上给 Ruth 打电话，约好明日上午去学院接她。

6

　　一想，你豆妈和豆舅要来，让他们住哪儿呀？

　　汪汪汪。蹦蹦豆居然听懂了，它赶紧将自己睡的纸盒拖了过来。

　　本常拿纸巾给它擦去嘴角边的口水：你倒是热情，把自己的窝都贡献出来。可是，他们能睡你的窝吗？

　　蹦蹦豆眨巴着眼，用不理解的眼神看着本常：你们人类太复杂了，不就睡个觉吗？哪儿不行呀？

　　本常顾不上与蹦蹦豆辩论，他清理着自己的卧室，准备让出来给 Ruth 住，至于自己与安逸飞，只好共挤禅室了。

　　汪汪汪……

　　安逸飞与 Ruth 各背着睡袋来了，这可喜坏了蹦蹦豆，它跳起来舔 Ruth，还颠颠地跑去屋里咬出一串本常做给它玩的珠子来给 Ruth。

　　本常看着他们的睡袋，松了一口气：呵呵，你们有这东西可方便了。

　　是呀，你这儿不是只有一间卧室吗？这样，你可以继续睡你的床，我和飞哥的睡袋就放你卧室地上。

　　本常帮他们收拾好了东西，便找出一个准备炖何首乌的陶罐。安逸飞皱着眉：干吗不用高压锅炖，这样多麻烦。

　　本常说：凡有灵性的东西最好不沾金属物品。

　　也有电子陶罐呀。

Ruth 横了安逸飞一眼：山上哪有电呀？

Ruth 一语点醒了安逸飞：是啊，这时代还有没通电的地方，可得想办法拉根电线上来。

小地方办事只要有熟人还是很方便，安逸飞想起有个中学同学的父亲是电力局长，便给同学打了一个电话。同学没多久就回信了，说是这边正在修理电网，下午就可派人来架线。

安逸飞也想乘机将网络也装上，但因没有布线，网络公司说暂时不能安装。

7

通电了，报亲寺一片光明。但是，安逸飞与 Ruth 离开了网络就像被世界抛弃了一般。

晚上，本常见安逸飞和 Ruth 无聊，要他们跟自已一起坐禅。没坐多久，Ruth 便像老鼠似地"吱吱"地叫着。

本常说：脚坐麻了吧？

Ruth 点头，本常让她十指交叉互撞，安逸飞也学着这么做，虽说脚下有了点感觉，还是像触电似的麻，见 Ruth 站起来又蹦又跳。安逸飞不想坐禅了，他被本常与 Ruth 两人左一个"小施主"右一个"六毛大叔"叫得心里发燥，他起身大吼着：让你们叫声飞哥有这么难吗？

Ruth 兴奋地在屋里追着蹦蹦豆跑：飞哥哥哥哥咯咯咯咯……哎哟，我要生蛋了。

两人大闹着，本常仍然闭目坐禅，安逸飞钻进睡袋取笑 Ruth：要生蛋快进睡袋。

不安分的人在一起，坐着闹、站着闹，就连躺下还是闹。安逸飞与 Ruth 钻进睡袋后，两人在地上玩起了碰碰袋，蹦蹦豆跟着他们疯了起来。Ruth 担心碰坏手镯，摘下来交给本常。

安逸飞见了问：你也有这样的玉镯？我妈也有一只，那可是我家的传家宝。

Ruth 眼睛发直了：什么？这是你家的传家宝？传家宝怎么给我？

安逸飞哈哈一笑：真的是我家那只？准是我妈看上你了，想让你做我们安家的儿媳妇。

Ruth 举起睡袋脚部砸过去：做你的春秋大梦吧。

本常接过镯子，觉得特别眼熟，脑中竟然出现一幅带着这个镯子的手牵着他的模糊图像。他默默起身走到柜子前，从包袱里掏出一个珍藏了二十多年的东西。

安逸飞与 Ruth 打了一阵后，安逸飞从手机里翻出婆婆的照片给 Ruth 看：傻蛋，看到吗，我婆婆手上就带着这个镯子。呆子，拿镯子过来比比。

安逸飞与本常熟了，也就随意起来，平日里经常听父亲叫他呆子，于是也脱口叫本常呆子。

Ruth 踢了她一脚：让我们叫你飞哥，你却叫我们傻蛋、呆子，太不公平了。

本常将镯子递给安逸飞，安逸飞拿手镯与照片里的手镯比画着，Ruth 说不太像。安逸飞让本常过去看照片，本常一看照片脱口叫出：婆婆！

安逸飞吃惊地看着他，本常激动地接过手机，双手都在颤抖：婆婆，婆婆。

安逸飞连忙从睡袋里爬了出来，他瞪眼看着本常：你，你认识婆婆？

本常摊开手掌，打开喔喔奶糖纸，里面包着一颗小石子。安逸飞见了，立刻扑了过去，直着眼问：这是你的东西？

本常点头：我记不太清这东西是哪来的，师父说，他捡着我时，我手里就握着这东西，以后便一直带在身边。

安逸飞听得热泪直流，他伸手揽过本常：逸翔，你是逸翔？

对，我的法名叫一想。

好弟弟，是哥哥不好，把你弄丢了。

Ruth 跳了起来：什么、什么？是真的吗？你确信他就是你走丢的弟弟？

本常诧异地看着安逸飞，安逸飞抱着他不肯松手：错不了，逸翔你还记得婆婆是吗？我俩小时候，爸爸妈妈整天忙着安氏酒业，平时都是婆婆带着我们。其他人变化大，你可能认不出，可婆婆几乎没有变化，所以你记得。

本常再次端详手机里的照片：记忆有点模糊，但我还是有些印象，对，她就是婆婆。你怎么知道我的法名叫一想？

安逸飞点头：法名，什么法名？逸翔是你的名字，我叫逸飞，你不叫逸翔吗？

本常自语：难怪师父给我取法名一想，他说，是我告诉他的，我叫一想，逸翔——一想，原来是同音。

安逸飞急着问：你还记得什么？

上次给你温酒，我觉得那味道很熟悉。

当时你为什么不说？你当然熟悉啰，小时候，我们只要一着凉，婆婆便用自己酿的酒放点红糖与姜煮蛋花给我们喝，我们有时想喝甜酒了，还会装病呢。

本常闭着眼，似乎已经闻到了那股酒香。

Ruth 凑过去问：你是怎么走丢的？

本常摇头：不记得了。

安逸飞揪着自己的头发，悔恨地说：都怪我，那时，我觉得爸爸妈妈有了你就不喜欢我了，很生气，一直不喜欢你，可你总想黏着我。八岁那年，你刚三岁，趁着婆婆打盹的功夫，我想出去玩，你却跟在后面，为了甩掉你，我用糖纸包了颗石子塞给你，趁机躲走。哪知，我玩到天黑回家时，家里人在四处寻找你，却怎么也找不着，父亲甚至亲自下到井里去找。

安逸飞拍拍本常的肩：逸翔，你当时是不是到处去找哥哥就走丢了？

本常摇头：实在记不清了，我所有的记忆都是在寺庙与师父度过的时光。

安逸飞突然跳了起来：忘了，快点打电话告诉妈妈。

本常看了一眼手机时间，按住他：明天吧，今天太晚了，师兄肯定睡了。

安逸飞瞪了他一眼：再叫师兄，看哥不揍你。

本常低头，小声地：是。

安逸飞看看手表已是深夜三点，兄弟俩兴奋过头，谁也没有睡意，Ruth 却歪在他们身边睡着了。

本常第一次与女性挨得这么近，感觉有些不自在，想起身，安逸飞按住他：别惊醒她，让她靠着我们做个美梦吧。

8

当"有多大担当便有多大成就"成为一句时尚语时，安牧良早就身体力行地验证了它的哲理。

自安氏酒业创建之日起，每天第一个上班、最后一个下班的准是安牧良自己。

他已记不清有多少个节假日他独自在办公室加班，反正几十年来，他就没好好地度过一天假。他特别不理解那些不好好工作、整天就知道提待遇的员工，更不能理解做不了富一代却想当富二代的人。

上午，安牧良正在办公室处理各种各样的事务，接到儿子电话：中午叫上妈妈一起出去吃个饭。

你小子在说什么胡话？你妈妈现在这种情况会出去吃饭？

有喜事，我没有告诉妈妈，是想给你一个机会。

安牧良将手机丢一边：什么喜事？还不是想讹你老子。

话虽如此，他还是让助理在儿子喜欢的酒店订了一个包房。

沈若兰从医院回来虽然看上去正常了，却仍然对他很冷淡，他也想借机与老婆儿子缓和缓和关系。

9

正如安牧良说的，沈若兰没生病都很少出去吃饭，如今这情形更加不肯出去。

安牧良便搬出儿子来压她：飞飞说有喜事，他如今这种情况，咱们还是别扫他的兴吧。

　　该不会是向那姑娘求婚了吧？除此之外，还有什么喜事？吃饭不重要，关键是要成全儿子的心愿。沈若兰这么想着，也就同意了。

　　安牧良夫妇在酒店等了大约半小时，安逸飞带着本常与 Ruth 来了。三人见了他们，亲热地围了上去，Ruth 扑过去与他们拥抱。

　　沈若兰更加确定自己的猜测，她拉着 Ruth 的手不愿放。

　　安牧良见此感慨地说：当初老二要是个闺女多好！那样或许就不会丢了。

　　沈若兰轻声叹息后，刺了他一句：你会有机会的。

　　沈若兰往日尽管心中有怨但从不顶撞他，今日看上去是随便接句话，却刺激了安逸飞，他瞪眼望着父亲：谁敢给我弄个妹妹出来，看我不捏死她！

　　安牧良听得心头一颤：这小子果真不好惹……

　　没想到的是，安逸飞一枪射歪，Ruth 双眼怒瞪着安逸飞质问：干吗要捏死我？

　　大家都吃惊地看着她，本常知道她汉语水平有限，肯定是听岔了，连忙解释她：飞哥不是说捏死你。

　　Ruth 疑惑地：他不是叫我妹妹吗？

　　安逸飞真的不好跟她解释刚才那话的意思，只是嘿嘿地笑着。Ruth 生怕安逸飞又憋着什么坏主意，着急得满脸通红。安牧良夫妇乍起的硝烟，顿时被这对欢喜冤家驱散，连沈若兰都忍不住笑了。

　　安牧良见妻子难得开心一回，脸上也挂满笑容。转身见本常站在一旁手足无措，觉得他在此很扫兴，于是板着脸训斥：来了就坐下吧，杵那儿干吗？

　　安逸飞拉着弟弟走到父亲跟前：爸爸，你怎么能这样对他，你知道他是谁吗？

　　安牧良从鼻孔里哼了几声，讥讽着：他是你妈的灵魂导师。

　　安逸飞摇摇头：不全对，其实我们全家的魂都被他牵了二十多年。

　　安牧良连忙摆手：别搭上我，我不信那邪。

　　安逸飞拍拍本常：呆子，快叫爸妈。

　　本常虽然在心里练了一路，此时仍然叫不出口，安牧良顿时傻了，沈若兰张着嘴却说不出话来，身子一晃，幸亏 Ruth 手快将她扶住。

本常对着父母深深一揖，话未出口，眼泪却出来了，喉结上下翻滚几下终于哽咽着叫出了：爸、妈。

安逸飞红着双眼：爸爸、妈妈，他就是咱家的逸翔弟弟。

安牧良看着这个呆头呆脑的和尚：小子，你、你怎么回事？

本常坐到妈妈身边，拉着她的手给她按摩着手掌顺气。沈若兰仿佛从云雾深处转了个圈回来，她搂着日思夜想的儿子泣不成声。

Ruth 看看这个看看那个，不知该说什么，最后终于忍不住提议：可以吃饭了吗？我真的饿了。

安牧良连忙说：好，上菜，上菜，咱们终于吃上团圆饭了。

安逸飞知道 Ruth 爱吃肉，便把鸡汤煲里的鸡腿捞出来给她。

沈若兰把素菜拉到本常面前，安牧良见了，嘟囔着：偶尔也可开点荤吧？老吃素，营养跟不上。

本常放下筷子合十：阿弥陀佛。

安牧良叹息一声，转头对服务员说：多添几样蔬菜。

安逸飞边给 Ruth 夹菜边抗议：你们别太偏心哈，我会吃醋的。

安牧良这回可以理直气壮教训他了，他瞪了逸飞一眼：小子，这么多年我和你妈还没有跟你算账，当年不是你，你弟弟能丢？你再敢欺负他，看我不收拾你！

弟弟是我弄丢的，也是我找回来的呀，这不将功赎罪了吗？还算什么账。

沈若兰连忙给他夹菜：是，是，回来就好，回来就好。

安家完全沉浸在团聚的喜悦中，大家无心吃饭。Ruth 可顾不了那么多，独自吃得热火朝天：好吃，真好吃，比学校食堂做的好吃多了。

安逸飞拍了她一板：Ruth 同学，来中国半年了，提高点中餐鉴赏水平好不好。学校大食堂的菜与酒店的菜是一个档次吗？

Ruth 认真摇头：不是！

不是干吗放一起做比较。

沈若兰连忙说：以后周末就来家里吃饭，沈妈妈给你做好吃的。

Ruth 连连点头。一顿迟来的团圆饭，终于补回了沈若兰心头那块被撕扯掉的肉。

饭后，安逸飞送 Ruth 回家，本常陪母亲回家。公司还有许多事情需要处理，安牧良便去了公司。

10

本常陪着妈妈回家时，再经泉井头，他驻足指着古井告诉妈妈：难怪我每次路经这里总有一种熟悉又模糊的感觉。

沈若兰攥紧儿子的手：儿子，你应该记得这里，当年你婆婆经常带你在这儿洗衣、洗菜、乘凉。

真的记不清具体的事儿，只是朦朦胧胧记得喜欢拽着一只戴玉镯的手走路。

是的，你人小走路不稳却总想跑，婆婆怕你摔了，便伸出一根手指让你拽着。

母子俩一边走一边回忆着，本常经常在梦中出现的一些情景渐渐被妈妈唤醒。

这回走进家门，跟以往感觉太不一样了。以前，虽然心中坦荡，却介于安牧良的态度，每次来安家心中都有几分忐忑。而今天，他却是带着满心的感动与温暖回家。

沈若兰带着儿子进了他的房间，这是她平时想来又不敢来的地方，满房间都是儿子走丢前用过的东西，沈若兰见到任何一件小物品都会感到揪心的痛。这些小东西，今天看上去虽然陈旧，却显得无比温馨。

本常拿起一双小鞋子，笑了：我那时的脚这么小呀？

沈若兰接过鞋子，眼泪不由自主地流了出来：是呀，一双小小的脚，却能走到妈妈找不到的地方，这些年，不知遭了多少罪？

本常替妈妈擦去眼泪：妈妈不要难过，我不是自己又走回来了吗？其实，被人贩子拐走的那段经历我已不记得了，只是听师父说起过，他在路边捡着我时，已奄奄一息，估计是人贩子见我病得厉害，便将我扔了。后来，反正从我开始记事起，师父他老人家对我一直很好。

喔喔奶糖！本常拿起一叠糖纸：哎呀，我最快乐的梦便是找喔喔奶糖吃，嘿嘿，嘿嘿。

沈若兰幸福地注视着儿子，本常已完全放下了平日里的肃穆，回到了他错失的童年。原来，他也有逸飞那样顽皮的笑容。

房间里除了一些小物品，还有一些照片，本常一个个地看，渐渐地，他感觉，这些人与景曾经都在他的梦中出现过。

原来，梦并非完全虚无，它也会还原一些生活情境。

此岸

第二十三章

彼岸

1

进了办公室，安牧良的心却静不下来，儿子的失而复得让他心情大好，仿佛罩在安家二十多年的一团乌云突然散去。他真想与人分享这份喜悦，于是不由自主地拨了华音电话。

关机。奇怪，她怎么会关机呢？她以前从来不关机的。

他打给办事处，小周告诉他，华音昨天走了，他们也不知道她去了哪里。

安牧良刚刚晴朗起来的心骤然间又被浇上了瓢泼大雨，他掀起雷电猛轰小周：扯淡！我还没批准她辞职，怎么能放她走呢？

小周诚惶诚恐地呼着气，心里叫着屈，她要走，我拦得住吗？口里却连连道歉。

安牧良命令他尽快找到华音，小周点着头连说：是，是。

放下电话，安牧良感觉心跳加快了许多，这一起一伏、一喜一悲，心脏再强大的人也吃不消。

2

话说，儿女都是前世的债主，世间又有多少凡人能够超越儿女之情？

魏臻虽然没有打通叶媛媛电话确认女儿身份，但他心里已经确信无疑了，他甚至通过回想，在 Ruth 身上找到很多他的基因。

他实在是太想女儿了，堂堂市长却不能与女儿相认，他只好找参观博物馆的借口见见她。Ruth 如约而来，魏臻站在博物馆门前等她，他支开所有陪同人员，亲自为 Ruth 讲解那些文物。

Ruth 看到《洞山开悟》很亲切，叽叽喳喳、结结巴巴地讲述着父亲怎样将画给她。

魏臻听出她对那个洋父亲的感情很深，心里有些失落。他试探着问：你妈妈在美国能适应吗？

Ruth 摇头：我真的不是很懂妈妈，她一直活在自己的世界里。

魏臻一惊：怎么说？

Ruth：妈妈其实很想念故乡，可她却不肯回来。

魏臻再问：她爱你爸爸吗？

应该是爱的。反正，比起妈妈来，我觉得我更爱爸爸。

魏臻心里开始感到悲哀了，他无助地看着 Ruth，不知说什么好。

Ruth 用手机拍下了《洞山开悟》，欢快地说：我要让爸爸看看，这画挂在博物馆要比挂他画室神气多了。

3

比起妈妈来，我觉得我更爱爸爸。

Ruth 这句没心没肺的话，不知在魏臻心中碾过多少遍了，每碾一遍就有一遍的痛楚。

最起码可以判定，媛媛不是那么爱她那个洋老公。但是，我的女儿爱的却是那个洋人。这能怪谁呢？当初自己要不是看重了头上的乌纱帽，早就冲出了婚姻围城。唉，女儿，是爸爸对不起你们娘儿俩。

汪海莲见他窝在书屋半天没动静，进去一看，魏臻正对着墙壁发呆，她高声骂道：丢魂了？

魏臻吓了一跳：干吗？

汪海莲气呼呼地说：回来招呼不打一个，一头钻进书房发呆，当我是空气呀？

魏臻也生气了：我发自己的呆又没碍上你什么。

汪海莲手往腰上一叉：哼，发什么呆，是想狐狸精了吧？你说，那诗集藏哪儿去了？

魏臻大声喊道：出去，让我安静会儿。

今天不说清，谁也别想清静！

烧了，留着惹是非呀？

真的？

魏臻站了起来：你再不出去，我搬招待所去住了。

汪海莲一边嘟囔着一边退了出去：要是真烧了，说明你还有悔改之心，反正别再让我逮着。

4

难以想象，世间会有不操心的凡人，反正安牧良总有操不完的心。

找回丢失了二十多年的儿子，对于安家，算得上天大的喜事。为此，安牧良特意抽空带上两个儿子去母亲坟上告慰老人，两个儿子倒是对婆婆感情深，老人去世二十多年了，安逸飞一到坟地便眼泪汪汪。

安牧良瞥了一眼儿子，一直以为这小子没心没肺，原来感情还挺丰富。本常默默地拔去坟头的草，脑中不断闪回着拽着婆婆手指的情景。

焚香之后，安牧良欲在母亲坟前跪下，本常一把拉住他：爸，您膝盖不好别跪了，我和哥哥代您吧。

安牧良顿时心里感觉暖暖的，这个以前看着就烦的呆子，如今却越看越暖心。儿子呀，你可不能再离开爸妈了。

兄弟俩齐齐跪下，本常哽咽道：婆婆，孙儿逸翔回来了。

逸飞抹去眼泪，恢复嬉皮样子：婆婆，我把您小孙子找回来了，奖励我一个好媳妇吧。

一旁鞠躬的安牧良，不由得偷偷发笑。

父子仨扫完坟回到家，沈若兰已带着张婶准备了一大桌子菜。

安逸飞走过去想用手拈块肉吃，沈若兰一掌拍开他的手：洗手去。

安逸飞抗议着：妈妈，手心手背都是肉，我怎么觉得逸翔回来了，我就不受待见了。

这孩子，胡说什么呢，赶紧洗手吃饭。你爸哪儿去了？大家洗手吃饭呀，菜都要凉了。

安牧良站在阳台打电话，几天了，华音还是杳无音讯，安牧良决定亲自去北京找华音。饭后，他将本常叫到书房，本常在父亲面前还是有些拘谨。

安牧良让他坐下，开门见山地要他还俗，并说公司预留了股份给他。

本常没有明确反对，只是双手合十，低语：感谢佛主，让我们骨肉团聚。今后，弟子一定更加虔诚修行，以报佛恩。

这不是瞎胡闹吗？明明是你哥哥把你找回来的，关菩萨什么事？

安牧良说完便意识到自己的语气过于严厉，于是叹了口气，温和地说：我不是要你放弃信仰，你可以像你妈那样在家里念经，咱家不是也有佛堂吗？

本常抬头问父亲：您公司有几个部门？

安牧良以为儿子回心转意了，眼睛一亮：你愿意来公司帮爸爸？哎呀，你可比你哥懂事多了。咱安氏虽说没上市，那也是个大集团公司，大的部门有七八个，小的就很多了。

本常继续问：您的办公室放在哪个部门合适？

安牧良笑了：傻孩子，看样子，你真不懂管理。爸爸是董事长，要统帅全局，怎能局限一个部门呢？

本常双手合十：爸爸说得非常正确！四海皆我家，众生皆我佛，所以我也不能局限在咱们这个小家。

说了半天，安牧良才明白自己被眼前这个呆儿子将了军，他不服气地说：你傻不傻呀，家里条件这么好，你要去那个荒山野林修行。不行，你不能再上山了。

安牧良走出书房，喊来安逸飞：我明日要出差，这个家就交给你了，守住你弟弟，别放他上山。

安逸飞龇着牙：堂堂斯坦福大学高才生，竟然被你当保安用，不觉得学费出得冤吗？

安牧良正想训儿子几句，沈若兰走了出来，平静地说：难得一家人凑一块儿，咱们去禅堂坐下来聊会儿吧。

安牧良以为她要放儿子回盘龙山，一肚子火正要发，沈若兰抢先开口了，她对着两个儿子说：如今安氏越做越大，你爸爸一人顶着确实很吃力，你们两兄弟能帮就帮一把。妈妈在菩萨面前发过誓，只要菩萨保佑我找到儿子，便放弃一切，专心事佛。牧良，我们明日去把离婚手续办了吧。

安牧良听了沈若兰的话，心里五味杂陈，他明白，这是沈若兰在孩子们面前为他开脱。

安逸飞像被扎了一针，跳了起来：不，不！你们要是离婚，我马上去美国，再也不回来了。

在美国生活了十多年的安逸飞，按理不应该干涉父母的婚姻，一是因为全家刚刚团圆，他不忍逸翔回到一个残缺的家，再者他与华音积怨太深，他把妈妈生病的账全算在华音身上。此时，如果华音在他旁边，他真想掐死她。

本常似乎没反应过来，看看父亲又看看母亲，然后低眉念佛。

沈若兰拉了拉儿子：儿子，你长大了，也理解理解父母吧。

安逸飞摔门而出，本常担心他出事，连忙追了出去。

安牧良低低地说：我知道你菩萨心肠，可是我真的没想着要离婚。

都到这地步了，咱们这婚姻还有存在的必要吗？放心，我知道安氏是你的命根子，看得比你儿子还重，我不会分割你的公司。

安牧良听了心里像被什么捅了一下，他以前总觉得对不住华音，今日突然感觉，自己更对不住与他共患难的妻子。

安牧良带着愧意问：你有什么要求？尽管提出来，我一定满足。

沈若兰摇头：做不到，何必再提？

安牧良坚持着：我一定尽力做到。

沈若兰站了起来：我最大的愿望就是一家人在一起相亲相爱，这可能吗？

安牧良语塞，低头走进书房，连扇自己几个耳光。

5

节目组里，腕儿们的拼杀几近肉搏。

飘飘知道此次节目对自己的意义，也吸取了上次得罪导演的教训，节目组怎么安排她就怎么配合，从导演到工作人员对她印象都很好。

这是一场淘汰赛，共有三轮，参赛演员各出奇招。有实力的演员背后都有一个强大的阵容在支持，飘飘只有几个东拉西扯过来的朋友为她出谋划策。

午餐吃盒饭时，飘飘得知导演胃不舒服，她跑出去给导演买来了热乎乎的小米粥，导演边喝粥边与她聊天。

飘飘告诉他，在她很小的时候父母便离异，妈妈出外打工，她在外婆家长大。如今外婆老了，妈妈患了乳腺癌，她急着赚钱是想让妈妈与外婆过得好一些。

这姑娘挺懂事的，咱们能帮就帮着她一点儿。导演对节目组工作人员说。

6

现场直播，出不得半点差错。腕儿们虽然都是在霓虹灯下讨生活，其实入场时同样紧张。

第一轮才艺表演，参赛人数较多，大家各出奇招。飘飘抽了一个6号签，溜溜顺，好彩头！但看了前面出场的人，她开始怯场了。有个演员的戏曲功底很深，开口便震撼全场。

飘飘小时候学过声乐，歌唱得不错，这次得导演暗中指点，选了一支简单、动情的歌曲《妈妈的吻》。

刚上场时，她的腿有些微微发抖，慢慢地，她被旋律带入了情景，不由自主地想起了宠她如公主的外婆与妈妈，她的心像小燕子一样飞回了家乡，扑进妈妈的怀抱……

评分结果超出了她的期望，飘飘不由得泪流满面。

紧张地等待第一轮比赛结束，飘飘终于如愿晋级。第一个电话，她打给了魏亦，魏亦听了自然为她高兴。

7

人的心思不要说别人，有时只怕连自己也难以读懂。

安牧良虽不像有些出轨的男人那样处心积虑地想着离婚，但是沈若兰已经放他一条生路了，他能不撒腿狂跑？

还真没有！他本来是急着去北京找华音，可沈若兰主动提出离婚，他却挪不开了脚。好不容易找回了小儿子，大儿子又给气跑了，这个家还经得起折腾吗？

沈若兰连催安牧良去办离婚手续，安牧良反而拖延着，他要沈若兰劝逸翔还俗。这一点，倒是夫妻同心。沈若兰虽然自己一心向佛，却希望儿子还俗。她一边催促安牧良签离婚协议，一边与他合力挽留儿子。

第二天一早，安牧良起来去逸飞房间看了一眼，房间是空的。他心情黯然地坐到餐桌旁，只有沈若兰陪他一起吃早餐。

逸翔呢？

沈若兰指了指佛堂，轻声说：这孩子也够拧的，不放他回盘龙山，便绝食，昨天一天滴水未进。

本来就瘦，还不吃饭，脑袋进水了。

牧良，咱们不要为难孩子了，随他去吧。

安牧良稀里呼噜地喝了一碗稀粥，推开饭碗，说是吃饱了。

沈若兰说：别拖了，咱们今天去把手续办了，趁着孩子在，可以帮我搬家。

你搬哪儿去？

天屿花城。

去跟汪海莲做邻居？

不跟她做邻居，难道还跟你做邻居不成？

安牧良无话可说了，他知道这个家保不住。虽然另一种生活在吸引着他，可从内心来说，他还是不愿放弃这个家。

8

上午十点，安牧良从公司回来了。客厅摆满了搬家纸箱，本常默默地帮着妈妈打包，安牧良没有过去帮忙，他从一个房间走到另一个房间，心里五味杂陈。

张婶想跟沈若兰过去，沈若兰极力说服她留下：我当然想让你过去，可是，毕竟你是牧良亲戚，以后他全靠你照顾了。

张婶抹着泪，勉强点头答应，但是要求：若那狐狸精来了，我可不伺候她，你得答应我过去。

牧良要是不需要你，我那边随时欢迎。

张婶这下放心了，门铃响了，她赶紧去开门，原来是逸飞回来了。

逸翔，我又买了几个纸箱回来，快把你那些东西放进去，搬家公司的车马上就到。安逸飞进门便大声喊道。

本常从妈妈房间出来，见逸飞拎着几个大纸箱：哥，东西都装好了，不需要这么多纸箱。

呆子，你小时候那些东西，妈妈为你保留了二十多年，不想要了？

安牧良连忙走过去说：你们暂时用不着的东西就留在这儿，爸爸会为你们保留房间，随时欢迎你们回来住。

安逸飞冷着脸：我连气味都不会留下。逸翔，把婆婆照片也带走，要不，骚狐狸住进来，婆婆在地下都不得安宁。

本常知道哥哥在与父亲怄气，他不好参与，于是过去帮着妈妈收拾东西。看得出，妈妈此时的心情一定很复杂，有些东西拿起又放下，不断反复着。

本常握着妈妈的手：妈妈有我和哥哥，什么也不用担心。

沈若兰看着儿子纯善的眼神，心都被融化了。她的两个儿子，一个抚养了三十多年，一个让她牵挂了二十多年。逸飞是她的心头肉，破损一根毫发都会要她的命。而逸翔却是她梦萦魂牵的魂，为了他，沈若兰可以连命都不要。可喜的是，两个儿子都懂得孝顺妈妈，沈若兰觉得，遇事与逸翔商量还是更稳妥。

她低声说：既然你哥买回了纸箱，就去收拾吧。

没多久，搬家公司的车来了。安牧良本想回来帮着做点什么，此时却没有勇气看着他们离开这个家，他躲进卫生间，老泪横流。

真是世事难料。

如果说，安牧良以前有时不愿回家是因为心里被两个女人挤得太满，需要给自己留一点空间。那么今日他不回家，却是觉得心里太空，他似乎感到心都被两个女人搬空了。

他不敢回家，他承受不了家的空荡，他终于明白，失去了家人，再好的房子也不算家。他甚至后悔答应与沈若兰离婚，可不离婚，华音与她的孩子怎么办？

安牧良躺在办公室的沙发上，两眼盯着天花板发愣。有人敲门，他瓮声瓮气地说：进来。

安逸飞推门进来，安牧良霍的从沙发上坐了起来，脸上堆满了笑容。

安逸飞看也不看父亲一眼：我去帮逸翔补办了身份证，要三个月以后才能领证，现在有了身份证号码，可以先签了他名下的股份合同，等拿到身份证后再履行法律手续。

哦，这件事不急。

急！我已订好机票，这事儿必须尽快去办。

安逸飞将写着弟弟身份证号码的纸条扔在父亲办公桌上，头也不回地走了。

安牧良看着儿子的背影，心里更加觉得空荡。

10

山鸟、清泉、阳光，还有一个跑来跑去的蹦蹦豆，是诗意还是禅意？

坐在报亲寺前院晒太阳的安逸飞问 Ruth，Ruth 想了想说：我更愿意把他们看作一副动感图。

真是代沟太深！

六毛大叔，我是 90 后，你是 80 后，能没代沟吗？

难怪人家都说，90 后不靠谱。

谁说我不靠谱？是你观念老化了吧？

两个人正斗着嘴，本常为他们端来热茶，新煮的，醇香醇香。

明天就要走了，安逸飞情绪还是很低落。本常劝他，父母的事顺其自然，安逸飞听不进，只是嘱咐他时常下山看望妈妈。

趁着 Ruth 去逗蹦蹦豆，本常问安逸飞：身体恢复一些了吗？

安逸飞知道他指的是阳痿的事，他绝望地摇头，本常说：如果仅是受了寒凉，应该好治，就怕还有别的原因。

安逸飞将事情的来龙去脉说了一遍，本常听后沉默片刻，问：如果你手中剩下最后一杯水，给谁？

安逸飞歉意地拍了拍弟弟的肩：好弟弟，对不起，我想给妈妈。

本常点头：应该的。若有两杯呢？

安逸飞先看了一眼玩得正欢的 Ruth，然后转头看着本常：当然给我弟弟和那个傻蛋分啰。

本常接着问：你不给爸爸吗？

安逸飞头一仰：给他？说不定他转手就给那个女人和孩子了。

本常笑了：这么看来，那个飘飘，并不是你生命中什么重要人物。

安逸飞望着头顶上的蓝天：我甚至怀疑曾经是否真心爱过她。

本常给他续了一杯热茶：既然心中无虎，何患被虎咬？

安逸飞突然有种如释重负之感，他走过去拍打了几下 Ruth，蹦蹦豆跳起来冲他大吼。安逸飞提脚装出要踢它的样子，吓得 Ruth 赶紧把它抱进怀里。

安逸飞先是嘿嘿地笑着，接着便狂笑起来，他也不知自己笑什么，就是止不住。

Ruth 诧异地看着他，然后转头看本常，只见本常站在禅室门前神定自若地看着他们，Ruth 真的弄不明白这兄弟俩到底怎么回事。

三人相互看着，每个人都成为别人眼中的禅。

此岸

第二十四章

彼岸

1

大凡熟悉魏亦的人都知道，他可不是一个给瓜吃瓜给豆吃豆的人，他最少会把豆发成豆芽或者干脆养成豆苗让它结更多的豆。

Jack 为何会给他豆？或许结果就在沿着豆苗藤蔓伸展的地方。

公司财务主管汇报，环球投资中国区域的融资快要突破三十亿，其中天缘江就三亿。这实在超出魏亦预期太多，起初他的计划只是融资收购 W 公司股票，如今身价高了，心也跟着大了。

前段时间，朋友提供了国内一个生物公司濒临倒闭的信息，他派人调研过，这家公司产品不错，主要是公司内部股东内讧导致经营不善，他决定将它收购过来，然后找一所高校挂靠。

2

综艺节目第二轮比赛是音乐剧，竞争更加激烈，腕儿们都有自己的团队，飘飘既无团队辅助又没钱请人帮忙，真正属于这个舞台的弱势群体。

着急间，她想起了在天缘江认识的李老师，说是干爸，平日里也未曾联络过感情，是时候了，说不定他能给自己一些帮助。

飘飘上门去拜访干爸了，李老师是个耳根子很软的人，一听说她妈妈得了乳腺癌，她不仅要给妈妈赚医药费、还得赚钱养外婆，真有点心疼这个干女儿，当即答应给她写一个音乐剧本，还表示为飘飘写本子是尽干爸的责任。

飘飘明白，老人家是实心帮她，不会要她付稿费。飘飘感动得抹泪了，谁说世态炎凉，找不到真情？他们很自然地谈到了安逸飞，飘飘一顿炮轰，将安逸飞炸成了一个活脱脱的纨绔子弟。

李老师笑了：我倒想为逸飞平反，我看他不错呀，阳光、正直，算是富二代里的稀有品种。

飘飘撇撇嘴，撒着娇：干爸，安氏都把我们祸害成重灾区了，您还替他说话。

李老师自语：企业失信确实是个问题，看样子得写一篇短文，提提契约精神。

3

唯美的空间、恰到好处的光与影、高科技的形与色，这些舞台元素与音乐一碰撞，飘飘便身不由己地进入了花仙子的角色。

《天缘花仙》正在彩排，编剧李老师与魏亦都被邀请到现场观看。

美丽的天缘山吸引了一位花仙，她在天缘山上流连忘返。一日，她带花童驾云游玩，看到山下因干旱致使田间禾苗枯萎，百姓面临饥荒。她很忧伤，于是化作蜻蜓前去探究。

田间几个老农正在议论：天缘村一直风调雨顺，不知今年为何滴雨未下。如此下去，全村百姓都得饿死。

花仙听了，心中明白，原来是自己吸走了云雾灵气，导致天不降雨。可是，自己若是停止吸取灵气就将枯萎。

为了救百姓，花仙不仅停止吸取灵气，还将身体里储积的水分化作甘露撒在禾苗上。枯萎的禾苗救活了，花仙却日渐枯萎。

村中百姓感念她的慈悲，纷纷攀岩而上，女人们用泪、男人们用汗水去滋润她。于是，天缘山上便留下了大大小小的瀑布。

这场灵感来自天缘山瀑布的戏既切合慈善主题，又可用唯美的布景与造型打动人心。

飘飘演得非常投入，开幕前，导演私下对她说，只要不出意外，拿第一准没问题。

可是，偏偏意外就出现了。按导演安排，瀑布出现后，飘飘要迅速下山到前台谢幕。飘飘从假山后面梯子下来时，不小心被梯子上的钉子挂住了裙子，一个跟斗摔了下来，一边脸擦着梯子而下。

大伙儿看着一脸鲜血的飘飘惊慌失措，舞台乱了，现场也乱了。

4

真是人算不如天算，好好的一场音乐剧却惹出一个这么大的麻烦。

靠脸吃饭的飘飘虽然没摔出什么大问题，右眼角与右腮帮却被刮花。医生说，必须及时治疗以免感染，在伤口愈合之前绝不能碰任何化妆品。

会落下疤痕吗？

多少有一点，程度要看愈合效果。

飘飘听了自然伤心，但她更伤心的是，赞助商因为考虑几个大腕儿的档期，不肯延期节目时间，如此一来，飘飘等于自动放弃这次机会。

别说飘飘，就连魏亦也很丧气，眼看飘飘就要出彩，她一红，他的广告效应也会跟着上升。这一跤，将煞费苦心争取来的一切都给摔坏了。

5

安逸飞回到洛杉矶。他的飞翔公司真的飞翔起来了，这段时间研发的几款小游戏卖给了一家游戏公司，陆续投入市场后，非常火爆。

头儿，有人想收购咱飞翔，让我们开个价。小黑哥发愁了，他试探着问：头儿，你不会卖了公司，得一大笔钱去逍遥，然后不管我们吧？

胡说，谁要卖公司？

我们开个天价吧，省得他来纠缠。

黄毛，过来，咱们开个会。

六个人的公司，一黄一黑四白，老板安逸飞年龄最大，其他五个都是二十刚出头的毛孩子。

这个公司是我的，没错，但你们都出了力，这点我心里有数。现在游戏行业较火爆，我们公司又做出了一点名气，所以想收购我们公司的人很多。今天我给你们交个底，不管对方出价多少，我都不会卖公司，你们放心去做，赚了钱大家都有肉吃。

五个小伙伴高兴得手舞足蹈，他们起初跟着安逸飞玩游戏本没想着要赚钱，只是大家都喜欢玩。后来，慢慢开始赚钱了，安逸飞把钱分给大家，小伙伴们积极性更高了。

会还没开完，安逸飞接到 T 公司一个电话，也是谈收购。T 公司，安逸飞觉得耳熟，想了想，哦，总裁 Lan 好像是魏亦的朋友。能源公司也来凑游戏热闹，可见游戏的前景还是很乐观。

父亲一向认为自己不务正业，安逸飞真想干出点名堂来证明自己走的路非同一般人的脚印能踩上去的。

6

搞研发的人是没有昼夜之分的。

安逸飞深夜四点还在游戏室摆弄游戏，突然感觉肚子很饿，跑去厨房做了个三明治。

太想念妈妈做的菜了，他拿起手机想给妈妈打电话，想想又放下。

父母离婚对他打击太大了，虽然搬家的时候，他气父亲连气味也不给留下，其实，他生在那儿长在那儿，能对那个家不留恋？

安逸飞一边吃一边翻看微信，哎呀，飘飘受伤了。不管他们之间存在着怎样的恩怨，安逸飞还是很同情她。几经犹豫，还是给飘飘打了一个电话。本来只是想安慰一下她，哪知情绪不佳的飘飘却哭闹起来。

飘飘，我知道你很难过，但事情既然发生……

飘飘打断安逸飞的话：安逸飞，你少在我面前装，你不就是比我多几个钱吗？你要不是有个土豪爸爸，说不定混得连我都不如。

也许吧。

安逸飞突然听到电话里传来咔嚓、咔嚓的声音，他问：你在干吗？

剪卡，把你那张臭卡剪了。

啊？飘飘，理智点。

你以为没有你的施舍，我就得饿死？

安逸飞无语了，他不想对一个情绪失控的人多作解释。默默放下电话，又走进了游戏室。

7

孩子，除了爱，妈妈还能给你什么？

华音因布置新居劳累而早产诞下女儿小点点，看着保温箱中沉睡的小点点，华音百感交集。

下午，月子中心派来工作人员接她们母女出院。北京虽大，有缘人却仍是低头不见抬头见。他们刚到医院大门口，恰逢飘飘也来医院换药，飘飘本能地侧身避开，两人擦身而过相对无语。

但当华音走远时，飘飘冲着她的后背喊：华姐，等我好一点，来看你和宝宝。

华音虽然对飘飘有看法，甚至不屑，但听到飘飘说出"宝宝"二字，顿时感动了，这是小点点出生一周中，除自己与医护人员外，第一个叫她宝宝的人，华音不由得回头轻道一声：你也珍重。

8

地处江南的天缘江一向少雪，大家听到天气预报要来风雪，都把它当成一件大事。

正逢周末，汪海莲邀邻居沈若兰一起去买菜。

沈若兰刚做完早课，她问汪海莲：儿子要回来了？平时不都是保姆买菜吗？

汪海莲说：不是说会有一场罕见的风雪吗？接着，她叹息一声：我那野小子只顾着忙自己的事儿，哪顾得上爸妈呀？听说，公司融资几十个亿了。你说，要那么多钱干吗呀？这得还多少利息？

沈若兰安慰她：别担心，孩子脚大，他的鞋肯定也要跟着买大。好，咱们去市场转转，正好买点新鲜水果作供品。

两人一路聊着天，汪海莲说：我看你吃斋念佛二十多年，菩萨还真显灵，这不把日思夜想的儿子念回来了吗？只是怎么没把那妖精念灭了？

沈若兰低念：阿弥陀佛，菩萨不会教人起恶念。

汪海莲气呼呼地说：这种人，还能放过？听说，她生了一个儿子。

沈若兰心中一颤，低声问：生了？

汪海莲撇撇嘴：当然生了。哎，无缘无故跑出一个野种来，安家的财产肯定要被他分去一大块儿。

沈若兰只顾念佛，已经听不清她说些什么。汪海莲碰了碰她，沈若兰抬头一看，原来 Ruth 与一帮同学也在前面的水果摊上买水果。

沈若兰解脱似地甩开汪海莲朝 Ruth 走去，Ruth 见了她，亲热地跟她们打招呼：沈妈妈早！汪妈妈早！

沈若兰见了她，满脸笑容，把刚才听说华音产子的不快冲去许多。Ruth 说，婆婆告诉她的，这儿的水果比超市新鲜还便宜。

沈若兰连忙帮着 Ruth 挑水果，汪海莲自己也不知怎么回事，一开始就对这姑娘很排斥，可当她看到 Ruth 与沈若兰亲热时，她又不舒服了：这不是儿子喜欢的姑娘吗？可别给安家小子抢了。

汪海莲小跑过去，抢着要付水果钱。

汪妈妈不用，我们都是 AA 制各付各的。

A 什么 A，一点小钱还 A，就算汪妈妈替魏亦付吧。

Ruth 碰到两位热心的妈妈，只有说谢的分儿。她告诉两位妈妈，今天要与同学去徒步。两位妈妈抢着告诉她，天气预报说可能会有风雪，千万别走远。

Ruth 一一答应，说老师已经叮嘱大家了。

Ruth 当场将水果分给大家，一群孩子嘻嘻哈哈地走了，两位妈妈看着他们远去的背影心中各有主意。

9

天缘江是山区，出了城便是连绵不断的山。

Ruth 原计划是想带同学徒步去盘龙山，中午还可以在报亲寺吃顿素食。可昨晚给本常打电话，本常说，仰山寺来了一位高僧约他前去论禅，不过新收的两个弟子留在寺中，他们去了也有斋饭吃。

你不在那儿，我们去得就没意思了。

大家商量过后，决定朝仰山方向走去。虽已入冬，途中树木依然茂盛，颜色反而比其他季节丰富得多。竹子当称树木中的君子，天缘山脉的毛竹用漫山遍野来形容一点也不过分，它们不仅挺拔还不轻易变色，不管季节如何更换，总是保持着青翠本色。

充满活力的年轻人，一路说说笑笑，不觉几个小时已过，虽然手机上有导航，他们还是不知走到了哪里。

突然一阵哭声隐隐传来，大家四顾张望，山间断续回响着"鹅——鹅——鹅——"

谁饿了吗？不对！

这里不会有妖怪吧？

这种声音即刻被另一种声音否定：妖怪肯定没有，野兽可说不定喔。

话音刚落，从山边窜来一股贼风，头顶上弱弱的太阳光影霎时被乌云遮盖，Ruth 身子哆嗦了一下，感觉皮肤上满是鸡皮疙瘩。身材瘦小的南亚女同学连忙拉着一位男生的手，那位男生立马捡起路旁一根树枝，其他人见了也不由自主地在附近寻找着防身之物。

之后，大家目光齐刷刷看着 Ruth，虽然在安逸飞眼里她是懵懵懂懂的，同学们却把她当成中国通。此时，恐惧并未压倒年轻人的冒险劲儿，她说：走，我们去看看。

哭声将他们引入了一个山路口，左边是座黄墙寺庙，右边有个茅屋小院。大伙儿停下来听了一会儿，判断哭声来自茅屋。

一行人小心翼翼地来到茅屋前，一条小溪绕着一个大约八九百平米的院子，里面的房子像报亲寺一样，都是黄土墙茅草顶。

一同学惊悚说道：聊斋，我在电视上看过，有狐仙。

另一同学马上附和：是的，我也看了那电视，不过那些狐仙非常美丽、也很善良。

呵呵，找狐仙去喔。

同学们蜂拥而去，驻足门前溪水旁的Ruth却认出了牌匾上的四个字——"郑谷草堂"，只是她既不知道郑谷何许人也，也不知道何谓草堂。

顾不得细辨，Ruth跟着同学们进了院子，从房子结构可以看出，此处分为三部分，每一部分都用绿色的字体注明：讲堂、书堂、屋堂。以Ruth他们的汉语水平，一时还难以理解三组堂屋功能的区分，重要的是，奇怪的哭声是从堂屋后面传出来的。

堂屋后山是一片青翠的竹林，他们正往后山赶，屋子里出来一个人，和颜问道：请问，你们是来参观草堂的吗？

我们是来找狐仙的。

狐仙？

那人看着这群年轻的外国学生，脸上泛起疑团。

Ruth连忙解释：我们听到了一种奇怪的哭声，想知道是什么在哭？

哦，呵呵，是我们家的鹅哭了。

鹅为什么会哭。

那人领着大伙儿爬上后山，竹林中，围着一个鸡圈。一只白鹅寂寞地站立在鸡圈最高处，时不时地哭泣几声。

鹅，你为什么这么忧伤？

那人说：我剪了它翅膀上的羽毛。

为什么？

九双不同颜色的眼睛紧盯着他，那人被大家看得不好意思了，说：下去喝茶吧，我给你们慢慢讲。

南亚女同学为了安抚那只伤心的鹅，从背包里拿出一块面包扔给了鹅，结果鹅看也没看面包一眼，一群鸡却为此争抢起来。

堂屋旁有块空地，摆着一张桌子，几把椅子，大家正好口渴了便围桌喝起了茶。

那人说：我姓刘，你们可以叫我刘哥，平时就是我在这儿打理草堂的。

快说说，你为什么要惹得那鹅哭泣？

提问之人大有问罪之意，刘哥骚了搔头，内疚地说：我真不知道剪了鹅的翅膀，它会这么伤心。那天，我和一朋友也坐在这儿喝茶，突然看到头上飞过一只硕大的鸟。朋友说，你们家的鹅飞走了，我说，不可能，鹅怎么会飞呢？那肯定是雁。说完，我两人起身去鸡圈看了，果然鹅不见了。再回头看，那只鹅快要飞越前面的山头了，我们干紧开车去追。后来，还是山那边的村民帮我们找回来的。我担心它再逃跑，就将它翅膀上的羽毛剪了，结果它连续哭了好几天。

同学们一时忘了喝茶，叽叽喳喳地议论着。

难道它不屑与鸡为伍？

鹅立鸡群不是很能满足优越感吗？

一向爱恋 Ruth 的中东同学有感而发：我觉得它是想出去寻找爱，为什么不给它找个配偶呢？也许有了配偶它就不会想逃跑了。

这个说法得到很多人赞同，刘哥点头说，或许这是个办法。

见这些年轻人一时绕在鹅上出不来，刘哥说，既然来了，我带你们参观一下草堂吧。

Ruth 问：郑谷是谁？

晚唐诗人。

他是天缘江人？

是的。这个草堂要不是一位已经退休的领导动员民间力量建造下来，恐怕后代人没谁记得咱们天缘江出了这么一位杰出诗人。

两人正说着，南亚女生下台阶时不小心崴脚了。刘哥查看了一下伤势，觉得虽然不太严重，也要处理一下才能走，于是拿出一瓶白酒给她涂上后揉搓了一会儿。其他同学匆匆参观了一下草堂，见附近山色秀丽，于是提出去山上转转。

Ruth 主动留下来陪伤员，她叮嘱同学们不要跑得太远，约定下午三点前在草堂汇合。

中东同学 Lutfi 提出留下来陪她们，Ruth 没同意：你留下也帮不上忙，还是跟大家一起去玩吧。

10

大概两点过后，山上开始变天，远处一片模糊。

刘哥站在寺前台阶看了看天色，只见远山一片灰蒙：天气预报说晚上有风雪，难道提前了？

正在此时，Ruth 接到本常电话，当听到 Ruth 说她们在郑谷草堂，本常声音有些兴奋，他说，他就在草堂旁边的仰山寺，马上就过来。

不一会儿，本常就来了。他说，要变天了，你们赶紧回城吧。

可是他们还没回来呢。

他们去哪儿了？

进山了。

赶紧联系，让他们到这儿集合。

Ruth 在同学微信群里连发几个信息询问他们走到哪儿了，很久都无人回复，只好打他们电话，连着打几个人的手机都不在服务区。

本常当即判断他们进入了一个没有信号的地方，他让 Ruth 与伤员同学分别继续打电话。足足两三个小时过去了，那些同学还是联系不上。

冬天天黑得早，一向沉静的本常开始着急了，让刘哥打电话报警。报完警，本常想起一个曾经挖过何首乌的地方，正是仰山南边，那里一点信号也没有。

糟了，那里地形复杂很容易迷路，我得先去那里找找。

Ruth 说：咱们还是等搜救人员来了再说吧。

你们在这里等搜救人员，我先找人，因为山上不通车，等搜救队员进山，天就大黑了。而且，目前还不能确定他们在哪儿。

Ruth 坚持跟着一起去，刘哥负责照顾伤员并等搜救队。

11

　　魏臻似乎一年四季都很忙，难得在家里吃顿饭。自从认出女儿之后，更是不愿回家。今天因为天气预报说夜间降雪，他便早点回家。到了家门前，碰见一脸失落的安牧良从沈若兰家出来，于是下车邀他一起去家里小酌几杯。

　　安牧良平日巴不得遇上这样的机会，今日却蔫头蔫脑地说：公司还有事，下次再找机会聚。

　　魏臻猜测他可能是在前妻那儿受了冷落，于是也不勉强，招呼司机让道后，独自回家了。

　　汪海莲亲自下厨做了几样菜，还拿出安男人与安女人，准备对饮几杯。她一边开着酒，一边邀功似地把早上去菜市场碰到 Ruth 与同学买水果，特别是她付了水果钱的事夸张地说了一遍。

　　魏臻急问：他们要去哪儿？

　　汪海莲回忆着：说是去徒步。

　　魏臻追着汪海莲问：徒步？说了去哪儿徒步吗？

　　汪海莲不高兴了：我又不是她妈，管那么多干吗？

　　魏臻即刻回敬：你当然不是她妈！她怎么会有你这样的妈？

　　汪海莲将酒瓶重重地顿在桌上，怒瞪双眼：老虎不发威，当我病猫呀！她该不是你的私生女吧？

　　魏臻两眼发直：你不是她妈，我可是天缘江的父母官！留学生一旦出事，那就是国际事件，谁也担待不起！

　　汪海莲顿时被这阵势镇住了。魏臻掏出电话直拨 Ruth 手机，"您拨打的手机不在服务区"。

　　糟了！魏臻赶紧打秦秘书电话，要他与学院联系。

　　魏臻打完电话，出去看了一眼天色，城里虽然气候转换不明显，可山区却不同了。他在家里待不住了，打电话让司机回来接他。

　　汪海莲还真被魏臻唬住了，她不敢像往日那样疑神疑鬼，但心中绝对不爽，独自坐在宽大的西餐桌前，一把推开酒杯，不再管魏臻，闷头吃饭。

此岸

第二十五章

彼岸

1

魏臻来到办公室没多久，秦秘书也过来了，他告诉魏臻，刚才与学院联系过，包括 Ruth 在内，一共有九个留学生至今未归，而且联系不上。

魏臻着急地说：还磨蹭什么？赶快组织搜救！

秦秘书连忙给公安局长电话，那边回复，110 已经接到报警，他们在三小时前就派出了警力搜救队。

魏臻接过电话：找了三小时都没消息？

对方回答：山区天气恶劣，加上搜救目标不明确，所以加大了搜救难度。

魏臻指示：加派警力，并发动沿路百姓帮忙，随时报告事态发展。

是，市长放心，我们一定尽快找到那些留学生。

2

用什么词来形容那几个留学生呢？或许"率性而为"这个词语较为恰当。

说好在附近山上转转，结果走着走着玩性一起就没了方向，他们来到仰山南边，被大大小小的瀑布所吸引。山里气候比外面变化得更快，说好的晚间雨雪，山里午后就开始飘雪。等他们想起与 Ruth 的约定，收起背包准备出山时，绕来绕去，却怎么也找不到来时的路。本常与 Ruth 找到他们躲藏的山洞时，天已大黑。

一同学问本常：能给我们找点吃的吗？

本常摇头，告诉他们野外不是他们想象中的那么浪漫，要吃东西必须活着走出山。

出山的路并不漫长，只是因为风雪，使他们每一步都很艰难。等待救援不是办法，因为有人已经熬不住饥寒，大家决定冒雪出山。

本常让包括 Ruth 在内的八人，分成两组，自己打头探路，八人跟在后面。本常脱下雨衣，让给一个看上去体质较弱的女生穿上，他让大家等他一会儿，他从外面折了八根树枝，扯掉叶子与细枝让他们拿着当拐杖。

山野一片苍茫，幸好本常来这里挖过好几次药，再加上刚才进山时，他留意了四周的地貌，即使这样，平日不到两小时的山路，他们却走了四五个小时。当一群人跌跌撞撞走出那片山林时，一种壮观的景象，把他们惊呆了。

怎么回事？漫山遍野都是电筒与火把。

原来，搜救队员通过询问刘哥与当地百姓，已经锁定了仰山。

留学生们感动得当场落泪，其中一个留学生竟然用中文高呼：中国政府万岁！

3

等待的时光总是显得漫长，魏臻一直坐在办公室，把秦秘书那包烟抽去一半。

他几次想提起桌上的电话打给叶媛媛，可是在情况不明的时候打给她说什么呢？不是让她干着急吗？万一女儿有个三长两短，怎么跟她交代？Ruth 呀，Ruth，我的好女儿，你可千万别出事！

晚上九点四十，终于有了留学生们的消息。得知他们安然无恙时，他的眼睛湿润了。

魏臻即刻指示，赶紧把同学们送医院，让医生好好查查是不是冻坏了哪儿。

秦秘书进来汇报了整个事情的详情，魏臻脱口而出：真是虎父无犬子。

秦秘书附和：安牧良这个和尚儿子真的不错。

魏臻连忙补充：Ruth 这女孩很优秀。

简直太优秀了。秦秘书眼睛一转便明白了领导意图。

4

叶师母，快去看，你家肉丝上电视了。

我孙女叫叶斯斯，别老是肉丝、鱼丝的。

叶师母任何时候都不忘纠正大家的说法。

对，是叶斯斯上电视了。

正在井边听新闻的叶师母，听说孙女上电视了，颠着小脚跑回去开电视。叶师母的新闻都是井边听来的，她从不看本地新闻台节目，因此按了半天也没找到孙女。

原来，Ruth 因为捐画、救同学而受到学院嘉奖。不仅如此，市长魏臻还亲自表彰她为天缘江"荣誉市民"。

Ruth 发表感言时说：在她眼里，天缘江这座禅城，集真善美于一身，处处充满禅意。能为天缘江出力，是她最大的荣幸。只是，这次救同学最大的功臣应该是本常。

魏臻站起来解释，因为本常算是天缘江人，而 Ruth 是外籍人士，所以 Ruth 当选"荣誉市民"理所当然。

Ruth 说：我妈妈叶媛媛也是天缘江人，她老家就在叶家村。我不是外人，天缘江是我婆婆家。

魏臻没想到她的感言会如此爆料，笑容逐渐变得僵硬起来。

5

叶师母在电视上没看到孙女，汪海莲可看到了。头天晚上，她被人约去打麻将错过了，第二天上午补看新闻，让她发现了一个巨大的敌情。

她前前后后地回想、推理了几遍，直觉告诉她，Ruth 就是魏臻与叶媛媛的女儿。原来如此！老妖精逃到美国去了，现在派小妖精回来搅事，更可气的是父子俩竟然合起伙来骗她。这个世界还有天理吗？

汪海莲气质败坏地拨打儿子电话，她首先要质问儿子屁股坐哪边？谁知，打几遍都被对方按了，汪海莲一肚子火没处发，一边拨手机，一边冲市政府去。

魏亦正在开会，手机不停地响着，一看是妈妈电话，想也没想就将电话按了。没多久，电话又响了，魏亦再按，电话再响。

汪海莲快到市政府时，魏亦终于回了一个电话。汪海莲一顿炮轰：你爸作孽，你小子干吗畏罪潜逃？难道你们是一伙的？

魏亦被妈妈一顿炮轰，半天回不过神来。

妈，你说什么？我正在开会呢。

汪海莲停下脚步，喘着粗气：你是不是早就知道那个什么肉丝的妈妈是你爸的老情人，那个肉丝是你爸的私生女？

魏亦心里不由一惊，什么、什么？天呀！此刻，他宁愿相信公司破产也不愿相信 Ruth 是他亲妹妹，这些年来，他没少玩过女人，可真正让他动心的只有 Ruth。他虽然没弄清楚事情的真相，却深知老妈的德性，万一伤及 Ruth 怎么办？

他连忙问：妈，你气喘吁吁的去哪儿呀？

汪海莲理直气壮地宣称：找老东西算账去。

魏亦急得跺脚：妈，亲妈，你听我说，你赶紧回家，算账的事交给我。

汪海莲喘着粗气：我不信，你们是一伙的。

魏亦真的急了：这事儿，我怎么能跟他一伙？我当然是跟你一伙的。你想过没，我爸现在是什么身份？现在全国各地都在查贪官，中央又派出了巡视组，你能确信我爸没一点儿问题？你这一闹，还不等于直接把我爸往火坑里推？

汪海莲正在气头：把他那狗官掀了也好，不是我帮他把年龄改小，他早就退了。

掀了与退了可大不一样了，如果我爸被掀了，我和你说不定都得蹲大牢去。

汪海莲脚一跺：我跟着他捞到什么好处，凭什么让我蹲大牢？

魏亦赌气地说：好，你去闹，把丈夫儿子都闹没了，看你美到哪儿去！

汪海莲这下脚软了，她站在路边踌躇起来。

6

基层官员最看重的政绩便是提升当地 GDP，魏臻也不例外，这些天他正忙着工业园区的开发项目。

上午两个小时参加了三个会，现在还要赶去工业园解决一个棘手的问题。

坐在副驾驶位的秦秘书远远看见了汪海莲，回头说：市长，汪阿姨是不是来找您？

魏臻远远看一眼汪海莲的神色便知不妙：掉头。

司机反应也快，连忙打方向盘。

魏亦电话来了，问他到底发生了什么，妈妈现在正赶着找他算账来了。魏臻当着秘书与司机的面不好解释，只说回头打给他，他让司机送他去学院。

不去工业园了？

跟他们说，碰头会改成下午。

魏臻来到学院，单独与 Ruth 会面，他说有件事情想与她妈妈沟通。

Ruth 用自己手机拨通家里电话，依旧是爸爸接的，Ruth 简短问候后要与妈妈通话。Ruth 与妈妈也是简短问候，便说市长有事找她。

魏臻接电话时，冲 Ruth 笑笑，Ruth 懂事地退了出去。他听到叶媛媛的声音时，手有些微微发抖。

Amy 平时总是处于梦游状态，但一涉及女儿，她醒得很快：您好，市长先生，是不是我女儿给你们添麻烦了？

魏臻做了一个深呼吸：媛媛，我是魏臻。

魏臻？魏臻！这不是那个期待已久的声音吗？Amy 一时似乎连呼吸都凝固了。

　　两人沉默少许，魏臻说：我知道你的心情，谢谢你一人将女儿抚养成人，她太优秀了，谢谢！

　　Amy 完全醒了，难道他突然冒出来，莫非是想认女儿？一念至此，心中有些着慌，连忙说：不，她不是你女儿，她是 Frank 的女儿，真的不是你的。

　　魏臻心里有些失望，重重叹息一声后，着急地说：哎，你就别瞒我了，这事儿，我能看不出？

　　叶媛媛还在否认，魏臻打断她：你不肯承认也好，或许这样还能更好地保护她。媛媛，当年是我对不住你，放心，我一定会保护好孩子。对了，忘了告诉你，女儿是天缘江的"荣誉市民"。

　　Amy 没等听完，见 Frank 用疑惑的眼神看着她，慌慌张张把电话挂了。魏臻对着"嘟嘟"作响的手机，心中更是茫然。正在此时，魏亦电话挤了进来。

　　魏臻见是魏亦电话就接了，魏亦着急地问：Ruth 妹妹，你还好吗？

　　魏臻说：你 Ruth 妹妹很好呀，前几日还被授予天缘江"荣誉市民"呢。

　　魏亦一惊：爸，你为什么接 Ruth 电话？

　　魏臻镇静地说：别跟着你妈瞎嚷嚷。

　　魏亦火了：那你给我解释一下，你跟 Ruth 是什么关系？

　　此话怎讲？

　　好，我说明白点，我爱 Ruth，我要与她结婚。

　　这下轮到魏臻着急了：这事儿别着急，Ruth 不还是学生吗？

　　魏亦笑了，笑声有点瘆人：现在大学生都可以结婚，更别说留学生了。

　　魏臻迟疑少许：不行！

　　为什么？请给我一个说法！

　　其实，魏亦此刻已经得到了答案，怪不得第一次见到 Amy 时，她的表情那么奇怪，她肯定是从我身上看出了父亲的影子。尽管如此，他还是希望父亲给他一个别的说法。

　　魏臻拿出了领导的武断：我说不行就不行！

　　Ruth 探进半个头来，魏臻挂了电话还她，淡淡地：刚才接了一个魏亦的电话。

Ruth 理解地点头，魏臻郑重叮嘱：如果魏亦妈妈来找你，尽量避开，千万不要跟她见面。

Ruth 瞪大迷茫的双眼：为什么？

魏臻还没来得及解释，魏亦电话又打过来了，魏亦着急地对 Ruth 强调了魏臻同样的话。

Ruth 满脸疑惑地问：为什么？刚才你爸爸也是这样叮嘱我。

魏亦迟疑少许：具体原因，你问我爸。

Ruth 将疑惑的双眼转向了魏臻，魏臻慈爱地摸了摸她的头：孩子，相信我，记住就好，有些事情不是三言两语能够说明白的。

魏亦挂了 Ruth 电话又打魏臻电话：爸，我不管你和我妈闹什么名堂，千万别殃及 Ruth。

虽然儿子的语气凶巴巴的，魏臻却感觉他们父子生平第一次达成这种默契。他当即表示：好的，爸爸一定会保护好你 Ruth 妹妹。

魏亦平日里总是喜欢一口一个 Ruth 妹妹地叫，现在从父亲嘴里听到"妹妹"这个称呼，他顿时泄气了：爸爸，Ruth 真的是我亲妹妹？

魏臻被儿子的问题噎住了，默默挂了电话。

7

或许你还记得，当年我依依惜别的泪眼，可你却无法知道，多年后我空杯对月的憔悴。想家，还能轻吟唱一曲慰乡愁，想你，却找不准一个音符。

Amy 挂了魏臻电话之后，情绪有些激动，情不自禁来到院中，对月轻诉。

起风了，她听不到风声，耳边回旋的全是魏臻那一声重重的叹息。

Frank 担心她着凉，拿来一件外套披在她肩上。Amy 看了他一眼，一脸陌生。

Frank 好奇地问：刚才不是甜心电话吗？怎么后来又是一个男的声音？

Amy 愣了愣，似乎醒了一点：她、她的领导，说她被授予"荣誉市民"。

Frank 听了兴奋得眼睛发亮，他奇怪地问：多好的事情！多棒的孩子！亲爱的，你为什么不高兴？

我？

Amy 答非所问地指指天上的月亮：它为什么总要缺一块？

Frank 搂住她：咱们的小甜心回来了，它就圆了。

Amy 挣脱 Frank 喃喃自语：前生与今世的人能成一个圈里的圆吗？

这回轮到 Frank 茫然了，看着残月下冷艳逼人的妻子，他耸了耸肩。

8

空空的家，空空的心，安牧良在公司加班成了常态。

轻轻的敲门声，礼貌而亲切，安牧良大声说：进。

爸，您打电话叫我务必来一趟，有急事吗？本常放下竹背篓。

安牧良见了儿子就像久雨遇晴，立刻泡了一杯龙井端给本常。

本常指着竹篓：我挖了一些野山药、黄精什么的，让张婶熬汤给爸爸喝。

安牧良想说，儿子，爸爸真的不需要吃什么，只要记得常来看看爸爸，比吃什么补品都强。可此刻，他喉头发硬，连一句简单的话都说不出。

本常以为父亲还是不肯相信自己挖的东西，连忙解释：爸爸放心吃，野山药与小米一起熬粥最健脾胃，黄精也是我九蒸九晒过的。

安牧良看着本常，眼睛有些湿润，喉结上下翻滚几下才说：儿子呀，不要说这些都是好东西，哪怕你拿毒药给爸爸，爸爸也会当补药喝下去。

本常笑了：爸爸相信就好。

安牧良看着儿子豁达的样子，心中由衷高兴，他从抽屉拿出一份合同交给本常：叫你来，一来是有些日子不见，爸想你了。还有就是，这是你的股份合同，保管好。

本常看也不看地还给父亲：就放爸爸这儿吧，我拿着也没用。

你哥不让放我这儿，他要让你自己保管。

本常只好收下了：好吧，那就放妈妈那里。

安牧良看着儿子：让你妈妈保管也好，我真担心你像那个Ruth小傻瓜一样，那么值钱的画说捐就捐了。

爸爸，Ruth不傻，她有一颗慈悲之心。

安牧良突然脑洞大开，拉着本常坐在沙发上，语重心长地说：儿子呀，爸爸知道你有点呆，可是你不傻，告诉爸爸，你喜欢Ruth吗？

本常正色：儿子爱天下众生，当然包括Ruth。

呆儿子，你不会不懂爱情吧？如果你爱Ruth，爸爸跟你哥说，要他把Ruth让给你。

本常皱了皱眉，缓声说：儿子心中虽然向往过爱情，只是鱼与熊掌不可兼得。另外，Ruth不是股份，怎么可以转让？她是一个个性非常独特的女孩，是儿子心中的菩萨。

哎，爸爸不是让你放弃信仰，是想要你将信仰与爱情换个位置。

本常看着孤独而固执的父亲，心中满是悲悯，他拉父亲一同坐在沙发上。

爸爸，我们谈点别的吧。

好哇。

现在什么生意最好做？

呵呵，你也对生意感兴趣了？这个嘛，真难说，这些年房地产是暴利，互联网也是金矿。

既然如此，爸爸为何不转行去做那些比做酒更赚钱的生意？

呆儿子呀，老本行能轻易放弃吗？

爸爸说得对，师父也是这么教导我，不忘初心方得始终。

安牧良猛然醒悟，他眼里的呆儿子，智商远远超越了他，要不怎么每次谈话都被他将住呢？安牧良默默地走到窗前，本能地抽出一支烟，看了一眼儿子又放回去了。

儿子呀，我可不希望你老了也像爸爸一样做个孤家寡人。

爸爸怎么是孤家寡人呢？爸爸不是有我和哥哥，还有一个新添的小弟弟吗？

什么小弟弟？你听谁说的？

啊，您不知道？

安牧良摇头，他急急地问：快告诉我，你是怎么知道的？

妈妈说，是隔壁汪施主告诉她的。

安牧良明白了，可能是魏亦在北京遇上了华音。本常走后，他给办事处打电话，让他们去几个大一点的医院产科查查。

话虽如此说，安牧良哪能不清楚"大隐隐于市"？

9

心中的女神突然变成了亲妹妹，这份亲情对魏亦来说，降落得实在太突然也太沉重。

多宝按照魏亦吩咐买了很多水果给 Ruth 送去，Ruth 将心中的疑虑讲给多宝听：多宝哥哥，有件事我真搞不懂。你说，魏市长和魏亦都叮嘱我躲开汪妈妈，为什么？

多宝认真地思索了一下，说：肯定是魏董爱上你了，他妈不同意，于是那个母夜叉就想找你麻烦。

Ruth 皱着眉：可是，我没跟他谈恋爱，而且，我只把他当成像你一样的哥哥，没别的意思。

多宝语重心长地说：妹妹，多宝哥哥当然相信你，可是，那母夜叉信吗？那是什么人呀？

Ruth 自言自语：她怎么会那样想呢？

是呀，不可思议！我 Ruth 妹妹宁可爱飞哥也不会去爱魏董。

Ruth 奇怪地看着他：我的世界难道就只有这两个男生可以选择？

多宝头一扬：当然不止。不过，妹妹要是爱别人的话，就不如爱飞哥了。

Ruth 笑了：哦，我明白，是多宝哥哥的世界里只有他们两个，所以把一生的命运都交给了他们俩。

多宝一时脑袋拐不过弯来：我又不是女人。

Ruth 歪着头，调皮地说：多宝哥哥有女朋友吗？

多宝沮丧地摇头，天缘江条件稍微好点的女孩都想找飞哥这种高富帅，不过，昨日我被她们瞧不起，明日就会让他们高攀不起。

Ruth咯咯地笑着：那么今日呢？

今日？哎，今日不正在努力吗？我真的不喜欢天缘江的女人，除了我干娘，都是泼妇。你看，魏市长当了那么大官还挨老婆欺负，我妈也经常骂我爸，还有咱们婆婆，公公都躺地下了，每天照样挨骂。

是这样吗？可我觉得婆婆骂公公，那是一种爱的表达方式。

多宝突然脑洞大开：妹妹，干脆给我介绍一个外籍女同学呗。

Ruth没有回答，眼睛骨碌骨碌转了几圈，站在寝室门口大声招呼着：亲爱的女同学们，我哥哥送了水果来，想吃的过来哟！

Ruth哥哥多，早就闻名整个留学生部，同学们闻声而来。

Ruth招呼大家吃水果时，半开着玩笑说：你们有谁爱我哥哥吗？

七八个女同学齐声回答：爱！

多宝一时被这阵势吓得躲到一边了，Ruth认真起来：我说的是真的，我哥哥想找女朋友哦。

几个女同学嬉笑着：我们早就爱上你几个哥哥了，特别是那个和尚哥哥，简直太帅了。

我真想看看他留头发、穿西装的模样。

Ruth，下周末带我们去盘龙山好吗？

Ruth敲敲桌子：别跑题，现在只可以讨论我的多宝哥哥，其他的先不说。

一个女同学拿着苹果跑了，其他的各自拿着喜欢吃的水果也跟着跑了。

Ruth遗憾地摊开双手。多宝安慰她：妹妹，没关系，我有自知之明。

此岸

第二十六章

彼岸

1

老大，你的手机响了好几遍。

哦，好。

安逸飞拿起手机一看，是魏亦，看样子不接不罢休。魏亦说，他刚到洛杉矶，心里郁闷，想找人喝酒。

郁闷找女人去呀，找我干吗？安逸飞懒洋洋地回答。

魏亦要横了：不过来是吧？信不信我开拖车过来连人带房子把你拖到酒吧去。

安逸飞伸了个懒腰：好怕怕呀！你以为这是天缘江？

魏亦见硬的不行便来软的：兄弟，我们是冤家对头，这点没错。可除了我爸妈，最了解我的人难道不是你？我现在心里的苦水呀，连爸妈那儿都不能漏半滴，你不来陪我，我找谁去？

见魏亦服软了，安逸飞想想也是，魏亦如此，自己何苦不是如此。

哎，冤家！冤家！！冤家！！！

2

午后，酒吧人少，光线昏暗，让人未饮先醉。

安逸飞知道要喝酒是打车来的，到约定酒吧时，魏亦已经干了好几杯。

安逸飞坐下后，两人并不说话。干完一杯后，魏亦盯着安逸飞问：你爱 Ruth 吗？

安逸飞一口酒下肚，出口的话比酒冲：我爱不爱 Ruth，关你屁事？

魏亦举杯：当然关我的事了！

安逸飞站了起来，指着魏亦：小子，你要胆敢打 Ruth 的歪主意，信不信我揍扁你！

他狠狠地瞪了魏亦一眼，将酒干了。

如果 Ruth 是你亲妹妹，你会怎样？

安逸飞鄙视他：无聊。

魏亦瞪着醉眼看着他：快点回答我。

安逸飞看也不看他一眼：本人的智商不用来解释这么幼稚的问题。

魏亦趴在吧台声音有些哽咽：你觉得很无聊是吧，可这无聊的事儿偏让我摊上了。

安逸飞霎时被酒噎住，愕然地看着魏亦。魏亦看起来确实很伤心，安逸飞开始同情他了，拍了拍他的肩：你不是喝多了吧？

魏亦将脸藏进了肘弯，瓮声瓮气地说：我醉死的心都有，你还觉得无聊？

安逸飞皱着眉：哥们儿，说说，咋回事儿？

Ruth 很有可能是我爸与 Amy 的私生女。

完了，完了，魏同学你到底喝了多少？醉得胡言乱语了。

是的，我醉了，可我并没胡言乱语。

魏亦把他的猜测与判断说了出来。安逸飞听完，心里一阵轻松一阵同情后，紧接着问：你妈那个母夜叉该不会去找 Ruth 麻烦吧？

魏亦抬起头来：应该不会去了，我警告过她。她若一意孤行，别怪我不认她这个妈。

安逸飞一把夺下魏亦的酒杯：对，她若敢欺负 Ruth，坚决不认她！走，我送你回家，这酒咱不喝了，我的脑袋也给喝糊涂了。

两个从小斗到大的冤家，此时为了心爱的女孩 Ruth，毫无异议地站在了同一战壕。

3

洛杉矶冬日的阳光暖暖的，很容易让人忘记季节。

酒吧离魏亦家不远，魏亦一路又喊又吐，折腾得安逸飞真想把他扔了。好不容易弄他回到家，吐完，他竟号啕大哭起来，安逸飞只好耐着性子陪着他。

魏亦坐在地上哭累了趴地板上睡着了，安逸飞担心他出事不敢离开。看着魏亦睡梦中还在挣扎的表情，安逸飞不禁想起了自己的家事，华音若真的给自己生个弟弟或者妹妹……此念一出，安逸飞即刻生出几分烦躁，一口气将瓶中剩下的酒全喝了。他想看一眼魏亦是否又在呕吐，却见三个魏亦躺在地板上，慢慢地眼前一片迷糊……

一觉醒来，已是深夜，安逸飞去厨房做了两个简单的三明治。不久，魏亦也醒了，说好受一些，前几日，他差点被憋死。

其实两人都没胃口，勉强吃了点东西，安逸飞准备回家，魏亦拉住他，可怜巴巴地说：别丢下我。

安逸飞甩开他：我们有共同语言吗？大好时光让我陪着一个疯子。

魏亦摇摇晃晃地站了起来，重新开了一瓶酒，递给安逸飞一杯，两人继续喝。

魏亦说：好像这是我们第二次彻夜长谈。

安逸飞点头：日子过得真快呀，记得，那时听说高考分数比我少了一百多分的你也被复旦录取，我当时的怒火真的可以烧掉一座房子。

魏亦苦笑着：我喜气洋洋向你报喜，你却怒气冲冲地揍了我一顿。

安逸飞点头：是的，我觉得，与你们这种靠关系进去的人同校是一种耻辱。

那天打完一架后，我们推心置腹地长谈一夜，彼此之间虽然互不服气却更加了解。

了解是了解，可彼此的信任度并未提高。

魏亦独自喝了几口酒，撇开话题：真怀念你们家的酒，我说，你喝了那么多的安男人，没有女人受得了吗？从这种现象，可以推断，安男人并不是吹得那么神……

安逸飞本已平复的怒火立马被魏亦撩拨起来，想到自己快半年了，性功能还未恢复，这比灭了他还要痛苦，这一切不是拜眼前这恶棍所赐吗？

安逸飞扔下酒杯，跳了起来，红着双眼，怒视魏亦。魏亦惊愕地看着他，安逸飞一把揪住魏亦的领口，将他提了起来。魏亦已经醉得站不稳了，见安逸飞举起拳头要揍他，只是瞪大双眼，却不知躲闪。

安逸飞拳头晃了晃，咬牙压制住怒火，将魏亦揉在地上：算了，今天放过你这条脏狗，等哪天没喝酒，咱们再约一架。

4

飘飘侧身向着镜子，妩媚依旧，她缓缓转身，还是美丽动人。只是右脸上的那个并不显眼的疤痕，越看越扎眼。何不趁此机会去韩国做个整容？少许犹豫之后，她开始各方咨询；除了价格，一切都令人向往。

飘飘将自己所有账户整理了一下，卡上不到两百万。她瘫坐在地上，疤痕不足以摧毁她，缺金才是她的死穴。

没事儿，上帝不会忘记我，一切都会好起来……飘飘调息了好一会儿才平息抓狂的情绪。

突然，她跳了起来，从柜子里找出一个盒子，盒子里躺着那张被剪断的金卡。安逸飞给的这张金卡，里面的钱她没动过，但一百万的数额她查过了。卡断了，钱取不出来，换卡需要安逸飞的证件。就算舍着脸求他，他会配合吗？飘飘此时有些后悔当初自己太过冲动。盘算很久，决定借看孩子的机会找华音帮忙。华音的手机关了，飘飘给办事处打电话问询。

办事处小周主任正为找不到华音生产的医院发愁，没想到飘飘一个电话为他解了围。

5

华音杳无音讯，安牧良正烦恼着，北京办事处小周主任来电话，说已查明华音在爱爱月子中心，他会马上过去。

安牧良叮嘱他先别惊动华音，等他到了北京再一起去。放下电话，安牧良即刻心情变得大好，当即让助理订晚上去北京的机票。

安牧良到达北京已是深夜，第二天一早便在新上任的小周主任陪同下去了月子中心，一路上安牧良都在想象着儿子的模样。

到了月子中心接待处，接待员说，华音母女昨天满月回家了。

母女？怎么是母女？不是说生了一个小子吗？

接待员白了他一眼：女孩有什么不好？嘿，看上去挺体面的，却这么重男轻女。

哦，不，不是这个意思，我有两个儿子，正想要个女儿呢。只是，他们说的是儿子。其实男孩女孩都没关系，健康就好。请问，华音现在住哪？

接待员不解地问说：你是她什么人？

安牧良连忙回答：我是孩子父亲。

接待员：哦，是安先生呀？您刚从国外考察回来？

安牧良愣了愣后，连忙点头。他意识到，可能华音就是这么对他们说的，接待员的一声"安先生"，霎时让安牧良心中淌过一股暖流，最起码华音还是让孩子认了他这个父亲。

接待员用奇怪的眼神看着他：我说，这位安先生，老婆生孩子，您可以不管，可家在哪儿，您都忘了？

接待员说得安牧良脸上一块红一块白，小周主任连忙说：我老板出国时间长，搬新家了，所以，不太清楚。

接待员白了他一眼：你们不会说出国几年吧？小点点七个多月早产，这孩子是不是您的？

小点点？我女儿叫小点点？她当然是我的，不是我的还能是谁的？

接待员无语了，她狐疑地看着安牧良摇头说：对不起，我们得为客户信息保密，您的身份让我们无法理解。

安牧良沮丧地回到办事处，交代小周：有钱能使鬼推磨，重金买通月子中心员工，尽快获取华音住址。

小周得令，砸下重金，果然探听到了华音母女住在朝阳区国际城。

6

家，宝盖头虽遮住了外面的寒风冷雨，却安抚不了华音对女儿的愧疚之心。

宝贝儿，妈妈只能给你生命，给不了你一个完整的家，你能原谅妈妈吗？

熟睡中的小点点，慢慢睁开眼，嘟着粉粉的嫩唇，用不明世道的眼神看着妈妈。

笃笃、笃笃。

华音以为是快递，开门见到安牧良，本能地挡在婴儿床前。

安牧良看着她：怎么？怕我伤害孩子？虎毒不食子，我安牧良有这么狠吗？

他顾不得脱衣，凑近女儿。天使般的脸，萌萌的眼神静静看着他，似乎在审视这个外来人跟她是什么关系？霎时，浓浓的父爱从安牧良的血液中奔腾而出，他身子一哆嗦，弯腰想去亲她，被华音拦住了：孩子小，别亲她脸。

安牧良悻悻地脱衣，华音接过衣服挂好，给他倒了一杯水。

安牧良接过水杯，放在桌上，心疼地抱住了华音：受苦了。

华音闻言，泪如雨下。安牧良在她耳边发誓：以后，再不会让你们母女受苦，我一定会好好保护你们。

此时的华音，伤疤盖住的伤口依然疼痛，只是痛并快乐着的感觉远甚于悲苦的离情。安牧良将小点点紧抱怀中的同时，告诉了华音离婚的事，想要华音同他一起回天缘江。

离婚？这是真的吗？华音跟了安牧良十年，安牧良从未许诺过会为她离婚，她甚至做好了带着小点点出国的准备。突然的剧情逆转，反而让她无所适从。

华音没有答应与安牧良一起回天缘江，她需要时间来消化这个期待已久的奢望。

7

艺术殿堂，浪漫之都。除了巴黎，世界上还有哪座城市配得上这个称号？

Frank 又一次前来参加字画拍卖会，一个突发的情况，几乎让他怀疑时光倒流。什么？《洞山开悟》？《洞山开悟》竟然出现在拍卖单上，这让 Frank 惊讶得差点跌破眼镜。

难道这幅画不是孤本？ Frank 找到拍卖会的老朋友打听情况，得知画主是中国人。Frank 决定，不管这幅《洞山开悟》是不是自己那幅，他都准备拍下。可是，不管他怎么加价，总有人举更高的价，他顿时明白，这幅画背后肯定有人操纵，他们不会让别人拍走。

趁着买主收画的机会，他走向前去一看，没错！这画就是自己送给女儿的那幅。Frank 即刻打电话给女儿：甜心，《洞山开悟》……

Ruth 没等父亲说完，便兴奋地说：爸爸，《洞山开悟》在天缘江博物馆，成为馆里的镇馆之宝，前不久我还去看了。等等，我发个照片给您看看。

Frank 没再追问下去了，他知道里面肯定有情况。晚上，他约老朋友 Ansel 见面，终于打听到，画的买主是美国一个叫 David 的人。

David，那个分明就是职员模样的年轻人有这种实力吗？显然，他的背后有人支撑。

Frank 知道自己出面肯定要不回《洞山开悟》，他拜托 Ansel，说自己要用高出《洞山开悟》五分之一价的《神拜》换回《洞山开悟》，Ansel 答应帮忙。

8

连魏亦也没想到，Jack 拍卖字画既是缺钱更是为了洗钱。Jack 四处搜罗字画，自然是为洗钱寻找道具。

Jack 虽然稳坐 W 公司总裁之位，也不能把 W 的钱直接划给 T 公司，他能做的就是，W 做什么生意，T 公司也跟着做，然后利用职权挑剔客户、延付或拒付客户钱款，造成客户对 W 不满，T 公司便跟在后面将 W 的客户一个一个挖去。随着生意的突然壮大，T 公司现金流严重不足，于是加大了洗钱力度，用洗钱挣来的利润做周转。

T 公司总裁 Lan 向 Jack 汇报，巴黎金牌拍卖师 Ansel 给 David 发来邮件，说他发现了一幅非常稀奇的画叫《神拜》，Ansel 说，那幅画的价值比《洞山开悟》高出五分之一。

Jack 马上说：赶紧拍下。

Ansel 说《神拜》可以给我们，不过要用《洞山开悟》换。

Jack 想了想：换就不必了，我们可以出高点价拍下。

反正我们公司买画不是为了收藏，而是做道具，《洞山开悟》已经拍过好几回了，也该换了，而且换画条件还这么优惠。

Jack 犹豫片刻答应了。

9

安牧良起初一万个不同意华音生孩子，可自从见过小点点一面之后，他就放不下这孩子了。回到天缘江后，三天两头要求与华音视频，每次看着孩子就傻傻发笑。

他告诉华音，已打点好了天缘江户籍科的人，会尽快给小点点上户口。

华音兴奋地逗着小点点：咱们终于可以取大名了，叫华典典好不好？

视频另一边的安牧良急了，他执意给孩子取名安逸典。两人在视频里争执一阵后，华音总算让步。

眼看到了年关，安牧良想接华音母女回天缘江过年，华音没回应。安牧良知道，还欠她一个身份。于是琢磨着怎样跟两个儿子沟通，想了半天也没想出一个妥善的法子来。

关了视频后，安牧良想来想去，还是打电话向沈若兰求救。他先问沈若兰：若兰，最近还好吗？

过得去吧。

身体不出问题就好，别的都不重要。快过年了，飞飞没说要回来？

人家美国可不讲究年不年的。再说，跑来跑去怪辛苦，不回来就不回来吧。

嗯嗯，还有一件事儿，想跟你商量，华音母女总在外面也不是事儿，我想接她们回来过年。

这是你的事，不用跟我商量。

哎，怎么说你也是我儿子的妈，能不跟你通个气吗？我想，婚礼就免了，最多是趁春节请亲戚们一起吃个饭。

你自己看着办吧。

别人倒没什么，就是儿子那边，最好是你出面说合一下。我估计，老二没事儿，老大恐怕会闹腾一番。

沈若兰只答应会帮他把这事儿通知儿子，没答应帮他说服儿子。

10

又是一个通宵的鏖战，安逸飞擦擦酸胀的双眼伸了个懒腰。

朋友来了，朋友来了！站在窗边的小黑哥压着嗓子兴奋地喊道。

安逸飞赶紧打开门，除了寒风什么也没有。

那儿。小黑指着太阳初升的窗外。

安逸飞走过去一看，惊喜地喊着：小黄，不对，它就是小灰腚。快快，快去把冰箱的胡萝卜拿来。

原来是一只野兔来拜访他们。往年它总是在春天出来，今年怎么冬天就来了？难道全球气温变暖也波及小灰腚？

是小灰腚吗？怎么长黄毛了？

不管长什么毛，你看它的灰腚一点也没变。安逸飞突然想起了蹦蹦豆，心里充满暖意：小样，别以为换了一身装束我们就不认识你了。快，过来打个招呼。

小黑哥拿来了胡萝卜，两人一个劲儿地往窗外扔去，却把小灰腚给吓跑了。

别担心，一会儿它还会回来。

几人正在逗着小灰腚，安逸飞手机响了，是妈妈发来的视频，妈妈问他春节回不回家？

前几天不是告诉您了，我今年不回家。

沈若兰故作轻松地说：不回来也好，你爸准备接华音母女回家过年。

安逸飞脸上肌肉抽搐了几下：妈妈，让逸翔陪你来美国吧，我给你们订机票。

沈若兰犹豫了一下，说：不知逸翔能不能来。

安逸飞说，他跟弟弟说去，他关了妈妈视频，便给弟弟打电话。

本常说，他正在筹备新年祈福法会走不开。逸飞告诉他，父亲要接华音母女回家过年，妈妈肯定心情不好，他想让妈妈来美国散散心。

本常答应送妈妈到上海登机，安逸飞马上用手机给妈妈订好了上海到洛杉矶的机票。做好这些，安逸飞洗了一个澡，却无半点睡意。心中窝着的那团火，似乎一引就着。十七岁就来到美国，已经在美国生活十多年了，按理他不应该干涉父亲的私生活，但出于对妈妈的捍卫，以及独享了三十多年的父母之爱，他还是忍不住给父亲打了一个电话。安牧良已经睡了，接到儿子电话仍然很高兴。

安逸飞没有理会父亲的问候，粗声粗气地说：以后，你就跟那女人过吧，过好过坏都是你们的事，跟我们仨没有半毛钱关系。但是，有两件事，我会很认真。第一，如果你敢与那野女人结婚，我便将妈妈、弟弟我们三人的股份合起来，将你逐出安氏，到时姑姑她们肯定也会站在我们这边。

安逸飞才说完第一点，安牧良便急了，这小子果然狠，对他简直一刀见血！他不由得喊了起来：祖宗，你是我爹！

安逸飞不紧不慢地：不急，还有第二呢，如果让那个野孩子姓安，我和逸翔就把姓让给她，我们跟妈妈姓沈了。

安牧良支吾着：不就一个姓吗？又不要指标，难不成小妹妹会把两个哥哥挤走。

安逸飞咆哮起来：死开点，谁是她哥哥！

安牧良虽然心中有些着慌，口里还是不输家长气势：小子，你怎么说话？在美国十几年，就学着了他们强横，咋不学点人家的民主？别以为躲美国我揍不到你。

安逸飞没等父亲说完便挂了电话，虽说撒了气，心却隐隐痛了。我能不希望民主吗？妈妈一向忍声吞气，弟弟吃斋念佛，我再不出声，这口气靠谁来出？

／此岸／

第二十七章

／彼岸／

1

如今这时代，像"可怜天下父母心"这种不分贫富的论调还真不多。

沈若兰想着要去美国了，儿子喜欢的女孩万万不能看丢了，于是让本常约 Ruth 一起回家吃饭，说是想问问她去美国可以携带些什么，实则是想联络联络感情。

不是冤家不聚头呀！汪海莲在二楼阳台看见远远走来的 Ruth，丢下手中的衣服连忙下楼，她连鞋也来不及换，便在沈若兰家的入户花园台阶上堵住了 Ruth。

Ruth 牢记着魏家父子的话，对汪海莲礼貌地打个招呼就想赶紧走开，没想到，汪海莲紧紧揪住她，质问：骚狐狸，有种你干吗不搬到我家来住？

Ruth 一脸茫然：汪妈妈，我为什么要搬你家来住？

汪海莲脸都气紫了，为什么？你还有脸问我为什么？你们母女不就想拆散我家吗？

Ruth 似乎听不懂她的话，愣愣地看着她，汪海莲脚一跺不由分说扇了她一耳光。Ruth 没提防她会如此粗暴，一脚踏空，滚下台阶。

本常先到，正从屋里出来浇花，见 Ruth 摔倒在地，连忙紧跑过去扶起Ruth。

汪海莲站在台阶上破口大骂，本常不清楚汪海莲为什么要为难 Ruth，见 Ruth 的脚肿了起来，他轻念一声佛，平静地对汪海莲说：汪施主，请积点口德吧，免得消了自己的福报。

汪海莲平日受沈若兰影响，遇事也去沈若兰家拜佛，对本常有几分敬畏。但此时，她怒火难消，指着 Ruth 咬牙切齿地说：小妖精，不是你们母女逼我太甚，我能这样没风度吗？

Ruth 也很气恼，她含泪说：你，不是一个好妈妈！

本常见 Ruth 行走不便，一把将她抱起，昂然从汪海莲身边走过。

汪海莲冲着他们的身影骂道：妖精，连和尚都不放过。

头顶的阳光透过树梢，漏出几点斑驳的影子落在汪海莲的身上，愤怒迅速将这些阴影压进了她狭隘的胸腔。

2

沈若兰正在房间整理东西，听见汪海莲在外面骂人，便想出去劝劝，一开门，见儿子抱着 Ruth 进来，沈若兰吓了一跳。

本常把 Ruth 放沙发上，让妈妈打一盆温水给 Ruth 泡着崴了的脚。

沈若兰一边给 Ruth 泡脚，一边问：这是怎么了？

Ruth 简单讲述了经过，沈若兰听着也很生气。

Ruth 奇怪地说：就算是我招惹了他儿子，可她为什么连我妈妈也不放过？

沈若兰叹息一声：唉，她就是个不讲理的人，没株连你婆婆就不错了。

本常摇头：真是不可理喻。

本常用安氏酒调了一些药给 Ruth 涂上，他一边涂药一边吹着隆起的包。尽管如此，Ruth 还是痛得眼泪汪汪。

正在这时，Ruth 接到妈妈电话，她忍不住哭了起来。

3

陪着 Frank 接连参加了几场美术展览，Amy 累了。

好多天都没与女儿通话，Amy 记忆里，天缘江的冬天湿冷湿冷的，女儿是否能适应？

打通女儿电话，却听到她在号啕大哭：怎么了，宝贝？

Ruth 把汪海莲打她的事如实告诉了妈妈，Amy 听到汪海莲的名字，不由心头一惊：上帝呀，若要报应请惩罚我吧，千万不要伤害我的女儿。

Ruth 还在哭，不仅是因为受了伤，更是因为连累妈妈挨了骂。Amy 不知怎么去安慰女儿，沉默片刻，说：宝贝，不哭，你知道魏臻的电话号码吗？

知道，他对我可好呢，我把他的电话号码发你微信吧。

Amy 放下女儿电话，坐在沙发上呆了一会儿，还是决定给魏臻打个电话。

听得出，魏臻接到电话很惊异也很期待，自从上次他们通话以后，他一直在找机会再次通话。今日接到她主动打来的电话，他竟然有些紧张，长舒一口气后说：媛媛，你终于肯与我联系了。女儿都这么大了，我们是该好好聊聊。

如如母爱，不管 Amy 游离到前生还是后世都会本能地张开保护的翅膀。此时的 Amy，完全走出了梦境，她想象不出电话另一端的魏臻如今是副什么模样，她只知道必须保护好女儿，于是打断他的话：魏先生，请别误会，Ruth 是我与 Frank 的独女。今日打电话给您，就是想说明此事。

不，媛媛，不要再瞒我了，孩子是不是自己的，做父母的一眼就能看出。听上去，魏臻有些激动。

而此时的 Amy，更加激动，她语气严厉且激烈：尊敬的市长先生，请转给尊夫人，不要伤害我女儿，她与你们全家没有一点关系。

不会的，我保证她不敢伤害咱们的女儿。

Amy 冷笑一声：保证？您拿什么做保证？我女儿刚才被尊夫人扇了一耳光，并且摔伤了脚，这就是您的保证？这是中国官员的欺骗作风还是中国男人的吹牛劣性？

魏臻听说 Ruth 被打，脑袋一轰，顾不得与 Amy 计较了，他急促地说：你说什么，女儿被她打了？等等，等等，媛媛，换个时间我给你电话，我先去看看女儿。

Amy 越说越激愤，不由得在电话里喊了起来：混蛋，不准去骚扰我女儿。

隔壁房间的 Frank 感觉有些头晕，早早躺下了。突然，他听见了妻子的喊声，怎么回事？Amy 一向很少失态，Frank 赶紧出来。

　　眼前一片模糊，他擦了擦眼睛，闭目一会儿感觉好多了。Frank 来到妻子房前敲门，Amy 擦擦眼开门：没事儿，跟家里通了个电话。

　　Frank 回房之后，Amy 靠在窗边，回味着魏臻的声音。她真的没想到，对着一个思念了二十多年的人，自己刚才竟用那么生硬冷漠的语气跟他说话，她更没想到，魏臻居然猜出了 Ruth 是他的女儿。

　　Amy 倒了一杯红酒回到窗边。今夜，没有晓风残月，只有剪不断理还乱的愁思。

<h1 style="text-align:center">4</h1>

　　叶师母正在院子里晒太阳，见本常将瘸腿 Ruth 送了回来，她便唠叨开了：看吧，开步就想跑，又摔跤了吧。

　　本常与 Ruth 正愁找不到借口糊弄婆婆，没想到婆婆倒是为他们开脱了。婆婆边唠叨边招呼本常坐，正在这时，魏臻打来电话，问 Ruth 伤到哪里。

　　Ruth 偷偷看了一眼婆婆，轻描淡写地说：就是不小心崴了脚，没事的。

　　魏臻犹豫一下：你现在哪里？我过来看看你好吗？

　　Ruth 告诉他，正在婆婆家，要他不要过来。

　　本常把带来的药交给婆婆保管，并叮嘱 Ruth，一定要按时涂药。交代完便回盘龙山了。

<h1 style="text-align:center">5</h1>

　　魏亦与安逸飞从小在水边长大，游泳是他们儿时最大的乐趣。安逸飞因为曾经溺过水，救命恩人又是冤家魏亦，事后自然会去苦练。

　　洛杉矶这家游泳馆，是他们常去的地方。相约不相约都会去，这天，他们是偶遇。水池中相见，两人暗中使劲，都想超越对方。魏亦爆发力强，却没有安逸飞韧性好，最终还是被安逸飞甩下。

　　游过十圈后，安逸飞坐在泳池边上休息，魏亦游过来问他春节是否回国，安逸飞说妈妈会来洛杉矶过年。

　　魏亦说，公司在中国市场已经进入轨道，他需要尽快将这些资金投入新的项目，接下去会有硬仗要打，春节就不回去了。

　　安逸飞讥讽他：你把天缘江人的钱都卷跑了，还有脸回去？

　　魏亦急了：你怎么说话呀？圈钱用得着害乡亲吗？我是在为家乡父老谋福利！我的公司正常运转起来，他们都是我的股东，跟着我坐享其成。不管你用什么眼光看我，反正我是真心地想为家乡做点什么，我有这种使命感。

　　安逸飞白了他一眼：魏大胆呀，魏大胆，万一你玩毛了，看你怎么跟家乡父老交代。

　　魏亦一掌将水推过去：心眼好点，别咒我好吗！

　　安逸飞抹了一把脸上的水，也不吃素，双脚挑起池水泼向魏亦：我的乐观细胞都被你残害了。

　　魏亦潜入池底躲过安逸飞的进攻，浮起后，转移话题问安逸飞：你到底是爱飘飘还是爱 Ruth？

　　安逸飞瞥了他一眼：我爱谁关你屁事！

　　别不识好歹，Ruth 可是我妹妹，说出来，哥哥可以帮你！

　　帮我？拜托不要害我就好。小子，那天晚上，不是看你醉了，我早就将你打得鼻青脸肿。

　　有种来呀！

　　魏亦一把将安逸飞拉入水中，两人在泳池打了起来。魏亦被安逸飞一拳击中，鼻血涌了出来。工作人员将他俩拉出泳池，两人还在用脚较量。

　　警察来了，问他们是否认识。

　　他俩异口同声回答：认识。

　　警察问：为什么打架？

　　安逸飞指着魏亦：他欠我钱不还。

　　警察看着魏亦：他说的是真的吗？

　　魏亦擦了一把鼻血：是。

欠了多少?

十块。

两人同声回答。

警察疑惑地:十块?

魏亦解释:是十块人民币,不是美元。

警察怒了:你们在戏弄我?

安逸飞摇头:没有戏弄你,当时在场的还有一位美国公民,如果你们要取证,我可以提供她的电话。

魏亦没等安逸飞说完便报出了 Ruth 的姓名号码,并补充:她是我们共同的朋友。

到底怎么回事?

警察更加不惑。

几个月前,他没钱付面钱,我代他付了,他说以后会还我,可到今天,他还不还。

魏亦梗着脖子抗议:不是没钱付,是我不习惯带现金,而且我也没说不还。

警察真的被他俩搞糊涂了,能进这家游泳馆的人能缺十块钱人民币?他一脸纳闷地问:华人有这么小气吗?

安逸飞说:确实,华人并不小气,可中国人讲究信誉。他欠我的不仅仅是十块钱,他欠的是一个信誉。

警察认真地打量了他们一会儿,对安逸飞说:好像是这么回事儿,可他毕竟没有赖账,你纠缠着这件事儿,是不是有点过头?

魏亦马上接话:我也觉得他太过分了,我已经答应晚上请他吃法国大餐,可他还是不放过我。

正在此时,魏亦接到汪海莲哭哭咻咻的电话,说魏臻威胁她要离婚。魏亦问清缘由后,大吼一声:你们这算哪门子婚姻?早该离了!他转身拉着安逸飞的手:兄弟,揍我,往死里揍吧!

安逸飞与警察愕然地看着他,魏亦将浴巾往地上一摔,一头扎进水中,半天不冒泡。安逸飞急了,连忙跳进水中,生拉硬拽地把他拉出水池。

警察对管理员说:这两人肯定精神出了问题。

6

已到年关，小城的年味儿特别浓，路上过往行人似乎都在忙着备年货。

一个流浪汉在街边人行道走着，满脸愤恨。一不小心，破旧的裤子被自行车剐了，他生气地踢了几脚自行车后，不解气，接着将路边一排自行车一辆辆推倒。路边行人纷纷躲开，生怕招惹麻烦。

正好本常路过此处，他上前一一将倒地的自行车扶起。流浪汉回头见了，返身又把那些自行车推倒。

本常双手合十：阿弥陀佛，施主的烦恼不在车，若除心中之嗔，烦恼自消。

流浪汉挥舞双臂：秃驴，滚开，别碍爷的事。

两人杠上了，一个推一个扶，引来一群看热闹的人，本常每扶起一辆自行车便引来一阵哄笑。流浪汉推累了，气呼呼地看着本常。

呵，城管来了。

不知谁吆喝一声。

流浪汉撒腿就跑，众人起哄：抓住他！抓住他！

流浪汉跑了，本常呆呆看着那群看热闹的人，心中升起无限怜悯，他甚至觉得不觉悟的众生比流浪汉还可怜，眼看流浪汉已跑远，他继续扶起倒地的自行车。

城管质问看热闹的人：为什么不抓住那个搞破坏的人？

一男子答：不是有你们管吗？

本常自语：人要没觉悟真可悲，但愿我佛能够警醒他们。

7

安牧良终于将华音母女接了回来，去给小点点办户籍前，他吞吞吐吐地说：我想了很久，点点跟你姓也有道理，那就取名华逸典吧。

华音瞪了他一眼：以前，我坚持让她跟我姓是因为她只有妈妈，如今不同了，有了爸爸，当然是跟爸爸姓。

安牧良故作轻松：无所谓呀，跟谁姓都一样。女孩嘛，跟妈妈姓或许好些。

华音定定地看着他：怕不是这个原因吧？

安牧良假装没听见，抱着女儿亲了又亲。

华音心中逐渐消失的那个黑洞似乎又出现了，里面嗖嗖地洇出一股寒意。她默默地从安牧良手中接过点点，凝神她天使般的笑容，不由得身子哆嗦了一下。

8

安牧良是家中独子，上有两个姐姐下有一个妹妹。以往，每当逢年过节，沈若兰总是早早地通知姐姐妹妹拉家带口地来老屋聚聚。

今年情况特殊，安牧良出面想将姐妹三家请过来，名为团聚，当然主要还是作为华音进入安家的一种家庭仪式。

年前，安家小妹来探风了，华音俨然一副女主人的姿态接待小姑子。小姑子就像没看见她，大声嚷嚷：哥，每年的年夜饭都是嫂子张罗，嫂子不在家，这年咋过呀？

安牧良尴尬地看了一眼华音，讷讷地：她，她跟着儿子去美国享福去了，以后有事找华音吧。

小妹噘着嘴：不是习惯了吗？嫂子这一走，咱们整个安家怕是要成一盘散沙了。

安牧良知道妹妹是想让华音难堪，为了岔开她，便拿出手机向儿子发起视频请求：这会儿，他们还没睡，你跟他们聊吧。

小妹接过手机，鼓捣半天：咦，飞飞怎么拒接呀？

安牧良心中咯噔一下，但脸上还是若无其事：没事儿，你嫂子可能还没倒过时差，下次再聊吧。

小妹不依不饶：不对呀，嫂子倒时差，飞飞怎不接？我可是他亲姑！

莫不是飞飞以为几个姑姑跟你们是一伙的吧?

小妹还边还没安抚好,大姐又来电话,安牧良将手机递给华音,让她接,大姐开口便说:大过年的,叫逸翔回来吃个团圆饭吧。

华音说:本常说,年三十得为大年初一祈福法会做准备。

小姑子一把抢了手机,唉声叹气地说:大姐,今年的年夜饭不好吃哟,唉,好好一个家,搞得四分五裂。本来今年逸翔找回来了,咱们家得好好庆祝庆祝……

华音脸上有点挂不住,默默走进厨房去帮厨。

9

年夜饭,在中国人的观念里,早已超越了对美食的期待,它更是一家团圆的良辰。

本常很理解长辈们的心情,便打电话给父亲和姑姑们商量,为了减少杀孽,今年全家都去报亲寺与居士们一起过一个素年。

安牧良还在犹豫,华音带头赞成,三个姑姑心疼侄子,更是没有异议。安牧良见此,也就点头同意了。

年三十那天,报亲寺去了很多居士。安家老少也早早来到,三个姑姑帮着一位擅长做素食的居士一起,张罗出几桌丰盛的素食。

席间,本常以茶代酒敬大家,三个姑姑体谅他,安牧良却不干,拿出从家里带来的酒,非要代儿子一个个地敬酒。本常说,既然来寺庙吃素,就不能沾酒。

安牧良瞪着眼发威:别忘了我是你爸!

本常躬身,温和说道:没错,在家,您是我爸,但在寺庙,您得叫我本常禅师。

安牧良霎时变脸,脖子都粗了。安家大姐担心侄子为难,便拿出红包来打岔,其他两个姑姑也纷纷掏出红包,本常愉快地接收了三个姑姑的压岁红包。

华音也准备了一大把红包准备分发给小辈,大姐拦住她:华总不必客气，只有长辈才给红包。

言下之意很明显，你不配做孩子们长辈！

华音再一次遭遇尴尬，安牧良讪讪笑着：大姐糊涂了，糊涂了，华音就是孩子们的长辈！

大姐板着脸：你姐没喝酒，清醒着呢！

本常赶紧走过去拉着大姑：大姑，我没有红包，但给大家准备了亲手做的佛珠。

姑姑慈爱地看着他，脸色瞬间转暖。本常从禅室取出一包平日做的佛珠，一一赠予居士与家人。点点手小，本常便将佛珠套在小点点脖子上，才两个月大的小点点不但不害怕，竟然对他笑了起来。

本常也笑了，他摸着包括点点在内的孩子们的头，给他们诵智慧文殊菩萨心咒：嗡阿喇巴札那谛。

华音眼里闪着泪光，这个年夜饭无异于她进安家的一次必经公堂，安家大小姑子显然不情愿她替代沈若兰，无奈安牧良千般呵护，但还是避免不了遭遇不受待见，全家老少只有本常把她们母女当家人看。

唉，华音心里不自在，平时在亲戚面前一言九鼎的安牧良何尝不是？

午饭后，大家下山各自散去。安牧良在山上没喝酒，晚餐时，竟独饮至醉。华音一边哄着小点点，一边照顾安牧良。宝贝乖点，不吵爸爸。姑姑们不肯接受咱们，爸爸只好借酒消愁。

冰雪聪明的华音，心里比谁都清楚，安牧良让小点点跟自己姓，并且不再提婚礼的事肯定是来自儿子与姐妹们的压力。安牧良虽然与沈若兰离婚，可自己要想进驻安家却不是那么容易。

亲情构筑的围墙是世间一堵最脆弱也是最坚固的墙，年三十这个万家团圆之日，华音住进了安家却被挡在亲情墙外孤独地守岁。

10

洛杉矶的除夕比中国晚一天，虽然美国人不讲究这个节，华人还是郑重其事地张罗。

沈若兰让安逸飞把魏亦请了过来，亲自张罗了一大桌菜，把安逸飞几个小伙伴馋得时不时地围着饭桌转。

几杯酒落肚，魏亦问：阿姨，Ruth 伤得重吗？

倒不是很重，只是摔下台阶时崴了脚。

摔下台阶？我妈妈还说只是小小教训了她一下。

安逸飞嫌恶地瞪了魏亦一眼，拿酒瓶想给他添酒。魏亦以为要打他，连忙举手挡住。

安逸飞拿过他的酒杯：今天过年，不揍你，但是务必告诉你妈，千万别有下次，否则我真不客气。

魏亦接过酒杯一饮而尽：这事儿用得着你发飙吗？我同样不会客气。别说下次了，就这一次，我也得让她尝尝我的狠。

安逸飞问：说说怎么个狠法？

不打电话拜年，也不接她电话。

沈若兰连忙劝解：可别，这会要了你妈的命。

安逸飞哈哈一笑，昨天一次又一次拒接父亲的视频请求真解恨，没想到这狠招魏亦也会。

他给魏亦加了酒，两人碰杯：兄弟，好样的！对待那些身在福中不知福的人就该狠点。

饭后，沈若兰收拾碗筷，安逸飞、魏亦与 Ruth 视频聊天。

Ruth 学会讨红包了，两人答应给她发微信红包。

魏亦情绪低沉地道歉：妹妹，对不起！我妈真浑。

不说她了，今天过年，咱们说好玩的事儿。

两人同时问：有什么好玩的事儿？

Ruth 将毛衣提起一点，腰间露出一截红布，她说，婆婆嫌她上衣太短露出了腰，于是将太婆留下的红绸带给她系上，同学们见了觉得好玩，都学着腰上缠红布。

两人听了，笑得前仰后合，现在的小女孩怎么了？难道腰缠红布也成为一种时尚？

Ruth 大笑之后说：还告诉你们一件好玩的事，天缘江要举行一场盛大的喊茶活动，我被选为"茶仙子"。

安逸飞说：哈哈，"茶仙子"，我知道你体育厉害，你会跳舞吗？

别小瞧我，我小时候练过芭蕾呢。

呵呵，这么厉害！

Ruth 叽叽喳喳地说着，这边两人却各怀心思。

除夕晚上，魏亦与安逸飞都梦见了 Ruth。

魏亦梦见 Ruth 知道画的秘密，愤怒地质问他为什么要骗她？他从梦中惊醒，一头冷汗。安逸飞梦见与 Ruth 牵手登山，Ruth 脚一滑倒进他怀里，他使劲地抱着她，满心欢悦。

醒来时，却发现自己抱的是枕头。虽然有些失落却很兴奋，这种兴奋一直延续到了早上，他感觉自己又雄壮起来。安逸飞躺不住了，与早起的妈妈打个招呼便出去跑步。

此岸

第二十八章

彼岸

1

虽有电话预约，Amy 见到沈若兰母子还是有些不知所措。

结婚二十多年，除了上次魏亦来过，Frank 从未见过别的华人来拜访他们，因此显得很兴奋。

用人端来咖啡，屋子里充满浓郁的香味。安逸飞端起咖啡杯，一副陶醉的样子。Frank 得意地介绍，这是巴西朋友庄园自产的。

安逸飞说，久闻他的画室，不知是否有幸参观一下？Frank 当即邀请安逸飞去了画室。

剩下两个往日毫无交情的同乡女人，Amy 见沈若兰没喝她那杯咖啡，意识到她可能更习惯喝茶。

我给你换杯茶吧。

Amy 没叫用人，亲自给沈若兰泡了一杯茶，沈若兰尝了一口，茶是好茶，只是存放时间长了点，已经没有了茶的香味。

Amy 感慨道：我觉得人身上有两个最难忘的东西，一是乡音，一是乡味。我来美国二十多年了，英语里总是不经意带着汉语口音，在这二十多年里，吃过很多西式大餐，馋的依然是中餐，特别是咱天缘江的小吃。

沈若兰笑着点头：我这次来拜访，一是送点家乡土特产过来给你解解馋，当然更主要的是想请你关照一下我那不懂事的儿子。

哪里，你太客气了，逸飞很优秀的。

Amy 说完，拿起沈若兰送的茶看了看，惊喜地说：这是天缘江产的茶？

是呀，现在咱们天缘江也开始出名茶了。

包装真讲究，这瓷器坛子像艺术品一样精致。

你太久没回去了，现在天缘江完全变了样。特别是这几年，魏臻市长不但抓旧城改造，还将原来丢掉的那些传统产业捡了回来。说起来真有意思。喊茶，你听老人们说过吗？

等等，你说什么？喊茶？

光是一个魏臻的名字已经让 Amy 魂魄飞散，又来一个喊茶，这喊茶可是她记忆中的诗意。原以为当年那些诗意就像地质年代的森林早已变成了煤炭，没想到，煤炭一经点燃更是灼心。

记得那年她在资料上查到喊茶，颇为兴奋。魏臻告诉她，喊茶在北宋年间就有，天缘江的喊茶是百姓尝不到的，新茶出来之后，当地官吏便派人快马送往京城。当时欧阳修还写下一首《尝新茶呈圣谕》送给好朋友梅尧臣。

市里准备今年开春组织一场盛大的喊茶活动。

是吗？太好了。

Amy 已经跑神了，思绪不由自主地滑入了梦游境界……

沈若兰见她状态不佳，想告辞，无奈儿子还没出来。正尴尬着，电话来了，沈若兰连忙起身说想去参观一下花园。

Amy 似乎被电话铃声惊醒，目送沈若兰去了花园，才接电话，正是魏臻，Amy 喃喃自语：天缘江有喊茶了。

魏臻兴奋地说：是呀，女儿告诉你的？能回来参加惊蛰喊茶活动吗？记得你曾经说过，喊茶是最接地气的诗意，这可是一个圆梦的机会呀！

圆梦？Amy 没再回话，她习惯做梦，害怕醒来。

安逸飞虽然不是很懂画，站在《神拜》面前也是挪不开脚，他真的被这幅画震撼了。

Frank 试探着问：进了博物馆的东西能拿出来吗？

安逸飞以为他不同意女儿捐画，想把画要回去，便说：听说，他们只捐展两年，两年后就可拿回来。

Frank 摊开双手：我不是这意思。

安逸飞看他一脸着急的样子，真的不知道他到底想做什么，Frank 几经犹豫，还是告诉了安逸飞，《洞山开悟》出现在拍卖市场。据他推测，画很有可能被什么人控制了。

什么？还有这种事？安逸飞当即判断是魏亦做的手脚，他冲动地说：告他！

我不想伤害 Ruth，她那么单纯、善良，让她知道了这些，今后怎能相信人生？

两人沉重地走出画室，却发现，Amy 在客厅发呆，沈若兰在花园东张西望。

2

酒真是一种奇妙的东西，端在手中是水，喝进肚中便成了火。

魏亦晚上有应酬，匆忙赶回家洗个澡换身干净衣服，准备出门，被安逸飞堵在车库。他知道这小子无事不登门，于是耐着性子问：有事吗？

喝酒。

没空，改日。

不！

好吧，哥哥陪你一杯。

魏亦看他脸色不太好，以为他遇上什么事了，于是打电话给助理，说自己要晚点去。两人来到吧台前，一语未发便喝了起来。几杯酒下去，魏亦不肯喝了，他说一会儿还要出去。

安逸飞懒得理他，干了杯中的酒，又从酒柜翻出一瓶拉菲，魏亦拦住他：别开了，喜欢就带回去喝，我真的要走了，再喝来不及了，我约两个代驾过来。

今天除非你把我喝趴下，否则别想出门。

你小子抽风呀？想喝酒换个时间。

安逸飞将新开的拉菲给魏亦倒上，脸上表情没有一丝友好的颜色。

魏亦忍不住发飙了：你到底想干吗？我都快喝醉了。

喝醉了好，我就要你酒后吐真言。

有什么真言好吐？

我提醒一下，你是不是对《洞山开悟》动了手脚？

魏亦闻言大惊，肚里的酒霎时化为冷汗，他抽出几张纸巾将额头的汗擦了，虚张声势地说：喝多了赶紧回家，别在这儿胡言乱语。

在这件事上，我还真希望自己是胡言乱语，可《洞山开悟》不久前重新出现在巴黎拍卖场，你有更好的解释吗？

你听谁说的？

Frank。

魏亦晃了晃酒杯，一口将像血液一般红的葡萄酒喝下。

顿时，肚中翻腾着一团炙热的火，直窜心头。

3

第二天快中午了，魏亦胃里还是热辣辣的，跟酒老板的儿子拼酒真是约等于自杀。魏亦站在办公室窗边，有种想跳下去的感觉。

安逸飞的判断是正确的，《洞山开悟》确实被魏亦动了手脚。他利用博物馆馆员带画进京鉴定之机，找机会请临摹高手仔细看了那幅画，并将画拍照之后认真研究，几天工夫便制作了一幅十分逼真的赝品画，真品画经专家鉴定之后被他调包。

魏亦从不同情被当猴耍的人，在他眼里，弱智到被人耍是不值得同情的。如果安逸飞说的是真的，不，这怎么可能是真的？明明跟 Jack 说得清清楚楚，此画只可收藏，决不能拿出去展示，更别说拍卖了。当时，Bell 也在场听到 Jack 作的保证。但是，安逸飞绝对不会骗自己！他虽然处处与自己对着干，却从不背后捅刀。

魏亦的心不由得一阵阵揪紧，这回，真的被 Jack 耍惨了，这个口口声声称自己为最友好朋友的人，当初明明说好是收藏《洞山开悟》，如今却拿出去拍卖，为什么要这样？

更可恨的是，昨晚安逸飞竟扬言，要为天缘江清除败类，绝不会轻易放过他。魏亦这回可不敢拿曾经救过安逸飞的命这根稻草去撩拨他全身正拧巴着的神经，他知道调包《洞山开悟》，已经触碰了安逸飞的底线，绝不会像从前那样打一架定输赢，他肯定会豁出命来与自己博弈。

魏亦第一次感觉自己智商不够高，他想哭、想唱、想呐喊，更想找人倾诉。魏亦拨通了 Ruth 视频，Ruth 打开视频见了他小声地说：魏亦哥哥，你等会儿，我在学院图书馆呢，我去找个没人的地方说话。

魏亦心酸了，眼睛也红了。造物主为什么要这样作弄人？曾经自己多么希望有个妹妹，如今天降一个妹妹，却是唯一拨动过自己心弦的女孩。

Ruth 到了走廊，魏亦再一次为妈妈的无礼道歉。Ruth 笑着说：没关系，虽然当时很生气，但我现在原谅了她，魏亦哥哥对我这么好，我不能忘恩负义。

魏亦试探着问：如果哥哥做了一件特傻的事，你会原谅吗？

Ruth 调皮地笑着：我魏亦哥哥最棒了，当然不会做傻事啰。

这么信任哥哥？

当然，我都把你当自己家的哥哥看了，怎么能不信任？

魏亦眼睛再次红了：好妹妹，你就是我、我的亲妹妹。

Ruth 嘻嘻地笑着：魏亦哥哥说这话有点肉麻哟。

魏亦不好意地笑了，是的，长这么大，他还从来没有对谁说过这么肉麻的话，可对 Ruth，说什么他都不觉得肉麻。放下手机，他狠狠地扇了自己一耳光。

Bell 进来说，一家融资公司的基金经理求见，魏亦昨晚就是要去见他，结果被安逸飞截住灌了一肚子酒。

让他进来。

基金经理一见魏亦便滔滔不绝地向他灌输，私营企业，因为得不到公众的信任，所以融资无门；就算能够获得贷款，你还会面临：第一，贷款额度小；第二，必须以资产作抵押；第三，支付高额利息；第四，到期必须归还本金。

魏亦打断他：如果上市就这么点好处，我就没有兴趣了，我不存在融资问题，我现在融来的资金都没地方好投。

基金经理换了一个坐姿，问：你现在融的资金肯定是高息吧？

魏亦没吭声，他可不愿把什么底都透露给别人。

基金经理继续鼓吹：公司一旦上市，你就鸟枪换炮，财源滚滚，等于添置了一台印钞机，优点数不清，比如：第一，以增发股票形式获得比贷款额大的融资额；第二，收购工厂不一定要付现金，而是增发股票；第三，融资所获资金既不付利息也不还本金；第四，在经营状况良好的情况下，创始人资产迅速膨胀，身价倍增；第五，你的资产可以随时套现。

魏亦没等听完，心里便开始跃跃欲试，与其等着 Jack 抛给他的那块馅饼，不如自己烘烤一个蛋糕。昨晚听安逸飞说了《洞山开悟》再次被拍卖，魏亦对 W 这块垂涎已久的馅饼霎时变得索然无味。

4

儿子在美国待了十多年，沈若兰是第一次来美国。安逸飞虽然心中有事，还是尽心陪同妈妈，他准备先带妈妈在洛杉矶周边看看，然后再去其他地方。

看得出，沈若兰坐在儿子车上非常开心，母子俩第一天出游没有定目标，开到哪儿玩到哪儿。安逸飞带着妈妈出来玩太省事了，很多地方，她连车都不下，从车窗看几眼就可以。她说，什么风景也比不上儿子耐看，只要看着儿子，她便心满意足。

到了圣莫妮卡沙滩附近，安逸飞告诉妈妈，这儿必须下车去感受一下。

泊好车后，母子俩牵手朝沙滩走去。安逸飞知道妈妈肯定对摩天轮与云霄飞车什么的不感兴趣，于是只是陪她在沙滩上走走。

妈妈的注意力不在太平洋，而对那些前来抢食的海鸟惊叹不已。她想去买点面包撒给它们吃，安逸飞告诉她，游客不能给海鸟喂食。

为了弥补妈妈的遗憾，安逸飞抢拍了很多妈妈与海鸟互动的照片。

沈若兰开心地看着这些照片感触地说：什么事情都要想得开，那会儿想不开时，真想一死了之。

安逸飞体贴地握住她的手：妈妈要是不在了，我和逸翔就成孤儿了。

沈若兰听得泪流满面，哽咽着：好孩子，妈妈有你们足够。

安逸飞深情地拥抱着妈妈，在她耳边轻语：妈妈，我身体恢复正常了。

沈若兰惊喜地看着儿子，突然感觉洛杉矶冬季的阳光比任何地方都要温暖都更灿烂。

5

魏亦闯进 W，直奔 Jack 办公室，他开门见山地问：你把《洞山开悟》拿去拍卖了？

Jack 愣了愣神说：这里面有点情况，一时说不清。

如果说，魏亦开初还抱有一点侥幸，此时已是万念俱灰。

说不清也得给我一个解释，我相信 Bell 早已告诉了你，那幅画我冒了多大的险才拿到手。

是的，我知道。但是，事情已经发生，我只能说声抱歉！

Jack，你既然知道了画的来历，难道不知道它一旦曝光，我将面临什么？

我给你的那些好处，哪一样没有承担风险？你需要人脉，我力排众议推荐你做了 W 公司独立董事；你与查理汤争夺中国市场，我便帮你清除他。作为朋友，难道我做得还不够吗？

魏亦毫不含糊地说：你觉得什么还能拿回去就拿走吧。

Jack 耸耸肩：可能吗？

魏亦知道他不会轻易放手，便说：要不，我把《洞山开悟》拍下来，或者用别的画来换？

Jack 拿起手机：我实在太忙，今天没时间陪你。

魏亦知道自己目前奈何不了 Jack，他看着 Jack 的背影暗暗发誓：总有一天，我要打败你！

6

魏亦走出 W 公司大楼时，接到证监会电话，要他配合调查 W 公司原董事长转移股权的问题。

魏亦犹豫一下答应了，这种电话他以前接到好几次。证监会针对 W 公司问题成立了一个调查小组，W 公司反对查理汤的董事基本都参加了。魏亦也是调查小组成员，参加过一次会议后，他便以不常在美国为由，没有继续参与讨伐查理汤。

魏亦返身回到 W 公司，会议室乱哄哄的，原来是股民代表来提抗议，要求公司赔偿他们的损失。

证监会派来的律师正在会议室与调查组成员谈话，魏亦去了，一位律师过来询问他：魏先生，你是 W 公司独立董事，又是华人，当时为什么同意撤销查理汤董事长一职？

魏亦陈述：我是 W 公司独立董事没错，但我有自己的生意，并未参与公司日常经营活动。投同意撤销查理汤董事长一职的票，是因为担心他无视美国法律，会影响投资者利益。

律师点头：看样子你是一个有良知的人。

魏亦继续说：但是，我去年去了一趟香港，专门为此事做过一些调查，发现查理汤与香港分公司并无利益输送行为。

律师用不惑的目光看着他，魏亦直视他：我与查理汤先生没有一点私人交往，我相信，你们今后一定会证实我今日说的这些并非虚言。

不管律师是否相信他的话，反正，他把这份证词记录下来了。

7

天作孽，犹可违。自作孽，不可活。古人之言，简直就是生活的教科书。《洞山开悟》就像一根鱼刺鲠在魏亦喉间，他来不及反省挑战古训的教训，他得绞尽脑汁去给自己擦屁股。

眼下全是一些火烧眉毛的事儿，国内收购的生物公司挂靠在大学母校，已研发出了一种抗癌新产品，他必须赶回去安排公司到美国上市的一系列工作。另外，还得回一趟天缘江，希望融资与《洞山开悟》不要出纰漏。

魏亦正准备回国，飘飘打来电话，说她已登机来美国，问魏亦是否能派人去洛杉矶机场接她？魏亦犹豫片刻答应了。

魏亦亲自去机场接的飘飘，就冲这点，飘飘也很感动。飘飘向他打听安逸飞情况，魏亦说：你别去招惹他，他现在有点情况。

飘飘问：什么情况？

魏亦不便将安逸飞可能爱上 Ruth 的事告诉飘飘，他支吾着：反正，我把当时去教堂的情况都告诉了他，信不信由他。

飘飘为难地说，自己租不起房，要他帮忙联络安逸飞。

不是给了你代言费吗？怎么连房都租不起？

飘飘低头不愿解释，三百万代言费，一大半给外婆与妈妈买了保险，剩下的扔韩国整容了。局外人哪能理解小明星的苦楚？

见飘飘不说话，魏亦也不多问，说心里话，安逸飞喜欢 Ruth，魏亦心里并不服气，尽管如此，他还是不愿意飘飘给安逸飞与 Ruth 之间制造困扰。无奈，只好将飘飘带回家。他告诉飘飘，自己明日就要出差。这段时间，她可以住他家。

飘飘问他去哪儿，魏亦笑了笑，没有回答。

8

年后，天缘江一直下着雨，加上妈妈不在家，本常大多时间留在盘龙山，很少下山。

这天，他下山了，途经中山大道，又见到了那个流浪汉。他龟缩街头，冷得瑟瑟发抖。

本常买了几个热馒头给他，他也认出了本常。

你是哪里人？

流浪汉狼吞虎咽地吃着馒头，见本常问他，他不回答只是摇了摇头，几个馒头不一会儿就吃完了。

本常问他是否吃饱？

他笑着说，这顿是饱了，下顿不知什么时候能吃上，他用衣袖擦了擦嘴：还是当和尚好，有人供着。

本常问：你为什么要出来流浪？

他低着头，似乎有难言之隐，稍后，他说，自己很小就被人贩子拐走，长大了才寻机逃出来，根本不记得家在哪里。因为没有身份证，工作也找不到。

本常因为自己童年有过这种经历，顿时对他充满同情，给了他两百元钱，让他饿了去买点东西吃。

临走时，本常对流浪汉说，实在没地方住，就去盘龙山找他。

9

复兴传统产业的惊蛰喊茶活动，定在三月。三月正是天缘江多雨的季节，因此准备工作必须做得很充分。

魏臻亲自抓这项活动，他将指挥部设在政府招待所，住在招待所不回家便无须再找借口。儿子回来了，汪海莲似乎找到了催他回家的理由，而魏臻却用"公事大于家事"这个更强大的理由驳回她。

魏臻只要一个人独处时，便会算算洛杉矶与天缘江的时差。媛媛要么不接电话，好不容易接了却三言两语慌慌张张地打发他，这让他很伤心。

难道她跟那个洋人过得很幸福，不愿自己打搅她？可是，他们分别时，媛媛含泪说过，没有他的日子，她便没有了阳光……

魏臻越想越纳闷，他只想告诉叶媛媛，喊茶既然是你曾经的梦想，咱们的女儿又是本次活动的"茶仙子"，你不回来太遗憾了。

10

喊茶活动现场就在盘龙山西北方那片茶林，正式演出前，演员们都到茶林去走场。Ruth 经不住几个女同学的央求，走完场便带她们来到报亲寺。

报亲寺来了两个新和尚，一个叫正浩，一个叫正演，看见来了几位洋施主，远远地避开了。本常只好自己端来一盘香客送的米包子给大家吃，平时大大方方的女生，见了本常竟然羞涩起来。

Ruth 故意大声说：你们干吗羞羞答答，是不是我师父太帅了？

大家吃吃地笑着，吃东西也显得比平时斯文。本常让她们自己玩，他起身要走。

Ruth 叫住他：一起吃嘛。

本常说，他去招呼两位弟子过来，大家认识一下。不一会儿，正浩与正演随着师父过来了，本常将他们介绍给 Ruth 认识，两位小师父寒暄几句就去佛堂了。

本常坐下，顺手拿起一个米包子便吃。Ruth 逗他，我以为你会挑一个小的吃。

本常笑笑：刻意挑大的是贪利，刻意挑小的是贪名，出家人讲究随缘，碰到大的吃大的，碰到小的吃小的。

Ruth 趁他不注意，在他米包子上咬了一口，本常心中怦怦直跳，暖暖地看了 Ruth 一眼，吃完最后一口起身出去。

Ruth 拉住他的衣袍：去哪儿？

佛堂。

去跟菩萨告状，说我抢你的点心吃？

同学们都笑了，本常也忍不住笑：小僧有这么小气吗？吃了好东西，要去佛堂感恩。

正在这时，流浪汉找来了，他求本常收留他，并说愿意剃度。本常给他取法号为正慧。

11

喊茶活动分为三个环节，惊蛰诗会、大型歌舞、中间穿插专家与茶人交谈茶文化。

一大早，省市电视、报纸记者与当地百姓云集现场。

人山人海，茶林正好坐落于一个盆地。为了保护茶林不受踩踏，除了演员，其他人一律不准进入茶林。所幸茶林四周都是山，这样便形成了一个天然剧场。

此岸彼岸

　　演出前，魏臻从演员群里找到一袭翠绿装饰，腰间系着大红绸带的Ruth，在他眼里，这就是一个活脱脱的"茶仙子"。

　　魏臻担心冻着她，让人取了条毯子给她披上。

　　服装老师过来说：Ruth 同学，我觉得你一身翠绿象征着春天的颜色，多纯粹呀！这条红绸带真的不要系了，系上它显土。

　　这本来就是本土文化，土点不好吗？

　　服装老师还想说服她，市长发话了：她说得有道理，我们这次活动追求的不是洋气而是土气、乡土气。你说得也没错，一身翠绿象征着春天的颜色，我们红色土地上的春色用红绿相配不是更贴切吗？

　　Ruth 调皮吐舌：谢谢市长！

　　魏臻慈爱地看着她：我会让他们多拍些照片，到时给你妈妈传过去。

　　开场了，锣鼓唢呐齐鸣。

　　茶发芽，茶发芽了，嘿啰嘿……

　　演员在喊，四周山上的观众也跟着喊，茶树颤动着老叶，仿佛经历着产前的阵痛。

　　第一场歌舞是本地采茶剧团出演的采茶曲，中间穿插诗朗诵。

　　专家与茶农一场对话后，茶仙子出场了，全场震撼。轻盈、飘逸、灵动，她在众多小茶仙之间翩翩起舞，魏臻看得热泪盈眶。

　　只是天公不作美，演出进行一半时，便下起了大雨。观众们都自备雨伞，台上的演员却无遮无掩，没有人离场。演员在雨中歌舞，观众在山林喝彩。

　　魏臻本来可以到雨棚去躲雨，可他却陪着演员们站在雨中。秘书秦峰给他撑起了一把雨伞，他推开了，让秦峰给老学者撑着。

　　烟雨蒙蒙的茶林，被雨水一洗，越发绿得生机盎然。Ruth 腰间那条红绸带就像天边落下的彩虹。

　　魏臻不由得大声为女儿喝彩：这丫头竟然懂得万绿丛中一点红。

　　Ruth 因为脚伤没好利索便开始排练，一蹦一跳，脚钻心地疼，尽管如此，她还是坚持把舞跳完。

　　"茶仙子"舞完，她没有随着舞伴们一起退向后台，而是跃下舞台，挥舞着手中的彩虹向茶林跑去。

导演连呼：不好，不好，这个同学又不听指挥了。哎，当初就担心留学生不守纪律，果然出事了。

Ruth 这一举动也惊呆了魏臻，原计划没有这一出呀，这丫头想干啥？

Ruth 奔入茶林，将手中的红绸抛向一棵百年茶树。红绸借着风力，在树王顶上盘旋几圈后落在树梢，这棵历经风霜的百年树王俨然成了老寿星。

顿时，全场哗然，山上观众大喊：茶发芽，茶发芽了，嘿啰嘿……

接着，嘉宾、演员、记者一齐喊了起来：茶发芽，茶发芽了，嘿啰嘿……

魏臻与大家一起喊着，不知喊了多少声，他只觉得嗓子已发不出了声音，但他还想喊。

出乎意料的剧情，出乎意料的效果。奇妙的是，喊声停了，雨也收了。更奇妙的是，满山茶树都抽出了新芽。

Ruth 冻得嘴唇发紫，她走到魏臻面前，哑着嗓子说：你是一个好市长！

魏臻闻言，已经听不进其他人的祝贺之词，心里暖洋洋的，他朝秦秘书喊道：秦峰，赶紧拿干毛巾来给 Ruth 同学擦擦。

话音刚落，有人说：报亲寺给演员们送姜汤来了。果然，本常带着弟子挑来两担热热的红糖姜汤，他还给 Ruth 带来了干毛巾与毯子。

魏臻看着本常关心 Ruth 的样子，心想：难道这小和尚对女儿有意思？

他走上前去，接过毛巾，亲自给 Ruth 擦头发。

12

点点，我的小点点，爸爸抱抱。

安牧良的两个儿子他几乎没怎么费过心，如今有了小女儿，再忙每天也要抽出时间抱抱她。

刚睡着，别吵醒她。

华音很不乐意安牧良吵醒熟睡的女儿，她像老母鸡似地护住女儿。安牧良尽管自己很疼女儿，可见华音一心扑在女儿身上，对他远不如从前那么在意，心中不由得感到失落。他甚至想，沈若兰带着两个儿子时，对他也是嘘寒问暖，从来没有冷落过他，为何华音不能像沈若兰那样？

安牧良放下女儿，想去楼下书房坐坐，却见张婶站在门外。张婶是来辞工的，她说想回去带孙子。

婶，你孙子不是上学了吗？我这儿可离不开婶。

张婶说，自己年纪大了，伺候不动人了。

安牧良明白她是不想伺候华音，沉默片刻，他低声说：别回去了，老家条件太差，等若兰从美国回来，你还是去她那边吧。

安牧良还想说点什么，见张婶拉了拉他的衣角，回头一看，华音就站在他们后面。

华音感觉出了他们的尴尬，对安牧良说：去书房，我有话跟你说。

两人进了书房，安牧良以为华音要追究张婶的事儿，正要解释，华音用手势制止他：先听我说，这次税务查账，我感觉情况不妙。

他们又不是第一次查，干吗这么紧张？

平时查账，只要打点一下，给他们一个交代就行，而这次，丝毫没有走过场的意思。

安牧良看着华音，脸色变得凝重起来，他坚信，这个帮安氏度过无数危机的女人，嗅觉绝对比他灵敏。

此岸

第二十九章

彼岸

1

什么声音？ 120！

安牧良被抬上了急救车，安逸飞想追却迈不开腿：爸爸挺住！爸爸……

铃声还在继续，安逸飞睁开沉重的眼皮，去！是手机在响，他顾不得脸上湿湿的，拿过手机一看，是爸爸家号码。最近几天，爸爸给他打过多少电话，他已记不清了，他只记住父亲已被一个差点害死妈妈性命的女人拐走，跟他没有了任何关系。可是，刚才的梦境却体验了亲情是无法割舍的，他不敢像以前那样耍脾气了。

爸，你没事吧？

你爸只是血压高，没别的事儿，是安氏快要出事了。

安氏会出什么事？再说，安氏养那么多人都是用来虚张声势的？

飞飞，请听我把话说完。税务局来查账，这次查账非同一般，谁都知道，没有一个企业经得起这种检查。安氏正在投入一款新产品，一旦背负偷税漏税的丑闻，后果可想而知。

你是想让我去找魏亦压他爸？

目前，我也不知道哪尊菩萨灵。不过，有人给我提供了一条信息，税务局章局长的儿子章张在西雅图，你看看有什么办法能与他儿子扯上关系。父母的软肋便是儿女，你懂的。

安逸飞蹿火了：是的，别人家父母的软肋都是儿女，而我爸的软肋却是狐狸精！

话筒霎时沉默，唯有粗重的喘息声，良久，才传出安牧良的声音：飞飞，我知道你对爸爸有成见，可是安氏有难，你不能见死不救呀！

怎么救？前些日子还正义凛然地警告魏亦，要告发他调包《洞山开悟》，如今却要去求他走后门，安逸飞不由得将头发揪成了一个鸟窝。

沈若兰听见动静，推开门，见儿子在打电话，用手势告诉他出来吃饭。爸爸还在说话，安逸飞将手机甩到床的另一头。

安逸飞洗漱完毕，妈妈已将饭菜张罗好，坐在餐桌旁等他。

妈妈，你以后不要等我一起吃饭，饿了自己先吃。

飞飞，跟谁生气了？

安逸飞闷声吃饭，沈若兰没再问下去，将儿子喜欢的菜放在他面前。安逸飞刚吃几口，便收到父亲发来的章张手机号，并且附言，一定抓紧，耽误不得。安逸飞看着一脸安详的妈妈，口里的饭菜全没了味道。

饭后，安逸飞按照父亲提供的手机号打过去，竟然停机这是怎么回事呢？难道搞错了号码？

他问妈妈想不想去西雅图玩，妈妈说，有儿子陪伴，哪儿都想去。安逸飞决定去一趟西雅图，他马上用手机订了两张机票。

2

销魂的醇香，浪漫、多感官体验的剧场，西雅图星巴克咖啡烘焙体验馆，就是这么一家让人进去了不想出来的地方。

安逸飞端起咖啡不急着喝，他想陶醉一会儿，咖啡的香味让疲惫的心身舒放，再舒放……可惜，妈妈不敢喝，她被失眠整怕了。

飞哥，哈哈，我猜对了吧！

安逸飞睁开眼，看到聪聪身旁站着一位笑容灿烂举止大方的女性，估计是他妻子 Shan，连忙点头问好：传说中的美丽女神 Shan，果真名不虚传。

安逸飞给妈妈介绍了这两位朋友，Shan 立刻坐沈妈妈旁边问长问短。聪聪文质彬彬地向安逸飞伸出手，安逸飞先朝他肩上来一拳，再紧握他的手，两位惺惺相惜的软件开发高手终于再次见面。

我家聪聪早就盼着与飞哥见面。聪聪笑着没说话，代言人 Shan 一点也不认生。

呵呵，我也有很多问题想向聪哥讨教。看来，安逸飞也不是在什么人面前都张狂。

不过，这次过来是为了另一件事儿。我想向你们打听一个人，他是我的小老乡，家里人要我关照一下他。安逸飞从包里拿出一张纸，上面写着章张的名字与手机号。

眼疾手快的 Shan，接过纸片一看，又是几声哈哈：章张呀，不就是我们游戏团队里的章鱼吗？你们虽然没见过面，可经常在一起玩游戏，应该也算老朋友吧。

小章鱼？是他？地球果然是个村。快帮我联系他，咱们一起吃个晚饭。

他昨天回去了，估计在飞机上。

回国探亲？难怪手机停机。

哎，这回可不是探亲而是投亲了。咱们的工作签证中签率不是只有百分之四十吗？他没抽中，只好离开美国投靠祖国啰。

安逸飞一拍脑袋：这么点事呀，咋不找我？

聪聪问：你公司有 E-verifying 资质吗？

我公司确实没有，但我可以帮他找到有这个资质的公司呀。

太遗憾了，早点跟你说就好。

没事儿，现在说正合适。你们有他微信吧？麻烦你们给他微信留言，把我的手机号告诉他，让他给我电话。

聪聪当即在微信上给章张留言。没多久，章张给聪聪回了电话，他简直不相信事情会有如此转机。安逸飞接过聪聪手机告诉章张，申请绿卡的事儿，他会尽力帮忙。

章张激动地说：飞哥，我现在上海机场，先回家一趟，咱们随时联系。

好，这样安排好，一定要让父母放心。我希望你早点回来，我们游戏团队可不能少了小章鱼喔。

安逸飞没想到这么顺利就找到了章张，至于到哪去找有 E-verifying 资质的公司帮他申请绿卡，心里确实没有底。

喝了一大口咖啡，安逸飞建议：明天是周末，聪聪加班吗？

飞哥来了，肯定不加班。又是 Shan 代言。

好，咱们今晚杀一场！

Shan 懂事地说：你们玩，我陪阿姨。

晚饭后，Shan 陪沈若兰去看夜景，安逸飞与聪聪迫不及待地赶回家玩游戏。

科技时代真是一个让人美梦成真的时代，它可以让没赶上金戈铁马的人，在游戏里体验那种比实战还要惊心动魄得多的厮杀。

3

魏亦疯了吗？

是的，《洞山开悟》刺激得他脑袋里只剩下"疯狂"二字。他非常后悔自己当初不择手段获取《洞山开悟》的不明之举。原以为做了一件很有魄力的事，谁知玩鹰反被鹰啄眼。

匆匆回了一次天缘江，连 Ruth 都没见，不完全是时间紧张，更主要是无法面对。安逸飞就像一颗定时炸弹，真不知道他会对 Ruth 说些什么？更不知道他何时会将调包之事抖搂出来。

他必须布一个局套住安逸飞，让自己有恩于他，只要稳住了他，就可以腾出时间来对付 Jack。于是，安氏遭遇"税务门"，算是财富碰撞权力的一次车祸。

魏亦去天缘江，不仅是去制造车祸，同时也是给利益链上的核心人物布置任务，他必须不断地给他们画饼、打气，这些人虽然对财富欲望强烈，却个个胆小怕事，有点风吹草动便心惊胆战。

魏亦刚到北京，便接到 Bell 电话，安逸飞四处寻找有 E-verifying 资质的公司，想为一个叫章张的华人申请绿卡，目前两家有意向的公司都被自己拦截。

魏亦在夸奖 Bell 干得棒的同时，心底又泛起了嘀咕：安逸飞明明知道我公司有 E-verifying 资质，却不找我帮忙，这不摆明着在《洞山开悟》这事上不肯放过自己吗？

电话那头的 Bell，见魏亦半天没有发声，他试探着说：不就搞定一个安吗？交给我来处理吧！Boss，您就不用费心了，我有办法让他止声。

魏亦没等他说完，即刻喝道：别乱来，你敢动安逸飞一根毫毛，我会灭了你！有本事，你帮我搞定 Jack。

确实，安逸飞让他很伤脑筋，但相比之下，Jack 才是最让他头疼的人，尽管抛给自己的馅饼大得让人心生不安，自己还是情不自禁地伸手去接。最后接住的是不是馅饼，魏大胆有点不敢往下想了。

如果现在与 Jack 公然闹僵，自己必将赔进去。好在他很了解 Jack，知道他是一个喜欢积攒筹码的人。

好吧，想玩就陪你玩吧，我魏亦不就是一个玩家吗？

4

妈妈回天缘江了，安逸飞心里失落时，便想与 Ruth 视频。

Ruth 又学会了一个称呼，叫"闺蜜"。

闺蜜，你最近是不是闲得慌，三天两头地与我视频？

抗议！第一，我们是朋友，不是闺蜜。第二，我忙着呢！忙里偷闲地关心你，还受奚落，冤！

Ruth 嘻嘻地笑了，她解释，现在闺蜜范围扩大了，不仅仅限于女性朋友。她兴奋地告诉安逸飞，《平民皇后》已完成，安逸飞让她发给他，说要给她当第一编辑。Ruth 点头，手指一滑，安逸飞就收到了。

当安逸飞看到 Ruth 写的故事时，实在忍不住大笑。先不说故事写得咋样，整个版面半中文半英文，中间还夹带着一些拼音，有些中文词语用得让人啼笑皆非。比如，分明想表达夏皇后很勤劳，她却用"刻苦"来形容。

不管文笔如何，安逸飞还是耐心看了下去，并且看懂了 Ruth 版《平民皇后》。尽管充满理想与搞笑，里面却融合了许多中西方文化的碰撞。看着看着，安逸飞不由得心中一动。

有了！这段时间，一直苦思冥想着要做一个大型游戏，今日终于从《平民皇后》中获取了灵感。

正处于兴奋中的安逸飞接到魏亦电话，他说，将飞翔游戏介绍给了北京一家游戏公司，希望他们有合作机会。安逸飞早就萌生了与国内游戏公司合作的意向，听魏亦一提便问：难得魏同学这么好心，我很好奇是哪家公司有此殊荣？

玄易。

魏亦并未过分强调玄易的实力，他相信安逸飞比他更清楚玄易在游戏行业的地位。

玄易确实是家很有实力的游戏公司。

玄易老板算是我朋友了，找机会，给你们撮合一下。

安逸飞未置可否，魏亦见他不吭声了，继续下套：现在项目好选，人才难觅呀！

你公司需要软件工程师吗？

安逸飞终于开口了，这几日四处为章张找有 E-verifying 资质的公司，有两家本来答应得好好的，没想到过了一晚，人家就变卦了。他不是不知道魏亦公司有这个资质，只是不想有求于他，《洞山开悟》调包之事已成他们的死穴。不过，作为人才引荐给他，意义就不同了。

什么需不需要，你若有需要，我当然义不容辞。

我们有个叫章张的小老乡，是个不错的软件工程师，正好他回国了，我叫他来北京见你。不过，他更想在美国发展。

这难吗？让他先在北京公司待着，一年后调他去美国公司，并且为他申请绿卡，行吗？

行！这样安排太妥了。

你小子什么时候有求，我含糊过？只希望你放我一马。

一码归一码。

还没过河就想拆桥是吧？话虽如此，魏亦心里已经踏实了。

挂了手机，安逸飞也松了一口气，但一想起魏亦的行径，心里又多了几分不安。

5

飘飘来到洛杉矶多日，安逸飞一直不肯见她。傍晚时分，飘飘将安逸

飞堵在游戏室里。

安逸飞闷声问：有事儿吗？

没事就不能找你？你真的把我当成一个、一个戏子？

飘飘，我真没把你当成什么，只是必须把你从我心中删除。

飘飘霎时泪崩，她哭着说，现在住在魏亦家，是迫不得已，在美国她没有什么人好投奔。

安逸飞放下手头的活，飘飘这一哭，把他的心哭乱了。他站起来，抽了一把纸给飘飘：把眼泪擦掉，咱们出去吃饭吧。

饭桌上，飘飘问：安氏税务危机解除了吗？

你怎么知道？

今天 Bell 来魏亦家取东西，他说，魏亦知道安氏碰到了危机，于是多方出手，暗中帮你。

安逸飞听得心里"咯噔"一跳，魏亦帮忙安置章张不假，可他连安氏税务风波情况也了解，这就令人费解了。但无论如何，自己都得感谢他出手相救。

安逸飞边吃饭边发给魏亦发微信：这次的情，我领了。

魏亦马上回复：愿为你两肋插刀，但愿体谅为兄之难。

安逸飞看到这条信息，虽然明白魏亦帮忙安置章张的用意，却一时想不到安氏税务风波是他布的局。

飘飘见安逸飞一心鼓捣手机，赌气不吃了，坐在那瞪着他半天，他才抬头看了她一眼。

吃饱了？

气饱了。

安逸飞放下手机，看着飘飘，越看越觉得她哪儿不对。

是不是太累？多吃点。

飘飘眼睛开始潮湿：早知自己这么在意他，当初真的不该胡闹。

安逸飞看了飘飘一阵，在心里质问自己：以前是真爱她还是被她的美艳俘获？

安逸飞夹了飘飘喜欢的菜放她盘中，看着她过于斯文的吃法，他的眼前不断闪现 Ruth 吃米面时那副手忙脚乱的画面。他突然笑了起来，飘飘以为自己嘴角沾上了酱，连忙抽纸巾拭擦。

安逸飞还在笑，飘飘娇羞地：帮人家擦擦嘛。

安逸飞蓦然惊醒：怎么了？

飘飘指指嘴，安逸飞笑着说：嘴巴都吃歪了，有这么好吃吗？

一句话说得飘飘泪如雨下，她掏出那张剪成两段的银行卡放在桌上，默默起身走了。

飘飘没有叫车，她想通过走路的方式来平息自己的情绪。可是，没走多久，便感觉一个高大的黑影渐渐从后背压了过来，她看了一眼人烟稀少的人行道，不由得加快脚步。可是，不管她走多快，总也甩不开背后那个黑影。正想大着胆子回头看个究竟，头上便遭重重一击，人还未完全倒地，包已被黑影掠走。

该死的安逸飞！

她忘了喊救命，却脱口而出骂了安逸飞。

飘飘走后，安逸飞捡起银行卡仔细一看，原来是自己曾经给她的，不由得眉头紧蹙了一下。匆匆结账，取好车，四周看了一圈，飘飘已不见踪影。

安逸飞慢慢开着车，虽然断卡的锋面还在刺激着他，他还是仔细观察着人道上的行人。不好，人行道上，一个黑人正在袭击飘飘。安逸飞顾不得多想，"嘎"地停下车来，朝黑人扑去，两人打得昏天黑地。

包可以不要，命可得保住。飘飘挣扎着爬起来，顾不得与救她的人道谢，便一瘸一拐地往回跑。

她不想与安逸飞置气了，她必须找到他：逸飞，逸飞——

没跑几步，她被人一把抓住，不由得腿一软，瘫在那人怀里。

要跑就跑快点，跑不动就老实点。

安逸飞，怎么是你？

飘飘见安逸飞嘴角淌血，吓丢的魂回来一点。

安逸飞将抢回来的包塞给飘飘，拉开车门，将她推进车里。

我知道你还是放不下我。

我只是不愿自己的女同胞在异乡被人欺负。

不管你现在对我印象如何，反正，我觉得你是我最信任的人。

安逸飞嘿嘿笑了几声：可别，鱼那么信任水，最后却被水煮了。这世道，谁能信谁?

6

本常下山去看妈妈，正慧像孩子一般缠着要跟去，本常心想，带上也好，以后自己若是走不开，还可让他跑跑腿，简单收拾一下，师徒两人便下山了。

沈若兰兴奋地跟儿子讲述洛杉矶趣闻，她劝本常也去哥哥那儿开开眼界。

本常只是笑着，沈若兰又问：见到你小弟弟了吗?

是小妹妹。

小妹妹? 这话怎么传的? 哎，不管弟弟还是妹妹，孩子是无辜的。

妈妈说得对，小妹妹其实很可爱的，见了我就笑。

血缘呀，真是个奇怪的东西。

本常在屋里陪妈妈说话时，正慧坐在花园逗隔壁家的狗。见隔壁一会儿工夫，进进出出好几拨人。正慧知道隔壁住的就是那次喊茶活动见过的市长，出于好奇，他将市长家前前后后看了个仔细。

中午时分，汪海莲见正慧前后闲逛着，心里那根喜欢使唤人的草又长了起来，便叫他过去帮忙搬东西，她要将储藏室一个硕大的瓷器缸放楼上露台种树。

好不容易将花缸搬上阳台，正慧以为可以交差了，谁知汪海莲却叫他去楼下路边花园取些土填进去。这下可把正慧整惨了，跑了三四趟，才填满半缸，他一屁股坐在二楼一间空房门前的地上。

汪海莲在楼下大声喊他，他说，累了，想歇会儿。汪海莲慌慌张张地跑上楼，推开门进去鼓捣半日才出来。

就在刚才汪海莲推门进去的那一刹那，正慧趁机朝屋里溜了一眼，全是杂物。可是，她为什么那么紧张? 江湖经验告诉他，里面肯定藏了值钱的东西。

汪海莲此地无银三百两地说：这间屋子本来想做佛堂，但我家魏市长是无神论者，所以用来放杂物。你动作麻利点，再跑两三趟也就可以了。

正慧起身，提着袋子继续提土去，但那个神秘的杂物房引起了他的好奇。

7

安氏税务危机终于解除，安逸飞踏实地做他的游戏，他决定做一回先斩后奏的事，请枪手将李老师的《千古商圣》与 Ruth 的神话版《平民皇后》相结合，改编为游戏。

如今的年轻人做事真够拼的，几天工夫，枪手就拿出了故事梗概，安逸飞连夜将它看完。

南宋隆兴年间，私自下凡的蜈蚣仙女，附体民女夏云姑，云姑因美貌、智慧出众，被选入宫，数年后册封为皇后。当时，金兵大举南侵，朝廷分为主战与主和两派。夏皇后深知处于两难之地的夫君内心的痛苦，却苦于找不到良策。于是冒险回到天宫，请求掌管民间凡事的仙人帮忙，本欲治罪于她的仙人虽被她的诚心打动，却受拘于天条，要她答应两个条件才能帮她：第一，时间为三天，三天若不还魂，便回不了肉身，也会因此而堕仙。第二，堕仙后必须经受九百九十九天的飘零之苦、九百九十九天的火狱之炼。一心想帮助夫君的夏皇后决定孤注一掷，她答应了仙人的两个条件。按照仙人的指点，她假装重病在床，让灵魂还原蜈蚣仙女，去文财神范蠡发家之地陶邑寻找富国强民之良策，她在陶邑果真发现了一道奇符上镌刻了文字，拿去请教仙人，仙人告诉她这是春秋末期陶朱公商号的徽标。原来，年事已高的陶朱公范蠡，以悲悯之心体恤陷入连年战火的民众，用毕生绝学，写就了《富国策》，一心想将热衷于武力争霸的诸侯转型为益国益民的经济发展。《富国策》书成后，范蠡秘密讨教鲁班，精心设计了数十个奇符，然后将《富国策》镌刻其中三个之中。范蠡将这数十个奇符分发于各个分铺作为陶朱公商号的徽标，并对后人留下训言：此书只给十年不参与争霸的明君。随后，范蠡便云游终南山寻觅老子踪迹去了。因为，整个春秋战国时期，无一诸侯不参与争霸，因此，这些奇符便一直保存民间。

夏皇后为了寻找另外两个奇符，耽误了灵魂回归日期。宫里人以为她已病死，于是将她的肉身葬了。没有了肉身的夏皇后，忍受着飘零与火狱之苦，继续寻找奇符。由于年代久远，其他两个怎么也找不着，她只好将手中那个奇符潜心研究，然后托梦于夫君。夫君梦中得已故皇后指点，终于成为南宋最杰出皇帝。

安逸飞看过之后觉得故事还满意，他以游戏人的眼光，为枪手提供了几个关键节点，让他去修改。

8

李老师接到安逸飞的越洋电话，心情纠结得无以言表。文学作品变成游戏，是堕落还是进化？

安逸飞说，小说与影视，对多数人来说都是作为一种消遣的方式，游戏也是如此，从这个层面来说，它们没有高下之分。

什么？文学作品与游戏没有高下之分？

呵呵，我是说，从消遣的角度来说，它们不都是供人娱乐的吗？

逸飞，今天咱们既然谈到这个话题，我不妨倚老卖老多说几句。游戏是供人消遣的，我没异议，而文学作品却不是如此，好的作品能震撼人心，直击人的灵魂，甚至还能影响一代人的价值观念。这些，游戏能做到吗？我不是不同意你把这个题材做成游戏，历史资料是老祖宗留下的，谁都可以借用。但是，你要把游戏与文学作品等同视之，我绝不苟同！

放下电话，李老师走进书房，看着书房四壁那些落满尘灰的书籍，心中那块文学净土似乎感觉也不洁净了。

对安逸飞来说，没有什么比研发游戏更能激发他的动能。

他一边让枪手赶本子，一边组班研发。

安逸飞将研发班子搭好后，最大的问题不是技术，而是他的伙伴只有一个能看懂中文。想来想去，他给 Ruth 打电话，希望她能将这个游戏本子翻译成英文。

Ruth 调皮地问：这可不是一件简单工作，有报酬吗？

当然，不但翻译有报酬，你和李老师的原作也有稿费。

Ruth 答应考虑，安逸飞霸道地说：没时间给你考虑，接了活就得赶紧干，我等着用呢。

9

喊了很久的狼，终于来了。摇篮井附近的拆迁，已经落实到丈量房屋了。

叶师母慌得六神无主，她坐在桂花树下一边剥着毛豆一边双目无神地唠叨着：老头子，咱们这院要拆了，你咋办呀？虽说我嫁到叶家几十年没享过你什么福，但你不在身边我还真慌……斯斯就要回美国了，唉，怎么办呀？

王婶见叶师母总是将豆子扔进豆萁里，便走过来帮她捡出豆子：您老慌什么呢，这院拆了，还会补楼房，哪像我们，这院一拆，租不起其他房子就得回老家了。

谁知道还能不能活到住楼房的日子呢？

能，看您的身子骨肯定高寿。

老头子怎么办？难道把他从地下挖起来？

叶师母说这话时，心在怦怦地跳着，好不容易剥好的一碗豆子不小心撒了一地。

10

中午的阳光热辣辣地照在头顶，Ruth 舔舔干裂的嘴唇，极力咽下一点津液，早知道如此，应该带瓶水过来。

政府办公大楼里进进出出的人，谁也没去注意这个从一大早便开始静坐在市政府门前草地上的女孩。快中午了，一个保安走过来问她：姑娘，你怎么总坐这儿？快回去吃饭吧。

Ruth 摇摇头：不，我要静坐抗议！

保安一惊：什么？抗议？你是在抗议？

他返身朝楼里跑去，不多久，出来一大拨人，一个领导模样的人问：你抗议什么？

Ruth 尽量减缓语速，把每句话说清楚：我婆婆不愿意搬迁，你们凭什么赶她？请给我一个说法。

领导说：不服，找信访去呀，坐政府大门口干吗？

我找了信访，他们让我去找拆迁办，我去了拆迁办，他们说是政府批准的，我不知道除了坐这儿还能坐哪儿？

你坐这儿能解决问题吗？

Ruth 站了起来：请告诉我怎样才能解决问题？

领导使了个眼色，一伙人劝的劝，拉的拉。

Ruth 使劲甩开他们：你们不解决问题，我天天都会来静坐。

一个保安扭住了她的手臂，Ruth 痛得大喊：你弄痛我了，我会告你！

突然有人认出 Ruth 就是市长亲自授予的"荣誉市民"，他与领导耳语。

领导连忙给秦秘书电话，秦秘书在电话里叮嘱他：千万别乱来，我马上下来。

秦秘书走出大楼时，见 Ruth 瞪着保安直喘粗气，一个人正在跟她解释什么，他连忙喝退保安，将她带进市长办公室。魏臻中午要去参加一个午宴，正准备出门，听了秦秘书的汇报，马上取消安排。

秦秘书带着一脸不悦的 Ruth 来了。听了 Ruth 的诉说，魏臻笑着说：你不是认识市长吗？有事为什么不来找市长，还去门口静坐？

Ruth 说：我以为这是合理要求，不需要利用私情。

魏臻与秦秘书都笑了，魏臻看着不懂中国国情的女儿，有些心疼。

你们觉得我静坐很可笑？我是天缘江"荣誉市民"，为什么不允许我行使公民权利？

魏臻亲自给她泡了一杯茶：可爱的小姑娘，没人能够阻止你行使公民权利，只是这么点小事，犯不上去静坐。

Ruth 接过茶杯，想喝却怕烫，于是要求：可以给我一瓶冰镇矿泉水吗？我实在是太渴了。

好，我去拿。秦秘书马上出去拿水。

Ruth 喝了一小口热茶后，说：拆迁对你们来说或许是一件小事，可我婆婆觉得它是天大一件事，我公公安息在叶家小院的桂花树下，如今开发商要拆迁，我公公怎么办？

Ruth 的话，给了魏臻重重一拳，整天想着怎么弥补女儿，却让她小小年纪承担如此压力，真是愧为人父！

孩子，非常抱歉！这是我的疏忽，这件事情你不要再背包袱，交给我来处理，你公公还是我的老校长呢。

秦秘书拿来两瓶矿泉水，Ruth 一口气喝了大半瓶。魏臻生怕她噎着，又疼又爱却不敢有过份关心言行，于是指示秦秘书：去拆迁办跑一趟，摇篮井拆迁最好找个变通办法。

秦秘书领命而去，魏臻笑着请 Ruth 吃午饭。

Ruth 说：婆婆说，有恩不报非君子。你帮了我的忙，应该我请你。

魏臻笑了：看样子，婆婆教会了你不少做人的道理。好，午餐你请我。

11

么么哥哥。

么么哥哥好。

Ruth 将魏臻带到上次安逸飞带她来的面摊，么么哥哥一见她便热情地打着招呼，Ruth 也像安逸飞他们一样如此称呼他。母子俩本来已经在收摊，摊位边也只有稀拉几个快吃完的人，见了 Ruth，师母说，既然来了，就给你们煮两碗吧。

堂堂大市长坐在路边摊上等面吃，魏臻有点哭笑不得。尽管如此，他还是非常珍惜与女儿独处的时光。

路过的、吃面的都在谈论拆迁。有人说，如今城市虽然大了，美了，却失去了原先的味道。原先这里像一座禅城，如今这里与其他城市一样，都是水泥森林，没有一点特色。

有人说，住楼房自然好，可邻里关系肯定比不上咱们现在的大杂院。

政府的拆迁政策是好，可拆迁的人什么阴招、损招都使得出。听说，如果碰上了钉子户，他们便雇人先把房子烧了，然后借口有安全隐患进行强拆……

听着老百姓的谈论，让一向对城市建设颇有成就感的魏臻感到如坐针毡。

拆迁是件烦琐的工作，老百姓向往的同时也有很多顾虑，特别是上了年纪的人。看样子，很有必要召开一次会议，强调拆迁工作的注意事项。

么么哥哥，吃面。

市长，您先吃。

魏臻笑着点头：等那碗来了一起吃，你跟这个小老板很熟？

他是魏亦与安逸飞小学老师的儿子，魏亦哥哥还为他们母子办了社保与医保。

是吗？

魏臻简直不敢相信自己眼里那个混蛋儿子会做这样的事。

我魏亦哥哥可有爱心呢。

魏臻从女儿嘴里听到这话，感觉特别温暖。很久没吃到这种带着儿时味道的米面，那时，家里太穷，只有每年生日那天，母亲才做一碗卧着两个鸡蛋的米面给他吃。

这些年，官越做越大，离熟悉的味道也越来越远。年少时努力读书，最大的理想便是能吃上城里的商品粮，而如今最怀念的却是贫困年代的乡里生活。地球是圆的，难道人生追求的终点也是连着起点？或许，很多人根本就没明白自己内心究竟需要什么？

您不喜欢吃这个？

Ruth 见魏臻吃了几口便不动筷，以为他不喜欢吃。

喜欢，太好吃了，谢谢你带我来这里。

我觉得这是一个亲民的好地方，市长先生应该经常来这种地方倾听民众的声音。

魏臻看着女儿清澈明亮的眼睛，真的有些汗颜，他问：上次你夸我是个好市长，是心里话吗？

　　Ruth 递给魏臻一张餐巾纸，认真点头说：是的，您陪着大家一起淋雨，一起呼喊，感动了我，可我还是希望您能做得更好。

　　还有什么嘉奖比得过女儿的肯定？魏臻擦着汗，一碗米面，吃得他从里热到外。

此岸

第三十章

彼岸

1

山不在高，有仙则名，水不在深，有龙则灵。

自从几位久病的患者请本常作法事痊愈后，盘龙山周围的村民便陆续前来报亲寺上香。

本常以前不知道自己为什么对中草药那么痴迷，如今听了妈妈讲述家世之后，豁然明白，原来祖父就是一个整天琢磨中草药的人。基因这东西，真是神奇。

本常给人治病通常用两种方式同时进行，法事疏导精神，药草调理身体，双管齐下，往往见效。信众们却大多忽略了本常的医术而放大了他的法术，于是，他便成了传说中的神僧。

江南的春天，一发春雨，就像被人捅破了天一样，动不动便大雨如注。只是，再大的雨也阻挠不了香客的虔诚之心，盘龙山的报亲寺每天都有人去进香。

功德箱里的钱不是很多，所以管账的正浩师父隔几天才开箱取出来。

不可能呀！里面只有几张纸票，其余都是钢镚。

正浩师父向本常反映：功德箱每天有多少钱，弟子心中有个大概的数目，最近几月出入太大，弟子认为寺里出了内鬼。

正好正慧从本常禅室门前走过，正浩瞟了他一眼，朝本常努努嘴。

没有根据的事，不要去猜测。以后，功德箱里的香火钱每天取出来保管好，不要给人制造犯错误的机会。

正浩点头：师父教诲得是，弟子今后一定注意。

雨后放晴的下午，阳光透过雨水洗过的绿叶，温暖万物。

做佛珠的小杂木没有了，本常扛着锄头、柴刀进山去。

这几日，正慧知道正浩每天将香火钱藏师父房间，他趁本常上山时溜了进去。

本常走了不多时，突然发现没带手机，即刻返身回寺。

正浩在菜地除草，本常没与他打招呼，心想：正慧好吃懒做，一会儿叫他也去菜地帮忙。

推开门，没想到正慧在翻他的东西。正慧见师父返回，一时很尴尬。

正浩在菜地除草，你没事也去帮帮他。

好好，师父，弟子这就去帮师兄锄草。

等等，正慧，你来这里好几个月了，习惯吗？

正慧心虚地蹭到门边说：还可以，最起码能吃饱穿暖，不受流离之苦。

本常走近他，看着他的眼睛：你很需要钱吗？

正慧做贼心虚，一听本常口气，知道事情败露，他跪在本常前，请求师父原谅。

本常说：真正的救赎是自救。

正慧痛哭流泪说会痛改前非，本常说，愿意相信他。正慧主动交出了伸进功德箱粘钱的铁丝，他将铁丝折弯，扔了出去。

本常说：罪恶不在这根铁丝，而是心中那只贪婪的老虎，不将贪虎赶跑，最终会把你吃掉。

正慧哭着把几月来从功德箱里粘出来的钱交给师父，然后去佛堂跪下念经。

2

真是知人知面不知心。

本常以为正慧真心忏悔，没想到他却连夜跑了。本常下山找了半天也没见着他的影子，心中未免有些怅然，他总觉得自己对正慧没有尽到责任。

正走着，突然听到有人叫他，回头一看，原来是妈妈。沈若兰在一个佛友家助念了一上午佛经，回家时顺便买了些水果。本常接过妈妈的水果，告诉她正慧失踪的事。

沈若兰劝诫儿子：你也不必自责，他虽然身体受了戒，心却在外面游荡，即使找回了人，也留不住心。

途经安氏大厦，隔着玻璃，恰好看见保姆推着小点点在大堂玩。正是下班时间，很多人都去逗她，小点点坐在婴儿车里兴奋得手舞足蹈。

妈妈，那就是小点点。本常指着小点点，眼里充满笑意。

沈若兰仔细看了一眼小点点，确实可爱，大黑眼里满是欢乐。保姆只顾与人聊天，小点点几次差点从婴儿车里翻出来。

哎呀，可别摔了。

母子俩正要进去提醒保姆，电梯门开了，安牧良与华音同时走出电梯。

宝贝，你来接爸爸妈妈下班了。来，亲亲。

华音从婴儿车中抱出女儿亲了又亲。

一旁的安牧良似乎按捺不住，伸手接过女儿：爸爸抱，亲爸爸，宝宝，快，亲亲爸爸。

沈若兰停住了脚步，她的脸色霎时阴了下来。

宝宝？你们兄弟俩长这么大，我从未听他叫一声"宝宝"，二十多年来，他对你们向来都是"这小子""那小子"的吆喝。

本常感觉母亲一身都在颤抖，他开导母亲：可能因为我和哥都是男孩，小时候太调皮，再加上爸爸年纪大了，自然对女孩更宠爱一些。

沈若兰悲哀地摇着头：他可以欺负我，怎么可以不看重你们？

正好旁边来了一辆出租车，本常赶紧扶母亲上车。车上，沈若兰问儿子：你一点也不记恨你爸？

本常握紧妈妈的手：失而复得，本该珍惜，怎么会记恨呢？

沈若兰长叹一声：有些事情真说不清，从内心来说，我不希望你们兄弟记恨他，可每次一看到他，我心中便有一股不平。

本常暖暖地看着妈妈：只要心静，一切都会过去，一切都会变好。

3

本常将妈妈送到家，沈若兰留儿子吃午饭，本常摇摇头，说不饿，他

再去找找正慧。刚把门打开，隔壁的汪海莲就过来了。

去哪儿了？大半天不见人。

汪海莲见了本常，连忙拉着他：本常禅师来了，给我诵一段经吧。

本常笑问：汪施主有心事了？

唉，也不是什么心事，只是觉得心里慌慌的。

本常只好留下，他先将观音前的旧水果撤了，换上新买的。汪海莲虔诚地跪于观音前，口中念念有词。本常见此，跪于另一蒲团，为她助念一段经。

拜过观音之后，汪海莲觉得还是不踏实，她对着观音再来三拜：万能的观音菩萨，请帮帮弟子。

她侧头看了一眼本常，打住了，想了想又说：菩萨，我家里有好水果，我去拿来。

汪海莲从家里提了一袋荔枝、仙桃过来，她边摆水果边念叨：弟子是诚信信佛，请菩萨一定保佑。

沈若兰笑说：不能总是临了抱佛脚，平日也要修行。

汪海莲没理会沈若兰，她注视着观音：观音菩萨，我就住隔壁，咱们可是邻居呀，请您一定保佑我家。

沈若兰母子不知道她家发生了什么，但知道她一定遇上什么为难之事了。

汪海莲问本常：经常念阿弥陀佛真的能消灾？

本常说：心存虔诚念佛肯定能消灾，但菩萨只度有缘之人。

有缘之人？咱们的缘分还浅吗？

此刻，汪海莲宁愿相信沈若兰母子便是她的菩萨，远亲不如近邻，假若菩萨连邻居都保佑不了，还有什么可信？话虽如此，拜了菩萨的汪海莲心中还是不踏实，她担心自己在沈若兰家待久了失言，于是怅怅地回家了。

4

汪海莲心中确实有事，昨晚的失窃来得太蹊跷。

自从那天打了 Ruth 后，魏臻就没再理睬她。她想了许多法子都没奏效，刚好上周三，是她与魏臻结婚三十周年纪念日。她把消息透露给秦秘书，秦秘书便煞有其事地替他们张罗起来。

结婚纪念日，并未挽回魏臻的心，倒是引得不少人前来送礼，光现金就收了二十七万。当然这些钱，她都是背着魏臻收下的，魏臻见来家里的人多了，干脆去下属县市考察去。

这些陆续送来的现金，她还没来得及存银行就来贼了。丢了钱，她只是心疼，并不慌，慌的是，来了小偷她不知是否应该报案。若是报案，小偷一招供那不自找麻烦吗？不报案，小偷尝到了甜头，三天两头来光顾，后患无穷。很显然，小偷早就踩好了点，要不怎么来得这么准？这种情况，她怎能不慌？

菩萨是拜了，只是汪海莲心中明白这些钱来得不正大光明，菩萨不一定愿意为她保护赃款。想来想去，汪海莲还是给儿子打了个电话，把事情经过如实说了。

魏亦听了气得大喊：妈，你别财迷心窍，贪这点小利干吗？我和我爸赚的钱还不够你花吗？你要是再不收敛，到时会闹出大事来。

这一吓，汪海莲更加寝食难安。

5

五月，Ruth 一学年的课程全部结束，同学们提议结伴旅游后再各自回国。Ruth 本来也想与同学一起去旅游，但见婆婆因拆迁之事搅得精神恍惚，还是决定搬回叶家小院陪陪婆婆。

孙女回家当然是好事，但是，叶师母心里明白，她们没有多长时间的相聚，斯斯便得回美国。老人家口里念叨着去给孙女做饭，却走进走出地忘了要去里屋取什么，最后坐在床沿上失神地想着心事。

婆婆，快出来，拆迁办来人了。

拆迁办工作人员说，市长亲自指示，摇篮井是古迹，要保护。但是井边的房子，包括叶家小院都属于棚户，一律要拆迁，不过，这棵桂花树可以保留下来。

叶师母愣愣地看着他们，她听懂了，拆房子留树，这么说，她还是要跟老头子分开。

工作人员说：老人家，别担心，以后挑房子时，你可以优先就近挑。

叶师母没答话，她走到桂花树下，自语：老头子，咱们这回真的要分开了。

婆婆，实在要拆，就让他们拆吧，反正我和妈妈都不放心您一人留在这儿，妈妈一直希望我动员您去美国。

斯宝，婆婆这把老骨头还能跟着你跑那么远？

怎么不能？妈妈说了，要我尽量带您一起走，到了美国，她会带您四处去旅游。

说心里话，叶师母打心眼里不想去什么美国，可与孙女近一年的相处，虽然磕磕碰碰，却舍不得她走。两人争论半天，最后达成协议，叶师母先随 Ruth 去美国，等拆迁房建好后再送她回来。

6

上午的阳光不是那么毒，轻吻树梢时，在山道旁的石块上落下几许斑驳的光影。

这块寂寞的山石，在盘龙山不知躺了多少年，直到本常经常来此打坐开始，它才骄傲地感觉到了自己存在的意义。

蹦蹦豆像巡山大王一样摇着尾巴过来了，师父还没来，山石便成了它的宝座。粗糙的石块虽然不太光滑，却越发显出一种禅意。蹦蹦豆轻松地跃了上去，用尾巴扫去石块上的落叶后，又去扑打树影，忙乎一阵树影仍然没有退缩，蹦蹦豆恼怒得直哼哼。

师父来了，蹦蹦豆顾不得清理，噌的跳下去迎接。师父与豆妈的气息，蹦蹦豆相隔很远就能感觉到，它似乎觉得，此生守护追随他们是唯一使命。

本常从寺中出来，沿着山道走着。脚下这条山道是他一石一土修筑而成，如今它已成为滚滚红尘通往清净佛门的走廊。寂寞佛门关住了他那颗受戒的心，却如何束缚得住他不眠不休的灵魂？

我不是要你放弃信仰，只是希望你认真考虑一下留学的事，寻找一个更大的平台，丰富自己的学识，难道不比你守在深山更有益众生？唐僧还去西天取经呢，你怎能故步自封？

从昨晚放下 Ruth 电话开始，本常一直回放着她的话。去美国留学，Ruth 提议过多次，本常不是没考虑过，其他问题无须顾忌，本常只是觉得自己修行尚浅，担心坚守不住师父经常教诲的初心。

不忘初心，方得始终。本常至今才真正领会到，要坚守住这份初心有多不易。他可以忍受寂寞独守深山，他也可以放弃富贵，唯独没有勇气面对 Ruth 的纯情。不，他想到的不是男欢女爱，哪怕是 Ruth 的一个眼神也足以让他心乱。

Ruth，你是轻落蒲团的一只蝴蝶，而我已听从佛祖的感召远离凡尘，只能远远合十祝福，不能走近你的身旁。

蹦蹦豆见师父没有像往常那样在石块上打坐，而是站在路旁沉思。它巴巴地拖来蒲团，放在石上。

一想，你也知道督促师父精进，谢谢！

汪汪，汪汪汪……

蹦蹦豆突然欢叫着朝前跑去，本常知道，除了豆妈，再无他人能让它如此决断地离开自己。

一滴清露落在蒲团，本常心念一动：Ruth，对不起！

本常拎起蒲团，朝树林深处走去。

7

Ruth，小僧认真地考虑了你的建议，你说得没错！既然将普度众生作为终身信仰，就得走出盘龙山去认识新的世界。当然，这只能作为我的一种人生规划，究竟何时才能落实，还得看自己的修行。为平安祈祷，不送。

Ruth 本以为在中国待了快一年，对中国的风土人情有了一些了解，一大早接到本常短信，她感觉陌生之余还有几分失望。

小僧？大家不都是朋友了吗？本常，你躲什么呀，难道我会绑架你？

Ruth 没有回本常的短信，只是发了个朋友圈：再见了亲爱的天缘江！再见了亲爱的盘龙山！再见了我的蹦蹦豆！

多宝陪着沈若兰来了，婆婆站在桂花树下不言不语，她直愣愣地看着桂花树，来了人也不知道招呼一声。

沈若兰安慰她：叶师母，您放心跟着孙女去美国，这边有我和多宝盯着呢，拆迁房一建好，我们就会打电话告诉您。

叶师母拉着沈若兰的手，嘴唇颤动却说不出话来。沈若兰知道老人家的忧虑，这把年纪出远门，她是担心回不来，在外面做野鬼。

沈若兰问叶师母：师母，您有红绸子吗？

叶师母看着沈若兰，愣愣地说：有是有，不知放哪儿去了。

Ruth 连忙进屋，不一会儿就找出一块红绸子。沈若兰接过红绸，从桂花树上摘了几片叶子，又从树下撮了一小撮土，然后用红绸把它们包了起来，交给叶师母：师母，带着"叶落归根"，我们会在天缘江等您回家。

叶师母接过"叶落归根"，小心翼翼地放进行李箱。

多宝帮着 Ruth 把行李箱放进车尾后，催了几次，婆婆才高一脚低一脚地走出寄托了她全部情感的叶家小院。

Ruth 删去手机卡里的所有信息，抽出卡片交给多宝：多宝哥哥，这张卡我用不上了，里面还有些话费，你拿去用吧。

多宝愉快地接受了。

8

魏亦总觉得自己可能得罪了哪尊神灵，否则怎么会如此颠三倒四？

且不说心爱的女孩莫名其妙地成了亲妹妹，这确实不是他的错。可煞费苦心送画，如今却不顾一切地要将画拿回来，这能怨谁？安逸飞碍于税务风波他鼎力相助，暂时不提调包之事，若不尽快拿回《洞山开悟》，肯定不会饶他。魏亦思前想后，决定以 W 公司为筹码与 Jack 孤注一掷地赌一场。

美国分公司负责监视 W 公司动向的人报告，证监会对 W 公司的调查已近尾声，W 公司股票也跌入低谷。

尽管包装生物公司借壳上市需要大笔资金，魏亦还是下令，加大收购 W 公司股票步伐。

9

谁呀？谁来了？

安逸飞听见楼上好像有人进来，他问了几遍，楼上的小黑哥都没回答，安逸飞手头一大堆活，也就顾不上多问了。

哈哈，哈哈，今天有好吃的啰。小黑哥端着一盘水果欢快地从楼上下来。其他几个小伙伴丢下手头的活过去抢吃的，安逸飞瞥了他一眼：哪来的水果，网购？

小黑哥递给他一根香蕉，嬉笑着：老大，你只管吃，别的就不管了。一会儿，还有好吃的。

别指望我下厨，明天我得去机场接 Ruth，今天要干完两天的活，你们就期待着画中人出现吧。

小黑哥似乎没心思工作了，楼上楼下地跑，安逸飞冲着他大吼：猴子，你给我坐下来干活。

小黑哥干脆躲在楼上不下来了，等再次下楼时，他神气地通知大家上楼用餐。其他几个小伙伴欢呼着去了，安逸飞想不出小黑哥能折腾出什么好吃的，懒得理他们，只管埋头干他的活。

上去吃饭吧，去晚了恐怕连汤都没了。

飘飘，你怎么来了？

本想过来蹭顿饭吃，没想到来了一看，冰箱都是空的，只好出去买菜给你们做饭啰。

难怪小黑哥跑上跑下，我还以为他叫了外卖。你吃了吗？

这都几点了？中饭太晚，晚饭太早。我出去买菜时吃了点东西，你去吃吧。

安逸飞还是没动身，他不想给飘飘存有什么希望。飘飘当然能看出安逸飞的心思，自己花了几十万整容，他都没在意，确切地说，他压根就没认真地看她一眼。飘飘既伤心安逸飞连敷衍她几句都不愿意，又感谢他的干脆，早点死心也好，长痛不如短痛。但那晚安逸飞拼死救她的情景，又时不时像水草一样缠得无从逃脱，她感觉自己真的要溺死在安逸飞这池水里。

魏亦打来电话，过几日要回美国了，她一时还没找到合适的房子，本来想请安逸飞帮忙，见他对自己如此冷淡只得作罢。

飘飘转身出去时说：别担心，以后我只把你当普通朋友。

10

飘飘在洛杉矶没有几个朋友，不，应该说没有几个熟人。从安逸飞家出来，她给 Frank 打了一个电话，Frank 马上约见她。

他们就在魏亦家附近的咖啡店见面，她告诉 Frank，此次扮演的是越南吸毒女，她找不到那种感觉。

Frank 建议她尝试吸点大麻，飘飘摇头拒绝。Frank 说，少量吸食不是坏事，他已经吸了几十年，感觉很好。

你瘦了。

Frank 点头：是的，最近总是发烧，体力下降了不少，浑身上下提不起劲来，要不是有大麻，真受不了。

接着，Frank 问飘飘，除了在他家，是否还在其他地方看见过《洞山开悟》？

飘飘点头，说：在北京也见过一次。

Frank 请她回忆一下当时情景，飘飘想了想：去年，我在北京的时候，魏亦约我与几个姐妹吃饭，刚好天缘江博物馆两个馆员也住这家酒店，他们是拿着《洞山开悟》来做鉴定的，后来我们便凑一桌吃了。

Frank 追问：还有其他人吗？

魏亦还带去了两个人，其中一个是 Bell。

另外一个呢？

飘飘皱眉回忆着：另一个也是美国人，不知道叫什么，好像右边眉毛处有个疤。

Frank 闻言，好像说他自己眉毛处有疤似的，眉间突突跳了几下。

我的几个姐妹看到那《洞山开悟》跟我的反应一样，没什么惊奇，倒是那个眉毛长疤的人，对那画简直着了迷，拍照不过瘾，还用手摸来摸去的。要不是碍着魏亦的面子，那两个馆员肯定不乐意了。飘飘不屑地说着，丝毫没有在意 Frank 的表情。

再后来呢？

吃完饭各自散了。

就这样散了？ Frank 似乎意犹未尽。

飘飘能看出安逸飞的心思，却看不出 Frank 的心思，她试探着问他，能否帮自己找一处合适的房子。

Frank 想了想说，他有个画家朋友，若给他做模特，不仅可赚钱，还可免费住房。

飘飘有点接受不了，但苦于经济拮据，还是答应试试，只是叮嘱 Frank 不能让任何人知道，Frank 答应为她保密。

/ 此岸 /

第三十一章

/ 彼岸 /

1

Ruth 带着婆婆回美国了，Frank 家一时热闹起来。

叶师母他乡遇故人，见了安逸飞就像见了亲孙子一样亲热。她拿出从家乡带来的点心，恨不得全塞进他嘴里。

Amy 从见着母亲那一刻起，便从梦境中走了出来。知道母亲不习惯吃西餐，亲自下厨做了几个热菜。中式饭菜，摆在西餐桌上，大家都动筷了，Frank 还规矩地坐着。Amy 突然意识到，大家都在说汉语，他大概没弄懂怎么个吃法。

Amy 连忙将各种菜夹到他盘子里，跟他解释：今天是吃中餐，中国人吃美食喜欢与亲友分享，所以没分餐。

平时他们都是分餐，饭间也极少交流，Frank 突然享受妻子的照顾，心里喜滋滋的，尝了一口，连着夸赞：好手艺，真美味。谢谢你，亲爱的。

爸爸，好吃多吃点，我给您夹。

谢谢，谢谢甜心。

就在 Frank 陶醉于妻女宠爱的幸福之中时，叶师母却看不懂了，她以为洋女婿生病了：他得传染病了吗？

安逸飞与 Ruth 看着叶师母，一时搞不懂什么意思。Amy 最先反应过来，她向母亲解释：妈妈，美国人的习惯跟咱们有些不同，还有，他听不懂咱们说话，所以不清楚怎么个吃法。

哦，没病呀，谢天谢地！这哪是什么习惯不习惯的，我看，都是你们惯的。

婆婆，妈妈说得没错，我们都说中文，对爸爸确实不公平。

叶师母夹了一块鱼放孙女碗里，白了她一眼：小白眼狼，多吃点，明天婆婆给你做红烧肉。

饭后，Frank 回房休息了，Amy 领着母亲去特意为她准备的房间，剩下两个年轻人在客厅聊天。

Ruth 刚到中国时，结结巴巴的汉语中夹带着大量英文单词，一副懵懵懂懂的样子。如今回到美国，娴熟的美式英语却时常冒出一些中文词语，显得活泼又调皮。

安逸飞有一段日子没看到她了，坐在她的旁边，安逸飞有种想拥抱她的冲动。

安逸飞开着玩笑说：Ruth，如果一时找不到满意的工作，可以先来给我当助理。

Ruth 白了他一眼：太小看我了，上个月，我在网上投出了简历，不久就被 T 公司录用。

T 公司？他们还想收购我的飞翔呢，这家公司老板好像以前跟魏亦还有合作。

以前我觉得世界很大很大，现在突然觉得世界并不是想象中的那么大，有时简直小到拳头大的一个圆圈。

安逸飞拍拍她的头：呵呵，是不是觉得自己长大了？

当然，没长大沈妈妈送行时为什么委托我看管好你。

看管我？好吧，好吧，我接受。妈妈去送你了？逸翔呢？那个呆子没让你扛一袋草药回美国？

笑容即刻从 Ruth 眉梢隐去，她皱眉说：有件事我实在弄不明白。

说来听听，飞哥为你解惑。

走前，我去盘龙山与本常告别，前一天晚上还打了电话给他，我去了竟然找不到人，直到走时才接到他一个短信。

短信怎么说？

说他会考虑我劝他留学的建议，但留学时间要看他的修行。这什么话呀？我真的看不懂。

这样呀，这样呀。短信呢？给我看看。

删了，手机卡留给多宝哥哥了。

唉，呆子遭遇傻蛋，悲催！

Ruth 见安逸飞从她身旁起身坐到对面沙发上去，越发不解：怎么了？难道是我不对？

安逸飞的情绪显然低落下来，是呀，他能不沮丧吗？本来以为自己身体复原了就有足够资本去追求心爱的女孩，谁知弟弟逸翔竟然也对 Ruth 动了真情。一向心胸坦荡的逸翔，躲避她，除了被情所困，还有什么？

不，不是你不对。

安逸飞蔫蔫说道。

这就对了，我只是建议他来美国留学而已，并没强迫他，为什么生我的气？

他没有生你的气，只是不敢面对自己而已。

不敢面对自己？为什么不敢面对自己？

我也说不清，Ruth，跟飞哥说句实话，你爱本常吗？

我爱他有什么用？中国和尚不是不可以恋爱结婚吗？

先不管这些清规戒律，只问你，爱不爱他？

说爱吧，还真有点心理障碍，说不爱，也不对。哎，说不清，反正对本常的感情不像对你和魏亦哥哥那么纯粹。

天呀，原来悲催的人是我！一番柔情，如今却落得一个落花有意流水无情。

安逸飞几乎要瘫在沙发上，突然，他心中升起一股怒气，冲着 Ruth 喊道：别把我跟魏亦摆在一起。

你们不都自称我哥哥吗？为什么不能摆在一起？

是呀，人家又没对你有什么特别的意思，为什么不能？为什么不能……

安逸飞一时大脑短路，默默起身告辞。

2

其实，魏亦也来了，他在比弗利山庄转悠了一大圈，最后站在 Ruth 家花园外。他很想进去看看 Ruth，内心却在挣扎。别墅里的四个人，除了 Ruth，再无他想见的。

当他远远看到 Amy 在院子里取东西时，就知道母亲为何软硬兼施也挽不回父亲的心。虽说她是母亲的情敌，魏亦此时对她却恨不起来，这不仅仅因为她是 Ruth 的母亲，更多的是他懂得从男性角度去欣赏一个女人。

平心而论，父亲并非滥情之人，不仅如此，他还可以算得上一个有作为而又比较清廉的官员，只是过于看重头上那顶乌纱帽才会让母亲捏住软肋。

魏亦哥哥，你也来了。

Ruth 送安逸飞出门时，见魏亦在花园外徘徊，她亲热地喊着。

魏亦一脸柔情地跨进花园，正巧，一片落叶沾在 Ruth 发梢，魏亦刚要伸手拿下，安逸飞已抢先拨过 Ruth 的脑袋。此时的魏亦，不但羡慕安逸飞能够理直气壮地出入 Ruth 家，就连这片落叶他也羡慕，最起码它可肆无忌惮地亲近她。而自己，除了默默思念，远远守望，还能做什么？

你来干吗？安逸飞的邪火终于找到了发泄口。

Ruth 看看安逸飞又看看魏亦，满脸费解：魏亦哥哥为什么不能来？

隔着 Ruth，两个冤家双目对峙着。

Ruth，你先回屋，我们有事要谈。

安逸飞将 Ruth 往屋里推。

Ruth 担心地回头：你们不会又要打架吧？

不会。

两人同时回答。

出了 Ruth 家花园，两人并未上车，安逸飞瞪眼看着魏亦。

魏亦忍受不了安逸飞的咄咄逼人，愤然怒吼：你有没有点良心？你有事儿，我二话不说帮你，轮到我有事儿，你就这副模样。

告诉我，安氏税务风波，你听谁说的？章张的事儿，你又是从哪儿得知的？

白眼狼，过完河就想拆桥是吧？我从哪儿得来的消息凭什么告诉你？

好，我不追究这些，我现在把你扔进太平洋，虽然为民除了害，画却要不回来。半年，最多给你半年时间，半年之后，你还不能把画送回天缘江，我可不会再帮你保守秘密了。

月光朦胧了对方的脸，两个男人心揣一人，却各怀心事地上了自己的车。

安逸飞没有跟着魏亦的车一起走，他伏在方向盘上，心情越发沉重，魏亦这次闯下的祸除了他自己，谁也救不了他。魏大胆呀，魏大胆，你要不想死得难看，就赶紧去赎罪吧。

看着魏亦的尾灯消失在拐弯处，安逸飞不由得想起了自己的心事，他怎么也没想到弟弟也爱上了Ruth，这两个小东西到底懂不懂爱？

不管他们懂不懂，安逸飞知道自己的心不知何时已被Ruth占据，如果情敌是魏亦，他宁愿与他决斗也不会放弃。可是，如今的情敌是他愿意用生命去呵护的弟弟，他无法作出这种扎心的选择。

安逸飞看了看表，这个时候正是国内凌晨六点多，逸翔应该做完了早课，安逸飞拨打他电话，想亲耳听听他的想法。

关机，怎么回事？他应该不会关机呀？

安逸飞心中有些慌乱了，估计母亲也该起床了，便打了家里电话。

母亲告诉他，本常昨天来过电话，说让她这段时间照顾好自己，他要闭关修行几天。

呆子，你有心思跟哥哥说呀，闭什么关？要是愿意来美国深造，哥哥会为你安排好一切。

安逸飞盯着手机发了一阵呆后，下车望着一团漆黑的Frank别墅，久久不愿离去。

3

一场久违的夏雨，喜悦了睡梦中的洛杉矶人，却给刚到家门前的魏亦心头添上一抹愁思。

从小到大，他有过烦恼，却很少发愁。他想极力摆脱这种感觉，他一直认为愁只属于低能人群，像他这种精英，是绝不会将时间浪费在发愁上。可是今天，不，近来怎么了？

雨点拍打着车窗玻璃，似安慰更像责问。魏亦忍受不了这种煎熬，将车开进车库之后，重新冲进雨中。他仰起脸，任凭雨点抽打。衣服湿了，鞋子也湿了，顺着脸颊淌下的不仅仅是雨水，还有苦涩的泪。雨是凉的，泪是热的，他分得很清楚，但是，哪怕只有一个人他也不愿承认自己哭了。

Ruth、Ruth、Ruth……你为什么是我妹妹？如果你知道我调包了《洞山开悟》，还会认我这个哥哥吗？

雨越下越大，被淋成落汤鸡的魏亦还是不肯进屋，一道闪电划过头顶，他惊得跌坐在地上。

4

叶师母可不管什么时差不时差的，几十年来养成的见光起床习惯，在哪儿也改不了。

一早起来，发现其他人还在睡，于是走进厨房。做了几十年的饭，这下傻眼了，满厨房的洋家伙，怎么使呀？幸好女佣听见动静过来了，叶师母连比带画指挥她熬了一锅稀粥后，又烧了一壶开水，却到处找不到保温壶，只好将冰箱中的冷水壶拎出来换上热水。

叶师母做完这些，便来到孙女房间，小懒虫还没睁眼呢，叶师母催促着：起床，起床，今天不是要上班吗？

婆婆，别吵我，我定好了闹钟。

Amy 听见母亲在喊女儿起床，她劝母亲：妈妈，您别管她，让她去磨蹭，迟到是她自己的事。

叶师母可不听她的：哪能不管呢，不早点叫她起床，一会儿她胡乱吃点就跑。

趁着 Ruth 去洗刷，叶师母连忙去餐厅帮她倒开水，发现热开水变成了冰水，不但如此，就连热粥里也有冰块。

她大声责问：谁搞的破坏？

Frank 准备吃了早餐去医院，到处找不到冷水，他担心女儿上班匆忙喝不了热水，连忙从冰箱取出一大盒冰块，倒进水壶。

听到中国丈母娘大声叫喊，知道她生气了，却不知道她为何发怒，他瞪大眼睛看着她。叶师母跺脚喘息，Frank 摊开双手，满脸无奈。

Amy 闻声赶来，知道肯定是 Frank 加的冰块，她告诉母亲：美国人不喜欢喝热东西。

叶师母大声说：那就让美国佬喝凉水好了，反正，我孙女不能喝那害人的东西。

话刚说完，Ruth 过来，端起冷水就喝，叶师母想抢下，Ruth 躲开她：婆婆，别捣乱，我要迟到了。

叶师母一屁股坐凳上，气得直喘气：小白眼狼，婆婆白伺候你一年，回到美国，什么恶习都变回去了。

Frank 三口两口吃完，对女儿说：我出去办事，顺便送你上班。

父女俩手挽手地走了出去，叶师母朝着 Amy 连翻白眼。Amy 却装作没看见。

5

那晚的雷电似乎灌了魏亦的顶，第二天他让助理约见 W 公司创始人查理汤。作为曾经压死查理汤这头骆驼的最后一根稻草，遭到拒绝一点也不意外。

没错，在将查理汤推下神台的关键时刻，魏亦确实起到了稻草的非凡作用。可是，魏亦绝对不会做稻草人。

接下来的几天，他亲自拜访了持有 W 公司股票的几家重要基金公司，这些基金公司无一不在盼望 W 公司股价奇迹逆转。魏亦为他们分析了 W 股价狂跌的原因，是因为 W 公司的亲爹被人排挤出局，如今的 W 公司落入后爹手中，如果他们齐心将坑害亲爹的后爹赶下台，一年内股价逆转不是问题，他表示愿意拿出自己手中的股票来与他们合作。基金经理们个个自恃金融骄子，可不是谁能用口水就能说服的。但是有一点，魏亦吃透了他们，死等下去只会增加亏损，若与魏亦合作，或许还有一线希望。魏亦说，他不介意自己再做一次稻草，但这回做的是救命稻草。终于，拥股最多的基金公司答应与他合作。

有了这家基金公司的支持，魏亦手中又多了一份筹码。这次他没有预约，直接去健身俱乐部堵查理汤。

查理先生，请用五分钟时间听我把拯救 W 公司计划讲完，听完了我的计划，愿意合作，咱们继续谈；不愿合作，我立马走人。

魏亦没等查理汤表态，便开讲了：我粗略统计了一下，您与您的家人、朋友共占 W 公司股票大概百分之三十七，根据目前情况，其他股票拥有者也不会与你们合作，所以仅凭你们自己的力量根本无法战胜现有董事会。如今，我已联络了一家拥有百分之七 W 公司股票的基金公司，加上我手中百分之十一的股票，咱们三家合起来已超过总股票的半数。我已咨询过律师，只要十位股东的股票数目加起来超过半数就可罢免现任董事会。

其实不到五分钟，魏亦已将长长一段话讲完。查理汤是个明白人，罢免董事会正是他的梦想。只是，魏亦积极推进这件事，他认为绝对不会是良心发现，既然如此，他究竟有何用意？

查理汤尽管眼中的敌意没有消除，还是请魏亦在健身俱乐部的咖啡厅喝了一杯咖啡。

谢谢您信任我。

魏亦举起咖啡杯。

你值得我信任吗？请你喝咖啡只不过是想搞清楚，把我拉出虎穴之后，又要如何将我套入狼窝。

魏亦咽下一口咖啡后，不禁哑然失笑，他很认真地说：说实话，我目前还不是很值得您信任。

查理汤盯着魏亦的眼神，就像迷路者研究一张似是而非的地图。

6

尽管飘飘说过以后只将安逸飞当作普通朋友，却隔三岔五地给他一个电话。其中，一半幻想奇迹出现，一半因美国熟人太少。

一个月圆的深夜，飘飘在电话里感叹：世间遗憾还有什么比缘在情去或情在缘散更悲催？

一直哼哼哈哈的安逸飞飞快接话：情到缘未到难道不遗憾？

　　飘飘还不知道安逸飞爱上了 Ruth，她以为安逸飞指的是他们之间情到缘未到，不由得轻泣起来。

　　安逸飞最怕女人哭泣，也知道一个单身女孩在异国的艰难，有心安慰她，却不愿与她有过多纠葛，便说，明天要出去旅游，今晚得早睡。

　　飘飘问：去哪儿？

　　飘飘还在电话那头喊，安逸飞却挂了电话。

　　浑蛋，你要没想好去哪儿，就去旧金山吧，我明天去花街拍戏。

　　飘飘知道安逸飞没听见，本想再打过去，想想算了，说了他也未必肯跟自己去。

　　安逸飞没有骗飘飘，他确实准备出去一趟，这几日他根本无法集中注意力研发游戏，睁眼闭眼都是 Ruth。以前跟飘飘谈恋爱时，他从未如此疯狂地想念她，这回，他有种万劫不复的感觉。

　　安逸飞为难的不是 Ruth 爱不爱他，困扰他的是，不能跟弟弟抢爱人。一想到弟弟逸翔，安逸飞便心生愧疚。逸翔没回他的微信，说明他还在闭关，或许他还未找到自己满意的答案。

　　此时的安逸飞似乎被分裂成两人，一人在深情地说：逸翔，你要什么哥哥都给你，好好爱 Ruth，哥哥祝福你们！

　　另一个人还未等前面的话音落地，便高喊着：噢，不！不！这不是我内心的声音！除了 Ruth，我什么都可以让，包括安氏股份。

　　安逸飞从床上坐了起来，懊恼地拍着自己的头：不，不！ Ruth 与逸翔对我来说都很重要！呆子、傻蛋，哥哥这回被你俩害惨了……

　　安逸飞躺在床上瞪眼望月，毫无睡意。这个周末决定去西雅图找聪聪是下午起的念头，聪聪也正盼着他去切磋一个新软件。

　　辗转反侧之中，安逸飞突然冒出另一个念头，上次妈妈来的时候，他想带她去达摩镇的万佛城感受一下西方佛教圣地，后来妈妈见他忙便说等下次逸翔来一起去。

　　他在电脑中查到，位于加利福尼亚达摩镇的万佛城，不仅是美国最大的佛教寺院，还设立了法界佛教大学。逸翔若是来美国留学，此处定是不二选择。安逸飞决定改变计划，明日亲自去一趟万佛城，为逸翔留学打个前站。

7

西半球最大的汉传佛教道场万佛城是法界佛教总会的枢纽，绿树成荫不是它最大的特色，悠然自得的孔雀在城中安家落户，让人俨然进入"西方极乐世界"，这种感觉真的非常奇妙。尽管万佛城的孔雀能给人留下深刻印象，来这里的游客却不多，寥寥无几的游客中，大多是中国人。

安逸飞在旧金山机场下了飞机，本想租辆车去万佛城，没想到刚到租车行，就有一对中国夫妻打听怎么去万佛城，安逸飞告诉他们，他也是去万佛城，中国夫妻热情邀请他一起拼车去。

大约两小时左右，他们便进了万佛城，中国夫妻见城中四处可见孔雀漫步，便让安逸飞停了车，兴奋地想去找孔雀合影。

安逸飞因为不确定当日是否回去，将车交给同行夫妻后独自走了，一只孔雀似乎很不理解他的行为，亦步亦趋地跟着他。安逸飞被它跟得不好意思了，停下脚步，自恋地说：是不是觉得我太帅，想跟我合影？

孔雀眼中露出一种企求，迈着婀娜的步子离他越来越近，安逸飞忍不住拿出手机与它来个自拍。拍完之后，孔雀还是跟着他不肯离去，安逸飞撒腿跑了起来，哪知，孔雀跑得一点也不比他慢。安逸飞被它追得心里发毛，弯腰喘着气说：别追了，你帅，你比我帅，好不好？

路上几个行人被他逗笑了，一人说，它不是追你，是追你背包上那个玉米。

原来如此！安逸飞解下玉米公仔向孔雀解释：这个公仔不能给你，它是我喜欢的女孩送的，睹物思人，你懂吗？

孔雀摆摆尾巴似乎表示听不懂人话，它巴巴地看着安逸飞将玉米人放进背包后，无望地掉头而去。

安逸飞翻开刚才的自拍，他与孔雀的表情都很搞笑，于是手指扒拉几下，发朋友圈了。

最先反应的是 Ruth，她在评论里抗议：没良心的六毛大叔，躲着我去与孔雀约会，回来看我怎么收拾你！

安逸飞虽然受到威胁，心里却甜滋滋的，巴不得 Ruth 收拾收拾他。

接着，飘飘的留言也到了：在达摩？等着我。

安逸飞不知道飘飘在旧金山拍戏，以为她开玩笑，因此没在意。

安逸飞来到法界佛教大学时，正赶上他们吃斋饭的时间，他在接待室等待时向接待员打听：听说你们这儿戒律严谨，每天只可吃一顿素食，而且晚上睡觉都是坐着不脱衣？

接待员说：只有那些特别虔诚的弟子能够做到日中一食，夜不倒单（结双跏趺坐而睡）。

安逸飞听了，心下开始嘀咕：这也未免太苦了吧，一天吃一顿素食，还不把逸翔饿成纸人？依那呆子的品行，肯定也会夜不倒单。

不多会儿，一位西方僧人接待了他。他听安逸飞介绍了弟弟的情况，说以本常的条件来此学习应该没有问题，他让安逸飞准备好材料寄给他们审核，并给了安逸飞一些学校的资料。

走出法界佛教大学，安逸飞再次回头打量，心中犹豫渐增，他实在不忍弟弟来这里吃苦，想到全是因为自己当初犯下的错才导致逸翔走入空门，心中那份消退得差不多的负罪感又沉甸甸地回来了。

正在此时，飘飘打来电话：你在哪儿？我进了万佛城。

什么？你真的来万佛城了。

不蒸的还煮的？我在旧金山拍戏，开车过来不到两小时呢。

哦，可是，可是……

可是什么？支支吾吾，不会是带了花姑娘来找孔雀吧？

安逸飞觉得自己宁愿孤独也不愿意她来陪伴，说明他们之间的那份情感早已不复存在，与其黏黏糊糊酿出尴尬，不如硬下心肠让她死心，于是顺着飘飘的话回答：是的，我带女友来了，她希望我们单独度个周末。

哦哦，对不起，打扰了！

兴冲冲驾车赶来的飘飘，虽然没指望安逸飞会喜出望外地迎接她，却怎么也没想到他这么快就找了女友，而且因为讨好女友而拒绝见她，霎时憋屈得泪崩。

他的新女友是谁？

其实，飘飘只要稍加分析就能揭开安逸飞的谎言，如果带女友来了，为什么发朋友圈的照片会是跟孔雀单独合影？突发的情况，让飘飘顾不得多分析便开始猜测，最有可能的是 Ruth，可是刚才 Ruth 还在微信评论上骂他，显然两人不在一起。除了 Ruth，飘飘真的想不出安逸飞这么快还能找谁？她决定驾车在不大的万佛城四处瞎转，说不定就能碰上他们。

安逸飞听出飘飘的语气明显低落，心中有些不忍，事已至此，他还能说什么？

安逸飞来的时候没订回程机票，本打算在万佛城待几天，飘飘的到来，让他飞快地作出了当日回去的决定。他沿着林荫道走着，正准备拿出手机来查找哪儿有车出租，没料想被飘飘逮个正着。

飘飘见他一人蔫头蔫脑地走着，气不打一处来：小兔崽子，竟敢骗我！

飘飘摇下车窗：喂，这么快就被女朋友甩了？

安逸飞吓了一跳，定了定神，纨绔劲便上来了，他手抚左胸：干吗大呼小叫？我女朋友在这儿呢，别吓着她。

飘飘被他弄得哭笑不得，转念一想：该不会藏在他心里的女朋友是我吧？

飘飘不由得露出一脸灿烂笑容，打开车门柔声说：上车。

除了乖乖上车，安逸飞还能生出什么名堂？

你怎么来的？

女朋友送过来的呀，说来接我怎么还没来？

装，你就装吧。

安逸飞实在装不下去了，说，既然她爽约，就劳驾你送我去机场吧。

他一上车便将座椅放倒，伸直脚来躺个舒服。昨晚没睡好，这会儿可得补个觉。

飘飘正想着要不要跟他一起回洛杉矶，却听到一声接一声的鼾声，刚才的兴奋戛然消失。

8

几缕微弱的曙光从窗棂漏进了本常的禅室，将墨晕般的夜色稀释了

许多。

闭关七日，本常虽然更加坚定自己的初心，只是脑中满满都是 Ruth 的音容笑貌，让他不忍屏蔽。天蒙蒙亮时，蹦蹦豆的叫声急切且狂躁，本常走出禅室，见正浩正捋起袖子在院子旁的水池里捞东西。

怎么了？

师父出关了？太好了！蹦蹦豆可能将那串珠子掉水池了。

先去做饭吧，天亮了，池子里的水也清澈了，珠子在不在水池岂不一眼就能看出？

师父教导得是，刚才弟子是担心蹦蹦豆的叫声搅了师父清静。

没关系，很多困扰来到面前，看似必须解决却得不到解法时，且先放下吧。

本常这话像是教弟子，其实也是对自己说的。心境之水与池中之水一样，会越搅越浑浊，于是便心生纠结。与其由着执念妄动，不如倒空心念，以一颗悠然不动的心去面对。

哼哼哼，哼哼哼……

本常闭关几日，蹦蹦豆未能与师父亲近，此刻见了师父，哪里还记得什么珠子？只管一心围在师父脚下撒着欢地献殷勤。

本常带着它沿着门前的山路走去，来到平日打坐的山石旁时，天空与大地仿佛刚刚苏醒，晨雾正在恩泽着山野，花草树木显得格外润绿。

蹦蹦豆习惯性地跳上山石，用尾巴打扫干净山石后，"哼哼"地请师父入座。

本常闭关几日，本想走走，但见蹦蹦豆眼神殷切，于是便盘腿坐在清凉的山石上。不一会儿，他便情不自禁地进入了冥想。

浩大宇宙空灵而静寂，本常遨游其中，飘然而过的人们像似曾相识却不知到底是谁？就这样游着、览着，经历了无数山川，看见过无数宝藏……

一颗露珠滴在本常头顶，本常一个激灵醒了，突然觉得神清气爽起来，连日来闭关而不解的心结也豁然打开。

不占有便是真正的拥有。是神灵的旨意还是佛祖的开示？

本常心结打开，脚步更加轻盈，他与蹦蹦豆转悠了大概一个时辰。回到寺庙时，正浩将那串珠子递给蹦蹦豆，他欣喜地告诉本常：师父果然明鉴，弟子刚刚发现，珠子并未掉进水池，它就在水池边上。

早膳时，本常接到安逸飞电话，听得出，他的语气很担忧。本常轻松地告诉他，一切烦恼都已过去。

安逸飞不想跟他多绕圈子，直接问他：跟哥哥说实话，你爱Ruth吗？

爱。

回答无比坚定，不带一丝犹豫。

安逸飞的呼吸顿时急促起来，作为哥哥，他当然希望失散二十多年的弟弟能够重返红尘体验美妙的爱情，可是，弟弟爱的偏偏是自己心爱的姑娘。听到弟弟如此坚定的回答，安逸飞还能说什么呢？说祝贺太虚伪，告诉他自己也爱Ruth太残忍。

安逸飞的喉结上下滚动几下都没发出声来，正想咳嗽一声，却听见本常在电话那头说：Ruth是我一生一世的朋友，但她更是我的菩萨！

安逸飞心头一热：逸翔，其实你也可以选择一种不负如来不负卿的方式，这样人性就不必那样挣扎。

当一个人的心灵至空到无边无际的时候，这世间的一切不都在空心之内吗？既是如此，内心还有什么不曾拥有？

安逸飞怎么也理解不了本常的空灵，本常耐心解释，人们总是习惯去占有，好像占有才让人心安，可是每次占有之后，因为担心失去，因而显得更加不安，于是接着占有更多。如此占有下去，除了疯狂，还能拥有什么？

安逸飞说，他似乎明白了一点，只是人人都在占有，你若不争取，如何能得到？

比如地球，若人人都想占有，必定加速它的毁灭。这也像爱一个人一样，大爱，你将永远不会失去。

安逸飞完全明白了本常的心意，他不再追问下去，便跟他说了万佛城法界佛教大学的事。本常说，暂时不考虑留学，他想在盘龙山搭一些木屋，将报亲寺建成一个禅修之地，让人学会倒空心事，让整个心身得到放松。等到这个心愿完成，他便出去深造。

呵呵，还以为你呆，不了解时事。确实，现代人虽然物质生活得到提高，可是心越来越累，所以心理疾病越来越多。那些负荷超重的精英们，猝死现象也越来越严重。只是，你的心愿什么时候才能实现？

哥哥要是相信我能做到，也许很快就能实现。

但愿，但愿！

9

年近七十的 Frank，从没把自己当成老人。这不光需要身体好，更是因为心态年轻。

从医院回家后，他便进了自己房间。若在平时，Amy 肯定不会在意，可连日来母亲一直看他不顺眼，尽管语言不通，Frank 还是能从脸色中看出自己不受丈母娘待见，心中自然不畅快。Amy 夹在丈夫与母亲之间很是为难。

Amy 敲门进去，见 Frank 躺在床上，觉得很奇怪：怎么了？累还是身体不舒服？

Frank 翻了个身：亲爱的，我确实累了，想躺会儿。

Amy 看到床头柜上有张医院体检单，拿起来看了看，不太懂，便问：今天去医院了？大夫怎么说？

Frank 坐了起来：今天去医院做了几项检查，大夫说多休息，还有几项检查结果要过几天去取，但愿没有大问题。

Amy 倒了杯水递给他：下次去医院拿结果时，我陪你去。

Frank 起床，接过水杯，安慰她：我自己去拿就好，不会有什么问题。

Frank 与妻子走出卧室时，忍不住吻了吻她的额头，正好被叶师母撞见，叶师母立马拉长了脸。

10

Frank 以往每次来到他的画室，都有一种元帅阅兵的自豪感。是的，这个画室的每一幅画都是他舍不得卖的精品，就像元帅轻易不动用的精锐部队。

而今天，他来到画室，心情却异常复杂。拍卖师 Ansel 打电话告诉他，有人愿意用《洞山开悟》换《神拜》。Frank 站在《神拜》前凝神着空灵的画面，不禁热泪纵横。

在画商行业里，Frank 的威望来自他的挑剔。他挑剔画，不是精品入不了他的法眼；他也挑剔客户，他的画决不卖给那些不懂艺术的人。

奇怪的是，面对一个如此挑剔的画商，慕名买画的人还真不少。因为整个行业都知道，如今这个世道，爱画像热爱生命那样的人真不多。买他的画不但不会买到赝品，更主要的是，他的画都是珍稀藏品。

Frank 小心翼翼地取下《神拜》，吻了吻，热泪再一次涌出。

11

七十二行，行行出状元。这是中国的一句古话，却通用于全世界。

Frank 带着《神拜》拜访临摹高手 Harry，Harry 颇觉意外：美国乃至欧洲，圈里人都公认，凡是 Frank 先生经营的画无须再去鉴定，因为您的画室从不挂赝品。

Frank 有意无意地看了一眼 Harry 眉毛上的那块疤，耸耸肩：是的，我绝不接受赝品。

他没让 Harry 说下去，将《神拜》展开，Harry 惊喜地欣赏着《神拜》。

他摇头感叹：美得让人不忍临摹。

Frank 冷不防问：中国北京的夏天比洛杉矶热吧？

harry 点点头，眼睛一直没离开画。Frank 又问：你去年去北京临摹《洞山开悟》用了几天？

Harry 一惊：您，您怎么知道？

Frank 笑了：Harry 先生，您在临摹行业的地位不亚于我在画商行业的威望呀，除了您，有谁能在几天之内将一幅年代久远的画临摹得难分真假。而且我还相信，除了临摹，其他技术，比如纸张、色彩等，您也一定能处理得非常完美。

Harry 摊开双手：吃这门饭，能不尽职吗？

Frank 收起《神拜》，提出参观他的工作室，Harry 领着 Frank 来到一个大厅，里面有着世界各国不同时期的模板纸以及临摹画，真可谓惟妙惟肖。

希望《神拜》，您也能处理好。

Harry 看着 Frank，半天领会不了他的意图。

12

早餐是一家人聚得最齐的时候，Frank 突然宣布要去欧洲旅行，他告诉妻女，这次要去很长一段时间。

Ruth 喝了一口牛奶，将嘴里的面包咽了下去：爸爸一人去旅行？你可以带着妈妈和婆婆一起去呀，我一个人在家没关系的。

Amy 为难地看了女儿一眼，说：你婆婆刚来美国，让她先适应一下，暂时不出去。

其实她心里想说的是，你爸爸突然宣布出去旅行，很有可能是想避开你婆婆。

叶师母不知道女儿一家人叽里呱啦说些什么，勉强吃了一块面包就离开了餐桌。

Ruth 告别父母去上班时，Frank 深情拥抱并亲吻了女儿，Ruth 笑着说：爸爸不会是老了吧？出去旅行竟然这么多愁善感。

Frank 擦了擦潮湿的眼睛，再一次拥抱了女儿，在她耳边说：爸爸或许真的老了，但是，爸爸永远爱你！

我也爱爸爸，爸爸回来时给我电话，我到机场来接您。

Frank 站在门前目送着女儿驾车远去，久久收不回目光。Amy 走过来轻声说：抱歉！妈妈刚来，很多事情需要一个适应过程。你出去旅行一趟也好，等你回来时，妈妈一定会有些改变。

哦，不，不是这样。亲爱的，我只是觉得累了，需要出去调节调节，不是因为你母亲的缘故。

Frank 拉着妻子到了房间，对家里一切作了详细的交代。

Amy 说：你又不是去了不回来，交代这么详细干吗？

现在各种事故太多，万一……

Amy 捂住了他的嘴：出门前，别说不吉利的话。

Frank 起身深情地拥抱了她，Amy 越发不理解他的行为。

13

魏亦这些天来，说得最实在的话莫过于他对查理汤说的"我目前还不是很值得您信任"。

积极推进罢免 W 公司董事会是真，但最终会不会站在查理汤一边，他自己心中也没数，因为不管是查理汤还是基金公司，都只能是他战胜 Jack，夺回《洞山开悟》的筹码。

尽管魏亦的做法有些丧心病狂，但他对 Jack 还是非常坦诚，并未对 Jack 隐瞒他所做的一切。

Jack 得到消息后主动约见他，他们以往出行都是魏亦买单，这回 Jack 大方地提出他请客。魏亦爽快答应，他们约在一家咖啡厅见面。

毕竟是老朋友，无须兜来兜去，听完魏亦要联合查理汤罢免现任董事会，成立新董事会的计划之后，Jack 直入话题：你曾经把查理汤赶下了董事长宝座，现在他能诚心与你合作？

哈哈，十九世纪英国首相帕麦斯顿那句成为英国外交立国之本的话"没有永远的朋友，仅有永远的利益"，如今被译出了许多版本，其中"没有永久的敌人，仅有永远的利益"与原句同样经典。你若是将《洞山开悟》还给我，我即刻终止与查理汤的一切合作。否则，你便等着被新董事会开除。

魏亦知道他非常在意煞费苦心得来的 W 公司董事长兼总裁位置，这个位置不但给了他施展才能的平台，更主要的是，他利用这个平台养肥了他自己的 T 公司。

Jack 闻言起身：对不起，我想出去打个电话。

Jack 出去之后，打电话给 T 公司总裁 Lan，指示他立刻撤回《洞山开悟》，暂时不换。可是，Lan 却告诉他，画已经换好了，在回美国的路上。

Jack 的脸霎时变得惨白，回到座位时，他为难地说：魏，很遗憾，画已经不在我手里了。我们是多年的朋友，你这样做考虑过后果吗？

魏亦直视 Jack：这句话应该让给我说，你出卖我时，还记得我是你朋友吗？你考虑过后果吗？你到底把那幅画卖给谁了？

我也不知道那幅画被谁拿走了，但我对中间人明确要求过，此画只能收藏，不能让它流出市面。

我当初也这样要求过你，你做到了吗？你做不到的事，凭什么要求别人去做？这是自欺欺人还是想继续糊弄我？魏亦简直咆哮起来。

Jack 用手势制止魏亦的冲动，他摆出一副好修养的样子，轻声说：用你们中国人的话说，我们是打断骨头连着筋，因为我们在生意上还有很多的合作。

好吧，我愿意今天把所有事情说清楚，T 公司剩下的那些股份，我可以全部转让给你，其他生意上的往来账目向来都是独立的，你觉得我们之间还有什么？

魏亦说完拂袖而去。

此岸

第三十二章

彼岸

1

相由心生，此话一点不假。

飘飘因为烦心事多，最近难得一笑，偏偏又接了个不是哭便是疯狂暴怒的越南吸毒女角色，笑声似乎远离了她的生活。从旧金山回来，更是提不上精神。今日无戏，答应给画家做模特。对着镜子化妆时，她感觉嘴角明显下垂，怎么看都是副苦相。

画家催了几次，她才磨磨蹭蹭地走进画室。画家一再提醒她保持微笑。飘飘心里憋足了劲，笑容依然僵硬。画家给她放了一段滑稽喜剧片后，她好不容易笑了起来，画家却让她笑的时候别歪嘴。

飘飘一时控制不住自己的情绪，对着画家喊叫起来：我不是卖笑的！

画家摊开双手：我只是提个建议，真的不是故意伤害你。

飘飘转身回屋收拾行李，义无反顾地走了。初秋的夜，冷冷清清，飘飘拖着行李箱实在想不出该去投靠谁。

安逸飞的门是不会再向她敞开了，魏亦那里也不合适再去。飘飘想起了 Frank，或许他还能帮她一把，于是给他打了一个电话。响了很久，Frank 终于接了电话，说他在欧洲。飘飘默默挂了电话，竖起风衣领子。

一个黑人跟在后面，她快他也快，她慢他也慢。飘飘心里不由得一颤：打劫？

上次被黑人打劫的阴影还未消除，飘飘知道这次不可能像上次运气那么好，她四处张望着，前面有个小旅馆，先住下吧，一切等明日再说。

这旅馆不但小，还很破。飘飘没有胆量再出去，只好将就着住下了。情绪失落的她，从箱子里找东西时，看到 Frank 留给她的大麻巧克力，正好肚子饿了，她毫不犹豫地吃了起来。果然，吃完巧克力后，心情好了许多，整个人似乎飘起来了。

她在房间里自娱自乐地跳着舞，嘻嘻地叫着自己：飘飘，飘飘，哈哈，我真的是飘……

2

T 公司前些年除了投资移民这一块，其他业务怎么也拓展不开，后来一次偶然的机会，与人合作洗过一次钱，发觉这项业务获利真是丰厚。但是，谁都知道，高利润必定伴随高风险。因此，参与洗钱操作的人尽量控制在一个小范围，而且只接大单。

最近一年多，Jack 将 W 公司的蛋糕一块一块地切给了 T 公司，T 公司的发展可谓神速，各项业务迅速延伸到世界各国。为了业务需要，招聘了一批员工，Ruth 就是其中一员。Ruth 大学里学的是传媒专业，她被分配到市场部。

很长一段时间，Jack 没来过公司，只是在幕后遥控。今天突然走来，总裁 Lan 有些手足无措。Jack 指示 Lan，现在业务范围不断扩大，资金也在逐渐回笼，洗钱这一块可以暂缓。另外，不能让魏亦过多了解公司经营状况。

Lan 点头表示领会，他顺便说起魏亦打电话给他，让他关照一个叫 Ruth 的新来员工。

Ruth？她是魏亦什么人？

没说，只让我关照好她。

Jack 让 Lan 调查清楚 Ruth 背景，并强调，有关魏亦的一切都要向他汇报。

3

当"世事难料"四个字摊在 Ruth 身上时，她瞪大眼睛看着部门主管连问几个为什么？

为什么昨天下班还毫无征兆，今天一上班就通知我去中东分公司？为什么你们不给我一个明确的理由？

主管摊开双手，告诉她，这是公司高层的决定，他也爱莫能助。

Ruth 只好去找总裁，却被总裁秘书拦住，告之，总裁正在主持会议，没空接待她，她的事归部门主管负责。

再次找到主管，主管劝她早点回去收拾行李。Ruth 回到自己的位子，将"世事难料"配上"宝宝想不通"的卡通画像发了朋友圈。

魏亦即刻在评论里发问：告诉哥哥，谁欺负你了？

接着安逸飞也问：傻蛋，什么事想不通？

Ruth 统一回复：公司要发配我去中东分公司。

魏亦留言：别怕，哥哥找你老板去。

安逸飞打来电话，嘻嘻地笑着：傻蛋，中东的人肉炸弹可不长眼，赶紧辞职。收拾好个人物品，我马上过来接你。

Ruth 才上几天班，手头没有重要案子，半小时不到便交接好了。

安逸飞很快就赶来了，他见 Ruth 第一句话不是安慰而是调侃：恭喜傻蛋第一份工作顺利结束。

Ruth 委屈地撇撇嘴：谁说结束了？只是他们太欺负人了。

公司怎么说？

主管说，可能是因为中东比较排斥美国人，而我长得像东方人，在那里相对安全一些。

什么狗屁理由，咱不睬他！带你去吃好吃的，快说，想吃什么？

飞哥，现在不去吃东西，我想去你那儿待一会儿。

一声"飞哥"叫得安逸飞的心都融化了，他真想将这个小可怜拥进怀中好好安抚一番。可是，即使解除了逸翔的顾虑，她不是把自己与魏亦都当成自己的哥哥吗？这种尴尬的关系，让潇洒的安逸飞怎么也洒脱不起来。

到家了，安逸飞没让 Ruth 好好待着，给她削了一个苹果后，便催促她：吃完，干活！

你让我干什么活？

还担心没活干？一大堆文案需要处理。

Ruth 噘着嘴：我答应来你公司吗？

安逸飞横了她一眼：难道你想去中东？

去就去，谁怕谁？

Ruth 扭头朝楼上跑去。

安逸飞没有跟上去，他坐在工作室待了一会儿，对小黑哥说：我出去一下，你看好 Ruth。

4

魏亦冲进 Jack 办公室，指着他骂：有种冲我来，欺负一个女孩算什么本事？

Jack 镇静地站了起来：魏，有事好商量，只要你停止与查理汤合作，我即刻通知 Lan 收回成命。

哼哼，你以为这一招就能扭转局势？ Ruth 没签卖身契，她可以辞职，那点违约金算什么？

违约金当然不算什么，可是，你别忘了，公司可以不批准她辞职，而是找个令人难堪的理由开除她。开除，你懂吗？对于一个刚步入社会的年轻人，第一份工作才干几天就满身污垢地被公司开除，你当然知道，这对于她今后的职业生涯将意味着什么？

如果这种事要是落在魏亦本人身上，他会视为身上落了一粒尘埃，轻松掸除不受一丝影响。但当事人是 Ruth，魏亦肯定不能等闲视之。

魏亦知道，Jack 既然拿 Ruth 当作制约自己的靶子，事情远不止搞污开除这么简单。

恶棍！你不能这样毁她。

我肯定不想毁她，不过，毁不毁她，关键还得看你啰。

魏亦恨不得一拳把他的脸砸个窟窿，他喘着粗气，将一张转椅踢得连转几圈。

你想要我怎么做？

很简单，放弃与查理汤合作。

做梦！

5

安逸飞火急火燎地出门，一边开车一边打电话给魏亦：

喂，你不是 T 公司股东吗？他们为什么这样对待 Ruth ？你去找他们谈谈呀。

谈了，没用。

你交的一帮什么烂朋友？不会是你得罪了他们，他们反过来报复 Ruth 吧？

魏亦不吭声，安逸飞急了：真的是这样？

哦，不，不是的。我想起来了，他们一直想收购你的公司，要不你去找 Lan 试试？这边，我也在想办法，实在不行，咱请律师告他们。

安逸飞没有跟魏亦啰唆下去，他驱车前去 T 公司，只有弄清情况，才能想到对付他们的办法。

Lan 愉快地接待了安逸飞，虽然他们没有见过面，但公司收购名单上，安逸飞的飞翔公司排在第一，他正愁找不到机会说服他。

安逸飞直接问他：你们为什么要将毫无工作经验的 Ruth 派遣去中东？

请原谅，我不能跟你谈公司内部的事情。

是的，如何管理公司员工，确实是你们内部的事情，但我是 Ruth 的家人，我有权了解有关她的一切情况。

家人？听说，她是魏亦的女朋友，那么你是……

我是她哥哥。

哥哥？她资料上填的是独生女。

是的，我是她中国的亲戚。

Lan 耸耸肩：我知道，你们中国人有着非常复杂的亲戚关系，可 Ruth 是美国人，我搞不太懂你们的关系。我想，我们应该谈谈收购，至于 Ruth，让魏亦找 Jack 先生去谈好了。

安逸飞眼睛一眨，听出了一点名堂，Ruth 的事还真跟魏亦有关。

他站起来说：我跟你透露一点秘密，Ruth 是我女朋友，而魏亦是我哥们儿，他跟 Ruth 一点关系也没有。

什么？你不是他哥哥吗？怎么又成了她的男朋友？

对，我们中国人叫男朋友也叫哥哥，是非常亲的亲戚。

上帝，这关系太复杂了。

如果，你们还想跟我谈收购，请收回派遣 Ruth 去中东的决定。

Lan 脑袋也转得很快，他说，公司做出的决定若不执行，会影响公司信誉，我们可以等到收购成功时以奖励的方式召她回来。

安逸飞明白他是想以 Ruth 牵制他，他霍的站了起来：好吧，既然你们这么没有诚意，以后别跟我谈什么收购。

Lan 也跟着站起来：安，冷静点，我们都是成熟的投资人，别做让自己后悔的事。

6

安逸飞从 T 公司出来打电话约魏亦去了他们常去的酒吧。

魏亦先到，因为心中有愧，见了安逸飞，有些蔫头蔫脑。安逸飞与 Lan 谈得口干舌燥，进来便要了一杯啤酒，咕嘟咕嘟地干了。一抹嘴巴，质问魏亦：别再遮遮掩掩，到底怎么回事？

魏亦做事一向独断专行，哪容得别人指手画脚？如今为了一幅画搞得狼狈不堪，他将一肚子邪火发在 Jack 身上，与他同归于尽的心都有了。

魏亦将 W 公司前前后后的事全倒了出来，安逸飞终于明白是 Jack 狗急跳墙抓着 Ruth 要挟魏亦。

魏亦干了一杯酒，红着眼说：本想借查理汤扳倒 Jack 逼出《洞山开悟》，没想到，画不知所踪，还连累了 Ruth。

安逸飞皱眉沉思：画不在他手里又去哪儿了？

我怀疑他在洗钱，已经让 Bell 去查了。

洗钱？

对，以画作道具。比如，你有一大笔黑钱需要漂白，好，交给 Jack 去做。先得把这笔钱打到指定中间人手里，Jack 低价卖给你一幅类似《洞山开悟》这样的画，然后你把画拿去拍卖市场，Jack 派人用那笔钱再把画拍下，卖画的钱就属于合法所得了。按照比例，得给 Jack 一笔提成，

这么说来，洗钱不是很简单吗？Jack 为什么非要《洞山开悟》？

具体情况我不是很了解，估计，他盯上《洞山开悟》，是觉得这类画市面太少，因此价格可以拍得很高。这样他抽取的利润也高。

正在此时，Bell 来电话，说查了，找不到 Jack 以及 T 公司洗钱的证据。

魏亦大怒：我看你平时挺能办事的，怎么这件事办得窝窝囊囊，继续查，我不信他屁股会干净。

魏亦放下电话，见安逸飞陷入沉思，便用手臂碰了碰他：是不是有什么高招？

事情让你搞得一团糟，我无力补天。安逸飞想了想问：无凭无据的，你凭什么说 Jack 洗钱？

凭我对他的了解，还有，你说的，Frank 告诉你，他也怀疑有人拿《洞山开悟》作洗钱道具。事情都明摆着，Bell 那笨蛋竟然找不到证据。不过，就算找到他洗钱的证据又如何？明天 W 公司就要召开股东大会，要不回画，扳倒 Jack 只不过出了一口气，我的目的还是没达到。

明天 W 开股东大会？

魏亦无精打采地点了点头，喝下一口酒后，突然兴奋起来：对了，扳倒 Jack 虽然拿不回画，说不定能搞垮 T 公司。

安逸飞想起 Frank 为了保护 Ruth，要他保守《洞山开悟》被换的秘密，不由得质问魏亦：搞垮 T 公司对 Ruth 有什么好处？难道你希望她第一份工作生出这么多波折？

我不管别的，只要她不受欺负就好。

我倒是有个主意，说不定就能探出画的去向，并能找到 Jack 洗钱的证据。不过，需要冒一定风险。

快说，我们是胆小怕事之辈吗？

安逸飞压低声音说出了自己的计划，魏亦兴奋得两眼冒出狼一般的绿光。

7

定于上午十点的股东大会，九点半左右，股东们便陆续进入会议室。

安逸飞是随查理汤一起进去的，一进会议室，他便忙碌开了，检查音响与放映屏幕。

进来一个 W 公司的主管，拦住安逸飞问：你是什么人？

查理汤走上前去向他伸出手，主管握着老东家的手，眼睛有些发热，他轻声说：盼望您早点回来，要不，W 公司都要败光了。

查理汤用劲握着他的手：感谢你们这些老臣对 W 的守护，我一定会回来的。

查理汤朝安逸飞看了一眼，微笑着点点头，主管会意转身准备出去。查理汤叫住他，吩咐他叫上几个靠得住的老员工守住会议室，不让其他人进来。主管点头，出去安排了。

Jack 知道自己败局已定，白人精英的骄傲让他很难咽下这口气，正在愤怒找不到债主之时，魏亦推门进来。

Jack 抓起桌上的纸巾盒朝魏亦砸去：浑蛋，你来干什么？看我笑话？

魏亦接住纸巾盒：哦，不，不！我是来救你的。

哼哼，你巴不得将我打下地狱，还会好心救我？

魏亦一屁股坐在 Jack 对面的椅子上，伸出手臂，敲着腕上的表：离开会时间只有一刻钟，如果你能对我像老朋友一样坦诚，我还是愿意帮你。你知道，只要我倒向你，这个董事长位子依然归你。

我一向对你非常坦诚。

好吧，我们都不必装了，我派 Bell 调查你只是一个幌子，其实我早在 T 公司安插了卧底，已经将你割 W 肉喂 T 以及洗钱的证据都收集起来了。

Jack 没等魏亦说完，便暴怒起来，他指着魏亦大吼：浑蛋！分明是害我还虚伪地说要救我。

魏亦端坐不动，他用手势示意他坐下：冷静冷静，我只说收集了证据，说了要揭发你吗？

Jack 大口喘着粗气：你到底想干什么？

我只要《洞山开悟》，至于你割了 W 多少肉关我什么事？但是，你若不抓住现在这个最后的机会跟我合作，后果怎样你懂的。

Jack 软了下来，他脸色苍白，擦了擦汗，说：我凭什么相信你？

凭我手中掌握的证据。

给我看看。

魏亦再次指表提醒 Jack：我还没傻到交易没开始就付款的地步，告诉我，你们用《洞山开悟》洗过几次钱？

也没几次，我保证它还完好无缺。

它现在在谁手里？

给我一点时间，我保证能查到，现在我确实不知道在谁手里。因为最后一次不是拍卖出去的，是用它换回了另外一幅画，中间人不肯透露对方情况。

中间人是谁？

你去找他，他未必肯说，还是我去吧。现在你愿意帮我了吗？

不！

你不愿意帮我？

不是不愿意帮你，是信不过你。告诉我，你用《洞山开悟》换了什么画？

Jack 看了一眼墙上的挂钟，焦躁地说：《神拜》。

魏亦没再问下去，他把玩着手表，Jack 沉不住气了，瞪眼说：别摆弄你的破表了，现在该你坦诚了。

魏亦一字一顿地说：有关洗钱的那些证据，我可以当着你的面销毁，可你能保证其他人不泄露出去？

我只担心你会将资料留底，然后时不时来敲诈我。

放心，我没有什么底可留。最后问你一个问题，你煞费苦心将查理汤逐出董事会，目的就是想用 W 公司养肥你的 T 公司，当 T 公司养肥后，W 公司也被榨干得差不多了。你这样糟蹋 W 公司，最后怎样收场？

我怎样收场，不关你的事。

此刻，魏亦先前所有疑惑都被揭开，原来 Jack 答应帮助他低价收购 W

这块馅饼，其实是 Jack 想将已经榨干的烫山芋扔给他，以便自己从 W 公司金蝉脱壳出来。而向他索取《洞山开悟》，一是为了获取洗钱道具，再是为了转移他的视线。魏亦一直着力于培植能为自己所用的各种棋子，没想到自己竟然给别人充当了棋子。要不是还有安逸飞这只黄雀在后，魏亦真想给自己两耳光。

一个深呼吸之后，魏亦站了起来：哈哈，哈哈！对，对，不关我的事。时间到了，我们进去开会吧。

两人走到会议室门口，Jack 看了魏亦一眼，他真的不敢相信魏亦会帮他，但是无论如何，他是此刻手中唯一一根救命稻草。

魏亦微笑着点点头，两人一前一后走进会议室。

此时的会议室已经成了一口炸锅，安逸飞在荧屏上直播着 Jack 与魏亦在办公室的录像以及他们的对话。两人一进来，就像炸锅里浇上了一杯水。

安逸飞与魏亦交换了一下眼神，安逸飞做了个胜利的手势。

一个股东激动地站了起来，厉声指责 Jack：你，你这个害群之马，好好的 W 就毁在你手里。

Jack 惶惑地看着大家，证监会派来的律师首先发言：大家请安静！刚才的荧屏图像与录音，我已保存，下面大家可按原计划投票表决。

什么荧屏图像与录音？你们对我做了什么手脚？Jack 盯着大屏幕里定格的图像，张大嘴巴。半晌，反应过来了，他扑向魏亦，魏亦早有准备，一侧身，Jack 差点摔倒。

安逸飞冲了过去，与魏亦两人按住他。投票很快结束，Jack 彻底败了，不仅失去了 W 公司董事长一职，还面临着接受警局有关事件的调查。

魏亦与安逸飞一起走出 T 公司大门时，安逸飞让魏亦取下藏在手表上的录像头与窃听器。两人友好地击了一下掌，接着不约而同地掏出手机。

几乎是同一刻，两人相视的目光尴尬得令人无法捉摸，刚才的兴奋消失得荡然无存。

8

计划确实不如变化快，没等安逸飞与魏亦营救 Ruth 出 T 公司的计划落实，她已打点好行装宣布接受公司去中东的安排。

Amy 正想着如何去劝说女儿，听见门铃响了，原来是安逸飞来了，他身着西装，手捧玫瑰。

Amy 大叫：Ruth, Ruth 快点出来。

安逸飞一见 Ruth，便单膝跪地：Ruth，爱你很久，一直没有合适的机会表达，今天的求婚确实有些唐突，但我非常希望你能接受。

Ruth 迟疑着不敢去接玫瑰，正在尴尬间，叶师母出来了，她笑得合不拢嘴：飞飞，你是想娶我家斯斯？

是的，婆婆，我要娶她。

Amy 见女儿表情慌张，便问她：你爱他吗？

Ruth 娇娇地靠在妈妈肩上：爱和喜欢，我分不太清。

既然还没分清，就多花点时间考虑吧。

安逸飞连忙表白：我不会逼你结婚，只希望你打消去中东的念头。

Ruth 跳了起来：不，我不能接受带条件的婚姻，即使我们结了婚，你也不能约束我。

叶师母走到孙女跟前，着急地说：人家可是为你好。

安逸飞问 Ruth：如果我去冒险，你会拦住我吗？

Ruth 嘟着嘴：那要看是否值得。

安逸飞急了：Ruth，别任性了，你不早就接受妈妈的手镯了吗？

接受手镯，只是想救沈妈妈，与这件事没一点关系。

怎么没关系？妈妈把祖传的手镯给你，就是希望你做安家的儿媳妇。

啊？这样呀，好在手镯还放在本常那儿。

叶师母见孙女跟安逸飞扯皮，忍不住走了过去接下安逸飞的玫瑰，扶起他：孩子，起来吧，婆婆可是早就认你做叶家孙婿了。

她白了孙女一眼：嗨，真是河里人不急，急煞岸边人。

Amy 连忙说：妈妈，我们不能替孩子作决定。

安逸飞对求婚并未抱多大希望，出此下策只是想阻止 Ruth 去中东。不管 Ruth 此时是否准备好，反正他已做好守护她一生的打算。

Amy 见女儿犹豫不定，于是说：是不是给你爸爸打个电话，不妨听听他的建议。

好。

Ruth 正愁找不到台阶，听到妈妈提醒，连忙拨打 Frank 手机。

奇怪，关机？怎么会呢？

什么？还关机？前两天我打他电话就关机。

Amy 不由得心中疑云渐起。

安逸飞问：Frank 先生去哪儿了？

出去旅行了。

走了多久？

快两个月了。前几天还打了电话回来，问我们还好吗。今天怎么关机呢？

他说了去哪儿旅行吗？

Amy 见安逸飞问话语气有点急迫但又吞吐，知道他有些话不好当着 Ruth 面说，于是打发女儿去厨房洗水果。

安逸飞将《洞山开悟》的经历简单说了一遍，并判断，Frank 此次出游，很有可能跟画有关，希望 Amy 尽快与他联系。

Amy 想起 Frank 出门前言行确实有些反常，心中不由得慌乱起来。

安逸飞安慰她：别担心，有我呢。

Amy 本来对安逸飞没有特别的好感，如今这种时候，有他站在身旁，心里感觉踏实多了。她说，一旦与丈夫联系上了，会及时通知安逸飞。

Ruth 端出一盘水果，安逸飞急着去找魏亦，来不及吃便向大家告别，叶师母极力挽留安逸飞留下来吃晚饭。

安逸飞拥抱了一下叶师母，调皮地说：婆婆，我得赚钱去，要不 Ruth 不会要我。

哪能呢？错过了这么好的孩子上哪找去。

安逸飞得意地朝 Ruth 眨眨眼，Ruth 拿起一个苹果朝他砸去。

安逸飞接住苹果，咬了一口：谢谢！

9

魏亦站在安逸飞家门口等得有点无聊，正好飘飘给他打来电话，说，她饰演的越南吸毒女杀青了，导演对她最后的表演非常满意。

魏亦心不在焉地祝贺了她，顺口问她什么时候回北京。飘飘说，想尽快回去，并说，回去之前想与大伙儿聚聚，要不是魏亦资助她租房，她哪能坚持到今天？

魏亦一眼看见安逸飞的车开过来了，连忙说，行，我问问安逸飞这小子什么时候有空。

魏亦只等安逸飞的车一停稳，便迫不及待地问：Ruth 不知道 Frank 换画的事吧？

暂时还不知道，Frank 为了保护她，可能不会讲出这事。可是，他为什么选择这个时候出去旅行？这点我还没想明白。

是的，还有一条消息要告诉你，Jack 今天一大早被警局传讯，T 公司也面临接受调查，员工一律不准休假暂时也不外派。

太好了，Ruth 可以不去中东了。

事情似乎圆满了，只是，我担心 Frank 是不是带着画去了天缘江？

去天缘江？会吗？打个电话问问你爸呀？

魏亦显然心虚，他说，但愿是我瞎想，咱们晚上还是庆祝一下吧，刚好飘飘要走了。

安逸飞同意，赶紧打电话给 Ruth，一是告诉她不用去中东了，二是约晚上聚餐。

为什么不让我去了？

什么？难道你想去？

Ruth 刚刚也接到公司邮件通知，在公司接受调查阶段不能请假也不外派。

Ruth 显然在外派中东这件事上没有魏亦与安逸飞那么紧张，一开始她没有思想准备确实觉得突然，后来她在微信上与留学同学 Lutfi 一说此事，一直爱慕她的 Lutfi 巴不得她去，将中东描绘成了人间天堂。再加上她这个年龄，对一切未知的世界与挑战都充满好奇，因此迅速作出接受公司安排去中东的决定。

刚才突然接到公司新的通知，心中竟然还有几分失落。当安逸飞打电话给她，当作喜讯一样告诉她不用去中东时，她的反应让安逸飞十分不解。

<h1 style="text-align:center">10</h1>

魏亦突发奇想，约大家去他家烧烤，他家院子大，烧烤设备齐全，只是使用机会不太多。

飘飘在魏亦家住过一段时间，这次过来算是熟门熟路，她比安逸飞与 Ruth 先到一步。以飘飘的敏感，一眼便看出安逸飞爱上了 Ruth。下车时，明明 Ruth 自己打开门下来了，安逸飞还屁颠屁颠地绕过去扶她。尽管从万佛城回来之后，飘飘觉得自己已对他再一次死心，心头还是掠过一阵不快。

Ruth 一见飘飘便没心没肺地扑了过去：飘飘姐，你越来越漂亮了。

飘飘说不上喜欢 Ruth，最起码不讨厌这个单纯的小姑娘，只是刚才见安逸飞对她那副小心翼翼的样子，心里很不舒服。眼看 Ruth 扑了过来，她假装脚下一滑，连忙蹲下去整理她的鞋。

Ruth 一时收不住脚，一跟斗栽了过去，安逸飞刚停好车，急得大喊一声。

飘飘正等着看笑话，没想到一旁的魏亦伸手一捞便将 Ruth 揽进怀里，飘飘反而被她绊倒在地。

魏亦将 Ruth 拥进怀里的那一刻，感觉世界上的一切都不复存在，他希望地球霎时在太空消失。

呼呼呼，哼哼哼。

Ruth 惊得连连发出小动物般的声音，回过神后，见飘飘坐在地上瞪着她，连忙挣脱魏亦，歉意地向飘飘伸出手：对不起！对不起！飘飘姐摔痛了吗？

飘飘没理会她，自己站了起来。魏亦还在发呆，安逸飞走过来摸着Ruth 的头：傻丫头，多久没吃肉了，猴急成这样？

Ruth 尴尬地看着大家，再一次向飘飘道歉：飘飘姐，对不起！

飘飘不好意思再绷脸了，拍拍手说：你们先去做准备工作，我上趟洗手间。

两个男孩开始忙碌，Ruth 像巡视员似地转悠一圈，顽皮地说：我和飘飘姐负责餐后清理，你们俩负责烧烤，别打架哟。

魏亦看着她眼神有些发呆，安逸飞碰了碰他：点火吧，民以食为天，那些烦心事先放一边。

飘飘出来时，已经能闻到烤肉的香味了。Ruth 讨好地对飘飘说：飘飘姐，六毛大叔知道你不爱吃肉，特意去超市给你买了水果和蔬菜，不过你还是要吃点肉。

飘飘瞟了一眼正在加炭的安逸飞，提高声音：不是不爱吃，是不敢吃。姥姥不疼舅舅不爱的人，再吃出一身肥肉，人生岂不更悲催？

烤肉开始熟了，Ruth 主动试吃，一不小心烫了嘴，安逸飞慌忙对着Ruth 的嘴吹。

飘飘看着，忍不住酸酸地说：又不是小孩，用得着这么紧张吗？

飘飘姐，这串熟了，吃。

Ruth 看了看她，连忙将烤好的牛肉串递给她，飘飘没有接，转身拿了一个水果：咱靠颜值吃饭的人享不了你们这种福。

魏亦用碟子接了 Ruth 的牛肉串，然后从烤串上取下肉片，拿生菜包了递给 Ruth：我们借鉴韩国烤肉的吃法，这样不会烫嘴也不容易上火。

谢谢魏亦哥哥。

安逸飞马上瞪了她一眼：欺负我是吧？

三人都吃惊地看着他，安逸飞将一个烤玉米递给飘飘，冲着 Ruth 说：搞清没？他比我大三个月，你叫我大叔，叫他哥哥？

Ruth 吃着肉"咯咯"地笑着，魏亦伸手摸了摸她的头：哥哥在，不怕他。

飘飘见魏亦摸 Ruth 的头，很为他捏一把汗。以前，他们仨在一起时，只要魏亦碰碰自己，安逸飞便跟他开仗。这回，安逸飞竟若无其事地为大家烤着肉，飘飘不由得心中窃喜：看样子，他对这小丫头片子只是做做表面文章，心里还是更紧张我。

这么想着，飘飘的脸色也就和悦了许多。记得安逸飞曾经跟她说过，因为父亲辜负了母亲，他今后一定要好好爱护妻子。此刻，飘飘深为自己痛失一个可以托付终身的人而后悔，一个玉米吃得心里五味杂陈。

四人正吃得高兴，突然来了一辆警车，两个警察下车朝他们走来。

飘飘紧张了：我的护照还没到期哟。

安逸飞用眼神安抚她：别怕，不是找你的。

警察出示证件后，问：谁是魏亦？

魏亦镇静地说：我，有事吗？

请你跟我们去一趟警局。

安逸飞几步挡在魏亦前，问：为什么？

涉嫌洗钱。

你们搞错没？我为你们提供了Jack洗钱的线索，怎么成了我涉嫌洗钱？

具体情况，请到警局去解释。

眼看着魏亦被警察带走，Ruth急得哭了起来：怎么回事？怎么回事？我魏亦哥哥怎么会去洗钱呢？

飘飘紧张得说不出话来，她见Ruth哭得伤心，刚才的隔阂顿时消失，她握住Ruth的手，安慰她：别怕，别怕！肯定是他们搞错了。

安逸飞脑袋短暂短路后，将两个吓得瑟瑟发抖的女孩揽进怀里，冲着魏亦的背影：魏亦，别担心，我会请最好的律师保释你。

魏亦回头看了一眼大家，柔声说：Ruth，别哭，哥哥没有洗钱，逸飞会找律师为哥哥洗脱冤屈。

警车渐渐远去，安逸飞让两个女孩留下来收拾屋子，他得先走一步，赶紧去找律师商量。

他给Ruth擦去眼泪：你路熟一点，记得先把飘飘姐送回家，就算为刚才绊倒她将功补罪。

Ruth破涕为笑点头答应，飘飘懂事地说：开车慢点，别担心，我们能照顾好自己。

／ 此岸 ／

第三十三章

／ 彼岸 ／

1

　　几场秋雨将天缘江填得满满的，洗过的河床、新修的河堤，让天缘江人这条流淌千年的母亲河看上去更加秀丽。

　　上午八点半，本常带着他的信徒在天缘外滩码头放生。汪海莲受沈若兰影响也开始信佛，但她觉得混入放生信众太失身份，于是站得远远的，一边装作健身，一边口中念念有词：阿弥陀佛，请菩萨保佑我们全家心想事成，哦不，不能保佑那老家伙心想事成，因为他心里一直想着那妖精。保佑我儿子吧，我儿子……

　　多宝开车路经河边，他朝沈若兰大喊：干娘，回去吗？我送您。

　　沈若兰朝他挥挥手：周末还加班？快去，别迟到，我还有一会儿呢。

　　多宝正要走，汪海莲叫住了他：多宝，等等，送我去一趟超市。

　　多宝很不情愿地让她上了车，汪海莲上车后，仔细打量了一番多宝，自言自语：其实吃农村粮也好，家里有地有房，比一般城里人还富。

　　这话多宝爱听，他骄傲地说：要是我是个女的，才不愿嫁城里人图个虚名。人家外国人都是穷人才住城里，富人都住农村。

　　人家外国富人是住城外的别墅不是农舍。

　　别墅不就比农舍多挂几幅画吗？

　　多宝的话把汪海莲逗乐了，她笑完之后问：你有一米六吗？

　　哪止？六二呢！

　　矮是矮了点，不过，我那远房侄女也不高。

　　多宝没去领会汪海莲在打什么主意，他的思绪还停留在上辈布下的恩怨之中。打小就听家里长辈们念叨，计划生育员汪海莲把怀孕七个多月的妈妈拉去打胎，幸亏妇产科大夫沈若兰手下留情，故意一针扎在他屁股上，才留得一条小命。

他悻悻地说：如果你怀魏董的时候挨过打胎针，他现在能长到一米八多？

汪海莲瞪了他一眼：长不高是打胎针的错吗？咋不看看你父母有多高？我们家魏市长不止比你爸高一头吧？这叫基因！基因，你懂吗？

多宝被汪海莲一顿抢白，好不容易培养起来的自豪感霎时烟消云散，他闷声开车，再也不搭话了。

2

天缘江并不大，超市却一家开得比一家大，一个超市倒闭了，准有另一家更大的超市出现，上午超市最热闹的地方是蔬菜、鱼肉区。

张婶与华音几次磕碰之后去了沈若兰那边，新来的保姆不太让华音省心，炒菜总是喜欢多油多盐，说了几次，还是改不了。

周末，难得休息一天，华音想亲自下厨给安牧良做顿饭，于是带着保姆去了超市。未满周岁的小点点坐在推车里兴奋地挥舞着手里的充气棒。

还真是冤家路窄，汪海莲去超市本来不想买东西，可一大把购物卡快到期了，她找人帮忙换成现金，今天是过来送卡的。

本来多宝把她送超市门前就想先走，汪海莲脸一沉：急什么？公司那边要是不好交差，我给他们打电话。

多宝只好苦着脸跟着她，汪海莲交涉好了卡的事情，突然想去买条鱼，左挑右拣终于选了条欢蹦活跳的鲈鱼，正吩咐卖鱼的好好收拾。多宝又多嘴了：汪科长，你刚放完生又杀生，不怕菩萨生气吗？

汪海莲被多宝说得心里一颤，连忙对卖鱼的说：快快，放下，我不买了，等下让保姆来买。

她丧气地瞪了多宝一眼，转身要走，被旁边一牙牙学语的孩子逗住了，汪海莲喜爱地摸了摸孩子的头，对多宝说：哎呀，这人年纪大了，就喜欢孩子。要是你们魏董给我添个孙子，我的人生就圆满了，可惜那冤家不肯听我的。

多宝没有回应她，他一眼看见了华音，正想着如何挑衅她。华音回头看见他们，不想生事，弯腰假装帮孩子整理衣服。

多宝碰碰汪海莲：华婊子。

正在这时，小点点一棒打在汪海莲身上，汪海莲也看清了是华音，即刻变脸，双眉一竖：这是谁家的野种？带这儿来撒野！

手舞足蹈的小点点正兴奋着，被她一吼，顿时吓哭了。

华音不满地说：干吗这样凶孩子？

汪海莲指着华音鼻子：你以为我是沈若兰呀？爱怎么欺负就怎么欺负。

华音知道来者不善，买了鱼也不要他们收拾，让保姆抱起孩子，自己推着车准备离开。

汪海莲不依不饶地追了过去：臭不要脸的婊子，斑鸠占着凤凰窝就当自己是凤凰了，安牧良真在意你，咋不娶你呀？

华音边走边说：太过分了，我惹你了吗？

汪海莲几步窜了过去，揪着她的衣服，华音忍无可忍地推了汪海莲一把，多宝连忙拽住华音，汪海莲趁机一巴掌甩过去。

华音捂着脸，看着汪海莲那副义愤填膺的样子，旁边还有一个幸灾乐祸的宿敌多宝，生性的要强，让她硬生生地将在眼眶里打着转的泪水忍了回去。

小点点吓得大哭，她从保姆手中接过孩子，柔声安抚着。

3

人类貌似强大，其实有很多软肋，比如说亲情。面对几千员工一言九鼎的安牧良，见了儿子却耍不起脾气。

我下山办点事儿，顺便过来看看爸爸。

儿子呀，什么时候你能把"顺便"二字去掉，就说，下山来看爸爸。

爸爸，对不起！口误。

安牧良不平的心，霎时被儿子憨憨的笑容抚平，他让儿子坐在自己身边：你一直是安氏的股东，从来也没得过红利，需要用钱说一声。

可以将红利投到寺庙吗?

自己的钱自己可以做主,不过,爸爸还是想听听你的计划。

本常将筹办禅修园的计划说给父亲听时,心里已准备好了父亲骂他呆子。

没想到,父亲听完,竟然夸他有前瞻思想。并且调侃着说:现在体会到富二代的好处了吧?想做点什么再也用不着四处化缘了。

父子俩聊了一会儿,本常看了看手机,安牧良知道他还要赶去看妈妈,于是起身送他到电梯间。

沈若兰从河边放生刚回,张婶已在准备中午的斋饭。本常来了,沈若兰催儿子上楼休息一会儿,他却想跟母亲聊聊天。沈若兰说:咱们这个放生微信群里有些人,连放生随喜红包都抢。

本常说:是我考虑不周全,应该指派一人负责收放生红包,免得红包发放到群里误导不开悟者。

母子俩正说着,汪海莲来了,她喜形于色地讲述如何扇华音耳光。

沈若兰吃惊地说:你当着孩子面打她?

这不!看她还有什么脸面当妈?

阿弥陀佛,汪施主请多积德。本常实在听不下去,不得已出声拦她。

汪海莲眼一瞪:你们母子真是吃少了油眼神不好,咋就好歹不分呢?我是帮你们出气,我与华音有什么过节?

说完,她甩下目瞪口呆的母子俩,气呼呼地走了。

4

华灯初上,很多窗户都透出了温馨的光亮,等待着家人的归来。

安牧良回家见华音亲自在厨房忙碌,保姆正带着小点点在阳台玩,他洗了手便抱着女儿来到厨房:看妈妈给我们做什么好吃的。

出去,出去,里面油烟太大,菜马上做好了。

华音似乎情绪不高,一边赶着他们,一边将葱花撒进汤盆。

安牧良急得大喊:干吗放这么多葱,好好的汤给弄得臭死了。

华音：我没见过谁家的鱼汤不要放葱。

安牧良皱着眉：谁规定鱼汤一定得放葱？

华音瞪了他一眼：对我不满意早点说，别找碴。

安牧良看了她一眼，嘟囔着出去：到底谁在找碴呀？全家人都知道我们父子仨不吃葱。

华音端着汤跟了出来：是的，就我不知道，因为我是外人呗！

灯光下，安牧良盯着华音的脸：你脸怎么肿了？

华音放下汤盆：自找的！

华音关了厨房门，里面传出压抑的哭声。

5

魏亦被警局所拘，事情的复杂远远超出了他本人与安逸飞的预料。

Jack 被他的律师保释出去了，因为很多证据都指向了魏亦。紧接着，T 公司举报魏亦利用 T 公司投资移民部涉嫌洗钱，并提供了魏亦指令员工洗钱的邮件，并且强调魏亦为搜罗洗钱道具不择手段。

事到如今，魏亦才明白，原来 Bell 是 Jake 安插在他身边的卧底，怪不得让他去调查 Jack，他从来就没查出什么像样的东西出来。以前，他一直不明白 Jack 为什么要给他那么多馅饼，现在才知道，这些馅饼里面都是老鼠药。

魏大胆这回知道害怕了，他担心的不是洗钱之冤洗刷不清，而是它带出了《洞山开悟》调包的事，万一传到国内便是重罪，并且会连累父亲。另外，公司正在做上市准备，若传出一些负面消息，必将受到影响。

说实话，安逸飞也慌了，魏亦一倒，无异于捅破了天缘江的一块天，他融的那些资金还得了吗？那些融资，可是天缘江父老的血汗钱，一旦打了水漂，不知有多少个家庭会受牵连。

安逸飞一时还不能与魏亦见面，律师去见魏亦时，带去安逸飞一封信，安逸飞在信中再三叮嘱魏亦，一定要对律师讲实话，这样他们才能帮到他，否则将非常被动。

魏亦看完信，向律师保证自己不仅未参与洗钱，就连他们洗钱都不知情。他也向律师坦白了用赝品画调换《洞山开悟》的经过。

律师问：他们举报的那些邮件，你是否有印象？

魏亦想了想，记得两年前，Jack 曾经问他要过一个邮箱，难道这也是 Jack 的预谋？魏亦不由得额头冒出了冷汗。

6

真说不清是因为血缘关系还是魏亦一直将自己最好的一面呈现给了 Ruth，让 Ruth 不仅对他充满好感，还有一份牵挂的感觉。

心情压抑，觉得云层都低了许多。Ruth 本来想陪安逸飞去见律师，但昨天接到公司通知要正常上班。来到公司，她已觉察出了同事们对她的疏远，于是并未刻意打探消息，只是留心着公司高管们的动向。Ruth 原有的工作都交接了，公司也没给她重新安排，只好哪儿忙便去哪儿帮。

中午快下班时，投资移民部一员工从总裁办公室出来，见 Ruth 看了他一眼，连忙掉头避开，Ruth 顿时心中生疑。她想打听那个员工的名字，又觉不妥，于是只好装作什么也没发生。

美国公司，午餐时间很短，大伙儿随便吃点便接着干活。

Ruth 正准备帮同事复印材料时，见上午碰到的那人去洗手间，她跟了过去，等那人出来，她热情地与他打招呼：哈啰，乌尔！你不记得我了？我是你妹妹艾连娜的同学 Ruth。

那人怔了怔，摊开双手：Ruth，你可能认错人了，我不叫乌尔，也没有妹妹。

什么？你不是艾连娜的哥哥乌尔？

肯定不是，我叫 David。

哦，对不起 David！我搞错了。

Ruth 很想跟他聊聊，他却慌慌张张地走了。整个下午，Ruth 都在想 David 为什么见了她会惊慌？自己是新员工，他却脱口叫出了名字。

她想给安逸飞打电话又担心被人偷听，心里七上八下地挨到了下班时间。正准备回家，却看见保洁员进了总裁办公室，心念一动，借上洗手间磨蹭了一会儿。同事们大都走了，保洁员出来，Ruth 迎上去说是顺便帮她扔垃圾，刚接过便被从办公室冲出来的总裁助理拦住。他夺过垃圾袋，将里面的文件拿去粉碎一遍，再让保洁员拿去扔了。

Ruth 讪讪地走到电梯间，正要上电梯被两个保安拦住，他们强行搜查了 Ruth 的包。发现里面只有一些女孩日常用品，也就没有再为难她。

Ruth 愤怒地看着他们，她不敢相信，在这个自由民主的国度里，竟然会发生如此践踏人权的事。正在此时，安逸飞打来电话，说是来接她下班，已到公司地下车库。

Ruth 下了电梯，红着双眼扑进安逸飞怀里。车上，Ruth 叽叽呱呱地跟安逸飞讲述了这一天的经历。

安逸飞听了，急出了汗，他抓着 Ruth 的手：想当福尔摩斯是吧？千万别轻举妄动！

7

重庆火锅，早已不止受重庆人钟爱，它诱惑着全球华人的味蕾。安逸飞为了安抚 Ruth，准备陪她好好享受一场麻麻辣辣的刺激。

谁知，两人刚点好菜，小黑哥便打来电话，着急地说：老大，快点回来加班吧，甲方给我们的合约越来越苛刻，规定时间不交活儿，他们不但会取消合同，还会要我们交违约金的。

安逸飞对着电话吼了起来：每天催死鬼一样，还让不让我活？

Ruth 知道安逸飞为了魏亦的事耽误了不少自己的事儿，她问安逸飞，自己能帮着做点什么？

安逸飞巴不得她这样说，于是提出让她辞职，他强调说：飞翔目前虽然是座小庙，但你来了，我们肯定能把它做大。

Ruth 说，自己除了喜欢玩游戏，其实对游戏一窍不通，能做什么呢？

安逸飞一边涮着牛肉，一边耐心引导：目前公司几人全是搞研发的，一些日常事务由我与小黑哥兼着，常常是顾头不顾尾。你来了，里里外外全由你做主，我们就可以专心研发。

Ruth 张大嘴巴，安逸飞起初以为她想说什么，见她表情怪异，才知是吃到了花椒，赶忙喂了她一口饮料。

Ruth 劫后余生般地舒了一口长气说：我会认真考虑你的建议。

吃完火锅，Ruth 说自己回家，让安逸飞早点回去加班，安逸飞却不想与她分开，吵着要去看电影。两人正在扯皮，Ruth 妈妈打来电话，催她回家。

8

有人说，世间最难破解的不是科技秘密，而是女人的情绪，经常处于半梦半醒之间的 Amy 更是如此。

Frank 在身边时，一心想摆脱他，巴不得有一个完全属于自己的独立空间。如今他杳无音讯，她却莫名地焦虑起来。

寂寂的夜，清清的月，轻抿一口红酒，品出的居然是异乡的寂寥。不，不是这样！妈妈和女儿都在身边，这儿就是我的家。等 Frank 回来，以后一定多关心他。

不知不觉中，半瓶红酒已经落肚，Amy 眼中的月渐渐朦胧起来。

魏臻深情地注视着她：媛媛，回来吧，你的家在天缘江。

不，不！浑蛋，你不可以再搅乱我的生活……

Amy 脚步踉跄地走下台阶，将酒泼向魏臻。魏臻赶跑了，她也摔倒在地上。

正巧 Ruth 回来了，她见妈妈坐在地上发呆，连忙扶起她：妈妈，你又喝多了？

没有，我没醉。

没醉干吗坐地上？

我坐在这儿等你爸爸回家。

爸爸来电话说要回家了？

没有，但我知道他会回来。

一脸迷惑的Ruth扶妈妈进屋后，自己拨打了一遍父亲手机，还是关机。

Ruth无奈地看了妈妈一眼，希望她能给自己一个放心的答案。

Amy低着头，似在沉思，其实灵魂已经游离很远、很远，远到了一片云山雾海，前方的路扑朔迷离，回首一看，来时的路已被浓雾深锁……

妈妈，爸爸不会出什么事吧？

蓦然间，Amy梦醒了，惊慌地问：还、还是关机？

是的，这几天我每天打了好几次爸爸手机，每次都关机，爸爸跟你说了他去欧洲哪个国家了吗？

没。

Ruth沉不住气了，她站了起来：我明天向公司请假，去欧洲找找看。

9

一个晚上的时间，Ruth不仅订好了第二天中午去巴黎的机票，收拾好了出门的行李箱，还成功推翻了昨天准备去公司请假的决定，登机之后，她才先斩后奏给部门主管发了一封请假邮件。安逸飞昨晚肯定通宵加班，电话就不必打了，发个微信知会一声得了。Ruth处理完这两件事后，头有点发晕，昨晚睡得太少，盖着毯子补一觉吧。

一只硕大的苍鹰伸长脖子探视着Ruth，眼里满是爱怜，Ruth静静地看着它，想伸手抚摸却隔着一层玻璃。Ruth冲它微微一笑，苍鹰似乎受惊，拍击着翅膀向远山飞去……

Ruth被飞机剧烈的抖动惊醒，刚才的梦依然清晰。空姐用温柔的声音提醒大家，飞机遇上了气流，希望大家回到座位不要随意走动。

Ruth拉开窗，回想着梦中的那只鹰。它的眼神竟然觉得那么熟悉，像谁？爸爸？安逸飞？魏亦？不，不！应该是本常，本常！

Ruth再也睡不着了，打开手机，安逸飞回微信了，除了责怪她不辞而别，便是叮嘱她出门在外一定注意安全，有什么事要第一时间通知他，他会尽快赶到她身边。

你有几个肉身？ Ruth 对着他的微信头像翻了个白眼。

魏亦的微信停摆了，想到魏亦，Ruth 的心不由得沉重起来，不知飞哥今日与律师谈得怎样？ Ruth 将自己所有账户余额归了个总，共有一万四千美元。这是她从十岁起开始攒下的零花钱与后来勤工俭学赚的，她准备将这些钱全部打入安逸飞账上，让他凑起来保释魏亦。尽管这些钱远远不够，但她也想出一份力。

10

你若没到过巴黎，就不知什么叫浪漫。Ruth 随父母来过巴黎多次，亲身体验过父亲为她们母女营造的各种浪漫。而此次独自来到巴黎，她却只感觉出陌生与茫然。

根据出发前做的攻略，第一个要找的人是父亲的老友——拍卖师 Ansel，他们电话约定中午在拍卖公司附近的咖啡店见面。

Ruth 比约定时间早到半小时，她想静下来再理一理思路，万一 Ansel 不能提供寻找父亲的线索，下一个找谁呢？虽然她与妈妈合计出了四人，但其余三人远不及 Ansel 与父亲的交情。这么一想，她的脑袋就乱了。

Ruth，亲爱的小甜心。

Ansel 叔叔。Ruth 慌忙站起来迎接 Ansel。

巴黎男人果然懂得浪漫，Ansel 说是没来得及买礼物，于是顺道买了一枝鲜花送给 Ruth。Ruth 接过花闻了闻，道谢之后插进桌上的花瓶。

两人坐下后，Ruth 迫不及待地向 Ansel 打听父亲下落。

Ansel 瞪大双眼：他没回美国？

没有呀！他说来欧洲旅游，然后一直没有消息，手机关机了。Ansel 叔叔，爸爸见您时都说了些什么？

Ansel 回忆着：也没说什么特别的话。

爸爸来找您是拍画吗？他拍了什么画走？

Frank 并未对 Ansel 讲述《洞山开悟》的经历，因此 Ansel 对 Frank 的换画动机也不是很清楚。加之，拍卖行业与客户有着纠葛不清的往来，出于行规，拍卖师是不会随意透露客户信息以及拍卖情况的。

所以，Ansel 只告诉 Ruth，Frank 来巴黎并非拍画，而是换了一幅画走。

什么画？

Ansel 欲言又止，神情犹豫，Ruth 见此恳求他：Ansel 叔叔，请您告诉我详细点的情况，或许我就能从中得到爸爸的一些信息。

对不起，甜心，请原谅我不能说得太多。

Ansel 说完，掏出手机，当着 Ruth 的面打了几个他与 Frank 共同朋友的电话，大家说法基本统一，他们只是上月见过 Frank。

Ruth 原计划还要去拜访父亲这几位朋友，但 Ansel 的几个电话，已经给了她答案。

Ansel 打完电话，起身告辞。Ruth 急了，说中午时间紧，再请他吃个晚餐。Ansel 说，晚餐有了安排，而且最近几天也很忙。

Ruth 不甘心欧洲之行就此不了了之，Ansel 走后，她又叫了一杯咖啡，沉下心来想了想，要想找到突破口，还得从 Ansel 身上下功夫。可是，Ansel 明显不愿与她接触过多，这里面莫非有什么难言之隐？

11

多年前，Frank 携妻女来巴黎，他去 Ansel 家登门拜访时，Amy 便带女儿在玛德莱娜广场消闲等他。

此刻，Ruth 站在百年甜点店 Hediard 门前舔了舔嘴唇，这家店里的马卡龙一直是她甜美的记忆。她将迈入店门的腿撤了回去，在心里激励自己：等找到了爸爸，一定美美地吃个够。

Ruth 站在广场，四处张望着，怎么也记不起 Ansel 家那条街名。想打电话去问妈妈，迟疑一下还是打消了念头。妈妈那迷糊之人或许不问还好，真要问了，指不定她脱口说出一条天缘江的小巷名字，让你目瞪口呆。算了，还是自己去碰碰运气吧。

玛德莱娜教堂后面便是特隆谢路，Ruth 在这条街上逛了将近一个小时，也没找到想要守株待兔的那棵"株"。

　　此时，华灯初上，街上行人匆匆。Ruth 累了，她在心中呼唤着：爸爸，您在哪儿？我在特隆谢街，您快过来吧，我们一起去吃马卡龙好吗？

　　正在沮丧间，一个熟悉的背影映入 Ruth 眼帘，Bell？他来巴黎干吗？Ruth 悄悄地尾随着他。

　　手机响了，安逸飞打着哈欠问她寻父计划进展如何，Ruth 压低声音说：我在跟踪 Bell，一会儿打给你。

　　什么？ Bell 也来了巴黎？赶紧躲起来，别让他发现你，你不是他的对手。

　　Ruth 生怕跟丢了 Bell，根本没听清安逸飞说了些什么便挂了电话。安逸飞再打进来时，她已顾不上接了。Ruth 跟着 Bell 来到一个高档住宅区，莫非他也是来找 Ansel？ Bell 按门铃进去了，Ruth 在外面转悠一阵后，她拿不定主意是进去还是继续在外面等待。她决定给安逸飞打个电话，拿起手机一看，有六个未接电话都是安逸飞打的。安逸飞接到她的电话，听得出很恼火，但更多的还是担心。他千叮万嘱 Ruth 一定避开 Bell，直到 Ruth 答应为止。

　　大约过了一个时辰，Bell 出来了，借着路灯的光亮，Ruth 看到他脸上带着怒容。她躲在梧桐树后看着他远去之后，正准备去 Ansel 家，Ansel 电话来了，问她父亲是否带了一幅叫《神拜》的画回去。Ruth 说肯定没有，他上次来了欧洲就没回去。Ansel 让她明天去报警，Ruth 紧张了，问他爸爸是否出了什么事？她说自己就在他家附近，可不可以去他家谈。Ansel 犹豫了一下说，别去，明天自己去酒店找她。挂电话前，Ansel 叮嘱她没事就待在酒店，别乱跑。

此岸

第三十四章

彼岸

1

放下，放下。

晚上两点睡觉，对安逸飞来说太早了，似乎违背了他的生物钟，他强迫自己躺在床上，心里不断重复着弟弟逸翔的劝告。

合同规定时间交不了活，合作公司就要取消合同。安逸飞心里十分明白，甲方在意的不是几天时间，而是意图吞并飞翔。

魏亦虽然明天能保释出来，律师说要洗刷洗钱嫌疑却没那么容易，Ruth 一人去欧洲寻父更是让他牵肠挂肚。一桩接一桩的头疼事儿哪一件能让他放下？

但有一点他明白，即使他再干一个通宵，明天游戏还是完成不了。

放下，放下！

安逸飞看了看床头的表，已是深夜四点。与律师约好明天十点去接魏亦，其他事只好到时再说。我真的要睡了，傻蛋，你要机灵点……

飞哥！

Ruth 惊慌地扑入他怀里。

安逸飞紧紧抱住她，大舒一口气：傻蛋，你终于安全回来了，可把我急坏了。

Ruth 回头尖叫，原来是一支乌黑的枪口对着他们，安逸飞一个翻身想将 Ruth 藏在身后，却"扑通"一声，连人带被掉到床下。

安逸飞躺在地板上，一身冷汗。窗帘已透出了光亮，这一觉睡得有点沉。七点一刻，该起床了。

安逸飞开车先去接律师，昨晚那个梦，让他一路忐忑。

他边开车边拨通了 Ruth 手机，听到她说在跟踪 Bell，神经都被挑动得发颤。

保释魏亦，已有律师做好了相应工作，倒是没费多少周折。律师陪安逸飞办好保释手续后便去其他地方赶场了，安逸飞坐在指定房间等待魏亦出来时，用手机订了一张去巴黎的机票。

十多分钟后，魏亦出来了，一见安逸飞便给了他一拳：小子，不早点把哥哥弄出来，这里可不是人待的地方。

安逸飞瞪了他一眼：找不到洗白自己的证据，以后这里便是你的家。

魏亦闻言，刚怒放开的眉眼，霎时便蔫了回去。

安逸飞将车钥匙扔给他：开我的车回去吧，我定了中午去巴黎的机票。

什么？这时候你扔下我不管，独自去巴黎浪漫。

我倒是很想甩掉你那一摊子破事出去浪一浪，可是，Ruth 在巴黎遇见了 Bell，接下来会发生什么，我真的不敢多想。

魏亦瞪大双眼看着安逸飞：你干吗不拦住她？快给我也订张机票。

魏同学，你现在有满世界跑的自由吗？

魏亦彻底蔫了，他紧咬发紫的嘴唇，一道鲜血顺着下巴滴在显得有点皱巴的名牌 T 恤上，他用舌头舔了舔嘴唇，沙哑着嗓子说：走，我送你去机场。

车上，魏亦叮嘱安逸飞：尽量避开 Bell，这家伙做事不知轻重，万一碰上，接受他提出的一切条件，咱们事后再收拾他。

安逸飞侧脸看了一眼魏亦，从小到大，从未见他有过如此凝重的神色。

2

一片半红的枫叶从树上翻着跟斗飘落下来，Ruth 在酒店门口下车时，枫叶喜滋滋地黏着她的发梢。Ruth 并未在意，她低头朝酒店走去。

接待生殷勤地走过来，躬身说：小姐，请允许我为您摘下头发上的落叶。

一边去。

安逸飞几个箭步上前，拨开那只白皙的手掌，将 Ruth 揽入怀中。

Ruth 一惊：飞哥。

就像受了委屈的孩子见了家长，Ruth 瘪了瘪嘴，大颗大颗的眼泪滚落下来。

Bell 把你怎么了？快说，看我不揍扁他！

Ruth 看看左右都是人，连忙将他拉进电梯：去房间说。

到了房间，Ruth 瞪大眼睛问安逸飞：不可思议，不可思议，太不可思议了。

怎么了？快点告诉我。

又出现了一幅《洞山开悟》，而且，他们说我爸爸用一幅叫《神拜》的赝品画将它换走了。然后，我爸爸便神秘失踪了。

与你爸爸换画的人是谁？

现在赝品《神拜》在 Bell 手里，其实当初换画的人并不是他。刚才，Ansel 叔叔陪我去报了警，看得出他对此事很恼怒，因为这两幅画都经了他的手。

等等，我们一件一件事来分析。首先《洞山开悟》是不是孤本，现在很难说。

不是孤本，我在微信里问了本常，天缘江博物馆那幅画一直挂在那儿。

安逸飞早已从 Frank 那里得知了《洞山开悟》被人调包，正犹豫着要不要告诉 Ruth，既然她相信它不是孤本，那就暂时不说吧。安逸飞脑袋一转，一个新的主意出来了。

好，咱们先不讨论这个，Ansel 会说英语吗？

Ruth 点头：会说，但发音不是很准。

没关系，能交流就好，你打电话约他，就说有个美国来的朋友知道一点你爸爸的线索，想与他单独聊聊。

Ruth 看着安逸飞，没有像往常那样任性，她知道凭安逸飞的智商，此时绝对不会去做多余的事。帮他约好 Ansel 后，懂事地说：好吧，不让我参加，我就去酒店美容厅做个眼敷。

安逸飞看着 Ruth 红肿的双眼，心中不由得涌起一股爱怜。他一点也不想单独去见什么金牌拍卖师，只想好好地守着 Ruth，一刻也不离开，抱她吻她，哪怕陪她说些傻话都行。可是，他现在不能冲动，否则岂不落个乘人之危？

乖。

安逸飞摸了摸她的头发，背着包走了。

3

巴黎街头那些或大或小的咖啡店，不仅满足了咖啡爱好者的需求，更多的体现出巴黎人那种浪漫的情调与优雅的生活态度。

Ansel 看着对面坐着的黄皮肤青年，眼中充满戒备。

我没让 Ruth 来，因为有些事还是不让她知道为好。Frank 先生曾对我透露过，他不愿意让一些黑暗的东西污染女儿的人生观。

Ansel 点头，看不出是赞同还是出于礼貌。

安逸飞呷了一口咖啡，继续说：其实，对于 Frank 先生的失踪，我也很迷茫，但有一点很明确，肯定与那两幅画有关。

为什么？

安逸飞将那次在画室与 Frank 的谈话，以及最近发生的洗钱风波说了一遍。

Ansel 不露声色地听着，一句也没插嘴。

安逸飞注视着他的眼睛，冷不防地说：美国 T 公司的 David 换画之后没来找过您？

Ansel 摇头之后，眼神突然变得更加警觉。安逸飞笑了，轻啜一口咖啡后，安逸飞发现 Ansel 的神情更加警觉，于是说：是的，T 公司现在正在接受调查，他们现在肯定不便露面，而他们又急于处理《神拜》，发现它是赝品后，只好派局外的 Bell 来与您交涉。

安逸飞从包里拿出手提电脑，很快就画出了一幅人与画的关系图。

Ansel 看过之后说：安先生，你说的很多事情我都不清楚。我只负责拍卖，至于客户将拍卖品拿去做什么，那不是我的事情。

是的，是的，我这个图只是为了理顺人与画的关系，从而找到 Frank 先生失踪的线索。请问，T 公司从您这儿获取画的信息，用什么方式联络？

Ansel 看着安逸飞，没有回答。

安逸飞继续问：电话或是邮件？是不是 T 公司有固定的人一直与您有联系，然而拍画的人却经常变换？

……

Ansel 默默地喝着咖啡，安逸飞的提问越来越尖锐，牵涉的全是客户信息，他不便透露。两人沉默了一会儿，Ansel 起身告辞。

安逸飞站了起来：Ansel 先生，作为巴黎艺术品的金牌拍卖师，我想您肯定不愿意担上拍卖赝品的名声。

Ansel 白皙的脸霎时涨得通红，他激愤地说：我可以肯定地说，问题不出在我身上。

可是，画是经过您的手换出去的，如果找不到 Frank，谁能洗刷您的嫌疑？

Ansel 耸耸肩：难道你能做到？

不能肯定，但我一定会努力去做。

安逸飞将电脑转向他：如果您让我看一封 David 与您联络的邮件，很多事情我会理得更顺。

Ansel 犹豫片刻，在安逸飞电脑上打开自己的邮箱，找出一个邮件给安逸飞看。

邮件很简单。

Ansel：愿意用《洞山开悟》换一幅价值超过它五分之一的《神拜》吗？

David：请示一下老板再答复您。

安逸飞要看的不是邮件的内容，他要的是双方的邮箱号，对于他这种电脑高手来说，只要有了邮箱号，什么密码也难不住他。

安逸飞伸手握住 Ansel 的手：谢谢！

4

安逸飞承诺 Ansel "很多事情会理得更顺" 没有食言。

夜深了，Ruth 抱着枕头窝在床上睡得正熟，忽然感觉脸上有股热气，极力睁开惺忪的眼睛，见安逸飞趴在旁边傻傻地笑着。

Ruth 想都没想便一掌朝他脸上扑去，安逸飞抓住她的手，连枕带人抱着在床上打了个滚。

Ruth 被他闹醒了，问：几点了，还不睡？

安逸飞踢开枕头，拉着 Ruth 来到电脑前，指着一幅他梳理出来的关系图，说：我觉得已经理顺了事情的线索。你父亲的失踪肯定与画有关系，我猜想，他很有可能是发现《洞山开悟》被人当作了洗钱道具，这对于热爱艺术品高于生命的他来说，简直无法接受，于是不惜以高于它五分之一价格的《神拜》将《洞山开悟》换回来。同样，出于对艺术品的热爱，他也不愿意《神拜》被人如此糟践，于是只好用赝品来代替。接下来，他带着两幅画神秘失踪就完全合情合理了。

Ruth 撇撇嘴，眼泪又出来了：我一点也不觉得合情合理，难道两幅画比我和妈妈还重要？

安逸飞不知如何去安慰心爱的女孩，他终于忍不住抱住了 Ruth，用火热的嘴唇吮吸着她脸上的泪水。

待她稍稍平息之后，安逸飞接着讲：如果，我的判断没错，那就不用再去找他了，除非他自己想通了，否则我们是找不到他的。

看着 Ruth 的泪眼，安逸飞赶紧转移话题：我刚才进入 Ansel 邮箱，从中找到 T 公司经常与他联系的 David 的邮箱，他的邮箱删除了大量邮件，我将那些删除邮件恢复后，仔细排查了一遍，查到了他与其他人的邮件，有几个邮件可以证实 Lan 指使 David 参与洗钱。

你当黑客了？

是的，如果我将这些证据直接交出去，便违法了。所以我们必须尽快回美国，让律师向法庭提出检查他们邮箱的申请。

这么说，魏亦哥哥可以洗脱洗钱嫌疑了？ Ruth 破涕为笑。

安逸飞拍拍 Ruth，扑在床上：你负责订回去的机票，我抓紧时间补一觉。

你不回自己房间睡吗？订了房间进都不进去多浪费。

这儿两张床只睡一张不一样浪费了一张吗？

安逸飞实在是太困了，最后几个字还没说利索便打起了呼噜。

Ruth 从他身下扯出一截被子给他盖上，看着他熟睡的脸，虽然五官压得有点歪斜，依然是那么俊美，完全没有平日里的嘻哈。看着，看着，她觉得越看他越像本常。

Ruth 不由得自语：你们要是一个人多好！

5

魏亦从警局出来，公司乱了套，他似乎也不像从前那么淡定。

洗钱风波已经成了魏亦与 Jack 之间的一场博弈，安逸飞与 Ruth 的欧洲之行，无疑找到了一个让魏亦脱身洗钱嫌疑的砝码。但是，洗钱背后将牵扯出的调包黑幕，注定无法用砝码解决。尽管不想面对 Jack，谈判还是不可避免。

魏亦一早起来洗了个澡，准备给自己榨一杯胡萝卜汁，可是找遍冰箱也没看到昨晚顺路从超市买回来的那一大袋胡萝卜。想了想，准是放东西时落在院子里。他急匆匆地打开门，却将已经伸出去的脚挪了回来。

秋日的朝阳洒在院子里，树木还是那么葱郁，小邻居灰腚带着它的孩子们，正小心翼翼地撕扯着院子里的胡萝卜包装袋。

分享是美德。魏亦霎时被自己的爱心感动，他倚在门边，静静地看着他的邻居们忙碌。

老灰腚难为情地看了他一眼，继续用锋牙利爪撕扯着人类用工具精心制作的包装袋。看着它们那副紧张又辛苦的样子，魏亦很想跟它们商量：我把袋子提走，给你们留下几根可以吗？

魏亦当然知道，人类很难取得动物的信任，要想与它们和睦共处，最好的方式便是不打扰。

当文明遭遇野蛮，难道尴尬的是阳光？野兔们并不在意太阳躲进了云层，它们终于撕开了包装袋，喜滋滋地享受着美食。

书上说，贪欲，是人类与生俱来并且共有的一种自然生理心态和思维。此时，魏亦极想挑战权威，以他眼下的观察，贪欲，不仅仅为人类独有，任何动物同样都存在贪欲。

你看那群野兔，它们吃了一阵之后，竟然想将整袋胡萝卜拖走。这种行为不光是不友好，还显得太自不量力。

魏亦心念一动，动物如此，人类何尝不是如此？或许，上帝就是这样悲悯地看着人类受贪欲驱使，毁灭般地掠取着各种资源，然后遭到残酷的报应。

贪欲让人类变得丑恶，同样道理，野兔的贪婪也断送了魏亦一时兴起的爱心。可悲的是，当它们惊慌失措地看着魏亦将整袋胡萝卜提走时，痛心疾首的不甘心里毫无反省之意。

心事重重地榨着胡萝卜汁的魏亦，不由得打了个激灵，野兔因贪欲失去的仅仅是一袋美食，而他因一念贪欲调包《洞山开悟》，或将彻底葬送父亲的政治生涯与自己生命里最珍贵的东西，他真不敢相信当初自己为什么会做出那样疯狂的事来。

深渊一直就在贪欲的前方，只是魏亦进过美国警局后似乎才看清楚，就像"骑虎难下"这个小学就学过的成语，直到此时他才深刻领悟一样。

6

谈判，本质上就是一场心理博弈。

魏亦与 Jack 坐在他们刚相识时常出入的一家咖啡厅，魏亦特意挑了一个户外的位子，一来可以解除被人设计的戒心，再者户外可以吸烟。两人沉默地喝着咖啡，谁也不想先出牌，都在暗中观察对方。

从 Jack 的眉眼中，魏亦观察到他此时相当警觉，上次在他办公室被录音录像的事，他应该记忆犹新。此次，他会不会对自己也来这招儿？魏亦不得不防。但总这样耗着也不是事儿，既然是自己约他，就得先打破僵局。

魏亦从包里拿出一盒雪茄给他，Jack 不敢接，魏亦平时不抽烟，见他如此谨慎，只好从中抽出一支点火吸了。Jack 终于抗拒不了尼古丁的诱惑，抽出一支闻了闻：不错，古巴极品。

魏亦不由得笑了起来：Jack，中国有个成语叫"杯弓蛇影"，意思是将映在酒杯里的弓影误以为蛇，比喻因疑神疑鬼而引起惊恐。

呵呵，东西方文化与东西方人种一样，差异太大，我认为中国文化，大多折射的是你们中国人那种愚昧心理，它代表不了我们西方人的乐观思维。假如我看到了杯中的弓影，我会认为是艺术品，欣赏都来不及，何来惊恐？

Jack 优雅地吐出烟圈，微仰的头显示着无言的白人精英式的高傲。他知道，尽管魏亦入了美国籍，但攻击中国的愚昧与落后肯定会激怒他，他就等着魏亦因愤怒而失控露出破绽。

确实，魏亦一心要把自己打造成世界精英，遗憾的是，中国人把他当美国人，而美国人却仍旧把他当中国人。刚才 Jack 说的那些话，要在平常，魏亦不急才怪，今天他是有备而来。出门前，反复告诫过自己不能生气，更不能失控。

魏亦换个坐姿，熄了雪茄，温和地微笑着：是的，中西方确实存在差异，就像中国是世界四大文明古国之一那样，任何人也否认不了，我今天约你来喝咖啡，不是为了辩证中西方的差异，只想探究，是什么破坏了我们的友谊？

友谊？如果你还记得我们之间有过友谊，肯定忘不了是谁让你拥有美国国籍。

当然忘不了！当时，你还是 W 公司的副总裁，而我只是一个初出茅庐的实习生，仅仅负责接待你几天，你就主动提出，如果我想移民美国，你愿意为我提供帮助。我真的非常感动，哪怕后来知道你只是想在朋友开的投资移民公司赚点回扣，我也仍然把你当作最好的朋友与导师。再后来，我们合伙抢了你朋友的饭碗，这便是 T 公司的前身。

Jack 补充说：别说得那么难听，我们共同创业的时候，彼此都是非常真诚的。

是的，很遗憾，真诚的友谊终究未能战胜我们共同拥有的贪欲。为了击败查理汤，我答应将 T 公司一半股份贱价转让给你，不仅如此，你还指名要我用《洞山开悟》作投名状。

《洞山开悟》是你自愿送我的，我没逼你。

是的，你没逼我，却安排 Bell 在我身边卧底。老朋友，你千万别忘了，

Bell 可是个亡命之徒，他可以出卖我，同时他也可以出卖你。《洞山开悟》是他做的手脚，你我只是旁观者，假若事情败落，他要咬的不会只是我，肯定还有你！

我根本不知道《洞山开悟》的来历，我只是受赠者，你们做的那些事与我没有一点关系。

事情不可能像你推脱的那么干脆，在这件事上，咱们永远都在一条船上。

Jack 一支雪茄刚灭又抽出一支，熟知他的魏亦看出，尽管他外表镇静，其实内心很慌乱。

Jack 大概也知道魏亦看出了他的内心，于是将雪茄放回了烟盒，呷了一口咖啡，说：洗钱的罪名你都担着了，还在乎多一个调包之罪？

魏亦真的来火了，他要了一杯冰柠檬水，决定摊牌：Jack，看在多年老友的份上，我告诉你，我不可能替你背洗钱这个黑锅。现在是高科技时代，别以为 T 公司那些见不得人的邮件删除了就没事，我的律师正准备向法院提交审查 T 公司所有邮件的申请。飞翔公司的安逸飞，认识吧？得到法庭批准，你把电脑砸了，他也能把那些删除掉的邮件找回来。

Jack 额头冒汗了：你想干什么？

咱们继续合作一把，洗钱，你可找其他替罪羊，我不会穷追到底。《洞山开悟》调包之事，你必须翻供。另外，《洞山开悟》为你赚了大把钞票，所以《神拜》是不是赝品也就别去追究，反正 Frank 也找不着了。

魏亦说完站起来喊服务生结账，结完账后，他给 Jack 留了一句话：退一步海阔天空，进一步同归于尽。何去何从，你自个儿掂量吧。

魏亦走后，Jack 呆呆地坐在那儿，眼神里有害怕也有不甘。

7

一行人从法庭出来，魏亦深吸了一口自由的空气，仰头看着蓝天白云简直想起飞了。

Ruth，晚上想吃什么？尽管提要求。

Ruth 指着安逸飞与律师：你应该好好谢谢他俩，是他们为你洗刷了冤屈。

魏亦伸手握着律师的手：再一次表示感谢。

应该的。

律师开着自己的车走了。

魏亦拍了拍安逸飞的肩膀：兄弟，咱们就不见外了。

安逸飞耸肩甩脱他的手：T 公司最大的股东是 Jack，为什么把洗钱的罪名甩给 David 一人承担？

管他谁担着，只要不是我就好。

你和 Jack 是不是又有什么黑交易？

两人正闹着，魏亦手机响了，一看是家里电话，他愉快地接了：妈妈，你好吗？

听得出，汪海莲听到儿子亲热地叫妈妈很兴奋。她告诉魏亦，今天是中秋节，要他自己去华人超市买月饼。

魏亦乖乖地答应着：好的，妈妈，你不用牵挂我，我非常好，爸爸在家陪你过节吗？

哎呀，你爸还会陪我过节？他去温汤给人洗脚去了。

怎么回事？给谁洗脚？

你爸在天缘江搞了个什么"中秋传统文化"，号召全市儿女给父母洗脚，父母去世的人便去给敬老院的孤寡老人洗脚。呵呵，好家伙，央视都来了记者。

嘿嘿，我爸真能折腾。

魏亦放下电话后，若有所思，他问安逸飞：你有叶多宝电话吗？

安逸飞警觉地问：你要他电话干吗？

今天是国内的中秋节，天缘江的儿女都给父母洗脚，我不在家，想请多宝为我尽一次孝。

安逸飞一拍脑袋：哎呀，你不提醒我差点忘了，我也要给妈妈打电话。

安逸飞受魏亦启示，先给弟弟逸翔打电话，逸翔告诉他，妈妈在盘龙山过节。

安逸飞有点羞涩地说：好弟弟，你替哥哥尽尽孝吧，给妈妈、爸……

算了，给妈妈泡泡脚。

本常笑了：哥哥真是孝顺，在国外还能想着给父母泡脚，好，没问题。今天，给妈妈泡脚算你的孝。妈妈就在旁边，你跟妈妈说几句吧。

沈若兰与天下母亲一样，千叮万嘱要儿子照顾好自己，安逸飞问她最近身体怎样？她说，能吃能睡，比以前好多了。就是他爸爸毛病越来越多，这些天着了点凉，又犯了老寒腿，幸亏逸翔经常挖些草药给他泡脚。

他不是有那女人照顾吗？要逸翔别管他。

Ruth 在一旁看着魏亦与安逸飞各自给家里打电话，凝视晚霞旁边的飞云，在心里呼唤：爸爸，您在哪儿？快点回来，我也给您泡脚。

他们打完电话，魏亦问 Ruth：想好吃什么了吗？

Ruth 说：今天不在外面吃了，想早点回家。

魏亦还想挽留，安逸飞说：早点回家也好，多陪陪婆婆和妈妈。走，我送你。

魏亦看着安逸飞带着 Ruth 驾车远去，心中怅然若失。

8

月是故乡明，这句出自诗圣杜甫笔下的佳句，一千多年来，一直被思乡的中国人所沿用。

魏臻在电话里对叶媛媛说这话时，不是思乡，而是想勾起叶媛媛的乡思。可是，她在这个月圆之夜，似乎心不在思乡。她反反复复地说：Frank走了那么久，最近一个电话也不打回来，他去哪儿了？

魏臻被她的话深深刺伤，心中不免酸了起来，不由得提高声调说：媛媛，你是在跟我说话吗？你真的那么在意他？

是的，我以前太不在意他了，他肯定生我的气了。

媛媛，他走了就走了，我一直在等你。回来吧，在中国任何一个城市，我都能保证让你过得悠闲自在。

叶师母在清冷的客厅转了几圈，见女儿没完没了地接着电话，她走到客厅窗前，掀开窗帘一角自言自语地说：老头子，咱院里的桂花开了吧？

我好像闻到了桂花的香味。哎，这外国的月呀，圆了又咋样? 它爱圆就圆爱缺就缺吧，我要睡觉去了。

叶师母寂寂地进了自己房间，脱衣睡觉，刚躺下，便听到孙女回来的声音，连忙披上外衣走了出来。

婆婆，妈妈，我买月饼回来了。

Ruth 火急火燎地闯了进来: 还好，我生怕婆婆睡了。

斯斯，吃饭了吗?

这是 Ruth 每天回家婆婆必问的一句话。

没呢，我们一起吃月饼吧。

Amy 将没挂的电话放在桌上，她似乎还没走出梦境，却依然认识月饼: 晚上吃甜食不好。

洛杉矶比天缘江晚一天，今天是国内的中秋节，不吃月饼哪像过节?

叶师母眼睛突然一亮: 中秋节? 哎呀，我得去院里摘点桂花，给你们做桂花糖。

妈妈，我们院里哪有桂花树?

怎么没有? 你走的那年，你爸种的。

Amy 拉都拉不住母亲，Ruth 放下正在切的月饼过去拦着婆婆: 婆婆，你糊涂了吧，那棵桂花树在天缘江。

哦，是哟。叶师母的眼睛顿时暗淡了许多。

Ruth 与母亲对视一眼，两人眼里都露出一种隐忧。Ruth 拉着婆婆坐在沙发上，见妈妈还在发呆，便说: 妈妈，您也过来陪婆婆吃月饼，我还有一件重要事情要做。

不一会儿，Ruth 端来两盆热水，自己搬了个小墩子坐在她们面前: 来，今天过节，我给你们泡泡脚。

这举动大大出乎 Amy 意料，她带点不自在地说: 怎么回事? 你给婆婆泡吧，我一会儿去浴缸泡澡。

没等 Ruth 回话，叶师母拊掌大笑: 老头子，老头子，我终于在美国享到福了，快来看看，咱孙女多孝顺!

Amy 一脸惊奇地看着母亲: 妈妈，如果您觉得这是享福，我可以天天给您泡脚，平时让您泡澡干吗不乐意呢?

叶师母白了她一眼，随即将慈爱的眼神定定地看着给她搓脚的孙女，像小女孩般娇娇地说：才不去你那缸子里泡呢，脱得精光，像头要拉去杀的猪一样，孙女给我洗脚多享福！

Ruth 笑着说：婆婆，天天给您洗脚我可能做不到，以后有时间就给您洗好吗？

好哇，真没想到我这把年纪了还能享到后人的福。老头子，咱叶家有后，真享福呀！

Ruth 没想到自己这么一个小小的举动把婆婆感动成这样，她越发细心地揉着婆婆的脚。

欲圆未圆的月儿爬上了树梢，虽然它的光被窗帘挡在屋外，但中秋月圆的传统喜悦已将刚才还显清冷的客厅温暖了许多。

9

魏臻握着手机不愿放下，虽然他知道叶媛媛早已扔下了话筒，但她并未挂断电话，母女三人的对话他听得清清楚楚，他似乎看到了那个场景。受美国教育长大的女儿，竟然能在太平洋彼岸将中国传统发扬光大，还有什么比这更令他感到欣慰？

秦秘书敲门进来，魏臻极不愿意这种时候被人打扰，秦秘书说有个人一定要见他。魏臻知道他说的那个人是金老板，长得其貌不扬却手眼通天，刚做完市政大楼，又瞄准了棚户拆迁。

不见，你也早点回去与家人团聚。

魏臻话音刚落，金老板便从门缝边挤了进来。秦秘书适时地退了出去。

金老板，中秋节还不早点回去？

市长，您没给我定心丸，我哪敢回去过节呀。

金老板将一张银行卡放在茶几上：过节嘛，一点小意思，上上下下都接了。您若不肯接，恐怕大伙儿这个节都会过得不舒坦。

那就把它交给秦秘书处理吧。

金老板站了起来：秦秘书已经走了，卡的密码还是六个零。

金老板走后，魏臻看了看表，已过中午十二点。经过几场战争之后，汪海莲不像从前那么控制他，开始对他不闻不问。这种状况一般人都受不了，而魏臻却非常享受这种冷战期的自由。他从秦秘书抽屉找出一桶方便面，吃完在办公室休息室躺下，这一觉睡得太惬意了，还做了一个梦，好像梦见了媛媛，极力回想却越发朦胧。

魏臻翻出叶媛媛抄写的《纳兰词》，不知不觉便吟读起来：昏鸦尽，小立恨因谁？急雪乍翻香阁絮，轻风吹到胆瓶梅，心字已成灰。

一股怅然从心底升起，直到月影初现，他还未缓过神来：媛媛，若你真的爱上了那洋人，我也就祝福你，可以了吧？可……

不知过了多久，魏臻撩开窗帘，屋外昼与夜的交替，有如他心中回家与不回家的挣扎。魏臻放下窗帘，没有开灯，往昔的回忆在满屋的夜色中氤氲流淌，他喜欢这种感觉。但此时，他更想找人聊聊。

一曲老歌的旋律响起，那是家里电话特有的铃声，汪海莲大概憋不住了，打电话问他几点回家吃饭。魏臻实在不愿回家，于是心念一动，说晚上要陪一位老者喝点小酒。

魏臻从柜子里找出一瓶茅台，却四处找不到酒杯，只好出去拿了两个一次性纸杯放进包里。

10

月圆之日，万家团聚之中，家家有本难念的经。

小点点自从在超市受了汪海莲惊吓之后，时不时高烧。

华音无心管理公司，而且对安牧良迟迟不提婚事渐渐心生不满。

安牧良从保姆口中得知华音受辱之事后，心里很不是滋味，他对华音说：等逸飞回来过春节时，我一定好好跟他说说咱们办婚礼的事儿。

如果真的在意她与女儿，办场婚礼还需儿子说了算？安牧良的安慰非但没能抚慰华音，反而让她感觉自己精心烘焙了十几年的爱情蛋糕，被人撒了一把尘土，本来准备私底下小心地铲去那层尘土，却被安牧良吹了口气，尘土完全搅和进了奶油。弃？留？都心疼。

这个中秋节，安牧良没有像往常那样将姐姐妹妹全家都召到家里来。小点点从昨夜起，又开始发烧了，医生给她扎的每一针都像扎进了华音心里。

下午，本常来了，他送妈妈回家后，配了些草药来给父亲泡老寒腿。

安牧良感慨地说：你哥要像你这么体谅爸爸就好了。

本常一边给父亲按摩膝盖，一边替哥哥解释：哥哥给我打了电话，他说让我替他为爸爸妈妈尽孝。

真的？你哥真的这么说的？

当然。

小点点可能不舒服，不断地哭闹着。

本常问父亲：小点点还没好利索？

没有，时好时坏。

安牧良泡好脚后，本常给他套了一双厚棉袜，让他自己接着按摩膝盖。

华音出来倒水，见了本常不像平时那么热情，只是随意地点了点头。

本常走近她：华施主，小点点受了惊吓，打针吃药是一方面，如果您不介意，小僧替她念念经吧。

华音乌云密布的脸上露出了笑容，她不是多信本常的佛法，只为本常关心女儿而感动。

好，好！有哥哥为她念经，一定能驱除邪气。

华音将小点点抱了出来，小点点哭得满脸眼泪鼻涕，本常从房间拿出一个垫子放在木地板上，盘腿念经。

小点点先是哭闹，见本常闭目念经，她竟然不闹了，伸手去扯本常的衣服。本常睁开眼，微笑着看她，她拍打双手欢叫，不知是叫"哥哥"还是一些无意识的语音。

华音将小点点放在地板上，让她坐在本常旁边，小点点想学本常双手合十的样子，双手却闲不下来。

华音见状，也盘腿坐下，双手合十，虔诚念佛：阿弥陀佛，阿弥陀佛，阿弥陀佛……

一旁自己做着按摩的安牧良，呆呆地看着地板上坐着的几人，想笑又不敢笑，匆匆拍打几下膝盖，也坐到他们中间一起去逗点点。

他指指自己的鼻子，小点点也指指自己的鼻子，他用手指在她鼻子上点了点，她扭转身，用手指在本常鼻子上点了点。本常被她逗笑了，小点点觉得很好玩，咯咯地笑了起来。

本常被她逗得念不下去了，干脆趴在地板上跟她玩。没提防，小点点在他脸上亲了一口，本常摸着脸上滑滑的口水，并不嫌弃，他一反往日庄严的模样，扮着各种鬼脸去逗小妹妹。小点点在地板上跟着哥哥又滚又爬，不时笑得前仰后翻。

安牧良与华音对视一眼，两人眼中都湿润润的。

本常要走了，父亲极力挽留：不回盘龙山了，晚上一起过节吧，你们的房间都留着呢。

本常说，寺庙还有很多事要办。

安牧良把儿子送到井边，看着他远去的背影，心中五味杂陈。

11

银光轻泻，桂花树下洒下许多斑驳的影子，昔日的叶家小院，如今成了工地，唯有这棵幸运的桂花树还静静地屹立于古老的摇篮井旁，见证着一段情深缘浅的过往。

魏臻搬了一块大石块放在桂花树下，将两个纸杯都斟满了酒，他端起一杯洒在桂花树下：老校长，还记得经常给他垫学费的魏臻吗？您曾经说，魏臻是寒门出才子，真是辜负您了。

魏臻端起另一杯干了，坐在石块上，凝神树下，仿佛看到了老校长也正在注视着他。

老校长，今天是中秋，师母去美国媛媛那儿了，就让魏臻来陪您赏月吧。

魏臻二十多年没来看您，不是把您忘了，而是没脸见您。

魏臻对不起您的宝贝女儿媛媛，害她抛下您二老远涉重洋。

记得媛媛师大毕业分配到我们天缘江学院任教，那时的她，青春勃发，一身文艺范。我是情不自禁地为她倾倒呀，真的做好了离婚打算。可是，可是，正在那时，一个提拔的机会彻底改变了我们的命运。唉，真是造化弄人！最近几次与媛媛通话，感觉她完全变成了另外一个人，似乎总是在梦游一般，说话恍惚，前言不搭后语，曾经的机敏荡然无存……老校长，您说，我们的媛媛，她怎么了？您帮我劝劝她吧，让她回来。这回，我真的准备豁出去离婚了，这个年纪了，我得为自己活一回……

魏臻不记得自己干了多少杯了，他对着桂花树举了举：

老校长，魏臻唯一回报您的是，给您留了个孙女，那孩子真是懂事……

老歌再次响起，魏臻没去管它，它便锲而不舍地唱着，把魏臻想说的话戛然切断。

魏臻接了电话瓮声瓮气地问：什么事？

你可以不回家跟我过节，可不能不领儿子的一份孝心，儿子远在美国，还请多宝来给咱们洗脚。

洗脚？洗什么脚？

呵呵，难不成你今天又是去作秀？自己号召全民为父母长辈洗脚，却质问我洗什么脚。

哦，我一会儿就回。

接完电话，魏臻再也想不起刚才想说的话，晃了晃酒瓶，空了。

魏臻摇晃着站起来，将瓶中最后几滴酒倒进老校长酒杯，洒在桂花树下：老校长，您安心地在这儿歇息，没有谁敢打扰您，魏臻有空就会来陪您。

圆月高挂桂花树梢，魏臻的心却像乔布斯的苹果似的莫名地缺了一块。

12

要问多宝是否愿意给汪海莲洗脚，他心里肯定不愿意，虽然在打妖精华音的时候他们是一伙的，但多宝心里对她的宿仇恐怕一辈子也难以释怀。

不过，魏董在电话里称他兄弟，这让他非常受用。而且当公司的人知道魏董亲自委托他去替自己尽孝，大家对他那种羡慕忌妒恨，快意得让他几乎要飞起来。尽管如此，他还是有两个遗憾。

　　第一个遗憾是，他想给干娘洗脚，这是他发自内心的孝心。结果没机会了，干娘说本常已经给她洗过，多宝的心意她心领了。

　　第二个遗憾是，市长没让多宝洗，他似乎喝多了，回家扔了一条烟给多宝便睡了。这让他跟别人提起这事时，细节有些支吾。

　　不管怎样，去市长家洗了脚后，他感觉身份提高了许多，公司上下都称呼他叶主管，只有那些不懂事的人才依旧叫他多宝。

　　中秋节后，天气转凉，多宝驱车回叶家村取毛衣。同姓兄弟过来说，存多宝公司的钱一年差不多到期了，他想取出来。还没等多宝问，同姓兄弟便喜滋滋地说，村里批了一块宅基地给他，建了房子准备请人去邻村提亲。

　　多宝瞪了他一眼，以成功人士的口吻教训他：我说兄弟，你怎么就不长点出息，地放那儿又不要你喂饭，钱放我这儿每天给你涨利息。傻呀你！这样的账都算不过来。

　　同姓兄弟转着眼珠算计了半天，点头说：行，连本带利取整再存一年，争取用利息赚装修费。

　　多宝丢了一支烟给他，特别强调：这可是上等好烟，市长给的。

　　同姓兄弟一听舍不得抽，夹在耳朵上，多宝知道他是想留着四处炫耀，也没点破他，因为点破他等于点破了本不抽烟而带着烟四处散发的自己。

　　临走时，多宝拍了拍兄弟的肩膀：兄弟，记着，吃不穷穿不穷，没有算计受一辈子穷。

　　叶氏兄弟目送他驱车远去，眼里满是崇拜。

此岸

第三十五章

彼岸

1

　　T 公司坐实洗钱罪名之后，公司高管很多受到牵连，而 Ruth 的辞职也顺理成章。

　　前些日子过得紧紧张张，辞职之后，她准备踏实地睡个懒觉。

　　没想到，一大早婆婆慌慌张张地闯入她房间，神情紧张地告诉她，箱子不见了。Ruth 让她去找妈妈，婆婆摇摇头：除了叶斯斯，谁也信不过。

　　Ruth 觉得婆婆有些不正常了，她大声呼喊妈妈。Amy 整夜失眠，天亮时刚刚入睡，正做着梦，被女儿叫醒了。

　　Amy 起来问清情况后，有些烦躁地对母亲说：您的箱子放在储藏室，怎么会丢呢？

　　她带母亲去了储藏室，箱子完好地放在那。叶师母赶紧提着箱子放进自己房间。

　　Amy 不明白：您箱里没什么值钱的东西，为什么那么紧张？

　　叶师母白了女儿一眼：谁说没有值钱的东西？我的"叶落归根"不在这儿吗？

　　她还神秘兮兮地指着门外说：盯紧那个女佣，可别让她偷走了我的"叶落归根"。

　　Amy 看着母亲，觉得不可思议：妈妈，她在这里做了好几年，我们不能随便怀疑人家，再说人家要那东西干吗？

　　叶师母从箱子里取出她的"叶落归根"小心翼翼地放进衣服口袋，虽是神情落寞却极为郑重。Amy 走过去想拥抱一下母亲作为安慰，没想到母亲却推开她，一脸严肃地说：你叛变了，总是包庇美帝。

　　Amy 慌张地来到女儿房间，从被窝里挖出女儿的脑袋：

我觉得你婆婆很不正常，快起来，咱们带她去医院检查一下。

2

飞翔吧，飞翔。

安逸飞将印有公司标志的飞翔商标折成了一架架飞机，飞满了地毯。

安逸飞在研发《平民皇后》同时，不断地研发出了一些小游戏，如今合作公司因为他们没有按约交货，与他们解约了。这些小游戏若是推销不出去，《平民皇后》研发的后续资金就跟不上了，捉襟见肘的日子安逸飞还真没尝过。以前资金紧缺时还可向老爸伸手，如今父子俩关系这么僵，安逸飞哪好意思开口。

小黑哥发愁地说：头儿，怎么办呀？要不你亲自出面去求求他们？

安逸飞摇头：男子汉大丈夫，怎能随便向人低头。

正在闲聊，前合作公司打来电话，邀请安逸飞过去谈合作。

安逸飞问：你们不是提出解约了吗？还怎么合作？

对方说：解约只是针对前面的合作形式，但我们还可选择另一种合作方式，比如接受我公司收购。

哦，想吞并飞翔呀？做梦去吧！

安逸飞刚挂电话，手机又响了，他以为还是那个公司打来的，看也不看地按了。不一会儿，手机又响了，他烦躁地拿起手机一看，是 Ruth 电话。Ruth 告诉安逸飞，婆婆查出了阿尔兹海默症。

安逸飞一惊，拿起外套：我马上过来，刚好有事要与你商量。

出门前，安逸飞叮嘱小伙伴们：别偷懒，该干吗就干吗，中国有句古话，"车到山前必有路"，咱们可得对自己研发的产品有信心。

小黑哥笑出一口白牙，俏皮地说：如果把车开到太平洋边，还能找到路吗？

安逸飞在他脑袋上拍一板：怎么不能？下车，上船！

没有船呢？

游泳！

3

好莱坞星光大道，是世界影迷心中无限向往的一条大街。

其实，真的到了那里，除了人行道上有两千多颗镶有好莱坞名人姓名的星形奖章，其他也看不出有什么特别之处。

安逸飞看了婆婆之后，拉着 Ruth 去星光大道一个影院看电影。

年轻真好！虽然安逸飞为婆婆叫不出他的名字难过了一阵，一场电影便将心中的阴霾一扫而尽。从影院出来，安逸飞给 Ruth 买了一包薯片，Ruth 伸手去接，安逸飞将薯片举得高高的，Ruth 轻松一蹦便抢去了。

Ruth 兴高采烈地吃着零食，安逸飞暖暖地陪着她，Ruth 停下脚步看着他：今晚怎么没加班？

安逸飞悠闲地吹着口哨，Ruth 扯扯他的衣服：要加班就早点回去。

加什么班，人家都与我们解约了，我们飞翔只搞研发，没有市场营销，现在已经囤积了好几款小游戏。

Ruth 默默地吃着零食，安逸飞从纸袋里拿了一片薯片递到她嘴边，等她张嘴时，安逸飞却将薯片扔进自己嘴里。Ruth 气他戏弄自己，当他再伸手过来取薯片时，她将纸袋藏在身后，安逸飞连人带纸袋一把抱住。

Ruth 以为他要抢薯片，紧紧捂着纸袋：不给，不给！

安逸飞定定地看着她：Ruth，飞翔公司老板郑重地跟你商量个事。飞翔是时候成立一个市场部了，咱们自己营销产品。你来负责，市场部可以独立核算。这样，你也算个小老板。

Ruth 说，再考虑一下。

没时间犹豫了，明天你就上班吧。

4

周一上午，Ruth 正式加盟飞翔公司，安逸飞还只是官方地与她握了握手，小黑哥却热情地扑过去与她拥抱，他在 Ruth 耳边轻语：从今天开始，后勤正式划归市场部管理。

Ruth 傻眼了：那我不成了你们的杂役？

小黑哥调皮地眨眨眼：不用担心，我会协助你。

Ruth 将车钥匙扔给他：请把车从车库倒出来，然后协助我去超市准备点战备粮。

安逸飞一旁看着他们斗嘴，见 Ruth 很快进入状况，心里很高兴，他掏出银行卡交给 Ruth：密码是你的生日。

Ruth 与小黑哥刚走，安牧良打来电话，安逸飞很不情愿地说：有事吗？正忙着呢。

听得出，安牧良的语气完全没有做家长的霸道：俗话说，月怕十五，年怕中秋，这中秋已过，离春节就没多久了，早点订票吧，今年还是回来过年。

安逸飞想到公司快断粮了，很想缓和一下与父亲的关系，可是嘴巴张合几次，还是找不到修复的话语，便嘟囔着说：不是跟妈妈说好，今年不回吗？

安牧良有点急：去年没回来，今年春节咋能不回家呢？

安逸飞一听这话，积怨又涌上了心头，他冷笑一声：家？哪儿是我家？好好一个家给你拆了，还让我回家？

安逸飞听着话筒里传来父亲粗重的喘息声，心情很是复杂。挂了电话，他冲着瞪眼看着他的小伙伴大吼一声：干活！

5

灵感这东西真让人捉摸不定，它想来就来想走就走，搞研发的人只好跟着它走。Ruth 也是进了飞翔后才明白安逸飞晨昏不分原来是被灵感闹的。

Ruth 的工作时间虽然不随他们，有时难免会受一些牵连。

昨晚新游戏测试，大家忙了一个通宵，早上胡乱吃点东西，安逸飞催 Ruth 回去补一觉。

Ruth 驱车回去离家不远时，见路旁一棵树下围着好几个人。她以为有人需要帮助，于是放慢车速，按下车窗。

听见有人说：不知是日本人还是韩国人，听不懂英语，还是报警吧。

Ruth 不由得朝那边张望了一眼，看不清被挡住的人，只见红黑相间的颜色，这不正是前不久给婆婆买的围巾颜色吗？难道是婆婆？

Ruth 将车停在路边，走近一看，果真是婆婆！她蜷缩在树下，眼里全是恐慌。

婆婆。

婆婆见了她就像走丢的孩子见了大人一样委屈地哭了。

Ruth 扶起惊慌的婆婆问：婆婆，您怎么自己跑出来了？

警察来家里抓人了。

警察抓人？怎么会呢？

Ruth 将婆婆扶上车，一路安慰着她，到了家，果然两个警察正在盘问妈妈。

妈妈失神地坐在沙发上，不管警察怎么问，她都只会说：

Frank 怎么会经营假画呢？这怎么可能？

什么，我爸爸经营假画？不可能，不可能！一定是你们搞错了。

当事人提供了鉴定证书，我们必须带走你们所有的画，拿去鉴定。

Ruth 看着婆婆与妈妈，两人都是一副不堪一击的模样，顿时，她觉得自己长大了，爸爸不在家，她必须站出来保护她们。

叮嘱妈妈照顾好婆婆，别让婆婆一个人跑出去，Ruth 带警察去画室取画。

6

此
岸
彼
岸

魏亦一向给自己定位为精英，最喜欢做些一般人做不到的事情。然而，洗钱风波虽然平息，他却明白了一个道理，一般人遇到的都是小问题，而精英们通常会触及一些大麻烦。

耽误了一段时间，公司堆积了大量事务需要处理，一连几日，魏亦召集公司高管紧急加班。

周五下午分别开完两个高管会后，魏亦回到自己办公室看到手机上显示了几个查理汤的号码。他回了一个电话，查理汤说，证监会宣布了处理结果，因为他在股权转移方面处置失当，导致公司内斗，给股民造成重大损失，今后他再也不能担任上市公司高管职务，他希望魏亦能够出任 W 公司总裁。

魏亦谢绝了他的好意，强调自己的公司也要上市，他必须好好经营。查理汤表示理解，并再一次感谢他帮助自己战胜 Jack。

完败 Jack，就如当初完败查理汤一样，并没让魏亦感到多开心，《洞山开悟》才是他的心头之患。《洞山开悟》调包之事，目前仍是纸中之火，终归有一天那层薄纸会被烧掉。

助理敲门进来，给他送来一份北京公司传来的《企业发行上市整体方案规划与研讨》，说是要尽快审核，这是公司上市流程"整合改制期"必须准备的资料。魏亦让助理通知相关人员到小会议室等他。

十分钟后，魏亦准备去会议室，助理进来了，魏亦问：人都到齐了？

会议可不可以改到下周一？

什么？你没看到文件上写着"加急"？魏亦扬了扬手里的文件。

可是，五个人的会议，有三个说周末有安排，他们不能加班。

魏亦看了看手表，确实到了下班时间，尽管如此，他还是火大：这个班一定得加，公司可以付加班费，实在不愿加班的留下辞职申请，过他的周末去！

几分钟后，参会高管陆续走进会议室，魏亦铁青着脸：

北京公司上至高管下至员工，加班已成常态，不需要谁去强制，都是自觉加班。

一个长相富态的白人高管说：难道他们不懂劳动保护法吗？

魏亦沉着脸：管理层基本都是高学历，他们不是不懂法，而是更懂得想要在公司无人可取代，必须付出比常人更多的努力。你们想知道今年的年终奖吗?

　　这个问题大家都感兴趣, 他们瞪大眼睛看着魏亦, 魏亦扫视大家一眼, 慢条斯理地卖了个关子: 这个话题晚餐时再深入讨论, 今天的会议争取一个小时结束, 晚餐我请客。

　　会议正要开始, 安逸飞打来电话告诉他警察去 Ruth 家搜查画的事, 魏亦顿时血往上涌, 一种前所未有的危机感猛然袭来。

　　Jack 虽然逃脱洗钱嫌疑, 但他与查理汤受到的惩罚一样, 从此再也不能担任上市公司高管职务。看上去控股了 T 公司, 但经历洗钱风波之后, T 公司已经危机重重。面对如此残局,Jack 岂能轻易服输? 因此, 抖出《神拜》是赝品画作为报复, 也符合他的风格。

<h1 style="text-align:center">7</h1>

　　昨晚心中有事一夜无眠, 上午, 魏亦去公司前, 去了另一个地方。在大厦停车场意外发现了 Ruth 的车, 迟疑片刻, 掏出手机打电话问她在哪里? 她说在写字楼里拜访客户, 魏亦追问她在哪家?

　　Ruth 笑着说: 干吗? 查岗呀? 我在十五楼一家游戏公司。

　　魏亦放心了, 他告诉 Ruth, 自己也在这个写字楼拜访客户, 约她完事后在大厦二楼咖啡厅见面。

　　魏亦打完电话, 走到电梯间按了十一楼, 下电梯拐个弯来到一家私人侦探所。

　　接待人员将魏亦带到一间小房间, 稍后, 一个中年秃头的人进来了。

　　资料带来了吗?

　　带来了。

　　魏亦将文件袋里的资料递给他。

　　没问题, 我会尽力。只是我这里的收费比别的侦探所要高一些。

　　魏亦点头: 我知道, 只要你能尽快帮我查到 Frank 的下落, 费用好说。

　　魏亦从侦探所出来, 直接去了咖啡厅。Ruth 还没来, 他自己先点了一杯, 特意叮嘱服务生加热不加糖。此时, 他的心情也像杯中的咖啡一样,温馨而苦涩。很多人都觉得他活得逍遥自在，风光无限，其实他从小内心就很孤独。平常之人他不屑交往，而他欣赏的人又不屑于他。

就说安逸飞吧，两人从幼儿园同学到大学，结交了二十多年，尽管到了关键时刻彼此都会出手相救，可每次见面都像冤家似的。好不容易碰到一个心仪的女孩，莫名其妙成了妹妹不说，还被一幅该死的画纠缠着。

Frank，Frank，你带着两幅画玩失踪是什么意思？你知道警察已经找到你家了吗？但愿这回你能跟我合作，价钱由你开，画我必须送回天缘江。

嗨，这么入神，想什么呢？

魏亦一惊，仿佛心事被 Ruth 撞破，唉，要是让她知道自己对画动了那么多手脚，能原谅自己吗？

魏亦连忙拿过单子让她点，Ruth 没看单，说，来杯冰镇橙汁吧，早上我喝了一大杯咖啡。

魏亦心疼地说：早上光喝咖啡没吃点别的？可别喝坏了胃，中午想吃什么？

不能跟你一起吃饭了，还得回去张罗他们的午餐。

你是市场总监，不是他们的保姆。到我公司来，我也给你股份。

Ruth 大口喝完果汁，擦了擦嘴：答应了的事就得做到，要言而有信，对不对？我得走了，魏亦哥哥，有空过来看我们。

警察局那边有消息吗？

还没有，他们拿画去做鉴定了，如果那里面还有假画，或者调查到以前我爸爸经销的画里有赝品，那批画就要被没收，我们还得面临巨额罚款、爸爸甚至得去坐牢。

没事儿，我们应该相信你爸爸。魏亦这话是真诚的，因为他明白《神拜》出赝品是 Frank 受不了艺术品被洗钱玷污，而不是出于利欲熏心。

Ruth 要走了，魏亦左叮右嘱，连他自己都觉得，怎么变得如此婆婆妈妈？

8

如果说春节是中国人对家的刻骨念想，那么圣诞节便是西方人对神的一种情结。

接踵而至的两个节日，并未给阳光天使 Ruth 带来太多的快乐。爸爸至今杳无音讯，妈妈喝酒已从浅饮怡情发展到了无酒不欢。她对电话特别敏感，即使酩酊大醉听到电话也会扑过去。奇怪的是，她生怕别人接，而自己好像又怕接。她在担心什么？更让 Ruth 揪心的还是婆婆，婆婆已经完全认不出安逸飞，甚至叫不上她的名字。运筹了几个月的市场部也毫无起色，虽有安逸飞每天灌心灵鸡汤，她心里终归不是滋味。

Ruth，外面风这么大，干吗不进去？

Ruth 扭头见是小黑哥来了，她笑着说：可能咱们 Boss 还没起床呢，你先进去，我想在院子里待一会儿。

我们老大是得好好睡一觉，《平民皇后》可把他整惨了。

谁被整惨了？朕搞不定《平民皇后》誓不为游戏王子！

快点进来，开会。

安逸飞知道他们不在意自己的用词，有时说话也就不太着调，管"朕"放在王子身上合不合适，反正能把他们唬住就行。开门见 Ruth 冻得鼻子有点发红，用手心搓了搓她那双冰凉的手后，干脆用胳肢窝夹着：傻蛋，这么冷的天站外面干吗？

不是开会吗？还不快去洗漱，牛奶要热了再喝，婆婆说，冬天要喝热东西。

十分钟后，安逸飞喝着热牛奶主持会议，他说，昨晚在睡梦中，得夏皇后指点，那些已经研发出来的小游戏，一时销售不出去没关系，咱们将它们加入大量吸引人的元素，放入《平民皇后》的每个关卡之中。不仅如此，咱们还要将中国文化的精粹也加入一些进去。

Ruth 担忧地说：吸引人的元素，我相信你能做到，可中国文化的精粹，你懂吗？

不懂可以学呀！咱们不是有个现成的导师吗？

谁？

几个小伙伴伸长脖子一齐瞪着安逸飞看，安逸飞恶作剧地将几个不同颜色毛发的脑袋碰撞在一起。

哎哟！

开窍了吗？

Ruth 摸着发麻的脑袋：北京的李老师。

安逸飞赞许地竖起了大拇指：对头！还有，现在越来越多的西方人想了解中国，汉语也逐渐成了热门语言，我准备加入一些英汉日常语作为过关口令。

大家尽管被安逸飞讲得云山雾罩，先前的沮丧还是换成了斗志昂扬。

Ruth 说，游戏市场还是中国比较宽广，她想将几款小游戏推到中国市场去。

市场这一块，你说了算，散会，干活！

大家各就各位之后，安逸飞却一人坐在那儿发呆。研发大型游戏，不仅烧脑而且烧钱。安逸飞不怕烧脑，以前也从没为钱操过心，如今不同了，虽然乐观地给小伙伴们打气，心里却没多少底气。合作公司趁火打劫的行为，确实将飞翔逼入墙角。

必须突围，必须突围！

安逸飞起身各个房间巡视一圈，大家都在忙着自己的活，无人在意他。他站在 Ruth 身后，想起了她的话"游戏市场还是中国比较宽广"。

他一拍脑袋：对了。

Ruth 扭头看着他，他顾不上解释，找出上次回国在北京见过面的游戏公司同行电话，一个个打过去。大多都是联络感情，互通信息，其中有一家聊得比较久，那家公司大概是想打入美国市场，飞翔当然是块不错的跳板。对方问安逸飞最近研发了些什么游戏，安逸飞首先抛出了《平民皇后》，对方一听说这个名字和大概内容兴趣不是很大，倒是对那几款小游戏追问到底。安逸飞最后说，你要是对《平民皇后》感兴趣，随时找我。

只等安逸飞一放电话，Ruth 便瞪着眼说：不是刚开完会，市场这块我说了算吗？

哦哦，我担心你汉语表述不清。

是怀疑我的能力还是喜欢越权？

安逸飞抓抓脑袋：不是还不适应吗？从今天开始，你办事我放心！

9

幸福的家庭都是相似的，不幸的家庭各有各的不幸……

一向睡眠不好的 Amy 一早就被母亲吵醒，她反复琢磨托翁这句举世名言，觉得自己家不在他说的两种范围之内。因为这个家有喜也有忧，最起码女儿二十多年的成长过程是幸福的。只是如今丈夫出走，母亲卧床不起，这让她束手无策。或许还有更可怕在等着她们，万一 Frank 其他画出了问题，就将面临巨额罚款……上帝，请告诉我 Frank 去了哪里？

死老头子，那个斧桠头走了，你还不赶紧去把他找回来，他……作孽呀，作孽呀！斧桠头，你个没良心的东西，你出去风流快活，丢下我女儿与孙女……唉，都怪我，不该来美国，不该来……

叶师母时而清醒时而糊涂，糊涂时骂老头子、骂 Frank，清醒时忏悔不该气走女婿，祈祷他快点回家。

妈妈，您想吃点什么？

该是春天了吧？我去掐点新艾，做艾粑给斯斯吃，叶斯斯是我孙女。

Amy 带着复杂的表情看了母亲一眼，顺着她的话说：对，叶斯斯是您孙女，叶媛媛是您女儿。可这儿的艾叶不像天缘江的香，还带苦味，做出的艾粑可能不好吃。

那就让你爸去掐，他不还留在天缘江吗？

Amy 不由得打了个激灵，听见女儿起床了，她连忙走出母亲房间。

妈妈，婆婆好些吗？

她晚上那么大声说话，你没听见？

呵呵，我晚上睡觉带耳塞的。妈妈要是晚上没睡好，中午多休息会儿，这段时间我会早点下班。

Amy 看着懂事的女儿心中好感动，其实家庭遭遇一些不幸，也未必都是坏事，最起码能帮助孩子在逆境中成长。

10

俗话说，病急乱投医，最后病好了，也不知是哪尊菩萨显的灵，小点点就是如此。当然，华音宁愿相信她的魔障是本常禅师驱除的。

小点点一岁多了，安牧良始终未提结婚的事。华音心里布下的阴影面积无法用几何公式来求得，她内心固执坚守的那份自尊与骄傲，决不允许自己向安牧良开口提及婚姻这事儿。

因为想花多点时间照顾女儿，华音已减少了很多工作时间，公司新聘了一位总裁并增设了一位销售总监。华音早早回家，心中却除了烦恼还是烦恼。

点点睡了，华音坐在小床前拿着本常留下的经书翻阅着，她曾问过本常，"心性本净，客尘所染"是什么意思？本常说，众生的心本来是清净的，只是因为外界的烦恼所染才变得不净。她很想让自己清净些，脑子里却一片糟乱。

阿弥陀佛，阿弥陀佛，阿弥陀佛……念了一阵佛，心中果真渐渐平静些，她不敢松懈，一直低声念着。

安牧良回来了，不见华音像平日那样出来迎接，以为她陪女儿睡了，于是轻手轻脚走进房间，却见华音正闭目念佛，顿时来了情绪：这一个个都中了什么邪？

华音吓一跳：小声点，孩子刚睡着。

我得去问问，这地基以前是不是做过寺庙？怎么走了一位佛母又来一尊菩萨。

华音替安牧良脱下外衣，轻声说：别对佛出语不敬。要不，今晚你睡隔壁房吧。

安牧良接过自己的外衣，一脸不高兴地出去了。

安牧良走后，华音陷入了沉思：以前不能光明正大在一起时，最大的愿望便是找机会两人单独腻着，有时候甚至巴不得长在他身上，如今终于可以日夜厮守，却一心找理由支开他。这是为什么？

不知是过于疲劳还是问题过于复杂，华音不知不觉睡着了。

<h1 style="text-align:center">11</h1>

从不为钱发愁的安逸飞，终于尝到了巧妇难为无米之炊的苦恼。做游戏是件烧钱的事儿，积攒的那点老底儿差不多花光了，安逸飞甚至想到了卖房，可即使卖掉房子又能支撑多久呢？自己与父亲闹得那么僵，开得了口吗？恍然间，似乎看到一条大鳄正张开血盆大口来吞并他这条小鱼儿……

不行，就是不行！

为什么不行？你得说出个理来。

小黑哥与另一小伙伴的争吵，把里屋的安逸飞吵烦了，他打开门，忍不住朝他们吼了起来：吵，吵什么吵！

小黑哥可委屈了：我说得很明确，是通过交换装备来获取游戏币差价，怎么就成了非法交易呢？交换有罪吗？

对呀，交换怎么有罪呢？

安逸飞一拍脑门，即刻跳出了被大鳄追杀的界面，对两个指望他评理的小伙伴说：你们继续辩论，我出去一下。

安逸飞抓起外套，驾车直接去了警局。刚才两个小伙伴的争吵让他脑洞大开，Frank是用赝品《神拜》换回了《洞山开悟》，而不是将赝品《神拜》以次充好卖给T公司，这有罪吗？

负责Frank案子的警官听了安逸飞的陈述，觉得有道理，他告诉安逸飞，那批收缴的画，经鉴定并无赝品。但调查Frank是否曾经经营过赝品画需要时间，如果他们能说服T公司撤销指控，便可结案。

从警局出来，安逸飞心里还不踏实，虽然对Ruth说，她父亲自己不想回来，谁也找不着他，其实私下里，他一直通过各种方法在寻找Frank。种种迹象判断，他已离开欧洲，如今到底去了哪里？

安逸飞担心夜长梦多，决定先瞒着Ruth选择一家私家侦探。无巧不成书，还真不是编的，生活中的偶然实在太多，安逸飞找的私家侦探所竟然与魏亦是同一家。

安逸飞从接待他的 Rang 的表情里看出了一点猫腻，他越琢磨越觉得不对劲儿，莫非还有人找他们寻找 Frank？如果判断正确的话，此人不外乎魏亦与 Jack。

安逸飞不想胡乱猜测，他说等考虑好了再去找他们。从侦探所出去后便打电话约魏亦出来喝酒，魏亦知道安逸飞有事找他，上回被他灌怕了，于是借口太忙，让安逸飞去他公司。在自己地盘上，多少占了几分气场。

安逸飞开门见山问他是否雇了私人侦探调查 Frank？

魏亦先是一愣，随即点头：是，我很想得知他的下落，有些事情非得找到他才能解决。

我不反对你去找他，但是你千万别乱来。

乱来是什么意思？当我是小孩吗？我现在哪有精力去做多余的事儿。你来了，刚好有件事要跟你合计合计。

咱俩有什么好合计的？

通过这次联手对付 Jack，我更加确信咱俩可以合作做些更大的事儿。我的公司正在筹备上市，电子、信息、空间等新兴产业是我的空白，而这些正是你的强项。这么大一个金矿，再不动手就被人抢光了。

安逸飞已一头扎进了游戏，对别的行业提不起一丝兴趣，不管魏亦给他画的饼有多大，仍然毫不动心。

魏亦妥协了：好吧，游戏就游戏，可是你的游戏公司也太小了，指望 Ruth 做市场，何年何月才能做强做大？

为什么一定要做强做大？我的兴趣是研发好玩的游戏，并不在意公司大小。

魏亦来气了，他敲着桌子：简直鸡同鸭讲，你不强大，将来就会被大鱼吃掉。

安逸飞不由得一愣，幻觉中的大鳄又呼呼地张开了嘴，他晃了晃头。不，不！我若是一味地追求强大，在奔往强大的路上难保会丢失自己。

魏亦气得呼呼喘气，无法理喻的安逸飞，你在糟践自己的智商，知道吗？

造物主赐给我高智商是让我用来做自己喜欢的事情，而不是用来膨胀野心！你若是强大，赶紧让 Jack 撤销对 Frank 的指控。

嘭！

魏亦看着玻璃门外安逸飞离去的背影，虽有种恨铁不成钢的感觉，心下却保留了几分羡慕。是呀，当安逸飞执着地想活成自己时，我魏亦早已找不到自己，永远只能成为别人眼里的魏亦。

12

这几天的稀奇事儿真是一件接一件，先是 Jack 打电话约魏亦见面，遭到拒绝后，竟然电话里提出让魏亦公司天价收购 T 公司，否则《洞山开悟》的秘密很难保住。魏亦气得把电话摔了。

上午刚开完会，消失了一段时间的 Bell 突然冒了出来，他苦恼地说 Jack 不肯再用他，想回到魏亦这边来。

魏亦看见他就冒火，指着他的鼻子大骂：像你这种背叛 Boss 的人谁敢用？

Bell 满脸委屈，他举起右手：我对上帝发誓，我从没做过背叛 Boss 的事儿。

什么，你刚背叛过我，还狡辩。

可是我的 Boss 不是 Jack 吗？他雇用我差不多十年了，我对他一直很忠心。至于来您这儿当卧底，这是我的职责，怎么能说是背叛呢？

魏亦被他说得一愣一愣，是呀！他是 Jack 的人，理当忠于 Jack，自己做了傻子，这能怪谁？魏亦盯着 Bell 看了一会儿，心中突然闪过一个念头，他问 Bell：你为 Jack 服务了多久？

九年零三个月。

好，我公司快要上市了，除工薪外，我可以给你十万股股票，不过这些股票要等九年后才能兑现，在这九年里，你若做了背叛我的事，股票就取消了。愿意与我签立一份有关股票的文件吗？

愿意。

　　魏亦立刻让助理起草协议，Bell 签字后，魏亦给他下达任务：不管用什么手段，让 Jack 立刻撤销对 Frank 经营赝品画的指控。

　　Bell 爽快答应后，又告诉魏亦一件有关安逸飞的事，他说，以前与安逸飞合作的公司，为了吞并飞翔，借故解约，致使他们囤积了好多小游戏卖不出去，现在研发《平民皇后》后续资金跟不上。

　　活该！

　　话虽说得狠，魏亦即刻拨通国内玄易总裁电话。

此岸

第三十六章

彼岸

1

Yeti ——雪人，介于人猿之间的生物？

Frank 没想到《神拜》里虔诚朝拜神圣雪峰的生灵竟然是让野生动物学家为之争论不休的 Yeti。这种意外，就像谁也没想到，他会跑到位于尼泊尔中部喜马拉雅山南坡山麓博卡拉河谷上的一个乡村小城博卡拉来一样。是受神灵的指引还是 Yeti 的指引，真说不清。

突如其来的两件事差点将他击倒，他需要找个清静的地方去消化。

两件视若珍宝的画虽然拿回来了，但如何保护它们却是一道难题。赝品《神拜》一旦被识破，不仅面临一场官司，更有可能他们会要求索回真品。不！如此崇高的艺术品岂能让他们践踏？

另外还有一件需要消化的事便是，恶性脑瘤。手术与化疗都是他难以接受的治疗方式，可是除此以外，医生提不出更好的方案。神奇的是，来到博卡拉之后，他头疼、头晕、呕吐的症状逐渐缓轻，这让他原计划几天的行程变成了数月。医生建议他，不要使用手机，手机对脑中的肿瘤的辐射很大。他收起了手机，不光是遵从医嘱，更多的是想让自己置身于世界之外。

博卡拉真是一个好地方，因为拥有与众不同的湖光山色，在亚热带气候环境中与喜马拉雅山脉的雪峰如此接近，即使在炎热夏季也能与皑皑雪峰相对而视，加之美丽的费瓦湖总与你相随，博卡拉被称为"东方瑞士"一点也不为过。

尽管如此，Frank 还是想念着家中的妻女。可是，他怎么跟她们交代呢？一旦让女儿知道自己的下落，她肯定会想尽办法劝说他接受治疗。不，不要说手术失败的后果，就是手术进行顺利，接下去的治疗，也是他所不能接受的。何况还有两幅画没想到好的处理办法。每念及此，他便打消打电话回家的念头。

数月来，Frank 的时光没有过多地流连于各个景点，他除了辟谷、练瑜伽，更多的是找那些年事已高、不能再负重爬山的明米（夏尔巴语中的公公）聊天。

加桑明米与 Frank 很熟了，他不是一般的夏尔巴人，他是一位"格拉"，也就是读过书的人。在夏尔巴人中，加桑家算是富裕的，家里开了旅游公司还有卖各种登山设备的店铺。最令加桑自豪的是，他的孙子今年大学毕业，准备下半年去中国留学。

Frank 喜欢与他聊天，不光因为他在当地同龄人中更有文化，还因为他善于思索。

夏尔巴人祖辈居于深山老林，过去几乎与世隔绝，后来因为给攀登珠穆朗玛峰的各国登山队当向导或背夫而闻名于世。然而，在夏尔巴人的宗教信仰中，珠穆朗玛峰是一座神山，贸然进山，将神踏在脚下是对神的不敬。

在生存与信仰之间作选择是最令夏尔巴人为难的考验，每次登山前，长辈都会告诫他们一定要对神山怀有虔诚与敬畏之心。

加桑给 Frank 讲了许多夏尔巴人的故事，其中有个故事让 Frank 听后激动不已。

很久很久以前，村里来了一位落魄的欧洲画家，他的眼睛因长途奔波染病而几乎失明。他说，不远万里而来，只为一睹雪山风采。遗憾的是，到了雪山脚下，他却看不清了雪山的模样。他央求路过的人们给他描述，而忙于生计的夏尔巴人却无暇满足他。

加桑的曾祖父是位老猎人，老了，只好待在家里看家。

他怜悯那位画家，于是不仅每天抽空给他讲一点雪山的故事，还亲自采药帮他医治眼睛。这一治，半年很快过去。画家的眼睛终于治好了，可是他却很沮丧，他觉得明米平日给他讲的雪山要比他如今看到的雪山神圣得多。

画家失望地走了，夏尔巴人也很快忘记了他。几十年后，加桑的曾祖父与祖父都去世了，加桑家突然收到一笔巨款，寄钱人署名为"另类行者的委托人"。

另类行者，这不就是《神拜》的作者吗？接下来的故事，是 Frank 讲给加桑听的。

这个西方画家回到欧洲，画了几百幅雪山图都被他撕毁。

一个黑夜，他喝了很多酒，作画的激情被酒精点燃，他在黑暗中画着夏尔巴明米口中的雪山。天亮了，酒醒了，他被自己的画感动得差点窒息。后来，每次画雪山，他不仅要把自己灌醉，还会蒙上眼睛，那样，心灵对雪山的感触才会流于笔尖。

另类行者虽然是用生命去描绘雪山，他的作品却一直得不到世人欣赏，直到他死于酗酒后，遗作才陆续问世。

谁也说不清，是艺术效应还是人们的征服欲望日益膨胀，二十世纪九十年代开始，深谙营销的西方公司，迅速占据了"珠峰经济"金字塔顶端，登珠峰成了西方上流社会的"社交活动"。同时，生物学界也掀起了寻找 Yeti 的热潮。另类行者的作品终于一幅难求。

Frank 给加桑讲完故事后，很长一段时间没去找加桑，他围着费瓦湖慢慢走着，走累了便坐在湖边望着雪山发呆。

有个问题深深地困扰着他：为什么另类行者会觉得加桑曾祖父故事中的雪山神圣，而对自己眼中看到的雪山感到失望？

Frank 带着不惑回到酒店，打开房间里的保险柜取出《神拜》。虽然看过无数次了，但每一次都让他感到心悸。Yeti 为什么会如此虔诚地膜拜雪山？难道是出于对赖以生存的雪山的一种敬畏？莫非，另类行者在醉意朦胧之时与神通灵，借 Yeti 对大自然的敬畏来警示世人？遗憾的是，世人只看到画的商业价值，而忽视了作画人的良苦用心。

可以说，是珠穆朗玛峰让世界认识了夏尔巴人。他们对雪山的认知是生存与死亡的宿命，面对神圣的福祉，他们是发自生命意义的敬畏。而外人眼中冰冷且神秘的雪山，它激起的只是一种征服欲望。

征服，征服！有着强大记忆功能的人类总会忘记，失去了敬畏之心，带着浓厚商业气息的征服欲望，伴随自己的不再是荣誉，灾难或许是自然界送给富有征服欲望人类的赠品！

2

　　最近有句流行语，说谁运气好，便是上辈子拯救了银河系。华音心想，拯救银河系这种壮举还是留给超人去做吧，此生能够守护好女儿足矣！

　　小点点身体恢复之后，越发可爱，若说世上没缘分华音还真不信，要不小点点见了逸翔为什么亲热得连安牧良都忌妒？

　　但逸翔不仅仅是哥哥，他还有一个更庄重的身份——本常禅师。因此，华音总想带小点点去一趟盘龙山报亲寺上炷香还个愿。无奈安牧良百般阻挠，因此还愿之事一拖再拖。

　　天缘江多雨，历来都是春无三日晴。周末，华音一早起来见天色放晴，吩咐保姆，她们母女俩的早餐全素。

　　华音给女儿洗脸时，小点点不太配合，她轻声问女儿：

　　想逸翔哥哥了吗？

　　想。

　　妈妈带你去找哥哥好不好？

　　小点点顿时乖巧了，拍着肉肉的小手唱了起来：找哥哥——找哥哥——点点找哥哥……

　　华音将食指放在嘴边：嘘，别吵醒爸爸，他醒了就不会让咱们去。

　　母女俩喝了点稀粥，正准备出发，安牧良起床了。

　　你们去哪儿？

　　华音不由得心里一咯噔，正想敷衍他，谁知，小点点已抑制不住兴奋先发言：找哥哥！

　　点点想哥哥，爸爸打电话让他回来一趟，干吗跑盘龙山去？

　　华音来情绪了：我怎么觉得自己像个失去了自由的人一样。

　　安牧良一愣：怎么了？一个可以管理几千员工的集团公司副总没自由，那还有多少人有自由？

　　公司是另一码事，我指的是家里。

　　家里，这个家不全由你说了算吗？

可我连有点信仰你都要阻止。

华音呀，你也知道，我是不敢指责佛，但信佛真的是条不归路。若兰信佛的初衷是因为想求菩萨帮着找回儿子，如今儿子回来了，她却越发虔诚。逸翔走入空门是特殊原因没有选择，恼就恼在现在他找到了亲人却依然不肯回家。你说，你现在又要带着女儿去信佛，我心里能踏实吗？

放心，我和女儿不会出家。

你们想出去走走也行，我们去泡温泉吧，平时都是陪客户去，今天我们一家三口自己去。

一家三口？突然，华音心中似被汪海莲的咒语砸中——"想安牧良娶你，做梦去吧！"她僵在那儿半天缓不过神来：既然把我当成家人，为何还要吝啬那一纸婚书？

安牧良见华音脸色凝重，连忙哄着她：我给你们娘俩当司机，咱们今天的活动不要外人参与。

好吧。华音右手用力捏了捏左手，提醒自己不要与安牧良斗气。

安牧良洗漱一番就动身了，车行盘龙山下，前面有两辆车停靠路边，华音眼尖，提醒安牧良：法院高院长与政法委王书记两家，他们的司机在打架？

不会吧？看来我们一家三口泡温泉的愿望又要落空了，但愿他们找好了金主。

躲是躲不过的，安牧良将车停在两辆车旁，这才看清不是两家司机打架，而是两方的司机在合力制服一个脸上脏得看不清原形的疯子。

华音带着女儿坐在后排，她被汪海莲整虚了心，不敢贸然下去与两位夫人攀交情。她是有文化的人，懂得婚姻虽然不是爱情的保护伞，却可以保卫爱情的法律与世俗的尊严。这种尊严犹如墙外的铁丝网，不去触碰它便形同虚设，一旦遭遇岂止焦头烂额？一念至此，曾经消失的黑洞倏然张开，让她心有余悸。

安牧良下去和王书记与高院长打招呼：两位领导，今天得空出来走走？

高院长连忙解释：哪是出来走走？我找王书记汇报工作，家属搭便车去温汤泡脚，谁知碰上一个疯子拦车，非要我们带他回家。你看他脏成那样，别说不顺路，顺路也不敢让他上车呀！这下好，他捡起路边的石头砸我们的车，你看，车窗都给砸破了。

安牧良一看，这不是魏疯子吗？怎么跑郊区来了？

肯定是前几日咱们市整顿市容市貌，把街上那些流浪汉、乞丐什么的往外送，谁知又让他逃回来了。

魏疯子与安牧良属同一批创业者，他开的是烟花鞭炮厂。

十年前的一天，安牧良与魏疯子同去参加市里纳税大户表彰会，会议刚开始便传来花炮厂爆炸的消息。死伤一百多人，有员工、也有他的亲人。

抓住他，抓哪儿去呢？

我打了110，让他们过来处理。

安牧良看着失去了家人、疯了十年见人便拉去帮他救火的魏疯子，心中不禁动了恻隐之心。

要下雨了，不如你们先走，我留下来等110。

安牧良将两位领导送上车：两位领导受惊了，等会儿就去安氏疗养院放松一下吧，我马上打电话过去让人负责接待，等安置好魏疯子，我随后便到。

魏疯子好像认出了安牧良，站在马路中间愣愣地看着他。安牧良犯难了，110来了怎样安置他呢？突然一个想法冒了出来，信佛何必注重形式？

他给本常打电话，将魏疯子的事跟他说了一遍，本常马上说：爸，看住他，我马上下山来接，让他待在山上，最起码不会受流离之苦。

华音从车后备厢里找出两件雨衣交给安牧良，安牧良自己先穿上一件，将另一件扔给魏疯子。

老魏，自己穿，脏兮兮的，我可不愿伺候你。

魏疯子或许认出了他，居然朝着他笑了，安牧良连着催促他几次后，他还是不肯穿。安牧良只得皱着眉，拉拉扯扯一阵总算把雨衣套在他身上。

我可告诉你，看在咱们同道一场的分上，让我儿子接你上山，你可不能给他添乱。记住了吗？

呵呵，下雨了，灭火了。魏疯子高兴得手舞足蹈。

大约半小时，本常一身雨水夹带汗水跑来了。安牧良看着有些心疼，连忙将自己身上的雨衣脱给了他：傻孩子，急什么呢？把他带回去，尽量关屋里，别让他乱跑。我会派人尽快去精神病院给他联系一个床位。

哥哥，哥、哥、哥。

本常接过华音从车窗递来的面巾纸擦去额头的汗，小点点已扑出窗外，在他脸上连亲几口。本常看着小妹妹纯真的眼神，从心底里祝福她幸福快乐。担心下大雨，本常不敢久留，赶紧带魏疯子上山。儿子走后，安牧良上车正要赶路，听见远处传来救护车的声音。

哪儿出事了？安牧良与华音不由得同时朝城里方向望去，只见城里方向来了很多车，有救护车也有警车。

难道他们以为魏疯子伤人了？

不久，一辆警车先到，安牧良伸手拦下，正要讲述情况，一位年轻的警员训斥他：找死呀，敢拦警车。快点掉头，前面出现滑坡，马上就要封路了。

滑坡？有人受伤吗？

石头砸中一辆，另一辆被泥石冲击得失控，坠入离路面十多米深的稻田。

安牧良顾不得跟他们讲魏疯子的事，赶紧拨高院长手机，没人接听。他接着拨疗养院负责人电话，问高院长一行是否到达，对方说还没到，他正在等他们。安牧良放下电话，回头看到华音脸色灰白地看着他。

上车吧，要封路了。

华音拉开车后门让安牧良上车，自己坐进了驾驶室。安牧良将女儿从儿童安全椅上抱下来。华音本想提醒他，孩子坐安全椅比抱着保险系数更高，但从反光镜中看到他紧紧抱着女儿的形态，知道他此时更需要的是心理安全。或许，只有让女儿贴着自己的胸口，他才感觉踏实。

跑了一段，安牧良发现不对：我们应该走左边那个路口，右边是去叶家村的。

上盘龙山去还愿吧，魏疯子是菩萨，他想救那两家没救成，便救了我们仨。

都什么情况了还上山？赶紧回去。

今天不听你的。本来我就想去还愿，被你打岔了，差点送了命，再不去说不定真要出什么事了。

安牧良突然额头冒汗，头疼欲裂，他只想早点回去泡个热水澡，然后好好睡一觉。见华音坚持要上盘龙山，忍不住吼了起来：轮不上你做主，回去！

小点点吓哭了，华音骤然感觉那个不敢触碰的铁丝网就在头顶，甚至感觉到了网上的铁丝狰狰地朝她刺来，不由得鼻子一酸，泪水顿时盈满眼眶。安牧良从未对她发过脾气，这是怎么了？她终于憋不住了，生生忍下眼泪后，一脚踩住刹车，做了个深呼吸，正准备反击，却见安牧良把女儿放在座位上，打开车门呕吐起来，小点点哭得抽搐起来。

霎时，母性卸下了她强硬的盔甲，华音连忙下车抱着女儿。只见安牧良蹲在地上脸色异常，华音把女儿放回安全椅，扶他上车，声音有些发硬地问他是不是血压升高了？安牧良点点头，好像连说话的力气都没了。

华音真的慌了，突如其来的情况将斗志昂扬的战士还原成了女人。她知道不把他的血压降下来，肯定经不住一路颠簸。哄好女儿后，一边照着医生教她的方法给安牧良按摩，一边温柔地安抚他。

汗顺着面颊淌下来，安牧良以为她累了，却不知她是被无形铁丝网的锋芒所伤。懂中医的人都知道汗血同源，此刻，华音的汗与血无异。

3

一路走来，如夏花之灿烂，绝尘而去，如秋叶之静美。

谢谢李老师给夏皇后的定位。Ruth 接到李老师从微信上发来的这句话，不由得欣喜欲狂。

开会了，开会了，不准看手机。

安逸飞一本正经地坐在会议桌首席，向小伙伴们宣布：玄易公司向飞翔注资一千万美金，占股百分之三十二。

Ruth 不解地问：玄易给我们注资，居然不派人过来考察，也不参与管理，他们为什么对我们这么信任？

安逸飞搔搔头：玄易老板是魏亦朋友，这一千万美金由魏亦公司做担保，所以他们就放心地给我们注资。

魏亦太够朋友了。

安逸飞虽然心中感激魏亦出手相救，口里却不服软：我宁愿他少闯点祸。好了，不说他了，公司扩容，必须选择一个大点的办公楼。

Ruth 点头：好的，前几天我找房屋中介了解了一下，有座写字楼比较适合我们，有空你同我一起去看看。

安逸飞笑着表扬：不错，办事效率挺高的。距洛杉矶一年一度的全球游戏展会还有三个月时间，《平民皇后》要赶在展会前测试完毕，大家加油！

散会之后，正好 Ruth 妈妈打来电话说，警察已经把那些拿去鉴别的画还回来了，Jack 已经撤销了对赝品画的指控。Ruth 赶紧去安逸飞办公室把这个消息告诉他，安逸飞听了非常高兴。

他见 Ruth 仍然皱着眉，便说：好消息呀，你今天早点回家。

妈妈整天醉醺醺，婆婆见了我都不认识，我真的怕了回家。

安逸飞知道说空话安慰不了她，于是说：我们来跟本常视频吧，看看蹦蹦豆乖不乖。

拨通本常视频，出现在镜头里的却是沈若兰。她说，本常被魏疯子打伤了，头上缝了三针，她正在帮他换药。沈若兰将镜头对着本常。

本常头上缠着纱布呵呵地笑着：没事儿，过几天就好了。

你怎么惹着一个疯子了？

他平时挺好的，还经常帮着我们扫院子，只是一不小心让他看见了火才受刺激。

Ruth 看着视频里的本常，突然有了种距离感，Ruth 一时搞不清这种距离感是来自时空还是来自心理？

或许本常感觉到了 Ruth 的心理，他对安逸飞说：哥，你陪妈妈聊聊天，我去把蹦蹦豆找来。

沈若兰见 Ruth 坐在儿子旁边，生怕冷落她，便问她婆婆还好吗？

不太好，不认识人了。

唉，还是家乡的水土养人呀！但愿拆迁新房能早点建起来，让她老人家叶落归根。

汪，汪汪汪……

蹦蹦豆，哈哈，你得减肥了，看你胖得像头小猪猪一样。

视频突然断了，原来是蹦蹦豆着急了蹦起来抢手机。再次接通后，安逸飞看看时间不早了，便说下次再聊，Ruth 得回家了。

沈若兰连忙叮嘱儿子：飞飞，天晚了，你得送 Ruth 回家，别让她一人回去。

得令！

安逸飞当然乐得答应。

4

铃声穿透夜色，将醉意朦胧的 Amy 唤醒。Amy 放下酒杯，踉跄着接了电话。对方没说话，只闻呼吸声。

Frank，是你吗？

Frank？对方叹了一气，声音有些委屈：媛媛，是我。

Amy 愣了愣，一个深呼吸缓过神来：哦，是你呀。

还好吗？没出什么事吧？怎么听起来声音有些慌张？

Amy 用手按住胸口，不知该告诉他一些什么，电流将两人的呼吸架接成熟悉的心声。

媛媛，我爱你的心从未改变。

魏臻，我们的爱情童话应该发生在前世，请告诉我如何才能从今生穿越回前世？

女儿便是穿越的桥梁。

可她只属于今生。

……

妈妈，我们回来了。

……

回来了。Amy 回头看着安逸飞与女儿，顺手将话筒搁在桌上。

谁的电话？

哦，不知道。

喂，喂？Ruth 拿起电话喂了几声对方没回话，便放了，她看了一眼妈妈，嘿嘿地笑了起来。

安逸飞拍了她一板：笑什么？

我发现了一件有趣的事，婆婆接电话总是自顾自地把话说完，然后不管对方有话没话便将电话挂了。妈妈却相反，说完了电话还不挂。

Amy 担心女儿口无遮掩，于是指着母亲房间：你婆婆正在说胡话呢。

安逸飞对 Amy 点点头：我们进去看看婆婆。

安逸飞与 Ruth 进了婆婆房间，婆婆睁开眼看着他们。安逸飞站婆婆床前：婆婆，还认识我吗？

婆婆拍拍床沿，示意安逸飞坐下：死老头子，斧榔头病了，你给他熬点咱们的中药，他那个放糖的黑汤不能治病，每天喝，还放冰，能不出毛病？

安逸飞与 Ruth 对看一眼，拉她一起坐下：婆婆，您看，这是您孙女叶斯斯，叶斯斯，您的孙女。

安逸飞让 Ruth 坐到婆婆床头，让她不断地重复自己是孙女叶斯斯。

不一会儿，婆婆果然眼睛清澈了许多：斯斯？叶斯斯，我的好孙女。

她让 Ruth 扶着自己坐了起来，这回，她连安逸飞都认出了，她伸出枯干的双手将 Ruth 的手放入安逸飞掌中：结婚，快点结婚，生了娃也姓叶哦。

Ruth 为难地看了安逸飞一眼，安逸飞先是一愣，随后嘻哈着：好，让 Ruth 怀个双胞胎，一个姓叶一个姓安。

婆婆：姓叶好哇，咱叶家祖上出过好几个举人呢。

Amy 端来一碗热粥，婆婆喜滋滋地告诉她：咱叶家有后了。

Amy 疑惑地看着他们，不知他们在唱哪一出？安逸飞接过粥碗，小心地喂给婆婆。

5

魏臻目前的状况就如人到中年，上有老下有小，只不过他面临的不是家人而是上下级。

开完两个会，还得赶去温汤陪省里来的领导吃午饭。午饭后，回城路上，本想抓紧时间在车上打个盹，可看着车窗外一路晃过的风景树好像又换品种了，不由得嘟囔：绿化、绿化，这得烧多少钱呀？

坐在副驾驶位的秦秘书即刻发着牢骚：是呀，种一茬死一茬，死一茬换一茬，树越换越名贵，看着却越来越闹心。我看这绿化公司就是故意的，哪有不分季节种树的？咱们就是一冤大头，好处人家得，咱们出钱还得挨老百姓骂。

魏臻沉默了，这种现象不是天缘江一个市，全省哪个县市敢违抗省里某位领导的旨意？

秦峰突然停止了牢骚，嘿嘿地笑了起来，他指着前方油菜田边两个人对旁边的司机说：你看，杨村长搞不好又在跟他公公吵架，这个杨木呀，能让全村人都盖新楼、买小车，就是搞不定他公公。

杨村长是回乡大学生，魏臻总能从他身上看到自己当年的影子，因此平日对他挺关注的，他让司机倒车，既然碰上了，就去调解一下吧。

杨木见市长来了，他梗着脖子，委屈地说：市长，您看，好好的油菜田，中间秃噜一块像个癞痢子一样，我公公他就是不肯种油菜要种水稻。

魏臻没去理会杨木，他跟满身泥水的老人打招呼：杨老哥，难怪你年年收成好，原来你的秧长得就比别人家的好。

老人家也认出了魏亦，甩了甩手上的泥水：是市长呀，你当了这么大的官，还叫我老哥，我真的受不起、受不起呀！

老人家走上田埂，指着四周的油菜花说：现在哪还有人种田呀？

魏臻点头，问：四周都种上了油菜，你干吗还留着一块水田？快八十了吧？该享儿孙福了。

杨老用腰间系着的麻布腰带擦了擦手，嘟囔着：还享儿孙福呢，后辈们不糟蹋这么好的水田就得烧高香啦。

魏臻指着村子方向说：你看，村子里难得见到几栋旧屋，大家都盖新楼了。

老人鼻子哼了几声：我知道，你们当官的都喜欢鸡的屁（GDP），把好好的粮田种上这个花那个花，钱是赚了不少，可这么多人，以后用什么来填肚子？

杨木苦口婆心地说：公公，我跟您说过多少遍了，现在粮食便宜，一亩花的价格比得过好几亩水稻，而且种花比种水稻省心多了。

老人家急了，扬起巴掌一副要打孙子的架势，魏臻连忙将杨木拉到自己身后。

老人家气得额头满是青筋，他喘着粗气说：市长，年轻人听不进劝告，眼里只看得见钱。看您这年龄，应该是挨过饥饿的人，就帮我教教这个不肖子孙什么叫"家中有粮心里不慌"吧。

杨木唉声叹气地说：公公，有钱能买不着粮吗？

老人家眼睛一瞪：我就是担心大家都有钱了，没有人愿意种田。你看，不要说那些梯田，就是上好的粮田也没人种了，出不了几年，很多粮田都荒了、荒了！你们这是在作败呀！

魏臻本想来劝架，听了杨公公痛心疾首的话，不由得想起了春秋时期管仲治国的故事。春秋时期，齐国与楚国是挨得最近的两大强国，齐国经济比楚国发达，而楚人却精通格斗技巧，因此齐桓公时常担心楚国入侵。国相管仲献策，让齐桓公花重金收购活鹿，于是楚地举国捉鹿，田地尽皆荒废。这个时候，管仲让大臣隰朋悄悄在齐、楚两国的民间收购并囤积粮食。楚国靠卖活鹿赚的钱，比往常多了五倍；齐国收购囤积的余粮，也比往常多了五倍。正当楚国全民发财之时，齐国突然停止收购活鹿，楚人拿着钱却买不到了粮食，楚国因此元气大伤。当然，时代不同了，这种历史事件不可能重演，但粮食问题无疑是国家的根本。

魏臻对杨木说：种经济作物肯定来钱比种水稻快，但农民不愿种田，让上好的粮田荒废，这确实令人担忧。

杨木大声叫苦：村里人要么出去打工，要么做生意，年轻人谁愿意种田呀？我要不是组织村里妇女、老人种油菜，只怕全荒了。再说，种油菜既能观赏又能榨油，比那些种郁金香什么的强多了吧？

魏臻点头肯定杨木的经济头脑后，说：但是，老人家担忧得也有道理，只要粮食一紧张，粮价飞涨，咱们再来开荒种田来得及吗？必须想办法把这些稻田保存下来。

魏臻正想与杨木深入探讨，却接到公安局陈局长电话。陈局长向魏臻汇报，从盘龙山报亲寺逃出去的正慧和尚在福建赌博被抓，他供出，从天缘江出逃时，曾在天屿花城的魏市长家盗窃了二十七万元现金。

魏臻连忙否认：瞎胡闹！我家从未失窃过，也不可能把这么多现金放家里。

放下陈局长电话，魏臻觉得心里不踏实，于是让杨木明天到办公室去找他。上了车，他吩咐司机，先回一趟家。

汪海莲已经习惯了魏臻不回家吃饭，吃完饭正准备午睡，魏臻回来了，进门便将汪海莲叫进书房。汪海莲心中嘀咕着：难道要跟我摊牌离婚？没门儿！

我们家最近丢了什么吗？

哦，原来是这事呀！没有，当然没有，谁敢来咱们家偷东西？

没有就好，有个小偷说在咱们家偷了二十七万块钱。

汪海莲矢口否认后又试探着问：咱家哪有那么多现金。那个傻小偷这样胡说，不怕要他吐赃？

吐什么？陈局长说那个和尚已将几十万元钱都赌光了。

不过，他能找到债主替他还钱。可债主找到了，失主不知是谁呀？是他乱说还是记错了？

这种人的话也有人信？

汪海莲没再盘问下去，听说找到了债主，不由得心花怒放，她连忙上楼，躲阳台给陈局长电话，说那钱是自己家丢的，并要他一定追回并且保密。

魏臻看样子是真的不太在意汪海莲了，他并没看出她的表情有异。进了书房，让他想起的是叶媛媛那本手抄纳兰词。虽已转移，可它的磁场还在，这个磁场足以将魏臻对叶媛媛的点滴回忆，整理成一部精彩的童话剧。

还有一年就要退居二线，说他没一点失落也不真实，最起码那些来不及实施的蓝图让他感到很遗憾。但他绝不像其他人下位前那样忧心忡忡，因为没有了权利的约束，他便可以脱身去续写心中向往的童话。

6

布谷布谷，布谷布谷……布谷鸟催春的叫声一声紧似一声，难道它是担心人类忘了时节耽误播种？

如果让本常选择一种语言，他更愿意选择学习鸟语，因为他很想知道，弱小的鸟儿们总是那么快乐，除了天性与知足，还有什么？

本常站在树下听小鸟歌唱，感觉胜过任何美妙的音乐。

人，根本就是属于自然。修行，修的就是回本之心、自然之行。

师父，公安局来人了。弟子过来通报。

因为要将事情控制在最小范围，公安局陈局长亲自来到报亲寺，见寺庙不大香火却旺，心中不由得窃喜：看样子追债有望。

本常从山边过来时，见陈局长犹犹豫豫地点了一把香，本常明白，他正挣扎在无神论者与对佛的敬畏之间，于是走到他身边，拿起三支香示意：施主，敬香祈福不会冲撞任何信仰，只是香不在多，三支足矣。

陈局长看出他便是本常，举起香匆匆对佛一拜，便将香扔进香炉。

本常从容拜佛后，将手中的香先插中间一支、然后是右边、最后插左边，口中念念有词：顶礼佛、顶礼法、顶礼僧。

陈局长倒是一旁耐心等待本常，本常插好香后请他去茶室品茶。

坐定之后，陈局长说：听说你是高僧，会算命吗？

本常笑了：小僧只是佛门普通弟子，哪算高僧。至于命运，一半决定于前生缘源，一半靠现世修行。

陈局长伸出手掌：很多法师都会看相的，师父给我也看看，照实说，好歹由命，不怪师父。

本常端详他几眼，然后托着他的手掌：挺好的，手掌色泽白而红润，说明身体很健康。

陈局长肯定不满足这种笼统说法，更想知道的是财运与官运，于是要求本常说详细点。

本常明白，笑了笑，指着掌心一条竖纹说：你的事业运很开阔，但最近一两年还得注意控制好欲望，否则会出大麻烦。

陈局长不自觉地收回了手，脑子里反复盘旋着"开阔与麻烦"两个词，凝神手掌片刻，似乎豁然开朗：眼下这件事儿处理不好，不就是个大麻烦吗？

陈局长正色说：本常师父，你看得很准，眼下，我们确实遇到了一个麻烦。有个叫正慧的和尚，他说是你的弟子，是从你庙里出去的。

正慧，他在哪儿？

此岸 彼岸

他真的是你弟子？

是的，可是他去了哪里，小僧也不知道。

不管去了哪里，他都是你的弟子。

是的。

陈局长要的就是这句话，接着，他把正慧的情况说了一遍。本常听他说完，一边为弟子犯下如此大祸而痛心，一边关切地询问他的下落。

陈局长说，正慧原籍广西，因赌博欠下巨额债务，因而外逃数年。逃至天缘江时，被师父收为弟子。现在他盗窃的赃款已全部赌光，所以这笔钱必须由报亲寺认账。

本常为难地说：本寺弟子犯下大错，小僧确实应该负责，但寺庙里的钱都是香客们捐的善款，账目都是公开的。这些善款我们都是用来做慈善的，怎么能拿去填补那个肮脏的窟窿？

陈局长有点不耐烦：俗话说，跑得了和尚跑不了庙，这道理你懂吧？

本常点点头。

7

杀虫也算杀生？

此念一出，华音手上正在喷洒的杀虫药水突然变得沉重。

本想种点花草，让家里多些生机，没想到惹来满屋的小飞虫。点点皮肤嫩，动不动就过敏。

华音愣了会儿，一边喷洒药水，一边口中念着：阿弥陀佛……

又在念佛？

安牧良突然走近，吓了华音一跳。

念佛怎么了？

安牧良的武断引发了华音的逆反心。

两人正在理论，本常来了，安牧良见儿子头上一个伤疤，关切地问：怎么了？

本常笑笑：前几日不小心被魏施主看见了火，他便情绪激动起来，没事儿，伤得不重。

安牧良叹口气：哎，只怪爸爸多事，让你收留一个疯子。

爸爸，没事儿，他现在很安静，先不送精神病院，让他在山上住一段时间再说。他答应了我，只要不送他去精神病院，保证不乱来。

魏疯子实在是太可怜了，或许清醒了比这样疯疯癫癫更加痛苦。

本常，你来说说，你和你妈都可以信佛，我怎么就不可以信？华音见了本常就像遇到了救兵。

我觉得还是有点信仰好。本常憨厚地笑了笑。

你和你妈信佛是事出有因，华音她现在过得好好的凑什么热闹？都去信佛，这日子要不要过？

信佛不一定要出家，只是一个信仰而已。

本常见父亲有些激动，生怕他血压又升高，于是耐心解释。

信仰？信仰是什么？

本常没有回答，转身拍拍楼梯扶手：爸爸上下楼时都要扶着扶手吗？

安牧良在华音面前从不服老，他头一仰：你爸还没老到那个地步。

本常笑着说：这样啊，那扶手不白做了？

安牧良觉得儿子简直迂腐得让他哭笑不得，于是放下脾气来教导：傻孩子，扶手虽然不常用，有了它，上下楼心里更有安全感呀！

本常笑得更加开朗：是的，爸爸说得太好了。信仰好比楼梯上的扶手，有信仰的人生让人感觉更安全、更踏实。

安牧良恍然大悟，指着儿子：别看你木讷，爸爸每次都说不过你。今天下山不会是来与我谈信仰的吧？

本常摸摸头上的疤，有点不自在：想找爸爸借钱。

借钱？这可新鲜了，借钱干吗？又要修庙？

本常将公安局长找他要债的事说了，安牧良大怒：有这样追债的吗？

其实他说得也不是没一点道理，正慧毕竟是我的弟子，而且是从报亲寺出去的。

安牧良这回是真生气了，边掏手机边训儿子：你呀，真是个呆子，被人欺负了，还帮人说话。这事你别管，我找他们理论去，没王法了。

安牧良当即给陈局长电话：我说局长大人，你能不能别欺负我儿子？

我说安老板呀，你那么大一个企业，这点小钱不是毛毛雨吗？

等你退休了，哪天缺钱花可以找我，这个窟窿我不会给你补。

我的财神爷，你就体谅体谅兄弟吧。

这种无理要求超出了我的体谅范围，我的钱也是用血汗换来的。

陈局长为难地说：你千万别讲出去，这钱是魏市长家的，市长夫人一天几个电话催，你让我从哪去弄钱？这不是让我夹在中间为难吗？

安牧良更来气了：市长家放这么多现金，能缺钱吗？你要再讹诈我儿子，你们那份安男人，我就不给了。

安牧良气呼呼地挂了电话，华音惊问：市长家的钱？

安牧良看了她一眼：别出去乱讲。

8

从前的日色变得慢，车、马、邮件都慢，一生只够爱一个人。

这是当代文学大师木心先生《从前慢》这首诗里的金句。华音是木心迷，痴迷木心诗句已久。她把这句话读了一遍又一遍，心中不断拷问：自己的爱情与日色快慢有关吗？是什么让浓情在转眼间变成了伤害？

华音独自一人像木雕一样坐在天缘江边的禅茶室，良久，她摸了摸被汪海莲打过的脸，似乎还在隐隐作痛。其实，那一记耳光不光让华音感觉痛，更带着自尊心的受损，那份耻辱已镌刻于心，将华音从安牧良那儿得到的所有幸福感驱除殆尽。

她从包里找出一张天缘江信息港记者的名片，毫不犹豫地打了过去。

9

诗与童话都是不食人间烟火的，而诗人与童话里的公主却离不开五谷杂粮。因此，神仙眷侣不是想做便能做成的。这种情形汉字已说明得很清楚，"仙"字若离开山换成谷，便成"俗"了。

魏臻反复掂量着金老板送来的银行卡，心中波澜起伏。

几十年来，他的工资一直被汪海莲控制，幸好他的一切花销不用自己掏兜。可是退位之后，一切情形都将改变，若不做点准备，彼岸的童话如何续写下去？

魏臻从抽屉翻出一叠收据，这是数年来的捐款凭证，扪心自问，他觉得对得起党也对得起民众，他说服了良心让自己自私一回。

魏臻不知道金老板给了别人多少，但他知道，凡是拥有拆迁话语权的人，基本都有份，只是数额不同而已。

魏臻的犹豫最后被法不责众这条侥幸者的逻辑消除，他将卡放进了上衣口袋。正准备出去，秦秘书推门而入，魏臻眼皮不由得跳了几下，秦秘书跟了他几年，不是个莽撞之人。

市长，您看了网上新闻吗？

说吧。

有人爆料，您家失窃二十七万现金，公安局陈局长逼报亲寺本常师父偿还。

什么？给我接陈局长电话。

当魏臻从陈局长口中证实网上爆料属实时，感觉头顶响了个惊雷。霎时，诗与童话被炸得灰飞烟灭。

网上反应如何？

很激烈。

魏臻知道，一旦点燃民众仇官引线，后果不堪设想。

秦秘书安慰他：市长，您先不急，陈局长已经采取措施，会将影响控制在最小范围。

注意方式方法，不要激怒民众，赶紧找其他补救方法。

10

⸻ ❦ ⸻

两年前还是荒山野林的盘龙山，如今已成一块福地。小竹林零星散落着几栋小木屋，溪流绕着木屋转。四周的荒地都开垦出来，种满了瓜果蔬菜。

浙商林董事长不知从哪得来消息，亲自与本常电话联系后，带着七八个六七十岁的老头儿来到盘龙山。两人共住一栋小木屋，大家放好行李后，正浩传话：师父请各位施主禅堂品茶。

老头儿们脚穿布鞋，身着价值不菲的休闲装来到禅堂，本常盘腿蒲团泡茶，大家围着原木树桩做的茶桌而坐。正浩端来一盘各式各色的茶具，本常耐心地将这些或竹或木或瓷的茶具用头泡茶水洗过一遍后，开始布茶，每布一杯，他都端起茶杯仔细观察一阵才放施主面前。

茶已布好，却没人端杯，老头儿们看着自己面前的茶杯，眼露疑惑：竹、木、瓷代表等级还是财富？

林董提醒本常：师父，这些人要么是跟我几十年的兄弟，要么是几十年不离不弃的客户，都是我林某此生的至交，没有高低贵贱之分，我们还是用同样的茶具吧。

本常自顾饮下一杯茶后，缓缓说道：各位施主，你们平日饮茶吗？

几乎所有人都点头。

本常笑问：可否告诉小僧，你们饮茶时，是饮茶水还是吃茶杯？

老头儿们闻言大悟，是呀，既然喝的是茶水，为何纠结茶杯？大家纷纷端起自己面前的茶杯，林董带头饮茶后，说：闻师父之言，虽有所感悟，可是刚才师父端茶给我们时，为什么端着茶杯左看右看，难道不是在考虑什么人分配什么样的茶具吗？

本常笑着摇头：小僧是怕这些茶具几日不用裂缝漏水，没有其他用意。就像你们之中，有做服装的，有做鞋的，还有做别的，大家都是做生意，有贵贱之分吗？

众人顿觉释怀，一人说：怪不得在禅者眼里，吃喝拉撒都是禅，就这么饮杯茶都能悟出人生大道理。林董，您带我们来这里谈项目，真是找对了地方。

林董饮下一杯茶，笑着说：诸位，我带你们来这儿也是一念之想。这次我们要谈的项目，不是生意。

生意人不谈生意谈什么？

我们忙了大半生，为自己与亲人积累了很多财富，也解决了很多人就业，可你们照料过自己的心吗？你们知道自己内心最想要的是什么吗？假若我们能弄清楚这个问题，难道不是一个人生最大的项目？

沉默过后，大家一致将目光齐刷刷地转向本常。本常饮下杯中的茶，起身说：本寺的镇寺之宝是师祖留下的一幅墨宝，如今原作挂在市博物馆，寺中只留下一幅翻拍作品。今日有缘，各位施主请随小僧去佛堂看看吧。

众人来到佛堂，不敢多语，虔诚拜佛之后，齐聚《洞山开悟》前。

林董与众人看了许久也看不出什么名堂，只好请求本常：我们佛缘浅，还是请师父为大家开示墨宝之意吧。

尽管这只是一幅翻拍作品，本常对它还是十分虔诚，合十一揖后说：画上这首诗给人的启示很深，小僧认为，对当下而言，可以理解为，大千世界，人们为了金钱、权利、名声在不停奔波。可是，若能停下脚步，找一处圣地静下来，听听自己的心声，或许就能知道究竟想要什么？

难道这首诗是为我们而写？众人开始激动起来。

良价禅师这首诗，表面看来写的是自身感悟，其实他点化的是众生。也许，这正是师祖作此画的良苦用心。

本常正与大家交流着，一群人闯了进来，正浩拦也拦不住。

本常还未搞清状况，摄像机已经对准了他。

请问本常师父，安氏假借道广禅师秘方欺骗消费者，此事是否属实？

本常一愣，面对记者伸来的话筒，如实说：安氏曾经确实假借过师祖秘方做过宣传。

师父能否解释一下，你既然知道此事，为何不去揭穿？

本常尴尬地说：小僧当时力量微薄，未能阻止。

如今你已成为安氏股东，为什么不去阻止？难道你是在配合安氏造假？

记者见本常面对《洞山开悟》一脸肃穆，闭口不语，继续提问：请问师父为何不愿回归豪门？留守报亲寺修行还有别的意思吗？

本常正色答道：对小僧来说，天下为家，何来回归一说？

至于留守报亲寺，一为完成师父遗愿，再为辟一处净所，让忙碌的人们放慢脚步，好让灵魂跟上。除此之外，再无他意。

记者还想提问，林董朝一位朋友使个眼色，他心领神会地"哎哟"一声，慢慢倒在林董身上，林董大喊：本常师父，杨总心脏病犯了，快，快送他回木屋。

其他人趁机将记者往佛堂外赶：出人命了，你们还在这里吵闹。快走，快走！

11

连日大雨，天怒人怨，天缘江水似乎伤心得浑浊起来。

本常亲口承认安氏假借道广禅师秘方欺骗消费者的新闻，被传得沸沸扬扬，将市长家失窃二十七万、公安局长逼本常师父还款的新闻几乎淹没。紧接着，工商、质检、消协相继进驻安氏检查。

安牧良急火攻心，打电话将本常大骂一通，甚至扬言如果本常再不收回那些话就要脱离父子关系。电话一放下，血压又上去了，华音强行把他送回家，千哄万哄让他躺下后，叮嘱保姆一有情况马上通知她。

华音安置好安牧良，前脚回到公司，刘副总后脚跟来：

听说，电视台要请本常师父去做节目，我们是否需要辟谣？

辟谣？如何辟？你们还是先应付工商、质检、消协检查，其他的交给我吧。

华音虽然能预料接下来会发生什么，但如何应对，心里却没有一点底。发了一阵呆，终于作出一个沉重的决定。

华音打通了安逸飞电话，听得出他很诧异，华音没有给他拒绝的机会，开口便说：逸飞，请放下我们之间的恩怨，共同挽救安氏吧！

安氏又怎么了？

华音将事情来龙去脉大致讲了一遍，最后强调：当着记者面承认安氏做虚假广告，你爸已气得血压快上两百，如果本常再上电视台做节目，你爸真的会气出病来。

打电话给我，我又能做什么？

本常诚实，不会说谎，你劝劝他，让他保持沉默，不见任何媒体。你爸行伍出身脾气暴躁，说不了几句就上火。我想来想去，觉得你出面劝说本常，比任何人都有效。

本常不见媒体就能挽救安氏？

至于安氏这边，我会出来承担一切。逸飞，我知道你恨我，但为了安氏，我愿意作出牺牲。

说得好壮烈呀，既能为安氏作出牺牲，为何不为安家做点贡献？

你？我，还要我怎样？华音的声音有些哽咽了。

安逸飞没有再逼她，答应会尽力劝说本常。

桌上内线电话响了，华音抽出纸巾将眼泪擦干后，拿起电话，没听几句，脸就开始变色。

此岸

第三十七章

彼岸

1

摇呀摇，摇到外婆桥，外婆叫我好宝宝，我叫外婆好姥姥……

点点坐在爸爸的大肚皮上一边颠着，一边跟着爸爸念童谣。华音坐在一旁，呆呆地看着玩得不亦乐乎的父女俩。安氏信用危机，以自己承担全部责任引咎辞职而解除，值吗？既然连退出安氏的决心都有，难道还留恋一个连婚姻都得不到的角色？

好了，让爸爸休息一会儿。华音想把女儿抱下来，与安牧良好好谈谈分手的事，可是，点点怎么也不肯下来。

安牧良说：让她多玩会儿嘛。

点点学会耍赖了，她知道老爸宠她，于是趴在老爸身上，一双肉肉的双臂，紧紧搂住老爸的脖子。

俗话说，知妻莫如夫，安牧良与华音虽然不是合法夫妻，最了解华音的还是安牧良。华音承担一切，退出安氏，只有安牧良才清楚她受了多大的煎熬与委屈。他决心补偿她，把以前欠下的一切都补偿给她。

安牧良亲吻着女儿，感激地对华音说：谢谢你给我生了个贴身小棉袄！让你们跟着我住这儿，有点委屈你了，抽个时间，去寻一处物业好的别墅吧。逸翔找到了，咱们没必要守这老屋了。

华音听他这么一说，自己想说的话竟然开不了口，她扯开话题：俩儿子也不错，虽然有些时候会惹你生气，可关键时刻，他们还是向着你。

安牧良眉头一皱：那俩小子，只差没把我气死。不过话又得说回来，我安牧良儿女双全，也算有福之人。

新产品发布会，通知逸飞参加了吗？

还没，不知这小子买不买账？唉，一想到给他打电话，我心里还真有点发怵。

有时候，亲情真像一只粽子，不管外面的粽箬让人看着多扎眼、摸着多扎手，里面裹着的总是软糯糯的心。

安牧良大笑：这比喻有意思，你能这么想当然好，我就担心那小子总是为难你，让你心里别扭。这人呀，只有等自己做了父母才理解为人父母有多不易！

华音拿起手机递给安牧良：我们这里中午，他那边才晚上九点多，现在打过去正合适。

安牧良给儿子打电话时，华音乘机抱过女儿，刚转身，便泪流满面。本以为，她对安牧良爱已尽，分手只不过一种形式，却忽略了女儿的存在，这种血肉相连的亲情，如何割舍？

2

一语成箴本是一个错误的词语，用的人多了，便堂而皇之地变成了一个词语。或许如此，它竟然比正宗的一语成谶更带有魔性。

本常被"跑得了和尚跑不了庙"困住了，而魏亦又被"躲得过初一躲不过十五"一语成"箴"。眼看公司上市在即，国内舆论却在不断报道全国各地发生多起非法集资者带着集资款跑路的消息，警醒了无数投资者，挤兑现象频频发生。

魏亦正在接父亲电话，助理进来，显然有大事禀报，魏亦赶紧放了电话。

国内投资公司客户提款数额增大。

到期的给人兑现，没到期的，让客户经理去做工作，决不能影响公司上市。

助理出去后，魏亦坐在老板台后，抓着阵阵发麻的头皮，陷入沉思。

3

地震，地球的梦魇，也是地球人逃脱不了的厄运。

福也山兮，祸也山兮。喜马拉雅山下美丽的博卡拉每一角雪光映照之处都笼罩着噩耗，Frank 所见到的每一个人都在议论强烈地震的灾情。强震不仅造成尼泊尔许多建筑物倒塌，大量人员伤亡，还导致珠穆朗玛峰发生雪崩，两个营地被雪覆盖，多名登山者失联。由于尼泊尔有限的救护能力、有限的医疗条件，伤亡人数每天都在刷新。

Frank 来不及庆幸劫后余生，也没考虑逃离，他只想做点什么。所有的人都处于慌乱之中，无组织的帮忙等于添乱。Frank 想起了加桑，或许他那儿需要帮手。

路人告诉 Frank，加桑的孙子因不想错过留学前的登山机会，如今在山上已经失联，一家人几乎崩溃。

上帝呀，用您的悲悯之心救救他们吧！ Frank 右手抚住左胸祈祷。他见过那个充满自信的大学生，他的祖父与父母都希望他走出雪山，彻底摆脱"喜马拉雅山挑夫的命运"，去寻找夏尔巴人从前不敢奢望的世界。而他却认为，夏尔巴人不该总是领着各国队员登顶后，当登山队员们自豪地展开国旗时，自己却在一旁帮人拿东西。夏尔巴人既然天生就是杰出的登山员，就该在神山之巅向世界宣示这种荣誉。

Frank 已经分不清加桑的孙子是夏尔巴人的骄傲还是夏尔巴人的悲哀，用悲壮的瞬间挑战永恒，或许就是夏尔巴人的基因宿命。

他返回酒店，喝了一杯白兰地后，开始镇静下来。打开保险柜，取出《神拜》。此画的灵感起于斯，或许用于斯是它最大的价值。几个月来，他一直纠结于如何处理这两幅画，今天他不仅为《神拜》找到了归宿，更觉得为另类行者完成了一个神圣的使命。

Frank 打电话到酒店前台询问赈灾拍卖地址时，感觉楼层强烈晃动了几下。余震还在继续，灾难将再加深。

4

一样的夜景，一样的等待，不一样的心情。

华音给女儿掖了掖被角，来到客厅准备给安牧良打电话催他回家。她离开了安氏，安牧良很多事情都得事必躬亲，每天忙到很晚回家。

上周末，华音让安牧良带点点去公园玩，一是想支开他自己好在家整理行李，再就是让女儿好好地享受最后的父爱。这几天，她一直想找机会与安牧良好好交谈一次，这样的事情只能在家谈。可安牧良忙着新产品上线，每天早出晚归，华音煎熬得起了一嘴的火泡。

刚拨完号，便听见安牧良的手机就在门外响着，打开门，果然是他回来了。

华音接过他的外套，安牧良轻手轻脚去房间看女儿，华音见他轻吻女儿小手的样子，心中又开始隐隐作痛。

她退出房间，给安牧良泡了一杯龙井。安牧良放在客厅台子上的手机又响了，华音以为是工作电话，看也不看地将手机放进自己口袋。

谁的电话？

不知道，这么晚了，谁的也不接。

安牧良伸出手：给我呀，万一有什么急事呢？

三更半夜的，会有什么急事？

安牧良一把从华音口袋掏出手机，一看是大儿子的，突然脸一沉，厉声喝道：过分了吧，你，你竟然敢拦我儿子电话！

华音一愣，眼泪脱眶而出：不，不是这样！

安牧良顾不上与她理会，连忙回拨儿子电话，华音跑进房间，哭得撕心裂肺。天呀，什么时候，自己在安牧良心中变得如此不堪？虽然命运让她扮演了一个不光彩的角色，可她内心依然清高。安牧良刚才朝她吼那一嗓子，无亚于一声惊雷，将她对爱情仅存的一丝幻想震灭。

不知哭了多久，安牧良进来了，瓮声瓮气地说：尼泊尔地震，逸翔失联，我出去一下。

华音一把抹去眼泪，看着安牧良微微弓着的背影，满腹的委屈霎时咽进了肚里。虽然知道她此时出去是去找沈若兰，心中却没有一丝妒意。

是爱已远去，还是深明大义，此时她真的分不清了。她只想分清的是，自己是安牧良的什么人？妻子？名不正言不顺；情人？情已去尚留空人……

5

有人说，人与人的差别比人与猿的差别还大，此话一点也不夸张。

汪海莲其实是个很节俭的人，但她爱钱已成了一种病。

儿子难得一见，丈夫躲她如瘟神，唯有钱才能给她安全感，因此她不放过任何抠钱机会。

这几日，天屿花城业主群大家都在议论退房产税的事，虽然她没花一分钱买房，却认为房子既然归自己所有，当然税钱要退到自己账户。

偏偏遇上一个不开窍的沈若兰，真让她着急上火。她说，当初买房是华音一手操办，退税之事也交她去办吧。

你傻呀！让她去办，退回来的钱能打咱们账上？

虽然熟知汪海莲的为人，沈若兰还是傻了眼：能退几个钱？咱就不操那份心了。

丢失的二十七万迟迟没有下文，大钱没指望，小钱哪能放过？汪海莲真是后悔自己得罪了华音，早知如此就不这样站队了。昨晚安牧良过来，她走不开，魏臻正在电话里对儿子发脾气，说儿子要是黑掉了父老乡亲的血汗钱，他亲自去美国把他抓回来。她虽帮不上儿子还钱，却可以帮儿子上阵对付魏臻。

当下，她便指着魏臻鼻子喊：我说，魏亦是不是你亲儿子？你要敢动我儿子一根汗毛，老娘上省纪委把你与美国妖精的丑事全抖出去。

魏臻气得躲书房一夜没出来，她虽然小获胜局，却因错失与安牧良交涉退税的机会而懊恼。

一大早，魏臻洗漱完毕早餐不吃就走了。汪海莲在书房字纸篓发现了两个毛笔字"性天",气不打一处来,一边撕扯着宣纸,一边咬牙切齿地骂:道貌岸然的老东西,狗改不了吃屎!难道什么时候又冒出一个天上的仙女?

骂了一通,心里还是惦记着退税大事,于是来到沈若兰家。沈若兰昨晚听说儿子失联,一夜无眠,正在佛堂念经。

汪海莲进佛堂取了三支香,拜了拜,叹息一声:我说,咱们女人呀,真的不能指望男人,手头能多抓几个钱,老了或许能过几天安稳日子。

沈若兰知道她放不下退税的钱,心里有些烦,于是说:

你也念念经吧。

汪海莲哪有心思念经?她借题发挥:外面不知有多少人羡慕咱们,可咱们过的是什么日子?安牧良一脚将你踢开,搂着华音那个狐狸精去逍遥。魏臻虽然不敢踢我,却色胆包天。

沈若兰知道她又想歪了,忍不住说:怎么是色胆包天了?作为一市之长,思索人性与天道过分吗?

什么?性天是人性与天道?

你觉得呢?

哦,哦,这样呀。

汪海莲长舒一口气,只要魏臻不是想着别的女人就好,至于自己那些乱七八糟的理解也是迫不得已。

沈若兰有意点拨她:其实,人不必羡慕他人,每个人内心都有一座美丽的花园,古人称为性天,人生幸福与否,在于是否发现并抵达性天。

你抵达了吗?不过,我觉得,离婚之后你的气色反倒越来越好。

我正在通往性天的路上。

汪海莲突然发现跑题了,正想着如何把话题扯到退税上,沈若兰手机响了,她声音颤抖地说:儿子,你终于打电话回来了。

本常告诉妈妈,他在尼泊尔当志愿者,可能晚点回来。

因为手机信号受到干扰,所以有时候接不到电话,他要爸爸妈妈放心,他不会有事。

沈若兰放下电话,满脸笑容地说:我已经看到了那座花园。

汪海莲不由得摸了摸自己的心,她也觉得里面有座花园,不过那里只有疯长的草。

6

一年一度的美国洛杉矶游戏展终于开幕，这是游戏业的一场盛宴，吸引全球游戏人蜂拥而至，飞翔公司隆重推出《平民皇后》。

平民皇后，中国皇后？

在展位站台的 Ruth 微笑点头，耐心解释：对，中国南宋时代一位皇后，她是真善美的化身。

欧美游戏公司因为对中国历史不了解，他们认为这款游戏市场效应不会好，但他们看中了《平民皇后》里面那些小游戏，问能否将他们拆分出来。

No，No！这些附着在《平民皇后》里的小游戏，就像五官与人体一样不可分离。

一些中国公司也来了，看了《平民皇后》的产品说明，提出与欧美公司同样的问题，安逸飞恼了，欧美人不懂中国历史，也就罢了，炎黄子孙，不会欣赏一个底蕴这么深厚的组合，真的无语、无语！

看着伙伴们有些泄气，安逸飞乐观地给大家打气：展会算什么？我们的市场部不是建起来了吗？咱们自己营销，实在卖不出，自己玩。

安逸飞话虽如此，心里也在嘀咕，怎么也得对在关键时刻帮自己一把的玄易有所交代吧？

哈哈，哈哈哈……

安逸飞以为大家在取笑他，正要飙老板权威，却见小黑哥指着坐在展位地上玩游戏的 Ruth，笑得岔气。

顿时，老板威严的外衣不经意地滑落下来，安逸飞一屁股坐在 Ruth 旁边，指点着她过五关斩六将。

7

黑夜，失去了阳光的宠爱，反而褪去了许多浮躁变得平静且深沉。

展会结束后，安逸飞给小伙伴们放了几天假，夜深了，他独自坐在屋前台阶上，望着星星发呆。记得小时候婆婆经常指着天上的星星对他和弟弟说：天上一颗星，地上一个人。那两颗最亮的星星呀，肯定是我的两个心肝宝贝儿。

婆婆说的那两颗最亮的星星在哪个方位，安逸飞一直没搞清楚，或许它们并不在天上而是在婆婆的心尖上。

安逸飞经常幻想着，如果天上真有一颗属于他的星，那一定是天文学家还未命名的游戏星，此生他是为游戏而来人间。这些年来研发的小游戏一直很抢手，他甚至暗暗使劲，想让事实证明被父亲认为不务正业的游戏如何超越他的传统产业。要他做个把获取利润摆在首位的商人，不如要他的命。尽管父亲希望他接班的愿望强烈到不容置否，可他从来就没妥协过，只有做喜欢的事才是他一如既往的奋斗目标。可是，为什么加入了那么多精彩元素的大型游戏《平民皇后》会无人问津？安逸飞开始怀疑自己研发大游戏的能力。

不，不！

一道晃眼的光隔空射来，罩住了安逸飞不服气呐喊。安逸飞一时被突如其来的强光震慑，不由得抬头望天，天空繁星密布，依然辨不出哪颗是他的本命星。

站在面前的这个瘦高黑影，他却一眼认出是上辈子仇家派来卧底的魏亦。以往每次见面两人都要斗嘴，今日好像约好一样，都是一副懒得理你的样子。

安逸飞起身朝屋里走，魏亦紧跟其后。两人进了屋，安逸飞从吧台杯架取下两个杯，一人倒了一杯红酒，魏亦接过三口两口便干了，安逸飞却端着酒杯独自出神。

傻傻的，想什么呢？

魏亦自己动手倒了一杯，安逸飞举杯碰了碰：章张来电话说，他很喜欢目前这份工作，谢谢！

举手之劳。

魏亦定定地看着安逸飞，这小子如果知道安氏税务风波是自己做的局，一定会扑过来打一架。嘿嘿，嘿嘿。还好他没发现。不过，发现了也不怕，自己以玄易之名给飞翔注资一千万美金，救活了他的飞翔，还不够他对自己磕几个响头？

两人一杯杯地喝，有一搭没一搭地聊，几杯酒下肚，安逸飞开始发难：为你保密《洞山开悟》调包的时间到了，接下去将发生什么，我不想预测。

刚帮了你的忙就翻脸不认人！

魏亦耷拉着脑袋：我太失败了，亲爹要登报脱离父子关系，兄弟总是对我恶语相向，如此人生还值得留恋吗？

哈哈，你老爸只管造人不管教人，这关系想脱离就能脱离？真是好笑！

安逸飞幸灾乐祸地笑了。

怎么说话呢？你老爸也好不到哪儿去！

嘿嘿，嘿嘿，哈哈……太好笑了，他们以为给予了我们爱就给予了我们灵魂。难道他们不知道我们的灵魂只属于自己？

是的，好像有个人说过，父母是弓，儿女是箭，好的弓应该将箭送去他想去的地方。

NO，NO！事实并非如此，他们一面为射向远方的箭而骄傲，同时又为失控于远方而不安。

两人越说越默契，说到兴头，重重地碰杯，差点把酒杯碰碎。

安逸飞摇晃着酒杯，眯缝着醉眼，惬意地说：我将来一定要生一窝孩子，让他们像鸽子一样自由飞翔。

魏亦不屑地哼哼几声：你当自己是种鸟呀？还生一窝呢！我一个也不要，有养孩子的精力，不如让自己飞得更高。

安逸飞一口干了杯中的酒，鄙夷道：按照一般规律，自私的基因总是繁殖得茂盛些，幸亏你还有点自觉性，不繁衍等于为人类做出了伟大的贡献。

魏亦眼一瞪：你说什么呢？我的基因绝对比你优秀！

魏亦一步踉跄，想推安逸飞的手不由得抓住了柜子，安逸飞后退几步一屁股坐在桌子上。

醉意就像夜色一样，越来越浓，两个谁也不肯服输的冤家正拼着酒，Ruth 来电话：飞哥，你在干吗？

安逸飞一听就知道她情绪不佳，他已经摸出了规律，Ruth 高兴时一般都是叫他"六毛大叔"，而情绪低落时便叫他"飞哥"。

安逸飞咳嗽两声调整自己的状况：正在想我的小鸬鹚呢，你呢？

我好害怕呀，婆婆不停地说胡话。

安逸飞安慰她：别怕，其实这样也好，老人家已经完全沉浸在自己的世界，外界的一切都与她无关了。

或许是吧，可我今天听着觉得特别瘆，她说公公要来接她了。

安逸飞心里"咯噔"一跳，马上放下酒杯：守着婆婆，别离开她。别怕，别害怕哈，我马上开车过来。

魏亦大致明白了 Ruth 家的事情，安逸飞还未放电话，他已走到一边打电话让司机赶紧过来。

安逸飞放下电话就想走，魏亦拉住他：喝了这么多酒还想开车？一会儿司机就过来了，让他送我们去。

你也去？

魏亦坚定点头，就在等待司机的那会儿，魏亦接了一个电话，马上改变了与安逸飞一起去 Ruth 家的主意。电话是 Bell 打来的，他说，私家侦探已查出 Frank 在尼泊尔的博卡拉。

魏亦接完电话，走到窗边，呆呆地看着漆黑的天空，造物主造人时，是不是就像定性别一样开始就定了好坏？为什么自己想做点好事那么难？

司机到了，安逸飞换好了衣服，见魏亦还在磨蹭，于是赶紧催他，魏亦咬了咬嘴唇：去不成了，一会儿我去趟公司，有点事儿要处理，替我安慰 Ruth。

安逸飞横了他一眼，甩手出门。

8

是焦虑还是恐惧？一把游戏打得焦头烂额。Ruth 退出游戏，给安逸飞打了个电话，她没有听出安逸飞的醉意，只感到他的话很温暖。

Amy 守在母亲身旁，见女儿进来，她站了起来：我觉得你婆婆今天有点反常，我去给 Pete 医生打个电话，请他过来看看。

Pete 医生就住比弗利山庄，不多久就到了。他给婆婆做了一个简单检查，走出房间后轻声对 Amy 说：老人家心脏衰竭严重。

需要送医院吗？

Pete 摇头：没必要了。

Amy 虽有思想准备，但听了 Pete 医生的话，仍然慌张。此时，她多么希望家里有个男人。突然，她想起了 Frank 去欧洲前，曾经去找过 Pete，于是试探着问：Frank 最近一次来找您，身体状况怎样？

Pete 看了 Amy 一眼，没说话。一阵沉默后，Amy 说：我知道您应该为患者保密，可他如今失踪大半年了，生死未卜，或许您了解的情况能帮助我们获得找到他的线索。

Pete 医生回头看了一眼房间，轻声说：夫人，Frank 先生出走前，您没感觉到他身体有异？

Amy 愧疚地摇头：也许，是我太不关心他了。

我只知道他得了脑癌，后来的事我就不知道了。

脑瘤，脑瘤？

Amy 吸了一口冷气，脚下的地开始不平。Pete 医生扶着她：夫人，Frank 夫人，您哪儿不舒服？

正在这时，安逸飞赶了过来。Amy 平时并不怎么看好他，她甚至更希望女儿找个美国人。可此刻，安逸飞的到来却给她带来一种踏实的慰藉。只是他身上带着浓浓的酒味，让她觉得不舒服。

安逸飞让她去房间休息一会儿，他陪 Ruth 守着婆婆。

9

　　Ruth 不知还有什么深沉如夜色，她一脸倦容地蜷缩在沙发上，在花朵一样怒放的生命时刻，被迫思考生老病死这样的命题，实在有些残酷。

　　安逸飞进来时，看了一眼婆婆，轻声问 Ruth：婆婆睡着了？

　　喝酒了？Ruth 闻到了他身上的酒味，赶紧起身，让他坐沙发。

　　刚安静一会儿的婆婆听见动静，又唠唠叨叨开了：老头子，我知道你会来接我，走路来的？咋不雇个轿子呢？累了吧？快，让孙女给你倒碗水喝。

　　Ruth 吓得一个激灵，连退几步。安逸飞连忙将她拥进怀里，安抚好 Ruth 之后，他坐到婆婆床头：婆婆，公公是坐飞机来的。等婆婆身体好了，我和 Ruth 送您回天缘江。

　　这话，叶师母看样子听明白了，她睁开眼，竟然认出了安逸飞：飞飞，真的吗？你们真的会送我回天缘江。

　　安逸飞见叶师母认出了他，就像当初得到 IT 认证一样激动。他坐在床沿，拉着她的手，恍惚时光倒流回到当年自己婆婆弥留之时，他的眼睛开始发涩：婆婆，相信我，一定会送您回天缘江。

　　叶师母的眼睛来神了，她抓着安逸飞的手，好像怕他跑掉：我的好孙婿呀，婆婆没看错人，婆婆等着带重孙呢。阿弥陀佛、阿弥陀佛……

　　Ruth 突然想起了什么，从衣柜提出婆婆的行李箱，里面有很多套了一层又一层的塑料袋，打开一看，都是一些没什么用的东西。

　　Amy 心里不踏实，在自己房间待了一会儿也进来了，她见女儿在翻婆婆的箱子，皱眉说：别翻了，没什么有价值的东西。

　　Ruth 似乎没听懂妈妈的意思，摇头：不对，婆婆不肯把箱子放储物间，那个"叶落归根"肯定藏在里面。

　　什么叶落归根？

　　沈妈妈给婆婆做的，用红布包着桂花树下的泥土和落叶。

　　叶师母的呼吸越来越重了，安逸飞将她的枕头垫高了些。枕头下，红布包特别显眼。

安逸飞拿起来，还没来得及问，Ruth 就说：对，就是它。

叶师母越来越烦躁了，她撕扯着衣服，喃喃地说着什么，Amy 附耳母亲嘴边，终于听清了，她说热，要脱衣服。Amy 累出了一头的汗也没给母亲把衣服脱下，最后还是安逸飞将叶师母上半身抱起后，母女俩才脱下了那件毛衣。

Amy 顾不得擦汗，对女儿轻声说了句什么，Ruth 马上泪流满面地将"叶落归根"塞进婆婆手里，然后拉着安逸飞出去：陪我去请神父吧。

请神父？

是的，妈妈说，婆婆可能熬不过今夜，请神父来为她涂圣油。

安逸飞急了，对 Amy 说：阿姨，对于一个基督教徒来说，神父确实能起很大作用，可婆婆是虔诚的佛教徒，她刚才还在念佛呢。

Amy 摊开双手，无奈地说：你要我到哪儿去给她找一个和尚做临终祈祷？

安逸飞扭头对 Ruth 说：快拨本常视频。

Ruth 愣了愣：哦，好，好。

Ruth 连忙拨打本常视频，通了却无人接听，焦急间，接到本常电话，他说，他在尼泊尔救助现场，信号不太好，接不了视频。

Ruth 顾不上与他寒暄，哽咽着说：本常，婆婆、婆婆……婆婆快不行了。

本常马上明白，他让 Ruth 打开手机免提，然后放在婆婆耳边，婆婆虽然看不到本常，却能听见他诵经的声音。渐渐地，婆婆的呼吸变得平稳多了，脸色也随即祥和起来。

安逸飞以前并不信佛，此时却站在床前双手合十，轻声念诵：阿弥陀佛、阿弥陀佛、阿弥陀佛……

Ruth 在天缘江时经常听本常念佛，她也记住了，跟着安逸飞一起念了起来。Amy 看着两个孩子煞有其事地念佛，不由自主地在胸前划着十字。

安宁渐渐驱散恐惧与悲伤，尽管宗教信仰不同，他们的内心世界似乎都获得了一支拐杖。

10

白昼与黑夜的交替是地球自转的规律，也是否极泰来的验证。

就在安逸飞与 Ruth 忙着处理婆婆丧事时，小黑哥向他们报告，Ruth 会展那天坐在地上玩游戏被人拍成视频发在网上，一夜之间成了游戏网红，很多游戏粉丝在打听 Ruth 玩的是什么游戏。

安逸飞给了 Ruth 一掌：人与人的区别怎么这么大呢？

Ruth 一惊，怎么了？你没有了婆婆，我也没有了婆婆，有啥区别？

怎么没区别？你玩游戏成网红，我玩游戏是不务正业，这是同等待遇吗？快，看看网上怎么说？

哈哈，我真的成网红了！我自己代言了《平民皇后》。

这歪打正着的一招，大大振奋了渴望飞翔的年轻人，将婆婆去世的悲伤冲淡了许多。

11

是房子空还是心空？ Amy 已分不清了。母亲去世后，她昏昏地睡了几日，又恢复到了以前的游离状态，酒成了她的至交。

女佣出去购物了，电话铃在执着地响着，Amy 从房间到客厅，似乎走了半个世纪。

第一个电话不知是谁，第二个电话是魏臻，他已经知道了叶师母去世的消息，也猜想得出来叶媛媛的心情，他说，自己不方便出国，只能邀请 Amy 去中国，不愿回天缘江没关系，中国任何一个城市他都可以陪她去走走。

Amy 拿着话筒，呆呆地想着自己的心思。来到美国后，为了保护女儿，虽然断绝了与魏臻的一切往来，可二十多年来，即使与 Frank 关系非常融洽时也没有忘记过他。后来，发现 Frank 虽然爱她，却是个花痴，见着美女便兴奋，有感情洁癖的 Amy 渐渐将自己的内心冷冻起来，魏臻成了她的精神鸦片，无日不在回忆着那段情深缘浅的过往。可如今魏臻出现了，她却踌躇不前。Frank 得了脑瘤，独自一人默默离开，他去了哪里？ Amy 越想，心里揪得越紧。

喂，喂，媛媛，你在听吗？告诉我，我能为你做些什么？

酒，快没了。

什么？

沉默，电流涌动却接不通彼此的心灵，魏臻急了，他大声问道：媛媛，你还记得家乡的鹧鸪鸟怎么叫吗？

Amy 脱口而出：行不得也哥哥。

对，咱们天缘江的鹧鸪鸟就是这么叫的。"行不得也哥哥"，连鸟都知道挽留远行的游子，难道你远离家乡二十多年还不愿意回家看看？

行不得也哥哥，行不得也哥哥，行不得也哥哥……

Amy 像往常一样将话筒搁在台子上，口中喃喃学着鹧鸪鸟的叫声，蹒跚着朝酒窖走去。魏臻的声音时断时续地从话筒中传出，犹如花园里误闯进来的蜜蜂，嗡嗡地寻找着期待中的花蕊。

12

雨，没完没了地下着。

魏臻顺着窗户玻璃顺流的雨水，突然想起一句诗句"天公有泪满瑶池，化作飘飘万里雨"，诗记得很清楚，可诗人却怎么也想不起来。真是老了，有些人名到了嘴边都说不出来，有些事过后便忘。

突然，他一激灵，金老板给的那张银行卡呢？记得放在哪件衣服的口袋里，他摸遍了身上所有口袋都不见了。这可千万别落到汪海莲手里！魏臻有些心慌了。进了汪海莲口袋里的钱，比进了老虎嘴中的肉都更难要回。什么"百世修来同船渡，千世修得共枕眠"，魏臻觉得自己与汪海莲简直就是一段孽缘。

魏臻正在办公室思忖中午回去如何与汪海莲谈判，秦秘书进来报告，由于连日暴雨，金老板拆迁区一处房屋倒塌。

什么？拆迁房屋倒塌？是暴雨惹的祸还是人为造成？

……

金老板人呢？

找不着，估计是吓跑了。

不可能，他胆子没这么小，倒个房子就吓跑了。

好像还死了几个人，目前能确定的是一个老人、一个妇女，还有一个避雨学生，其他的有待进一步核实。

魏臻瞪大眼睛看着秦秘书，似乎暴雨快要冲进他的心里。

此岸

第三十八章

彼岸

1

很多西方人认为中国只有思想家，没有哲学家。确实，中国很多哲学著作存在概念模糊、不善论证的缺憾，于是乎，成为千古经典哲学寓言的"自相矛盾"，让人越论越糊涂。

安氏继主打壮阳功能的安男人与主打养颜功能的安女人之后，又将推出养生功能的保健酒。新总裁将这款养生酒的几个预选名字给安牧良过目，安牧良看过后放一边。

总裁问：没一个名字让董事长满意吗？

安牧良摇头：其实，你们取的这几个名字都很好，但我想好了一个叫"安点点"。每天喝一点，全身变舒爽。

总裁还想争取，安牧良大手一挥：就这么定吧。

总裁握着坚固的盾却不敢去迎碰安牧良锋利的矛，只得退出董事长办公室。

安牧良看着总裁的背影，不由心中窃喜：哲学真的是能让人的思维进退自如。

安牧良在别人眼中锋利的矛，在他心里却成了无奈的盾。因为不能给女儿点点姓氏，只好用产品的名字来作补偿。最近，借着稀释股份之机，他不惜重金收购了大量股份，逸飞说过，如果他与华音结婚，他就会将母亲与弟弟的股份合起来驱安牧良出局。假若儿子真要翻盘，他得有足够的资本与他一搏。

安牧良盘算了好几遍，只要争取老二保持中立，他就不会败给老大。他准备，以新产品发布会为由，召儿子回国，然后与他好好谈谈，他与华音的婚礼不能再拖了。华音为安氏顶雷后，一直窝在家里带孩子，最近情

此岸彼岸

绪不佳，安牧良看在眼里急在心里，他必须给她一个过得去的婚礼作为补偿。

安牧良开完会便回办公室，迫不及待地给儿子打了一个电话。结果，那堆准备得非常充足的富有哲理的说辞还来不及用上，安逸飞便爽快答应。

安牧良一时绕在哲学、亲情、财富里，难以分清哪个可以做矛哪个可以为盾？

2

真是风来了猪都会飞，安逸飞与飞翔公司的小伙伴们亲自见证了这种夸张。Ruth 不经意间成了游戏网红，接着《平民皇后》运营测试收到意想不到的效果。

如此得意时刻，安逸飞却没有忘记对婆婆的承诺，他决定把《平民皇后》的命运交给 Ruth，自己陪 Amy 送婆婆回天缘江安葬，完成她叶落归根的夙愿。所以，接到父亲要他回去参加新产品发布会电话，便爽快答应了。

Ruth 虽然担心安逸飞一走，工作会失去舵心，但看到他做人如此诚信，心中未免感动。下班后，安逸飞送 Ruth 回家，Amy 的表情让两人觉得奇怪，看样子她在接电话，可她没将话筒放在耳边而是用眼睛瞪着。

Ruth 见妈妈一副呆呆的样子，知道妈妈又犯了魔怔，于是接过电话喂了几声，对方听出了她的声音，激动地说：Ruth 下班了？工作辛苦吗？

市长？您认识我妈妈？

呵呵，我是你公公的学生，应该算是你妈妈的师兄吧。我刚才听她念叨了一句，好像要回天缘江？

是的，回去安葬婆婆，订了后天的机票。

Ruth，跟妈妈说，她回天缘江，我会派人去接机，你放心，她回来这边一切都会安排好。

不用麻烦市长的，逸飞会陪她回来。市长，叶家小院拆了吗？

魏臻听说安逸飞陪叶媛媛回去，就像刚绘制好的图画无端被人添了一笔，不管这一笔添得恰不恰当，总之原创遭到破坏，心下突然有些不快，他顿了顿才回答：小院拆了，可桂花树保留了。

太好了！我们想让婆婆与公公做个伴儿，把她也安葬在那棵桂花树下。

可以，等妈妈回来，我会安排好。Ruth，妈妈不在家，你可得照顾好自己。

魏臻语重心长地叮嘱着，Ruth 听得心里暖烘烘的。

Amy 站在一旁，看着女儿与魏臻兴高采烈地聊着，脸上显出一种难以捉摸的表情。

安逸飞尽管早就知道魏臻是 Ruth 生父，却不知道他与 Amy 母女有这么热乎。此时，他更不懂得是世上最复杂的是人心还是人际关系？

3

灾难过后，满目疮痍的尼泊尔，除了伤痛与苦难，还有无数期待与牵挂。四处都是需要帮助的无家可归之人，四处都是寻找亲人的焦虑眼神。

Frank 因拍卖《神拜》，寻找慈善机构而来加德满都。慌乱、无序加上语言不通，两件事耗费了足足一周时间。

回博卡拉时，Frank 在机场忍不住往家里打了一个电话，起初没人接，然后就一直忙音。这种情况已经出现过好几回了，Ruth 白天很少在家，在家她也不太用座机。Amy 除了母亲与女儿，平时很少与外界联系，此时的 Frank 更加相信以前的判断，Amy 找回了她的情人。虽然带着一种祝福的心情，毕竟是自己心爱的女人，雄性的占有欲让他心生几分忌妒。

Frank 正在胡思乱想，一个步履匆匆的男人从他身边走过，这人有点面熟，会是谁呢？未等他想清楚，突然一阵晕眩，接着倒在地上不省人事。

Frank 醒来时，已在医院。反正已经误机，不如顺便做个体检，看看肿瘤是否扩大。但见走廊住满了伤员，他觉得不应该占用这些人的资源，于是结账离开。

Frank 路经医院门诊大厅时，突然脚步挪不开了，他以为自己又出现了晕眩，赶紧扶着墙。不对，那个酷似《洞山开悟》里的人是真的，他还在擦汗并越走越近。

Frank 就像 Ruth 第一次见到本常一样，以为他是从画中走出来的，目不转睛地盯着他。

本常延迟了回国，一直在加德满都当志愿者，他刚送来一位从倒塌房屋中抢救出来的伤员，见 Frank 扶着墙瞪大眼睛看着他，以为他需要帮助，便走了过去，问：请问，我能帮你做点什么吗？

画中人竟然会说英语，Frank 简直喜不自收，他请本常扶他去外面走走。本常正好累了，也想找个地方歇会儿，于是两人来到医院后面一块空地，找了张长椅坐下。

看出了我对你的好奇吧？因为你与一幅画里的人物装束简直太相似了。

本常蓦然想起初见 Ruth 时的情景，不由得开心地笑了。

请问，你是中国僧人吗？

本常点头。

你见过《洞山开悟》这幅画吗？

这一问可让本常吃惊了：《洞山开悟》在西方很出名？

不，了解它的人并不多，只是我碰巧收藏了它。

气场真是个奇妙的东西，本常一身布衣，短暂接触便得 Frank 信任。原来，有着巨大价值并具备重要资产的信任却是如此的简单。相互说出 Ruth 之后，他们更是心无设防地畅聊起来。

本常突然想起婆婆刚刚去世，也许 Frank 还不知情，于是说：叶婆婆去世了，Ruth 很伤心。

Frank 听了虽然吃惊，却没说什么，只是在胸前划了一个十字。

分手时，本常问他手机号码，他说来到尼泊尔后就没用过手机，因为医生告诉他，手机有辐射，对身体不好。但他告诉本常，他一直住在博卡拉费瓦湖畔的 Da Yatra Courtyard Hotel。

冥冥中，中国人深信的缘分，解释了一切的偶然与必然。

4

本常虽用大爱释怀了对 Ruth 的情感，在心底那块最柔软的地方，依然保留着一团温热的回忆。

送走 Frank 之后，他给 Ruth 打了一个电话，兴奋地告诉她，自己与 Frank 在加德满都邂逅的事。

Ruth 顾不得听故事，连问：我爸呢？他现在在哪儿？

回博卡拉了，你不知道他在尼泊尔？

哦，我没告诉你，他失踪大半年了，他的电话是多少？

他说，他在尼泊尔不用手机，但我知道他住的酒店名字。

Ruth 突然得知父亲消息激动得抽泣起来：本常，求求你，我爸得了脑瘤，麻烦你帮我找到他，然后送他上飞机，让他赶紧回美国治疗。逸飞陪我妈回天缘江了，我还在美国，我就在这儿等着爸爸回来。如果不行的话，我马上飞过去接他。

本常的眼睛开始发热，多年的修行，让他的心平静如水，此刻听着 Ruth 哽咽的话语，心却似一瓣一瓣地撕裂着，原来心疼的感觉是这样！

好，好，你放心，我一定找到他，送他上飞机。

本常先给一起留下做志愿者的领队打电话，说明了一下离开原因。领队说，你放心去，各国援助以及志愿者都已陆续到达，只要不耽误后天回国的飞机就好。

加德满都去博卡拉都是小飞机，大约半小时就可到达。本常下了飞机，直奔 Da Yatra Courtyard Hotel。可是，到前台一打听，接待员说，Frank 不住在他们酒店。

不住这儿？怎么可能呢？本常带着一脸的不可思议离开酒店，或许换了另一家吧，本常决心寻遍博卡拉所有酒店。

问了好几家之后，本常觉得这样寻找很盲目，他掉头回到 Da Yatra Courtyard Hotel，订了一间房间。

本常进房间放下包，再次出来时，听到大堂服务生说：今天怎么这么多人打听 Frank 先生？

前台女孩朝他翻了个白眼，本常心中一愣：怎么回事？难道还有别人也在打听 Frank？Frank 不住这家酒店是不是与这些人有关？

本常站在酒店门前想了想，返回大堂把自己的名字与手机号写在纸上，交给前台小姐：如果见到 Frank，请转告他，除了我，还有人在找他，请他务必尽早联系我。

前台小姐狐疑地看着他，犹豫地接下了纸条。

5

圣山下的博卡拉，真是一个触碰心灵的地方。虽是灾难之中，人们的笑容依然灿烂。

Frank 先生，您回来了。接机的小伙子非常热心地说：

有个人好像在打听您。

什么人？

看上去像是美国人，有点黑，长得高大威猛，酷酷的。

蓦然间，在机场碰见的那人浮现眼前，肯定是他！他是谁呢？他为什么打听我？难道他是为画而来？心念一动，背上直冒冷汗。

本来准备转别的酒店，转念一想，在 Da Yatra Courtyard Hotel 住了这么长时间，人都熟，可以要求前台不要对任何人透露他的行踪。既然有人要找她，去了别的酒店同样会被发现。

Frank 办好入住手续，进房间第一件事便是泡澡，这一天过得太紧张，他觉得自己都快支持不住了。泡着、泡着，倦意渐渐袭来，就在闭眼的那一刻，他突然记起，机场遇见的那个美国人叫 Bell。他曾经用过一些卑劣的手段逼自己将《洞山开悟》卖给他，后来应该也是他将画调包，如今竟然追到博卡拉来了，是为《神拜》还是《洞山开悟》？Frank 一时难以作出判断。

Frank 无心泡澡了，穿上浴袍之后，在房间转来转去，四处寻找可以藏画的地方，只要走廊里传出一点点脚步声，他便紧张地对着猫眼瞄。

一天没正经吃东西了，他一点也不觉得饿，只是感到体力不支。

叮当、叮当……

Frank 不敢出声，吓得躲进了一个角落，又是一阵门铃声后，外面传来一个女孩的声音：Frank 先生，我是前台服务生。

Frank 从猫眼看到果然是前台那个女孩，因为他经常买巧克力送她，所以对他特别热情。女孩进来，递给 Frank 一张纸条，并告诉他，一个僧人让我转告您，除了他还有人在四处寻找您。

Frank 打开一看，竟然是本常留的纸条，要他尽快与他联系。被恐惧逼到了悬崖绝壁的 Frank，犹如惊弓之鸟，这张纸条似乎递给了他一根树藤，他毫不犹豫地伸手抓住。看完纸条后，赶紧用房间座机给本常打了一个电话，告诉了他房号，让本常来房间找他。

见到本常，Frank 心里踏实多了，本常还给他带来一份汉堡，Frank 狼吞虎咽地吃了几口，说：今晚你就住这家酒店吧，我给你开房。

本常笑着说，他已开好了房，就在他楼下。本常拨通了 Ruth 视频，父女俩在这种时刻见面，都很激动，Ruth 劝父亲尽快回美国治疗。

Frank 摇了摇头：不，我不会接受手术，我已经与医生谈过，因为肿瘤位置不好，手术稍有闪失便会成植物人。即使手术成功，往后的日子我得在病床上接受无休止的放疗化疗。不动手术的话，应该还可以好好地再活一段时间。

Ruth 见父亲态度坚决，便说：如果你不接受手术的话，不如试试中药，总之不能放弃治疗。妈妈今天已回国，你可以去中国与她会合。

真的吗？这简直太好了！

Frank 愉快地接受了女儿的建议，流浪了几个月的心，似乎找到了一种归属感。

6

有些东西绝对公平也是不太合理，比如时间。

魏亦公司即将上市，现在每天给他四十八小时恐怕还是不够用。刚结束一个会，休息十分钟接着开下一个。参会的人员虽然不同，但形式大致相似，无非是聚集一大堆难题等着他拍板。

助理给他泡了一杯咖啡，幽默地说：一下午开三个会，确实烦，您就当下一次会议是与一群美女讨论到哪儿去度假吧，让自己轻松几分钟，享受一顿愉快的晚餐。

　　魏亦不禁哑然失笑，喝下一杯咖啡，感觉元气又恢复过来，不由得想起了爱因斯坦的"相对论"，这个老头儿解释"相对论"这么深奥的学术原理时，竟然用的是一个非常诙谐的比喻：这就像一个人同一时间站在火炉前和站在一位美女面前的感觉一样。是的，站在火炉前肯定觉得时间过得慢，而站在美女前则不同了。

　　突然，他有种想去看 Ruth 的冲动，问助理：晚上的会能取消吗？

　　助理摇头：不光今天，这段时间除了睡觉，您基本没有私人活动时间。

　　魏亦吐出一口气，从手机相册里调出 Ruth 的照片放在屏幕：Ruth，不能来看你，跟哥哥一起参加会议吧。

　　手机突然振动起来，并且显出了 Ruth 的头像，怎么回事？是感应吗？

　　魏亦激动地接了电话，里面传出 Ruth 愉悦的声音：魏亦哥哥，告诉你一个好消息，爸爸找到了，他在尼泊尔，本常准备带他去中国。

　　啪，啪啪……晴空响起了惊雷，惊喜瞬间变成了震惊。

　　喂，喂……

　　哦，Ruth，哥哥正在开会，晚一点给你电话，妈妈不在家，好好照顾自己。

　　哈，这话跟你爸说的一样。

　　魏亦顾不得追究他爸何时跟她通话了，挂了 Ruth 电话，他拨通了 Bell 手机。手机通了，就是无人接听，他急得动了肝火。

　　蠢驴，我养一头活驴还可杀来涮火锅，派你去尼泊尔观光呀！干吗不接电话？

　　助理送来了晚餐，虽然饥肠辘辘却无心享用，他一头坠进了种种假设之中。如果《洞山开悟》到了天缘江，调包秘密随时都将捅破，盗取国家文物，等待自己的岂止是牢狱之灾？说是万劫不复也不为过。安逸飞说了，替他保守秘密的时间已到，他是典型的 IT 男，要他调头除非给他的大脑重装系统。

　　目前唯一能做的，就是在 Frank 带画去中国前，把画拦下。幸亏私人侦探查到 Frank 在尼泊尔，而他又及时派 Bell 赶去了，可是他为何不接电话？

　　魏亦一拳砸在办公桌上，将"相对论"从生活轨迹推回"时空与引力"轨道，倏然间，一切失去了温度的现象都成为物理反应。

7

心理学家已经证实，归属和爱的需求是人的重要心理需要。

昨晚，本常与 Frank 换了一个房间，Frank 一晚睡得很踏实。一早起来，因《神拜》、也因自己有了归属而感到分外轻松，女儿的牵挂更是为他注入了一种情感兴奋剂。

昨晚，本常与 Frank 深谈之后，得知《洞山开悟》被调包，震撼之情简直无以言表。本常意识到，此次任务不仅仅是将 Frank 带回去，更得确保《洞山开悟》的安全。虽然还不明确 Bell 是冲着《神拜》还是《洞山开悟》而来，幸好，《神拜》已捐拍出去，《洞山开悟》可不能再有闪失。

尽管本常做了几套方案，早上起来在酒店内外巡视一圈，还是感到意外。本常不认识 Bell，根据 Frank 的描述，心中已有几分印象，他发现有个极似 Bell 的影子，也在围着酒店转悠。离去机场的时间不到两小时，如何摆脱他？

正在这时，本常接到 Frank 电话，要他尽快回房间，有事要商量。本常回到房间，酒店经理也在。

原来，捐画赈灾的事已传出，很多记者要来酒店采访他。

本常想了想，让 Frank 答应他们，并请酒店经理帮忙约各路记者上午九点半统一在酒店大厅采访，经理很乐意张罗这种让酒店风光出彩的事。

不到九点半，各国记者陆续来到，Frank 独自来到大厅，他一眼看到了Bell，他混在记者中，以为谁也发现不了他。

Frank 先给记者们讲了另类修行者的故事，接着说，《神拜》不是捐出去，是送它回家，自己只不过是替已逝的画家完成一个凤愿而已。他动情地告诉记者，自己经营了四十多年的画，其中最中意的两幅作品便是《神拜》与《洞山开悟》，他将它们视为珍宝。如今得了脑瘤，无力保护它们，就让它们回家吧！

一个记者提问：Frank 先生，我们知道《神拜》已经回家，那么《洞山开悟》的家在哪里？

中国，《洞山开悟》的家在中国天缘江！前几日，我去加德满都捐拍时，顺便将它寄回了它的家乡——中国天缘江。

什么？费了如此大周折得来的画，就这样处理了？Bell 听得差点没把眼珠掉出来。

Frank 先生，您准备在博卡拉定居吗？

不，我要回美国治病。

手机一直在振动，Bell 掏出一看四个未接电话全是老板魏亦打的，关键时刻，他怕接电话耽误时机，于是干脆不接。

采访结束了，记者们似乎意欲未尽，他们围着 Frank 不肯离去。Bell 正想趁着混乱，将 Frank 带走。

一个尼泊尔青年挤过来，神秘地说：先生想换卢比吗？

Bell 瞪了他一眼，比他矮了一大截的青年毫不妥协，拉着他的袖子恳求：很划算的，先生，换点吧。

Bell 怒了：滚开！

等他好不容易摆脱换币青年，Frank 已不见踪影，只见停在酒店门前的那辆黑色车徐徐开动。

Frank 坐上车后，大口喘着气儿，本常递给他一瓶水，安慰他：没事了，加德满都有人接机。

Frank 习惯性地在胸前划着十字，口里却说：感谢菩萨！

我知道，是中国菩萨保佑了我。

本常笑了，菩萨是不分国界的，何况这方土地还是佛教圣地！刚才没有酒店经理帮忙约车、雇人缠住 Bell，他们走得也没这么顺利。

阿弥陀佛……

8

伺候准丈母娘真不是件好差事，尤其是 Amy 这种半梦半醒之人。梦时，视周遭一切不复存在，任凭安逸飞怎么献殷勤，她也置之不理。醒时，将一个母亲的千百柔肠化作疑虑，希望准女婿对女儿的忠诚能够天长地久。

安逸飞不是一个信誓旦旦的人，何况他比任何人都更希望与心爱的Ruth相爱到地老天荒，面对Amy考问的眼神，他选择了沉默。

Amy摊开手掌，用手指在掌心写了一个"情"字，口中喃喃自语：难道青是一种不稳定的颜色？

安逸飞回答不出，打开手机百度了一下，"青色"介于绿色与蓝色之间。

所以，人们容易混淆。把绿色的草叫青草，把蓝色的天叫青天。

安逸飞真的不敢直视她，因为他根本搞不清他们之间究竟在谈论一个什么样的话题。幸亏Amy并不在意他的态度，一心沉浸在自己对汉字的研究之中。

是的，因为青是多变的，加水变清，遇上太阳便是晴，只有走心才有情，所以无心便无情。

这一点安逸飞倒是认同：对，对，爱一个人就得用心。

可是，用心去爱一个人，就会万劫不复。

Amy说到万劫不复似乎触发了旧伤，她用手按住胸口，脸色有些发白。

安逸飞不敢再跟她谈论下去，试图用游戏来分散她的注意力，一旦让她爱上了游戏，便有把握轻松搞定她。终于在手机上找到一款老少通吃的游戏，还没来得及推荐，准丈母娘发话问：年轻人玩游戏，不怕玩物丧志吗？

安逸飞浑身的贫劲霎时被她轻飘飘地弹入窗外的云霄，他真想跳下飞机跑步回家。

Amy握着手心的那个"情"字，侧头看着窗外，半天也不眨一下眼。安逸飞知道她又游进了自己的梦中，至于是去追寻情还是拷问情，谁也猜不出。

9

沈若兰每次上盘龙山都闲不住，不是帮厨便是打扫，她还特别喜欢去菜地，看着绿油油的菜地满心欢悦。

近日来，魏臻两夫妻不知为何烽火连天，近邻沈若兰不堪其扰，正想去哪儿躲个清净，多宝来电话，说他想去盘龙山。

沈若兰告诉他，本常明天到广州，后天才能回来，明天逸飞也会回来，何不过几天去？

多宝坚持：干娘，我们上午去，下午回，行不？

沈若兰见多宝很想去就答应了，两人半晌就到了报亲寺，放下包，与伙房小师父打了招呼，午饭她来做，便进菜地去了。多宝跟过来，沈若兰摘个甜瓜给他，他就着泉水洗洗就吃。

阳光下，沈若兰的脸色白里透红，看上去一副健康快乐的样子。

多宝纳闷了，干娘这是怎么了？以前身居豪门不仅愁眉深锁，还病恹恹的，如今却容光焕发。难道幸福真的与金钱无关？可是，钱对我为什么那么重要？如果我有钱，还愁没姑娘跟我？

沈若兰摘了一把青菜，念叨着：你飞哥回来也让他住这儿来，吃自己种的蔬菜比吃什么都强。

多宝一屁股坐草地上：太好了，飞哥明天就回来，这段时间怪想他的。以前，飞哥老骂我，还有点烦他。现在想想他说过的一些话，真有道理。

沈若兰笑着说：懂得反省了？

飞哥让我别给人当枪使，我当时还觉得小看了我，如今看来还真是被他不幸言中。

给谁当枪使了？

公司让我们去拉存款，我们拼了命拉来的大多都是自己亲朋好友的血汗钱，我担心公司要是倒闭，这些钱还不起，我怎么向他们交代？

沈若兰倒不那么悲观，因为汪海莲一向跟她吹嘘，儿子公司实力如何如何强大，听多了，她也就信以为真。

多宝却知道害怕了，同行业倒闭了很多家，他们公司虽然没发生挤兑现象，但公司领导要求他们尽力劝住客户，他真不知道接下来后果会怎样？他就闹不明白，怎么好好一条金光大道走着走着就成了黑魆魆的隧洞？

多宝不知找谁才能要到答案，想了想还是觉得找菩萨比较靠谱。一会儿，他还得去上炷香，虔诚地拜拜菩萨。

10

不要赌天意，不要猜人心。魏臻早上撂下一句这样的话，提着换洗衣服走了。

汪海莲想了一整天，也不知什么意思？就当鸡同鸭讲吧。

管你出什么招，要老娘吐出那张卡，做梦！眼下要紧的是尽快搞到卡的密码。

想到那个闹心的密码，汪海莲突然悟到，难怪说不要猜人心，人心真是太深了，与他同床共枕几十年，却不知他心中藏了多少秘密。那张卡，她在银行试了好几次，一家人的生日、结婚纪念日、但凡能说出名堂的数字都试了，结果没一个对得上。说卡是别人的，要还回去，骗鬼呢！分明藏着小金库好养狐狸精，幸亏老天有眼，卡落到老娘手里，莫非这就是天意？好！老娘就来赌一把天意！

用满肚子气换一张数额不菲的卡，还是值得。汪海莲坐床上揉着腿上的肝经，痛得龇牙咧嘴。

电话响了，汪海莲听到儿子的声音，就像听到圣音一样愉悦。作为母亲，她的心是敏感的，魏亦开口叫声妈，她便觉察出了儿子的不快。

怎么了？儿子。

没怎么，我爸回家说了什么吗？

说了，他说，不要赌天意，不要猜人心。

这话怎么说起的？你是不是又做了什么侥幸的事儿？

汪海莲知道自己做的那些事儿确实上不了台面，说给儿子听只会招来他的责备，于是轻描淡写地说：别管他，你爸呀，就喜欢假正经，是为了保官还是真的清廉，谁说得清？

这个观点魏亦也赞同，真不理解，儿子怎么就不如官位重要？魏亦心里装的事儿太多，不想跟老妈多扯是非，于是叮嘱母亲：这几天，注意点我爸，有什么异常告诉我一声。哦，可能，过几天我会回来一趟，不过也说不准哦。

儿子那边挂了电话，汪海莲还握着话筒，愣在那儿忘了自己身上的疼痛，一心疼着儿子。

突然，她灵机一动，儿子的生日不快到了吗？三十岁，那可是一个大生日，等他回来热热闹闹地办个生日宴，怎么着也能将那失去的二十七万捞回来。

汪海莲记起储藏室还有几盘特制的万鞭鞭炮，天缘江下面一个县就是魏疯子的家乡，盛产花炮，送给领导们的鞭炮都是特制的，说是万鞭，其实有双倍万鞭的火力。汪海莲下床把保姆叫起来，把几盘鞭炮搬到二楼阳台，明天出了太阳好晒一晒。

汪海莲看着这些红彤彤的鞭炮，一扫连日来与魏臻怄气的阴霾，心里渐渐乐开了花。只是想到儿子有些发闷的声音，她的心不由得又往下沉。

11

魏臻昨晚是在办公室的休息室度过的，本来可以去条件更好的政府招待所，但他不喜欢那种带有漂泊感的驿站。他一向把办公室看作自己的窝，一个盛放着理想与情感的窝。

只是，昨晚一夜没睡安宁，噩梦一个连着一个。今早一起床，眼皮便开始跳。叶媛媛正在飞机上，她要飞十几个小时，魏臻确实很担心。

想为她祈祷一下，向谁祈祷呢？佛还是上帝？不，他是无神论者，还是向老天祈祷吧！魏臻从小就敬畏天，不逆天意是他的行为准则。

飞机正常着陆时间是下午五点半，或许是有了心事，一整天他都显得神不守舍。他不想让任何人代替他去接媛媛，这个场景他盼望了二十多年，并且在心中演练过无数遍。

二十多年，岁月足矣将青春染上许多沧桑，但媛媛还是他的媛媛。天缘江机场小，站在接机口可以将里面的人一览而尽。安逸飞在等待行李，叶媛媛抱着母亲的骨灰盒，木然地立于一旁。

媛媛，媛媛。

没错，那个神情孤寂、木然的中年女人就是那个曾经青春勃发的媛媛！等候在接机口的魏臻有些激动，喊声似乎跑调。

他想走得更近些，却被四个面无表情的人拦住：魏臻同志，请随我们回去协助调查。

轰隆隆，天下炸下一个闷雷。这应该是电视里的情景，怎么会发生在我身上？而且曾经设想过的无数迎接媛媛的场景根本没有这一出！

魏臻花了一分钟时间判断形势，然后迅速整顿好情绪，镇静地说：请给我几分钟时间，接完人，马上跟你们走。

四人交头接耳一番，非常人性地同意了，然后四散成包围状。

Amy 自从母亲去世后，似乎就将"叶媛媛"这个名字封存进了前世的记忆库。魏臻在电话里叫她"媛媛"，她总觉得那是前世的回音。刚才又听到有人在叫"媛媛"，恍惚间，她已分不清自己云游在今生还是前世。

叫她媛媛的人似曾相识，像极了上辈子某个电击过她灵魂的人。二十多年的时光，Amy 已在心中重新塑造了魏臻，不，他不叫魏臻，他是爱神，她心中完美无缺的爱神！而真正的魏臻已被关在心门之外，Amy 凝目与爱神相去甚远的魏臻，思绪在灵魂与色身之中游离。尽管如此，Amy 还是情不自禁地朝他走去。

安逸飞见她朝外走，有点着急，正要追出去，却看见多宝身着孝服站在外面朝他招手。他放心了，指了指行李传送带，意思是拿了行李就出来。

多宝虽然没见过叶媛媛，可他一眼就认出了这个堂姑，正要上前按礼节跪地迎接婆婆骨灰，却见魏市长拉住了她。

他蒙了，他们怎么认识？看样子，他们有私话要谈，多宝没有胆量贸然走过去打扰他们，只好回到原地眼巴巴地等着安逸飞。在他心里，飞哥来了，一切就好办了。

魏臻一把拉住媛媛，千言万语却不知从何说起，一个深呼吸后，他语气有点急促地说：媛媛，非常抱歉！出了点意外情况，那棵桂花树可能保不住了，你还是去公墓买块地，将老校长与师母一起合葬吧。

他很想拥抱一下她，回头看了一眼四个门神一般的执法人员，只是握了握她的手，便颓然转身离去。

是他吗？那个让自己思念了二十多年的魏臻就是眼前这个稍稍秃顶、微微发胖的人？不，怎么会是这样呢？ Amy 瞠目看着魏臻，尘封多年的往事一幕幕浮现眼前……直到他转身离去，她还是一句话也说不出来，闭目深吸一口魏臻留下的淡淡体味，摄了魂似的跟在他们后面。

魏臻上车前，回首一看，媛媛就在后面魔征地看着他，眼里那汪潭水分明深藏着他们那段铭心刻骨的记忆。顿时，魏臻的眼睛也蒙上了一层迷雾，他逃跑似的钻进车里。

Amy 跟在后面，看着魏臻的车越走越远，眉间渐渐拧出一个"川"字。人行道上的树梢上，鹧鸪鸟似乎受了惊吓，凄厉地叫了一声"行不得也哥哥"，然后扑腾着翅膀向远处飞去。

Amy 蓦然惊醒，口里喊着"行不得也哥哥，行不得也哥哥，行不得也哥哥……"跟在魏臻车后跑了起来，对面驶来一辆车，Amy 不知躲闪迎了过去……

12

你姑姑呢？

多宝搔搔头：被魏市长接走了。

不会这么着急吧？行李都不要了？

安逸飞不好当着多宝面说什么，见多宝有些不自在，扯了扯他的孝服，调侃着：这身孝服算白穿了。

两人说笑着出了门，多宝的车就停在机场大厅门前不远处，放好行李，却见警察在封路，怎么回事？

真可怜呀，听说那女的手里还抱着一个骨灰盒，不知里面装的是她家什么人。

安逸飞脸色突变，一把拉住站在车旁的那人：你说什么？车祸？

那人指指马路：一个女人被车撞了。

安逸飞与多宝顾不上锁车，飞快地跑过去，警察拦住了他们，安逸飞大喊：放我过去，那是我家人。

叶媛媛被车撞得飞出好几米，右手还抱住母亲的骨灰盒，左手却紧紧握着拳。莫非，命都没了，她还在守护手心里那个"情"字？

　　她微蜷着，静静地躺在血泊里，眼睛睁得很大，不知是心愿未了还是想看清来世的路。

　　警察为保护现场，不准他们碰尸体，安逸飞脱下外套盖住叶媛媛的头。多宝抱着婆婆的骨灰盒，蹲在地上哭得像牛叫。是悲伤还是受了惊吓，恐怕连他自己也搞不清。

　　华灯初上，安逸飞呆呆地踩在自己的影子上，他真想与影子换个位置，即使没血没肉没有生命，他也愿意。那样，至少感觉不到难以承受的生命之重。

此岸
彼岸

第三十九章

1

没有任何通信设备的古代，曾子母亲用咬破手指让儿子心痛的方式召儿子回家，这种"母子连心"的千古传奇，已被当代科学证实，其实这就是人体磁场的一种感应。

魏亦昨天就没睡好，接到 Bell 电话，心情很烦躁，真是担心什么便来什么。《神拜》怎么处理与他无关，可《洞山开悟》回到天缘江，不知会引发一场多大的地震？

公司股票明天就在华尔街挂牌上市，他强迫自己今天早点休息。睡到半夜，突然惊醒，看看手腕的智能表，心跳竟然达到一百三。不对呀，自己心脏功能挺好的，今夜撞鬼了？他起来喝了点水，回去继续睡，却心慌得厉害。

突然，手机震动起来，他的心中掠过一种不祥的预感。是妈妈，魏亦赶紧接听。电话里，汪海莲歇斯底里地喊：儿子，别回来，千万别回来，不能再回来了……魏亦惊得差点掉下床，正想问个究竟，只听见"轰"的一声，手机里传出的是"嘟、嘟、嘟"的声音。打过去，妈妈手机不在服务区，家里座机无人接听。再打父亲手机，竟然关机。

不用多猜，家里肯定出事了。父亲不贪不腐，怎么会出事呢？难道是那幅画惹了祸？那也不至于这么快就殃及父母呀？

魏亦只好拨安逸飞手机，可是，任凭电话响着，那小子就是不接，魏亦急得大骂：该死的安逸飞，你长着两只耳朵招风的吗？

魏亦毫无睡意，站在窗边一直到天亮。他反复琢磨着父亲"不要赌天意，不要猜人心"这句话，越想越觉得肯定是母亲做了什么让他恼火的事，所以拿这句古训警告她。

天意高苍人难问，天道幽渺不寻常，一个凡人如何能替天做主？母亲看到众人围着她转，以为自己真的能够一手遮天，她难道想不到父亲一旦失势，平时那些奉承她的人翻脸比翻书还快？

魏亦焦躁得如热锅上的蚂蚁，推开窗，感受一下太平洋吹来的海风，头脑渐渐清醒一些。初升的朝阳直射窗口，魏亦忍不住看了几眼，却消受不了它的光芒，一回身，满屋霎时变得黑暗一片。

昨天才责怪过妈妈，自己竟然忘了，世上有两样东西不可直视，一是太阳，一是人心。

2

Frank 刚刚在尼泊尔经历一场地震，悲悯之心尚未修复，一踏进天缘江又遭受到致命的情感地震。

Amy 存放在殡仪馆，Frank 守在爱妻电冰棺旁，无声无泪。他只想静静地陪着她，在心里忏悔自己的过错。

二十多年前，初见 Amy 是在一位画家朋友家，Amy 给画家当旗袍模特。他对她一见钟情，从此便穷追不舍。Amy 告诉他，自己怀孕了，他说，他想当孩子的爸爸。孩子出生了，一家三口过得其乐融融。只是后来，他管不住自己，经常在外面享受美艳。他觉得自己的心从未背叛过她，而处女座的 Amy，却无法接受他出轨的身体。渐渐地，她开始封闭自己，他们居于同一屋檐下却活在不同的世界。尽管如此，他仍然爱她，并且深爱着女儿 Ruth。

如果自己不是那么自私，对她专情一些，一直陪伴在她身边，肯定不会发生如此悲剧。Amy，亲爱的，你先走一步，我很快就会来陪你。

在外面转悠的安逸飞，几次探头观察 Frank，担心他支持不住。

安逸飞最头疼的是如何向 Ruth 交代，小懒猫该起床了，真不忍心在大清早给她一个残酷的打击。他很想飞过去，紧紧抱着她，让她靠在自己怀中痛哭一场。

安牧良过来了，他心疼儿子，劝儿子到车里休息一会儿。

安逸飞说，他不敢闭眼，一闭眼 Amy 躺在血泊中的样子就会出现在眼前。

安牧良拍拍儿子的肩，温和地说：不怕，爸爸在。

安逸飞眼睛湿润了，记得婆婆刚去世时，他怕闹鬼，天一黑就黏着父母。父亲因母亲去世、小儿子走丢，心情很不好，动不动就训斥他。母亲却一边垂泪，一边细心呵护他。慢慢地，他开始疏远父亲，不管在外面受多大委屈也不寻求父亲庇护，并且经常像刺猬一样对待他。再后来，华音出现了，他竖起的毛刺更加锋利，他担心的不是失去父亲，只是想保护自己和母亲。

安牧良将驾驶副座放倒，让儿子躺下，他坐在驾驶位，伸手抚摸着儿子的头，儿子安静地躺在他身旁。摸着、摸着，安牧良的手颤抖起来，他记不清有多久没摸过儿子的头。心中突然一阵冲动，如果能够融化父子之间那层厚积的冰，让他做什么都愿意。

儿子侧转身向着他，安牧良真想抱着他，可这仅仅是想想而已，他们这个年代的人，生长环境让他们羞于或者干脆说不会表达自己的爱。

手机响了，是华音。安牧良看了一眼儿子，开门下车接电话。华音大概还不知道 Amy 出事了，她告诉安牧良，他想收购的股份，已全部帮他办妥。明天，她会带着点点出去度个长假。

哦，哦，去吧，长假就不必，散散心就回来。

华音还在叮嘱他各种生活琐事，他已无心听了，这个电话提醒了他，或许明天，儿子就会向他发起挑战，迎或不迎？就在一念之间。

正在开战前的节骨眼上，华音提出带女儿出去度假，或许这是件好事，让她们母女避一避战火，最起码省去他瞻前顾后。

安牧良回头看了一眼躺在车里的儿子，刚才想抱抱儿子的冲动渐渐消退。

啾——

夜鸟的凄惨叫声反衬着殡仪馆死一般的沉寂，安牧良赶紧上车，是出于父亲护卫儿子的本能，还是自己也需要从儿子那里获取安全感，恐怕他自己也辨不清。

3

带女儿出去度个长假。安牧良竟然相信！是粗心还是根本不在意她们？

昨晚他几点回的，今晨他几点走的，华音真的不清楚。

这段时间，安牧良每次回家晚了，便会自觉地睡到给儿子留的房间。

该交代的都已交代，该做的准备早就做好。唯一没有完全收拾好的是自己的心情，随着割舍痛感的加剧，她开始犹豫，并伴随着锥心的后悔。可是，事到如今，还有退路吗？倘若让安牧良发现，他收购的股份大部分是她与女儿的，他会怎么想？

华音来到昨晚安牧良睡过的房间，屋里还留着他的体味，曾经让她深深沉醉、只属于安牧良的荷尔蒙味道。华音拿起他早上换下的睡衣闻了闻，还是她喜欢的味道，只是多了一股隔夜的汗味。

将睡衣叠好后，她又抖开，拿去洗衣房，用手洗着。保姆慌忙跑来抢，她淡淡一笑，吩咐保姆：内衣一定要手洗，别扔洗衣机。

该出门了，点点抱着爸爸买的比她还高的大头熊不放。

妈妈现在要出去旅行，是带点点还是带大头熊，点点自己决定。

点点眨巴着黑溜溜的大眼睛：妈妈抱熊熊，爸爸抱点点，去旅行哟——

华音霎时泪崩，分手岂止是两个大人之间的决断？今后的无数岁月，她将如何跟女儿解释这一段情缘？

4

盛大的晚宴，宣告华尔街又一神话诞生。

着装庄重的魏亦挽着身穿天蓝礼服的 Ruth 出场时，惊艳了整个宴会大厅。掌声告诉人们，神话中的王子与公主不是传说。

演说祝酒词时，脸色苍白的魏亦用略带忧伤的语调告诉大家，身旁的公主殿下是他的亲妹妹，如果有来生，他一定做她门前的篱笆，终生守护、陪伴着她。

魏亦回到 Ruth 身旁时，她笑了：魏亦哥哥，我真的愿意做你的亲妹妹。

你本来就是我的亲妹妹！魏亦说得认真且任性。

他牵着 Ruth 来到巨型蛋糕前，握着她的手，切开了蛋糕，并亲手切了一块端给 Ruth，看着她吃得眉开眼笑，魏亦心疼得难以呼吸。

吃吧，小姑娘，好好享受当下的幸福。今天哥哥一定要把你宠为公主，给你最美好的回忆。因为明天，你也许就品味不出蛋糕的香甜了。

魏亦哥哥，你也吃点，不是不舒服吧？手冰凉的，脸色这么差。今天应该高兴呀！

魏亦低头避开她的眼神，他生怕自己失控，这是他企望已久的成功，却不是他希望得到的结局，如果时光重来，自己将如何选择？天呀，我该如何抉择？魏亦的眼里突然涌出几行涩泪。

魏亦哥哥，你怎么了？

魏亦一惊，为掩饰自己失态，他故作轻松地说：哎，这段时间太累了。

Ruth 赶紧端来一盘蛋糕递给他：不能太累了，你应该去休个假。

魏亦接过蛋糕，却没有半点食欲，他问：安逸飞给你打电话了吗？

没，是我打给他的，他跟爸爸在一起。他们要我也回去，爸爸听上去状况不太好。他们说，妈妈一回去就睡了。

哦，哦，你明天就回去吧，哥哥送你去机场。

可是，公司这边走不开呀！

工作永远做不完，亲人却越来越少。珍惜吧，千万别放过每一次与亲人团聚的机会。是劝说 Ruth 还是告诫自己？魏亦无心深究。

就在出席宴会前，接到安逸飞从电话亭打来的电话。据可靠消息，父亲被"双规"了。"双规"现场就在接 Amy 的机场，结果导致 Amy 惨遭车祸。母亲在突然遭受抄家时，为了给他报信，点燃了阳台的鞭炮阻止执法人员抢她手机，最后却将自己炸成重伤。

魏亦听完电话，霎时忘却了母亲以往所有的不是，心中除了疼便是牵挂。

他无视满厅欢声笑语，细心照顾着 Ruth，似乎 Ruth 之外的一切与他毫无关系。他觉得自己或许只适合缔造神话，而享受神话则需要前世与今生累积的福分。

5

安逸飞一人去机场接的 Ruth，他戴着墨镜，让脸上的表情暴露得没那么清晰。

咱们直接去公墓，其他工作都准备好了，只等你来参加葬礼。

Ruth 一直不知道妈妈出了车祸，以为他说的是婆婆的葬礼，于是问：不是说好，让婆婆与公公一起合葬桂花树下吗？为什么要去公墓？

安逸飞含糊其词：世事难料，计划没赶上变化。

上午，Ruth 还没到时，他们已将 Amy 火化了，谁也不想让 Ruth 看到妈妈的惨状。

叶家村来了很多人，叶长老做主，做了两顶白苎麻龙冠，多宝与 Ruth 各一顶，Ruth 一到，多宝妈就给她换上了白色孝服。她看到了爸爸，也看到了本常。爸爸什么也没说，只是紧紧地拥抱了她。

唢呐响了，Ruth 在上次送公公灵牌回叶氏祠堂时听过这种乐器，要不是总出现在这种场合，她真想拿过来吹吹。

有人抱来两个骨灰盒，盖着红布的给多宝抱着，盖着黑布的让 Ruth 抱着。Ruth 没有细看，以为公公婆婆各一个，她做梦也没想到，多宝抱的是公公与婆婆的合体骨灰，而自己手里抱的是妈妈的骨灰。

可是，妈妈呢？妈妈在哪儿？

安逸飞将她揽进怀里，轻声说：她睡了。

不会吧？是不是还没倒过时差？这也太离谱了！

没有人回答她，大家簇拥着她和多宝朝后山走去。殡仪馆后山便是公墓，一群人吹吹打打，没几分钟便到了。

并排两个合葬墓，Ruth 皱眉问：墓碑上怎么有妈妈的照片？

Frank 说：上帝不想让妈妈遭受苦难，于是带她去了天堂。

天堂？妈妈去了天堂？

Ruth 突然想起晚宴上魏亦说的话，"工作永远也做不完，亲人却越来越少"，难道他也知道妈妈去了天堂？

为什么？为什么？你们都骗我！

Ruth 看着本常，她觉得即使全天下的人骗她，本常不可能骗她。本常低眉合十，口念：阿弥陀佛。

Ruth 心中突然哽了个东西，说不出话也哭不出声，放下骨灰盒，她一屁股坐在地上，怔怔地看着墓碑上妈妈的照片：妈妈，你为什么丢下我？为什么？

安逸飞蹲在她旁边，轻轻地拍着她的背，他真希望她像多宝那样放声大哭。沈若兰准备了一杯参汤，让安逸飞喂她几口。

没等参汤入口，Ruth 便眼前一黑，头歪了过去。安逸飞一把抱起她朝山下飞快地跑着，连他自己都惊讶这种爆发力。连续几天的压抑，他快崩溃了，他要带心爱的女孩逃离这里。

6

安逸飞带着 Ruth 逃离了葬礼现场，却无力带她逃离悲伤。

安氏新产品发布会也因葬礼缘故，草草而过。葬礼过后，本常将大家接来盘龙山，这里的环境比较适合疗伤。也许突如其来的变故搞得父女俩不知所措，他们一直默默无语地紧紧依偎。

久别重逢的蹦蹦豆，肯定感觉到了豆妈的悲伤，不像往常那样疯，它乖乖地偎在豆妈脚下，不停地用舌头舔着她的脚。莫非它想以生命的温度去抚慰它亲近的人？

安牧良为 Frank 找到一个中医，老中医说，他有一个与 Frank 情况相似的病人，因为无钱手术，他便教病人几样药草，让他自己挖来熬着喝，如今十几年了还活得好好的。

Ruth 翻译给父亲听，Frank 听了脸上并无喜色，他说，他现在不怕死，因为 Amy 在那边等他。大家知道，他还未走出 Amy 突然去世的阴影。

众人正不知如何劝解，Ruth"哇"的一声大哭起来：我没有了妈妈，难道爸爸也不要我了吗？

Frank 愣了愣，伸手拥抱着女儿，连声说：不哭，宝贝不哭，我听你们的安排吃中药。我要陪着我的小甜心，直到有人比爸爸更疼你。

父亲虽然答应了 Ruth 吃中药，她却越哭越伤心。她不出声时，安逸飞担心她憋坏，一见她哭，又赶紧去安慰。

本常说：让她哭吧，哭出来心里会好受些。

安牧良上山后，一直在打电话，看得出，他的神情非常焦躁。

本常关切地问：爸爸，有什么事吗？

安牧良习惯性地用手将了将头发，说：华音带着点点说是出去旅行，可几天没一个电话，昨天打还是关机，今天怎么就是空号了。不会出什么事吧？

可能是 Amy 车祸的阴影没有消除，大家很容易往坏处想。沈若兰忙问：她出门的时候，你俩没怄气吧？

哪有时间怄气？这几天不是忙着葬礼的事吗？

安逸飞突然想起华音曾经与他的约定，莫非她真的践行了自己的诺言？不由得对宿敌少了几分嫌恶。他安慰大家：大家别往坏处想，她是个独立性非同一般的人，再说，她带着孩子，一定会比常人多几分小心，没那么容易出事。

安牧良听着大儿子的理性分析，心里安定多了，他真希望经此变故之后，他能接纳她们母女。自从在殡仪馆与儿子单独度过大半宿后，安牧良心中多了两个小人，他们一个护卫儿子，另一个护卫华音。两人不断地厮杀，谁也不让谁。他对着他们呐喊：亲情与爱情，同为情同是爱，为什么就不能相容呢？

突然，安牧良慌手慌脚地掏出手机，打给财务总监，平时财务这块全是华音打理，虽然她已退出安氏，但她要想搞名堂，掏空了安氏也没人拦得住，她不会趁乱卷款而逃吧？

财务总监告诉安牧良，华总裁除了将自己与女儿名下的股份转卖给董事长，其他没动用公司一分钱。

什么？她与女儿名下的股份全转让给了我？安牧良汗颜了。认识华音十几年竟然没有看懂她，这样的时刻还在怀疑她，难怪她会离开自己。

真是造化弄人呀！安牧良收购股份本是为了与华音举行婚礼筹集对抗儿子的筹码，如今筹码已定，华音却不知去向。老天，命运之舟究竟谁在掌舵？

本常轻拍着父亲的肩，劝慰他：您看 Frank 不也离家出走大半年吗？等她自己想通了，自然会回来。她可以忘记您，点点能轻易忘记爸爸？

安牧良颤声说：儿子呀，你走丢的时候三岁了，回来都不认识父母。点点不到两岁，她能记住爸爸？我安牧良前世造了什么孽，老天为什么总让我遭受离散之苦？

要是以往，安逸飞早就顶了过去：这就是你对妈妈不忠必须承受的惩罚。

可是今天他没有，他怜悯地看着父亲，这个自认为成功的男人，那种失控的惶恐与无奈让他感到同情。

7

雷响了，该来的暴风雨总会来的。

环球投资公司的门槛快要被投资者们踏破了，多宝与几位业务经理声音嘶哑地跟大家解释，公司不是没有支付能力，只是一时周转不过来，请大家放心，公司在，大家的利益就在。

投资者们已经不敢相信他们了，每天的新闻、加上各种传闻，使这些投资者成了惊弓之鸟。

多宝说得喉咙冒烟还是没将几人劝走，刚回办公室端起杯子想喝口水润润喉，被一个冲进来的人揪住，多宝一看是叶家村的同姓兄弟。

多宝连忙把杯子递给他：来，喝口水。

叶家兄弟一手推开水杯，红着双眼，咬牙切齿地说：好你个多宝，血冤鬼害亲人，连叶家人你都不放过。

这时，办公室又冲进几人，正好手机响了，是飞哥。多宝想借接电话脱身，手机却被人一把夺走摔在地上。

多宝心疼地看着地上安逸飞刚送的苹果手机摔得七零八落，欲哭无泪，他拉着哭腔说：我害你们？我能害我爸妈？我爸把我娶媳妇的钱都存进来了。

有人高声说：活该！害人终害己！

出来混，总是要还的。

8

Ruth 后天就要回美国了，安逸飞很想陪她一起走，却因魏亦一个电话而改变了计划。

魏亦托安逸飞去与政府商谈，只要能给父母人身自由，他马上打款过来还清环球投资所有投资者款项，否则……安逸飞非常不乐意接受这个差事，但是除他之外，魏亦还真是无人可托。他以前在天缘江的那些酒肉朋友，魏臻出事后一个比一个快地跟他父子撇清关系，恨不得说不认识他们。魏臻警示汪海莲的古训"不要猜人心"再一次得到验证。

安逸飞打电话给多宝，想从他那儿了解一点公司的情况，他竟然不接，看样子得下山一趟。

回到 Ruth 住的小木屋，Ruth 出去了，Frank 在这里。他见安逸飞进来，起身看着他，似乎有话要说又欲言又止。安逸飞用眼神鼓励他，原来 Frank 是想让他帮忙打听 Ruth 的生父，他觉得有必要让她了解自己的身世。

他现在失去了自由，这阵子发生的事儿太多，是不是缓一缓再说？

你们到底还有多少秘密瞒着我？

Ruth 推门进来质问他们，跟在 Ruth 后面的本常似乎也被新情况搞蒙了，他默默地站立一旁，看了这个看那个。

其实，其实魏亦是你的亲哥哥。

Ruth 不傻，安逸飞这么一说，魏臻父子对她的关心，汪海莲对她的忌恨，不全解释清楚了？尽管如此，看着抚养了自己二十多年的父亲，她还是难以置信。

Frank 此时不镇定了，他激动地说：魏亦？那个调包《洞山开悟》的魏亦？他是个坏人，我一定要去揭发他，让他接受法律的惩罚。

安逸飞也恨魏亦的丧心病狂，但如今这个节骨眼上，如果将《洞山开悟》调包的事捅出去，魏亦死定了，天缘江父老的血汗钱不也打水漂了？

什么？《洞山开悟》被调包？不可能的！我魏亦哥哥绝对不会做那样的事。

甜心，魏亦是不是坏人，法律会作出判决。飞，明天你陪我去一趟法院。

本常也支持 Frank 的做法，他认为不能姑息坏人。安逸飞为难了，他看了 Ruth 一眼，她的眼里满是疑惑。再坚持下去，他们以为自己护着坏人不说，更糟糕的是会伤透 Ruth，于是对 Frank 说：我们出去聊好吗？

不，我有权知道真相，我不再是你们眼中的孩子了。

安逸飞只得告诉她，魏亦自己也承认调包了《洞山开悟》，后来他一直想弥补。

本常忍不住了：想弥补还派 Bell 去尼泊尔追踪 Frank？

或许，派 Bell 去尼泊尔只是想找 Frank 买回《洞山开悟》，并无恶意。

Ruth 绝没想到魏亦早已雇私人侦探查到 Frank 在尼泊尔，她以为是自己那个电话泄的密，低头说：是我告诉他爸爸与本常在尼泊尔。

这回轮到 Frank 惶惑了，他真的不清楚这几人，谁可以做他的同盟军。当然，他最信任的还是本常，只有本常让他心里最踏实。

安逸飞耐心地跟大家解释，魏亦的投资公司在天缘江融了巨额资金，如果此时告发他，无数投资者的血汗钱就打了水漂，很多家庭将因此陷于困境。

这是两码事儿，不能混为一谈，中国人是不是不懂逻辑？

Frank 涨红着脸，或许是多日来压抑的情绪需要宣泄，他越说越激动。是的，他无法容忍坏人逍遥法外，他以为法律能解决一切。

安逸飞何尝不是？但他一向不能容忍那些动不动指责中国人这个中国人那个的言行，好像哪个中国人做出点什么让他们看不惯的事就得株连全部中国人素质低。

他的声音也高了起来：中国人不是不懂逻辑，中国人做事讲究方法，这叫投鼠忌器。

　　一时，两人像斗鸡一样对立起来。Ruth瞪大眼睛，看看父亲又看看安逸飞，突然"哇"的一声又哭了起来，这世界太可怕、太复杂了。养她二十多的父亲竟然不是生父，宠她如公主的魏亦哥哥成了坏人，她该信任谁？这世上她还有谁可信任？

　　蹦蹦豆一直仰头看着大家，谁声音大，它便冲谁吼几句，听到豆妈突然哭了，它分不清是谁欺负了它的女神，恼怒得大吼起来。

　　两个男人即刻停止了争吵，本常将安逸飞叫了出去。本常虽然疾恶如仇，但安逸飞所说的他都能理解。

　　他告诉安逸飞另一件事，父亲因华音与点点出走几乎要崩溃，他问安逸飞，华音出走是不是与他有关？

　　安逸飞还未回答，多宝打来电话，正好撞在安逸飞一肚子邪火上。

　　吵什么吵，刚才打你电话装死。

　　多宝委屈地说：飞哥，我不是装死，这回真的死定了。

　　刚才一个客户在行政大楼前喝农药自杀，你说公安局会不会抓我？

　　安逸飞一惊，完了，魏亦真的摊上大事儿了。听见多宝在电话那头抽泣，赶紧安慰他：笨蛋，你又不是公司法人代表，抓你能当解药？

　　可是客户不会放过我呀，飞哥，你说我该怎么办？

　　挺起腰来，像个男子汉，天塌下来有高个儿顶着。

　　放了电话，安逸飞告诉本常，魏亦托他与政府谈判，看样子得赶紧，晚了还会出大事儿。

　　去吧，注意点。

9

　　嘭嘭嘭，嘭嘭嘭——夜深，拍门的声音分外清晰。

　　本常刚一开门，一人滚在他的脚下哀求：师父，给我剃度吧，我罪孽太深了。

　　本常弯腰扶起他，等看清是多宝，便说：不急，等想清楚了再剃度不迟。

　　矮人多宝尚未等到矮人福，半夜逃上了盘龙山。原来，叶家村人出于对村长的信任，几乎将全部家底存入多宝公司。近日刮起的金融风暴将他们从发财梦中惊醒，就连同宗同族的叶氏也恼羞成怒地揪住多宝扬言，若要不回钱，就与多宝同归于尽。

　　多宝妈担心失去好不容易得来的独苗多宝，白天掐艾做了几大簸箕艾粑，挨家挨户地送、挨家挨户地赔礼道歉。

　　失去赖以生存钱财的人们岂能接受？关系好的闭门不见，关系远点的干脆接了艾粑扔给狗吃。

　　人生祸福有时就在一念之间，多宝妈趁着夜色，一根绳子吊死在村头，以此代儿子向受害的村民谢罪并请大家放过多宝。

　　本常给面无血色的多宝倒了一碗水，多宝哆嗦得连碗都端不稳。

　　哎哟——声音从 Ruth 住的木屋传来，"汪汪、汪汪汪"，蹦蹦豆突然狂叫起来。本常扔下多宝，朝木屋跑去。山上有时会闹野兽，可别让野兽祸害了 Ruth。

　　木屋灯亮着，本常跑来，没先扶地上的 Ruth，而是四处张望。

　　是飞哥回来了吗？

　　不是，是多宝，你怎么了？

　　Ruth 坐在地上愣着神，蹦蹦豆却咬着她的裤腿，使劲拖她起来。

　　来了野兽？

　　野兽被人吃得差不多了，哪有胆子半夜跑来找我？是花缸，奇怪，这么大的花缸，我扶它拔下鞋就倒了？

　　哎，吓死我了。

　　本常拉起 Ruth 后，想把花缸扶正，却怎么也摆不平。

　　多宝也跟过来了，他用脚踩踩，有东西硌脚。Ruth 打开手机电筒一照，竟然长出了一截竹笋。

　　原来，花缸被笋顶歪了，怪不得一扶便倒。

　　多宝的声音已经不带哭腔了：明天把它挖出来。

　　本常看了一眼两个难以入眠的人，建议马上动手挖笋。

　　不到半小时，三人合力挖出一个十几斤重的竹笋。

　　本常扒去笋上的泥土，喜滋滋地说：够咱们吃上好几天了。

好不容易顶缸破土而出，却逃不脱成菜的命运，好可惜啊！多宝有感而发。

本常口中念念有词：来是偶然，去是必然，尽其当然，顺其自然。

Ruth 与多宝两人同时看着他，不明就里。本常知道他们一时难以理解，于是指着地上的笋说：想想它成笋之前是什么样子，被人吃进肚里又是什么样子？它现在的样子不就成了一种虚幻的表象吗？就如人一样，在生命的长河中，肉身的生灭不过是短短一瞬的幻象，真正永恒常在的是脱离生死烦恼的自在之我。

多宝似乎还是不明白，而 Ruth 已恍然大悟，原来本常执意挖笋，是借笋点拨他们，要超然亲人肉身的离去。

道理容易懂，感情却不是那么洒脱。Ruth 拍打着竹笋身上的泥土，幽幽说道。

本常耐心开导：死亡有三重境界，第一重是肉身死亡；第二重是葬礼上亲友与死者告别；第三重是被人忘记。我们只要不忘记逝者，他们便不算真正死亡。

Ruth 不顾泥土，将竹笋抱了起来：我会让逝去的亲人永远活在我心里。

10

安逸飞下山之后便杳无音讯，直到 Ruth 登机前还没出现，本常与 Ruth 每次拨打他的手机都是"您拨叫的用户不在服务区"。Ruth 显然慌了，本常虽然能沉住气，也不免担心。

又是离别，人的一生究竟能承受多少离别之情？上次带婆婆回美国，那时，Ruth 突然感觉自己长大了。如今还不到两年时间，再次在这个机场登机，她却觉得自己老了，老到承受不了别离。

要进安检了，Ruth 泪眼婆娑看着前来送别的人，一个个地拥抱。Frank 轻吻爱女额头，安慰她，一定会好好喝中药，争取早日回美国与她团聚。

与沈若兰、多宝别过后，最后拥抱的是本常。没有杂念，只想在他厚实的胸前停靠一下，哪怕几秒，给潮湿的心漏进几缕阳光，她的心也不会收紧得连呼吸都觉困难。

本常轻拥他的菩萨，低声说：别担心，一有飞哥消息就通知你，一定照顾好自己。

转身、回首、再转身，无语的眼神，道尽了所有的别情。

目送 Ruth 进了安检，本常让多宝送母亲与 Frank 回盘龙山，他自己去找父亲。

几日不见，父亲憔悴了许多，鬓角边新生的白发，肆意地宣示着他的老态。儿子来了，沉闷的心，悄然打开了一扇气窗。

华施主有消息吗？

安牧良摇头之后，紧接着问：你哥呢？有消息吗？

还没。按理，纪委不可能扣留他呀，会不会出现其他情况？

我得找他们要人去，凭什么扣我儿子？

本常见父亲斟茶的手在抖动，连忙接过茶杯。正准备端茶给父亲，却见他一脸煞白，用手抱头，喊出几声"痛，痛……"之后，便倒在儿子身上人事不省。

此岸

第四十章

彼岸

1

哀大莫过于心死。

魏臻眼睁睁看着叶媛媛倒在车下，他的心随着她一起死了。死，对于他既是解脱，更是追随。

所有的审讯人员以及审讯手段对他毫无作用，他的交代词一遍又一遍地重复着：我有罪！请判我死刑。

专案组正使不出新招时，安逸飞一头撞了进来。他是来谈判的，万万没想到进了这里所有通信设备都会屏蔽。

专案组王组长听他说完条件，很客气地说，他一人做不了主，需要请示和商量。安逸飞只好耐着性子等，他想给本常打个电话，结果打不出去，连微信也发不出去。这会儿，他急了，起身往外走，却被拦住。

这是什么地方？监狱吗？我又不是犯人！

我们并未监禁你，只是需要你在客房等待上级批示。

除了无任何通信条件，客房倒是应有尽有，连水果都配好了。一连几日没睡好觉，安逸飞倒在床上不多一会儿便打上了呼噜。

不知睡了多久，有人推醒他：醒醒，我们谈谈吧。

几点了？

凌晨三点。

什么？他倒不怕熬夜，担心的是 Ruth 要走，他得去送她。再说，电话打不通，他们会急死呀！

谈什么？

你不是来谈判的吗？

组长倒不像电视里演的那样铁面无私，他和颜悦色地说着话，就像长辈与小辈聊天。他告诉安逸飞，他私底下非常同情魏市长。以他几十年的办案经验看，他真算不上贪官。其他都是小问题，现在最大的问题有两个。第一，那天暴雨下水道冲走一个学生，金老板手下的人强拆拆迁房导致两人死亡，他们把两起事故混为一起，把责任全推给金老板。其他人得到消息，陆续将金老板给的卡退回去了，只有魏市长一人未退。第二，纵容家属敛财。

魏市长犯了哪些事儿，我不想多问，我只关心，魏亦提出的条件，你们答不答应？

小兄弟，这么大事，你能替魏亦做主？其实，魏臻同志问题并不大，他只要好好交代，最多判个几年。可是，他一点也不配合，不吃不喝，闹出人命来我们可担待不起。你通知魏亦，让他赶紧回来一趟，劝劝他父亲，也可当面跟我们谈判。

安逸飞觉得他说得有道理，掏出手机正要打过去，张组长说，屋子里没信号，陪他出去打。

安逸飞走到外面，被凉风一吹，清醒了，专案组不会利用自己诱捕魏亦吧？此念一出，背上冷汗都出来了。

安逸飞收起手机：我不打，因为两边的主我都做不了，我只负责把魏亦的要求传达给你们。我要走了，我女朋友明天回美国，我得去送她。

既然来了，就不急着走，因为我已经跟领导汇报了，你这一走，我咋交代？

安逸飞看看旁边几位大汉，知道蛮来肯定吃亏，只好妥协地说：我可以留下，但我得给家里打个电话，好让他们放心。

王组长笑了：就当协助我们办案吧，你问问我们专案组的同志，他们有多久没与家人联系？失踪十天半月，简直是家常便饭。夜黑风凉，小兄弟，我们进去。

安逸飞回到房间，犹如困兽，组长提出陪他下棋解闷，他说没心情下，问他需要什么，他说只需要网络。

组长摊开双手：我也想要，可是真没有。

安逸飞做出一个请他出去的手势，组长笑笑，转身走出房间。安逸飞独自困在一间三星标配的房间，犹如游戏里施展不出法力的小妖。他嫌地下空间太小，于是蹦上床狂野地翻着跟斗，翻累了，光脚站在窗前久久凝神夜空。黑夜，是时光的无奈，然而又有多少无奈被淹在黑夜之中？

2

安逸飞知道自己是怎么进去这家宾馆的，却不知道什么原因出来的。

三天时间，虽然谈判只促成一个意愿，但他看透了很多世事，也想通了很多以前想不通的事。比如，父亲想与华音再婚，他不会阻止了。再比如，小点点回来，他愿意接受这个妹妹。同样是这三天，他失去了一生珍重却又无法弥补的东西。

安逸飞赶到医院，脑溢血的父亲刚刚脱离危险期，全身插满了管子。安逸飞一直以为父亲将安氏企业看得高于一切，可安氏历经种种磨难父亲都未妥协，如今却因自己下落不明而让父亲倒下，什么在父亲心中分量最重还需纠结吗？安逸飞握着父亲的手，父子之间厚积的那层冰顷刻之间融化成水，雾化进彼此的眼里。

叫王律师过来。

叫律师干吗？现在咱们得仰仗大夫、护士。

安逸飞用纸巾为父亲擦去止不住的泪水，侧身让护士给父亲扎针。

轻点，别扎痛我爸。

安牧良伸出另一支冰凉的手紧紧抓住儿子，好像生怕他会跑掉。

爸，别怕，我和逸翔都在这儿守着您。

儿子，爸能忍受皮肉之痛，只是别让爸心疼。

安逸飞忍了又忍的眼泪终于夺眶而出，本常冲了一个热水袋，塞给他，他将热水袋垫在父亲正在输液的手下。

律师来了，父亲交代律师，将自己名下所有股份全部转入安逸飞名下。

爸爸，这样不太公平吧？

安牧良让两个儿子坐床边，虚弱地说：爸爸如今这样了，已无力管理公司，逸飞是老大，必须挑起这担子。

不，不行呀，爸，我还要回美国去的。

安牧良一把将输液管拔了，鲜红的血液溅得四处都是，他胸口起伏，半天呼不出气来。

本常连忙按铃叫护士，安逸飞抱住父亲，不住地叫：爸爸，爸爸。

护士进来板着脸训斥他们：怎么回事？你们父亲一只脚还在阎罗殿没拔出来呢，让他气成这样，想不想救他？

兄弟俩一个给父亲揉胸，一个给父亲揉手，吓得大气儿不敢喘。

等安牧良搏回一口气来，安逸飞连说：爸爸，好说，好说，我一切都听您安排，千万别动气。

歇了会儿，安牧良说：逸翔，这次的股份全给你哥，不是偏心，而是为了保住安氏。爸是公司创始人，不管手中股份多少，股东们都会敬我几分。而你哥，从未参与过公司管理，他只有拥有绝对股权，其他股东才会服他，在公司才有话语权。

本常点头：我懂，我不需要股份，我名下的那些股份也可以转给哥。

你那些股份暂时不动，等到需要时再说。

这于一般人三生三世都遇不到的红运，安逸飞却像一头被迫套上牛轭的耕牛。

如果你实在不乐意，也不是没有变通的办法。

兄弟俩齐刷刷地看着重新输上液的父亲，安牧良也看着两个儿子。

反正，你们兄弟俩必须有一人挑起安氏大梁，自己商量去吧。

安牧良说完，闭眼休息了，兄弟二人对看一眼，满脸无奈。

哥……看着本常欲言又止的神情，安逸飞将手搭在他肩上：好弟弟，别担心，有哥呢。

说完此话的安逸飞突然觉得有种悲壮的感觉，但为了保全弟弟的信仰，他还有别的选择吗？

本常低声说：哥，辛苦你打理公司，我会尽量多照顾爸妈。

四只手交叉相握，兄弟俩心意相连。

王律师起身说：我这就去按安董的意思办啰。

安逸飞木然地跟着王律师走出病房，王律师与他道别的话一句都没听清。他失魂似地走着，脚步越来越快，他也不知自己要去哪里？对父亲与弟弟的承诺追在耳边，甩也甩不掉。他开始气恼、开始后悔，从小到大，他一直向往做个特立独行的人，做自己喜欢的事情。可是，转眼之间一切都发生了变化，一句承诺将改变他整个人生轨迹。

"天塌下来有老大顶着"，这不是自己说过的豪言壮语吗？谁让自己是老大呢？

Ruth，Ruth——救我！

什么人在医院喧哗！

安逸飞以为楼梯间没人，没想到背后冒出一个小护士，吓他一跳，只好耷拉着脑袋一级级台阶往下走。

护士问他：去几楼？

一楼。

护士瞪了他一眼：不会数数呀？这儿是十五楼，电梯间在那边。

安逸飞停下脚步看了看上下楼梯，不知自己该上还是该下，愣了一会儿，见护士费力地拿着器械，便问：这东西是干吗用的？

一个炸伤的病人呼吸困难，需要这个仪器帮助呼吸。

安逸飞大脑即刻闪出魏亦妈妈被鞭炮与手机炸伤的画面，他试探着问：那个被炸伤的汪海莲，不会有生命危险吧？

现在很难说。

护士虽然没透露具体情况，但安逸飞已经得知汪海莲住在十三楼。他一把接过护士手中的仪器：我来拿，女孩家家不该干这粗活。

你不是去一楼吗？

护士狐疑地看着他。

安逸飞没有了往日的贫劲，一路默默无语地帮着护士将器材提进了十三楼。途经一病房，只见外面两人守着，护士接过仪器，向他道谢。安逸飞顺势看了一眼病房，病床上躺着一个头部捆得像粽子一样的人，他估计那就是汪海莲。虽然觉得她是"自作孽不可活"，但是老天已经如此惩罚了她，还有什么可说？

3

投资公司大楼一片狼藉，公司高管躲了起来，前来讨债的客户对着一群一问三不知的留守职员骂骂咧咧。

讨款事件还在发酵，带出了很多小市民的卑劣做法。一位垂垂老者，被儿子扔在公司一张座椅上，老人号叫着要喝水，喊了半天，无人应答，便呜呜地哭了起来。

正好多宝撞来了，公司没有开水，他给老人买了一瓶矿泉水，老人喝下不到一刻便说肚子不舒服。多宝扶他去洗手间，老人拉稀了。

讨债客户趁机起哄，还不快打电话给公司领导，老人出了问题你负责？

多宝慌了，连忙掏手机拨安逸飞电话。安逸飞在开会没接，他急中生智说，他去叫人。

安逸飞刚开完一个公司高层会回到办公室，多宝满头大汗冲进来向他学说刚才的情景，说完，他又记起一件事：我还看到你师母带着么么哥哥也站在公司门前哭，说他们家全部积蓄都存我公司了。

安逸飞长叹一声：魏大胆呀，魏大胆，你真是害人不浅。

他马上拨打魏亦视频，魏亦说，资金数额太大，一时难以调集。再说，专案组那边也没动静，我爸妈是死是活都不知道。

安逸飞说，你妈虽然伤势很很重，我打听过，目前已稳定下来。你爸不吃不喝，谁也劝不通。

安逸飞要他去看看 Ruth，魏亦没说去也没说不去，匆匆关了视频，肯定是听说了父母的情况，心里难受。连曾经最烦的父母管教，如今都成为奢望，他哪有心思多聊？

多宝试探着说：飞哥，我现在约等于失业了，华婊子又走了，我还是回安氏上班吧？

安逸飞瞪他一眼：嘴巴干净点！

顿了顿，安逸飞接着说：谁说你失业了？你公司那边有大把事要做，赶紧的，给我一个个把那些员工找回来。

老板跑了，谁给他们发工资呀？

我发，只要回来正常上班，我就给他们发工资。公司有人上班，投资者虽然一时拿不回钱，心里不会那么慌。

多宝半信半疑地看着安逸飞，嘟囔着：飞哥，你傻呀，干吗蹚这浑水？

4

当"只做自己喜欢做的事"成为往事，安逸飞才知道父亲一天要处理多少事。

安逸飞给自己定了一个小目标，必须尽快把自己从繁重的工作中解救出来，否则累成一头牛还脱不了身。

抽空给 Ruth 发个视频，洛杉矶晚上十点了，她还在公司。安逸飞不由得一阵心酸，她肯定是不愿回家，宁愿待在公司加班，如果自己在她身边，多少可以陪伴着她。

Ruth 接了视频，看着他不说话，安逸飞故意用轻松的语调逗她：小劳模，这么晚还在加班，给自己定奖金了吗？

没，刚盈利呢。

安逸飞鼻子一酸，赶紧把屏幕转向一边，不让 Ruth 看到自己的脸。Ruth 小笨蛋，以往的幽默哪儿去了？难道她的心真的被接连的磨难碾压出了沧桑？Ruth，原谅我在你需要我的时候不在你身边。

Ruth 突然听不到声音，也看不到安逸飞，不知他在干吗？她也没问，只管埋头做着自己的事。

良久，安逸飞的头像又进入了画面，他问：最近见过魏亦吗？

没，大家都很忙。

安逸飞哪能不明白这两人的心思？不可能真的那么忙，只是无言以对而已。

问一句老老实实答一句，安逸飞聊不下去了，此时哪怕她喊几句他最烦的"六毛大叔"，他也能感觉她还是从前那个调皮的小女孩。

对了，她为什么不问自己什么时候回美国，能不能回美国？难道她真的什么都能放下？安逸飞愣愣地看着视频，他不说话，Ruth 也不出声，好像低头在做着什么。

关了视频，安逸飞给小黑哥打了个电话，说自己一时半会儿回不了美国，那辆车送给他，条件是每天下班送 Ruth 回家。小黑哥愉快答应了，他说，车和 Ruth 都是他的最爱。

安逸飞连忙说，车你可以据为己有，可别乱打 Ruth 主意。

头儿，以前你不是常说你爸"天高皇帝远"管不着你吗？现在你也管不着我了。

安逸飞真想拿手机朝他头上甩去，他恶狠狠地对小黑哥说：大胆，看我过来不扒下你几层黑皮！赶紧催 Ruth 下班去。

放了电话，安逸飞久久回不过神来。

5

安牧良坐在寺庙前背对着太阳，不到一小时就晒出了汗，他吵着要回屋。

本常拿来一顶草帽给他戴上，指着趴在长凳上晒背的 Frank 说：爸，您看他，每天上午晒几个小时，比来的时候状况好多了。

安牧良眼一瞪：什么不好学，要学洋鬼子拱屁股。

沈若兰从菜地回来，她提着一篮刚摘的西红柿、黄瓜等，见安牧良冲儿子发火，便说：你现在的福分是前世修来的，可得珍惜。

安牧良看了沈若兰一眼，不再闹了。面前这个女人，他除了习惯性的依赖便是愧疚；而对远去的那个女人，则充满了牵挂。

今天周末，逸飞怎么不来？

哥说他会来的。

话音刚落，蹦蹦豆欢叫着朝小路那头跑去。肯定是来熟人了，要不它不会那么高兴，难道它也懂"有朋自远方来不亦乐乎"？

安逸飞放下手中的盒子，他蹲下来抱着蹦蹦豆，蹦蹦豆趁机在他脸上舐了一下。

安逸飞一把拍开它的嘴：没大没小。

儿子来了。

安牧良用审视下属的眼神看着他。

安逸飞递给他一个平板电脑，说是教他玩游戏打发时间。

安牧良眼睛一瞪：别拿那些东西来腐蚀我。

突然，安牧良鼻子耸了耸：咦，我怎么闻到了酒香？

安逸飞笑眯眯地将藏在身后的盒子放在他腿上，一股酒香扑鼻而来。

安牧良对安逸飞眨了眨眼，指着朝禅堂走去的本常后背，轻声说：你弟弟不让我们喝酒，唉，这里别的都好，就是不给喝酒也不给吃肉，真让人受不了。

安逸飞指着盒子，笑着说：这不是酒，是"汤"，专门为你们研发的。

安牧良仔细端详着酒瓶，不住赞叹：不错，不错！这个酒瓶简直就是一个工艺品，不过，还是要节约点成本。来，倒一杯给我尝尝。

吃饭时候再喝，现在喝西红柿汁。

沈若兰端来两杯西红柿汁，安逸飞从妈妈手里接过一杯递给父亲，安牧良喝了两口就不肯喝了。

Frank 一口气喝完，砸巴着嘴：太好喝了，我可以再喝一点吗？

沈若兰听不懂 Frank 的话，她瞥了安牧良一眼：身在福中不知福，就知道折腾儿子。

安逸飞接过 Frank 的杯子，告诉他，喜欢喝，天天可以给他打，只是每天不能喝多了，妈妈还打了黄瓜汁，每样东西都吃点，才能做到膳食均衡。

Frank 愉快接受，他招呼安逸飞：飞，我们仨进屋聊会儿。

安逸飞点头，指指父亲，意思是等伺候好父亲再进去。

安逸飞将电脑联网后，翻出一组表格给父亲看。安牧良起初没看懂，安逸飞一张张给他解释后，他兴奋地说：那些洋学费总算没白交，这些表格设计得太好了，可以大大提高管理工作效率。

安逸飞说，还要制定一些配套条例，让每个员工有章可循。

安牧良终于笑了，安逸飞趁机让他喝下剩下的西红柿汁。

安牧良见多宝"咔嚓咔嚓"地咬着一根新鲜黄瓜，孩子般地说：我也要吃黄瓜。

好，我去拿。

多宝一直亲着干娘，因为仇敌华音的关系，对这个干爹也有些成见，如今亲妈没了，亲爸不让他进门，还好有门干亲可以依靠。这段时间像儿子一样帮着安逸飞伺候干爹，也跟他亲近了许多。

Frank 见安逸飞进屋，他从箱底拿出《洞山开悟》：我说过，要让它回家，却一直没拿出来，因为有些事，我们存在很大的分歧。这些日子，我想通了，不管我们有着怎样的分歧，与《洞山开悟》回家没有关系。再者，我必须考虑 Ruth 的感受，她虽然喝美国牛奶长大，但中国情结很重。我爱艺术，但我更爱女儿。

安逸飞紧握他的手，眼睛有些潮湿。本常双手接过《洞山开悟》，神色庄重且激动：师父若能看到报亲寺建起来了，师祖的遗物也回家了，不知有多高兴。

安逸飞问：你上次捐展的《洞山开悟》快到期了吧？

本常默想片刻：还有一个多月。

到期了就拿回来，将赝品画销毁。

就这样让魏亦逍遥法外？

安逸飞不知如何回答本常，依他自己的性子也巴不得揪他回来收拾残局，可目前的状况，几个亿的资金，除了魏亦还能指望谁来解决？

安逸飞展开《洞山开悟》，他还是第一次看到这幅画，"切忌从他觅，迢迢与我疏，我今独自往，处处得逢渠……"没有一定的造诣真是难以领悟这首禅诗的含义。

本常笑说：禅诗不必拘泥字面意思，随意而悟，随性而悟，随心而悟。

6

魏亦通知安逸飞，资金基本调集到位，可以约谈专案组。

安逸飞给王组长打了一个电话，把魏亦的话转达给他，魏亦说，要通过视频看看他爸。

王组长让他到宾馆去，安逸飞说：不会像上回那样拖住我吧？我还没找你们算账呢，上回害我爸犯病，到现在还没康复。

王组长再三道歉：不会了。上次是希望你能协助我们把事情圆满解决好才留你，这回咱们不成朋友了吗？我向你保证……

别，我更相信你以孩子名义发的誓。玩笑了，我马上过来。

魏臻见到安逸飞没感到意外，安逸飞倒吃了一惊。魏臻一向形象好，平日也比较注重仪表。如今简直与以前判若两人，胡子拉碴，面容憔悴，眼睛浮肿。

安逸飞只是礼貌性地叫了他一声，马上拨通魏亦视频，魏亦见父亲这副模样，喉头哽咽得说不出话来。

父子俩对视片刻，还是魏臻先开口：魏亦，别任性了，天缘江很多投资者被你坑得几乎家破人亡，放过他们吧。

王组长一旁补充道：不仅如此，很多人借此发泄对社会不满，说是有领导参与了你们公司分红。越来越多的人去政府闹事、上访，要死要活的，闹得不可开交。

魏亦没理父亲旁边的王组长，低头控制了一下情绪，哑着嗓子说：爸爸，我不是救世主，我只想让你和妈妈安度晚年。如果他们给你和妈妈自由，我自然不会让那些投资者吃亏。他们要是不放过你们，那些人只好听天由命了。

你不用管我，若是你妈妈出去了，好生待她。天缘江是你的故土，你要善待这块土地上的众生。

爸，你都这样了，还是多想想自己吧。

魏臻站了起来：我的意思都表达清楚了，你好自为之吧。

魏亦盯着荧屏，久久无语，帅气的五官错位成一盘残棋。

安逸飞给他打了一个加油的手势，便关了视频。

安逸飞回到公司不久，魏亦又打来电话，说，他觉得谈判计划需要更周密一些，毕竟他们握的是刀把。他希望安逸飞能去美国与他一起商讨方案。

我要走得开，还用你说？

兄弟，就算我求你了，过来谈谈。

不可一世的魏亦何时求过人？真是人不作死不会死。虽是这么想，去美国的冲动却被煽动得一发而不可收。

7

不知需要多少遗留、沉淀、储备的能量，才能激发出让人刮目相看的潜能？

环球投资公司新任常务副总裁叶多宝满血归来，新官上任三把火，第一把火，召集投资者来公司开会。说句心里话，没有相当底气，是不敢烧这把火的，就连市委市政府领导看见那些投资者都绕路，如今将这些人召集一起，岂不引火上身？

多宝可不怕，天塌下来有一米八二的飞哥顶着，他才一米六二，怕啥？多宝才不想浪费来之不易的矮人福。

而安逸飞的底气来自两方面，一方是专案组王组长向他透露，他们已查清，将工地与下水道两事件混为一起上报，是主管部门欺骗了魏臻。至于经济方面，除了那张银行卡，并未查出其他什么。昨天，天缘江查出一起更大贪腐案件。相比之下，魏臻案简直小巫见大巫，只要魏亦这边配合好，专案组会尽快结案。另一方，魏臻已经传来验资报告，说明他有偿还能力。

尽管底气十足，多宝坐在总裁办公室，却有几分不自在，一职员进来请示：叶总，领导来了，安董到了吗？投资者早早就在会场等待。

好，我马上打电话催他，安董可是大忙人。

算你有良心，还知道体谅我忙。

安逸飞踏着话音走进办公室。

飞哥。

"飞哥"留着家里叫，在公司叫安董。安逸飞敛起平日的嬉皮，真有几分领导范儿。

会议在以前的培训室，满满坐着几千人，主席台上的人也基本就位。多宝主持会议，他首先向大家介绍：受政府委派，政府办公室主任、信访办主任、专案组成员等人出席今天的会议。

多宝毕竟是初次经历这种场面，幸亏安逸飞出招，让他备张提词条捏在手里。安逸飞还告诉他，只要人名不说错，其他漏了，他会想办法补救。

多宝擦了擦额头冒出的汗，回望一眼保护神安逸飞，眼神求救般说：飞哥，哦，安董，漏了介绍你怎么办？

安逸飞起身，走到多宝身旁：我来作个自我介绍，我是安氏集团董事长安逸飞，受环球投资公司董事长魏亦委托，今天与大家见个面，希望能给大伙儿带来一颗定心丸。安逸飞说完坐回自己的位子。

叶多宝继续主持：下面有请领导讲话。

政府办主任清了清嗓子，准备发言，会场骚动起来，投资者们显然不想听什么领导发言，他们只想知道安董说的定心丸是什么？

坐回主席台的安逸飞，已成众人眼里企盼的救世菩萨，他自己却没意识到，只是带着菩萨般的悲悯看着台下芸芸众生。台下的人看台上的人，永远都是一副仰慕的眼神，他们万万没料到，高高在上的菩萨，悲悯之余也在以凡人的心态羡慕众生。他们虽然失去了钱财，却有着自由之身，平平安安地跟爱的人在一起。如果互换位置，不知他们愿意吗？

安逸飞肯定愿意，他相信此刻的魏亦也会愿意。他很想问多宝是否愿意，却一眼扫到师母带着么么哥哥也在众人之中。么么哥哥显然认出了他，看着他笑得满脸灿烂。安逸飞心里顿时堵住了，真是屁股决定脑袋呀！在他与魏亦这些人看来，钱能解决的问题都不是问题，而对师母与么么哥哥这个层面的人群，他们的所有问题都是因为缺钱。

安逸飞正对着么么哥哥点头，被主任放大麦的声音吓了一跳。主任扔下谨慎准备的发言稿，粗着脖子说：你们是想闹事，还是想解决问题？仔细看看你们手中的合同，第十三条明确写了，你们是投资人。什么叫投资人？就是风险也要一起承担！现在政府站在你们这边，为保护你们的利益，派我们来解决问题，你们吵吵闹闹……

主任话未说完，台下立刻分为两派，想听主任讲话的指责吵闹的，骂人的指责对方耳朵根软，不能轻信政府的话，会场吵成一锅粥。

安逸飞三步并作两步跑下台，扶着师母与么么哥哥上台。

众人看傻了，一时忘了吵闹，齐刷刷地看着他们。

安逸飞说，环球投资公司并不想失信于各位，只是近期发生了一些事情需要时间解决。他与魏董从幼儿园起便是同学，这位是他们的师母与老师的孩子。他们的老师已经去世多年，而师哥出生以后就是这样混沌不开，师母平日在沙子巷支个早点摊维持母子生活。是魏亦出钱为他们母子买了社保，仅从此事可以看出，魏亦并不是大家想象中的那么邪恶。

师母点头：魏亦真的不是存心想骗大家，也许是碰上什么难事儿，我们一定要相信他。

师母说完又开始抹泪，么么哥哥则在一旁，冲着安逸飞喊：么么哥哥，么么哥哥。

安逸飞让多宝送他们母子回到台下，弯腰对大家一揖：

大家可以不相信魏亦，但请务必相信我、相信安氏集团。

台下有人喊：安氏那么有钱，拔一根毛补偿我们也有余呀！

安逸飞笑了，他觉得这些人太幼稚，安氏有钱与你们有什么关系？凭什么补偿你们？但他不能这么说。他做了一个让大家安静的手势，会场果然安静下来，可能很多人以为要发钱了。

安逸飞说：昨天，魏亦给政府发来美国花旗银行的验资报告，什么意思呢？就是说他有能力偿还大家的钱。

这下，会场彻底安静了，大家竖着耳朵听。

安逸飞接着讲：但是，这些钱现在美国，要让它们回来，还得有一些比较复杂的手续，希望大家耐心等待好消息。

这些人虽然被骗怕了，但有财大气粗的安氏作担保，心里踏实多了。见面会终于在吵吵闹闹中开始，也在吵吵闹闹中结束。

8

安逸飞揉着发胀的太阳穴走出环球投资公司，多宝送他上车后，继续回去烧他的新官火。

司机问：安董，回公司还是回家？

去盘龙山。

路上，接到飘飘电话，好久没有互动，原来她最近刚拍完一个电影，听口气，大有十年磨一剑的味道。她说，幸亏听了老人言，她在这个电影里，虽然是女二，却收获了满满的人气。

安逸飞问：我老人家哪句金玉良言被你听进去了？

切！死远点。是我干爸，他教我"磨刀不误砍柴工"，我便每天背古诗、还报班去学古筝，所以一上妆，古人那种感觉就出来了。

哦，是李老师呀，好久没跟他联系了，公司赚了钱，得补给他稿费了。

飘飘说，在网上看到盘龙山，竹林间的那些小木屋，还有绕着木屋的小溪流，太令人向往了。

还有各种各样的新鲜蔬果，Frank 在盘龙山都舍不得走了。

什么？Frank 也在那儿？其实，其实，我一直很想去盘龙山调整调整。

安逸飞恶作剧地说：快来呀，我爸妈都在山上，你来了刚好陪陪他们。

飘飘不说话了。安逸飞知道，借她几个胆子，她也不敢去见爸妈，当年父亲可是对她发过狠话的。

到了山下，安逸飞让司机在车里候着，他一人走路上山。一下车，他便奔跑起来，每天待在空调屋里，血液都忘记了什么叫沸腾。

安牧良见儿子满身大汗地跑来，T恤衫都湿了，连忙扶着墙取了条干毛巾，一边给他擦汗，一边心疼地说：才几天没见爸就这样心急，天气热，慢慢走呗。

安逸飞真觉得汗颜，老爸这是以慈父之心度浪子之意呀！

本常摘了一筐晚熟甜瓜回来，让魏疯子招呼 Frank 与其他上山修禅的居士也来这屋，一群人围着桌子其乐融融地吃着瓜。

Frank 由衷地说：我虽然娶了一位中国太太，其实对中国人并不了解，比如西方人总是将分餐作为文明的表现。这些日子，大家总是围在一起分享美食，这种感觉真好，就像一家人一样。

安牧良的眼里突然闪过一抹荫翳，家人？华音，你这么坚决地离开我，是因迟迟没有得到的一纸婚书还是感觉我没有把你当作家人看待？

一块未嚼烂的瓜哽在喉头，怎么也咽不下去，安牧良默默起身，想走出屋子，一人静静。无奈，左边手脚不听使唤。魏疯子连忙过来扶他，缠着他去下棋。

安牧良摇摇头：不下，你不是我的对手。

下。

不下！

本常看着两个倔强的老小孩斗嘴，不由得笑了，他知道父亲性子急，怕他不小心刺激魏疯子犯病，于是将最后一块瓜塞给魏疯子，然后让他把盘子送回伙房。

一脸落寞的安牧良重新坐下，安逸飞知道他是在想念点点，便拿过平板电脑，给他安装一个自己设计的游戏。安牧良一向视游戏为不务正业，此时哪有心情玩游戏？他将平板一扔，坐在那儿看着远山发呆。

安逸飞也不勉强，只是自顾自地玩起来。

咯咯咯、哎呀、爸爸坏、哥哥坏。

安牧良一愣：谁在说话？

安逸飞没回答，玩得眉飞色舞，安牧良忍不住伸头去看，却看到了包括点点在内的一家人的头像。原来安逸飞用父母、自己、本常、点点的头像代表五种颜色，游戏形式有点像简化版的消消乐，还下载了配音。

安牧良见儿子玩得高兴，他也来了兴趣，安逸飞便将平板电脑塞给他，一步步教他玩，特别是玩到点点奶声奶气骂"爸爸坏、哥哥坏"时，安牧良不由得开怀大笑。从华音带着女儿出走后，安牧良还是第一回大笑。

安逸飞趁机提出，要去一趟美国。安牧良马上敛住笑容问：去美国干吗？想逃跑？

您想哪儿去了？我要逃跑，当初就不会答应接管安氏。

美国那边不是还有个公司吗？有人想收购，出价还不低呢。

安逸飞这话不是胡编的,这是昨天 Ruth 微信里告诉他的。

安牧良皱眉想了想,说:想去就去吧,快去快回,公司不能一日无主。

爸,您这观念落后了,我在美国一样能指挥他们。不是设计了一些表格吗?日常工作都已明确量化,特殊情况随时视频开会讨论。如今通信这么发达,将在哪儿都能帅兵。

哎,这世道不知是变得简单了还是复杂了,以后都可以不要生孩子,买几个机器人叫爸妈,还没有逆反期。

安逸飞没有像以前那样顶撞他,一边教父亲玩游戏,一边嘿嘿地笑着。

Frank 听说安逸飞去美国,他说,他也想回去看看女儿。

安逸飞答应带他一起走,但本常不同意,老中医说了,喝中药不能三天打鱼两天晒网,必须坚持一段时间才能见效。Frank 想了很久,终于放弃回美国。

9

Cheers!

有人说,重逢是首歌,三杯红酒碰在一起,三个年轻人把酒当歌。

几杯酒落肚,魏亦建议坐下来谈谈。

谈什么?

Ruth 说,有人出价七千八百万美金收购飞翔公司,我派人去做了市场调研,差不多。与其卖给别人,不如卖给我。

转让公司不是我一家说了算,玄易那边还没沟通。再说,你不正调集资金了结环球投资那事儿吗?

玄易那边你不用管,他们不是一切都委托给我了吗?

安逸飞一口干了杯中酒,审视魏亦:想拉我下水?

看看你的鞋,不早湿了吗?

Ruth 端着酒杯坐在沙发一角,醉眼蒙眬地看着站在沙发另一头的安逸飞与魏亦,神态像极了蹦蹦豆。从中国回到洛杉矶,魏亦几次约见她都被拒绝,她并不介意魏亦成为自己的亲哥哥,却无法接受他调包《洞山开悟》，这件事无疑已成为她的心头之梗，几乎时时都可要她的命。

安逸飞的到来，虽然不能为她拔除这梗，却抚慰了她被梗刺伤的痛。酒是好东西，难怪妈妈在生命最后一段时间会爱上酒，小心翼翼地守着她身世的秘密二十多年，这需要怎样的一种坚韧？

安逸飞摇晃着酒杯走过来，一屁股坐 Ruth 旁边，问她：

我和魏亦打起来，你帮谁？

Ruth 举了举酒杯，眨眨眼：你们打架就不给喝酒，这些酒全是我的。

魏亦冲着安逸飞吼：别让她为难，公司卖给我，我先给你三千万，剩下的三年付清，这是方案一。

我诚心想帮你，你却在这儿甩花枪，居心何在？

安逸飞用背挡住 Ruth 的视线，尽量不让她看见他们争吵的表情。

我就是要你的"诚心"二字。耐心听我的方案二，你不急着要钱的话，就以公司入股，每年可以坐收红利，真正做到一劳永逸。

我公司就不劳你挂心了，还是谈谈给你擦屁股的事吧。

好，还是以合作为基础，咱们合作了，你就以股东的身份处理那边的事儿，比我直接处理更有回旋余地。

安逸飞放下酒杯，神情凝重地说：魏亦，你曾经救过我的命，二十多年来，我一直没提过这事儿，但不等于我忘了这茬，今日就冲当年救命之恩，我答应你，可以代你收拾残局，也可以代你照顾父母，但你一定要还清父老乡亲那些血汗钱。否则，不要说合作，你的所有信息我都会透露给专案组。

魏亦一口干了杯中的酒，口中呼呼冒着粗气，眼球上的血丝更加明显。

Ruth 始终没有参与他们的谈话，干了杯中的酒，她起身重新倒了一杯，却没继续喝，她靠着安逸飞，闭着眼，很安静，安逸飞不知她是否真的睡了，他愿意让她靠着，不管睡没睡着，能给她依靠是他最大的心愿。

此刻，安逸飞自己也觉得累，人累，心更累。魏亦还在讲他的计划，他听不进了，闭上眼，划着梦幻舢板，朝着 Ruth 的梦境滑去、滑去……

魏亦不是不累，他是不敢像他们两个一样安静，只要躺下了，他就担心再也没有勇气爬起来。只有像机器一样高速运转着，他才能相信自己还有斗志撑起正在倾斜的野心与梦想。

10

一千多年前，诗人李商隐用一句"相见时难别亦难"的诗句，将情人分离时难以割舍的痛感描绘得深微绵邈，触动了无数古今有情人的神经。安逸飞知道 Ruth 尽管不懂这样朦胧婉曲又深情无限的诗句，却肯定有着这样的痛感。

机场送别时，Ruth 在安逸飞耳边轻语：我现在已经搞清了爱和喜欢是怎么回事，爱比喜欢更痛。

安逸飞听得心里生疼，人生为什么如此残忍？当她终于懂得了爱情，爱情却只肯给她离别的痛。如果可以选择，安逸飞宁愿回到当初向她求婚时，她没心没肺地说"爱和喜欢，我分不太清"的时期，那时她根本没尝过什么是痛。此刻，她却怎么也不肯摘下墨镜，除了生怕痛得流泪时无以遮挡，难道还有别的原因？

责任与承诺都是备受推崇的正能量，安逸飞以男人的坚韧将隐在这种正能量之下的痛，小心翼翼地包裹好，置放于心底一隅。既然离别已成宿命，疼痛又能改变什么？

要进安检了，安逸飞紧紧拥抱 Ruth 后，将她身子推转过去，不让她看着自己远去的背影，他却一步一步地退向安检口，生怕错过一分一秒的守望。

Ruth 没有转身也没有走开，就这么静静地背对着安逸飞站在那儿，任凭疼痛像电流一样波击全身。直到感觉安逸飞走得看不到自己了，她才转身泪奔。

飞哥，别走，别走！

安逸飞安检后并未走远，他躲在一根柱子后，看着泪流满面的 Ruth，几次想冲回去，但彼岸的责任像一根无形的绳索，牢牢地拴着他。他还是后退着，一步比一步更加沉重，一个女人差点被他撞倒，道歉之后，他低头疾走。再回首，一道鲜血从他紧咬的嘴唇边淌下，霎时，血的定义似乎退回到最原始的解释——祭祀时向神灵进献的祭品。祭品？不，不！我们的爱情无须祭品，去祭奠那些痛吧，那些无法承受的生命之痛！

此岸

第四十一章

彼岸

1

当"世事难料"再一次降临，安逸飞的幽默细胞急剧转变基因。

魏亦打来小部分资金暂放安逸飞账上，他只有安逸飞可信。安逸飞通知王组长，王组长说，他们正在定方案。

正开着高层会，助理进来在他耳畔轻语：安董，追环球投资债的人追到我们公司来了，他们责问，您是不是吞了那笔钱？

什么？安逸飞的脑筋急转弯差点撞了墙角。

难怪作家、编剧有写不尽的素材，原来现实生活总会源源不断地创造出各种各样的不可思议的事儿。

安逸飞提前离席回到办公室，给王组长电话，王组长支支吾吾，安逸飞着急了，大声问：别打太极拳了，人家追债都追我公司来了，什么狗屁方案这么难定？

安董，我代表党，交代你一个政治任务。

少来这一套，我又不是党员，我只是受人之托忠人之事。

魏臻市长昨晚心肌梗塞去世了，消息暂时保密，你得答应我不透露给魏亦。

安逸飞用手捂住自己的胸，他担心自己也快要心梗了。

多宝闯了进来，助理无奈地道歉。安逸飞问急匆匆赶来的多宝：你知道什么叫"纸包火"吗？

多宝脱口而出：灯笼。

安逸飞哑然失笑。

魏市长去世了，王组长要求我对魏亦保密，我现在脑袋短路了，你快点帮我参谋一下，我们得如何应对这种"纸包火"的事儿。

多宝霎时傻眼了，他结巴着说：魏、魏董，知道这事儿，不、不会，赖账吧？

你说呢？要是你会赖吗？

不，不赖！借钱还钱，欠账还账，天经地义。

我一直以为你是一个优秀的业务员，结果我错了，你连投资者与公司的合同都没认真看，记得那天开会政府办主任说的吗？合同第十三条，明确写着：投资者有与公司共担风险的义务，所以公司一旦宣布倒闭，他们便逃脱不了血本无归的命运。

多宝张大嘴吭哧吭哧：也就是说，魏董赖账的话，这些投资人将白高兴一场。

安逸飞站在窗边，一拳砸在窗户玻璃上。多宝怔怔地看着他，不敢多语。自从堂姑车祸后，飞哥就像完全变了一个人，如今他这样子，真让人担心。唉，从前那个有点六毛的飞哥哪儿去了？

两人正沉默着，电话响了，是魏亦，他问安逸飞是否知道他父亲去世的消息。安逸飞反问：你怎么知道？他们不是说保密吗？

你跟我也玩保密？真没想到，你会站在他们一边，实话跟你说吧安逸飞，我魏亦还没狼狈到孤家寡人的时刻，你跟我要两面派，总有人对我说实话。

要在平时，两人不知该怎样斗嘴，而此刻，安逸飞却无语了。本是仗义帮忙，如今却落得里外不是人。

沉默之后，安逸飞问：你什么时候把钱打过来。

我爸命都没了，谈判还有意义吗？

你不会真的要赖账吧？

话筒空寂无声，安逸飞突然感觉灯笼倒了，浓烟滚滚，窒息般的愤怒轰然而至，让他不知伤在哪里？

2

江南的初冬，是一个让人想入非非的季节。山间万物按捺不下对秋的眷恋，又掩饰不住对春的顾盼，遍野树木欲黄还绿。

安逸飞坐在本常平日打坐的石块上，看着挂在枝头迟迟不肯飘落的树叶发愣：你舍不了枝头的繁华，如何完成生命的轮回？

蹦蹦豆巡视般颠颠走来，哼哼地围着石块转了一圈，怎么办？虽说这是师父的专座，可豆舅也不是外人呀！

豆，想你豆妈了吗？

安逸飞伸手摸了摸蹦蹦豆，蹦蹦豆不再纠结，顺势偎在他的脚边，两个生命用各自的方式表达着对同一人的思念。

来了，怎么不进屋？这儿坐久了会着凉。

安逸飞回头，见本常走来，他问：这几日，爸还好吗？

还好，每天玩你给他安装的那个游戏。

安逸飞听了心里并不轻松，兄弟俩心里都明白，老爸不是对游戏感兴趣，而是游戏里有家人，特别是有点点。

你说，咱妈还能接受爸吗？不如送爸去妈妈家，好歹咱们还是一家人。

本常笑笑：我看这事儿，还是让他们自己决定吧。

兄弟俩边走边聊，蹦蹦豆跑前跑后，就像一个忠诚的卫士。

安牧良坐在寺庙前的太阳下与魏疯子下棋，见儿子过来，便推了棋盘，招呼儿子。魏疯子不干了，说他耍赖。

安牧良不满地说：我让你三个子儿，你都赢不了我，还说我耍赖。

再来一盘，非赢你不可。

不来，自己摆残局练去。

来，来吧老安，这盘不要你让子儿。

魏施主，你昨天不是说要理发吗？来，小僧帮你剪剪。

本常知道哥哥上山肯定有事要与父亲商量，想将魏疯子支走。没想到魏疯子根本不买他的账，脖子一梗，说这儿阳光好，让本常就在这儿帮他理。

安逸飞说：没事儿，他爱待哪儿就让他待哪儿呗。

安牧良看着儿子消瘦了许多的脸庞，心疼地说：飞飞，这段时间累了吧？万事开头难，你有文化，一定会干得比爸爸强。

安逸在父亲身边蹲了下来，他将头搁在父亲轮椅的把手上，记得弟弟走丢之后，他就没有与父亲亲近过，已过而立之年的他，今天却特别想靠在父亲身边。此刻，他需要的不是特别的教导，而是一种力量，一种超越他本身能量的力量。

安牧良伸手抚摸儿子头发的那一刻，蓦然想起那晚在殡仪馆的情景。那晚，他也是这样抚摸儿子的头，那晚，他对儿子的爱并不亚于今日。可是，当他接到华音为他收购了足够股权的电话之后，即刻收回了父爱，准备迎接一场财富与亲情的对弈。也许上苍，不，应该是菩萨！肯定是菩萨显灵，化解了他们父子之间的一场股权大战，避免了父子之间的短兵相接。

安牧良不由得回望一眼佛殿，双手合十，喃喃说道：阿弥陀佛……

安牧良见儿子今日情绪有些异常，于是拍拍他的肩：飞飞，是不是遇上了什么难题？没事儿，你大胆去做，如果需要有人出来承担责任，爸这把老骨头可以为你扛着，你就是不要把自己累垮了。

安逸飞眼睛红了，他抬头说：爸，多重的工作也压不垮我。眼下，就是碰到了一件让我特别为难的事儿，不知该怎么处理。

说给爸爸听听。

安逸飞于是将给魏亦做中间人，骑虎难下的事儿，粗略讲了一遍。

爸，您说，我都以咱安氏的名义向投资者承诺了，如今魏亦翻盘，我该怎么办呀？

如果几十万，就算几百万，我们安氏就当积德修缮，替他还了，可三个多亿呀，谁担当得起？这个魏亦也太黑了！安牧良显然有些激动。

是的，三个多亿，除非卖了我的飞翔，真要这样，不如要了我的命。

什么？你那破公司价值几亿？

爸，别小看我的飞翔，美国一家公司出价七千八百万美元收购，我还没答应呢。

这回轮到安牧良无语了，他苦心经营安氏三十余载，旗下拥有酒业、药业、水业，资产也不过十几个亿，而儿子那个由几个小破孩组成的不务正业的公司竟然价值几亿，这让他如何想得通？

不对呀，前年你还揭不开锅，问我要了两千万呢。

安逸飞不想承认那是生父亲气时趁机敲诈了一把，他狡辩说：哪是揭不开锅？不是想研发一个大型游戏《平民皇后》吗？现在研发成功，已经开始运营了，势头非常好。当然，他们也看上了我们公司的研发能力，所以出价比较高。

安牧良感慨道：真是先生眉毛比不上后生须呀！

安逸飞站起来，活动着蹲麻了的双腿后，望着远山说：

我觉得自己简直是为游戏而生，离开了游戏，人生都没有了乐趣。

安牧良看着儿子，神情有些黯然，如果自己的身体争气，他真愿意放他走，让他做自己喜欢做的事情。

本常给魏疯子理完了发，他抖抖围巾，冲安逸飞一笑：

我最近在读丰子恺的《缘缘堂随笔》，哥要是有兴趣，可拿去一读。我觉得，他的文章雍容恬静，非常富有诗意。

安逸飞点头：我没读过他的文章，但知道他是一位很有思想的艺术家。

是的，他将人生划分为三重境界：物质、精神、信仰。

其实，芸芸众生，大多都停留在物质阶层。当然，信仰也不是单指宗教。

本常指着远处林间散步的一位老者：那位穿着朴素的林施主，身价远远超过安氏，他除了为后代留下一笔信托基金外，每年都将企业利润捐去贫困山区建医院、学校。这也是一种信仰！

安逸飞这才明白，本常这些话看似闲聊，其实是在点拨他。

他直视本常：你是想说，我应该出手救魏亦？

不，不是救他，而是救天缘江众生。我相信，哥研发的《平民皇后》不仅仅是个游戏，也是让夏皇后再一次庇护家乡父老，她一定愿意这么做。

凭什么魏亦捅一个这么大的娄子，要我们替他去补？安牧良真的着急了，他粗着脖子冲本常说：别误导你哥，他没这个义务。

安逸飞看了看弟弟，又看了看父亲，说：爸，还记得逸翔走丢那年魏亦救过我的命吗？您说，儿子这条命值不值几个亿？

安牧良无语了，他默默起身，示意本常扶着他，一步一移地走进佛殿，站在《洞山开悟》下，看了许久，仍然满脸茫然。

魏疯子抖落干净身上的头发，跟了进来，嚷嚷：老安，别看了，世界上一切都是虚的，何必太在意？咱们还是下棋去吧。

安牧良转头看着他，一时分不清这疯子是混沌不开，还是大彻大悟？

3

如果说，思想是二十一世纪的货币，那么野心便是魏亦的运钞机。

魏亦按正常时间去上班，到了公司大楼前，却没让司机往前开，他下车，站在大楼前仰视着那几层承载着他野心与梦想的窗口。看着、看着，窗口逐渐变形了，模糊成一张张愤怒的脸孔。他心中一惊，不由得按住了太阳穴。

司机见他打手势，连忙将车倒回来，魏亦让他下车，自己坐上了驾驶座。Bell 跑过来，魏亦没听清他在说什么，开着车绝尘而去。

魏亦此次开车登山不为快感，只为排解心中的郁闷。父亲的猝死终止了与政府的那场谈判，但环球投资事件还在发酵，愤怒的投资者找不着龙哈里也奈何不了魏亦，他们迁怒于为魏亦说了几句公道话的师母与么么哥哥，不仅将他们的早点摊砸了，么么哥哥也被打得鼻青脸肿。

魏亦的心虽然够大够野，毕竟是肉长的，也知道痛！么么哥哥是他儿时最初体会到真诚的人，后来对他们母子的关照，他也是以真诚相报，如今让他们遭受连累，他岂能无动于衷？

只是他从来没怀疑过自己的能力，也不会质疑自己的初衷。当然，他也不否认环球投资的成立是他云梯计划的重要一步，云梯可以说基本搭建成功，那些投资者就等着分享他用野心烘焙的蛋糕。可是，谁料到事情会如此节外生枝？突如其来的变故，将云梯计划全部打乱。

快到山顶了，以往每次冲刺山顶时，魏亦都有一种快感，而今日，他心中唯有一堆乱码。

此时，他不想飙车，可旁边的那辆车却逼得他想撞过去。

Jack，冤家路窄！Jack 冲着魏亦吹了一声口哨，并且竖起中指。

魏亦身上所有血液好像都要喷涌出来，一脚油门下去，"嗖"地超越Jack，Jack 岂肯罢休？不宽的坡道顿时成为赛道，就在两人相继到达山顶时，迎面来了一辆车，Jack 方向盘一拐，魏亦的车即刻被挤下赛道。可是，Jack 方向盘打得过猛，一时也收不了势，两辆失控的车顺着山崖开成了飞碟。

飞旋、翻卷、滚落组成一系列惊险镜头。思想、野心皆成乱码、无法识别的乱码……

<h1 style="text-align:center">4</h1>

安逸飞被"血浓于水"所伤，只因口无遮拦地做了人肉炸弹。

他无法想象魏亦关机是种什么情况？不愿费工夫猜测，便拨通了Ruth电话。

Ruth沙哑着嗓子告诉他，魏亦出了车祸，与Jack一起坠崖，虽然被直升飞机救了起来，但Jack已经死亡，而魏亦还没脱离生命危险。

安逸飞想安慰她，却发觉自己的语调分明比她慌张，沉默片刻，好不容易缓过一口气来，脱口而出：要死赶快，别坑人！

你还有没有点慈悲心，人都这样了，还咒他。

砰！人肉炸弹打歪了。本以为Ruth永远是自己一伙的，没想到还真有"血浓于水"一说。

Jack死了，魏亦有责任吗？

幸好几辆车的行车仪里面录像显示，此次车祸Jack负全责。

安逸飞还想问清楚点，却听见Ruth的语气不太耐烦，于是憋气说：好吧，他可以装死，我可不能。要不就卖了飞翔。

公司是你的，想卖就卖吧。

不能再说了，这话赶话的越说越别扭。Ruth并不知道他想卖公司是给魏亦擦屁股，如果再解释的话，Ruth一时未必听得进，安逸飞也不想表功。他不敢再任性，小心翼翼地说了几句无关痛痒的话，借口开会挂了电话。

办公室坐不住了，他信步走了出去，一位副总裁拦住他要汇报工作，他不想回办公室，于是说，要去养老院看一位亲戚。副总笑了，打发司机买点礼品去不就得了？

安逸飞急了：不是什么事情都可让别人替代的。

一个集团公司的董事长想逃班，还真不是件容易的事，安逸飞甩脱了副总，才逃到电梯间，就被下属截了好几回。

可是他今天决心要逃，于是不再找借口，当助理拿着一份需要加急处理的文件急匆匆地将他堵电梯间时，他板着脸吼道：别逼我当人肉炸弹！

助理一愣，连忙帮他按了电梯。总算逃班成功，他自己开车去了养老院。

如夏是天缘江条件最好的一家养老机构，师母面摊被人砸了，么么哥哥被人打了，安逸飞不能一天到晚护着他们母子俩，于是将他们送进了这里。

么么哥哥见了安逸飞，一如既往地兴奋叫着：么么哥哥、么么哥哥……

师母眼睛一红，拉着安逸飞的手：逸飞，我们住这儿什么都好，只是让你费钱还费心，我心里真是过意不去呀。

师母快别这样说，只要你们住得开心就好。你们在这儿，我还可找借口逃班来看你们。

正聊着，沈若兰带着水果过来了。沈若兰任何时候见了儿子都似久别重逢，她摸着儿子的脸，心疼地说：飞飞，又瘦了一圈，公司里的事尽量分给其他人去做吧。

妈妈，我没事儿，这不逃出来了？您怎么也过来了？

师母接口说：沈大夫来看过我们好几回了，每次来都带吃的，你们母子的恩呀，我只有来生相报了。

安逸飞看着师母，心口有些发热：多么善良的人，被魏亦害成这样都没有一句怨言，得了一点好处便念念不忘。

突然，他想起了汪海莲，于是问：妈妈，汪阿姨最近怎么样？

沈若兰叹息一声说：伤是好些，但得知魏臻去世，情绪很低落。这人呀，真是说不清，以前两个冤家似的，如今走了一个，另一个却痛不欲生。

安逸飞本想告诉妈妈魏亦出车祸了，话到嘴边，却改口：

魏亦出……这小子太没良心，父母这样了，他还过得逍遥自在。

能看开就好，他妈还惦记着他呢。下次去看她时，我告诉她，魏亦很好，或许她听了会宽心些。

安逸飞虽顽皮，但从不对妈妈撒谎，今日这谎确实情非得已。沈若兰说，她还要去看另外一个老人，安逸飞将妈妈送到门口。看着妈妈渐远的背影在寒风中有些佝偻，蓦然间，他感觉肩上的担子重了，父母老了，他再也不能随心所欲了。做自己喜欢做的事，或许已属过去时，就让这份初心保存在某一文档权当历史资料吧。此时的安逸飞，比任何时候都清醒，走出虚拟的游戏世界，他面对的现实容不得他有一丝幻想，他知道自己不是超人，拯救不了世界，但保护家人与自己想要保护的人却是他不可推卸的责任。

5

绝对的刺激，需要的恐怕不止是胆儿肥。

魏亦从鬼门关兜了一圈回来，身上的零部件虽然损伤惨重，侥幸脑袋瓜没摔坏。

一声轻微的关门声响过后，魏亦睁开剩下的左眼，Bell 正轻手轻脚地将水果放进纸盒。

魏亦指着一个橙子，Bell 惊喜地拿起橙子：这就对了，Ruth 特意嘱咐我，一定要提醒你每天吃个橙子补充维生素，可你一向怕酸，我正为难呢。

魏亦用手势粗暴地打断了 Bell 的啰唆，直指橙子，Bell 不明就里地将橙子递给他。魏亦接过橙子闻了闻，然后一只眼睛直勾勾地看着它。

刚才，Ruth 带着水果来看他时，其实他醒着，只是担心自己在 Ruth 面前失态，才闭着眼睛装睡。他曾经发誓要好好保护这个妹妹，要让她过着公主般的生活。可是，事与愿违，他带给 Ruth 的却是无尽的痛苦。

他一向不是很看重别人对他的看法，哪怕全世界的人与他为敌，他依然会斗志昂扬。只是，每次看到 Ruth，不！只要想起她，他心里便会泛起往日从不曾有过的脆弱。刚才，就在 Ruth 进门的那一刻，他甚至想抱着 Ruth 大哭一场。而当 Ruth 静静坐在他床前时，他却闭着眼、咬着嘴唇艰难地吞咽着痛彻心扉的伤感。

今日，Ruth 只待一会儿就走了，她接了一个电话，魏亦听得很清楚，对方想收购飞翔，尽管压价很低，Ruth 似乎急于成交。他明白，这是安逸飞决心替他背锅，他真不愿意安逸飞这么做。飞翔是安逸飞的命根儿，也是 Ruth 如今的全部寄托，把它卖了，这两人不得疯了？当初他提议买下飞翔是看安逸飞忙于安氏无暇管理飞翔，他是心疼 Ruth，不想让她压力过大。如今，看 Ruth 的状态一时半会儿走不出失母之痛，或许给她一点工作压力还能缓解一些她的伤痛。

还有一件事，不要说 Ruth 不清楚，就连安逸飞也毫不知情。玄易注资的一千万美金，其实是他假借玄易之名帮飞翔渡过难关。当初如果直接帮安逸飞，他肯定不会接受。

唉，一向自诩"复杂事情简单处理"的魏亦，却将一件极其简单的事情弄得如此复杂。他指指床头的平板电脑，Bell 连忙放下水果，拨通助理语音。

6

Ruth 走出魏亦病房，心口压抑得只想找个地方狂喊几声，或许真是大悲无泪，她已经哭不出一滴眼泪来。

不想回家，不想去公司，偌大洛杉矶还有哪里可去？她站在路口四处张望，教堂的尖顶像上帝的礼帽，将她引到圣坛前。

上帝，救救我。

神父见她怔怔地看着十字架上的耶稣，一副不知所措的样子，于是温和地说：上帝的孩子，忏悔吧！

是的，我需要忏悔。

可是，忏悔什么呢？Ruth 心中一片混乱，久久找不到合适的忏悔词。一阵搜索之后，她终于开口：我不该信仰不坚定。

她抬头看了一眼神父，眼前却出现本常身着袈裟的幻影。她即刻分辩：可是，我觉得，佛教劝人止恶为善，并且让人明白很多人生哲理……

未待 Ruth 说完，神父赶紧转身取了一杯圣水，用手指沾水洒在她头顶。圣水沿着发根流到脸上，Ruth 惶恐地用手接住，抹在额头。

我有罪吗？我的罪过在哪里？为什么神父说每个人都带有原罪？所以必须忏悔，只有听从主的指引，才能到达天堂。而本常说得最多的是，一切靠自己去悟。

面对神父期待的眼神，Ruth 一句话也说不出来，她起身慢慢退出教堂。进来时满心的迷茫，此时却换成了满脑的疑问。

7

逆转、逆转、再逆转！只因人生之路没有路标。

不还价、不提任何条件，飞翔顺利地被一家公司收购，安逸飞与玄易全权委托 Ruth 办理签字与交接。

飞翔几个原始股东虽然分得大笔资金，却个个蔫头蔫脑。

小黑揪着蜂窝般的黑发，感叹：以前以为有了钱，便再无忧愁，如今莫名其妙地得到一大笔钱，却无所适从。

我已与买方谈定，你们可以继续留在公司搞研发。

Ruth 安慰他们。

头儿不在，我们没有了主心骨。

今天新飞翔邀请咱们参加庆祝会，飞翔虽然易主，但我们都是飞翔的创始人，大伙儿打起精神来，迎接飞翔新生。

安逸飞不在，小伙伴们簇拥着 Ruth 走进新飞翔。办公场所比飞翔大了好几倍。

Bell 毕恭毕敬地站在前台迎接。

你怎么在这儿?

Ruth 看着他狐疑地问。

Bell 躬身回答：Bell 随时听命于董事长，董事长请随我过来，参观一下您的办公室，如果不满意，我负责叫人重新布置。

董事长? 等等，你在说什么? 你跟新飞翔是什么关系?

Bell 笑而不语，Ruth 随他走入董事长办公室的那一刹那，一切全明白了，飞翔原来是被魏亦分公司收购，怪不得收购过程如此顺畅。

Ruth 环视董事长办公室，心中五味杂陈。此时，有谁知道，她真正需要的不是财富，而是人生路标！

8

尽管创造力是人类特有的一种综合本领，却不是人人都具有。

当安逸飞将一份充分展示他创造力的方案递给父亲审阅时，安牧良眼睛直瞪着他：你这是把拥有几千员工的安氏当游戏吗？

安逸飞拉动椅子，坐得离父亲更近，他迎着父亲的目光，放缓声调说：您是愿意我来改革安氏，还是随它让市场去颠覆？市场的残酷，想必您比我更清楚。

安牧良暗暗使劲，霍的站了起来：别当你爸老得动不了了，要想折腾，还是折腾你的游戏去吧，把安氏股份还给我！我还没残到动不了的地步。

安逸飞跳了起来：说话可得算数哦，我马上把股份还您，请您放我走！

安牧良呼呼地吐着粗气，旁边散步的黄居士，也是一家企业的掌舵人，见父子俩犟了起来，连忙走过来劝架。安牧良将安逸飞的方案撒了一地。

黄居士蹲下身子，一张张地将方案捡起来，他一边捡一边看，看过几页后，不由得大声叫好：老安，我建议你好好看看这方案，太棒了！你应该高兴才对。如果我有这么优秀的接班人，会放心地把企业交给他。

安牧良脸色开始放缓，安逸飞一旁逗着蹦蹦豆，赌气不看他。

黄居士指着方案说：特别是这几点，运作好了，企业定会发展壮大。

安牧良坐了下来，带着花镜，逐条念着：

开放式平台：任何员工岗位，只要愿意对接，可以自由流动，直到找到自己最适合的地方。

开放式职务：由于公司处于成长时期，晋升空间很大，机会很多，平台很广，任何一个职位都不是指定而是竞争、竞聘。

开放式创业：公司还专门设立了新事业机制，从员工到高管，任何人都可以去创业，公司不仅给予资金、场地、人力资源的支持，而且对创业不顺利的人员给予回归制。

安牧良与黄居士讨论方案时，安逸飞没有参与，他起身朝后面竹林走去。魏疯子在卖力地砍被雪压弯的竹子，Frank 在一旁帮忙，两个语言不通的人却有说有笑地干着活。

安逸飞没有惊动他们，他推门进了木屋。突然一只飞鸟撞了进来，在玻璃窗前盘旋几圈后，恐惧地看着安逸飞。以他从前的玩性，肯定要把它捉起来关着。可是，当他看到小鸟眼中的惊慌与无助时，突然有种同病相怜的感觉，他打开门，让小鸟飞了出去。木屋外只有风吹竹叶的"沙沙"声，安逸飞看着小鸟高飞的身影，眼里满是羡慕。

飞翔卖了，真没想到买主竟然是魏亦，虽然心中不服，但思来想去，如此也好，最起码他不会亏待跟了他六七年的那几个小弟兄，当然更别说Ruth了。帮魏亦还了三个多亿，真的不是帮他。Frank能将《神拜》与《洞山开悟》送回家，他何尝不能将天缘江人引以自豪的夏娘娘送回家乡，再次造福家乡父老乡亲？但愿那些无知的投资者们能够长点记性守护好自己的血汗钱。

不想了，什么都不想了，最近失眠得厉害，他今天上山更主要的是想来这里睡一觉。妈妈告诉他，睡不着时便数羊，一只羊、两只羊、三只羊……小羊儿变成了Ruth。我只要她，此生只要……

9

云淡风轻，太平洋的海浪却一刻也不肯停息，倔强地冲击着海岸，将岸边的沙，荡涤得干净且细腻。

魏亦推开几欲搀扶他的Bell，拄着拐杖在沙滩上费力地走着。Bell觉得沙地不利行走，劝魏亦改去公园练习走路更利于康复。

魏亦瞪了他一眼：你懂个屁！

Bell咧嘴笑了：Ruth说，她想见您。

魏亦没有表态见还是不见，他指着Bell手上的公文袋，抽出一份文件给他。

Bell看过之后，受宠若惊：谢谢！

先不谢，除了上次给你的十万股股票，现在再给你十万股。但是，Ruth若有任何闪失，这十万股，你一分钱也得不到。

明白！我一定好好保护Ruth。可是，她说等新飞翔上了轨道，就要辞职。

知道怎么做吗？

Bell躬身：知道，Boss放心！

你现在的Boss是Ruth不是我，记着，从明天开始，Ruth不仅仅是新飞翔的董事长，也是环球集团公司的绝对控股人、董事长。

Bell将高大的身躯弯成了一只硕大的龙虾，谁是Boss重要吗？于他而言，重要的是谁能给他优厚的薪水。

手机响了，Bell说，像是中国来电，魏亦盯着手机，这肯定不是安逸飞的号码，不是他又会是谁？莫非……犹豫间，铃声停了。是福不是祸，是祸躲不过。此刻辨不清祸福的魏亦犹如辨不清自己站在此岸还是彼岸一样。

魏亦凝视浪花跳跃的海面，只有一只眼，看什么都是残缺的，就连浩瀚的太平洋也被黑洞吞噬了一半。他干脆闭上那只独眼，静静感受潮水的节拍。

啪、啪、啪……

水本安静，兴风才作浪，也只有在形成浪花的片刻，水才达到它生命中最巅峰的华丽。人呢？人若无欲，何来野心？魏亦在心里诘问自己是否还有野心？一个浪头扑来，他本能地睁开眼，伸出拐杖抵挡，鞋湿了，紧接着裤腿也湿了，他索性扔掉拐杖。

Bell赶紧将拐杖捡起来，魏亦拖着一条残腿蹒跚地走着头也不回地说：不需要了，它其实没多大作用。

数次跌倒之后，魏亦干脆甩鞋而行，他向着退去的潮水追问：人，该不该拥有野心？

海风吞没了他的声音，执着的脚印转眼就被海潮荡平……

10

时间是物理学中的七个基本物理量之一，符号为t。如此学术化的解释实在是太缺乏诗意。

三年后，安逸飞再次回到洛杉矶。他感觉，三年的时间，岂止是一千零九十五天所能定义？他分明经历了人生的几次轮回！飞翔肯定不是曾经的飞翔，但愿深爱的 Ruth 还是那个强忍着眼泪说"搞清楚了爱与喜欢"的傻蛋。

安逸飞走进环球集团公司时，被前台小姐拦住：请问您找谁？

Ruth。

您与 Ruth 董事长有约吗？

没有。

对不起，先生，董事长今天没空见您。

可是，我今天有空见她。

Bell 出来了，他见到安逸飞真有种惊喜的感觉：安，你回来了。

安逸飞无视 Bell 伸出的手，面无表情地说：我要见 Ruth。

Bell 尴尬地收回了手，搓了搓，说：她今天真的没空见你，上午两个会，下午新飞翔招聘 CEO，她想亲自去面试。

闪开。

还没等安逸飞迈步，Bell 就从后面抱住了他，安逸飞有心试试 Bell 的功夫，先是反脚踢他的小腿，Bell 脚受攻击不由自由地弯下了腰，安逸飞一仰头，后脑勺撞在 Bell 鼻子上，Bell 痛得咧嘴却不敢回手，只是紧紧抱着他不放。

安逸飞笑着说：这就没意思了，干吗不露几招？

Bell 松手揉揉被安逸飞撞痛的鼻梁，嘟囔着：不是我打不赢你，是我不能打你。

好吧，不打了，赶紧通知 Ruth，我在董事长办公室等她。

安逸飞不是第一次来环球集团，对这儿简直是熟门熟路，本想直接进董事长办公室，见魏亦办公室还保留着，于是推门进去。

一切摆设依旧，只是久无人气，屋子便显得寂寥。书柜上有一幅魏亦的照片，这肯定不是魏亦自己放的，安逸飞太了解他了。

安逸飞拿起照片，仔细端详着满脸意气风发的魏亦，深深叹了口气，说：魏亦，你小子也学会玩失踪了？这三年时间，你到底藏哪儿了？你以为债还清了，你的罪孽就没了？快点滚回来吧，你还欠天缘江父老一个道歉！小子，有本事你躲一辈子别让哥哥找着……

你来，怎么不事先说一声。

安逸飞回头一看，Ruth 就在他身后，见他转身，向他伸出了手，安逸飞迟疑地握了握 Ruth 的手，脸上表情有些不自在。

握手，太礼节化了吧？隔这么久没见，不应该热烈拥抱吗？至于没事先通知，肯定是想给你个惊喜呀，傻蛋。安逸飞看着一身干练的 Ruth，很想像从前那样贫贫嘴，只是以往的幽默感却不知道哪儿去了？

逸飞，你来得真及时，下午新飞翔招聘 CEO，你去把把关吧。

安逸飞听到 Ruth 叫他逸飞，心里又是一咯噔，逸飞？我不是你的飞哥吗？哪怕此时你叫我一声六毛大叔也没那么生分啊！

Ruth 见他直愣愣地看着自己，以为他不乐意去，便沉着脸说：虽说飞翔被环球收购了，可你现在是新飞翔的绝对控股人，你不能甩手不管。你们也太狠心了，什么都甩给我，不怕我累垮吗？

安逸飞什么也顾不上了，一把将 Ruth 拉入怀中：笨蛋，我这次就是来解放你的，我已经成功地将自己解救出来了。

Ruth 问：你怎么解放的？

安氏上市后，高薪聘用了职业经理人，我终于从安氏抽身出来。再加上我爸的身体也恢复得不错，这不，我就解放了。

Ruth 顽皮地趴在安逸飞肩上：太棒了！你快点来解放我吧！

闻着 Ruth 发间散发出的醉人气息，安逸飞感觉自己僵硬已久的身心正在缓缓复活，他抓着 Ruth 的手，侧头轻轻碰撞她的头：怎么？想当全职太太？

Ruth 眼一瞪：什么全职太太，我也需要一个自由身！爸爸做了本常的俗家弟子，替他守在报亲寺，我好想去那儿休养生息一段时间。

安逸飞惊喜地说：想去天缘山？好哇！不过，本常在万佛城学习快一年，你一次也没去看他，说得过去吗？

Ruth 撇撇嘴：这能怪我吗？这三年我从没给自己放过一天假。

安逸飞听得有些心疼了，正想安抚她，手机响了，一看是本常，他晃晃手机：说曹操曹操到。

Ruth 要求：本常电话呀，开免提。

安逸飞打开免提，便听见本常焦急地说：哥，不好了，小点点被人绑架。

什么？怎么回事？小点点她们在旧金山？你快说清楚点。

两人对视一眼，都紧张地盯着手机。

我今天来旧金山办事，恰好碰见华施主，她刚从银行出来，她说，小点点被人绑架，对方要求二十四小时内付清五百万美金，报警或规定时间不交清钱就撕票。华施主一时筹不出这么多现金，所以很焦急。哥，救救点点好吗？

呆子，你哥连妹妹都不肯救，活着还有什么意思？你有华音电话吗？快点发给我，我想问问具体情况，不知还有多少时间？

趁安逸飞给华音打电话的时候，Ruth 按铃叫来秘书：让 Bell 进来，另外马上订三张去旧金山的机票，我会把名字与证件号码发你手机上。

Bell 进来了，安逸飞对他说：你陪我去一趟旧金山，我妹妹被人绑票了。

Bell 笑着摇头：对不起，安，我不能离开 Ruth 董事长，要不然，我的饭碗就砸了。

不会砸，我也一起去。

Bell 坚持着：魏董交代过，不能让董事长有任何危险，否则我的股票就要泡汤了。

Ruth 不容置否地说：我是你的老板，我让你干啥你就干啥，别说那么多废话。被绑票的是我们的家人，家人你懂吗？赶紧出去做准备。

时间、时间、时间……安逸飞口里念着"时间"，脑袋里却在紧张地思索着营救方案。

发完机票信息后，Ruth 定定地看着沉思中的安逸飞，几年前的纨绔劲儿已荡然无存。此刻，成熟中透着坚韧的他，眉头紧拧，由此可知，旧金山的情况肯定不容乐观。

真是"花有重开日，人无再少年"。当富有诗意的时间，用文学语言描述后，它的实质其实丝毫没有改变。

跋

　　我的家乡是江西宜春，在家乡人心中，她何止宜春？春夏秋冬哪一季她不独具魅力？要不，在老一辈人口中为何最上口的是：走南闯北，宜春还得。

　　可是，我如此深爱的故乡，却有好几次让我感到非常尴尬。

　　前些年，经常有朋友问：你是哪里人？

　　宜春。我自豪地答道。

　　哦，伊春……

　　哦，宜昌……

　　不！我的家乡是宜春！是"中国宜居城市""国家卫生城市""世界著名旅游城市"……的确，中国有着这些名片的城市并非独一无二。

　　于是，我连连自豪地发问："南有郑谷北有杜甫"，你知道吗？晚唐诗人郑谷就是宜春袁州人；《天工开物》的作者是谁，你知道吗？明末清初科学家宋应星，他是宜春奉新人；宋朝那个敢为岳飞平反的夏皇后，你知道吗？她的故乡就在宜春明月山下；禅宗，你知道吧？宜春就是禅宗的发祥地……假如这些你都不知道，嫦娥奔月，总该听过吧？嫦娥就是从宜春的明月山登上月亮的。

　　……

　　当我一口气端出家乡这些名人名典时，朋友惊愕地看着我：呵呵，这么说，宜春真是一个历史悠久、人文荟萃之城啊，我以前怎么……嗨，真是孤陋寡闻……

　　想想，也不能责怪我的朋友，在我们五千年文明史的大地上，名城名地名人名典真是浩如繁星。只是由于岁月悠长，加上各种人为因素，这些繁星也就逐渐被时光洗去了光华。所幸，随着旅游文化的发展，宜春这座被人忽略的城市，渐渐热了起来，如今几乎只要有人张口说出"宜春"二字，人们便愉悦着接道"一座春的城市"。

不管他人如何解读，每每听到这个"春"字，我眼前就会出现宜春四季如春的盎然景象。《说文解字》认为"春，推也"，亦即有"春阳抚照，万物滋荣"之意。从造字上来看，"春"，属于会意字，甲骨文字形，从艸（木），草木春时生长；中间是"屯"字，似草木破土而出，土上臃肿部分，即刚破土的胚芽形，表示春季万木生长。"春"，一个多好的字呀！宜春为"春"的城市，亲切而昌盛。如此美好。

随着明月山"山泉禅农"等旅游资源的开发，特别是一届接一届的"月亮文化节"，将山月相融、农月相趣、泉月相映、禅月相通、书月相照的月亮文化推向了极致。

我不知道，近年来凡看过宜春月亮的人，会不会有"宜春归来不看月"的感慨。反正，泡着宜春温泉长大的我，数十年来在外，逢温泉必说：还是宜春的温泉好。

这些年，我一直游走在家乡与异乡之间，每每听着鹧鸪鸟"行不得也哥哥"的叫声，乡愁便油然而生。家乡的月、家乡的禅，在我心中早已酿成了一首家乡的诗，《此岸 彼岸》就是这首诗的韵律弹奏出的一个音符。

《此岸 彼岸》这部长篇小说，场景就展开在美国洛杉矶和我的家乡宜春之间。但谁都知道，小说的最大特点就是源于生活又高于生活，它绝非生活的照搬。此外，每个写作者都有自己挚爱的故乡，不管走到哪里，他们血脉中都附着家乡浓重的诗意精魂，不管他们书写什么题材，笔端总少不了其家乡文化精魂的滋养和幻化。但他们又必须走出家乡，看遍大千世界，才能写出人生百态。我也一样，《此岸 彼岸》写了中美商战，写了官二代与富二代的生活轨迹与各自追求，但更着意的是东西方文化的相融相异，特别是东方文化的魅力……需要特别说明的是，故事虽然提到了月、提到了禅、也提到了夏皇后，但故事本身和人物并非出自宜春，故此切不可对号入座。

写下这些，无非是想借此书出版之机，向生我、养我的故乡掬一份感恩之礼，祈望读者谅解。